Ali Harris

Der erste letzte Kuss

Ali Harris

Der erste letzte Kuss

Roman

Aus dem Englischen
von Babette Schröder

blanvalet

Die englische Originalausgabe erschien 2012 unter dem Titel
»The First Last Kiss«
bei Simon & Schuster UK Ltd, London.

FSC
www.fsc.org
MIX
Papier aus verantwortungsvollen Quellen
FSC® C014496

Verlagsgruppe Random House FSC® N001967
Das FSC®-zertifizierte Papier *Holmen Book Cream*
für dieses Buch liefert Holmen Paper, Hallstavik, Schweden.

1. Auflage
Taschenbuchausgabe Januar 2016 bei Blanvalet, einem Unternehmen
der Verlagsgruppe Random House GmbH, München.

Das Gedicht Catull V wird zitiert nach folgender Übersetzung:
»Sämtliche Gedichte«, erschienen bei Philipp Reclam jun. Stuttgart, 2011,
übersetzt von Michael von Albrecht.
Umschlaggestaltung und -motiv: www.buerosued.de
Redaktion: Ivana Marinovic
ES · Herstellung: sam
Satz: Buch-Werkstatt GmbH, Bad Aibling
Druck und Einband: GGP Media GmbH, Pößneck
Printed in Germany
ISBN: 978-3-7341-0004-8

www.blanvalet.de

Gib mir tausend Küsse, dazu noch hundert,
nochmals tausend, noch ein zweites Hundert,
dann noch weitere tausend und noch hundert.
Haben wir erst einmal viel tausend beisammen,
wollen wir sie durcheinanderwerfen, damit wir die Anzahl
nicht wissen,
und uns kein Missgünstiger mit bösem Blick behexen kann,
wenn er weiß,
es waren genau soundso viel Küsse.

Catull 5

Für all jene, die jemanden geliebt und verloren haben und die dann erneut geliebt haben.

5. Januar 2012, 6:11 Uhr

Es gibt keine schönere Art, geweckt zu werden als durch einen Kuss. Leider werde ich heute Morgen – es ist übrigens der letzte Morgen, den ich in diesem Haus verbringe – nicht von dem zärtlichen Kuss eines Liebhabers geweckt, sondern von den piksenden Krallen eines fetten schnurrenden Katers, der auf meiner Brust liegt.

»Morgen, Harry«, murmele ich und kraule ihn unter dem Kinn. Anstelle eines Mannes mit Waschbrettbauch findet sich zwischen den Laken nur eine große Kekspackung, die ich im Laufe des gestrigen Abends zur Hälfte verschlungen habe. »Heute ist der große Tag, Kumpel«, sage ich.

Harry sieht mich erschrocken an und leckt wie verrückt an seinen Tatzen. Die Unruhe der letzten Tage hat ihn nervös gemacht.

»Ach, sei nicht albern. Ohne dich und deine Schwester gehe ich nirgendwohin.« Ich küsse ihn auf die Nase, hebe ihn von der Matratze und schwinge meine Beine auf den Boden, auf dem überall Kartons herumstehen. Wieder einmal denke ich, wie schnell so ein Leben verpackt ist. All die Sachen, die uns wichtig sind, damit wir uns daheim fühlen, all die Erinnerungsstücke – das meiste ist überflüssig. Es auszusortieren war eine erstaunlich kathartische Erfahrung.

Ich hole tief Luft und versuche herauszufinden, was ich als Erstes tun sollte. Zum Duschen ist es zu kalt, da die Heizung noch nicht angesprungen ist. Und außerdem brauche ich zuerst einen Tee. Bis der Umzugswagen kommt, muss ich noch ein paar Sachen einpacken. Auf der einen Seite ärgert es mich, dass ich das allein tun muss, andererseits muss heute alles reibungslos funktionieren. Und, wie jede Frau weiß, bedeutet das, dass ich die Dinge selbst in die Hand nehmen muss. Ich stutze, dann muss ich lächeln. Ich klinge genau wie meine Mutter. Mein Teenager-Ich wäre *schockiert*.

Draußen liegt alles noch in tiefer Dunkelheit. Ich fröstele, ziehe einen Morgenmantel über T-Shirt und Leggings, schlüpfe in meine Ugg Boots und erbleiche, als ich einen Blick in den Spiegel werfe, der an der Wand lehnt und darauf wartet, in Luftpolsterfolie verpackt zu werden. Wie ich aussehe! Meine Augen sind dick und geschwollen, meine Haut ist vom Schlafmangel grau und fahl, und zu allem Überfluss hat sich eine Art Ausschlag in meinem Gesicht ausgebreitet.

Ich bleibe in der Tür stehen, drehe mich um und hole die DVD, die ich mir letzte Nacht angesehen habe, aus dem Fernseher in der Schlafzimmerecke. Ich klemme sie unter den Arm, greife mir die halbleere Kekspackung und gehe nach unten. Ich habe die DVD gestern Nachmittag in einer offenen Kiste mit der Aufschrift »Lager« entdeckt und konnte nicht widerstehen. Ich habe sie schon unzählige Male gesehen, doch das ist lange her. Es war »unser Film«. Und jeder weiß, dass man in solchen Zeiten nicht an alte Wunden rühren sollte.

Mit dem Teebecher in der Hand gehe ich im Wohnzimmer auf und ab und versuche, nicht zum Fernseher zu blicken. Das Bild flackert im Pause-Modus im Vorspann, und ich ringe verzweifelt mit mir, nicht die Play-Taste zu drücken. Ich habe zu viel zu tun, ich darf mich nicht mit so etwas ablenken.

Ich kann mich noch gut daran erinnern, wie ich in dieses Haus eingezogen bin. Es kommt mir vor, als wäre es gestern gewesen, und zugleich, als sei es eine Ewigkeit her. Es sollte ein Haus für die Ewigkeit sein, ein Ort, um Wurzeln zu schlagen. Es liegt versteckt in einer hübschen kleinen Straße ganz in der Nähe des belebten Broadways von Leigh-on-Sea mit seinen vielen kleinen Geschäften und Cafés. Vom Balkon des Schlafzimmers aus hat man einen wundervollen Blick aufs Meer. Doch das Haus war in keinem guten Zustand gewesen. Es war das, was man »ein Projekt« nennt, perfekt geeignet für ein jung verheiratetes Paar. Von einem solchen Ort hatten wir immer geträumt, und es hat mir viel Freude gemacht, das Haus wohnlich herzurichten. Wochenlang riss ich Teppiche heraus, schliff und ölte Holzdielen, legte die Originalkamine frei und strich die Wände in hellen, lebensfrohen Farben. Dabei leisteten mir *Take That* Gesellschaft, die lauthals aus dem iPod plärrten. Und jeden Abend, egal bei welchem Wetter, machte ich mit ihm in der Abenddämmerung einen Spaziergang hinunter zu den Grünanlagen über dem Meer. Wir setzten uns auf unsere Bank und sprachen über die Vergangenheit und träumten von der Zukunft. An jedem einzelnen Tag war dies der glücklichste Augenblick für mich.

Ich gehe hinüber zum DVD-Player. *Lass das, Molly,* warnt meine »vernünftige Stimme«. Ich umklammere fest meinen Becher und drücke auf Play. Ich werde sie mir jetzt zum allerletzten Mal ansehen. Dann verstaue ich die DVD zwischen all den kitschigen Liebeskomödien, die meine Wohnzimmerregale füllen. Oder zumindest gefüllt haben. Ich blicke mich in dem nun leeren Raum um, der jeglicher persönlichen Note beraubt ist – der unzähligen Fotos, der vielen Kissen und Kerzen, dem Katzenkorb und dem ganzen Schnickschnack –, dann blicke ich zurück zum Fernseher.

Der Ton ist leise, doch in der Stille sind die ansteigenden Akkorde der Anfangsmelodie deutlich zu hören. Ich mache lauter und lege die Fernbedienung auf die Sofalehne. Als die gänsehautverdächtigen Stimmen des Chors durch den Raum tönen, schließe ich die Augen. Dabei überkommt mich jedes Mal der überwältigende Drang, wie ein Baby zu weinen. Während ich mich bemüht habe, aus diesem Haus ein Heim zu machen, habe ich diesen Song ununterbrochen gehört. Und wenn ich mich nicht gerade als Heimwerkerin betätigte, bereitete ich in dieser Küche wie eine anständige Ehefrau köstliche Mahlzeiten zu, die ich dann mit ihm gemeinsam bei diesem Film aß. Dabei machte er sich dann darüber lustig, was ich doch für ein Weichei geworden sei.

Ich verdrehe die Augen und wische mir mit der Hand durchs Gesicht. Bei diesem Film geht mir das immer so, obwohl ich jede Szene auswendig kenne. Ich ziehe ein Taschentuch aus der Schachtel neben mir und putze mir geräuschvoll die Nase. Ich schaue zurück zum Bildschirm, als der gutaussehende junge Frauenschwarm gerade mit sehnsüchtigem Blick sein Objekt der Begierde betrachtet. Ich nehme die Fernbedienung und drücke genau dann auf Pause, als sich ihre Lippen etwas unbeholfen zum ersten Mal berühren. Dann greife ich nach einem Keks und schlucke ihn wie eine Pille herunter, in der Hoffnung, dass er meinen Heuldrang lindern möge.

Sei nicht albern, Molly, rüge ich mich streng. *Es ist nur ein Film. Du bist momentan etwas emotional. Umziehen ist eines der anstrengendsten Dinge überhaupt. Es steht auf einer Stufe mit Scheidung und Kinderkriegen.*

Auf einmal verwandelt sich der Keks in meinem Mund in Sandpapier, ich muss ihn an dem Kloß in meinem Hals vorbeiwürgen und huste vor Anstrengung. Ich stelle mir vor, wie mich ein Nachbar auf dem Sofa vorfindet – die Augen nach oben gedreht, eine Hand an meinem Hals, die andere noch um die andere Kekshälfte geklammert. Um meinen Mund fänden sich verräterische Spuren von Himbeermarmelade, ein blutiger Beweis meines Ablebens.

»Was für eine Tragödie«, würden die Nachbarn sagen. »Das arme Mädchen ist an gebrochenem Herzen gestorben. Sie ist an einem herzförmigen Keks erstickt.«

Ich lange erneut nach der Packung und stopfe mir einen weiteren Keks in den Mund. Mir kommt der tröstende Gedanke, dass es egal ist, ob ich fett werde. Ich bin kein Teenager mehr, und mein Herz kann nicht mehr zerbrechen, als es bereits zerbrochen ist. Wenn man durchgemacht hat, was ich durchlebt habe, wenn man alles für die Liebe gegeben und alles verloren hat, ist man nicht mehr dieselbe.

Ich drücke erneut auf Play und lehne mich zurück, um den Rest des Films anzuschauen, doch vor meinem inneren Auge sehe ich nur Ryan Cooper.

Meine erste Liebe – und den Mann, von dem ich gehofft hatte, dass er auch mein letzter sein würde.

Der Kuss, der die Krönung aller Küsse ist

Angeblich gibt es »den einen Moment«, von dem jedes Mädchen ihr ganzes Leben lang träumt. Sie wissen schon, welchen ich meine: in dem ein Kerl vor ihr auf die Knie fällt und ihr sein Herz schenkt. Nun, ich war da anders. Aber selbst wenn ich davon geträumt hätte, war der Moment um Längen besser, als ich ihn mir je hätte vorstellen können.

<<*Zurückspulen 19.11.2005*>

»Ich kann nicht glauben, dass wir tatsächlich hier sind!« Ich klatsche vor Aufregung in die Hände, presse das Gesicht gegen die Scheibe und blicke auf die Stadt, die ich schon so lange unbedingt besuchen wollte. Sie blinkt in der Dunkelheit wie ein elektrisches Schaltpult. Als wir den Brooklyn-Queens Expressway verlassen und über die Brooklyn Bridge kriechen, bleibt mir der Mund offen stehen. Vor unserem gelben Taxi taucht Manhattan auf. Die Gebäude sind unfassbar groß und funkelnd. Ich komme mir vor wie im Spiegelkabinett eines Jahrmarktes. Die atemberaubenden Wolkenkratzer ragen vor dem dunkelblauen Nachthimmel auf wie mit Edelsteinen besetzte Zähne in einem aufgerissenen Maul. Ryan beugt sich zu mir herüber und küsst mich auf die Schulter, dann legt er den Arm um mich und seufzt zufrieden.

»Es ist so *cool.* Genau wie in den Filmen!«, sagt er mehr zu sich als zu mir. Ich hatte mir Sorgen gemacht, dass der Urlaub, den wir geplant haben, nachdem wir wieder zusammengekommen sind, nicht sein Ding wäre. Er ist mehr der Sonne-Meer-und-Strand-Typ.

»Ich bin so froh, dass ich diese Stadt mit dir zusammen kennenlerne«, erwidere ich leise.

Ryan grinst mich an und verzieht schockiert das attraktive gebräunte Gesicht. »Meine zynische Freundin ist doch nicht etwa unter die Romantiker gegangen? Hat Harry *endlich* seine Sally bekommen?«

»Und was, wenn es so wäre, Cooper?« Ich verschränke abwehrend die Arme und schrecke auf, als die Wagen um uns herum zu hupen beginnen und unser Taxifahrer aus dem Fenster pöbelt. Ich kuschele mich wieder an Ryans Schulter. »Was machst du dann?«

Er lacht. »Das wirst du schon sehen, Molly Carter!«, flüstert er und legt den Arm um mich. »Das wirst du schon sehen …«

Ich schürze die Lippen, kneife die Augen zusammen und nutze die Gelegenheit, ihn zu betrachten. Ich verschlinge seine meerblauen Augen mit den dichten Wimpern, die wohlgeformte Oberlippe, um die, ebenso wie an seinem Kinn, goldene Bartstoppeln sprießen, die zu seinen blonden Haaren passen. Das habe ich in den letzten sechs Monaten häufig getan. Ich bin immer noch erstaunt, dass wir, nach allem, was geschehen ist, wieder zusammen sind. Aber Ryan und ich haben uns versprochen, noch einmal ganz neu anzufangen.

Ich ziehe ihn zu mir herüber, um ihn zu küssen, dann wende ich mich wieder zum Fenster und sehe hinaus. Die Brücke hat uns über den Hudson River befördert und uns sanft in den Schlund der Stadt gleiten lassen. Einen Augenblick betrachte ich die schimmernden Gebäude, die an meinen Augen vorbeiziehen, die Lichter und die Schlangen knallgelber Taxis. Ich habe das Gefühl, mich im Vorspul-Modus eines futuristischen Popvideos zu befinden. Ich hebe meine Kamera, um diese unglaubliche Stadt auf die beste Art zu betrachten, die ich kenne – durch meinen Sucher. So verharre ich, mit Ryans Arm um meine Schulter, während das Taxi uns weiter in die glitzernde, strahlende Metropole bringt.

»Lächeln!«, rufe ich am nächsten Morgen. Ryan steht mit einem künstlichen Grinsen im frühmorgendlichen Sonnenschein vor dem Schild der Staten Island Ferry. Mit den Zeigefingern deutet er hinunter auf seinen Schritt, wo er über seiner Jeans einen Tanga mit der Freiheitsstatue präsentiert. Wir haben uns vorgenommen, so viele Sehenswürdigkeiten wie möglich anzusehen, und uns gegenseitig die Aufgabe gestellt, unterwegs die schrecklichsten Souvenirs zu finden. Da Ryan ziemlich ehrgeizig ist, wird er vermutlich gewinnen. Ich verfüge allerdings über Zielstrebigkeit und Einfallsreichtum. Das beste Foto gewinnt einen Preis. Ryan hat gesagt, wenn er gewinnt, müsse ich mit ihm zu einem Spiel der New York Giants gehen. Wenn ich gewinne, muss er mit mir zur *Sex-and-the-City*-Tour. Ich glaube, er hat einen guten Deal gemacht, denn vermutlich hat er an beidem seinen Spaß.

Ich platze vor Lachen, als Ryan sich noch eine Strahlenkrone aus Schaumstoff aufsetzt, den Arm wie New Yorks First Lady in die Luft streckt und eine Horde japanischer Touristen vorbeikommt, die alles fotografieren. Ohne ein Anzeichen von Peinlichkeit wirft Ryan sich für die Japaner in Pose, als würde er Designerklamotten vorführen. Wenn ihn seine Schüler so sehen könnten. Ihr cooler Sportlehrer sieht ausnahmsweise nicht ganz so cool aus!

Ich lasse die Kamera sinken und schlendere neben ihm her zu der anlegenden Fähre. Schnell gehen wir hinauf aufs Deck.

»Weißt du was«, flüstere ich, küsse ihn auf den Hals und betrachte seine alberne Aufmachung, »ich habe dich noch nie mehr begehrt, Ryan Cooper!«

Er nimmt mich in die Arme, setzt mir ebenfalls eine Schaumstoffkrone auf, biegt meinen Oberkörper nach hinten und küsst mich demonstrativ auf die Lippen. Erneut sammelt sich eine große Gruppe japanischer Touristen, um uns zu fotografieren. Ich laufe rot an und verberge mein Gesicht (öffentliche Liebesbekundungen waren noch nie mein Ding), doch Ryan hebt mein Kinn an und winkt den Touristen zu, die sich vor ihm verneigen und höflich in die Hände klatschen.

Ryan zieht am Bündchen seines Tangas, lässt es zurückschnellen und grinst mich an. »Gibst du zu, dass du verloren hast?«, fragt er. Dann zieht er eine passende Fackel aus Schaumstoff aus seiner Hose und hält sie wie die Freiheitsstatue in die Luft.

Ich verschränke die Arme. »Ach, *das* hat eben so gedrückt«, bemerke ich. »Ich dachte schon …«

»Gib zu, dass ich gewonnen habe!« Er grinst triumphierend und schwingt die phallisch anmutende Fackel.

»Niemals!«, entgegne ich. »Nicht, wenn Carrie Bradshaws gesamte Manolo-Sammlung auf dem Spiel steht!«

Er lacht. »Und das aus dem Mund der Frau, die vor ein paar Jahren nie etwas anderes als Chucks getragen hätte!«

»He, ich liebe meine Chucks immer noch«, antworte ich und blicke hinunter auf meine roten Converse. »Außerdem kann man sich doch verändern, oder etwa nicht?«

»Auf jeden Fall, *Harry*.« Ryan lacht. »Wer hätte das von dem widerborstigen fünfzehnjährigen Mädchen gedacht, das gegen alles und jeden aufbegehrt hat und der Meinung war, Liebe sei etwas für ›Loser‹«, erwidert er und malt mit den Fingern Anführungszeichen in die Luft. »Wer hätte gedacht, dass aus ihr solch eine liebende, romantische Frau wird?« Er hält inne und grinst. »*Meine* Frau.« Dann zieht er mich in seine Arme. »Ich bin nur froh, dass sich mein Risikoeinsatz endlich auszahlt!«

Ich ziehe drohend die Brauen zusammen. »Willst du damit etwa andeuten, dass ich *alt* bin?«

Er stößt pfeifend die Luft aus und schüttelt den Kopf.

»Oh, nein. Das würde ich nie tun. Schließlich wirst du in ein paar Tagen erst sechsundzwanzig, was allerdings bedeutet, dass du näher an dreißig als an zwanzig bist!« Er zögert und lächelt, seine blauen Augen strahlen. »Das heißt, dass ich seit über zehn Jahren in dich verliebt bin.«

»Du warst nicht in mich verliebt, als ich fünfzehn war!«, widerspreche ich und schmiege mich in seine Arme. Der Wind spielt mit meinen Haaren und streicht durch mein Gesicht. Ich blicke hinaus auf den glitzernden Hudson und denke an mein linkisches, verkorkstes Teenager-Ich, das seine Freunde an einem Finger abzählen konnte und über keinerlei soziale Kompetenzen verfügte. Ich war mürrisch, schwierig und verzweifelt darum bemüht, anders zu sein – und zwar nur, damit man mich akzeptierte. Ein Widerspruch, den ich trotz meines scharfen fotografischen Blicks nicht erkannte.

Er streicht mir die Haare aus dem Gesicht. »Ich fand, du warst das schönste Mädchen der Welt.«

»Du hattest nur zu viel *Prince* gehört«, entgegne ich mit einem abschätzigen Grinsen.

»Und warum habe ich dann«, fährt er fort und stupst mir an die Nase, »meiner Mutter nach unserem ersten Treffen erklärt, ich hätte die künftige Mrs. Cooper getroffen?«

»Das hast du nicht!« Ich lache und erwarte, dass er es mir gleichtut, aber seine Miene bleibt ernst. »Was hat Jackie gesagt?«

»Sie hat gesagt, wenn dem so wäre, sollte ich dafür sorgen, dass nichts dazwischenkommt.«

Wir sehen uns in die Augen und erinnern uns an unsere zurückliegende Trennung, dann lächeln wir. Seither ist viel geschehen. Ich schmiege mich noch tiefer in seine Arme und kann mir nicht vorstellen, dass es irgendwo auf der Welt einen besseren Ort geben könnte.

Was ist aus deinem Vorhaben geworden, dich nicht von einer Beziehung einschränken zu lassen?, ruft mein Teenager-Ich, das an erster Stelle für meine Trennung von Ryan verantwortlich war. Ich denke an die Liste, die ich in der Uni an meine Wand gepinnt hatte, damit sie mich daran erinnerte, mich von ernsthaften Beziehungen fernzuhalten.

Gründe, aus denen ich keinen festen Freund haben möchte:
1. Freunde halten einen auf.
2. Sie unterdrücken einen.
3. Sie bringen einen durcheinander.

Es war eine kurze, prägnante Liste. Und ja, ich war unreif, wütend und eisern entschlossen, dass niemand mich noch einmal so verletzen würde wie Ryan Cooper.

Aber Dinge ändern sich, und Menschen ändern sich ebenso wie ihre Wahrnehmung, und nun antworte ich in einer Sprache, die mein Teenager-Ich hoffentlich versteht (auch wenn ich weiß, dass es darüber die Augen verdreht und ihm übel wird):

Molly Carter + Ryan Cooper = 4ever

Zwei Stunden später stehen wir am Kopf einer Schlange, die sich um das berühmteste und meist fotografierte Gebäude der Welt windet: das Empire State Building. Ich drücke Ryans Hand, er grinst und bietet mir sein Hot Dog an. Ich beiße ein Stück ab, und er küsst den Senf aus meinem Mundwinkel. Ich lache. Ich komme mir vor wie Elizabeth Perkins in *Big*, der Tom Hanks beibringt, wie viel Freude man im Leben haben kann, wenn man es nicht ganz so ernst nimmt.

Die letzten Tage waren die besten, nicht nur in unserer Beziehung, sondern in meinem ganzen Leben. Wir sind durch die Stadt geschwebt und fühlten uns wie in unserem ganz eigenen romantischen Film. »*Die große Liebe meines Lebens*?«, habe ich Ryan gestern vorgeschlagen. Aber den hat er nicht gesehen. Ich sollte inzwischen wissen, dass Ryan sich weigert, irgendetwas anzusehen oder anzuhören, das vor seiner Geburt entstanden ist – vor allem keine Schwarz-Weiß-Filme. Ich habe versucht, ihm die Geschichte zu beschreiben, aber als ich an die Stelle kam, an der Deborah Kerr auf dem Weg zum Empire State Building, auf dessen Dach sie Cary Grant treffen will, von einem Taxi angefahren wird, bemerkte er nur: »Das hört sich nicht sehr romantisch an, Schatz!«, und fügte hinzu: »Wenn wir ein Film wären, wären wir eher *30 über Nacht*.« Wir gingen gerade über den Times Square, und er grinste und nahm meine Hand. »Schließlich warst *du* ein peinlicher, völlig uncooler Teenager, als ich ein Auge auf dich geworfen habe, und jetzt bist du so was wie Jennifer Garner! Die hübscheste Redakteurin vom *Viva Magazine*!«

»Bildredakteurin«, hatte ich ihn lachend korrigiert.

Unglaublich, in nur vier Tagen hier hatten wir fast alle Punkte von meiner New-York-Liste abgehakt:

- Mit der Staten-Island-Fähre zur Freiheitsstatue
- Eine Kutschfahrt durch den Central Park
- Aufs Empire State Building
- Cupcakes aus der Magnolia Bakery essen
- Einen Nachmittag im MoMA verbringen
- Ins Guggenheim gehen
- In die Met gehen
- Eislaufen auf der Wolfman-Bahn im Central Park

- Carnegie Hall
- Shoppen (viel)
- Eine Show am Broadway sehen
- Einen Eisbecher im Serendipity 3 essen
- Strawberry Fields besuchen

Noch wichtiger war es, dass wir uns noch mehr verliebt haben – nicht nur in New York, sondern auch ineinander. Ich komme mir vor, als stünden wir am Beginn einer ganz neuen Beziehung. Und das war alles, was ich mir nach dem, was geschehen war, nur hätte erhoffen können.

»Komm schon!«, sage ich, zerre Ryan in den Aufzug und klatsche aufgeregt in die Hände, als er nach oben schwebt. »Ich kann es nicht abwarten, aufs Dach zu kommen!«

»Was sagst du nun, Cooper?«, schreie ich Minuten später. Der Wind nimmt meine Stimme auf und trägt sie über die Wolkenkratzer der Stadt, während ich mich auf der Aussichtsplattform in Pose werfe.

Ryan steht mir mit der Kamera in der Hand gegenüber und trägt eine *New-York-Yankees*-Cap. Er blickt hinter dem Sucher hervor und lächelt. »Wunderschön. Das Beste, was ich in New York gesehen habe.«

»Ich hab dir doch gesagt, das Empire State ist fantastisch!«, rufe ich.

»Ich meinte *dich*, Moll«, ruft er zurück.

Ich schmolle andeutungsweise, um mein Lächeln zu überspielen, während Ryan ein Foto nach dem anderen macht. Dann kommt jemand und fragt ihn, ob wir gern ein Foto von uns beiden hätten. Ryan reicht ihm die Kamera, kommt zu mir, dreht sich um und nimmt mich Huckepack. Ich schlinge die Beine um seine Taille, lege meine Wange an seinen Hals und lache. Ganz kurz schließe ich die Augen. Es heißt, man fühle sich hier oben wie auf dem Dach der Welt, höher ginge es nicht. Und es stimmt.

»Ich kann nicht glauben, dass es unser letzter Tag ist«, stelle ich traurig fest, als wir aus unserem Hotel in die von Bäumen gesäumte Fifth Avenue hinausschlendern. Hier reiht sich ein Geschäft ans andere, der Bürgersteig ist von Fußgängern überfüllt, über die Straße schiebt sich ein nicht abreißender Strom aus hupenden gelben Taxis und anderen Autos. Die scheinbar endlosen Kalksteinfassaden der Gebäude werden von den fröhlichen Farbflecken der Werbetafeln unterbrochen, von Theaterplakaten und flatternden Fahnen, die diese berühmteste Einkaufsstraße der Welt schmücken. Die meisten der Geschäfte sind so bekannt, dass sie nicht nur Flaggen verdienen, sondern Ausrufezeichen und ihre eigenen Fanfaren – Tiffany & Co! Bloomingdales! Harry Winston! Louis Vuitton! Pucci! Prada!

Langsam schlendern wir zum Central Park, und ich blicke zu Ryan, der nur ein T-Shirt, eine Jeansjacke und eine Thermoweste trägt. Ich schiebe meine Hand, die in einem Handschuh steckt, in seine und richte meinen Schal. Es ist ungewöhnlich mild für November, aber verglichen mit Ryan bin ich dennoch wie eine Mumie eingepackt. Er ist zu aktiv, als dass ihm jemals wirklich kalt wäre.

»Du hast noch nicht dein Geburtstagsgeschenk bekommen«, bemerkt Ryan.

»Da ich mit dir hier bin, ist es jetzt schon der beste Geburtstag, den ich jemals hatte«, sage ich, und es stimmt. Früher mochte ich Geburtstage nicht. Schon als Kind habe ich den Druck gehasst, den es bedeutete, eine Party zu veranstalten: was anziehen, wen einladen, wer kommt (kommt überhaupt jemand?). Deshalb habe ich meine Geburtstage eher zurückhaltend begangen, vor allem wichtige. Den Abend von meinem 19. Geburtstag habe ich mit Mia und Casey in der Kneipe des Studentenwerks verbracht, meinen 25. im *Crooked Billet* in Leigh-on-Sea mit Ryan und unseren beiden Familien. Das war schrecklich.

»Es war wundervoll!«, stimmt Ryan mir zu, während wir weiterbummeln. »Ich wünsche mir, dass wir viel mehr solche Dinge tun, Moll. Die Welt kennenlernen, neue Orte besuchen. Ich will, dass wir uns alles zusammen ansehen.«

Als ich sehe, dass wir den Central Park fast erreicht haben, drücke ich Ryans Hand und seufze zufrieden. Er hat mich mit seiner Begeisterung angesteckt. Ryan hat an allem Spaß. Immer. Er nimmt das Leben nie zu schwer und freut sich über die simpelsten Dinge. Früher hatte ich damit Schwierigkeiten, aber jetzt ist es das, was ich am meisten an ihm schätze. Seit ich für Zeitschriften arbeite, war ich stets auf der Suche nach »offiziell genehmigtem Spaß« – der heißesten neuen Bar, der tollsten neuen Tasche, dem schicksten Stadthotel oder Restaurant. Aber manchmal machte mich diese ständige Suche nach dem »Neuen« und »Coolen« unzufrieden. Das war ein Grund für unsere früheren Beziehungsprobleme, mein steter Wunsch nach mehr. Aber ich hoffe, ich habe meine Lektion gelernt. Ich habe es auf dieser Reise genossen, die Stadt mit Ryan auf *seine* Art zu entdecken. Ein versteckt liegendes kleines Café, auf das wir zufällig stießen, ein entspannter Spaziergang und ein einfaches Essen in einem romantischen Restaurant in Greenwich Village.

Ich kichere, als ich an unsere gestrige Sightseeing-Tour denke. Ich habe Ryan zum Mittagessen zu *Katz's* geführt, dem Restaurant aus *Harry und Sally*.

»Auf keinen Fall«, hatte er gemeint, als ich ihn aufforderte, Sallys vorgetäuschten Orgasmus nachzuspielen. »Das musst *du* machen. *Du* bist die Rebellin.« Seine Stimme hatte einen spöttischen Ton angenommen und erinnerte mich an die Rollen, die wir in unserer Teenagerzeit vor über einem Jahrzehnt innehatten: er, der Mädchenschwarm der Stadt, ich, die typische schräge Außenseiterin. Gott, wie ich diese Zeit gehasst habe. Ich wünschte, mein Teenager-Ich könnte mich heute sehen.

Ich verschränkte die Arme. »Aber, ich bin *Harry*. Das hast du immer gesagt. Ich kann jetzt unmöglich einfach die Rollen tauschen. Komm schon, Ryan. Ich warte. Das ist dir doch nicht etwa peinlich, oder? Hast du Angst, dass du der Aufgabe nicht gewachsen bist?« Ich lächelte, denn ich wusste, dass Ryan einer solchen Herausforderung nicht widerstehen kann.

Und schon nahm sein sonnengebräuntes Gesicht eine seltsame Lachsfarbe an. Ich habe gequietscht vor Lachen, als Ryan zum »Höhepunkt« kam und dann mit noch immer stark geröteten Wangen beherzt in sein Pastrami-Sandwich biss.

»Ryan, das werde ich nie vergessen!« Ich beugte mich lachend zu ihm und küsste ihn, dann verzog ich das Gesicht. »Iiih, saure Gurke!«

Als wir den Central Park von der östlichen Seite betreten und über die 79th Transverse, am Conservatory-Teich vorbei und zum Bethesda-Brunnen schlendern, verlangsamt Ryan seinen Schritt.

»Das ist ziemlich schön, nicht Moll?«, bemerkt Ryan leise und drückt meine Hand, während wir den majestätischen Springbrunnen mit der Skulptur *Der Engel über den Gewässern* betrachten. Der glänzende blaue See dahinter ist von üppigen immergrünen Bäumen umschlossen, die im Hintergrund von glitzernden Wolkenkratzern gekrönt werden. Um uns herum tummeln sich Spaziergänger, Jogger, fotowütige

Touris, Radfahrer, Mütter mit Kinderwagen, Hundebesitzer, Büroangestellte und Studenten. Dennoch fühlt sich der Park nicht voll an.

Ich nicke, ich bin zu glücklich, um etwas zu sagen. Dies ist das absolut romantischste New-York-Erlebnis. Wir kennen diesen Park so gut aus den Liebeskomödien, die Ryan ebenso gern mag wie ich, was ihm kein bisschen peinlich ist. Und aus den Folgen von *Sex and the City*, auf die ich total stehe. Wir haben hier einige der romantischsten Momente der Filmgeschichte miterlebt. Billy Crystal und Meg Ryan, die in *Harry und Sally* feststellen, dass sie mehr als nur gute Freunde sind. Clooney und Pfeiffer, die in *Tage wie dieser* mit ihren Kindern durch Pfützen springen. Und Cusacks und Beckinsales Verabredung auf der Wolfman-Eisbahn in *Weil es dich gibt*. Und jetzt sind wir *hier*. Im echten Leben. Endlich.

Ich seufze selig und hebe meine Kamera, um ein paar Aufnahmen von der Wintersonne zu machen, die durch die dichten Bäume fällt, dann ändere ich die Perspektive und fange Ryan im Gegenlicht ein. Als die Sonne auf seine blonden Haare fällt, sieht er tatsächlich engelsgleich aus. Ich ziehe ihn an mich, halte die Kamera am ausgestreckten Arm vor uns und mache ein Bild von uns, wie wir die Wangen aneinanderpressen. Ich lasse die Kamera auf Höhe meiner Taille sinken und kippe das Objektiv nach hinten, um die funkelnden Wolkenkratzer, die hinter uns über den Bäumen aufragen, mit aufs Bild zu bekommen. Auf einmal muss ich daran denken, was mein Vater immer über das Gemälde von John Constable von Hadleigh Castle gesagt hat, das bei uns zu Hause in Leigh-on-Sea an der Wand hing: »Es ist ein von Menschen geschaffenes Bauwerk, das den Kräften der Natur nachgegeben hat.« Dann denke ich an Ryan und mich. Auch ich hätte fast etwas Starkes zerstört, das im Laufe der Zeit gewachsen war. Und dann denke ich daran, wie Ryan schon einmal mit mir nach New York fahren wollte.

Eine vorwitzige Träne fällt auf meine Wange. Ich wische sie fort. Ryan und ich haben uns geschworen, nicht mehr davon zu reden.

»Es tut mir leid, Ryan«, schluchze ich und ziehe ihn in meine Arme.

»Was?« Ryan klingt verwirrt, dann besorgt. »He, warum weinst du?«

»Tut mir leid. Ich habe nur gedacht, wie perfekt das hier ist und dass mir für immer leidtun wird, was ich getan habe.« Jetzt heule ich richtig und Ryan hält mich.

»He, he, he«, murmelt er. »Bitte nicht weinen, Molly. Ich dachte, wir wären uns einig, dass diese Sache der Vergangenheit angehört?«

»Ich weiß«, schniefe ich an seiner Schulter, »aber ich kann nicht anders.«

Er rückt ein Stück von mir ab und sieht mich an, um seine Lippen spielt ein Lächeln. »Unsere Beziehung ist besser und stärker als je zuvor, Molly. Wir mussten uns erst trennen, um festzustellen, wie sehr wir zusammen sein wollen. Ich bin *froh*, dass das passiert ist. Ehrlich! Bitte schau nicht mehr zurück. Ich möchte, dass diese Reise, dass dieser Moment unserer Zukunft gehört. Und das geht nicht, wenn du dich weiter so quälst. Wir hatten beide Schuld, und wir wussten erst, was wir hatten, als wir es nicht mehr hatten. Ich bin einfach froh, dass wir es noch rechtzeitig gemerkt haben.«

Als wir weitergehen, legt Ryan den Arm um meine Schultern, versichert mir, wie sehr er mich liebt, und bringt mich zum Lächeln, dann zum Lachen. Er zieht mich an sich und küsst mich.

»Na, also!«, ruft er. »So ist es besser. Ich weiß nicht, wie es dir geht, aber ich brauche dringend einen Kaffee, sonst kann ich keinen Schritt mehr tun. Dort drüben habe ich einen Stand gesehen. Kann ich dich einen Augenblick allein lassen? Einen Latte für dich?«

Ich nicke und schniefe und hebe meine Kamera, um ihm zu signalisieren, dass ich mich beschäftigen kann.

Er reicht mir seinen Rucksack und wirft mir im Rückwärtsgehen einen Kuss zu, dann fängt er an zu laufen und flitzt wie ein Actionheld durch den Park.

Ich drehe mich um und knipse wie verrückt, in dem Bemühen, die Farben und die Schönheit dieser hübschen Ecke des Parks einzufangen. Die Sonne verschwindet hinter den Umrissen der Bäume, und der Himmel leuchtet in den Farben von Korallen, Bernstein und Rubinen. Als ich das Objektiv auf ein Schild zu meiner Linken richte, bemerke ich, dass ich am Eingang von Strawberry Fields stehe. Ich schaudere, sowohl wegen der Bedeutung dieses Ortes als auch wegen der winterlichen Kälte. Ich blicke hinunter und bemerke das Mosaik »Imagine« im Boden vor mir. Es wurde zu Ehren von John Lennon erschaffen, nachdem er 1980 erschossen worden war. Ich gehe auf das Mosaik zu und betrachte es. Das würde meinem Vater gefallen. Er liebt die *Beatles*.

Es ist schrecklich, dass ich auch nur einen einzigen Augenblick dieser perfekten Reise mit dunklen Erinnerungen an die Vergangenheit belastet habe. Ich will es richtig machen, mich auf heute konzentrieren – *das* sollte mein Motto sein. Plötzlich kommt mir eine Idee. Ich lege den Rucksack ab und packe kichernd all die lächerlichen Souvenirs aus, die wir in den letzten Tagen gesammelt haben. Dann ziehe ich sie nacheinander an. Ich komme mir ziemlich albern vor, so allein. Aber Ryans Miene zu sehen, wenn er mit dem Kaffee zurückkommt, ist es mir wert. Ich rücke die Schaumstoffkrone der Freiheitsstatue zurecht und winke einigen Passanten zu, die neugierig zu mir herüberglotzen. Ich kann nicht glauben, dass ich das Schrägste bin, das sie in dieser Stadt gesehen haben. Ich blicke mich um. Ryan ist schon eine Ewigkeit weg. Wo bleibt er bloß?

Ich mache Fotos von der Umgebung und fotografiere schließlich das Mosaik für meinen Vater. Die Spitzen meiner roten Chucks ragen ins Bild. Ich blicke noch immer nach unten, als ich Ryans Stimme höre.

»Schließ die Augen, Molly.« Sein Atem streicht warm über meinen Nacken, dann hält er mir plötzlich mit der Hand die Augen zu. Ich höre seiner Stimme an, dass er sich amüsiert. »Schön, dass du dich für diesen Anlass hübsch gemacht hast.«

»Welchen An…« Er legt einen Finger auf meine Lippen, um mich zum Schweigen zu bringen. »Ryan«, flüstere ich an seinem Finger. »Hast du meinen Latte?«

»Nein, Molly.«

»He!«, protestiere ich und öffne kurz die Augen. »Ich warte schon eine Ewigkeit!«

»Ich habe gesagt, du sollst die Augen schließen«, wiederholt Ryan mit Nachdruck.

»Ich weiß nicht, warum du einen immer so herumkommandieren musst, Cooper.«

»Und wenn du schon dabei bist, kannst du bitte auch den Mund schließen?« Ich höre deutlich das unterdrückte Lachen in seiner Stimme.

»Sehr charmant!« Ich öffne schlagartig die Augen.

»Wirst du jemals irgendetwas tun, was ich dir sage?«, fragt er jetzt merklich verzweifelt.

»Wahrscheinlich nicht.« Ich lache, doch er sieht mich mit flehendem Blick an. Widerwillig schließe ich die Augen.

Als ich in Dunkelheit versinke, seufze ich. »Und jetzt?«

»Also«, sagt er, die Wärme in meinem Nacken verschwindet, und seine Stimme klingt entfernt. »Ich möchte, dass du jetzt die Augen öffnest und auf deine Füße hinuntersiehst.«

Ich tue, was er sagt, und erblicke erneut das Mosaik. »Imagine«. *Stell dir vor.* Mir fällt auf, was für ein wunderschönes Wort das ist, darin stecken Hoffnung, Möglichkeiten und Zuversicht.

»Jetzt.« Seine Stimme klingt seltsam. »Stell dir einen Augenblick vor, wir wären allein. Stell dir vor, nur du und ich wären hier. Niemand anders. Nur du, ich, die Erde, der Himmel und die Sonne.«

»Klingt wundervoll.« Ich seufze und öffne kurz die Augen. Er ist nicht da. Ich drehe mich um. »Was jetzt?« Ich schließe erneut die Augen und höre auf einmal Musik. Die Anfangstöne eines Songs. Ich summe mit.

»Jetzt stell dir vor, dass ich an deiner Seite bin.«

Ich höre auf zu summen. »Aber das bist du nicht, du bist hinter mir.«

»Die ganze Zeit«, fährt er entschieden fort. »Dass ich die ganze Zeit an deiner Seite bin. Von jetzt an. Für immer.«

Ich öffne den Mund und schließe ihn wieder. »Das hört sich schön an«, sage ich leise und versuche, die Stimme in meinem Kopf auszuschalten, die sagt: *Macht er etwa gerade, was du denkst, dass er es tut? Oh mein Gott! Er tut es! Er tut es!*

In dem Moment fällt mir auf, dass der Song, den ich mitgesummt habe, *Imagine* von John Lennon ist. Er wird irgendwo in der Nähe gespielt. Und es klingt nicht wie ein iPod, es klingt wie ein … als ob ein Streichquartett spielt. Ich öffne die Augen, drehe mich aber nicht um. Vor mir hat sich eine kleine Menschengruppe versammelt. Alle starren mich an. Sie lächeln. Einige von ihnen haben Kameras dabei. Ich blinzele und schlucke. Ich will mich unbedingt umdrehen, aber etwas sagt mir, dass ich Ryans nächste Anweisung abwarten sollte.

»Jetzt«, sagt Ryan leise, »stell dir vor, dass ich hinter dir stehe und dir, Molly Carter, sage, dass ich dich liebe. Dass ich dich immer geliebt habe und dich immer lieben werde. Und dass ich dich genau hier, im Herzen des Central Parks, frage, ob du dich meines Herzens annehmen und dich immer um es kümmern willst, und ob du zulassen willst, dass ich mich um deines kümmere. Du darfst dich jetzt umdrehen.«

Ich schlage mir die Hand vor den Mund, Tränen laufen über meine Wangen. Ausnahmsweise vergesse ich meine Kamera, als ich mich umdrehe und in die lächelnden Gesichter des Streichquartetts blicke, jedoch noch immer keinen Ryan entdecke.

»Ich bin hier unten.« Er lacht. Und da ist er. Er kniet vor mir und streckt mir eine Hand entgegen, in der eine samtbezogene Schachtel liegt.

»Nein!«, keuche ich.

Er lacht. »Um ehrlich zu sein, das ist nicht ganz die Reaktion, die ich mir erhofft hatte.«

»Nein! Ich meine! Nein, sieh mich an! Ich sehe absolut lächerlich aus! Wie konntest du mir das antun?« Ich sinke auf die Knie und knuffe ihn gegen die Brust, wobei ich nun ungehemmt schluchze.

»Ich finde, du siehst hinreißend aus.« Ryan lacht und lässt den Gummibund des Tangas mit der Freiheitsstatue schnalzen.

»Genau so wollte ich in einem so großen Moment aussehen!«, heule ich.

»Du kannst nicht alles kontrollieren, Molly.« Ryan lächelt. »Manchmal musst du es einfach laufen lassen.« Ich sehe ihn an und entdecke einen Ausdruck stiller Entschlossenheit in seinen Augen.

»Molly Carter«, sagt er langsam, »willst du mich heiraten?« Er öffnet die Schachtel, und darin liegt ein wunderschöner goldener Ring, der ringsum mit kleinen Diamanten besetzt ist, die wie Sterne funkeln.

»Ja! Ja!«, platze ich raus und lache. Ich wische mir schnell die Tränen fort, fasse Ryans Gesicht so wie er meins, und dann küssen wir uns, und wir lachen und weinen, und es fühlt sich vertraut und doch anders an. So ganz anders.

Denn das ist die Krönung aller Küsse. Es ist der Kuss, von dem ich nicht einmal wusste, dass ich auf ihn gewartet habe. Ich schließe erneut die Augen und drücke in meinem Kopf die Aufnahmetaste, um für immer den Augenblick festzuhalten, in dem Ryan Cooper einen Verlobungsring über meinen Finger streift. Es ist das beste Geschenk der Welt.

7:47 Uhr

Der Briefkasten klappert. Ich reiße mich von der DVD los und wandere in den Flur, linse jedoch mit einem Auge weiterhin zum Fernseher. Bald sollten die Möbelpacker hier sein, um die restlichen Sachen abzuholen. Ich habe den Inhalt von zwei Leben angehäuft: einem vorher und einem nachher. So haben sie gestern nicht alles geschafft. Ich muss lächeln, als ich an mein bewusst minimalistisch gehaltenes Zimmer an der Uni denke. Bis auf das Annie-Leibovitz-Foto von John Lennon und Yoko Ono, das über meinem Bett hing, und dem Filmplakat von *Before Sunrise* über meinem Schreibtisch gab es dort nichts Persönliches. Wie ernst ich damals war! Meine Bettdecke war weiß, mein Kleiderschrank mit schwarzer Kleidung gefüllt. Komisch, wie Menschen sich ändern, denke ich, während ich mich in meiner chaotischen Behausung umblicke. Bei dem Gedanken, heute alles ordentlich zu halten, bricht mir der Schweiß aus. Aber zurzeit bricht mir schnell der Schweiß aus.

Ich beuge mich langsam hinunter zu der Union-Jack-»Willkommen«-Fußmatte und nehme mir vor, sie einzupacken. Ich hebe einen Stapel Umschläge auf, gehe sie rasch durch und murmele dabei: »Rechnung, Rechnung, Quittung einer bezahlten Rechnung, Rechnung ... Arzttermin und ...« Ich ziehe einen Umschlag mit einer Karte hervor, auf dem in kleinen ordentlichen Buchstaben mein Name und meine Adresse stehen:

Molly Cooper
7 Avenue Road
Leigh-on-Sea
SS19 4BL

Ich betrachte ihn mit gerunzelter Stirn. Das ist mein alter Ehename. Niemand von meiner Familie oder meinen Freunden benutzt ihn noch. Ich reiße den Umschlag auf, ziehe eine Umzugskarte heraus und beginne zu lesen:

Liebe Molly,

wie geht es dir? Ich hoffe, du nimmst es mir nicht übel, dass ich dir einfach so schreibe, aber ich habe kürzlich eine gemeinsame Bekannte getroffen und die erzählte, dass du wegziehst. Ich wollte die Gelegenheit nutzen, dir viel Glück für die Zukunft zu wünschen. Ich hoffe, du erinnerst dich noch an meinen Rat: Entscheide dich stets für das Glück und bereue nichts. Ich denke oft an dich und hoffe, dir geht es gut.

Herzliche Grüße,
Charlie

Mein Herz zieht sich zusammen. Der Name beschwört Gefühle und Erinnerungen herauf, die ich heute zu verdrängen versuche. Ich blicke erneut auf die Karte. Ich weiß, dass es eine nette Geste ist, aber ich finde diese Kontaktaufnahme nach so langer Zeit seltsam – nach allem, was passiert ist. Sie weckt Erinnerungen, gute wie schlechte.

Küssen und Reden

Es ist komisch, wenn man jemandem begegnet, bei dem man sofort das Gefühl hat, ihm alles erzählen zu können. Einfach alles. Dinge, die man nicht im Traum seinen engsten Freunden erzählen würde. Und plötzlich wird diese Person, ohne dass man wirklich etwas von ihr weiß, ganz wichtig. So war das mit Charlie. Ihm habe ich mich auf eine Art anvertraut wie niemandem sonst.

Vorspulen>> 29.05.2007>

Es erscheint mir seltsam, einem Mann in einer solchen Bar mein Herz auszuschütten. Ich habe das Gefühl, auf meiner Stirn stünde dick »Betrügerisches Weibsbild«, und jeder wüsste, dass dieser gutaussehende, aufmerksame Mann nicht mein *Freund* ist. Wir sind hier in unserer Stammkneipe. Was habe ich mir dabei gedacht? Ich werde dem Barmann nie wieder in die Augen sehen können.

»Na, komm schon, was ist los?«, fragt Charlie, beugt sich zu mir vor und stützt dabei die Ellenbogen auf den Knien ab. Sein Blick ist voller Zärtlichkeit. Mehr brauche ich nicht, um in einem melancholischen Monolog zu versinken.

»Tut mir leid«, sage ich und entschuldige mich zum x-ten Mal. »Ich habe nur manchmal das Gefühl, dass ich es nicht mehr aushalte. Ich sehe ihn an, und ich weiß nicht, wer er ist. Ich weiß nicht, was er denkt oder fühlt. Wir sprechen nicht richtig miteinander, weißt du? Wir leben nebeneinander her und tun so, als wäre alles okay, aber das ist es nicht. Das ist es absolut nicht. Ich weiß, was ich eigentlich tun müsste, aber ich will nicht diejenige sein, die es zuerst sagt.« Ich schüttele den Kopf und fühle mich schrecklich, weil ich ihm das alles erzähle. »Es tut mir wirklich leid. Das wollte ich nicht.« Ich blicke mich nervös in der vollen Bar um, überall sind junge Leute. Ich fühle mich alt, vertrocknet, fertig, dabei bin ich noch nicht einmal dreißig. Ich blicke wieder zu Charlie. Er ist nicht nur toll, er ist auch noch interessiert. So aufmerksam und nett. Irgendwie zu nett, um wahr zu sein. Wenn es doch nur mehr von seiner Sorte auf der Welt gäbe. Ich blinzele ihn an.

»He, du weißt, dass du mir alles sagen kannst.« Charlie stellt sein Getränk ab und berührt sanft meine Hand. Es gefällt mir, dass er nie den Blick von meinen Augen wendet, während ich spreche. Ich habe das Gefühl, dass mich schon lange niemand mehr so angesehen hat.

»Ich warte nur darauf, dass er den ersten Schritt tut«, sage ich.

Er sieht mich forschend an, dann senkt er den Blick, bevor er spricht. Ich mag es nicht, wenn er den Blick abwendet. Wenn jemand den Blick abwendet, sagt er nichts Gutes.

»Hör zu, Molly, ich weiß, wie hart das für dich ist. Aber ich muss dich das fragen: Wie viel willst du noch ertragen?«

Er sieht mich mit forschendem Blick an, als warte er auf meine Antwort, und jetzt merke ich, dass *ich ihm* nicht in die Augen sehen kann. Ich richte den Blick zur Decke und blinzele wie verrückt, um die Tränen aufzuhalten. Dann sehe ich ihn flehend an. Ich will ihm nicht antworten, ich möchte nur, dass er mich umarmt und festhält.

Er muss meine Gedanken gehört haben, denn er nimmt meine Hand. Ich registriere unwillkürlich, wie zart sich seine Hände anfühlen, ohne eine einzige Schwiele. Ich blicke hinunter. Und er hat hübsche Fingernägel. Ich mag es, wenn ein Mann schöne Fingernägel hat. Es zeigt, dass er auf sich achtet.

»Molly«, sagt er sanft, »ich weiß, dass du noch keine Entscheidung treffen willst. Wenn du noch nicht so weit bist, ihn zu verlassen, kann das warten. Es geht hier nicht um mich oder darum, was ich denke. Es geht um dich. Wenn du dir nicht vorstellen kannst, worüber wir gesprochen haben, hast du dann vielleicht darüber nachgedacht, erst einmal einen kleineren Schritt zu machen? Zu deinen Eltern zu ziehen oder so etwas?« Ich nicke, und er drückt meine Hand, und ich halte den Atem an. »Ich weiß, es kommt dir illoyal vor, aber wir wussten, dass es irgendwann so weit kommen würde.«

Er steht auf und lässt meine Hand los, und ich fühle mich verlassen. Dann lächelt er zärtlich, und ich verspüre den Drang, ihn zu berühren. Ich möchte spüren, wie seine Stärke in meinen Körper fließt.

»Ich bin immer für dich da, okay?«

»Ich weiß, Charlie.« Ich sehe ihn dankbar an und frage mich, wie ich je ohne ihn klargekommen bin. Ich weiß, es ist falsch, aber ich kann nicht anders, ich beuge mich vor und küsse ihn.

8:30 Uhr

Ich zucke zusammen, als die Weinflaschen klirrend in den Mülleimer fallen. Wie kann es so angenehm und melodisch klingen, Wein in ein Glas zu schenken, wenn die Entsorgung so schambehaftet und von Misstönen begleitet ist? Auch wenn ich klug genug war, der Versuchung eines Abschiedsdrinks gestern Abend zu widerstehen, hat sich mein Wunsch danach nur noch verstärkt, als ich allen anderen dabei zugesehen habe, wie sie sich dem Alkohol hingaben. Wie bei einem Mann, von dem man weiß, dass er nicht gut für einen ist – und das kommt mir eindeutig bekannt vor. Plötzlich taucht in meinem Kopf ein Bild von ihm auf, so wie er in der Nacht unserer Firmen-Weihnachtsfeier im Soho House ausgesehen hat. Mit diesem lüsternen selbstzufriedenen Lächeln, das sagte: Dich kriege ich. Sein intensiver Blick, sein attraktiver Bartschatten. Ich dachte, ich sei ihn vor Jahren losgeworden – warum jetzt? Dieser Umzug bringt mich ganz durcheinander. Ich bin froh, wenn das vorbei ist. Ich binde hastig den Müllsack zu und bringe ihn zur Hintertür hinaus.

Genau in dem Augenblick stolziert Sally mit hocherhobenem Schwanz vorbei – diese hochnäsige Katzendame. Sie wird aufgeregt von Harry begrüßt, der schnurrend um meine Beine streicht. Sie sieht ziemlich verwahrlost aus. Keiner von beiden ist glücklich über den Umzug, aber beide gehen damit auf unterschiedliche Weise um. Sally ist die streunende Teenagerin, die ihr Missfallen zum Ausdruck bringt, indem sie nächtelang wegbleibt, während bei Harry der anschmiegsame, häusliche Charakter stärker durchkommt. Die Bestürzung über die Veränderung eint sie jedoch. Ich habe versucht, ihnen klarzumachen, dass sie mir vertrauen können. Dass wir an einen Ort ziehen, an dem es uns allen besser gehen wird, aber ich bin mir nicht sicher, ob sie mir glauben. Ich verstehe, dass es schwer für sie ist, aber ich sage ihnen stets, dass das Ende einer Sache den Beginn von etwas Neuem bedeutet. Ich hoffe nur, dass ich recht habe.

Der reumütige Kuss

Gibt es ein Leben, in dem man nichts bereut? Daran habe ich noch nie geglaubt. Wir streben in unserem Leben zwar alle nach Glück und Erfüllung – in der Arbeit, in der Liebe und bei unseren Freunden und Familien. Dennoch vergeuden wir viel Energie darauf, uns über schlechte Partner, falsche Karriereentscheidungen, Streitigkeiten mit Freunden und verpasste Gelegenheiten zu beklagen. Oder geht das nur mir so? Ich gebe zu, dass das Glas für mich von Natur aus eher halb leer ist, aber ich weiß, dass Reue dem Glück im Weg steht, und deshalb bemühe ich mich. Ich habe gelernt, dass alles eine Frage der Entscheidung ist. Man kann sich entscheiden, in negativen Erfahrungen etwas Lehrreiches zu sehen, durch das sich das Leben verändert hat. Glaubt mir, ich bemühe mich wirklich sehr darum. Aber ich schaffe es einfach nicht. Weil ich immer wieder denke: Vielleicht habe ich es nicht anders verdient. Vielleicht ist das meine Strafe.

<<*Zurückspulen 12.12.2004*>

»Casey?«, heule ich, nachdem ich Caseys Mailboxansage gehört habe. Ich stolpere durch die Straßen von Soho und bin einer von vielen Nachtschwärmern, die zu viel hochprozentiges Weihnachten genossen haben.

»Bitte geh ran«, stöhne ich und hickse unter Tränen. »Ich weiß, dass du wahrscheinlich bei der Arbeit bist, aber ich muss mit dir reden. Ich muss wirklich unbedingt mit dir reden. Ich habe etwas Schreckliches getan. Etwas Unverzeihliches.« Ich fange erneut an zu schluchzen und lege auf.

Ich blicke hinauf zur Weihnachtsbeleuchtung. Aus einem Schaufenster blickt mich ein kesser Weihnachtsmann spöttisch an, und in der Ferne singen ein paar Betrunkene *»Santa Claus is coming to town«*. Wenn der Weihnachtsmann jetzt eine Liste schreibt, *weiß* er, dass ich ungezogen gewesen bin.

Ich stolpere über das Kopfsteinpflaster. Ich kann nicht mehr klar sehen, geschweige denn gerade gehen, und alles, woran ich denken kann, sind die letzten vier Weihnachten, die ich mit Ryan verbracht habe. Wenn es um diese Jahreszeit geht, ist er wie ein Kind, ein aufgeregter Welpe, der gierig jede Tradition aufschnappt: Am 1. November geht es mit Mince Pies los, es folgen Weihnachtsstollen, Glühwein und andere Feiertagsleckereien, die Wochen im Voraus pflichtbewusst zubereitet werden. Aus der Küche strömen intensive, würzige Düfte, während ich nichts anderes tue als Fernsehserien zu gucken. Und dann ist da noch die Deko, die im typischen Cooper-Stil eher grell als glamourös ist.

Jedes Jahr, ohne Ausnahme, komme ich nach Hause und stelle fest, dass Ryan heimlich unsere Wohnung geschmückt hat. Erst vor ein paar Tagen hatte er Lametta um unsere Bilderrahmen drapiert, einen aufblasbaren Weihnachtsmann in der Ecke unseres Wohnzimmers aufgestellt und Kunstschnee auf die Fenster gesprüht. Selbst die Flamingo-Lampe, die seine Mutter uns zum Einzug geschenkt hat und von der ich mich seither nicht trennen kann, war Teil der Vorstellung und trug eine kecke Nikolausmütze auf dem Kopf.

»Ach, komm schon, Molly«, hatte Ryan gemeint und mich in den Arm genommen. »Weihnachten ist nicht stilvoll, an Weihnachten soll man Spaß haben!« Und ich ließ mich wie immer erweichen, denn, was ich niemals geglaubt hätte, mit ihm und seiner Familie machte Weihnachten tatsächlich Spaß.

Dinge, die ich an Cooper-Weihnachten mag:

- Bei Jackie und Dave zu sein und ordentlich verwöhnt zu werden
- Mit Ryan kitschige Weihnachtsfilme zu gucken
- Die offene-Tür-(und offene-Flaschen)-Politik während der Feiertage
- Eingekuschelt in Ryans Jugendbett zu liegen, während er am Strand schon seinen Morgenlauf absolviert
- An Heiligabend und im Ausverkauf am 26. Dezember mit dem gesamten Cooper-Clan einkaufen zu gehen (Oma Door bietet einen unvergesslichen Anblick, ihre Ellenbogen sind spitzer als Joan Rivers Zunge).
- Wenn meine Eltern zum Weihnachtsessen kommen

und gezwungen werden, beim Karaoke und den Partyspielen mitzumachen.

- Die Ansprache der Queen zu verpassen

Aber jetzt, dieses Jahr, habe ich alles ruiniert. Ich wische mir die heißen Tränen fort, die auf meinen Wangen brennen. Ich habe das Gefühl, nie mehr in den Spiegel blicken zu können, ohne in meinen Augen zu lesen, was ich Ryan soeben angetan habe.

Wie zum Teufel soll ich ihm jetzt gegenübertreten?

Der hohle Kuss

Kann man wirklich jemandem versprechen, immer für ihn da zu sein? Ich habe es getan und habe mein Wort gebrochen, und jetzt, Jahre später, ist mir das Gleiche passiert. Ist das mein Karma? Ich glaube, dass das Leben bei einem selbst beginnt und endet. Wir alle brauchen Liebe und sehnen uns danach, von anderen unterstützt zu werden, aber wir müssen den Halt zuerst in uns selbst suchen. Wir sind alle stärker, als wir denken. Wir können viel mehr aushalten, als wir glauben. Wir überstehen das Schlimmste und finden einen Weg, wieder zu lächeln.

Start> 12.12.2004, 5:54 Uhr

Ich kann nicht länger in der Wohnung bleiben, das ertrage ich nicht. Auf Zehenspitzen tippele ich durchs Schlafzimmer und versuche, Ryan nicht zu wecken. Er schläft noch immer selig, genau wie gestern Nacht, als ich mich hereingeschlichen habe. Er lag eingerollt auf seiner Seite, den kräftigen Arm auf meine Bettseite gelegt, als würde er ihn im Schlaf nach mir ausstrecken. Seine Haare liegen ausgebreitet auf dem Kopfkissen, und seine Bartstoppeln haben sich über Nacht von groben Sandkörnern in Stroh verwandelt. Am liebsten würde ich den ganzen Tag dort stehen und ihn beobachten, aber das kann ich nicht. Ich muss weg, bevor er aufwacht. Ich kann ihm nicht unter die Augen treten. Noch nicht. Ich muss erst überlegen, was ich sage, was ich tue. Ich weiß, wenn er jetzt aufwacht, würde ich so tun, als ob alles okay wäre. Ich würde unter die Decke zurückschlüpfen und meine Untreue hinwegküssen, mit ihm schlafen, mich mit ihm, mit uns trösten, mit der einzig guten Sache, die ich je kennengelernt habe.

Ich schreibe Ryan schnell eine Nachricht, damit er weiß, dass ich zu Hause gewesen bin, und – noch wichtiger – damit er weiß, dass ich zurückkomme.

Ryan, ich konnte nicht schlafen. Deshalb bin ich früh zur Arbeit gegangen. Ich komme spät nach Hause.
Ich liebe dich.

Ich hebe den Kugelschreiber vom Umschlag, auf den ich geschrieben habe. Dann füge ich hinzu:

Es tut mir leid.
Molly

Ich nehme meine Tasche und werfe noch einen Blick auf unsere gemütliche Wohnung. Es ist, als würde ich in ein Sammelalbum meines Lebens blicken. Dort, über dem Schreibtisch, hängt der Druck von Hadleigh Castle, den mein Vater gekauft und für mich hat rahmen lassen, als ich zur Uni gegangen bin, damit er mich an zu Hause erinnert. Darüber hängt das Foto von John Lennon und Yoko. Der Philippe-Starck-Louis-Ghost-Stuhl, den wir uns geschenkt haben, als wir die Wohnung gekauft haben, steht vor dem Schreibtisch. Über dem Kamin hängt das auf Leinwand gedruckte Foto von den Kieselsteinen, die ich fotografiert habe, als Ryan und ich vor drei Jahren zunächst bei Jackie und Dave eingezogen waren. Ich wende mich wieder zur Tür und lächele traurig. Dort hängt ein leerer goldener Bilderrahmen, den wir feierlich an dem Abend aufgehängt haben, als die letzte Folge von *Friends* ausgestrahlt wurde. Es ist erst ein paar Monate her, aber es kommt mir wie Jahre vor. Nichts von alledem fühlt sich an, als würde es noch mir gehören. Ich öffne die Tür, und als ich hinaustrete, steige ich über die Union-Jack-Fußmatte (eine weitere Aufmerksamkeit von Jackie) und stolpere in den Hausflur. Ohne mein Zutun fällt die Tür hinter mir ins Schloss. Es ist, als würde sie mich voller Abscheu auf die Straße jagen.

In meiner Tasche klingelt das Handy. Ich spähe hinein, besorgt, dass Ryan aufgewacht ist, meine Nachricht gelesen hat und will, dass ich zurückkomme. Ich blicke auf das Display, bevor ich rangehe. Die Erleichterung ist mir deutlich anzuhören.

»Molly?«, sagt eine freundliche, aber besorgte Stimme.

»Ach, Casey …«, antworte ich, und sogleich rinnt eine frische Tränenflut über mein Gesicht.

»He, Süße, ist schon okay! Was auch immer passiert ist, es kommt wieder in Ordnung«, tröstet sie mich.

»Nein, Casey, das nicht.« Ich schluchze, blicke zurück zu unserer Wohnungstür und steige die Treppe hinunter.

»Was ist los? Was ist passiert?«, fragt sie.

»Kann ich vorbeikommen?« Plötzlich habe ich das Bedürfnis, London zu verlassen, mich vom Tatort zu entfernen. Ich kann nicht zur Arbeit gehen. Nicht heute. Es ist mir egal, was das für einen Eindruck macht. Ich muss zu ihr – den Strand sehen, die Meeresluft einatmen. Und ich brauche etwas Zeit, um nachzudenken und zu überlegen, was ich tun soll. Casey ist die einzige Person, die mir dabei helfen kann, die einzige, die Ryan und mich gut genug kennt.

Wir gehen am ewig langen Southend Pier spazieren, ein Weg, den wir schon unzählige Male genommen haben. Casey umklammert meinen Arm, genau wie sie es getan hat, als wir Teenager waren. Damals gab es mir das Gefühl, stark zu sein, gebraucht zu werden, jetzt empfinde ich ihre Gegenwart als tröstend. Als könnte sie mich in eine Zeit zurückversetzen, in der Ryan und ich noch glücklich waren.

Als sie mich um kurz nach acht Uhr morgens am Bahnhof abholte, bin ich in Tränen ausgebrochen. Sie war noch im Pyjama gewesen. Doch selbst der bestand – typisch Casey – aus hübschen kleinen Flanellshorts, die sie mit Stulpen und einem großen rosa Kapuzenpullover kombiniert hatte, der perfekt zu ihrer olivfarbenen griechisch-italienischen Haut und ihren schwarzen Haaren passte. Wir fuhren zurück zu ihr nach Hause, sie kochte mir eine Tasse Tee, und ich saß auf ihrem blassrosa Sofa und weinte, während ich ihr alles erzählte. Dann zog sie sich etwas Wärmeres an und erklärte mir, wir würden einen Spaziergang machen, um einen klaren Kopf zu bekommen.

»Weißt du, ich habe darüber nachgedacht, Süße, und ich glaube wirklich nicht, dass es so schlimm ist, wie du meinst«, sagt Casey, nachdem wir ausnahmsweise eine Weile geschwiegen haben, was nur daran lag, dass der Wind uns buchstäblich den Atem raubte.

»Meinst du?« Ich sehe sie zweifelnd an. »Wirklich? Meinst du, Ryan wird mir vergeben?« Es ist ein kurzer hoffnungsvoller Moment, der schnell von Caseys ernstem Gesichtsausdruck und der öden winterlichen Meereslandschaft zunichtegemacht wird.

Es ist ein trüber grauer Tag. Wie drohende Gespenster, die es auf mich und meine Beziehung abgesehen haben, stürmen die dunklen Wolken unheilvoll über die Bucht hinweg. Ryan war für mich immer wie die Sonne. Am glücklichsten ist er im Sommer, wenn er alles tun kann, was ihm Spaß macht: Schwimmen, Segeln, Surfen. Sommer bedeutet Strand, Herzmuscheln essen und im Garten Wein trinken. In die Bucht hinaussegeln oder an einem sonnengetränkten Strand liegen, wie dort, wo wir uns zum ersten Mal richtig geküsst haben. Im Winter scheint Ryan sich zurückzuziehen, irgendwie zu verblassen.

Ich frage Casey noch einmal: »Meinst du, dass er mir vergibt?«

Sie nimmt meine Hand und sieht mich aus ihren großen dunkelbraunen Augen mit den geschwungenen Wimpern an. »Nein, Molly«, sagt sie sanft. »Wenn du ihm erzählst, was passiert ist, ist es aus. Ich weiß, dass du das nicht hören willst, aber *ich* denke ja, dass das vielleicht gar nicht so schlimm ist, weißt du?«

Mein Magen krampft sich ängstlich zusammen, bis ich das Gefühl habe, kaum noch aufrecht stehen zu können. Der Schmerz kriecht meinen Körper hinauf und schnürt meine Brust zu, bis ich keine Luft mehr bekomme.

»Ich weiß, es ist nicht das, was du hören willst, Süße«, fährt Casey fort. »Ich weiß, dass ihr einander liebt, aber du bist schon eine ganze Weile nicht mehr glücklich. Du warst so jung, als ihr zusammengekommen seid – *zu* jung. Ich weiß, dass du das nicht gern hörst, weil Ryan der beste Kerl überhaupt ist. Der BESTE«, wiederholt sie mit Nachdruck.

Ich schluchze an ihrer Schulter, bleibe dabei aber etwas ungelenk einen halben Schritt von ihr entfernt stehen. Ich habe noch nie in dieser Weise Caseys Hilfe gebraucht, und ich will so tun, als bräuchte ich sie noch immer nicht. Denn in dem Augenblick, in dem ich mich in ihrem Mitleid suhle, akzeptiere ich, dass ich richtig Mist gebaut habe. Casey kennt Ryan und mich von Beginn an, sie hat meinen letzten Funken Hoffnung zunichtegemacht, dass ich es vielleicht noch wieder hinbiegen könnte. Seit das gestern Abend passiert ist, habe ich nur an Ryan gedacht. An ihn. An uns. Wie glücklich wir gewesen sind und wie selbstverständlich ich das hingenommen habe.

Casey redet weiter, aber ich finde es nicht so beruhigend, wie ich gehofft hatte. Wenn ich ehrlich bin, kommt es mir merkwürdig vor, Beziehungsratschläge von ihr zu erhalten. Normalerweise helfe ich *ihr*. Ich sammle die Scherben auf, nachdem jemand sie sitzengelassen hat, und befasse mich mit den unzähligen Konsequenzen ihrer Untreue (sie ist die Betrügerin, die Betrogene, aber meist die andere Frau).

»Weißt du, was komisch ist«, bemerkt sie nachdenklich – was gefährlich ist. Casey denkt selten, *bevor* sie spricht oder handelt. »Als Teenies waren du und Ryan so verschieden, dass ich nie gedacht hätte, dass ihr tatsächlich einmal zusammenkommt.«

Ich blicke zurück zum Pleasure Pier, dem Vergnügungspark. Als Teenager haben Casey und ich hier viele glückliche Wochenenden verbracht, haben an den Spielautomaten gezockt, Zuckerwatte gegessen und Runden auf den Fahrgeschäften gedreht. Jetzt kommt er mir deprimierend öde vor.

Dann spricht Casey weiter. »Ich weiß, mit einem Typen wie Ryan zusammen zu sein, hat deinem Selbstwertgefühl gutgetan, als wir noch jünger waren. Aber du bist kein Kind mehr, Süße. Vielleicht seid ihr zwei einfach erwachsen geworden und habt euch auseinandergelebt«, fügt sie mit einem Seitenblick auf mich hinzu.

»Mit meinem Selbstwertgefühl war alles in Ordnung!«, erwidere ich schrill. »Ich war ein unglaublich selbstbewusster Teenager!«

Casey legt den Kopf schief, was irgendwie etwas herablassend wirkt, und verschränkt die Arme vor der Brust. Auf dem windumwehten Pier wirkt sie wie ein Model: Ihr glatter schwarzer Pferdeschwanz weht ihr ins Gesicht, und ein paar Strähnen bleiben an ihren Lipgloss-Lippen hängen. Sie ist das beste Aushängeschild für *Das hässliche kleine Entlein, das sich in einen Schwan verwandelt*, das ich je gesehen habe. »Komm schon, ich weiß, dass du einen auf tough gemacht hast, um mich zu beschützen und damit die Leute nicht denken, du würdest etwas auf ihre Meinung geben. Aber du wolltest *unbedingt* jemand anderes sein. Nicht ganz so schlimm wie ich allerdings.« Sie kichert und stupst mich an. »Erinnerst du dich noch an diese Brille und an die Zahnspange? Und das Problem mit meiner griechischen Gesichtsbehaarung? Ganz zu schweigen von Mamas Obsession, mich jeden Tag mit Moussaka vollzustopfen! Ich danke Gott für Step Aerobic. Und Wachs! Und du, Molly, hast dich so sehr bemüht, anders zu sein, dabei wolltest du nur das haben, was den anderen Mädchen einfach zuflog: deinen eigenen Stil, Freunde, einen festen Freund. Du hast so getan, als würdest du alles verachten, wofür diese schrecklichen Heather-Tussis in der Schule standen, aber ich habe gesehen, wie du sie angesehen hast. Auch wenn sie total fies zu uns waren, wolltest du eigentlich sein wie sie. Das wollten wir alle. Und Ryan war das ultimative Ziel. Ich finde es furchtbar, das zu sagen, aber du hast dich verändert, um in sein Leben zu passen, und das war der Moment, in dem die Dinge in die falsche Richtung liefen. Du und Ryan – das hätte ein Versuch bleiben müssen, eine Sommerromanze. Dann wärst du nach London gegangen und hättest dort allein gelebt, wärst Fotografin geworden und gereist – all die Dinge, die du vorhattest.«

Ich wende mich ab, ich will nicht noch mehr hören, aber Casey dreht mich um, sodass ich sie ansehen muss.

»Ich sage das alles nur, weil ich mich um dich sorge, Molly!« Ihre Augen funkeln, ihr Griff fühlt sich an wie eine Zange. »Du hast diesen Kollegen geküsst und das nur, weil du unglücklich bist. Du suchst einen Weg, aus deiner Beziehung auszubrechen, und, betrunken oder nicht, du hast es getan. Ich weiß, dass du nicht mit ihm *geschlafen* hast, aber sei ehrlich, du wolltest es, oder? Und ist das nicht fast dasselbe? Sieh mich nicht so an. Ich versuche nur, dich davon abzubringen, dir noch länger etwas vorzumachen. Vergeude nicht noch mehr Jahre mit dem Falschen, nur weil es sich sicher anfühlt. Dort draußen gibt es jemanden, der so perfekt zu dir passt, wie Ryan es nie kann. Und auch für Ryan gibt es so jemand. Warum gibst du dir – und ihm – nicht die Chance, das herauszufinden?«

Ich wende den Blick ab und sehe hinaus aufs Meer. Ich möchte mich gegen ihre Worte abschotten, mir die Finger in die Ohren stecken und »la, la, la« singen, wie ich es früher getan habe, wenn meine Mutter versucht hat, mir etwas zu sagen, das ich nicht hören wollte. Ich versuche, mich von Casey loszumachen, schaffe es jedoch nicht, weil sie sich so fest an meine Arme klammert, dass sie mich kneift. Aber am meisten schmerzen mich ihre Worte, weil ich weiß, dass sie recht hat. Ich blicke genau in dem Moment zum Himmel hinauf, als die wütenden schwarzen Wolken den Regen, der die ganze Zeit über drohte, nach unten schicken.

»Ich muss nach Hause«, sage ich und taumele zurück. »Ich muss mit Ryan reden.«

»Molly!«, ruft sie und sieht mich so verzweifelt und besorgt an, dass ich einen Schritt zu ihr zurückgehe und sie küsse. Es ist ein flüchtiger Kuss auf ihre vom Wind gepeitschte Wange, ein Zeichen, dass sie mir geholfen hat, auch wenn es mir dadurch nicht besser geht. Aber es ist ein hohler Kuss, denn so fühle ich mich: Ich fühle mich leer. Ich muss Ryan sagen, was ich getan habe, und mir ist klar, dass dies das Ende unserer Beziehung bedeutet.

Ein Kuss kann nicht heilen

»Ein Kuss ist ein schöner Trick, den die Natur ersonnen hat, um das Reden zu unterbrechen, wenn Worte überflüssig werden.« Das hat Ingrid Bergman einmal gesagt, und es stimmt. Wir küssen uns zur Begrüßung, um Schweigen zu überbrücken, um zu zeigen, wie sehr wir jemanden vermisst haben und dass wir uns freuen, mit ihm zu sein. Wir küssen, um Streitigkeiten zu beenden oder ein Gespräch zu unterbrechen, das wir nicht länger führen möchten. Wir nutzen Küsse auch, um so zu tun, als sei alles in Ordnung. Das habe ich in letzter Zeit häufig getan. Aber es hat sich herausgestellt, dass ein Kuss nicht alles heil machen kann.

Vorspulen>> 12.12.2004>

Als ich die Tür zu unserer Wohnung öffne, schlagen mir Wärme und der Geruch von Maronen sowie der Zimtduft von Ryans Glühwein entgegen. Das vertraute Klappern von Töpfen und Pfannen wird von seinem Summen zu »Stay another Day« von *East 17* begleitet. Ich bleibe erstarrt in der Tür stehen und muss mich zwingen, nicht gleich wieder zu gehen.

Ich trete ins Wohnzimmer und sehe die üppige Dekoration und den protzigen Weihnachtsbaum, dessen Anhänger mich mit vorwurfsvollem Gesicht anzublicken scheinen. Selbst die glänzenden Kugeln tun ihr Bestes, mir meine Schuld entgegenzuspiegeln.

»Molly?«, ruft Ryan aus der Küche. »Nur eine Minute! Ich bin gleich da!«

Ich halte den Atem an und warte mit gesenktem Kopf, dass er den Raum betritt. Er wird sofort wissen, was ich getan habe. Er wird es in meinem Gesicht lesen.

Doch stattdessen kommt er fröhlich grinsend in einem Kapuzenpullover herein, den ich ihm letztes Jahr zu Weihnachten geschenkt habe. Er sieht genauso glücklich aus wie immer, und als er mich herzlich in die Arme nimmt, klammere ich mich an ihn und wünschte, er würde mich nie mehr loslassen. Doch dann erstarre ich und rücke von ihm ab. Das ist selbstsüchtig. Wenn ich ihm das Gefühl gebe, alles sei in Ordnung, wenn es das in Wahrheit nicht ist, würde ich ihn gleich noch einmal betrügen.

Ryan lehnt sich zurück, zieht die Brauen zusammen und sieht mich besorgt an. Er streicht mir über die Wange. »Molly, wegen gestern Abend am Telefon, es tut mir …«

»Nicht, Ryan«, unterbreche ich ihn. Ich will nicht, dass er die Worte an mich verschwendet, die nur *ihm* zustehen. »Bitte nicht.« Ich fange an zu weinen und sinke auf den Boden. »Ich will das nicht tun, Ryan.« Ich sehe mit flehendem Blick zu ihm hoch. »Das musst du mir glauben. Aber …«

Ryan sinkt ebenfalls auf den Boden und starrt mich verwirrt an. »Was ist los, Molly? Es war nur ein alberner Streit, aber ich weiß, dass ich zu weit gegangen bin. Du hattest jedes Recht, nach eurem Weihnachtsessen mit deinen Kollegen auszugehen. Ich hätte dich heute anrufen sollen, aber ich wollte dich überraschen, es wiedergutmachen. Ich habe für dich gekocht! Es gibt Kürbiscremesuppe und anschließend Risotto mit Pancetta und gebackenen Maronen, dazu Ruccolasalat mit Parmesan und Pinienkernen. Und zum Abschluss … Scheiße, Molly, jetzt hör doch bitte auf zu weinen, du machst mir Angst. Ich weiß, dass ich Dinge versprochen und nicht gehalten habe und deshalb …«

»Ry…«

»Nein, lass mich ausreden!«, sagt er langsam und entschieden.

Ich sehe ihn verzweifelt an und bete im Stillen, dass er aufhören möge zu reden. Er reibt sich müde den Kopf. »Es hat sich eine gewisse Routine in unser Leben geschlichen. Ich weiß, dass ich gestresst und müde war und dass ich das an dir ausgelassen habe. Dass ich selbstsüchtig gewesen bin. Dass ich von dir erwartet habe, dass du das Leben führst, das *ich* will, und nicht das, von dem *du* geträumt hast, und ich bin entschlossen, das zu ändern, damit …« Ryan fährt sich mit den Fingern durch die Haare und sieht mich wie ein Kind an, das es kaum erwarten kann, ein Geheimnis zu verraten. »Ich wollte bis Weihnachten warten, aber …« Er rennt aus dem Zimmer, und ich öffne den Mund und versuche, etwas zu sagen, ihn irgendwie aufzuhalten. Doch er ist zurück, bevor ich ein Wort herausbringen kann, schlittert über den Boden zu mir wie ein Labrador, vor Aufregung japsend, den Blick voller Liebe, Hoffnung und Treue, und drückt mir einen Umschlag in die Hand.

»Hier drin, Molly, ist die Antwort auf all unsere Probleme!«, verkündet er. »Es ist kein Lotteriegewinn oder eine Weltreise, nicht einmal annähernd, aber es ist ein Versprechen, dass sich die Dinge ändern werden. Dass unser Leben von jetzt an anders verlaufen wird. Nun, mach schon, öffne ihn!«

Ich starre mit leerem Blick auf den Umschlag, das Papier zittert in meiner Hand. Das Radio spielt »If you leave me now« von *Chicago*. Ich würde es für ein Zeichen halten, hätte Ryan nicht Heart FM eingeschaltet. Hier ist jedes Stück ein verdammtes Liebeslied. Ich blicke auf, verzweifelt bemüht, Ryan zu zeigen, dass alles nur noch schlimmer wird, wenn ich diesen Umschlag öffne.

»Ryan, ich kann nicht.« Ich reiche ihm den Umschlag zurück.

»Bitte, Molly.« Er sieht mich flehend an. Er weiß, dass das Leben, das er kennt, ihm gerade entgleitet. Wenn ich den Umschlag öffne, kann er sich noch ein bisschen länger daran klammern, dass er es vielleicht wieder in Ordnung bringen könnte.

Er weigert sich, den Umschlag zu nehmen, und so fällt er auf den Boden.

»Ryan, es gibt etwas, das ich dir sagen muss.«

Ryan fährt sich durch die Haare, so wie er es immer tut,

wenn er verzweifelt oder ängstlich ist, und schüttelt den Kopf. »Nein, hör zu, du verstehst mich nicht! Ich mache ihn für dich auf!« Er beugt sich hinunter und stößt ungeduldig die Luft aus, während er an dem Umschlag herumnestelt, ihn aufreißt, mir den Inhalt entgegenstreckt und aufsteht.

»Es sind zwei Tickets nach New York. Für Silvester! Ich will, dass wir das Neue Jahr an einem Ort beginnen, an den ich dir versprochen habe, mit dir zu reisen.« Er streckt mir noch immer die Hand mit den Tickets entgegen. »Ich hätte das schon vor Ewigkeiten tun sollen, aber ich war so damit beschäftigt, an die Zukunft zu denken, dass ich ganz vergessen habe, im *Jetzt* zu leben. Ich war festgefahren, Schatz.« Er stößt verzweifelt die Luft aus. »Das hier«, er hält mir erneut die Tickets hin, »das ist mein Versprechen. Du kannst dich auf mich verlassen. Du kannst alles von mir haben, Molly. Molly?«

»Halt mich …«, sage ich schluchzend, während die Tickets auf den Boden fallen.

»Molly?« Er hält mich, und ich lehne mich an ihn.

Ich wünsche mir mehr als alles andere, ihm sagen zu können: Ja, wir fahren nach New York. Ja, unser Leben wird anders, unsere Beziehung wird besser werden, nichts hat sich verändert.

Jetzt, wo ich kurz davor bin, ihn zu verlieren, möchte ich ihm das sagen. Jetzt sehe ich, was ich die ganze Zeit an ihm hatte. Dass es alles ist, was ich mir wünschen kann, und dass ich das schon vor langer Zeit hätte merken müssen. Ich möchte ihm sagen, was für eine selbstsüchtige, materialistische, oberflächliche Person ich geworden bin. Dass ich ihn nicht verdient habe. Dass ich in den drei Jahren durch ihn zwar schon viel besser geworden bin, als ich jemals gedacht hätte, dass es aber immer noch nicht gut genug ist. Dass *ich* nicht gut genug bin. Ich möchte ihm sagen, dass ich kein New York oder irgendetwas anderes brauche. Dass das, was ich getan habe, mir klargemacht hat, dass ich einfach nur ihn haben will. Für immer. Ich möchte unsere gemütliche Wohnung mit der verrücken Weihnachtsdekoration. Ich will seine überall herumliegenden Sachen. Ich will jeden Tag für den Rest meines Lebens seine Socken aufheben – auch die schrecklichen weißen. Ich will die perfekte Freundin sein. Die Freundin, die ich nie gewesen bin, die er jedoch verdient. Das alles will ich. Ab sofort. Ich will ihm meine Liste mit Gründen überreichen, weshalb unsere Beziehung nicht perfekt ist, und meine Liste, weshalb sie es wert ist, um sie zu kämpfen. Doch stattdessen denke ich an mein Gespräch mit Casey und sage Folgendes:

»Ich habe dich betrogen, Ryan. Ich habe dich betrogen, und es tut mir leid.« Ich weine und küsse sein Gesicht, während ich Worte flüstere, von denen ich hoffe, dass sie den Schmerz heilen, den ich ihm gerade zugefügt habe: »Es war nur ein Kuss, nicht mehr, es tut mir leid.«

Daraufhin stößt er mich zurück, taumelt rücklings in den Weihnachtsbaum und reißt das gesamte Ding um. Kugeln, Lametta, Rudolph und alles kracht auf den Boden und zerbricht. Ich sehe mich erschrocken um und stelle fest, dass nur der Flamingo noch steht. Dieser verdammte Flamingo.

»Ich gehe eine Runde laufen«, sagt Ryan. Und dann ist er weg, und die Tür fällt hinter ihm ins Schloss.

Ich rufe die Person an, mit der ich mehr als mit jedem anderen Menschen sprechen will. Als Casey nicht abhebt, rufe ich meine Mutter an. Ich weiß, dass ich mich danach noch schlechter fühlen werde, was auf eine kranke Weise allerdings genau das ist, was ich will.

»Hier Carter, hallo – bist du das, Molly? Alles in Ordnung?«, fragt sie, als ich augenblicklich zu schluchzen beginne.

»Nein, überhaupt nicht. Zwischen Ryan und mir ist es aus.« Erneut breche ich in Tränen aus.

»Was ist passiert?«, fragt sie energisch. »Was hat er getan?«

»Nein, nicht er. Er ist es nie. Ich habe wieder einmal Mist gebaut. Wie immer.«

»Aber, Molly, was …«

»… werden die Leute sagen?« Ich koche vor Wut, als ich ihren häufig benutzten Satz zu Ende führe. »Komisch, Mum, aber das ist mir gerade ziemlich egal.«

»Molly, das wollte ich gar nicht sagen.«

Aber ich lege auf, bevor sie weitersprechen kann.

Nach gefühlten Stunden kam Ryan zurück und schloss sich im Schlafzimmer ein, und ich tat, was jeder Brite in einer solchen Situation tun würde: Ich habe zwei Becher Tee gekocht, auf die Wand gestarrt und gewartet, dass er wieder herauskommt. Es dauerte zwei Stunden. Und als er kam, sah er verändert aus. Nicht wie der Ryan, den ich kenne, sondern wie der, den ich aus der Ferne kannte, als ich ein verwirrter Teenager war, und er der Typ, mit dem alle befreundet sein wollten: Cool, entspannt, gelassen – völlig unerreichbar für ein Mädchen wie mich. Er hatte sich zurückgezogen. Er hatte den Kapuzenpullover, den ich ihm geschenkt hatte, ausgezogen, und da wusste ich, dass es vorbei war. Er setzte sich ans andere Ende des Zimmers – so weit entfernt von mir, wie es körperlich möglich war – und warf mit Fragen wie mit Pfeilen nach mir.

»Wer?«

»Wann?«

»Warum?«

»Wie?«

»Hast du es genossen?«

»Hast du mit ihm geschlafen?«

»Wolltest du mit ihm schlafen?«

Und weinend antwortete ich ihm.

»Ein Kollege von der Arbeit.«

»Gestern Abend.«

»Das weiß ich nicht. Weil ich betrunken war. Nein, weil ich neugierig war. Ich weiß nicht, warum. Ich wünschte, ich hätte … Vielleicht wollte ich einfach etwas anderes ausprobieren. Es war ein Fehler. Ich will niemand anders, ich will nur dich.«

»Wie? Was meinst du damit? Auf die Lippen. Ach, es ist einfach passiert. Ich weiß auch nicht, wie. Im einen Augenblick haben wir uns unterhalten, im nächsten …«

»Ja. Nein! Nein, ich habe es nicht genossen! Auch wenn ich wirklich dachte, dass ich es will, es fühlte sich falsch an. Wie oft? Nur einmal. Nur. Ein. Mal.«

»Nein! Nein, ich habe nicht mit ihm geschlafen. Wofür hältst du mich?«

Auf die letzte Frage konnte ich nicht antworten. Jedenfalls nicht ehrlich.

Dann ließ er sich erschöpft von dem Verhör auf dem Stuhl zurückfallen. Sein Gesicht war leer. Mir kam der Gedanke, dass ich einst jedes Pixel von seinem schönen Gesicht kannte und sein Ausdruck jetzt einem blassen Polaroidbild glich. Er sah mich nicht an. Nicht ein einziges Mal.

»Ryan? Sag etwas. Bitte.«

Das sage ich jetzt noch einmal, um die Situation voranzubringen. Wir sitzen hier seit fast zwei Stunden, und wir haben nicht miteinander gesprochen. Nicht wirklich. Ich habe versucht, zu ihm zu gehen, aber er hat mich nicht an sich herangelassen. Zum ersten Mal war er es, der keinen Körperkontakt ertrug. Mir war nie bewusst, wie einsam man sich dadurch fühlt. Ich stamme aus einer Familie, in der Umarmungen oder ganz allgemein Gefühlsbekundungen nicht üblich sind. Außer bei Casey war ich immer gereizt, wenn Freundinnen oder Kolleginnen sich bei mir einhaken wollten. Von Luftküssen ganz zu schweigen. Ich finde es schwer genug, Menschen zu küssen, die ich mag, geschweige denn Menschen, die ich kaum kenne. Als ich mit Ryan zusammengekommen bin, tat ich mich schwer, mich an die ungezügelten Zuneigungsbekundungen in seiner Familie zu gewöhnen. Mit den Jahren fiel es mir leichter. Doch es hat mir erneut bewusst gemacht, dass ich Schwierigkeiten mit Nähe habe.

»Hör zu«, sagt Ryan mit ungewöhnlich kühlem Blick, »ich verstehe noch immer nicht, warum du das getan hast, Molly, aber weißt du – vielleicht hast du uns einen Gefallen getan. Ich glaube, wir sind schon seit einer Weile nicht mehr glücklich gewesen.« Er lässt den Kopf sinken, holt tief Luft, blickt erneut auf und lächelt mich traurig an. »Ich schätze, wir waren einfach zu jung für das alles.« Er deutet mit einer umfassenden Geste auf unsere kleine Wohnung, unser nun zerstörtes Zuhause.

»Vielleicht sind wir einfach zu verschieden«, sage ich nachdenklich. »Wir sind nicht wie dein Bruder und Lydia. Ich meine, jeder hat gleich gesehen, dass sie zusammengehören. Sie sind zur selben Zeit zusammengekommen wie wir, und jetzt sind sie verlobt, und wir …« Ich sehe ihn fragend an.

»Carl meinte, er hätte sofort gewusst, dass sie zueinanderpassen«, bestätigt Ryan und blickt aus dem Fenster. Ich sehe ebenfalls hinaus und bemerke, dass es schneit. Die weichen Flocken sammeln sich auf der Fensterscheibe und verweilen dort so lange, bis der Wind sie fortweht. Ihre Zartheit wirkt wie ein unheilvolles Zeichen. »Ich dachte, das würden wir auch.« Er sieht mich mit traurigem Blick an. »Aber du musst die Welt erkunden, du musst herausfinden, was dich glücklich macht, und ich …« Er stockt und hält den Atem an.

Ich stehe auf und nehme seine Hand. Ich habe das Bedürfnis, ihm noch eine letzte Sache zu sagen, zu erklären. »Ich wünschte, wir wären uns fünf Jahre später begegnet, Ryan. Ich wünschte, ich wäre anders. Ich wünschte, ich wäre bereit für das hier, für dich. Ich habe Angst, dass ich nie wieder so etwas haben werde. Dass ich die große Liebe meines Lebens wegwerfe.«

Ryan nimmt mein Gesicht in seine Hände, streicht über meine Wangen und wischt meine Tränen fort, während seine ins Leere fallen. »Ich werde immer für dich da sein, Molly. Immer. Ich werde dich immer lieben, auch wenn wir nicht zusammen sind.«

Und dann zieht er meinen Kopf zu sich. Seine Stirn fühlt sich glühend heiß an, und ich spüre seinen warmen Atem auf meinem Gesicht, der mich zwingt, ihm wie eine Sonnenblume meine Lippen darzubieten. Dann küsst er mich zärtlich. Aber dieser Kuss ist anders als die hundert, als die tausend Küsse davor. Denn es ist ein Abschiedskuss.

Der verschwendete Kuss

Und der Himmel küsst die Erd
Und das Mondenlicht den Fluss –
Was sind all die Küsse wert,
Weigerst du den Kuss?

Percy Bysshe Shelley

Wie viele Küsse vergeuden wir, wischen sie fort, werfen sie weg. Und dann, wenn sie nicht mehr da sind, wünschen wir uns, wir könnten sie hundertfach noch einmal erleben? Das treibt mich manchmal um, wenn ich niedergeschlagen bin, wenn ich mich frage, was Ryan denkt oder was er tut. Ich erinnere mich noch, wie die Vorstellung, Ryan würde jemand anders küssen, mir als das Schlimmste erschien, was mir passieren konnte. Jetzt weiß ich, dass es das nicht ist.

Vorspulen>> 31.12.2004>

»Komm schon!«, sagt Casey und hievt mich auf die Füße hoch.

»Neeein.« Ich greife verzweifelt nach Caseys Hello-Kitty-Bettdecke wie ein Baby nach seinem Schmusetuch. Außerhalb der Arbeit ist die Decke in den letzten zwei Wochen meine ständige Begleiterin gewesen. Ich bin sicher, dass mein Körper sich wie beim Turiner Grabtuch darin eingeprägt hat.

»Es ist mir egal, was du sagst, Moll. Wir gehen heute Abend aus. Ob du willst oder nicht! Es ist Silvester! Du bist vor zwei Wochen hier eingezogen, und wenn du nicht bei der Arbeit bist, bläst du hier nur Trübsal. Du veschandelst meine Einrichtung. Sieh nur!« Sie deutet zur Decke hinauf. »Diese Glitzerkugel verteilt dein trauriges Gesicht im ganzen Zimmer, das ertrage ich keine Minute länger! Es wird Zeit, dass wir das alte Jahr verabschieden – und die alten Männer – und das Neue willkommen heißen! Zieh dir einen schicken Fummel an, wir gehen jetzt!«

Ich lasse mich schlaff von ihr ins Schlafzimmer zerren und habe das Gefühl, dass es nach allem, was ich ihr in den letzten Wochen zugemutet habe, das Mindeste ist, was ich für sie tun kann. Als Casey mir angeboten hat, auf ihrem Sofa zu schlafen, habe ich sofort zugegriffen. Ich wollte aus London weg, fort von dem Mädchen, das die Stadt aus mir gemacht hat. Wir waren uns einig, dass Ryan in der Wohnung bleibt, bis wir sie verkauft haben. Er muss früher bei der Arbeit sein als ich und häufig lange bleiben, wenn er nach dem Unterricht Sport-AGs leitet. Ich wusste allerdings auch, dass er jedes Wochenende bei seinen Eltern verbringen würde. Und ich wollte ihm nah sein, auch wenn ich nicht *bei* ihm sein konnte.

Also packte ich meine Taschen und zog bei Casey ein – in ihre neue Mädchenbude. Was seltsam war. Sonst war immer sie diejenige gewesen, die auf *meinem* Sofa gelegen hatte. Ich wusste nicht, wie wir mit der neuen Dynamik in unserer Freundschaft umgehen würden.

Vor lauter Aufregung schien Casey absichtlich zu vergessen, dass ich vermutlich keine prickelnde Gesellschaft sein würde. Und dass ich nicht unbedingt gut damit zurechtkam, wenn ich mich um sieben Uhr morgens mit ihrem One-Night-Stand in die Schlange zum Bad einreihen musste. Und das auch noch an Silvester (dem deprimierendsten Abend für Singles nach Valentinstag). Zumindest war man am Valentinstag nicht gezwungen, bis zum bitteren Ende zu bleiben. Aber Casey ist so guter Dinge wie schon ewig nicht mehr. Deshalb gehe ich davon aus, dass zumindest etwas Gutes dabei herauskommen wird.

Sie scheint die Gelegenheit zu nutzen, die Zeit zurückzudrehen, und ist entzückt, ihre beste Freundin wiederzuhaben. Aber ich glaube, dass sie meine Reaktion auf die Trennung zugleich enttäuscht.

Sie hat gedacht, ich würde schluchzend im Schlafanzug auf ihrem Sofa liegen, Süßigkeiten verschlingen und jammern, dass mich nie mehr jemand lieben wird. Aber das habe ich nicht getan. Und das werde ich auch nicht tun. Ich weiß, ich muss damit zurechtkommen, und das werde ich. Nun, abgesehen von den Zeiten, die ich allein unter ihrer Hello-Kitty-Decke auf ihrem Schlafsofa verbringe. Dann fließen die Tränen. Ansonsten habe ich mich in die Arbeit gestürzt. Ich habe sogar angeboten, zwischen Weihnachten und Neujahr in die Redaktion zu kommen – vor allem, weil ich es nicht ertrage, mehr Zeit zu Hause mit meinen Eltern zu verbringen. Zum Glück wusste ich, dass *er* nicht da ist. Der, dessen Name ich nicht erwähne. Er ist nicht mehr bei *Viva*, er ist auf eine neue Position bei *Brooks Publishers* befördert worden, sodass er nicht mehr in unserem Büro sitzt.

In Wahrheit wäre ich stark genug, die Sache allein durchzustehen, aber Casey sehnt sich nach Tränen und Drama. Also versuche ich, ihr etwas von dem zu geben, was sie sich wünscht, damit ich anschließend meine Ruhe habe.

Wir verlassen Caseys Wohnung und begegnen Leuten mit Partyhüten, Tröten und albernen 2005er-Brillen. Wie können sie es wagen, sich zu amüsieren, wenn ich mich so mies fühle? Zitternd stehe ich am Eingang vom *Players*, dem Club, in dem Casey arbeitet, während sie mit den Türstehern plaudert und den Leuten in der Schlange zuwinkt, die sie alle zu kennen scheinen. So wie sie sich in Pose wirft, scheinen ein paar der Männer sie sogar ziemlich gut zu kennen. Das bestätigt sich, als sie zu mir zurückkommt und mir ihre »Noten« zuraunt. Die Jahre, die Casey Erfolg bei Männern hat, überwiegen inzwischen deutlich ihre Phase als jugendliche graue Maus. Ich erinnere mich noch genau an den Augenblick, in dem sich alles änderte. Als sich mit siebzehn gleichzeitig ihre Brüste wölbten, ihr Körper einen Schuss in die Länge tat und ihre Haare zu einer langen Mähne wurden.

Heute findet sie problemlos einen Kerl, sie besitzt nur kein Talent, ihn zu halten. Sie tut so, als wäre das okay für sie, aber ich weiß, dass sie alles für jemanden geben würde, der sie so liebt wie Ryan mich – ich meine, *geliebt hat*.

Ich schlucke, als ein Bild von ihm vor meinem inneren Auge auftaucht, und versuche tapfer, die Tränen hinunterzuschlucken. Ich darf hier nicht weinen. Nicht an Silvester. Ich bin hier, um mich zu »amüsieren«, um alle Hemmungen fallen zu lassen, wie Casey sagt. Um alles zu tun, was alleinstehende junge Frauen tun sollten: tanzen, trinken und flirten. All die Dinge, die ich zu vermissen meinte, als ich mit Ryan zusammen war, und die ich jetzt, wo ich nicht mehr mit ihm zusammen bin, nicht ertrage. Meine Mum hatte recht. Die nie zufriedene Ilsebill – das bin ich.

Tränen brennen in meinen Augen. Wo er jetzt wohl ist? Vermutlich mit seinen Freunden unten im Pub. Ich sehe sie ebenso deutlich vor mir wie Caseys Nippel, die sich unter ihrem hautengen Seidentop abzeichnen. Ich habe versucht, sie dazu zu bringen, einen trägerlosen BH anzuziehen, aber sie besitzt keinen. Und um ehrlich zu sein: Sie sieht fantastisch aus. Eigentlich habe ich keine Ahnung, wie man sich für einen Club anzieht. Casey bestand darauf, mir etwas von sich zu leihen. So erinnere ich jetzt ein bisschen an eine Fußballerfrau in meinem orangefarbenen, bis zum Nabel ausgeschnittenen Kleid mit funkelnden Absätzen, die absolut lächerlich aussehen und überhaupt nicht zu mir passen. Aber darum geht es vermutlich.

Ich merke, wie Casey mich anstupst. Ich ignoriere sie, denn ich möchte weiter an Ryan denken. Ich bin mir sicher, dass sie mir nur einen weiteren Typen zeigen will, den sie »kennt«. Plötzlich werde ich in den Club hineingezogen, geradewegs durch den VIP-Eingang in einen mit rotem Band abgesperrten Bereich. Dort stehen große Plüschsofas in knalligen Farben und mit Knautschsamt bezogene Chaiselongues. Ein paar schöne Menschen haben sich bereits darauf drapiert, ihre falsche Bräune und ihre weißen Zähne leuchten im UV-Licht.

Casey ist total aufgedreht. Sie winkt wie verrückt und

schickt mich zu einem Sessel in der Ecke. »Setz dich hin, Süße!«, flötet sie strahlend. »Ich besorge uns nur eben etwas zu trinken!« Und schon ist sie verschwunden und lässt mich allein. Sofort wankt ein Kerl in Aufreißer-Outfit heran, mit einem engen weißen Designer-T-Shirt, in dessen V-Ausschnitt eine Gucci-Sonnenbrille baumelt. Das Shirt hat er straff in seine enge verwaschene Jeans gesteckt, vermutlich, damit sein fitnessgestählter Körper und sein protziger Hermès-Gürtel besser zur Geltung kommen. Nichts von alldem kann über seinen leeren Gesichtsausdruck hinwegtäuschen – sein Hauptaccessoire.

»He, Hübsche, du siehst zu gut aus, um allein zu sein«, spricht mich der Hermès-Kerl gedehnt an, blickt zurück zu seinen Kumpels und macht ihnen ein Daumen-hoch-Zeichen.

Ich hebe eine Braue: »Und du bist zu dumm, um zu merken, dass ich genau *das* sein möchte.« Er wirkt verblüfft, aber unbeeindruckt.

»Wie heißt du?«

»Effoff.« Ich lächele mit zusammengebissenen Zähnen.

»Wie hübsch! Effoff! Das habe ich noch nie gehört. Ist das Schwedisch?«

Ich schnaube verächtlich und verscheuche ihn mit einer wedelnden Geste. Er torkelt zurück zu seinen Kumpels und sieht mehr als nur ein bisschen verwirrt aus.

Da kommt Casey mit einer Flasche Champagner zurück. »Los geht's! Ich dachte, wir fangen den Abend mit etwas Prickelndem an!« Sie lässt den Blick schweifen und sieht dann wieder zu mir. »Auf unser junges, freies, unabhängiges Dasein und, äh, *neue* Männer!« Sie schenkt mir ein Glas ein, und ich leere es mit einem Schluck. Das werde ich heute Abend brauchen.

Eine Stunde später habe ich fast die ganze Flasche geleert und bewege mich zu »Crazy in Love« auf der Tanzfläche. Und das mache ich verdammt gut! Eine Flasche Champagner intus und in diesem Kleid gehe ich glatt als Beyoncé persönlich durch. Zusammen mit dem Hermès-Kerl, der nur zu gern die Rolle von Jay-Z übernimmt, stelle ich ihr Video nach. Ich war vorhin etwas grob zu ihm. Eigentlich ist er ganz nett, und ich sehe ziemlich heiß aus. Warum also versucht Casey, mich von der Tanzfläche zu ziehen?

»He!«, rufe ich, während sie mich zurück in den VIP-Bereich bugsiert. »Was machst du? Ich habe gerade richtig Spaß mit dem Typen da drüben. Hast du mich gesehen?«

Ich führe ihr den Hüftschwung vor und ergänze ihn um das Bein- und Armwackeln, das Mia und ich an der Uni zusätzlich kreiert haben. »Uh-oh!«, singe ich schief, während ich mich in Richtung Tanzfläche zurückziehe. »Das ist voll coool, Casey! Sieh mich an, ich amüsiere mich!!!« Und aus irgendeinem Grund, den nur ich kenne, fange ich an, den Roboter zu machen.

Casey schüttelt den Kopf und lockt mich zurück. »Komm schon, Molly«, bittet sie. »Gehen wir und setzen uns wieder hin. Ich habe uns noch eine Flasche besorgt!«

»Juchu!«, kreische ich. »Aber erst tanze ich noch zu Ende, okay? Denn ich bin richtig *gut*! Sieh nur!« Und dann fuchtele ich mit den Armen und fühle mich so frei und ungehemmt wie ewig nicht mehr. Es ist elf Uhr abends, es ist Silvester, und ich bin jung, ungebunden und Single!

»Bitte«, fleht Casey erneut und versucht, mich fortzuziehen. »Molly, bitte komm mit, bevor du siehst …«

»Bevor ich was sehe? Uh … oh.« Ich halte gerade mit einer Hand meinen Knöchel, während ich die andere hinter den Kopf strecke, als ich mich umdrehe und ihn sehe. Ryan. Auf der Tanzfläche. Er küsst ein Mädchen. Ein großes, blondes, wunderschönes Mädchen.

Ein anderes Mädchen als mich.

»Es tut mir leid«, sagt Casey bekümmert, hakt sich bei mir unter und versucht, mich wegzuführen, aber ich bin wie am Boden festgewachsen. »Ich wollte dich warnen.«

Plötzlich bleibt die Welt um mich herum stehen – die Musik, die Menschen. Es gibt nur noch ihn und mich.

Ach ja … und sie.

Ich starre einen Augenblick zu ihnen, sehe, wie er den Blick hebt und ebenfalls zu mir herübersieht. Er hört auf, sie zu küssen, und rückt von ihr ab. Sie sagt etwas, aber er schüttelt den Kopf. Sie geht fort. Dann fasst er sich an die Stirn und fährt sich mit der Hand durch die Haare, wie er es tut, wenn er Angst hat. Er sieht besorgt zu mir. Ich kann mich nicht rühren, ich will, aber ich kann nicht. Ich stehe auf einem Bein wie ein Flamingo und starre ihn an, während die Musik wechselt und Casey Anstalten macht, mich mit sich fortzuziehen.

»Tu dir das nicht an«, sagt sie, nimmt mein Gesicht in ihre Hände und zwingt mich, ihr in die Augen zu sehen. »Du warst auf einem so guten Weg. Komm schon, lass uns jetzt gehen, Molly.«

Ich setze mein Bein ab und starre ihn immer noch an. Ich wünschte, ich hätte es nicht gesehen, aber er ist Single, er kann tun, was er will. Also nicke ich ihm zu und wende mich ab, und als ich mich noch einmal nach ihm umdrehe, führt er die Hand an seine Lippen, als wollte er mir einen Kuss zuwerfen. Doch stattdessen lässt er die Hand sinken, sodass der Kuss auf den Boden fällt. Am liebsten würde ich hinüberlaufen und auf dem Boden herumkrabbeln, wie ich es tue, wenn ich nach einer Kontaktlinse suche. Ich will diesen Kuss. Ich will *ihn*. Warum habe ich das alles bloß weggeworfen?

Im Taxi heule ich an Caseys Schulter, während sie über mein Haar streicht. Zumindest hat Casey nun bekommen, was sie wollte – eine heulende beste Freundin, um die sie sich kümmern kann.

»Ich weiß, dass du das nicht hören willst«, seufzt sie und streicht noch immer über meine Haare, »aber vielleicht ist es gut, dass das passiert ist. Ich meine, jetzt kannst du endlich nach vorne sehen und akzeptieren, dass es wirklich aus ist zwischen euch. Stimmt doch, oder?«

Ich nicke, denke aber eigentlich, dass ich lieber ahnungslos gewesen wäre und glücklich gehofft hätte, dass es ihm genauso ginge wie mir. Dass er mich ebenso verzweifelt vermisst wie ich ihn.

9:11 Uhr

Plötzlich überkommt mich das schlechte Gewissen, weil ich noch so viel zu tun habe. Ich stoppe die DVD und schiebe einen eindeutig eingeschnappten Harry von meinem Schoß. Was zum Teufel fällt mir ein, jetzt einen Film zu schauen? Es ist genau wie damals, als meine Mum mich jeden Samstagmorgen militant mein Zimmer aufräumen ließ, was damit endete, dass ich heimlich fernsah.

Ich klopfe die Katzenhaare von meinem Morgenmantel, gehe in die Küche, stelle meinen Becher in der Spüle ab und schnappe mir einen Stift. Ich muss noch einige der neu gepackten Kisten meinem simplen System entsprechend beschriften: Wohltätigkeitsladen, Schiff oder Lager.

Es ist der scharfe benzinähnliche Geruch. Ich schließe die Augen, nehme den Deckel ab und inhaliere ihn. Ryan hat oft ganze Abende lang auf dem Wohnzimmerboden gelegen und mit Edding Spielaufstellungen für anstehende Fußballspiele auf große weiße Papierbögen gemalt, während ich in meinen Fotobüchern las. Dieser Geruch ist in gewisser Weise stärker und erinnerungsintensiver als sein Hugo-Boss-Rasierwasser. Und das hatte mich, nachdem Ryan fort war, immerhin lange Zeit dazu verführt, dem entsprechenden Träger zu folgen, bis ich bemerkte, was ich tat, und mich hastig zurückzog.

Doch anders als jener Geruch löst dieser neben Schmerz auch positive Gefühle aus, denn er erinnert mich an meine Schulzeit. An Casey und mich, wie wir im Unterricht gekichert und uns gegenseitig Nachrichten in unsere Schulhefte geschrieben haben, über Jungs, die uns gefielen. Und natürlich erinnert es mich an daheim. An meine Eltern. Bei uns zu Hause roch es immer nach Filzstift, da sie unermüdlich mit ihren roten Stiften über Schulheften hockten.

Ich blicke in eine unbeschriftete Kiste auf dem Küchentresen, in der sich allerlei Küchenkram befindet, und schreibe »Wohltätigkeitsladen« darauf. Ich mag vielleicht die Erinnerungen an ein ganzes Leben fortwischen, wie die Schrift von einer Tafel, aber nur, um den Weg für neue freizumachen.

Der schrecklichste erste Kuss

Es gibt gewisse Dinge, die dazugehören, wenn man sich verliebt. Zum Beispiel der erste Kuss. Es hat noch niemand über eine große Liebe geschrieben, die mit einem schrecklichen Kuss begann, oder? Hätte Julia sich nur annähernd so in Romeo verknallt, wenn er ihr seine Zunge zwischen die Lippen gerammt hätte, anstatt dieses ganze Theater mit dem Balkon zu veranstalten? Oder was, wenn Jack auf der Party unter Deck besoffen mit Rose rumgeknutscht hätte, anstatt sie zärtlich zu küssen, während er sie auf dem Bug des Schiffes fliegen ließ? Wäre es noch immer der kommerziell erfolgreichste Film aller Zeiten gewesen? Vielleicht dachten Shakespeare und all seine romantischen Schriftstellerkollegen (und James Cameron), dass ein schlechter erster Kuss zu offensichtlich darauf hindeuten würde, dass die Beziehung von Anfang an zum Scheitern verurteilt ist. Manchmal habe ich dasselbe gedacht.

<<Zurückspulen 10.12.1994>

»Oh Gott, nicht der«, brumme ich, als ich die vertraute Gestalt von Ryan Cooper auf mich zukommen sehe und verzweifelt versuche, mich hinter meiner Mutter zu verstecken. Es ist ein kalter grauer Samstagmorgen, und Mum hat mich, in dem Bemühen, mir »näherzukommen«, mit zum Weihnachtsshopping nach Southend geschleppt. Ich finde es schrecklich, denn im Allgemeinen meide ich es, mit meinen Eltern in der Öffentlichkeit gesehen zu werden. Sie sind peinlich und unglücklich.

So unglücklich sind sie nicht *immer* gewesen, aber in letzter Zeit haben die Dinge einen Tiefpunkt erreicht. Ich bin stinkwütend, dass nicht einer von ihnen den Mumm hat, mich von diesem Elend zu befreien und endlich zu gehen. Aber Dad ist Schulleiter in Westcliff, meiner Schule, und Mum ist Englischlehrerin in Thorpe Hall, der örtlichen Privatschule, die Ryan Cooper besucht. Beide sind in der Stadt allgemein bekannt.

Sie sind nur noch zusammen, weil sie eine fehlgeleitete Vorstellung von gesellschaftlichem Ansehen teilen (und weil niemand anders sie haben will). Sie halten es kaum noch in einem Raum miteinander aus. Mum ist permanent in der Küche, kocht, korrigiert und meckert mich an. Dad ist ständig in seinem Arbeitszimmer und glotzt seine Gemälde und seine Bücher an, aber meist aus dem Fenster, als wäre er lieber woanders und nicht hier bei uns. Und so treiben sie dieses alberne Schauspiel immer weiter. Je älter ich werde, desto klarer sehe ich es und desto schrecklicher finde ich es, einen von ihnen um mich zu haben.

Aber Mum gibt nicht auf. Sie will unbedingt herausfinden, worauf »ich stehe«. Ich bin stark versucht, eines Tages »Sex, Drogen und Rock 'n' Roll« zu erwidern, nur um zu sehen, wie sie ausflippt. Und ich weiß, dass sie nur mit mir einkaufen gehen will, um mir ein paar Sachen zu kaufen, die *sie* gut findet (Slipper, knielange Röcke, Rollkragenpullover). Ich weiß nicht, wie oft ich ihr sagen muss, dass ich meine alte löchrige Jeans, meine abgetragenen Chucks sowie meine diversen Flanellhemden, meinen Armeepulli und meine kurzen Röcke *mag*.

»Wollen wir zu Topshop gehen, Liebes? Oder Misses Selfridges?« Sie lächelt mich nun verzweifelt an und versucht, sich bei mir einzuhaken. Ich ziehe schnell den Arm weg.

»*Miss* Selfridge«, zische ich. »Und nur über meine Leiche.« Ich hebe meine Nikon F50, die stets um meinen Hals hängt, vor mein Gesicht. Es ist ein vorgezogenes Weihnachtsgeschenk – und ihr Versuch, sich meine Zuneigung zu erkaufen. Zumindest kann ich meiner erbärmlichen Existenz nun entkommen, indem ich meine Aufmerksamkeit (und meine Linse) auf meine künftige Karriere als Fotografin richte. Solange ich denken kann, wollte ich nichts anderes. Meine Eltern meinen, das sei der Grund, weshalb es kaum Fotos von mir als Kleinkind gäbe. Wenn mich jemand fotografieren wollte, bin ich sofort zu demjenigen gelaufen, habe mich zu ihm hinter die Kamera gestellt und wollte unbedingt sehen, was er sah. Mit vier Jahren habe ich zum ersten Mal eine Kamera in die Hand genommen. Es war an Weihnachten, und ich kann mich noch gut erinnern, wie ich durch das kleine viereckige Fenster geblickt und mich gefreut habe, dass ich genau wusste, was zu tun war, ohne dass mich jemand zwingt, es zu lernen. Anders als beim Ballett, wo man mich seit meinem dritten Lebensjahr einmal die Woche hinschickte, brauchte ich keinen Unterricht. Hier konnte ich einfach hindurchsehen und abdrücken. Und ich schien instinktiv zu begreifen, wie man es gut macht. Auf meinen Bildern gab es auch damals keine abgeschnittenen Köpfe. Die Kamera wurde mein drittes Auge. Ich lief umher und sah ständig hindurch. Ich weiß noch, wie ich als Siebenjährige dachte, dass sie wie Dads Brille sei – mit ihr konnte ich besser sehen. Jetzt weiß ich, dass es daran lag, dass meine Fotos echte Gefühle zeigten, nicht die falschen, die Leute offenbar andauernd für andere zur Schau stellen. Die Kamera gab mir das Gefühl, mächtig zu sein, als könnte niemand ein Geheimnis vor mir verbergen, solange ich durch den Sucher blickte. Ich machte allerdings nicht immer Bilder. Meine Eltern rationierten meine Filme auf zwei pro Monat. Doch ich tat so, als würde ich fotografieren, blickte durch den Sucher, stellte das Objektiv scharf, wählte den Ausschnitt.

Und als ich die regennasse High Street von Southend durch meinen Sucher glitzern sehe, wirkt der Tag – ganz zu schweigen von diesem beschissenen Seebad – irgendwie strahlender, er verwandelt sich von etwas Bedrückendem in etwas Schönes. Manchmal wünschte ich, ich hätte die Kamera ständig vor Augen. Durch sie sieht das Leben so viel besser aus. Außerdem hat sie den Vorteil, dass sie mein Gesicht verdeckt, sodass Ryan Cooper mich nicht entdeckt.

»Mrs. Carter!«, ruft er, wirft seine Sporttasche über die Schulter und beschleunigt seinen Schritt, während er lässig einen Schluck von einem Energydrink nimmt.

Mist. Er hat uns gesehen. Um ihn nicht weiter beachten zu müssen, wechsele ich den Film in der Kamera.

»Mir so auf der Straße zuzurufen?«, murmelt meine Mutter. »Was werden die Leute …? Ryan *Coopah*!«, flötet meine Mum, als er schließlich vor uns steht. In Gegenwart von Lehrerkollegen, ihren Schülern oder deren Eltern benutzt Mum stets ihr bestes Englisch.

»Alles klar, Mrs. C?« Ryan grinst, erhellt die Straße mit seinem Lächeln und späht dann zu mir herüber. Sein Stil ist nicht mein Ding – viel zu spießig –, aber ich muss zugeben, dass er irgendwie heiß aussieht in seinem Kapuzenpulli, den Baggy-Jeans und seinen Turnschuhen. Und er riecht gut. Frisch geduscht. Ich blicke auf seine Pumatasche. Er muss heute Morgen ein Spiel gehabt haben.

»Hallo, Molly. Lange nicht gesehen. Wie geht's?«

Ich antworte nicht. Ich wende mich einfach ab, hebe meine Kamera und gebe vor, mit Fotografieren beschäftigt zu sein.

»Solltest du nicht zu Hause sein und deine Hausaufgaben machen, Ryan?«, erkundigt sich meine Mutter streng.

»Es ist Samstag«, erwidert Ryan höflich und sieht mich durch seine Haarfransen an. »Ich hatte gerade ein Fußballspiel und dachte, ich gehe in die Stadt.«

»Das Rad der Zeit hält niemand auf«, entgegnet meine Mutter verschmitzt. »Wir wissen alle, dass dir eine strahlende Zukunft in der Sportwelt bevorsteht, Ryan. Die Schule ist stolz auf deine Leistungen, aber du brauchst eine gute Ausbildung, auf die du zurückgreifen kannst, falls es – wie nennst du es – mit dem ›Schönen Spiel‹ nicht funktioniert, hm?«

Meine Haut brennt vor Scham. Kann sie ihr Lehrergehabe nicht eine Sekunde abschalten? Sieht sie nicht, dass ich hier, vor dem heißesten Jungen der Stadt, buchstäblich vor Scham *vergehe*?

»Die Abschlussprüfungen stehen bevor«, fährt sie in offiziellem Ton fort, »und deine letzten Aufsätze deuten darauf hin …«

Oh nein.

»Mum, lass das«, zische ich wütend. »Du bist hier nicht in der Schule.« Sie blickt mich an, kneift die Lippen zusammen und errötet – ein bemerkenswerter Gegensatz zu ihrem normalerweise blassen, ungeschminkten Teint.

»Ist schon okay.« Ryan lächelt. »Deine Mum hat recht. Ich trainiere ständig. Wenn ich achtzehn bin, möchte ich für Southend spielen. Das ist mein Traum. Mir bleibt also nur noch ein Jahr!« Er nickt Mum höflich zu. »Aber Mrs. C hat recht. Ich muss dieses Semester die Ohren anlegen. Ich will einen guten Abschluss machen, und mit einer tollen Lehrerin wie deiner Mutter hoffe ich, dass ich zumindest in Englisch eine gute Note bekomme!« Er grinst uns an, und ich blicke kopfschüttelnd zu meiner Mutter, die überrascht wirkt und ihre geschürzten Lippen zu einem Lächeln verzieht.

»Ach, Ryan, wie nett von dir.« Sie errötet. Jesus, sein Charme zieht sogar bei meiner Mutter. Kennt die Macht dieses Typen keine Grenzen? Sie tätschelt sanft seinen Arm. »Jeder Lehrer träumt davon, seine Schüler zu begeistern.«

Oh, Gott, ich spüre einen *Club-der-toten-Dichter*-Moment nahen.

»Wie der große Joseph Conrad einst sagte: ›Der Mensch existiert nur durch seine Arbeit‹.«

»Wie wahr, Mrs. C«, antwortet Ryan weise, und ich schüttele hinter der Schulter meiner Mutter den Kopf. Glaubt er den Mist wirklich? Ich versuche, seinen Blick aufzufangen, aber er ist anscheinend zu beschäftigt damit, der leidenschaftlichen Rede meiner Mutter zu lauschen und bemerkt es nicht.

»Wissen Sie, Mrs. C, Sie müssen doch erschöpft sein, nach

einer anstrengenden Woche in der Schule und einem Stadtbummel«, sagt Ryan, nachdem sie ihren Monolog beendet hat. »Warum gönnen Sie sich nicht irgendwo eine Tasse Tee? Molly und ich sehen uns ein bisschen bei Topshop um und treffen Sie in ungefähr einer Stunde wieder, okay? Wäre das nicht cool?«

Mum wirkt erwartungsgemäß verblüfft und ablehnend. Dann blickt sie zu mir und anschließend wieder zu Ryan. »Nun, ja, das wäre coo… ich meine schön. Ich muss zugeben, dass ich wirklich ziemlich erschöpft bin. Vielleicht stöbere ich ein bisschen im Buchladen. Ja, das mache ich.« Sie setzt ihr peinliches omamäßiges Plastikkopftuch auf, zieht den Reißverschluss ihres Anoraks zu und küsst mich auf die Wange. Ich weiche aus, und sie dreht sich um und geht die regennasse Straße hinunter.

Ich bin etwas fassungslos über die Situation, in der ich mich nun befinde, und stehe regungslos da.

Nachdem sie weg ist, zwinkert Ryan mir zu. »Endlich allein.«

»Nicht schlecht die Masche«, stelle ich fest, gehe die High Street hinunter und hoffe, dass er das Zeichen versteht und aufgibt. Was er jedoch nicht tut.

»Tja, ich hab's halt drauf mit den Frauen.« Er lacht und holt mich locker ein. »Vor allem mit Lehrerinnen. Sie lieben mich.«

Ich bemerke, wie er sein Spiegelbild in einer Schaufensterscheibe betrachtet, und würge innerlich. *Gott*, er findet sich ja so toll, zwar nicht grundlos, aber trotzdem. »Ich dachte, der große *Ryan Cooper* hätte es nicht nötig, sich bei den Lehrern einzuschleimen.«

»Nicht wenn ich dadurch Zeit mit einem Mädchen verbringen kann, das ich mag.« Er grinst.

»Deine Kumpels sind nicht in der Nähe, Ryan«, antworte ich. »Du musst keine Show abziehen.«

Er runzelt die Stirn und zuckt mit den Schultern, als wüsste er nicht, wovon ich spreche. Ich drehe mich um und mache ein Foto von einem Paar, das sich vor einem Café küsst.

»Was fotografierst du?«, fragt er.

»Irgendetwas. Ich mache Fotos von allem.«

»Wie wäre es mit mir?« Er springt vor die Kamera und führt eine Reihe gestellter Katalogposen vor, wobei er ungehemmt über sich selbst lacht.

Ich lasse den Apparat sinken und starre ihn entschieden an. »Tut mir leid, ich hätte mich deutlicher ausdrücken sollen. Ich mache Fotos von allem, das mich *interessiert.*« Ich hebe das Kinn und stolziere an ihm vorbei.

»Autsch, das tut weh.« Er hält sich den Bauch und taumelt, als hätte ich ihn erstochen. Ich versuche, nicht zu lächeln, als er wieder auf mich zuspringt. »Also? Hast du Lust, mit mir zu Topman zu gehen? Ich suche etwas Neues, das ich heute Abend im *Grand* anziehen kann.« Er zögert und streicht sich mit einer Hand die blonden Haare aus dem Gesicht. »Kommst du auch?«

»Ich darf nicht«, erwidere ich und verfluche mich sogleich im Geiste.

Ein Lächeln huscht über seine Lippen. »Nach allem, was ich gehört habe, hat dich das noch nie abgehalten.«

Er hat recht. Ich gehe in Kneipen und Clubs, seit ich vierzehn bin. Nicht dass meine Eltern das wüssten. Das Abflussrohr vor meinem Schlafzimmerfenster ist da ziemlich praktisch. Und sie sind immer viel zu sehr mit Korrigieren oder Lesen oder dem Hören ihrer peinlichen Sechzigerjahre-Musik beschäftigt, als dass sie meine Abwesenheit bemerken würden. Ich drehe mich um, gehe in Richtung Topshop und beiße mir auf die Lippe, um meine Freude darüber zu verbergen, dass Ryan mir folgt.

»Urg.« Als Ryan in einer Jeanslatzhose aus der Umkleidekabine tritt, stecke ich mir demonstrativ den Finger in den Hals.

»Was?«, fragt er.

»Warum hängt der eine Träger so über deiner Schulter? Ich kann deine Nippel sehen!«

Ryan wirkt beleidigt. »Aber das ist modern«, schmollt er. »Robbie Williams sah in dem ›Pray‹-Video ziemlich cool damit aus. Und alle Mädchen *lieben* ihn.«

»Nicht *alle* Mädchen«, erwidere ich und schneide eine Grimasse. »Ernsthaft, hör auf meinen Rat und zieh das aus. NEIN, nicht hier!« Als er Anstalten macht, den anderen Träger zu lösen, halte ich mir die Augen zu.

Ryan grinst. »Ich wusste, dass du mir nicht widerstehen kannst.«

Ich verkneife mir ein Lächeln. »Geh zurück in deine Umkleidekabine! Los!«, befehle ich.

»Überleg es dir, Molly Carter: Entweder willst du mich, oder du willst mich nicht.« Er grinst.

Ich schaffe es, trotz des unerwarteten Feuerwerks in meinem Höschen, mein Pokerface beizubehalten, woraufhin sich Ryan schulterzuckend in die Kabine zurückzieht.

»Weißt du«, rufe ich, während ich meinen abblätternden pflaumenfarbenen Nagellack betrachte und verzweifelt versuche, meinen Herzschlag unter Kontrolle zu bringen, der sich bei dem Gedanken, dass er sich dort drin auszieht, überschlägt. »Ich dachte ja immer, dass *Mädchen* vom Einkaufen besessen wären, nicht Möchtegern-Fußballstars aus der Kreisliga.«

Er steckt den Kopf aus der Umkleidekabine, und ich erhasche einen Blick auf seine nackte Brust, während er ein sandfarbenes Wildlederhemd überzieht. Ich spüre, wie mir die Röte in die Wangen steigt, beuge mich sofort nach unten und untersuche meine abgewetzten Chucks, die ich individuell gestaltet habe und zu einem langen schwarzen Rock und einem schwarzen Samtbody trage. Ich mag Schwarz. Und nicht nur, weil es die einzige Farbe ist, die sich nicht mit meinen selbstgeschnittenen, hennagefärbten Haaren beißt.

»Und ich hätte nicht gedacht, dass Topshop dein Stil ist«, entgegnet er grinsend.

Ich verschränke die Arme. »Du bildest dir wohl ein, genau über mich Bescheid zu wissen, was, Cooper?«

Er schüttelt den Kopf. »Nein. Ich habe nicht die geringste Ahnung von dir, Molly Schatz. Deshalb mag ich dich.«

»Ich bin nicht dein Schatz«, entgegne ich schnippisch.

Er hebt eine Braue, und seine kristallblauen Augen funkeln belustigt, während er mich mit verschränkten Armen mustert. »Nein, das bist du nicht.« Er zögert und grinst. »Nun, noch nicht«, fügt er hinzu und schließt die Tür der Umkleidekabine erneut hinter sich.

Ich drehe mich um, greife ein paar dunkle karierte Flanellhemden vom Ständer und reiche sie ihm durch die Tür, wobei ich das Gesicht abwende. Allerdings nicht, ohne zunächst einen weiteren Blick auf seine glatte gebräunte Brust zu erhaschen. »Hier, versuch die. Du musst sie offen über einem T-Shirt tragen, dann sieht es mehr nach Grunge-Look aus und du hoffentlich nicht mehr ganz so wie ein spießiger Essex-Knabe. Nichts für ungut.«

»Schon okay.« Ich spüre, wie seine Hand meine streift, als er mir die Hemden abnimmt, und ein sehnsuchtsvolles Volt Hitze schießt durch meinen Körper. »Ich weiß, du liebst mich, so wie ich bin.«

Ich schnalze verächtlich mit der Zunge und wende mich

ab. Hoffentlich hat er nicht gemerkt, dass ich ihn nicht korrigiert habe.

Eine halbe Stunde später sitzen wir in einem Café in der Nähe der High Street. Ich habe das Bedürfnis, mich zu kneifen. Passiert das hier gerade wirklich?

»Au!«

Heilige Scheiße. Es ist wahr.

»Alles okay?«, fragt Ryan.

»Oh, ja, ich habe mir nur den Knöchel am Tisch gestoßen.«

Ich sauge lautstark die Luft ein und reibe mein Bein. Er blickt unter den Tisch und zwinkert mir zu.

»Kann ich dir helfen?«

Ich erröte. *Reiß dich zusammen, Molly Carter!*

»Nein, alles in Ordnung«, erwidere ich steif. »Wo waren wir stehengeblieben?«

»Du hast mir von deinen Eltern erzählt.« Er beugt sich vor und stützt sich mit den Ellenbogen auf dem Tisch ab.

Irgendwie hat er mich dazu gebracht, ihm Dinge zu erzählen, von denen ich mir nie hätte vorstellen können, sie jemand anders als meinem Tagebuch anzuvertrauen. Offenbar weiß er, die richtigen Fragen zu stellen. Es ist, als würde er bereits die Antworten kennen. Vielleicht liegt es daran, dass er mit siebzehn zwei ganze Jahre älter ist als ich. Er ist deutlich reifer als die Jungs in meinem Alter. Es gefällt mir, dass er mir so aufmerksam zuhört. Dabei neigt er den Kopf leicht zur Seite, sodass ihm die blonden Fransen in die Augen fallen, stützt die Wange auf den Knöcheln ab, sodass seine Wimpern darüberstreichen und öffnet leicht die Lippen, als würde er jeden Augenblick etwas Aufbauendes sagen.

»Darf ich dich etwas fragen?«, sage ich und rühre mit dem Strohhalm in meiner Cola. Ich mag keine heißen Getränke.

»Schieß los.« Ryan pustet in seine heiße Schokolade, bevor er einen Schluck trinkt, an seiner Oberlippe bleibt etwas Schaum hängen. Ich widerstehe dem überwältigenden Drang, ihn abzulecken. *Beherrsche dich, Molly!*

»Warum benimmst du dich wie ein idiotischer Macho, wenn du eigentlich richtig sensibel bist?« Ich blicke auf und sehe, dass er mich angrinst.

»Das sage ich dir, wenn *du* mir erklärst, warum du dich anziehst, als wärst du hässlich, obwohl du eigentlich richtig hübsch bist.« Er beugt sich vor und nimmt mir zärtlich die Brille ab.

Ich nehme sie ihm sofort wieder weg, damit er nicht merkt, dass sie aus Fensterglas besteht. »Du bist ein Oberschleimer, Ryan Cooper!«

»Ich will dich nur ansehen, ohne dass etwas zwischen uns ist.«

Ich breche vor Lachen zusammen und schlage mit der Hand auf den Tisch. Meine silbernen Mondsteinringe klappern fröhlich. »Das ist der schlimmste Spruch, den ich je gehört habe. Woher hast du den denn? Aus irgendeiner schrecklichen Liebeskomödie aus den Achtzigern?«

»Und was, wenn dem so wäre?« Er lehnt sich zurück und legt den Arm auf die Lehne der Lederbank. »Darf ich dir ein Geheimnis verraten, Molly Carter?« Er beugt sich erneut über den Tisch, sodass seine Lippen dicht vor meinen sind. »Aber du musst mir versprechen, dass du es niemand verrätst.«

Ich hebe erwartungsvoll eine Braue.

Er holt tief Luft und sieht sich verstohlen um. »Ich bin süchtig nach Liebeskomödien«, flüstert er dramatisch, und seine Augen funkeln fröhlich.

Ich kann nicht anders. Ich platze vor Lachen.

Er sieht mich gespielt beleidigt an. »He, ich meine es ernst. Das weiß niemand, okay?«, flüstert er und blickt sich erneut um.

»Warum?«

»Warum wohl!«

»Nein.« Ich kichere. »Warum *magst* du sie?«

»Du willst wirklich wissen, *warum* ich sie mag? Es gefällt mir, dass man weiß, wie alles ausgeht, dass es keine großen Überraschungen gibt. Die Menschen hören auf ihr Herz und alles wird gut.«

Ich stupse ihn über den Tisch hinweg an. »Was ist deine Lieblingsschmonzette?«

Seine Antwort kommt wie aus der Pistole geschossen: »*Top Gun*. Ganz klar. Tom Cruise ist der verrückte …« Ich verdrehe die Augen, und er fügt eilig hinzu: »Aber sag mir irgendeine, ich hab sie alle gesehen. *Harry und Sally, Pretty Woman, Schlaflos in Seattle.* Und du? Welche magst du am liebsten?«

Ich sehe ihn mit durchdringendem Blick an. »Keine von denen. Ich glaube nicht an diesen Liebeskram.«

»Wirklich nicht?« Er lächelt. »Ich schätze, das kannst du erst beurteilen, wenn du es versucht hast«, murmelt er.

Ich blicke hinunter und trinke geräuschvoll von meiner Cola. »Ich möchte Karriere machen und nicht als die Frau von irgendwem zu Hause rumhocken. Hinter jemandem herzuputzen, klingt für mich nicht nach Happy End.«

»Wow.« Ryan pfeift. »Das ist das Zynischste, das ich je gehört habe! Du erinnerst mich an jemanden aus einem Film.« Er schnippt mit den Fingern. »Harry. Genau! Du bist wie Harry Burns!«

»Bin ich nicht.«

»Doch.«

»Bin ich nicht.«

»Das glaubst du nur, Molly.«

»Nein.«

»Doch … Ha!« Er schnippt mit den Fingern und zeigt auf mich. Ich blicke ihn spöttisch an.

»Warum grinst du so blöd?«

»Weil ich *wusste*, dass du auch auf Liebeskomödien stehst.«

»Tu ich nicht.«

»Warum spielen wir nicht eine Szene aus *Harry und Sally* nach? Jetzt?«, fragt er triumphierend, schlägt mit der Hand auf den Tisch und zeigt dann auf mich. »Harry«, sagt er warnend, noch immer mit einem Grinsen im Gesicht, »ich habe dich durchschaut. Ich schätze, deine Abneigung gegen Liebeskomödien ist genauso falsch wie die Brille auf deiner Nase.« Er zwinkert mir zu, und ich schließe den Mund.

Wir spazieren durch die Stadt, und ich bleibe stehen, um Aufnahmen von den glitzernden Geschäften zu machen, die sich in den Pfützen spiegeln – und von den Menschen, die an ihnen vorbeischlendern. Ich mag es, dass die Stadt aussieht, als würde sie auf dem Wasser schwimmen. Wie eine etwas weniger romantische Ausgabe von Venedig. Ich stelle mir eine Kunstausstellung in einer Galerie vor: *Southend im Meer* von Molly Carter. Ryan wartet geduldig an meiner Seite.

»Dann muss ich wohl nicht fragen, was du beruflich machen willst.« Er verschränkt die Arme und legt den Kopf schief.

Ich nicke, hebe meine Kamera, stelle sie scharf und mache schnell ein paar Aufnahmen von seinem Gesicht. Ich bemühe mich, seinen zärtlichen Ausdruck einzufangen, die Art, wie seine blonden Haare perfekt sein Gesicht umrahmen, die Intensität seiner blauen Augen und diese weichen, vollen Lippen.

»Wenn ich ein berühmter Fußballer bin, kannst du die Bilder teuer verkaufen.«

Ich hebe eine Braue, genau wie Casey es mir beigebracht hat. »Klar, könnte ich das«, erwidere ich trocken. »Ich vergaß, dass ich mich in Gesellschaft des nächsten Gary Lineker befinde.«

Er grinst und joggt auf der Stelle. »Erst die Kreisliga, mit meinem Verein, den Shrimpers, dann ganz England!« Er beugt sich weiter zu mir vor und fügt hinzu: »Und ich sehe viel besser aus als Gary Lineker, stimmt's?«

Ich verdrehe die Augen. »Eitelkeit bringt dich nicht weiter, mein Freund.«

Er wendet sich ab.

»Und was *bringt* mich weiter, Molly?«

Ich hebe meine Kamera, um mein Gesicht zu verdecken, und fange seins ein. Ich mache eine ganze Serie davon, wie er sich die Haare aus den Augen streicht. Er beugt sich vor, sodass sein Gesicht das ganze Bild ausfüllt, und auch das halte ich fest. Ich bin knapp davor, ihn zu küssen.

»Ich dachte, du machst keine Fotos von Sachen, die dich nicht interessieren?« Er lacht.

Ich spähe hinter dem Sucher hervor und muss unwillkürlich lächeln. »Mache ich auch nicht.«

Zitternd vor Nervosität und Kälte stehen Casey und ich vor Leigh-on-Seas erster Adresse, was Bars angeht, dem *Grand*. Sie trägt ein Bustier mit weißer Spitze, das knapp ihren üppigen Busen bedeckt, ein schwarzes Band um den Hals und enge blaue Hotpants, auf die sie einige Flicken genäht hat. Ihre Beine stecken in kniehohen Schnürstiefeln. Ihre dunklen Haare hat sie zu einer kleinen Tolle aus dem Gesicht gekämmt, und ihr Make-up besteht aus Bronzetönen an Augen und Wangen sowie tiefrotem Lippenstift. Abgesehen von der Zahnspange und ihrer Brille sieht sie vermutlich ziemlich gut aus.

Ich habe mich dahingegen mit einem knöchellangen schwarzen Satinrock herausgeputzt, den ich in einem Secondhandshop gekauft und mit einem verblichenen schwarzen *The-Smith*-T-Shirt sowie meinen altbewährten Chucks kombiniert habe. Meine roten Haare habe ich zu einem Dutt zurückgebunden und eine ganze Dose Elnett-Haarlack draufgeknallt. Außerdem trage ich noch immer meine neue Brille mit dem dunklen Gestell – nur um zu beweisen, dass ich nicht versuche, für Ryan hübsch auszusehen. Die Wirkung, die ich erzielen möchte, ist die einer Grunge-Kate-Moss, nur deutlich weniger Supermodel als sie. Ich bin ja nicht völlig ignorant.

»Glaubst du, sie sind schon hier?«, fragt Casey und späht durchs Fenster.

»Ich weiß es nicht, aber wir müssen uns cool geben, okay?« Ich bluffe, ich bin schrecklich nervös, Ryan zu sehen. Und ich mache mir ein bisschen Sorgen, wie er sich vor Casey und seinen Freunden verhalten wird. Und wie Casey sich benehmen wird. Kein Junge hat sich je für eine von uns interessiert, was eine der Sachen ist, die uns zusammengeschweißt hat, als sie vor zwei Jahren auf die Westcliff kam.

»Klar! Was sonst?«, erwidert sie und hyperventiliert dabei fast wie ein liebestoller Welpe. Ich drücke ihre Hand. »Hör zu«, sagt sie und macht ein ernstes Gesicht. »Erinnerst du dich an unser Beste-Freundinnen-Lied?« Sie hält mir den kleinen Finger hin, und ich hake mich mit meinem bei ihr ein. Ich habe »unser Lied« auf die Melodie von »Electric Dreams« geschrieben. Als ich zum ersten Mal bei ihr zu Hause war und ich unsere Beste-Freundinnen-aller-Zeiten-Regeln aufgestellt habe, hörte ihre Mutter gerade das Stück. Die Melodie schien zu passen. Jetzt singe ich es ungehemmt vor mich hin, weil a) niemand in der Nähe ist und b) ich zwei Gläser

Southern Comfort aus der gut bestückten Bar von Caseys Mutter getrunken habe. Sie trinkt selbst so viel, dass sie nie merkt, wenn wir uns auch etwas nehmen. Und selbst wenn sie es merken würde, wäre es ihr egal. Ich grinse Casey an und beginne schief zu singen:

»Jetzt haben wir nur noch uns zwei
Aber wir werden immer füreinander da sein
Für immer und ewig
Was sie auch sagen (sie sagen, sie sagen)
Die Liebe wird uns nie trennen
Kein Tag vergeht
an dem wir nicht sagen »Ich liebe dich«
Und das für immer (für immer, für immer)
Dum-dum-di-DUUUUUUH …«

Casey fällt beim Refrain ein, den wir original von »Electric Dreams« übernommen haben, und wir brechen lachend zusammen. Dann klatschen wir uns ab und drängen durch die Tür. Der Pub ist voll, und wir werden augenblicklich von der dichten Menge und der verrauchten Luft umfangen. Das *Grand* ist der beliebteste Pub bei den Jugendlichen von Leigh. Es ist ein beeindruckendes viktorianisches Gebäude am Broadway. Dad hat mir erzählt, dass die toten Komiker Laurel und Hardy hier irgendwann aufgetreten sind. Mein Dad weiß viele interessante Sachen.

Der Laden ist voll mit Sechzehnjährigen, wir passen also gut hierher. Ich blicke mich um und entdecke sofort Nikki Pritchard und ihre Clique, die uns bissig taxieren – die *Heathers*, wie Casey und ich sie heimlich nennen, weil der Name Heather so nach eingebildeter, fieser Tussi klingt. Sie schwingen zu irgendeinem schlechten Kylie-Song aufreizend die Hüften und tun ihr Bestes, um die Aufmerksamkeit von jedem Jungen im Pub auf sich zu ziehen. Es ist erbärmlich. Ich kann nicht glauben, dass ich je mit ihnen befreundet war. Es war nur eine ganz kurze Zeit, bevor Casey auf die Westcliff High gekommen ist, um mich zu retten, aber das war lange genug.

»Vielleicht sollten wir gehen«, meint Casey und fasst meine Hand. Sie hat die Heathers offenbar auch entdeckt. Seit sie sich in Caseys erster Woche auf Westcliff gegen sie verschworen hatten, verspürte ich das Bedürfnis, Casey zu beschützen. »Wir finden sie hier sowieso nicht«, schreit Casey mir ins Ohr und zieht mich mit sich in Richtung Ausgang. Doch in dem Augenblick hören wir eine Stimme durch die Musik. Ich drehe mich um und entdecke Ryan, der uns zu sich heranwinkt. Dann blicke ich zu den Heathers, die das Ganze beobachtet haben und uns böse Blicke zuwerfen.

»Oh mein GOTT!«, quietscht Casey beglückt. »Passiert das hier gerade wirklich?«

»Hier drüben, Molly!«, ruft Ryan unüberhörbar. Ich wende mich ab und zerre Casey zur Bar.

»Wohin gehen wir?«, fragt Casey verwirrt und reckt den Hals nach Ryan Cooper und Co. »Gehen wir nicht zu ihm? Oh mein GOTT, ich kann nicht glauben, dass Ryan Cooper *uns* will! Das ist der beste Abend meines Lebens, das ist … HALLO! HALLO, RYAN!«, schreit sie und winkt ihm zu, während ich versuche, ihre Arme festzuhalten. »Hey, was machst du da?«

»Wir verhalten uns cool, Casey!«, ermahne ich sie. »Zwei Southern Comfort mit Limo bitte«, sage ich zu dem Barmann, der mich kaum eines Blickes würdigt, bevor er mich bedient.

Casey grinst, als ich ihr das Getränk zuschiebe. »Verstehe.« Sie lächelt und rückt ihr Bustier zurecht, um ihr mehr als üppiges Dekolleté zur Geltung zu bringen. Ich blicke sie zweifelnd an, während sie mich mit sich zu Ryans fünfköpfigem Gefolge zieht.

»Hallo, Jungs«, sagt Casey affektiert und streckt ihren Busen heraus wie in der Wonderbra-Werbung, die in aller Munde ist. Ist das ihre Art, sich cool zu geben? Ich will sie schon fortziehen, da bemerke ich jedoch ihr strahlendes offenes Lächeln, das überhaupt nicht peinlich oder künstlich wirkt, und ich stelle fest, dass ich vermutlich eine Menge von ihr lernen kann. Sie ist einfach sie selbst, und dafür liebe ich sie. Irgendwie beneide ich sie auch.

Ich beobachte, wie Casey nett mit Alex Slater plaudert, einem dunkelhaarigen Kerl mit Grübchen, auf den die Mädchen unendlich scharf zu sein scheinen. Ihrer Körpersprache nach zu urteilen, gehört Casey ebenfalls zu ihnen. Ich blicke hinüber und sehe, dass Ryan neben einem kleineren, breiteren dunkelblonden Typ mit stacheligen Haaren steht, der ein bisschen wie er aussieht, nur viel kräftiger. Als wir zu ihnen gegangen sind, hat Casey mir zugeraunt, dass das Carl sei, Ryans Bruder, dann hat sie mich stehenlassen, um sich mit Alex zu unterhalten. Da ist auch noch ein kleiner Typ mit Hut, der geifernd die Mädchen auf der Tanzfläche anglotzt – ich glaube, er heißt Gaz. Und dann gehört noch ein süßer langhaariger Mark-Owen-Verschnitt namens Jake dazu, der zu *Baby D's* »Let Me Be Your Fantasy« tanzt. Casey blickt zu mir herüber und deutet mit dem Kopf auf Ryan. Ich klammere mich verzweifelt an meinen Drink und schlurfe zu ihm. Er steht etwas abseits von der Gruppe. *Denk an Casey … sei wie Casey,* murmele ich stumm vor mich hin.

Ich strecke die Brust heraus und hebe meinen Rock ein Stück, um etwas Knöchel zu zeigen, lasse ihn dann aber wieder fallen. Oh Gott, ich gebe auf. Ich bin genau wie meine Mutter. Die Gene sind zu stark. Ich werde für immer Jungfrau bleiben.

»Hallo, Ryan«, sage ich heiser. »Nett, dich hier zu treffen!«, schreie ich dann euphorisch gegen die Musik an, als das Stück gerade zu Ende ist. Ryan trägt das Flanellhemd, das ich bei Topman für ihn ausgesucht habe. Ich zupfe verlegen an seinem Ärmel und blicke ihm in die Augen. »Steht dir gut«, sage ich. Meine Stimme klingt auf einmal unerklärlicherweise sehr hoch und abgehackt.

»Äh, danke«, erwidert er, lächelt schwach und schwankt etwas. Seine Kumpel grinsen wie Honigkuchenpferde. Ich nehme einen Schluck von meinem Getränk und blicke mich etwas peinlich berührt um.

»Ich habe nicht damit gerechnet, dich hier tsu sehen«, nuschelt Ryan und kann den Blick nicht ganz fokussieren, während er auf mich zutorkelt. Ich trinke noch einen Schluck, um Mut zu sammeln. Ich habe eindeutig etwas aufzuholen.

»Ach, nein?«, antworte ich flirtend. »Ich dachte, du wärst dir meiner sicher.«

Wieder Schweigen. Jemand grunzt und schlägt ihm auf die Schulter, und Ryan dreht sich um und lacht laut. Ich sehe, wie einer von ihnen – Carl, denke ich – Ryan etwas zuflüstert. Wenn ich mich nach vorn lehne, kann ich vielleicht hören, was er sagt: »… ich wette … sie küsst.«

Wette? Ich wanke zurück. Demütigung und Zorn steigen in mir auf, während ich mich im Geiste tadele. *Ich dummes, dummes Ding.* Ich starre ihn wütend an, drehe mich um und gehe so schnell ich kann davon.

»Molly, warte!« Ich merke, wie eine Hand meinen Arm fasst und mich herumdreht. Im Hintergrund lachen noch immer seine Freunde, und er wirkt beschämt. »Tut mir leid, es ist einfach sauschwer hier mit meinen Kumpels und so, aber ich wollte dir sagen …« Für den Bruchteil einer Sekunde sehe ich, wie sein Gesicht auf mich zukommt, und ich denke daran, wie süß er heute war und wie sehr ich mir gewünscht habe, ihn zu küssen. Dann stürzt er auf mich zu, stößt mit seiner Nase gegen meine und landet ungeschickt mit seinen Lippen auf meinen. Er zieht mich dicht an sich und küsst mich drängend, fest und dann nass, als seine Zunge wie ein Hamster im Laufrad in meinem Mund rotiert. Ich schließe fest die Augen und versuche, den ersten Kuss meines Lebens zu genießen, aber ich empfinde nur Entsetzen. Sein betrunkener Überfall in aller Öffentlichkeit ist ganz anders als das einfühlsame, romantische, zärtliche Erlebnis, das ich aus Filmen kenne.

Als seine johlenden, lachenden, lüstern grinsenden Freunde einen Kreis um uns bilden, stoße ich ihn von mir. Ryan sieht mich verwirrt und panisch an und versucht, den Blick auf mich scharfzustellen.

»Wassn los, Molly?«, lallt er.

Ich betrachte die Menge, die sich um uns gebildet hat. Vor mir tauchen die höhnisch grinsenden Fratzen der Heathers auf, und ich sehe, wie sie Casey umringen und sich über sie lustig machen. Ich hätte sie nicht allein lassen dürfen.

Tränen brennen in meinen Augen, und ein dicker Kloß in meinem Hals hindert mich daran zu sprechen. Alle lachen über das dicke griechische Mädchen und ihre Gothic-Freundin, die dachte, sie hätte eine Chance beim coolsten Typ der Stadt. Ich dränge mich zu Casey, greife fest ihre Hand, bahne uns einen Weg durch die Menge und versuche, uns so weit wie möglich von dem sabbernden Ryan Cooper, seinen Kumpels und diesen fiesen Zicken wegzubringen. Wir stürzen durch die Tür, und die kühle salzige Seeluft krallt sich in meine nackte Haut. Und während Casey und ich zur Bushaltestelle stolpern, höre ich ihn rufen: »Mollyyy, Mollyyy!« Das Gelächter noch in den Ohren, schwöre ich mir, nie mehr jemand anders als Casey zu vertrauen.

9:45 Uhr

Seit mindestens einer Minute klingelt das Telefon. Ich will ächzend aufstehen und stelle fest, dass ich noch immer eines meiner alten Tagebücher in der Hand halte, das ich neben den anderen in einem Karton gefunden habe. Ich habe in der letzten halben Stunde noch einmal meine Jugendjahre durchlebt, anstatt mich fertig zu machen. Böse Molly. Es war komisch und bewegend zugleich, meine verzweifelten Einträge zu lesen. Ich blicke auf die aufgeschlagene Seite und lese sie noch einmal.

3. März 1995
Habe RC vor der Schule gesehen. Er hat mit seinen Kumpels vor den blöden Mädchen aus der 11 posiert. Und die haben sie umschwärmt, als wären sie irgendwelche Soap-Stars. C war ganz aufgeregt und meinte, RC hätte zu uns rübergesehen. Sie glaubt, er würde auf eine von uns stehen. Ich habe ihr nicht gesagt, dass er nur geguckt hat, weil die Heathers genau in dem Augenblick hinter uns vorbeigegangen sind und hinter unseren Köpfen Hasenohren gemacht haben. C ist so ahnungslos, aber ich lasse sie in ihrer Seifenblase. Dort ist es schließlich deutlich angenehmer als in meiner Welt. Sie ist meine beste Freundin, aber manchmal frage ich mich, wie sie so naiv sein kann. Ich meine, ich weiß, sie hat es ziemlich schwer mit ihrer Mutter und allem. Aber niemand hat es so schwer wie ich. Mein Leben ist ein Albtraum.

Das Telefon klingelt noch immer, und ich hetze atemlos die Treppe hinunter, während ich das Tagebuch zuklappe und noch ganz erfüllt von meinem armen, wütenden Teenager-Ich bin. »Hallo?«

»Morgen, Herzchen«, sagt eine brummige, aber freundliche Stimme mit Essex-Akzent am anderen Ende der Leitung. Einen Augenblick denke ich leicht panisch, es sei Ryans Dad. Vielleicht meint er, ich hätte noch etwas von Ryans Sachen? –, aber dann erkenne ich den Umzugsmann. »Wie läuft es?«, erkundigt er sich.

Ich blicke mich schuldbewusst im Haus um und wünschte, meine Mutter wäre in der letzten halben Stunde, die ich sinnlos verplempert habe, heimlich vorbeigekommen.

»Äh, gut. Sehr gut!«, erwidere ich fröhlich, um meine Panik zu überspielen. Ich klemme das Telefon zwischen Ohr und Schulter und befördere eine Ladung Papier in einen Karton, verschließe ihn mit etwas Kreppband und schreibe »Schiff« darauf. »Wann sind Sie denn grob hier?«, füge ich dreist hinzu, als wäre ich *so* organisiert, dass das für mich irgendeine Rolle spielen würde.

»Deshalb rufe ich an«, antwortet er beschwingt, »wir sind in fünfzehn Minuten da, okay?«

»WUNDERBAR! Bis dann«, flöte ich begeistert.

Ich lege auf, mache einen tiefen yogamäßigen Entspannungsatemzug und beruhige mich damit, dass es vermutlich zum Berufsrisiko eines Umzugsmannes gehört. Ich kann unmöglich das Schlimmste sein, was sie je erlebt haben. Und wenn schon, ich habe ganz andere Sorgen. Wie zum Beispiel die, dass ich aus einer irren Laune heraus meine Freunde verlasse, meine Familie, mein ganzes *Leben*. Bin ich völlig übergeschnappt? Was zum Teufel mache ich hier?

Der Lass-mich-nie-mehr-gehen-Kuss

Kennen Sie diese Menschen, die meinen, ihr Leben bestünde aus einer Aneinanderreihung von Filmmomenten? Die im Geiste einen Soundtrack hören, wenn sie die Straße hinuntergehen, oder sich vorstellen, eine Figur aus einer romantischen Liebeskomödie zu sein, sobald sie ein Rendezvous haben? Nun, ich gehöre nicht zu diesen Menschen. Bis ich Ryan begegnet bin, habe ich nie gedacht, dass mein Leben auch nur im Entferntesten an einen Film erinnern könnte. Und als wir dann zusammen waren, fühlte es sich viel zu angenehm an, um etwas außerordentlich Romantisches zu sein. Hin und wieder hoffte ich inständig, mal so richtig von den Socken gehauen zu werden, wenn ich das so sagen darf. Vielleicht gab es das in Frauenzeitschriften, aber ich, Molly Carter, befand mich im Bann des größten Feindes der Frau: »Dem märchenhaften Ende.«

Vorspulen>> 14.05.2005>

Nirgends kann man so intensiv über das eigene Leben nachdenken wie auf einem vierundzwanzigstündigen Flug. Ich habe mich bestens bemüht, mich von Ryan und dem Beziehungschaos abzulenken, indem ich innerhalb der letzten zehn Stunden drei Filme gesehen, zwei Mahlzeiten zu mir genommen und zwei kleine Flaschen australischen Chardonnay getrunken habe. Trotzdem denke ich deutlich mehr an Ryan, als gut für mich ist, während ich zwischen wildfremden Menschen sitze und einer Zukunft als Single entgegenblicke.

Ich wische mir eine Träne fort und denke an die drei Wochen, die ich gerade mit Mia, meiner besten Freundin von der Uni, verbracht habe. Ich habe die Reise gebucht, nachdem ich an Silvester gesehen hatte, wie Ryan das andere Mädchen geküsst hat. Ich brauchte eine Auszeit. Zeit mit der aufgeräumten, klugen Mia mit ihrer großartigen Arbeit, ihrem unglaublichen Lebensstil und ihrer unbekümmerten Einstellung zu Liebesdingen. Sie glaubt nicht annähernd an die Liebe und selbst *sie* hat zugegeben, dass sie dachte, Ryan und ich wären füreinander bestimmt. Für immer.

Ich muss der Tatsache ins Auge blicken, dass es zwischen Ryan und mir aus ist, ich muss nach vorn schauen. Ich setze die Augenmaske auf und versuche verzweifelt zu schlafen, damit ich vergessen kann, was für ein Chaos ich angestiftet habe.

Ich schiebe mich gemeinsam mit meinen übrigen Langstreckengenossen in die Ankunftshalle und bin damit beschäftigt, nicht über meinen albernen Hippierock zu stolpern, den ich mir in einem Anflug von Trennungswahnsinn gekauft habe. Doch als ich mich endlich umsehe, bemerke ich all die Menschen, die von ihren Lieben empfangen werden. Ich stelle mir eine Montage mit Fotos sich begrüßender Paare vor, nehme jedoch nicht meine Kamera zur Hand, da ich nicht in der Stimmung bin, das glückliche Wiedersehen anderer Leute festzuhalten.

Ich seufze, streiche durch meinen Pony und binde meine Haare im Nacken zu einem lockeren Pferdeschwanz zusammen, dann fasse ich lustlos erneut den Griff meines riesigen Koffers und denke an die nächste Etappe meiner Reise. Wie soll ich bloß die Energie aufbringen, in die U-Bahn zu steigen und zu Caseys Wohnung zu fahren? Und morgen wieder zur Arbeit gehen?

Arbeit. Ich habe fast vergessen, was das ist. Mein Koffer kracht gegen meinen Knöchel, und ich fluche vor mich hin, dann hebe ich schnell die Kamera. Diesmal kann ich nicht widerstehen. Ich fange an, Bilder von den sich begrüßenden Menschen zu machen, von ihren Umarmungen, ihren Freudenschreien.

Und dann sehe ich *ihn*. Durch den Sucher.

Ryan steht neben einem großen, gut gebauten Mann, der ein riesiges Schild mit der Aufschrift »Ich liebe dich!« in der Hand hält. Ryan deutet auf das Schild.

Ich blicke fassungslos zu ihm, und er lächelt mich an. Er zeigt erneut auf das Schild und breitet die Arme aus. Er grinst, und dann renne ich zu ihm – lachend, weinend, stolpernd, fluchend, aber überwiegend weinend. Ich renne, ziehe meinen verdammten Riesenkoffer hinter mir her, während die Kamera vor meiner Brust baumelt und mein Herz aus der Brust zu springen droht. Mein BH-Träger rutscht über meine Schulter, mein Rock wickelt sich um meine Knie, und wenn ich nicht aufpasse, werde ich vor allen der Länge nach hinfallen, aber das ist alles egal, weil jetzt … jetzt liege ich in den Armen von meinem Ryan.

Ich schlinge meine Arme und Beine um ihn, als wäre er ein Baum, eine wunderbare, starke Eiche, und ich ein Vogel, der zurück ins Nest gefunden hat. Ich kann nichts sagen.

»Ich habe auf dich gewartet«, flüstert Ryan schließlich.

»Wie lange?«

»Jeden Tag, sechs Monate, mein Leben lang …«

»Ich auch«, antworte ich. Ich sehe zu ihm hoch, in sein Gesicht, das ich besser als mein eigenes kenne. In seine Augen, die blauer als der Himmel von Sydney sind. Und auf seine Lippen, die ich so oft geküsst habe und dennoch nicht annähernd oft genug.

»Ich will keinen Tag mehr ohne dich sein, Ryan«, sage ich schließlich. »Du bist alles, was ich will, du bist alles, was ich je gewollt habe. Was ich getan habe, tut mir leid.«

»Schhh«, sagt er und lächelt mich an, und ich weiß, er hat mir vergeben. »Dies ist ein neuer Anfang, okay?«

Ich nicke und zerre meine Kamera zwischen uns heraus, während Ryan mich küsst. »Diesen Kuss werde ich nie vergessen«, murmele ich an Ryans Lippen, strecke die Kamera aus und mache ein Foto von dem Moment, von dem ich nicht zu träumen gewagt habe.

»Und ich werde dich nie mehr gehen lassen«, erklärt Ryan. Dann vergesse ich, den Augenblick auf Film festzuhalten. Stattdessen genieße ich seine Lippen, wie ich es noch nie getan habe, und nehme mir fest vor, das noch viel häufiger zu tun.

Mit einem Kuss besiegelt

Kennen Sie das? Ein Jahr, in dem man das Gefühl hat, alle heiraten, und man betrunken von einer Hochzeit zur nächsten schwirrt, wild tanzt, sich schlecht benimmt und sich insgeheim fragt, wann man selbst dran ist? Nun, ich kenne das nicht. Bevor ich selbst geheiratet habe, bin ich nur auf einer einzigen Hochzeit gewesen. Und obwohl ich überglücklich war, wieder mit Ryan zusammen zu sein, behielt ich dennoch ein bisschen von meinem mir innewohnenden Carter-Zynismus, was das Heiraten angeht. Doch es war eine Cooper-Hochzeit, die auf Cooper-Weise gefeiert wurde. Ich war wieder mit meiner ersten Liebe zusammen, und im Laufe dieses wunderschönen, hoch emotionalen Tages verstand ich langsam, was diese ganze Aufregung sollte. Ich hatte das Gefühl, dass ich vielleicht, nur vielleicht, diese ganze Sache mit dem »Ja, ich will« eines Tages auch tun könnte. Irgendwann.

Vorspulen>> 10.09.2005>

Wir machen uns in Ryans Jugendzimmer in seinem Elternhaus für Lydias und Carls Hochzeit fertig. Lydia nutzt den Anbau, in dem Ryan und ich einst gewohnt haben, als Hochzeitssuite (ist das wirklich erst vier Jahre her?). Ich schlüpfe schnell in mein Kleid, während sie sich noch schminkt. Anschließend werde ich zu ihr gehen und ihr dabei helfen, ihrs anzuziehen.

»Du musst aufpassen, dass du der Braut nicht die Schau stiehlst!« Ryan küsst meinen Nacken, kneift mir in den Po und zwinkert mir im Spiegel zu. Er wirbelt mich zu sich herum, sodass ich fast aus meinem knallpinken Kleid falle, und ich lache.

Ich lege meine Hände auf seine Brust, er streicht mit den Lippen über meine und stöhnt leise, dann reibt er seine Nase an meinem Nacken. »Gott, ich wünschte, wir würden im Hotel wohnen«, murmelt er und lässt seine Hände über meinen Körper gleiten. »Ich würde dir auf der Stelle das Kleid vom Körper reißen und …«

»Halt, halt, Spaghettiarm!«, mahne ich und schlüpfe in die Rolle von Baby aus *Dirty Dancing*, fühle mich in meinem zu engen pinken Kleid aber eher wie Julia Roberts in *Pretty Woman vor* ihrer Verwandlung. Die zuckrige Stimme von Ryans Mutter unterbricht uns.

»RYAN! MOLLLYYY! Kommt runter und trinkt ein Glas Champagner mit uns, ihr Herzchen! Wir müssen bald aufbrechen!«

»Geh du«, sage ich zu Ryan, küsse ihn auf die Lippen und binde seine rosa Krawatte, die sich von dem dunklen Teint abhebt, den er im Laufe der Ferien durchs Segeln, Fußballspielen und, sehr zu meinem Missfallen, auf der Sonnenbank erworben hat. »Ich muss meinen Pflichten als Brautjungfer nachkommen!« Ich klopfe ihm auf die Schulter und blicke ihn anerkennend an. »Wir sehen uns am Altar, Herr Trauzeuge!« Dann winke ich, verschwinde aus der Schlafzimmertür und überlasse ihn der langwierigen Aufgabe, seine Haare zu stylen.

Ich laufe die Treppe hinunter und komme an der umfangreichen Cooperschen Galerie mit Schwarz-Weiß-Fotos vorbei, in der nun auch Lydia und ich hängen. Ich kann immer noch nicht glauben, dass ich dazugehöre. Ich habe Ryan gefragt, ob das Foto während unserer kurzen Trennung entfernt worden sei, aber er hat mir versichert, dass Jackie mich dort gelassen habe. Und so, wie sie mich umarmt und herzlich begrüßt hat – »Es ist *so schön*, dass du wieder da bist, Liebes« –, als ich zum ersten Mal wieder hier war, glaube ich ihm. Und entgegen meiner anfänglichen Befürchtungen fühle ich mich geehrt, Lydias Brautjungfer zu sein.

»Bist du dir sicher?«, hatte ich gefragt, als sie mich vor vier Monaten darum bat. »Ich meine, Ryan und ich sind gerade erst wieder zusammen.«

»Ihr wollt euch doch nicht wieder trennen, oder?«, erwiderte sie nüchtern und warf ihre blonden Extensions über die nackten Schultern, während wir an einem Samstagnachmittag bei *Ugo's*, unserem Lieblingsrestaurant, mit unseren Pizzen kämpften.

»Auf *keinen Fall*«, erklärte ich mit Nachdruck und nahm einen großen Schluck Wein.

»Na, dann. Natürlich bin ich mir sicher. Außerdem bist du nicht die einzige. Ich habe acht!«

Ich bin nervös, als wir vor dem Münster von Leez warten und die angeheuerten Pfauen vorbeistolzieren sehen (»Großartige Idee von Jackie!«, meinte Lydia, als wir aus dem rosa Cadillac stiegen). Wir warten, dass der Standesbeamte uns zunickt, damit wir den Gang hinuntergehen können (und damit meine ich, über den »rosa Teppich«). Ich fiebere mit Lydia, ich weiß, wie lange sie auf diesen Moment gewartet hat. Sie und Carl sind seit zwei Jahren verlobt *und* haben ein Baby. Ich bin jedoch auch nervös, weil dies der Augenblick ist, in dem alle erfahren, dass Ryan und ich es ernst meinen. Dass wir endgültig wieder zusammen sind.

Als das Streichquartett die Klänge von James Blunts »You're Beautiful« spielt, muss ich unwillkürlich lachen, weil sie so mutig war, das als ihren Hochzeitsmarsch zu wählen. Das ist typisch für Lydia, sie ist wunderbar sorglos und selbstsicher. Lydia dreht sich um und zwinkert uns allen zu. Ich wiege Baby Beau in den Armen, einen süßen kleinen Jungen, der verwirrenderweise einen rosa Strampelanzug trägt, damit er farblich zu uns passt. Dann gehen wir los.

Ich kann nicht leugnen, dass ich es genieße, die Gesichter all der Frauen zu betrachten, die uns hereinkommen sehen. Vor allem, als ich Nikki Pritchard bemerke. Lydia hat mit der alleinerziehenden Mutter von drei Kindern im Schönheitssalon zusammengearbeitet. Mit *der* Nikki Pritchard, die an der Westcliff High die Anführerin der Heathers war. Die erstaunten Gesichter über Lydias weißes Kleid – »Mit dem gewissen Etwas, Mädels!« – sind wundervoll. Das Etwas besteht darin, dass das Kleid kurz und eng ist und ihre hübschen Beine und die hellrosa *Jimmy-Choo*-Schuhe zur Geltung bringt. In der Mitte ist es mit einer pinkfarbenen Schärpe gebunden. »Ich habe nicht fünfhundert Pfund für diese Schätzchen bezahlt, um sie unter irgendeinem großen weißen Ungetüm zu verstecken«, hatte sie bei der Anprobe erklärt.

Dann sehe ich meine Eltern, die mir liebevoll zulächeln, was mich zu Tränen rührt. Und dort, neben Carl, steht Ryan. Mir bleibt unwillkürlich die Luft weg, und die Brust in meinem tiefausgeschnittenen Dekolleté quillt über vor Liebe für ihn. Als ich sehe, dass Carl mit seiner Fassung ringt, blinzele ich ein paar Tränen weg. Ryan legt eine Hand auf die Schulter seines großen Bruders, dieser umklammert einen Augenblick seine Finger, dann schiebt Ryan ihn zu Lydia, die Carls Hand fasst und ihn zu einem vorhochzeitlichen Kuss an sich zieht. Ryan sieht sich nach mir um, und seine Augen strahlen vor Glück.

»Zeit fürs Hochzeitsessen!«, trällert Jackie, die in einem Traum in Fuchsia auf ihren hohen Absätzen und mit noch höherem Fascinator zu den Pfauen auf dem Rasen vor das Festzelt tritt. Überall funkelt und glitzert es, aber es ist absolut liebenswert, weil Lydia und Carl so glücklich und verliebt sind und keinen Penny darauf geben, was andere denken. Selbst meine Eltern scheinen es auf ihre Weise zu genießen. Jackie hat darauf bestanden, dass ich sie mitbringe. »Du gehörst quasi zur Familie, Liebes. Das heißt, dass sie auch dazugehören!« Ich habe gesehen, wie sie sich während der Trauung kurz die Hand gedrückt haben, und sie lachten sogar über die etwas derben Witze in den Reden und nippten dann vorsichtig an dem einen Glas Champagner, das sie sich genehmigten. Sie hatten nicht bemerkt, dass Dave ihre Gläser jedes Mal auffüllte, wenn sie gerade nicht hinsahen.

Als Mum jetzt ungewöhnlich unsicher auf mich zuwankt, lächele ich sie an. »Also, Molly, Liebes«, sagt sie und fasst kurz nach ihrem Hut, der steif auf ihren kurzen Haaren sitzt. »Meinst du, ich sollte mir noch so einen kaufen?« Sie zwinkert mir zu, und ich lache und hebe drohend den Finger, als wäre *ich* die Lehrerin. Ich habe meine Mutter noch nie zwinkern gesehen. Ich sollte sie häufiger mit Champagner abfüllen. Ich denke darüber nach, wie ablehnend Mum früher Ryan gegenüber war und wie stark sich ihre und meine Beziehung seit meiner unglücklichen Teenagerzeit verändert hat. Dass unser Verhältnis so viel einfacher und herzlicher geworden ist, haben wir Ryan und seiner Familie zu verdanken.

Ich beobachte, wie Mum zurück zu Dad wankt, bin jedoch nicht lange allein.

»Alles in Ordnung, Molly?« Ryans reizende Oma Door reicht mir ein weiteres Glas Champagner. Ich nehme es lächelnd entgegen und freue mich über die Gelegenheit, mit ihr zu plaudern. Sie war immer meine engste Verbündete. Sie hakt sich bei mir unter, und gemeinsam schlendern wir zu einem Tisch und setzen uns. Sie sieht hinreißend aus in ihrem hellblauen Hosenanzug, und das sage ich ihr.

»Ohh, die Farbe passt zu meinen Augen, Mädchen – und zu meiner Haartönung!«, witzelt sie. Ich bemerke, wie perfekt sie den Anzug mit den silbernen Schuhen und dem breiten silbernen Schal kombiniert hat, und sie lächelt, sichtlich erfreut über mein ehrlich gemeintes Kompliment. »Nun, ich orientiere mich an Jane Fonda, Liebes. Ihre Gymnastikvideos halten mich jung, weißt du? Dazu noch Beckenbodenübungen und ein monatlicher Ausflug nach Champneys – so bleibe ich gut in Schuss! Aber genug von mir, wie geht es dir, Molly? Wenn ich mich nicht täusche, wirktest du dort gerade etwas verloren.«

»Nein, ich habe nur alles auf mich wirken lassen.«

Sie beugt sich zu mir und zwinkert mir zu. Eine ihrer falschen Wimpern ist verrutscht. »Überlegst du, was Ryan und du an eurem großen Tag anders machen werdet, Schätzchen?«

»Nein!«, protestiere ich und kichere dann, weil sie tatsächlich recht hat.

»He, meine Hübsche«, sagt Ryan beschwipst, als er mich später auf die Tanzfläche führt. Ich nicke mit dem Kopf, als Mum mit Dave und Dad mit Jackie auf *Kanye Wests* »Gold Digger« an uns vorüberfegen. »Sieh dir John an!« Ryan kichert.

In dem Moment wirbelt Dave meine Mum herum und liefert sie genau zum Beginn von »Hey Jude« in Dads Armen ab, damit sie mit ihm den langsamen Tanz genießen kann.

Während wir ihnen zusehen, fasst Ryan mich fest um die Taille. Der kleine Walzer liegt ihnen eindeutig mehr als die wilden Schritte, mit denen die Coopers sie herumgefegt haben. Ich begreife, dass ihre Ehe genau das ist – ein langsamer Walzer, und dass sie genau das auf ihre Art immer genossen haben. Bei dieser Erkenntnis schnürt sich mir die Kehle zu. Nur ich habe mir stets gewünscht, sie würden schneller und wilder tanzen.

»He, Ryan, Molly!«, ruft Carl, als er auf uns zutorkelt und die Arme um unsere Schultern legt, dicht gefolgt von Alex, der sich offenbar für Patrick Swayze hält, und Gaz, der wie Doody aus *Grease* über die Tanzfläche stolziert. »Das ist der beste Tag aller Zeiten! Wann schreitet ihr zwei zur Tat, mh?«

»Ich würde nur zu gern mit *ihr* zur Tat schreiten«, sagt Gaz glucksend und nickt mit seinem Hut in Richtung von Lydias bester Freundin. »Passt auf!« Er tritt zu der Brautjungfer, die sich auf der Tanzfläche dreht, und tippt ihr auf die Schulter. Wir beobachten, wie sie sich daraufhin sofort umdreht und ihn abknutscht.

»Ich *fass* es nicht!«, ruft Alex.

Alle brechen in Lachen aus. »Glaub nicht, dass du deshalb um die Frage herumkommst, Bruder.« Carl wuschelt Ryan durch die Haare, doch da tanzt Lydia zu uns herüber und schlingt die Arme um uns.

»Kommt«, ruft sie und hüpft auf und ab, während der DJ »We are Family« auflegt. »Alle Coopers zusammen!«

Ryan küsst mich auf den Kopf, dann fangen die drei an zu hopsen.

»Aber ich bin keine Cooper!«, protestiere ich und spüre, wie meine Füße vom Boden gehoben werden, als Jackie und Dave sich uns anschließen.

»Noch nicht«, flüstert Lydia, und ich erröte.

»Zeit für den BRAUUUTSTRAUUUSS!«, kreischt Jackie am Ende des Stücks quer über die Tanzfläche, und ich beobachte, wie die weiblichen Gäste aufgeregt japsend wie eine Horde Chihuahuas an mir vorbeiflitzen. Lydia tritt vor die Band auf die Bühne und umklammert ihren rosa Brautstrauß mit den Bommeln.

Da stupst Ryan mich mit dem Ellenbogen an. »Gehst du nicht hin?«, flüstert er.

»Nein, ich glaube, hier bin ich sicherer«, antworte ich und verschränke demonstrativ die Arme.

»Seid ihr BEREIT?«, schreit Lydia und hält den Strauß mit den fuchsiafarbenen Rosen wie die olympische Fackel in die Luft. »EINS, ZWEI, DREIII!«

Ich sehe zu, wie der Strauß in Zeitlupe über die Köpfe der Mädels hinwegsegelt und sich auf ihren hoffnungsvollen Mienen langsam Enttäuschung abzeichnet. Dann merke ich, wie Ryan sich hinter mir vorbeidrängt, und beobachte erstaunt, wie er sportlich nach oben springt, den Strauß aus der Luft fängt, wieder auf dem Boden landet, sich umdreht und mich breit angrinst. Er läuft zu mir, drückt mir die Blumen in die Arme und dreht dann eine Runde durch den Raum, als hätte er gerade einen Fußballpokal gewonnen. Dann steht er wieder vor mir, schlingt die Arme um mich und küsst mich, während der Raum in Jubel ausbricht.

Peinlich berührt bedecke ich mein Gesicht mit den Händen, doch er zieht sie weg, um mich zu küssen. Lydia winkt mir entzückt von der Bühne aus zu, und Carl macht ein Daumen-hoch-Zeichen. Ich entdecke Jackie und Dave, die in einer anderen Ecke auf und ab springen. Meine Haut kribbelt, und mein Gesicht nimmt die Farbe meines Kleids an.

Ryan lacht. »Tut mir leid, Schatz, ich konnte einfach nicht widerstehen.«

»Du wolltest nur angeben!«, rüge ich ihn, lächele jedoch und schiebe meine Hände in seine.

Er zwinkert mir zu. »Ich weiß doch, wie unsportlich du bist. Du hättest ihn nie gefangen! Die meisten Frauen wären mir dankbar.«

»Ach«, unterbreche ich, »aber du vergisst eins, Cooper: Ich bin nicht wie die *meisten* Frauen.«

Er grinst, fasst mein Kinn und zieht mich zu sich heran, um mich erneut zu küssen. »Ich weiß, Molly Carter. Und dafür liebe ich dich.«

10:01 Uhr

In ein Handtuch gewickelt, tapse ich in mein leeres Schlafzimmer. Ich blicke mich einen Augenblick um. Mit der Matratze auf dem Boden und den ganzen gepackten Kartons macht es jetzt vielleicht nicht mehr viel her, aber von allen Zimmern im Haus werde ich dieses am meisten vermissen. Es ist in den letzten Jahren mein Rückzugsort gewesen. Als Ryan und ich frisch zusammen waren, habe ich gewitzelt, dass, wenn wir nicht zur Arbeit müssten, wir für immer im Bett bleiben würden. Er hat sicher nicht damit gerechnet, dass ich meine Drohung jemals wahrmachen würde. Nachdem er fort war, habe ich tage-, sogar wochenlang hier gelegen. Als ich mich dann zusammengerissen und wieder das Haus verlassen habe, verbrachte ich noch immer die Abende hier und sah mir alte Fotoalben an. Weil ich das Schlafzimmer in demselben Hellblau wie unsere alte Küche gestrichen hatte, konnte ich fast so tun, als würden wir noch in unserer Wohnung wohnen – bevor alles den Bach runterging.

Vor ein paar Jahren habe ich renoviert. Ich wollte neu anfangen, Molly *Carter* wiederfinden. Deshalb habe ich den Raum in einem satten Dunkelrot gestrichen. Es fühlte sich gemütlich und geborgen an. Die nun nackten Balkontüren waren von schweren, üppigen Goldvorhängen umrahmt, und über dem Bett hing das Bild von John und Yoko. In der einen Zimmerecke stapelten sich Foto- und Kunstbände, und neben der Balkontür stand meine Frisierkommode. Sie ist noch immer da, und auf ihr stehen ein paar gerahmte Fotos, die ich noch nicht eingepackt habe. Eines zeigt meine Eltern an ihrem Hochzeitstag. Ich nehme es in die Hand und betrachte das Bild kritisch. Früher fand ich es schrecklich, dass sie so ernst aussehen, aber jetzt weiß ich, wie hart eine Ehe ist, wie viel ein Paar im Laufe eines Lebens durchstehen muss. Und wie stark man sein muss, um all die Hochs und Tiefs auszuhalten. Ich habe großen Respekt vor ihnen. Nicht nur, weil sie zusammengeblieben sind, sondern auch, weil sie mir ein so starker Halt waren.

Ich werfe noch einen letzten Blick auf die Bilder, bevor ich sie einpacke. Mir fällt auf, dass mein Vater mit diesem versonnenen Lächeln in die Kamera blickt, das bei ihm höchstes Glück bedeutet. Ich packe das Bild in eine Kiste mit der Aufschrift »Schiff« und blicke nach draußen. Der dunkle Schleier hat sich von diesem Januarmorgen gehoben, und der weite Himmel zeigt sich jetzt in einem verwaschenen Blau, durch das weißes Sonnenlicht sickert. Es wird ein wunderschöner Tag werden. Ich öffne lächelnd die Balkontür und wende mich dann dem Einbauschrank zu, um auszusortieren.

Meine Jeans liegen so ungeordnet durcheinander, dass ein GAP-Verkäufer bei diesem Anblick in Ohnmacht fallen würde. Meine graue Lieblingsröhrenjeans ist eingepackt, also grabe ich nach meiner anderen Jeans für alle Fälle: der Latzhose. Ich weiß, ich weiß, modisch gesehen ein Missgriff, aber sie sind so bequem. Und wie meine Mum sagen würde: »Du ziehst um, Liebes, du gehst nicht auf eine Modenschau.« Komisch, dass man irgendwann tatsächlich wie seine Mutter wird. Und noch seltsamer ist, dass einem das nichts ausmacht.

Ich ziehe die Latzhose an und blicke in den Spiegel, der an der Wand lehnt. Ich erkenne mich kaum wieder. *Okay,* ich dachte, die Latzhose wäre bequem, aber auch irgendwie ganz niedlich, eine ironische Anspielung auf den Achtzigerjahrestil von Demi Moore in *Ghost*. Aber ich stelle fest, dass ich eher wie Meryl Streep in *Mamma Mia* aussehe.

Der Willkommenskuss

Bis ich Ryans Familie kennengelernt habe, konnte ich mit dem Ausdruck »im Schoß der Familie« nicht wirklich etwas anfangen. Wahrscheinlich, weil sich der Schoß meiner Familie vergleichsweise mager anfühlte, alle Zuneigung war zurückhaltend, beherrscht. Die Liebe meiner Eltern bildete keinen schützenden Kokon, sie war nicht im Überfluss vorhanden. Als ich jung war, fragte ich mich, ob ich jemals die Art von überbordenden Zuneigungsbekundungen kennenlernen würde, die in »normalen« Familien üblich zu sein schienen. Und als ich in den üppigen Schoß der Coopers aufgenommen wurde, schien ich sie dort endlich zu bekommen. Ich hatte ein Zuhause. Seitdem ist mir klar geworden, dass die Liebe meiner Familie immer da war. Sie war nur etwas leiser, und ich war nicht sensibel genug, um sie zu hören.

Vorspulen>> 26.09.2001>

Nervös stehe ich vor der Haustür von Ryans Eltern in der piekfeinen Straße von Marine Parade, auch bekannt als das Bonzenviertel von Leigh-on-Sea. Das eindrucksvolle Haus im Edwardianischen Stil mit den großen Fenstern steht allein und hat eine breite gepflasterte Auffahrt. Vor der Tür bewachen zwei große Steinlöwen den Eingang, und vor dem Haus plätschert sogar ein Brunnen. Kein Wunder, dass Ryan noch immer zu Hause wohnt. Wahrscheinlich hat er seinen eigenen *Flügel*. Das habe ich nicht erwartet. Auf einmal bin ich wie versteinert. Während mein Finger über der Klingel schwebt und ich Mut sammele, sie zu betätigen, verfluche ich meinen Freund, mit dem ich seit einer Woche zusammen bin. Was hat er sich dabei gedacht, mich jetzt schon zu sich einzuladen? Und wie bin ich auf die Idee gekommen, Ja zu sagen?

Ich drücke die Klingel und hole tief Luft. Ich fühle mich völlig falsch gekleidet. Ich habe mich geweigert, meine Turnschuhe abzulegen, als Freya, die Moderedakteurin, mich von Pumps zu überzeugen versuchte. Immerhin habe ich jedoch eingewilligt, meinen Parka durch diesen grauen Mantel mit Stehkragen zu ersetzen. Ich streiche meinen Pony in die Stirn, sodass er meine Augen etwas verdeckt, straffe meine Schultern, richte meinen BH und wische mir die Hände an der Jeans ab. Auf Anraten von Lisa, unserer Beautyredakteurin und meiner Bürofreundin, die mich unbedingt von meinem alten Make-up-Stil abbringen will, habe ich mich insgesamt etwas femininer geschminkt, auf den dicken Lidstrich verzichtet, auf die Lippen rosa Lipgloss und auf die Wangen Rouge aufgetragen. Als ich meine Wohnung verlassen habe, fand ich mich beinahe schön, aber jetzt überlege ich, dass ich nur albern aussehe. Ich wünschte, ich wäre einfach nur ich, aber noch mehr wünschte ich, ich hätte Nein gesagt, als Ryan mich gebeten hat, ihn zu besuchen.

Ich höre jemanden auf die Tür zukommen. Ich bin im Begriff umzudrehen und über die Auffahrt zu flüchten, als die Tür aufgeht und ich einer strahlenden Gestalt mit wasserstoffblonden Haaren in einem scharfen Designer-Jogginganzug gegenüberstehe. Sie passt eher nach L. A. als nach Leigh-on-Sea.

»Molly? Hallöchen! Ich bin Jackie, Ryans Mum. Ich freue mich ja so, dich *endlich* kennenzulernen, Schätzchen!« Sie breitet die Arme aus und umarmt mich herzlich.

Endlich? Ich treffe mich gerade einmal seit einer Woche mit ihrem Sohn!

»Molly?«, wiederholt sie und lehnt sich mit einem strahlend weißen aber warmen Lächeln zurück. »Komm rein, Liebes! Steh nicht vor der Tür herum, sonst sieht die Straße noch unordentlich aus!« Lachend schiebt sie mich ins Haus, das Gold ihrer Armbanduhr und ihrer Tiffany-Halskette mit dem Herzmedaillon leuchtet wie die Sonne.

Ich blicke mich in der Eingangshalle um und hoffe verzweifelt, dass Ryan auftaucht, doch stattdessen umarmt mich Jackie erneut spontan und ertränkt mich in einer Parfumwolke. Als ich schon denke, dass ich gleich ohnmächtig werde, lehnt sie sich zurück, hält mich auf Armeslänge von sich und mustert mich gründlich. Auf der Suche nach einem Zeichen von Ryan lasse ich den Blick nach links und nach rechts huschen. Dann lässt sie mich los, und ich unterdrücke den Drang, mir die Arme zu reiben.

»Nun, Liebes«, sie strebt lächelnd auf die riesige Treppe zu, »du musst meinen Aufzug entschuldigen.« Sie deutet auf ihren rosa Jogginganzug. »Ich habe gerade das Mittagessen vorbereitet. Ich schminke mich nur kurz ein bisschen …«

So sieht sie ungeschminkt aus?

»… ziehe mir etwas anderes an und komme gleich wieder.« Sie eilt die Treppe hinauf und ruft mir zu: »Fühl dich ganz wie zu Hause, Liebes!«

Ich blicke mich um. Wo zum Teufel ist Ryan – abgesehen davon, dass er überall an den Wänden hängt? Wo ich auch hinsehe, prangen riesige Konterfeis der Familie. Einige zeigen Ryans Mutter und Vater, die sich umarmen. Auf einem sieht es aus, als würden sie sogar richtig knutschen. Außerdem gibt es diverse Bilder von Carl und Ryan in unterschiedlichen Altersstufen. Im Flur hängen große Studioaufnahmen, auf denen sie als Babys nackt auf einem Plüschteppich sitzen. Ich sehe ein niedliches Bild von Ryan als Kleinkind, auf dem er in seinem Neoprenanzug am Strand neben Carl steht. Auf einem anderen laufen die beiden als Teenager mit windzerzausten Haaren durch den Sand. Auf einigen Bildern ist Ryan im Fußballer-Outfit zu sehen, wie er schelmisch in die Kamera grinst und diverse Trophäen umklammert. Auf einem Foto legt Carl stolz und schützend den Arm um seinen kleinen Bruder. Urlaubsschnappschüsse zeigen die ganze Familie braungebrannt und lachend. Auf einer Studioaufnahme tragen alle vier weiße Hemden und blaue Jeans und konnten offenbar nicht lange genug stillsitzen, damit der Fotograf ein klassisches Familienporträt von ihnen macht. Stattdessen schütten sie sich aus vor Lachen, als hätte ihnen jemand einen Witz erzählt. *Oder sie haben nur ihre schräge Aufmachung betrachtet,* wirft mein (ungezogenes) Teenager-Ich ein.

Unsicher stehe ich im weitläufigen Flur und betrachte die Fotogalerie, als Ryan endlich auftaucht und ich vor Erleichterung aufatme.

»Molly!« Ich habe nicht mitbekommen, dass du schon da bist. »MUM!«, brüllt er. »Du hättest mir sagen sollen, dass Molly hier ist!«

Jackie späht oben über das Geländer der breiten geschwungenen Treppe, sie ist nun in ein Handtuch gehüllt und schwingt diverse Make-up-Pinsel. Ich wende rasch den Blick ab.

»Tut mir leid, Ryan-Spatz, ich dachte, du wüsstest es. Außerdem ist Molly ein großes Mädchen. Ich habe ihr gesagt, sie soll sich wie zu Hause fühlen. Sie gehört jetzt zur Familie, nicht Liebes? Ach, stelle sie doch Oma Door vor, ja?« Dann verschwindet sie wieder.

Ich werfe Ryan einen Seitenblick zu. »*Ryan-Spatz?*«, forme ich mit den Lippen.

»Achte nicht auf sie.« Er grinst gutgelaunt. »Sie will mich nur in Verlegenheit bringen.«

Eine Stunde später hat Ryan mich durchs komplette Haus geführt. Dabei hat er mir erzählt, dass Dave und Jackie es vor zwanzig Jahren gekauft und es um einen großen Anbau sowie einen Wintergarten erweitert haben, sodass es jetzt über fünf Schlafzimmer, eine hübsche Küche mit einer riesigen Kochinsel und glänzenden Granitoberflächen sowie ein gemütliches Wohnzimmer, ein Esszimmer, ein Kino/Spielezimmer und einen Fitnessraum verfügt. Wenn meine Mutter das sehen könnte, würde sie sich aus einer Mischung aus Neid auf so viel Luxus und heftiger Abneigung gegen die Inneneinrichtung buchstäblich übergeben. Überall stehen gläserne

Beistelltische mit frischen Blumen, es gibt große moderne Haushaltsgeräte, ein enormes Kino, das mit seiner Soundanlage dem neuesten technischen Standard entspricht, einen gigantischen Whirlpool im Garten, riesige schwarze Ledersofas und klobige, überdimensionierte Sessel. Es ist protzig und entspricht überhaupt nicht meinem Geschmack, aber irgendwie passt es.

Wir gehen zurück ins Wohnzimmer, und Ryan stellt mich Oma Door vor, einer elfenhaften Siebzigjährigen mit meerblauen Augen, die seit zehn Jahren verwitwet ist und genauso lächelt wie Ryan. Sie lebt ein paar Häuser von Ryans Eltern entfernt, ist absolut unabhängig, kommt jedoch jedes Wochenende zum Mittagessen herüber.

»Hallo, Schätzchen, ich bin Doreen«, stellt sie sich vor, legt die Zeitung fort und hievt sich aus einem rosa Thron hoch. »Aber du kannst mich Oma Door nennen. Das machen alle. Was für ein albernes Ding«, grummelt sie, als sie aus dem Sessel aufsteht. »Für was hält Jackie sich, für Posh von den Spice Girls?«

»Oma Door!«, rügt Ryan sie lachend, und ich muss unwillkürlich mitlachen.

»Das habe ich gehört, Mum!«, ruft Jackie aus dem anderen Zimmer, und Oma Door kichert amüsiert.

»Jedenfalls freue ich mich, dich kennenzulernen, Molly. Ich muss sagen, dass ich etwas anderes erwartet habe. Ich dachte, du würdest aussehen wie diese Helen aus *Big Brother*. Ach, die fand ich so unterhaltsam. Hast du das gesehen?« Sie kichert, schlurft dann näher heran und mustert mich mit prüfendem Blick. »Du bist allerdings hübscher als sie, Herzchen. Alle anderen Freundinnen von Ryan waren blond, nicht wahr, Ryan? Und es fehlte etwas an gutem altem«, sie tippt sich an den Kopf, »Grips. Aber du siehst aus, als hättest du was auf dem Kasten!« Sie grinst anerkennend zu ihrem Enkelsohn hoch, der sie ein ganzes Stück überragt. Ryan legt den Arm um ihre Schultern, küsst sie auf den Kopf und führt sie ins Esszimmer, wo das Mittagessen serviert wird.

Jackie trägt ein schwarzes Lurex-Minikleid mit einem goldenen schlangenähnlichen Gürtel um die für ihr Alter beeindruckend schlanke Taille. Dave kommt von einem Geschäftstermin und schlüpft in eine Jeans und einen hellrosa *Ralph-Lauren*-Pullover, und Carl rauscht mit seiner neuen Freundin Lydia herein, einer Friseurin. Er ist völlig vernarrt in sie, und das zu Recht. Sie ist nicht nur aufgrund ihrer fantastischen Figur eine unglaubliche Erscheinung. Eigentlich dürfte mein Teenager-Ich sie nicht leiden – hätte ich sie in der Schule getroffen, hätte ich sie wahrscheinlich als »Heather« abgestempelt –, aber überraschenderweise fühle ich mich sofort zu ihr hingezogen. Wir nehmen in dem lichtdurchfluteten Esszimmer Platz, und Jackie serviert uns ein Fertigessen. Und wenn ich sage Fertigessen, meine ich damit richtige, echte Aluminiumschalen. Das ist irgendwie beruhigend.

»Das Erste, was du über Jackie wissen musst«, verkündet Dave stolz, während er mit der Gabel in die Aluschale sticht, die auf einem großen Silberteller steht, »ist, dass sie nicht kocht. Wir bestärken sie darin. Vor allem, weil sie zu sehr damit beschäftigt ist, sich um uns alle zu kümmern, selbst schön auszusehen, ihre Wohltätigkeitsarbeit zu organisieren, meine Buchhaltung zu erledigen und das Haus hübsch zu gestalten. Aber auch, weil sie eine *schrecklich miese Köchin* ist!«

»Das ist gut.« Ich lache und fasse Ryans Knie. »Dann wird er wenigstens nie zu viel von mir erwarten. Ich kann nämlich auch nicht kochen!«

Jackie lächelt mir gutgelaunt zu. »Gut gemacht, Molly!« Sie wendet sich an Dave.

»Du passt gut hierher, Mädchen«, stellt Oma Door fest und nimmt sich von ihrem überfüllten Teller, als hätte sie seit Wochen nichts gegessen. »Jedes Wochenende komme ich her und bete, dass meine Jackie nicht versucht hat, selbst etwas zu zaubern. Ich weiß nicht, woher sie das hat.« Ihr schelmisches Lächeln verrät, dass sie es nur zu genau weiß.

»Nun, kulinarische Fähigkeiten hin oder her, ich habe mich trotzdem in sie verliebt, nicht wahr, Jackie?« Dave zwinkert seiner Frau liebevoll zu.

»Ach, Dave, du alter Romantiker.« Jackie winkt ab, wobei sich das Licht in ihrem diamantenbesetzten Verlobungsring fängt.

»Ich wusste es sofort, als ich sie mit ihren Freundinnen über den Southend Pier gehen sah. Es war 1969, und sie trug dieses winzige Minikleid und weiße Lackstiefel.«

»Und er hatte diese tollen langen Haare und trug einen engen Rollkragenpullover mit Schlaghosen«, fügt Jackie verträumt hinzu. »Er sagte mir, ich sähe cool aus, und bot mir eine Zigarette an, dann hat er mich geküsst.«

»Ich war erst siebzehn, aber ich wusste, ich hatte das Mädchen getroffen, das ich heiraten wollte«, fährt Dave fort. »Wenn man es weiß, weiß man es eben, nicht Jackie?«

»Das stimmt, Dave«, bestätigt sie lächelnd. »Und wir wussten es.«

»He, Dad, ich wette, wenn du gewusst hättest, dass Mum nicht kochen kann, hättest du dir das mit dem Heiraten noch einmal überlegt!«, meldet sich Carl lachend, aber Dave blickt mit liebevollem Blick über den Tisch zu seiner Frau. Es ist, als wären wir anderen nicht länger im Raum.

»Nichts hätte mich von diesem Mädchen abbringen können«, erklärt er verträumt. »Kaum hatte ich sie gesehen, war es um mich geschehen.« Er nimmt die Serviette von seinem

Schoß, steht auf und wirft seiner Frau einen Kuss über den Tisch hinweg zu. Ungläubig und etwas fassungslos beobachte ich, wie Jackie aufsteht und so tut, als würde sie den Kuss auffangen und in ihr Dekolleté stecken. Am liebsten würde ich lachen, aber ich spüre, dass das absolut unangebracht wäre. Dann schüttelt Dave den Kopf, als wäre er gerade aus einem Trancezustand erwacht, lächelt breit in die Runde und setzt sich zurück auf seinen wildlederbezogenen Stuhl.

»Es heißt, die Liebe eines Mannes ginge durch den Magen, aber ich bin der lebende Beweis dafür, dass das nicht stimmt!« Er nimmt Gabel und Messer, als habe er mit diesen Worten den Rang eines Philosophen erlangt.

»Ich sehe nur einen lebenden Beweis dafür, dass Fertiggerichte nicht gut für deine Linie sind«, stichelt Oma Door kichernd, und alle lachen, einschließlich Dave.

»Ryan hat aus der Not heraus extrem gut kochen gelernt, stimmt's, Bruderherz?«, sagt Carl und verdreht schwärmerisch die Augen. »Hat er schon für dich gekocht, Molly?«

Ich lächele. »Nein, bislang gab es nur Worte, aber noch keine Taten.«

»Oooooh!«, machen Jackie und Dave im Chor.

»Nein, ich meinte …« Ich starre verzweifelt zu Ryan, der aber zu sehr lachen muss, als dass er mich retten könnte. Stattdessen drückt Oma Door meine Hand. »Wir lachen ziemlich viel in dieser Familie, Liebes«, sagt sie. »Daran wirst du dich bald gewöhnen.«

Und dann muss ich ebenfalls lachen.

Ich brauche nicht lange, um zu begreifen, dass Jackie trotz ihres mangelnden Kochtalents nicht zu unterschätzen ist. Nach dem Mittagessen sehe ich erstaunt zu, wie sie ihr Haus im Griff hat. Sie ist der Oberfeldwebel, Ryan, Carl und Dave sind ihre Soldaten. Sie organsiert Ryans Lehrplan und Nachmittagstraining. Sie sortiert Daves Rechnungen, während sie Carl rät, eine feste Hypothekenrate für das Haus auszuhandeln, das er kaufen will. Eine halbe Stunde später hat sie sich die Pläne von dem Haus angesehen und Anbauten vorgeschlagen, sowie eine Lücke im Terminplan von Daves Firma gefunden, damit er die Umbauarbeiten übernehmen kann. Sie hat ihren Anwalt angerufen und ihn gebeten, Carl zu vertreten, eine Wohltätigkeitsveranstaltung in der Schule organisiert, einen Gärtner beauftragt, Oma Doors Rasen zu mähen, und in einem Einrichtungshaus Teppich- und Stoffmuster für Carls neues Haus bestellt – das er noch nicht einmal gekauft hat. Sie ist eine Ein-Frau-Kapelle, und sie spielt nicht schlecht.

»Deine Mutter ist beeindruckend«, sage ich zu Ryan, als wir später am Nachmittag auf dem Ledersofa im Wohnzimmer faulenzen.

»Ja.« Er lächelt. »Sie ist toll.«

Ich hebe den Kopf von seiner Brust und sehe ihn an. »Meinst du, sie mögen mich?«, frage ich und will auf einmal unbedingt in den Schoß dieser warmen, liebevollen Familie aufgenommen werden, die so ganz anders ist als meine eigene.

»Ich *weiß*, dass sie dich mögen«, erwidert er, streicht mit dem Finger über meine Wange und zieht mich zu sich heran, um mich zu küssen.

Als wir uns an diesem Abend verabschieden, zieht Jackie mich noch einmal in ihre Arme, während Ryan herzlich seinen Vater umarmt und sich mit Carl über Fußball austauscht. Aber diesmal bin ich darauf vorbereitet. Ich stelle überrascht fest, dass ich es sogar genieße.

»Es war schön, dich endlich kennenzulernen, Schätzchen.« Sie lächelt und streicht mir derart mütterlich eine Ponyfranse aus der Stirn, dass ich beinahe weinen muss. Ich bin mir nicht sicher, ob ich mir das je von meiner eigenen Mutter habe gefallen lassen. Das letzte Mal, als ich mich von ihr anfassen ließ, versuchte sie, meine Haare in zwei feste, ordentliche Zöpfe zu binden. Das war, bevor ich sie mir abgeschnitten und knallrot gefärbt habe.

»Ich fand es auch schön«, antworte ich mit einem schüchternen Lächeln. »Jetzt verstehe ich, warum Ryan sich so dagegen sträubt auszuziehen.«

Ich blicke mich noch einmal im Flur um, und anstatt mich über die riesigen Fotografien lustig zu machen, begreife ich, dass dies eine wirklich glückliche Familie ist. Wenn ich an das steife Hochzeitsfoto von meinen Eltern denke, das neben einem besonders schrecklichen Schulbild von mir auf dem Kaminsims steht, schnürt sich mir die Kehle zu.

Jackie lacht und umarmt mich noch einmal. »Meine Jungs sind mein Leben«, sagt sie. Dann hält sie mich auf Armlänge von sich und betrachtet forschend mein Gesicht, so wie sie es schon einmal getan hat, ihre sorgfältig geschminkten rosa Lippen bilden nun eine ernste Linie. »Ich hoffe nur, du bist bereit, mit Ryan zusammen zu sein. Er ist schwer in dich verliebt, Molly Schätzchen, und ich will nicht, dass er verletzt wird. Mein kleiner Junge ist keinen Kummer gewohnt. Er ist strahlend aus meinem Schoß gekommen, und das soll auch so bleiben.«

Ich schüttele pflichtbewusst den Kopf und möchte ihr unbedingt gefallen.

Jackie lächelt, küsst mich auf die Wange, wo sie bestimmt einen rosa Abdruck hinterlässt, und wendet sich an ihren Sohn: »Da hast du eine gute Wahl getroffen.« Sie lächelt.

Ryan sagt nichts, sondern tritt zu mir und küsst mich mitten auf den Mund, was seine Familie johlend bejubelt.

»Das ist ein Bild für die Wand!«, quietscht Jackie und klatscht erfreut in die Hände. »Hol die Kamera, Dave!«, fordert sie ihren Mann auf. Vielleicht haben wir mehr gemeinsam, als ich dachte. »Jetzt noch einmal!«, ruft sie. Und Ryan und ich stehen in der Tür und küssen uns. Ich hätte nie gedacht, dass ich das einmal sagen würde, aber vielleicht könnte ich mich an diese öffentlichen Liebesbekundungen gewöhnen.

Als Ryan mich aus dem Haus begleitet und seine Mutter hinter ihm steht, wird mir klar, dass wir gerade offiziell ein Paar geworden sind. Aber ich bin mir nicht sicher, wer das eigentlich entschieden hat – Ryan oder seine Mum.

Der Ich-halte-es-nicht-ohne-dich-aus-Kuss

Es ist unmöglich, den Zauber der Liebe zu verstehen, wenn man ihn nicht selbst erlebt hat. Vor Ryan war ich die Königin der Bindungsängste. Ich schwor, mich nie ganz auf einen Mann einzulassen, mir meine Unabhängigkeit zu bewahren, meine Karriere und meine beste Freundin Casey. Am meisten interessierten mich meine Freiheit, Spannung, Abenteuer und Reisen – nicht die Liebe.

Seltsam, wie die Dinge sich von jetzt auf gleich ändern können, oder? Plötzlich gab es Ryan, und auf einmal wollte ich meine ganze Zeit nur noch mit ihm verbringen. Er war berauschend, ich war süchtig nach ihm. In jenen ersten Wochen gab es nichts, das mir verlockender schien, als mit ihm zusammen zu sein. Man hätte mir eine Reise auf den Mond schenken können, und ich hätte sie abgelehnt, wenn das bedeutet hätte, von Ryan getrennt zu sein.

Ich weiß, dass es manche Menschen skeptisch stimmt, wenn man eine solche Kehrtwende vollzieht. Aber ich wette, sie wissen nicht, wie unglaublich aufregend es ist, die Person zu treffen, mit der sie jede Minute, jede Stunde, jeden Tag verbringen möchten. Denjenigen, der einen in ein paar wenigen Wochen besser versteht als die Menschen, die man sein ganzes Leben lang kannte.

Aber ich hatte stets das Gefühl, dass eine so unerwartete, intensive Beziehung einem Mädchen wie mir nicht passierte. Ich glaubte einfach nicht, dass ich sie verdiente.

Und jetzt? Jetzt würde ich alles dafür geben, noch einmal so zu empfinden. Deshalb kann ich jedem nur raten, keine Angst zu haben und alles für die Liebe zu riskieren. Auch wenn man am Ende verletzt wird, ist es, wie der Schriftsteller Tennyson scharf beobachtet hat, »besser geliebt und verloren zu haben, als nie geliebt zu haben«. Ich bin zu demselben Schluss gekommen, wenn auch zu spät.

Vorspulen>> 29.09.2001>

Ich befinde mich an dem Ort, der sich in den letzten vier Wochen zu dem Platz entwickelt hat, an dem ich mich am wohlsten fühle: Ich liege in Ryans Arme gekuschelt auf seinem schwarzen Ledersofa und nippe an einem frischen Beeren-Smoothie, den Ryan zubereitet hat. Nun, nicht auf *seinem* Sofa, sondern auf dem von seinen Eltern. Es ist Samstagnachmittag, und wir sind bei ihm. Hier haben wir die letzten drei Samstage verbracht und jeden Augenblick des Tages gemeinsam genossen. Nachdem wir so viele Jahre damit verschwendet haben, uns zu finden, können wir jetzt nicht genug voneinander bekommen.

»Molly«, raunt Ryan zärtlich in mein Ohr, »darf ich dich etwas fragen?«

»Klar.« Ich wende ihm mein Gesicht zu. Er streicht mir über die Haare und liebkost mit den Lippen meinen Nacken. Ich schließe genüsslich die Augen. »Du weißt, wie gern ich mit dir zusammen bin, oder?«, flüstert er.

»Mmmm«, antworte ich, während er erneut meinen Nacken küsst. Ich auch. Ich öffne die Augen und blicke auf den Film, von dem ich mich so leicht habe ablenken lassen. Der Samstag ist unser Filmtag geworden. Heute haben wir *Zehn Dinge, die ich an dir hasse* gesehen. Jetzt sehen wir *The Champ*, der anscheinend zu Ryans Lieblingsfilmen zählt.

Ich drehe mich um, sodass ich Ryan ins Gesicht sehe, und bemerke, dass er geweint hat.

Er schnieft. »Dieser Film bringt mich immer zum Weinen. Und dann habe ich darüber nachgedacht, wie glücklich ich mit dir bin, und dann habe ich mich gefragt, Molly, was du davon hältst …«

Dave kommt herein, und ich richte mich auf. »Alles klar, Champ, du heulst doch nicht etwa wieder wegen diesem sentimentalen Zeug, oder?« Er lacht und streicht seinem jüngsten Sohn liebevoll über den Kopf.

»Dad, lass mich.« Ryan schiebt ihn gutgelaunt weg, und Dave läuft eine Runde um das Sofa und tut, als würde er Ryan in den Bauch boxen.

»Komm, schon, Sohn, zeig's mir!«

»Du weißt genau, dass ich nie die Hand gegen einen alten Knacker erheben würde! Los, Dad, kannst du uns einen Augenblick allein lassen?«

»Alt!«, ruft Dave und ignoriert Ryans Bitte. Ryan verdreht die Augen und lächelt mich entschuldigend an. Ich möchte unbedingt wissen, was er mich fragen wollte. »Ich bin erst siebenundvierzig, Kumpel! Und ich bin top in Form!«

»Papa, du bringst Molly in Verlegenheit. Hör jetzt auf!« Ryan lacht. »Wenn du nicht so üppig frühstücken würdest, könntest du für dein Alter ganz gut aussehen. Aber du musst anfangen, Sport zu treiben. Du hast einen Fitnessraum im Haus – warum benutzt du ihn nicht?«

»Ach, diese Fitnessfanatiker versuchen uns, die wir ganz zufrieden mit uns sind, ständig zu bekehren, stimmt's, Molly?«

»Absolut, Dave, ich verstehe dich.« Ich grinse Ryan herausfordernd an. »Nur weil er sein Leben damit verbringt, um ein Fußballfeld zu rennen und anderen Menschen zu sagen, was sie zu tun haben, meint er, er könnte das mit uns auch machen!« Es ist so leicht, hier zu sein, ich fühle mich wohl.

Dave sieht seinen Sohn mit erhobenen Brauen etwas verwirrt an, und als ich wieder zu Ryan blicke, bemerke ich, dass er ein verzweifeltes Bitte-lass-uns-allein-Gesicht macht.

»Nun, äh, also«, räuspert sich Dave und tritt den Rückzug an. »Ich muss jetzt gehen und euch junge Leute … ihr wisst schon. Ich habe noch zu tun. Bin beschäftigt, beschäftigt, nicht Ryan? Muss hart arbeiten, um dieses große Haus zu bezahlen, in dem locker noch mehr Leute Platz hätten. Ha, ha. Na ja, ich muss los!«

Ich lache und lasse mich erneut in Ryans Arme sinken. Der Film steht auf Pause, und einen Augenblick sitzen wir schweigend da.

»Tut mir leid.« Ryan lächelt.

»Muss es nicht. Dein Dad ist toll.«

»Ja, das ist er.« Er nimmt meine Hand. »Also, Molly, da ist etwas, über das ich mit dir sprechen will.«

»Hallo, meine Süßen!« Als Jackie im Türrahmen auftaucht, stöhnt Ryan und vergräbt sein Gesicht in den Händen. »Soll ich euch einen kleinen Drink machen?«

»Nein danke, Mum«, antwortet Ryan ungewöhnlich gereizt.

»Sicher?« Sie kommt herein und quetscht sich zwischen uns aufs Sofa. »Ein kleines Glas Wein am Samstagnachmittag? Oder Bier? Tee, Kaffee? Cola? Milch?«

»Nein danke, Mum«, sagt Ryan, »wir freuen uns, wenn wir uns einfach nur *unterhalten* können, verstehst du?«

Was auch immer Ryan seiner Mutter zu sagen versucht, sie begreift es nicht. »Vielleicht können wir dann etwas beim Chinesen bestellen und heute Abend zusammen *Wer wird Millionär* sehen?«, schlägt sie strahlend vor. »Wir haben ewig keinen richtigen Familienabend mehr gemacht.«

Ryan beugt sich zu ihr und lächelt seine Mutter an. »Das

wäre schön, danke. *Später* klingt gut.« Er sieht ihr direkt in die Augen, dann schlägt sie sich die Hand vor den Mund und kichert.

»Natürlich! Wie dumm von mir! Ja! Ich muss los und …« Sie blickt verzweifelt zu Ryan, »… Abendessen kochen?« Dann tänzelt sie aus dem Zimmer.

Ich lehne mich erneut auf dem Sofa zurück und will die Start-Taste auf der Fernbedienung drücken, aber Ryan hält mich zurück. »Hättest du etwas dagegen, heute Abend hierzubleiben?«, fragt er und streicht über meine Finger.

»Natürlich nicht! Ich komme doch her, weil ich deine Familie so gern mag!«

Erneut will ich auf Start drücken, und wieder hält Ryan mich davon ab, beugt sich zu mir herüber und küsst mich zärtlich auf die Lippen.

»Gut. Weil, na ja, ich habe mich gefragt …« Ryan blickt zur Tür, als fürchte er weitere Störungen.

Ich streiche ihm durch die Haare. »Was ist los, Cooper?«

»Ich hatte diesen verrückten Impuls, dich etwas zu fragen, Molly. Ich wollte es dir schon früher sagen, ich habe über etwas nachgedacht, und ich weiß, wir sind noch nicht lange zusammen, aber …«

Ich richte mich auf, stütze meinen Kopf auf meiner Hand ab und blicke ihn spöttisch an. »Was?«

»Zieh bei mir ein, Molly!«

»WAS?« Vor Schreck mache ich einen Satz zur Seite. Damit habe ich nicht gerechnet. Wir sind seit einem Monat zusammen. Der beste Monat meines Lebens. Aber eben nur ein Monat. Und ich bin nicht dafür gemacht, ernsthaft mit jemandem zusammen zu sein. Vor allem nicht mit einem Freund, den ich kenne, seit ich fünfzehn bin. Das ist in meinem Lebensplan nicht vorgesehen.

Ryan dreht mein Gesicht zu sich herum und sieht mir todernst in die Augen. »Kündige deine Wohnung und zieh bei mir ein. Ich will immer mit dir zusammen sein.«

»Du bist verrückt!«, platzt es aus mir heraus.

»Ich bin nicht verrückt!« Er lacht. »Ich bin verliebt. Ich liebe dich.«

Mir bleibt der Mund offen stehen. Ich bin sicher, dass ich sabbere. Zum ersten Mal in meinem Leben bin ich sprachlos. ER LIEBT MICH! Mich! Die schräge Außenseiterin mit dem schlechten Haarschnitt! Mich! Das Mädchen, dessen beste Freundin ihre Kamera war, bis Casey in ihr Leben trat. Das Mädchen, das überzeugt davon war, dass ihr erster Kuss eine demütigende Mutprobe war. Das Mädchen, das gedacht hat, sie würde diesen Typ niemals bekommen.

»Was sagst du?«, drängt er.

Und ich weiß nicht, warum ich nicht auf meinen Instinkt höre, der mir sagt, ich sei zu jung, ich hätte noch zu viel vor, es gäbe noch zu viel, das ich erreichen wollte. Aber irgendwie denke ich überhaupt nicht darüber nach, folge ausnahmsweise einmal meinem Herzen, nicht meinem Kopf, und sage: »JA!«

Wir küssen uns, und ich fühle mich wie eine Millionärin.

Der Kuss auf der Türschwelle

Es ist seltsam, seine Zukunft fertig verpackt mit einer Schleife darum vor sich zu sehen, wenn man zweiundzwanzig ist. »Hier hast du den perfekten Mann, das perfekte Leben, das perfekte Zuhause!«

Aber ich nahm es, weil ich etwas Gutes erkenne, wenn ich es sehe. Ich hatte keinen Zweifel, jedenfalls damals noch nicht.

Vorspulen>> 19.01.2002>

Wir stehen in der geschwungenen Auffahrt der Coopers vor der riesigen Doppelgarage, die Dave in den letzten zwei Monaten in eine Wohnung für Ryan und mich umgebaut hat.

Jackie lächelt uns alle an. »Ich erkläre die Garage – ich meine Ryans und Mollys Flügel – offiziell für ERÖFFNET!« Sie schneidet das rote Band durch, das sie vor die brandneue Tür gespannt hat, und Ryan, Dave, Oma Door, Carl, Lydia und ich klatschen jubelnd in die Hände. Trotz des kühlen Januarwetters durchströmt eine Welle der Wärme meinen Körper. Jackie wartet, bis wir aufhören zu klatschen und Carl aufhört: »Bumsbude!« zu rufen, dann spricht sie weiter.

»Ryan und Molly«, beginnt sie und faltet die Hände wie die Queen bei ihrer Weihnachtsansprache. Dave steht stumm neben ihr, die Arme über dem üppigen Bauch verschränkt. Seine funkelnden blauen Augen drücken eine Mischung aus Belustigung und Stolz aus. »Ich möchte die Gelegenheit nutzen, euch beide in unserem Haus willkommen zu heißen.« Dave wirft ihr einen Seitenblick zu, und sie versteht den Hinweis. »Ich meine, eurem Haus. Und in eurem neuen Leben als Paar in eurer gemeinsamen Wohnung! Und mein Dave und ich wünschen euch alle Liebe, alles Glück und alle Seligkeit der Welt! Ihr wisst ja, wo ihr uns findet, wenn ihr uns braucht.«

»Ja, verdammt nah!«, ruft Carl. Ich kichere, als Dave die

Arme um seinen Bauch löst und seinem ältesten Sohn spaßeshalber eine Kopfnuss gibt.

Ryan nimmt den Schlüssel, den Jackie ans Ende des roten Bands gebunden hat, schließt die Eingangstür auf, und wir treten ein.

»Und? Was sagt ihr?« Dave grinst, als wir in der ehemaligen Garage stehen und fasziniert die moderne Wohnung bestaunen, die er daraus gemacht hat.

»Dad, das ist großartig!«, ruft Ryan und wirft die Arme um ihn. Sie klopfen einander gegenseitig auf den Rücken und drehen sich dann Arm in Arm zu mir um.

»Das ist unglaublich, Dave!« Ich küsse ihn auf die Wange, und er drückt mich fest an sich. Es ist hinreißend, wirklich. Wie süß, dass sie das für uns getan haben. Ich kann noch immer nicht glauben, dass es erst zwei Monate her ist, dass ich aus meiner Mietwohnung zu Ryan gezogen bin.

Ich habe immer gesagt, dass ich lieber sterben würde als zurück nach Leigh zu ziehen. Nun hat sich herausgestellt, dass ich nur krank werden musste. Liebeskrank, versteht sich. Nicht alle waren allerdings so glücklich über meine Entscheidung, wie ich angenommen hatte.

An dem Samstag, nachdem Ryan mich gebeten hatte, bei ihm einzuziehen, habe ich Casey im Café ihrer Mutter besucht. Ich dachte, wenn ich ihr die große Neuigkeit berichte, würde sie sich sicher genauso freuen wie ich. Der Mittagsansturm war vorüber, und Toni, Caseys Mum, erlaubte Casey, eine kurze Pause zu machen. Es regt mich auf, dass Casey noch immer dort arbeitet. Es ist immer viel los (was mehr mit Tonis und Caseys Talent zum Flirten als zum Bedienen zu tun hat), aber auch wenn Caseys Noten nicht fürs College reichten, ist sie blitzgescheit, und sie ist lustig und zu deutlich mehr geschaffen, als in der Spelunke ihrer Mutter die Küchenmagd zu spielen.

»Ist das wirklich eine gute Idee?«, fragte sie leise und starrte in ihre Teetasse, als ich ihr die Neuigkeit eröffnete.

Ich legte den Kopf schief und sah sie an. »Wie meinst du das?«

»Nun, versteh mich nicht falsch, aber ist das nicht ein bisschen früh? Ihr seid erst seit ein paar Wochen zusammen!«

Das regte mich auf. »Aber, Case, ich kenne ihn seit *Jahren*. Er ist nicht irgendein Typ, den ich in einer Disco aufgegabelt und abgeschleppt habe.«

Ich hatte es nicht als Angriff gegen sie gemeint, aber kaum dass ich es ausgesprochen hatte, wusste ich, dass es sich so anhörte. Casey war bei meinen Worten rot angelaufen, ihr olivfarbener Teint nahm einen dunklen Beerenton an, der zu den Wänden des Cafés passte. Ich wedelte entschuldigend mit den Händen. »Tut mir leid, so habe ich es nicht gemeint.«

Sie hatte milde gelächelt. »Schon gut, Molly, ich *weiß*, dass ich sofort mit Männern ins Bett gehe – meist, weil ich Angst habe, sie könnten es sich sonst anders überlegen –, aber genau darum geht es mir! Ich schlafe mit ihnen, ich ziehe nicht bei ihnen ein. Und vor allem nicht in das Haus ihrer *Eltern*.«

»Ich weiß, dass es schnell geht, Case, aber es fühlt sich an, als gehörten wir schon viel länger zusammen. Jetzt, wo wir uns endlich gefunden haben, wollen wir beide keine Zeit mehr vergeuden.«

»Okay.« Sie hatte mich angelächelt, aber ohne das übliche Leuchten in ihren Augen. »Ich mache mir nur Sorgen um dich. Beste Freundinnen für immer, weißt du noch?« Sie verschränkte ihre Finger mit meinen, und ich lächelte, als ich an unsere Jugend und unsere kindliche Hingabe füreinander dachte. »Ich will nur sichergehen, dass du weißt, was du tust. Du wolltest noch nie zuvor mit einem Mann zusammenleben, und das ist echt eine große Sache. Du weißt, wie sehr du deinen Freiraum brauchst. Bist du sicher, dass du rund um die Uhr mit jemandem zusammen sein kannst?«

»Wir arbeiten beide. Es wird nicht so viel anders sein als jetzt«, hatte ich strahlend erwidert.

Casey hatte nur ihre dunklen Brauen gehoben und mich angestarrt, doch ihr Schweigen sprach Bände. »Und was ist mit deinen Eltern?«, fragte sie nach einer ganzen Weile. »Wissen sie es schon?«

Ich hatte den Kopf geschüttelt. »Nein! Ich habe ewig nicht mit ihnen gesprochen! Du weißt ja, ich und meine Eltern, ha, ha!« Ich versuchte, die Stimmung aufzuheitern, weil ich es nicht ertrug, dass Casey mich herunterzog. Von meinen Eltern erwartete ich das, nicht von Casey.

»Ryan meint, wir sollten bald zusammen hingehen, weil er nicht will, dass Mum es von jemand anders erfährt. Das wäre extrem unangenehm in der Schule für ihn. Sie arbeiten ja schließlich zusammen.« Ich finde es immer noch seltsam, dass Ryan Lehrer ist. Ryan Cooper ein Lehrer! Ein Sportlehrer.

»Und wann macht ihr es?«, drängte sie. »Ich meine, wann sagt ihr es ihnen?«

»Bald. Heute. Jetzt. Uff! Kann ich etwas Stärkeres als eine Cola bekommen, bevor ich hingehe?« Ich stöhnte. »Das werde ich brauchen.«

»Sie werden es cool finden. Ryan ist ein Goldjunge – und er ist Lehrer. Da gibt es nicht viel zu meckern.«

»Ja, aber wir sind nicht *verheiratet*.« Ich bekreuzigte mich und rollte mit den Augen. Casey weiß, wie sehr ich mit den religiösen Überzeugungen meiner Eltern hadere.

Casey hatte gelacht und mich umarmt, als ich aufstand. »Ich freue mich, wenn du glücklich bist. Ehrlich! Ich dachte nur, ich wäre die Erste. Du wolltest Karriere machen, ich sollte heiraten, weißt du noch?« Sie rückt von mir ab und sieht mir intensiv in die Augen. »Denk daran, du bist erst zweiundzwanzig, du kannst dir Zeit lassen.« Sie tätschelte bedeutungsvoll ihren Bauch.

»Was? NEIN!«, schrie ich auf. »Du bist verrückt, Case! Ich ziehe nur mit ihm zusammen, wir haben noch alles Mögliche vor, bevor wir überhaupt darüber nachdenken!«

»Ihr habt also schon darüber gesprochen«, konstatierte Casey ruhig.

Ich wurde rot. Ich wollte nicht zugeben, dass Ryan und ich eines Abends im Bett unser gesamtes Leben durchgeplant hatten. Wir hatten besprochen, an welche Orte wir reisen und was für Dinge wir erleben wollten, wie unsere Kinder heißen sollten, unsere Katzen, sogar wie viele Enkelkinder wir haben würden. Wir hatten alles als Liste in mein Tagebuch geschrieben. Mollys und Ryans Lebensliste. Ryan meinte, es sei Zeit für eine neue, da meine aus der Uni etwas überholt sei. Aber es hatte sich nicht viel verändert. Nicht wirklich. Wir hatten eine Menge gelacht, als wir uns abwechselnd den Stift gereicht und gegenseitig unsere Eintragungen kommentiert hatten.

Mollys Lebensliste und Ryans
Nach Australien fahren
In New York leben – nach New York reisen
Die Geschäfte, Sehenswürdigkeiten und Museen besichtigen und ein Spiel von den New York Giants sehen
Fotografin werden!!!
Ein Finalspiel besuchen (äh, das kannst du allein machen!)
Take That! live erleben (unmöglich, es sei denn wir reisen in der Zeit zurück, Ryan. Sie haben sich getrennt und Robbie wird NIE zurückgehen. Finde dich damit ab)

Zu einer Filmpremiere gehen!!
Tom Cruise begegnen (Ryan, du bist nicht und du wirst auch nie Toms bester Freund werden.)
Eine Wohnung in London kaufen (oder in Leigh ☺)
Eines Tages Kinder haben – bald, mindestens ein Junge und ein Mädchen!

Und dann hatte das Necken angefangen.

»Okay, Ryan, ein Jungenname – los!«

»Champ.«

»Auf keinen Fall! Er wird gehänselt.«

»Doch, mein Schatz, Champ Cooper. Du musst zugeben, dass das der Name eines Gewinners ist! Okay, wie würdest du deine Tochter nennen?«

»Xanthe.«

»Gesundheit – aber was ist der Name deiner Tochter?«

»Ha, ha, sehr lustig. Das ist ihr Name. Xanthe. Xanthe Carter, das ist cool und anders. Nicht so langweilig wie Molly.«

»Okay, wenn du meinst, Schatz, aber sie wird Cooper heißen. Champ Cooper und Xanthe Cooper, okay?«

»Einverstanden. Was ist mit Hunden?«

»Ich mag lieber Katzen. Wie wäre es mit Harry und Sally?«

»Oh, das gefällt mir!«

Ich blickte zu Casey. Nein, hatte ich gedacht, das erzähle ich ihr lieber nicht.

»Überleg nur, Case!«, hatte ich stattdessen gemeint und sie fest umarmt, »wir werden uns jetzt viel häufiger sehen!« Sie hatte genickt, dann traurig gelächelt, sich aus meiner Umarmung gelöst, mir den Rücken zugewandt und die Spülmaschine ausgeräumt.

Es Mum und Dad zu sagen war nicht viel besser gewesen. Obwohl Ryan mich begleitet und seinen überbordenden Charme eingesetzt hatte, ihr »hübsches Heim« gelobt, Mum nach der Schule und Dad nach Kunstausstellungen gefragt hatte, war die Atmosphäre dennoch eisig gewesen. Ich hatte meine perfekt gebügelten, steif dasitzenden, frühzeitig gealterten Eltern betrachtet. Wir hielten uns an den Händen und lächelten sie an, während sie ernst zurückblickten und ihre Teetassen umklammerten, auf deren Untertasse jeweils ordentlich ein Teegebäck lag. Plötzlich hatte mein Mund gezuckt, ich schnaubte und versuchte, einen unkontrollierbaren Lachzwang zu unterdrücken. Es ist eine reflexartige Reaktion, wenn ich mich unwohl fühle. Zum Glück kannte Ryan das bereits.

Als Ryan erklärte, dass wir zusammenziehen würden, hatte Mum nur die Lippen geschürzt und spitz auf meinen (nackten) linken Ringfinger gestarrt, und Dad hatte sich die Haare glattgestrichen und aus dem Fenster gesehen, als wäre er überhaupt nicht da. Wie immer.

»Ich nehme an, du weißt, dass wir ein Zusammenleben vor der Ehe nicht gutheißen«, hatte sie erwidert und Ryan abschätzig angesehen.

Ryan hatte gelächelt und genickt. »Das weiß ich, Mrs. Carter, und ich respektiere Ihren Glauben. Ich hoffe, Sie wissen, dass ich der festen Überzeugung bin, dass wir auch bald heiraten werden. Ich liebe Ihre Tochter, und ich glaube, wir werden sehr, sehr lange zusammen sein.«

Ich hatte ihn leicht panisch angesehen. Wir waren zu jung, um über Heirat zu sprechen! Aber Ryan drückte sanft meine Hand, und ich beruhigte mich sogleich. Er wollte hier keinen Antrag machen oder so etwas – Gott sei Dank –, er wusste, wie man mit meinen Eltern umgehen musste. Ich beschloss, ihm die Sache zu überlassen. Wenn ich den Mund aufmachte, würde das Gespräch in Streit enden. Wie immer.

»Nun, Patricia, Liebes, das scheint die moderne Zeit zu sein«, sagte mein Dad langsam, strich sich erneut die gekämmten Haare glatt und schlug sein Buch auf. In seinen Augen war das Gespräch beendet. Mein Dad ist ein Mann weniger Worte.

Meine Mum hatte mit der Zunge geschnalzt und an ihrem Kreuz genestelt. »Ich kann euch nicht aufhalten. Ich kenne meine Tochter gut genug, um zu wissen, dass sie das nur noch in ihrer Entscheidung bestärken würde. Ich habe sie noch nie beeinflussen können. Aber ich kann nicht sagen, dass ich nicht enttäuscht wäre.« Sie hatte innegehalten und sich im Raum umgesehen, dann richtete sie ihre hellgrauen Augen auf mich. »Ich hatte mir für dich einfach deutlich mehr erhofft.«

Wie kann sie es wagen?, dachte ich. Was konnte besser als Ryan sein? Ich öffnete den Mund, um etwas Bissiges zu erwidern, aber Ryan lachte nur und legte den Arm um mich.

»Das ist eine der Sachen, die ich an ihr liebe, Mrs. Carter. Ihre Tochter hat große Träume, und vertrauen Sie mir, ich werde sie nicht daran hindern, sie zu leben.«

»Jawoll!« Dave öffnet eine Flasche Champagner und schenkt uns ein.

»Auf Ryan und Molly!« Die Coopers jubeln, und wir stoßen an, während ich mich in unserem hübschen kleinen Zuhause umsehe. Ich habe das Gefühl, dass alle Oberflächen blitzen wie in einem Comic. Alles ist so *neu*. Neue Farbe, neuer Parkettboden, neue Möbel. Es fühlt sich so neu an wie unsere Beziehung.

»Ohhh, das hätte ich fast vergessen!« Jackie stellt ihr Glas auf dem Couchtisch ab und überreicht uns ein Paket. »Das ist ein kleines Einzugsgeschenk von Dave und mir!«

»Ich habe damit nichts zu tun!«, widerspricht Dave und hebt unschuldig die Hände. »Ich habe die Wohnung umgebaut, das ist mein Geschenk!«

»Mum!«, sagt Ryan, »das wäre doch nicht nötig gewesen.«

»Nein, Jackie, wirklich nicht«, schließe ich mich an und versuche, mein Entsetzen zu überspielen, als Ryan das Geschenk auspackt.

Es ist ein großer rosafarbener Flamingo aus Plastik, eine Tischlampe.

Jackie klatscht quietschend in die Hände. »Ist das nicht nett? Ich dachte, es würde hier gut hineinpassen.« Jackie stellt die Lampe neben den Fernseher, mit anderen Worten an eine Stelle, wo man sie nicht übersehen kann. »Ich habe sie gekauft, weil sie rosa ist, und ich dachte, die Wohnung könnte etwas Farbe vertragen. Dave hat mich nicht an die Einrichtung gelassen, weil er meinte, wir sollten uns zurückhalten und das euch überlassen.« Ich blicke dankbar zu Dave, der mir erneut zuzwinkert, schweigend seinen Schampus genießt und wie üblich das Reden seiner Frau überlässt. »Ich fand es auch passend«, fügt Jackie versonnen lächelnd hinzu, »weil Flamingos ein Leben lang zusammenbleiben.«

»Waren das nicht Schwäne?«, erkundigt sich Carl verwirrt.

Jackie schnieft und wedelt mit der Hand: »Schwäne, Flamingos – ist doch alles dasselbe!«

Mein Mund zuckt ein bisschen, und ich blicke zu Ryan, aber der sieht dankbar seine Mutter an. In den letzten drei Monaten habe ich gelernt zu akzeptieren, dass alles, was Jackie sagt oder tut, wie das Evangelium ist. Was so viel heißt wie – *oh, mein Gott* –, dass der Flamingo bleiben muss.

»Das ist ein schöner Gedanke, Mum«, bemerkt Ryan. »Er gefällt uns, nicht wahr, Molly?«

Ich gebe ein nicht zu identifizierendes Geräusch von mir und spüle meine Antwort mit Champagner hinunter. Ich bin noch nie eine gute Lügnerin gewesen.

10:05 Uhr

Mit einem strahlenden Lächeln öffne ich die Tür. »Herein, herein!«, rufe ich den zwei Männern fröhlich zu und erwähne ganz bewusst mit keinem Wort die einstündige Verspätung. Mir graut vor der Vorstellung, in welchem Zustand sie mich sonst vorgefunden hätten. Ich nehme schwach, aber unverkennbar den Geruch von Kneipe an ihnen wahr.

»Tee mit einem Stück Zucker, richtig, Bob?« Bob hält den Daumen hoch. »Und zwei für Sie, Ian?« Ich bete, dass er ablehnt. Schließlich sind sie gerade erst gekommen, oder?

Amateurfehler, Molly.

»Das wäre schön, Miss«, antwortet Bob. »Es ist einer von diesen Morgen.«

Ich schlurfe ab in die Küche. Als ich zurück in den Flur komme, haben sie bereits einen Karton hochgehoben.

»Halt, Jungs«, sage ich und klatsche in die Hände, woraufhin sie den Karton sofort wieder absetzen. »Ich möchte, dass wir erst oben alles fertig machen, wenn das okay ist. Im Bad und den Schlafzimmern sind noch ein paar Sachen, die Matratze muss weg, und da stehen auch ein Haufen Kartons. Einige sind fürs Lager bestimmt. Am besten nehmen Sie die zuerst. Mein Dad kommt zum Lager, um sie mit Ihnen hineinzubringen. Die anderen werden verschifft. Wenn etwas unklar ist, fragen Sie mich. Es steckt ein System dahinter«, flöte ich, »auch wenn es jetzt nicht so aussieht!«

Sie blicken sich in dem Chaos um, als wollten sie sagen

Das nennen Sie ein System, Herzchen? Ich verstehe, was sie meinen. Es sieht nicht gerade aus, als würde ich es mit diesem Umzug ernst meinen. Aber das tue ich.

Ich ziehe um und ich lebe weiter.

Der Kuss des häuslichen Glücks

Während meiner Zeit an der Uni lag ich oft im Bett und dachte an die vor mir liegenden Jahre. Ich würde in seliger Einsamkeit allein leben. Ich träumte von einer kleinen Wohnung im Norden von London oder einem Loft im Osten. Ich würde meinem eigenen minimalistischen Stil frönen, Weißwein auf dem Sofa trinken und bei Kerzenschein baden, wie es alleinstehende Frauen in Filmen und Büchern zu tun pflegen. All das schien mir deutlich aufregender als der Gedanke, mit einem Typen zusammenzuwohnen, was in meiner Vorstellung mit einem metaphorischen Abenteuer in der Bettenabteilung von Ikea begann und dann, gealtert (oder geschieden), bei den Hotdogs und den schwedischen Keksen endete. Das klang nicht sehr verlockend für mich. Und dann kam Ryan.

Vorspulen>> 22.02.2002>

»Ich bin da, Ryan!«

»Ich stehe unter der Dusche!«, ruft er.

Ich trete durch die Haustür unserer umgebauten Garage und werfe die Schlüssel in die hübsche Muschel, die Ryan mir auf Ibiza geschenkt hat und die ich stolz auf der Ikea-Kommode in der Halle positioniert habe. Ich bemerke, dass dort ein neuer üppiger Blumenstrauß steht. Jackie kommt einmal die Woche vorbei und spielt »guter Geist«, wie ich es nenne. Sie meint, jedes Zuhause brauche frische Blumen. Ich meine, jedes Zuhause braucht ein Bitte-nicht-stören-Schild. Ganz offensichtlich *sage* ich das aber nicht, ich denke es nur.

Ich gehe ins Wohnzimmer und lasse mich auf das Sofa fallen. Nach einer anstrengenden Woche, in der ich gependelt bin, freue ich mich, zu Hause zu sein. Wir wohnen erst einen Monat hier, aber es gibt nichts Schöneres als jeden Abend durch diese Tür zu treten. Die letzten Wochen habe ich die Wohnung in unser Zuhause verwandelt, habe die Wände in genau dem Hellblau gestrichen, das Ryan und ich haben wollten, und vorsichtig Fotocollagen zusammengestellt und ins Treppenhaus gehängt: Fotos von Ryan und mir, ihm und seinen Freunden, Casey und mir sowie von unserem fantastischen Urlaub. Mir fällt auf, wie anders ich bin, seit ich mit Ryan zusammenlebe. Ich bin so sozial geworden! Ryan meint, er arbeite daran, mich sozial einzubinden, nicht nur, was *seine* Freunde und *seine* Familie anginge, sondern auch meine eigenen. So sehen Casey und ich uns wieder ziemlich häufig, und ich bemühe mich sogar mehr um meine Eltern.

Ich brauche allerdings noch immer Raum für mich. Während Ryan am Wochenende beim Fußball oder im Pub ist, trödele ich in Einrichtungsgeschäften herum, suche kleine Vasen und Kissen und verleihe den Räumen den letzten Schliff, sodass unsere Wohnung wie aus einer Zeitschrift aussieht. Es gefällt mir, aber es fühlt sich nicht wie mein Zuhause an. Ich will nicht undankbar klingen, aber ich habe das Gefühl, dass wir in Jackies und Daves Garten in einem Spielhaus leben und nur so tun, als seien wir erwachsen.

Ich stelle Ryans Schuhe neben die Tür und sammele seine Socken ein, die verstreut im Wohnzimmer liegen. Dann schüttele ich den Kunstfellteppich aus und lege ihn wieder auf den Boden, richte die Kerzen auf dem Kaminsims und rücke das große Bild mit den Kieselsteinen gerade. Sosehr ich eine coole Einrichtung im Stil von *ELLE Decoration* mit ausgefallenen alten Möbeln fände, ich habe akzeptiert, dass dieser nagelneue Anbau nicht der richtige Ort dafür ist. Nicht zuletzt, weil es Jackies und Daves nagelneuer Anbau ist. Das erkenne ich daran, dass Jackie ihn akribisch überprüft, wann immer sie vorbeikommt, und gelegentlich ein gerahmtes Foto von Dave und sich oder von einem der Jungen hinzufügt. So entspricht die Einrichtung eher ihnen als mir. Aber das ist okay. Wir werden nicht ewig hier wohnen. Ich starre einen Augenblick auf das Foto mit den Kieselsteinen und bin stolz auf den Gedanken, der dahintersteckt. Ich wollte etwas, das für den Ort steht, an dem Ryan und ich aufgewachsen sind, an dem wir leben und an dem wir uns ineinander verliebt haben. Ich habe unsere Initialen in die Steine geritzt und sie fotografiert, als er nicht hingesehen hat. Bevor wir nach Hause gegangen sind, habe ich die Steine in meine Tasche gesteckt.

Auf diese Weise habe ich unsere unterschiedliche Art, Erinnerungen zu sammeln, miteinander verbunden: gegenständlich (er) und fotografisch (ich). Diese Steine sind der Beginn unserer gemeinsamen Erinnerungen, die im Laufe der Zeit wachsen können.

Ryan war sprachlos. Abgesehen vom Kochen ist er nicht sonderlich kreativ und hat großen Respekt vor dem, was ich tue (seine Worte, nicht meine). Die Steine liegen jetzt auf seinem Nachttisch.

»Ich habe nicht *eine* originelle Idee«, hat er einmal gesagt, als ich ihn für ein weiteres kulinarisches Festessen lobte. »Ich kann ein Rezept bis zum letzten Buchstaben kopieren, coole Klamotten kaufen, die ich in einer Zeitschrift gesehen habe, oder einen Satz aus einem Film zitieren, aber mir fällt nichts Eigenes ein. Du hast diesen unglaublichen Blick auf die Welt, Molly. Das gehört zu den Dingen, die ich am meisten an dir liebe.«

Ich habe das Kompliment angenommen, war mir aber nicht sicher, ob es stimmt. Für Ryan sieht die Welt wie ein sonniges Urlaubsfoto aus. Er ist fröhlich, unkompliziert und offen. Für mich ist sie hingegen schwarz-weiß, ich bin kompliziert und schleppe belastende Gefühle mit mir herum. Legt man unsere Fotos nebeneinander, entsteht vermutlich ein ganz ausgeglichenes Album.

Ich spüre ihn, bevor ich ihn sehe. Er schlingt die Arme um meine Taille und schiebt die Nase in meine Halsbeuge, in die sie so perfekt hineinpasst.

Ich drehe mich um und lächele. *Daheim*, denke ich, als sich unsere Lippen treffen. Ich rücke von ihm ab und blicke ihn an, ich wundere mich noch immer ein bisschen darüber, dass er jetzt zu mir gehört. Er hat sich nach der Schule frisch geduscht, bereit, heute Abend auszugehen. Seine Haare sind frisch geschnitten, und er trägt ein enges T-Shirt mit V-Ausschnitt, grüne Schlabberhosen sowie strahlend weiße Adidas-Turnschuhe. Er sieht hinreißend aus. Ich bin mir sicher, dass die Leute denken, Ryan Cooper würde sich nur für Äußerlichkeiten interessieren, aber ich weiß es besser. Schließlich ist er mit mir, Molly Carter, der ehemaligen Außenseiterin ausgegangen. Ein Teil von mir fragt sich immer noch, warum. Mein Leben hat sich wie ein Teenie-Film entwickelt.

Ich blicke zum Esstisch, auf dem dreckige Fußballschuhe neben anderen Sportsachen und diversem Papierkram aus der Schule herumliegen. Obenauf steht gefährlich eine Bierflasche, und ich unterdrücke den Impuls aufzuräumen. Ich musste weniger pingelig werden, seit ich mit Ryan zusammenwohne, nicht nur weil er so verdammt unordentlich ist, sondern, um es schlicht auszudrücken: Ryan liebt Kram. Er hebt *alles* auf: abgerissene Eintrittskarten, Rezepte, Zeitschriften, er besitzt sogar noch seine alte Radiergummisammlung aus der Kindheit. Überall liegen haufenweise Sachen herum, die ich entsorgen oder zumindest »reduzieren« würde, aber Ryan besteht darauf, sie zu behalten. Es ist, als habe er unser Nest mit all seinen alten Erinnerungen gefüllt. Es ist wirklich süß.

»Wolltest du nicht mit den Jungs in den Pub gehen?«, frage ich, als er mich in seine Arme zieht, um mich erneut zu küssen.

Ryan nickt. »Ja, aber ich wollte dich vorher noch sehen. Wie war dein Tag?« Er wirft sich aufs Sofa und trinkt einen Schluck Bier, dann reicht er mir die Flasche. Ich kuschele mich neben ihn.

»Großartig! Jo, die australische Bildredakteurin, meint, dass ich sie nächste Woche zu den Aufnahmen fürs Titelblatt begleiten könnte«, berichte ich aufgeregt. »Ich habe viel dafür gearbeitet, die Location gesucht und einen Fotografen vorgeschlagen, aber ich hätte nie gedacht, dass ich selbst dabei sein darf. Bildassistenten kommen normalerweise nicht mit ans Set, und ich bin erst seit vier Monaten dabei!«

»Das ist toll, Schatz.« Ryan lächelt. »Ist es jemand Bekanntes?«

Ich schüttele den Kopf und trinke einen Schluck von seinem Bier. »Nein, es sind Aufnahmen mit Models, aber es wird eine fantastische Erfahrung. Den Fotografen bewundere ich schon seit Jahren. Er hat für alle großen Zeitschriften gearbeitet und ein paar wunderbare Modekampagnen gemacht. Es ist toll, so jemandem bei der Arbeit zuzusehen.« Ich wende mich zu ihm um und sehe ihn an. »Und bei dir? Hast du die Elf dazu bekommen, ihre Abschlussarbeit rechtzeitig abzugeben?«

Ryan deutet mit dem Kopf auf den Papierstapel auf dem Tisch. »Gerade noch. Ich mache mir Sorgen, dass einige von ihnen es nicht ernst genug nehmen. Ich glaube, ich werde strenger mit ihnen sein.«

»Das glaube ich erst, wenn ich es erlebe!« Ich lache. Ryan hat ein hervorragendes Verhältnis zu seinen Schülern. Er möchte kein langweiliger, uninspirierter Lehrer sein, mit dem sie nicht reden können. Am wohlsten fühlt er sich, wenn er um ein Feld rennt und sie anfeuert und anspornt, den Sport zu lieben. Sie zu rügen und ihnen die Biologie des menschlichen Körpers beizubringen ist nicht seine Stärke.

Da klingelt das Telefon. Ryan zieht seine Jacke an, trinkt sein Bier aus und stellt die leere Flasche aufs Kaminsims, dann kommt er zu mir, um mir einen Abschiedskuss zu geben. Ich nehme seine Hand, begleite ihn zur Tür und halte den Atem an, als die kühle Februarluft uns umfängt. Er küsst mich erneut, formt mit den Lippen ein lautloses »Ich liebe dich«, und als er aus meinem Sichtfeld und im Nebel verschwindet, nehme ich das Telefon ab.

»Case!«, schreie ich, klemme das Telefon unter mein Kinn und gehe zur Tiefkühltruhe, um Pizzen herauszuholen. »Wann kommst du her? Jetzt? Cool! Ryan ist mit den Jungs im Pub, ich bin heute Abend also eine Pub-Witwe!« Ich lache und hole eine Flasche Chardonnay aus dem Kühlschrank. »Was? Nein, natürlich will ich, dass du kommst. Ich habe Pizza und Wein da und freue mich auf einen Mädchenabend mit meiner besten Freundin. Vor uns liegt ein langes Wochenende! Gut, in einer halben Stunde!«

Ich lege das Telefon weg, werfe ein paar Knabbereien in eine Schale, stelle Dips und Oliven dazu und schenke mir ein großes Glas Wein ein. Wenn Ryan nicht da ist, um für mich zu kochen, kehre ich zu studentischen Essgewohnheiten zurück.

»Case!«, rufe ich, als ich die Tür öffne, drücke sie fest und schiebe sie hinein.

»Hallo, Molly.« Sie lächelt. »Wow, das sieht ja genial aus!« Sie dreht sich um und betrachtet die Wände mit Fotografien und Bildern, als würde sie nach etwas Bestimmtem suchen. »Wo bin ich? Ach, das hast du aufgehängt, Moll? Das ist echt süß von dir, aber ich sehe total behämmert aus!«

»Du *warst* behämmert.« Ich lache.

»Okay, stimmt, aber häng wenigstens eins auf, auf dem ich *niedlich und* behämmert aussehe. Ich weiß, dass es jede Menge davon gibt!« Sie kichert und betrachtet weiter neugierig die Wohnung. »Oh, sind überhaupt noch Kerzen für den Sonntagsgottesdienst übrig?«, scherzt sie mit Blick auf den falschen Kamin, auf dem ein Haufen Kerzen lodert.

»Ha, ha, darf ich dir erklären, dass Kirchenkerzen *sehr* modern sind«, entgegne ich.

»Ich persönlich bevorzuge Glitzerkugeln«, antwortet Casey, »oder richtige Discobeleuchtung! Ja, das würde ich machen, wenn ich je aus dem Loch von meiner Mutter ausziehe.«

»Ein Glas Wein?«, frage ich und halte die Flasche hoch.

»Ach, du bist ja eine richtige kleine Hausfrau!« Casey kichert, wirft ihre falsche Burberry-Tasche ab und wandert in der Wohnung umher. »Habt ihr Wodka da? Es ist Freitagabend, und ich will später noch tanzen gehen. Von Wein werde ich nur müde.«

»Ich weiß nicht genau, vielleicht im Schrank?« Ich deute auf den Küchenschrank in der Ecke. »Aber ich dachte, wir würden heute Abend hierbleiben?«

»Fürs Erste, aber der Abend ist noch jung. Nur weil du jetzt in festen Händen und langweilig bist, muss der Rest von uns das nicht auch sein! Du hast doch nicht ernsthaft gedacht, dass wir den ganzen Abend hier versauern, oder?« Sie sieht mich ungläubig unter ihren stark getuschten Wimpern hervor an. Sie hat immer noch nicht gemerkt, dass sie ohne schön genug ist. Das passiert, wenn sich ein hässliches Entlein in einen Schwan verwandelt. Es dauert etwas, bis ihr Stil hinterherkommt. Ich wünschte, ich könnte Freya, unsere Moderedakteurin zu ihr schicken, damit sie ihr etwas weniger Billiges anzieht. Dann würde ich ihr die falsche Farbe aus dem Gesicht wischen, die sie mit ihrem bezaubernden griechisch-italienischen Teint überhaupt nicht nötig hat, und die Strähnchen aus den Haaren entfernen.

»Ich dachte, wir könnten eine Pizza essen und einen alten Film sehen, so wie früher, Wein trinken und quatschen, wie in alten Zeiten!«

»*Langweilig.*« Casey gähnt und klingt genauso wie damals, als wir fünfzehn waren. »Nichts für ungut, Süße, du magst ja im ehelichen Glück schwelgen, aber einige von uns haben eine harte Arbeitswoche hinter sich und müssen etwas Dampf ablassen. Mum hat mir heute Abend freigegeben, was selten genug vorkommt, und ich will die Zeit nicht vergeuden!« Sie nimmt eine Flasche Smirnoff und schenkt sich einen ordentlichen Schwung in ein Wasserglas, zu dem sie alibimäßig einen Spritzer Orangensaft hinzufügt. »Auf dich«, sagt sie, hebt das Glas und leert es zur Hälfte. »Na? Wie bekommt dir das Eheleben?«

Ich werde rot. »Hör auf, Case, wir sind nicht verheiratet!«

»So gut wie.« Sie zwinkert mir zu und sieht sich um. »Ich komme mir vor wie in der Ikea-Ausstellung.«

Ich nicke schüchtern und nehme es als Kompliment. »Ich hätte nie gedacht, dass ich das einmal sagen würde, aber es gefällt mir, Case! Es könnte nicht perfekter sein. Ich freue mich, zu ihm nach Hause zu kommen und mit ihm aufzuwachen. Ich mag unsere kleinen Wochenendrituale. Letzte Woche habe ich mich sogar an einem Sonntagsbraten versucht«, verkünde ich stolz. »Er war völlig verbrannt. Aber zumindest habe ich es versucht!«

Casey spuckt einen Teil des Drinks zurück in ihr Glas. »Verdammt, jetzt machst du mir Angst.« Sie fasst mein Gesicht und sieht mir in die Augen. »Wo ist meine beste Freundin geblieben, die nicht kochen konnte und die gesagt hat, sie würde nie mit einem Mann zusammenziehen? Was ist aus deinem Traum geworden, um die Welt zu reisen und Miss Unabhängig zu sein? Als Nächstes erzählst du mir noch, dass du *wirklich gern* in Leigh wohnst!« Sie blickt mich an, und ich mache ein schuldbewusstes Gesicht. »Sag es NICHT!«, seufzt sie.

»Nun, ich kann nichts dafür, es ist so!« Ich schenke mir noch ein Glas Wein ein und setze mich mit einem Stück Pizza zurück aufs Sofa.

Sie schüttelt ungläubig den Kopf.

»Ich weiß nicht, vielleicht liegt es nur daran, dass es etwas Neues ist, aber es gefällt mir wirklich. Ich will nicht, dass es immer so bleibt. Wenn wir es uns leisten können, ziehen wir sicher in eine bessere Wohnung nach London.«

»In eine bessere Wohnung, ja?«, wiederholt sie nachdenklich.

»Wie ist es überhaupt mit Toni?«, frage ich und merke auf einmal, wie verschieden unsere Leben sind. Arme Casey, ich weiß, wie gern sie eine eigene Wohnung hätte und sich aus dem Schatten ihrer Mutter lösen würde.

Casey zuckt mit den Schultern. »Wie immer. Sie ist mit ihren Männern beschäftigt und überlässt mir das Café – und die Jungs. Ohne mich würden die kleinen Scheißer nie zur Schule gehen.« Sie sieht mich an und lächelt. »Ich habe allerdings Neuigkeiten. Ich habe eine neue Arbeit.«

»Wirklich? Wo? Was machst du?«, will ich aufgeregt wissen.

»Im *Players*, dem neuen Club in Southend!«, kreischt sie zurück. Casey schenkt sich einen weiteren großzügigen Wodka ein. »Das wird super! Er eröffnet nächsten Monat. Das soll ein ziemlich cooler, exklusiver Laden werden, weißt du? Sie wollen ein paar Mädels an der Tür, die sich um die Gästeliste und solche Sachen kümmern. Und eine davon werde ich sein! Sie finden es gut, dass ich mein ganzes Leben hier gewohnt habe, ich habe Erfahrung im Servicebereich, ich kenne die Szene und viele Leute. Ich kann es kaum abwarten, dort anzufangen! Stell dir nur vor, Molly, meine Arbeit besteht aus Partymachen! Ist das nicht cool?«

Ich erhebe mein Weinglas, um auf ihren neuen Job anzustoßen, und trinke einen Schluck. Sie ist so glücklich. Das will ich ihr nicht vermiesen, indem ich sage, dass ich Zweifel habe, ob es für sie das Beste ist, in einem Club zu arbeiten.

»Nun, wie wäre es, wenn du dich umziehst und wir ausgehen und die Konkurrenz ausspionieren? Das läuft unter Recherche!«

»Was ist falsch an dem, was ich anhabe?«, frage ich und deute auf mein knöchellanges schwarzes Kleid und die Stiefel. Beides habe ich heute bei der Arbeit getragen.

»Um ehrlich zu sein, was ist richtig daran? Du bist zweiundzwanzig und ziehst dich an wie eine Nonne!«

»Freya, die Moderedakteurin, meint, das wäre jetzt ganz modern, wirklich Case! Lang ist das neue Kurz, weißt du?«

Casey erwidert mit affektierter Stimme: »Aber Freya, die Moderedakteurin, lebt nicht in Essex, oder? Komm schon«, mault sie, »zeig deine fantastischen Beine, zieh ein paar Pumps an und lass uns feiern gehen! Los, wir amüsieren uns. Genau wie früher, als man mit dir noch Spaß haben konnte!«

Der bittersüße Kuss

Es ist so, wie kreative Menschen immer behaupten: Man erinnert sich nur an die Kritik, nicht an das Lob. Ich habe festgestellt, dass man sich in schwierigen Zeiten länger an die schlechten Dinge erinnert als an die guten. Genauso wie ich nie den schrecklichen ersten Kuss zwischen Ryan und mir vergessen kann (will), werde ich jetzt die schlechten Erinnerungen nicht los. Das ist verdammt frustrierend. Ich erinnere mich nur an die Streitereien, die ich angezettelt habe, daran, wie ich unnötigerweise an ihm herumgenörgelt oder eisern geschwiegen habe, wenn er mich mit etwas verärgert hatte. Die Erinnerungen sind eingebrannt in mein Gehirn. Ich bin wie ein Teenager, der sich selbst verletzt. Ich weiß, dass ich damit aufhören sollte, aber ich will nicht. Jede schmerzhafte Erinnerung fühlt sich gut an, als hätte ich es nicht anders verdient, weil ich ihn nie wirklich verdient habe.

<<*Zurückspulen 10.11.1998*>

Ich kreische, als in der Bar der Studentenvereinigung *The Verves* »Bitter Sweet Symphony« ertönt, und schütte mir versehentlich mein Glas Snakebite über meine Chucks.

»Ich LIEBE diesen Song, Mädels!«, nuschele ich und werfe die Arme um Casey und Mia.

»Danke, dass du gekommen bist, Case, und meinen neunzehnten Geburtstag zu einem strahlenden Ereignis gemacht hast! Ohne dich wäre es nicht dasselbe gewesen!« Ich hebe meine Kamera und mache ein Foto von uns dreien, wobei ich den Apparat über unsere Köpfe halte, weil die Aufnahmen dann schmeichelhafter werden. Vor allem, wenn man so viel getrunken hat wie wir. Dann schließe ich die Augen, werfe die Hände in die Luft und springe auf und ab. Obwohl sich das als schwierig erweist, weil meine Chucks an dem bierverklebten Boden haften bleiben und ich erneut meinen Drink über meinen Klamotten verschütte. Ich öffne die Augen. Überall um mich herum stehen Studenten mit langen Haaren, in dunklen Schlabberklamotten und mit Ringen unter den Augen. Ich passe hierher. Zum ersten Mal gehöre ich irgendwohin. Nur meine Freundinnen stechen etwas heraus. Casey in ihrem schwarzen Acrylmini und dem rosa T-Shirt, und Mia, meine neue beste Freundin, die ich hier am ersten Abend kennengelernt habe. Sie trägt eine weiße taillierte Bluse und dazu eine schwarze Bootcut-Hose mit Bügelfalte sowie spitze rote Stiefel. Wir könnten nicht unterschiedlicher aussehen. Ich winke Mia zu, und sie hebt ihr Weißweinglas und schüttelt den blonden, von Posh Spice inspirierten Bob.

»Chin-chin!« Sie lacht.

»He, Mia«, rufe ich und taumele etwas vorwärts.

»Heiß!«, schreit sie.

»WAS?«, kreischt Casey, aber wir ignorieren sie.

»Ja, es ist ein bisschen zu heiß hier drin, nicht?«, schreie ich zurück.

Sie stellt ihr Weinglas ab und kommt zu mir. Wir blicken uns in die Augen, dann schreit sie: »Nein, *ich bin* heiß!«, und schon prusten wir los.

Mia war die erste Person, die ich vor sechs Wochen in der Studentenvereinigung kennengelernt hatte, und ich mochte sie sofort. Sie stand an der Bar, trank einen Gin Tonic und las in der *Vogue*. Ich ging zu ihr, bestellte mir einen Wodka und eine Cola und wandte mich dann an sie. Bevor ich ein Wort sagen konnte, wischte sie sich mit der Hand übers Gesicht und sagte: »Heiß.«

»Ja, es ist ein bisschen heiß hier drin, nicht?«, erwiderte ich höflich und wusste nicht recht, was ich sonst sagen sollte, schließlich waren meine sozialen Fähigkeiten noch immer etwas unterentwickelt.

Dann strahlte sie mich an, mit einem echten, strahlenden Mia-Megawatt-Lachen. »Nein, *ich bin* heiß«, und dann brachen wir beide in Lachen aus. Das Eis war gebrochen.

Sechs Wochen später ist es unser Standardspruch geworden, den wir jetzt noch durch ein Armwackeln wie beim Ententanz unterstreichen.

»He, Casey ist weg!«, stellt Mia fest, als wir fertig sind. Wir sehen uns um und entdecken Casey, die mit ihrem Gesicht an dem Mann klebt, mit dem Mia zuvor geflirtet hat –

Mias Weinglas wie eine Trophäe über seiner Schulter in der Hand haltend.

»Die Frau ist die Pest«, stellt Mia düster fest und geht zur Bar.

Mia ist nicht so unterkühlt, wie sie wirkt. Es macht Spaß, mit ihr zusammen zu sein, aber sie lässt sich nicht die Butter vom Brot nehmen. Sie ist Einzelkind wie ich, ihre Eltern sind beide erfolgreiche Anwälte, und sie ist von diversen Kindermädchen großgezogen worden. Sie hört nur ungefähr einmal im Monat von ihren Eltern, aber das scheint sie nicht zu stören. Sie hatte zu Hause einen Freund, mit dem sie schon länger zusammen war, an dem sie allerdings, bald nachdem sie hier war, das Interesse verloren hat.

»Ich bin zu jung, um mich an einen Mann zu binden – es sei denn im *Bett*«, sagte sie Sonntagmorgen am Ende der Einführungswoche zu mir, als wir auf *meinem* Bett lagen und fernsahen. »Von jetzt an wähle ich meine Männer wie ich Alkohol trinke.«

»Pur und ohne Eis?« Mia mag harten Alkohol, keine Mixgetränke. Sie ist stets diejenige, die an der Bar Tequilas kippt und am Ende der Nacht noch immer aufrecht steht.

»Nein. Versuch's noch mal.« Sie lächelte.

»Auf Eis und gerührt?«, fragte ich.

»Nein, Molly«, erklärte sie mit einem unanständigen Grinsen, »superstark und in Sekunden vernichtet. Im Ernst«, fügte sie an und setzte sich auf, »ich glaube, ich rufe ihn jetzt an und sage ihm, dass es zwischen uns aus ist.«

»Bist du dir sicher?«, hatte ich gefragt und mein altes *The-Smiths*-Shirt im Schneidersitz über meine Knie gezogen. »Ich meine, ihr seid seit drei Jahren zusammen, du hast deine Jungfräulichkeit bei ihm verloren.«

Sie hatte mich mit großen Augen und unschuldigem Blick

angesehen. »Oh, ja«, bestätigte sie. »Ich wusste immer, dass es nicht für die Ewigkeit ist.« Und dann nahm sie ihr Nokia 6160, zog die Füße unter ihren Po und versetzte ihrem ersten Freund kurzerhand den Todesstoß.

Ich war schockiert, aber ich konnte ihre emotionale Distanz auch verstehen. Nicht aufgrund eigener Beziehungserfahrung – ich habe noch keinen Freund gehabt –, aber mir ging es genauso mit dem Typ, bei dem ich mit sechzehn meine Jungfräulichkeit verloren habe. Es war total berechnend von mir gewesen und außerdem eine völlige Pleite.

Das Problem ist, dass ich seither keinen Versuch unternommen habe, es noch einmal zu probieren. In der Einführungswoche boten sich mir zwar jede Menge Gelegenheiten, aber nachdem ich das erste Mal so rücksichtslos war, wollte ich diesmal lieber auf jemanden warten, den ich wirklich mochte.

Als ich gerade versuche, Mia davon abzuhalten, Casey an den Haaren von dem Kerl wegzuziehen, entdecke ich ihn auf der anderen Seite des Raums. Ein großer schlanker, dunkelhaariger Richard-Ashcroft-Doppelgänger lehnt mit einer Zigarette im Mundwinkel an der Wand und starrt mich an, seine dürren Arme reichen fast bis an die Knie. Seine Augen sind blau, strahlend blau, und seine Lippen zwar nicht so voll, wie ich es gern mag, aber sie sind sehr hübsch geschwungen. Er winkt mir zu – entweder das oder er versucht, einen Sichtschlitz in seinen langen strähnigen Haaren zu finden. Dann blickt er nach unten, und erneut fällt eine dichte Strähne vor seine Augen. Vom Alkohol und meinem neu entdeckten Selbstbewusstsein, eine neunzehnjährige Studentin zu sein, ermutigt, stoße ich Mia an und sage: »Pass auf.« Dann stolpere ich hüftenschwingend auf ihn zu, während ich mein Satin-Minikleid aus dem Secondhandshop so weit hochschiebe, dass die Löcher in meinen Strumpfhosen zu sehen sind, und an dem Ärmel meines weiten Mohairpullovers ziehe, sodass er von meiner Schulter rutscht.

Wir reden nicht lange. Gerade genug, um unsere Namen auszutauschen – »Marcus« –, aber er betont es Mar*cuuus*. Zu klären, woher wir kommen – er: aus Buckinghamshire, ich: aus London. Ich habe es nicht über mich gebracht, Essex zu sagen. Unsere Abiturnoten abzugleichen – ich: drei As, er: drei Bs – und unsere Studienfächer – ich: Fotografie, er: Kunst. Dann neigt er den Kopf, um auf meine Höhe zu kommen, was angesichts des Größenunterschieds schwierig ist und an einen Pelikan erinnert, der versucht, einen Fisch zu angeln, und küsst mich.

Es ist ein merkwürdiges Gefühl. Merkwürdig, weil er mir in den fünf Minuten, seit ich ihn gesehen habe, zu ihm gegangen bin und mit ihm geredet habe, *wirklich* gefallen hat. Er ist genau mein Typ, er entspricht genau den Punkten auf meiner Liste:

Wie mein Freund sein sollte:
- Klug
- Cool
- Nicht aus Essex (SEHR WICHTIG)
- Soll einen hübschen Mund haben
- Blaue Augen
- Nicht emotional zurückgeblieben
- Oder kulturell unterbelichtet

Doch sein Kuss ist eine Enttäuschung, nicht weil er schlecht küsst, sondern weil das Bild von Ryan Cooper in meinem Kopf auftaucht und ich von der Erinnerung an den Kuss im *Grand* verfolgt werde. Und auch wenn es schrecklich und demütigend war, wünsche ich mir, Marcus wäre Ryan. Was total nervig ist. Ehrlich, ich habe seit Wochen nicht an ihn gedacht. Nun, zumindest seit Tagen. Abgesehen von vorhin, als wir uns an der Bar etwas zu trinken geholt haben und Casey erwähnte, dass sie ihn mit seinen besoffenen Freunden in der Stadt gesehen hätte. Na ja, sie hat es erzählt, weil ich mich beiläufig nach ihm erkundigt habe.

»Aha«, hatte sie gesagt und ihre grünen Augen funkelten, während sie von ihrem Fusel trank und sich gleichzeitig im Raum nach Beute umsah. »Obwohl du von all diesem Frischfleisch hier umgeben bist, denkst du also noch immer an Ryan Cooper?«

»Äh, *nein*!«, hatte ich abgewehrt.

»Du willst also nicht wissen, dass er sich bei mir nach dir erkundigt hat, als ich ihm neulich Abend im *Tots* begegnet bin.«

»Hat er?«, hatte ich erwidert und fast mein Glas fallengelassen.

»Natürlich nur, um sich an *mich* heranzumachen.« Casey hatte gelacht und mir zugezwinkert. »Wer kann schon dem Charme von Casey Georgiou widerstehen!«

Und das ist wirklich wahr. Casey sieht bezaubernd aus. Hier an der Uni, wo (abgesehen von Mia) alle leichenblass und müde aussehen und außerdem Schwarz tragen, wirkt sie wie der reinste Sonnenschein. Wenn Mia und ich »heiß« sind, sprüht sie Funken.

Casey meint, ich könnte nicht genug von Ryan Cooper bekommen – auch wenn ich einen anderen küsse. Ich muss eindeutig mehr dafür tun, ihn ein für alle Mal aus meinem Kopf zu bekommen. Ich nehme Marcus an der Hand. »Komm«, murmele ich, »lass uns von hier verschwinden.«

Ich wünschte, ich könnte sagen, in meinem Schlafzimmer habe die Erde aufgehört, sich zu drehen, aber während ich in Mar*cuus'* Armen auf dem Rücken liege, denke ich, dass ich definitiv die Erfahrung gemacht habe, dass ein hipper Kunststudent nicht unbedingt der beste Liebhaber ist. Es gab viele flammende, innige Blicke, aber darüber hinaus nicht annähernd genug. Ich hebe mein Handgelenk und blicke auf meine Armbanduhr. Gott, hat es acht Minuten gedauert? So lange ist es mir nicht vorgekommen.

Ich blicke auf das auf dem Kopf stehende Bild von John Lennon, der sich an Yoko Ono schmiegt, über mir und dann zu Marcus. Sein blasser, dünner Körper windet sich bebend um mich, seine Atmung verlangsamt sich, wird ruhiger, und schließlich schläft er mit offenem Mund ein wie ein singender Chorknabe. Steif wie ein Brett liege ich da und frage mich, ob ich meinem John begegnet bin und es nur nicht bemerkt habe. Vielleicht sollte ich ihm noch eine Chance geben? Die Leidenschaft mag noch nicht da sein, aber schließlich erfüllt er alle anderen Punkte auf meiner Liste. Und er hat kürzlich eine harte Zeit durchgemacht. Mitten im Abitur haben sich seine Eltern getrennt (weshalb er auch nur B-Noten hat, wie er meinte) und sie mussten ihr Haus in den französischen Alpen verkaufen, um die Scheidung zu bezahlen.

Aber, ehrlich. Wem will ich hier etwas vormachen?

Ich blicke erneut auf, diesmal nicht zu Yoko und John, sondern zu meinem *Before-Sunrise*-Plakat. Aber anstelle von Ethan Hawke sehe ich nur diesen verdammten Ryan Cooper. Ich denke an unseren ersten – und letzten – Kuss.

Der verlorene Kuss

»Ein verschwendeter Kuss ist ein verlorener Augenblick der Liebe.« (Molly Carter heute)

Man stelle sich nur all die verschwendeten Küsse vor. Die Küsse, wenn man die Wange anstelle der Lippen hinhält, sich nach einem Streit im Bett auf die Seite rollt, aus der Tür rennt, ohne sich die Zeit für einen richtigen Abschied zu nehmen. Ärgerlicherweise sind es genau diese Küsse, an die man sich erinnert, wenn man nicht mehr zusammen ist. So viele entgangene Küsse – wohin sind sie gegangen? Ich stelle sie mir als Kreuze im Sand vor, ein Grab voller Küsse, ein begrabener Schatz. Einige wurden gestohlen, andere gingen verloren oder wurden übersehen, andere achtlos weggeworfen – alle warten darauf, gefunden zu werden.

Vorspulen>> 5.04.2003>

Ich schleudere meine Tasche auf den Schreibtisch, ziehe meine Lederjacke aus und lockere den Schal um meinen Hals, dann fahre ich den Computer hoch. Das große, normalerweise geschäftige Büro ist seltsam leer. Ohne die schicken Leute, die Musik und das übliche Geschnatter wirkt es plötzlich grau, schäbig und büromäßig.

Ich setze mich an meinen Schreibtisch und genieße die Stille. Das habe ich dieser Tage nicht häufig, und ich stelle fest, wie sehr es mir fehlt. Abgesehen von meinen Bahnfahrten bin ich nie allein, und in dem vollen Zug zu stehen, zählt auch nicht wirklich als »meine Zeit«. So ist das hier tatsächlich eine Wohltat für mich. Niemand kommt vor halb zehn in die Redaktion von *Viva*, ich habe das Büro also mindestens noch eine Stunde für mich, dann kommt mein Wagen. Auf meinem Programm steht heute ein wichtiges Fotoshooting mit Stars in einem Studio in Kentish Town – meine größte kreative Herausforderung, seit ich vor neun Monaten Bildredakteurin geworden bin. Um sicherzugehen, dass ich wirklich gut vorbereitet bin, wollte ich vorher noch einmal ins Büro kommen. Plötzlich quatscht mich mein jüngeres Ego von der Seite an.

Wie langweilig, Molly Carter! Was ist aus dem Mädchen geworden, das sich nicht anpassen wollte? Wir sind ja schon wie MUM!

Das stimmt nicht! Ich habe mich nicht in meine Mutter verwandelt. Ich betrachte mein Spiegelbild.

Ein Schal, Molly! Ich meine, ernsthaft?

Es ist ein Designerschal aus Seide!, verteidige ich mich im Geiste. Aus einem Musterverkauf!

Designer! Demnächst trägst du ihn noch um den Kopf.

Ich ziehe den Schal aus, mir ist plötzlich heiß, greife nach meinem Latte to go und nehme einen großen Schluck, während ich darauf warte, dass mein Computer startet, und hoffe, dass das Koffein bald seine verjüngende Wirkung tut.

Kaffee, Molly? Wir HASSEN Kaffee! Er schmeckt widerlich, das haben wir immer gesagt!

Ich stelle den Kaffee ab und reibe mir die Augen. Es war so schwer, heute in aller Herrgottsfrühe aufzustehen und den friedlich schnarchenden Ryan im Bett zurückzulassen, doch das kommt derzeit häufig vor. Ich ging zu ihm, um ihn auf die Lippen zu küssen, aber er rollte sich zur Seite, murmelte etwas, was sich wie ein Abschiedsgruß anhörte, und sank, in seine Decke gekuschelt, erneut in tiefen Schlaf. Er besitzt diese unglaubliche Fähigkeit, sich kaum zu rühren, wenn ich das Haus verlasse. Vor sechs Monaten haben wir noch zusammen gefrühstückt oder zumindest gemeinsam im Bett einen Tee getrunken, bevor ich ging, und uns auf jeden Fall geküsst. Wir haben uns geschworen, uns nie ohne Kuss zu verabschieden. Aber durch seine steigende Arbeitsbelastung und mein frühes Aufstehen ist das in letzter Zeit irgendwie weggefallen. Ich vermisse es, ich fühle mich etwas verloren. Es ist eine seltsame Vorstellung, dass ein einziger Mensch über Glück oder Unglück entscheidet.

Ich widerstehe dem Drang, ihn anzurufen. Er ist jetzt ohnehin mit dem Fahrrad auf dem Weg zur Arbeit. Manchmal denke ich, dass er nicht weiß, wie anstrengend das Pendeln ist. Er hat es vergleichsweise leicht. Dafür erwartet mich jeden Abend, wenn ich nach Hause komme, ein selbst gekochtes Essen – was Casey mir immer wieder ins Gedächtnis ruft –, ich kann mich also eigentlich nicht beschweren. Er ist wirklich der perfekte Mann. Nun, abgesehen davon, dass er schnarcht. Und pausenlos das Fernsehprogramm umschaltet. Gestern Abend haben wir vier Programme gleichzeitig gesehen. Ungelogen! Ach, und seine Socken, die er überall herumliegen lässt.

Ich schiebe meine Gedanken an Ryan zur Seite, blicke hinunter auf den Ablaufplan auf meinem Schreibtisch und hole tief Luft, um meine Nerven zu beruhigen. Mir steht der anstrengendste Tag bevor, den ich je bei *Viva* erlebt habe. Es ist mein erstes großes Projekt, seit Christie mich zur Bildredakteurin befördert hat. Wir fotografieren acht Nachwuchsstars für die Titelseite unserer Augustausgabe. Der Unterhaltungsredaktion ist es gelungen, die stärksten neuen Namen aus Musik, Film und TV zu gewinnen. So habe ich den letzten Monat damit verbracht, mit ihren PR-Agenten zu verhandeln, um sie alle am selben Tag und zur selben Zeit im selben Studio zu versammeln. Was, wie jeder weiß, der jemals mit einem Star zu tun hatte, keine leichte Aufgabe ist. Um ehrlich zu sein, so attraktiv sich das auch anhören mag, es ist der am wenigsten erfreuliche Teil an meinem Job. Ich fotografiere viel lieber Frauen, die wirklich etwas erreicht oder ein Hindernis überwunden haben. Das sind die Menschen, die andere Frauen inspirieren sollten, nicht ein Haufen nichtssagender Stars. Ich kann nicht leugnen, dass ich wünschte, *ich* würde die Bilder machen, aber fürs Erste lerne ich noch. Bei Fotoshootings sauge ich alles auf, was der Fotograf tut, während ich nebenher meine eigenen Aufgaben erledige. Manchmal ist es schwer, so dicht vor meinem Traum zu stehen, aber ich weiß, dass ich mich glücklich schätzen kann, auf diese Weise praktische Erfahrungen sammeln zu können.

Jedenfalls bin ich wegen dieses Shootings an den meisten

Tagen bei Tagesanbruch ins Büro gekommen und wochenlang abends länger geblieben. Ich habe mich damit herumgeschlagen, dass Locations abgesagt wurden und Stars abspringen wollten, und ich habe versucht, sie bei der Stange zu halten. Ich habe den besten Fotografen engagiert, mich mit Seb, dem Art Director, besprochen und mit Christie wegen des Konzeptes. Ich drücke die Daumen und hoffe sehr, dass sich die harte Arbeit gelohnt hat. Das sage ich mir immer, wenn der Stress überhandnimmt. Ich weiß, dass Seb zeitweilig Zweifel hatte, ob ich der Verantwortung gewachsen bin. Er ist so ein wirklich cooler, erfahrener Typ, der stillschweigend vor sich hin grübelt. Ich glaube, er dachte, meine Arbeitserfahrung würde überschätzt, und ich musste hart daran arbeiten, seine Anerkennung zu gewinnen. Aber ich habe ihm bewiesen, dass ich meinen Mangel an Erfahrung durch Kreativität und Leidenschaft ausgleiche. Außerdem verbindet uns unsere Abneigung gegen die Büromusik, und er hat mir von ein paar Ausstellungen erzählt, die er in letzter Zeit besucht hat. Vielleicht habe ich Seb etwas unrecht getan. Er ist nicht wirklich distanziert, er ist nur weniger kontaktfreudig, als ich es gewohnt bin.

Ich klicke auf Outlook, um mich davon zu überzeugen, dass nicht irgendwelche Stars in letzter Minute per E-Mail absagen. Es ist ziemlich schwierig, eine Tastatur zu bedienen, wenn man dabei die Daumen drückt. Ich atme erleichtert aus, als ich feststelle, dass ich nur eine neue E-Mail habe. Und die ist mir auch noch sehr willkommen.

Molly!!!

Wie geht's dir?!!!??? Wie ist es bei Viva, und wie geht es Ryan? Und Casey? Ich vermisse dich – aber nicht genug, um zurückzukommen! Kannst du dir vorstellen, dass ich im September schon zwei Jahre hier bin? Das Leben hier im sonnigen Sydney ist fantastisch – wie endlose Ferien. Da ich weiß, wie sehr du Listen magst, dachte ich, diese würde dir vielleicht helfen zu begreifen, warum du UNBEDINGT bald kommen musst:

Gründe, weshalb Australien besser ist als das langweilige alte Blighty:

Das Wetter ist heiß (genau wie die Männer)
Die Wellen sind groß (genau wie die Männer)
Die Strände sind wunderschön (genau wie die Männer)
Die Clubs sind wild (genau wie die Männer)
Die Kultur ist … ach, vergiss die Kultur, Molly, die Männer sind einfach FANTASTISCH!

Du kannst ganz natürlich braun werden und musst dich nicht künstlich bräunen, was ihr Typen aus Essex doch so gern tut!

Darüber muss ich lachen. Mia weiß genau, dass ich noch nie auf einer Sonnenbank war. Ich denke über ihre Liste nach, blicke dann auf die Listen, die vor mir auf dem Schreibtisch liegen, und fühle mich enorm niedergeschlagen. Die eine ist meine Arbeitsliste, die andere meine allgemeine Erledigungsliste. Ich lese Letztere und schreibe mit dem Stift in der Hand eine zweite:

Sachen aus der Reinigung abholen
Eltern anrufen
Geburtstagsgeschenk für Jackie kaufen (etwas in Rosa)

Die Gesellschaft für Studentendarlehen anrufen
Zu Tesco gehen (Milch, Teebeutel, Fisch)
Rote Gasrechnung (Ryan schimpfen, er wollte sie bezahlen)
Kommunalsteuer
Autoversicherung verlängern
Monatskarten-Abo verlängern
Ryans Fußballsachen waschen
URLAUB BUCHEN – AUSTRALIEN?

Ich starre auf die letzten Worte und ärgere mich, dass ich das Fragezeichen hinzugefügt habe. Ich weiß nicht, warum unsere Pläne, gemeinsam eine weite Reise zu machen, wieder in den Hintergrund gerückt sind. Neulich Abend hat Ryan vorgeschlagen, wir könnten dieses Jahr in das Haus seiner Eltern nach Portugal fahren. Irgendwie denke ich langsam, dass er gar keine Lust mehr auf eine richtig weite Reise hat.

Ich seufze und blicke auf die Liste der Dinge, die ich heute für das Shooting organisieren muss. Offen gestanden, deprimiert mich diese Liste nicht minder. Vor allem, wenn ich zurück auf Mias Liste blicke. Es ist auch nicht gerade hilfreich, dass mein Teenie-Ego in meinem Kopf randaliert.

Wie konnte unser Leben so öde werden, Molly? Wir hatten so große Pläne!

Das nennt man erwachsen werden, schieße ich zurück. Alle leben so. Während ich auf das Taxi warte, setze ich mich wieder hin, lese den Rest von Mias Mail und hoffe, dass ich mich danach besser fühle, doch tief im Inneren weiß ich, dass das nicht passieren wird.

Bei der Zeitschrift läuft es super, Moll. Auch nach zwei Jahren macht mir meine Arbeit hier noch immer viel Spaß. Meine Herausgeberin ist absolut fantastisch – und sie ist schwanger! Was bedeutet, dass ich vorübergehend Herausgeberin sein werde! Kannst du dir das vorstellen? Ich? Herausgeberin? Ich bin erst 24!!!

Warum, warum, WARUM hast du noch kein Ticket gebucht? Ich will es mit dir krachen lassen. KOMM NACH AUSTRALIEN (tut mir leid, ist das letzte Mal, dass ich das sage! Versprochen!). Denk an unsere Lebenslisten! Ich muss jetzt los, ich muss bis fünf Uhr ein Feature redigiert haben – und dann ist es Zeit für den Strand und die Bars!

Alles Liebe, du fehlst mir (Buch jetzt SOFORT einen Flug!!!),
Mia

Ich starre eine Weile auf den letzten Absatz und denke an die Lebenslisten, die Mia und ich in unserem ersten Jahr an der Uni verfasst haben, als wir eines Abends betrunken waren:

<u>Mollys Lebensliste</u>
Durch Australien reisen - mit Mia!!!!
In New York leben
Fotografin werden
Eine erfolgreiche Ausstellung machen
Meine eigene Wohnung besitzen
Single bleiben, bis ich meine Ziele erreicht habe

<u>Mias Lebensliste</u>
Um die Welt reisen (Australien! Mit Molly!!!)
Mit 30 Herausgeberin bei einer Zeitschrift sein
Meine eigene Wohnung besitzen
Für <u>immer</u> Single bleiben!

Siehst du, Molly? Sie hakt die Punkte auf ihrer Lebensliste ab. Sie holt das Optimum aus ihren Zwanzigern heraus. Und du? Du sitzt in Leigh, an diesem Ort, an den wir nie zurückgehen wollten, nachdem wir für die Uni weggegangen sind. Was ist passiert?

Das Leben ist passiert, okay? Die Liebe ist passiert. Es ist nicht meine Schuld, dass Ryan und ich uns vor Mitte zwanzig verliebt haben. Man könnte meinen, wir schaden anderen Leuten mit unserem glücklichen Zusammenleben. Und was, wenn ich nur mit drei Männern in meinem Leben geschlafen habe? Wie viele Kerben in meinem Bettpfosten brauche ich?

Gott, warum denke ich jetzt darüber nach? Ich schüttele den Kopf und schließe die Mail, ohne zu antworten, dann sehe ich auf meine Armbanduhr. In fünf Minuten kommt das Taxi. Ich öffne rasch Google und gebe »Flüge nach Australien« ein. Ich will nur gucken, den Preis checken und sehen, was es für Möglichkeiten gibt.

Mein Herz schlägt wie wild vor Aufregung. Ich notiere mir Flugdaten und Preise. Wenn ich heute Abend nach Hause komme, werde ich mit Ryan darüber sprechen. Oder vielleicht bin ich einfach spontan und buche sie jetzt! Als mein Bürotelefon klingelt, blicke ich nach unten und seufze.

»Das Taxi ist da? Okay, danke. Ich komme runter.«

»Das wird ein heftiger Tag«, grinst Sebastian, als ich mich beladen mit Koffern und Taschen durch die Türen des Studios kämpfe. »Ich hoffe, du bist bereit, Grünschnabel.«

»Genau so bereit wie du, *Veteran*«, entgegne ich. »Hilfst du mir hier mit diesem ganzen Kram, oder muss ich mich allein damit abschleppen?«

»Ich fürchte, Letzteres, Molly. Ich bin viel zu wichtig, um mich mit Gepäck abzuschleppen.« Mit diesen Worten sinkt er zurück aufs Ledersofa, legt seine Adidas-Turnschuhe auf dem Glastisch ab und liest weiter im *Esquire*.

»Nach deinem Verschleiß an Mädchen zu urteilen, dachte ich, du kennst dich mit dem ›Abschleppen‹ aus«, antworte ich frech. Ich habe gelernt, dass man mit Seb am besten zurechtkommt, wenn man ihn aufzieht. Das ist die einzige Sprache, die er versteht.

»Unter Louis Vuitton mache ich es nicht.«

»Oh, verstehe.« Ich hieve den Koffer in die Garderobe. »Überteuert und überbewertet?«

Er grinst und zeigt seine weißen Zähne. Seine grauen Augen funkeln wie bei einem Fuchs, der gerade eine Beute entdeckt hat. »Nein, überambitioniert …« Er starrt mich anzüglich an.

Mit knallroten Wangen wende ich mich ab. »An die Arbeit, okay, Seb?«, sage ich. »Es ist noch eine Menge zu tun.«

Er räkelt sich auf dem Sofa, legt die Arme auf die Rückenlehne und lächelt selbstzufrieden. »Ganz richtig.«

»Wie sieht's aus, Molly?«, ruft Seb mir zu. Ich betrachte auf dem Computerbildschirm die letzten Aufnahmen von James, dem Fotografen, während Seb mit ihm das Set für den nächsten Star einrichtet.

»Großartig, aber ich glaube bei den nächsten Aufnahmen sollten wir darauf achten, dass sie urbaner wirken.« Ich denke einen Augenblick nach. »Wie wäre es, wenn wir die nackte Backsteinmauer anstelle des weißen Hintergrunds nehmen. Oder sogar …«, als mir die Idee kommt, plappere ich sofort los, »… oder sogar raus auf den Balkon gehen?« Ich eile zur Feuertreppe und öffne das Fenster. »Von hier haben wir eine tolle Aussicht auf East London. Es sieht fast ein bisschen wie New York aus. Eine Art Reminiszenz an die Aufnahmen, die

Jean Shrimpton und David Bailey für die *Vogue* gemacht haben. Was meint ihr?«

Seb dreht sich langsam zu mir um, lässt den Blick auf beunruhigende Weise an meinem ganzen Körper nach oben gleiten und sieht mir dann in die Augen. »Molly, das ist eine verdammt gute Idee! Nicht nur schön, sondern auch noch clever, was?« Gereizt stelle ich fest, dass ich mich trotz seiner sexistischen Bemerkung etwas geschmeichelt fühle. Er deutet lasziv auf mich und grinst. »Du hast soeben bestanden, Grünschnabel.«

Erfreut über sein Lob, tue ich so, als würde ich einen Doktorhut in die Luft werfen. Als ich wieder zu ihm sehe, starrt er mich noch immer an, dann stellen er und James das Kamerazubehör und die großen Lampen um. Es gefällt mir, dass er meine Vision sofort verstanden hat. Es ist schön, auf einer kreativen Wellenlänge mit jemandem zu sein, vor allem wenn dieser Jemand so erfahren und begabt ist wie er. Es bestätigt mich und gibt mir mehr Selbstvertrauen.

Ich finde, mein fünfzehnjähriges Ich müsste stolz auf mich sein. Das ist total glamourös und aufregend! Ich mache Aufnahmen von bekannten Stars für die Nummer eins unter den Frauenzeitschriften!

Stars? Zischt sie mich an. *Glamourös? Wir verändern nicht gerade die Welt, oder?*

Aber es könnte fast New York sein!

Ist es aber nicht, wir sind in East London.

Es sieht aber aus wie New York!

Und wir machen die Fotos nicht selbst.

Aber ich inszeniere die Aufnahmen praktisch – was sogar noch besser ist, richtig?

Falsch.

Ach, ich gebe auf. Ich mochte mein fünfzehnjähriges Ego

sowieso noch nie. Kein Wunder, dass meine Mutter und mein Vater mich für eine Nervensäge hielten.

Es ist sieben Uhr abends, und Seb, James, Lauren, die Maskenbildnerin, Freya und ich lassen uns auf das Sofa plumpsen, trinken Prosecco und feiern das Ende eines erfolgreichen Tages.

»Wir haben es geschafft!«, ruft Freya und lehnt erschöpft den Kopf an Laurens Schulter. »Wir haben es gewagt und geschafft. Acht Stars an einem Tag. Das ist doch sicher ein Rekord, oder?«

»Ich weiß nicht, ob *Vanity Fair* dir da zustimmen würde.« Ich lache, trinke einen großen Schluck Prosecco und schließe die Augen, um zu spüren, wie der Alkohol meine Blutbahn erreicht. Gott, ich brauche diesen Drink. Auf einmal merke ich, wie angespannt ich über Wochen hinweg gewesen bin. Ich verspüre den Impuls, Ryan anzurufen, ich will meinen Erfolg mit ihm teilen. Also ziehe ich mich von der Gruppe zurück und rufe ihn vom Flur aus an.

Unser Telefon klingelt ein paar Mal, dann meldet sich der Anrufbeantworter. Ich weiß sofort, wo er ist. Ich rufe bei seinen Eltern an.

»Hallo?«, meldet sich eine raue Stimme, die genau wie Ryan klingt.

»He, Carl!«, sage ich fröhlich. »Hier ist Molly. Ist dein Bruder da?«

»Ryly!«, ruft Carl überschwänglich. Als er eines Abends im Pub meinte, Ryan und ich wären Leigh-on-Seas neue Version von Bennifer, hat er uns diesen Spitznamen gegeben. »Er ist hier. Ich schlage ihn gerade im Tischfußball.«

»Anders hast du auch keine Chance, ihn je im Fußball zu schlagen.« Ich lache. Carl musste vor langer Zeit akzeptieren, dass Ryans sportliche Leistungen seine übersteigen. Zum Glück kann sein Ego das verkraften.

»Das tut weh, Molly, das tut wirklich sehr weh. Hier ist deine schlechtere Hälfte. Bis bald!«

Die Studiotür öffnet sich, und ich trete zur Seite, als Seb mit meinem Proseccoglas erscheint.

»Hallo, mein Schatz, wie geht's?«, meldet sich Ryan am anderen Ende der Leitung.

Als Seb mir das Glas reicht und einen Augenblick neben mir verweilt, forme ich mit den Lippen ein Dankeschön. Ich versuche, meinen Herzschlag zu beruhigen. Wahrscheinlich ist es nur der Adrenalinausstoß nach dem Dreh.

Ja, klar, Molly, oder vielleicht bist du einfach nur scharf auf ihn.

Ich trinke einen Schluck, stelle das Glas auf meinen Knien ab und starre es an. Ich darf nicht zu Seb blicken.

Seb und Molly, Seb und Molly, Seb und Molly.

Im Geist sage ich meinem Teenie-Ich, dass es die Klappe halten soll.

»Mir geht's gut. Die Aufnahmen sind super gelaufen!«, platze ich ziemlich laut und etwas zu euphorisch heraus. Seb berührt mit seinem Fuß meinen Knöchel, und als ich zu ihm nach oben blicke, grinst er und hält den Daumen hoch. Er lehnt an der Tür und gibt sich gar keine Mühe so zu tun, als würde er mich nicht belauschen. Gott, seine Arroganz ist so sexy.

»Ach, war das heu-te?!« Ich höre seiner Stimme an, dass Ryan mitten im Satz aufs Tor geschossen hat. Klar, sein albernes Tischfußballspiel ist ihm wichtiger als meine Karriere.

»Ja, Ryan, das war heute«, sage ich, verdrehe die Augen und sehe dabei Seb an.

»Freund?«, sagt er leise, und ich nicke. Er tut so, als würde er eine Eisenkugel hinter sich herziehen, und ich beuge mich kichernd zu ihm und gebe ihm einen leichten Klaps. Als ich die Hand zurückziehe, merke ich, dass sie leicht zittert.

»Molly?«, fragt Ryan. Ich habe einen Augenblick nicht zugehört. »Ich habe gefragt, wie es gelaufen ist? War es die Mühe wert?«

»Ich glaube, es wird unser bestes Titelbild überhaupt!«, erwidere ich und unterdrücke ein erneutes Kichern, als Seb tut, als würde er einen Treffer beim Basketball landen, und anschließend in Siegerpose die Hände über dem Kopf ballt.

»Das ist großartig!«, freut sich Ryan. Er spielt noch immer Tischfußball. »Bist du jetzt im Zug?«

»Nein, wir sind gerade erst fertig geworden. Wir trinken hier noch etwas zusammen, dann komme ich nach Hause.«

»Ach, Schatz, ich wollte heute Abend so gern etwas mit dir unternehmen. Ich habe dich in den letzten Wochen kaum gesehen.«

»Ich weiß, Ryan. Tut mir leid«, sage ich, denke jedoch insgeheim, dass wir uns weit mehr gesehen haben als die meisten Paare, die ich kenne. Ich schlage die Beine übereinander und tippe gedankenverloren die Spitzen meiner braunen Wildlederstiefel aneinander, damit sie etwas abgenutzter aussehen. Ich blicke zu Seb nach oben und verdrehe erneut die Augen. Er hebt die Brauen, verzieht das Gesicht zu einer Grimasse und verschwindet wieder im Studio, wobei er tut, als würde er die imaginäre Eisenkugel hinter sich herziehen. Ich lehne den Kopf gegen die Wand, kann von dort jedoch das Studio sehen, in dem die anderen miteinander lachen. Seb hat die Arme verschränkt und nickt mit dem Kopf zum Rhythmus der *White Stripes*. Ich liebe diese Band. Ich blicke auf meine Armbanduhr.

»Hör zu, Ryan, ich muss Schluss machen, wir müssen noch alles zusammenpacken.« Das stimmt nicht, aber ich will mich jetzt amüsieren. »Und es wird wahrscheinlich etwas dauern, also warte nicht mit dem Abendessen auf mich.« Auf einmal habe ich Lust auszugehen und mich zu betrinken. Was ich seit Monaten nicht mehr getan habe.

Weil du jetzt so verdammt langweilig bist. Oh, tut mir leid, ich meine »verantwortungsbewusst«.

Man nennt das »verliebt«.

Man nennt das »unter dem Pantoffel stehen«.

Wer hat dich überhaupt gefragt?

»Okay«, seufzt er. »Gott, du fehlst mir. Wie schade, dass wir in letzter Zeit beide so viel gearbeitet haben.«

»Ich weiß, Ryan«, antworte ich und sehe auf einmal meine Chance gekommen. »Vielleicht sollten wir einen Urlaub buchen?«

»Was?«, sagt Ryan, und ich höre, wie er jubelt, weil er ein Tor geschossen hat und Carl ihn im Hintergrund der brüderlichen Misshandlung beschuldigt.

»Ich habe gesagt, vielleicht brauchen wir Urlaub!«

»Wir fahren doch mit Mum und Dad in das Haus nach Portugal, zusammen mit Carl und Lyd, weißt du nicht mehr? Wenn du willst, können wir Casey fragen, ob sie auch mitkommen will. Das wird lustig!«

»Also, ich habe eher an etwas anderes gedacht«, deute ich vorsichtig an. »Wir beide alleine.«

»Also wieder Ibiza?«, fragt er fröhlich. »Oder auf die Kanaren?« Seine Stimme kiekst jedes Mal, wenn er beim Fußball einen Schuss tut.

»Aber wir hatten doch darüber gesprochen, dieses Jahr nach Australien zu fahren, weißt du noch? An Silvester? Das wollten wir auf jeden Fall machen!«

»Nein, Molleeey«, vermutlich hat er eben wieder geschossen, »wir haben gesagt, wir *könnten* das machen, aber du bist gerade erst befördert worden. Was meinst du, wie deine Herausgeberin es findet, wenn du dir sechs Wochen freinehmen willst?«

»Was schlägst du dann vor?«, entgegne ich gereizt. »Überhaupt keinen Urlaub?«

Er lacht laut auf, was mich nervt. »Beruhig dich, Schatz! Ich habe doch gesagt, wir fahren dieses Jahr mit meinen Eltern weg.«

Ich kann meine Wut kaum noch beherrschen.

Sebs Gesicht erscheint an der Scheibe, er zeigt mir eine frisch geöffnete Flasche Prosecco. »Lass uns ein anderes Mal darüber reden«, rudere ich zurück, um nichts zu sagen, was mir hinterher leidtut. »Wir sehen uns nachher, okay?«

Nachdem ich aufgelegt habe, starre ich einen Augenblick auf das Handy, dann leere ich mein Glas und gehe zurück ins Studio. Seb schenkt mir nach und lächelt mich an, als ich die Hälfte davon in einem Zug leere.

»Hast du Lust, ein bisschen auszugehen?« Er hebt eine dichte dunkle Braue und starrt mich herausfordernd an.

Ich denke an Ryan, der im Haus seiner Eltern wie ein Teenager Tischfußball spielt. »Ja, habe ich«, erwidere ich und nehme einen weiteren gierigen Schluck. »Große Lust.«

Einige Stunden später öffne ich leicht benebelt die Eingangstür, husche hinein und lege meinen Schlüssel auf die Kommode neben einen besonders protzigen Strauß Gerbera. Unten sind alle Lichter ausgeschaltet. Nur eine Lampe brennt – der Flamingo. Ich ziehe den Stecker heraus und stelle ihn in die Abstellkammer in der Küche. Ich fühle mich auf einmal wie ein rebellischer Teenager, und irgendwie macht mir das Spaß. Doch als ich mich gerade umdrehe und die Treppe hinaufgehen will, erstarre ich, denn mir kommt Jackies tragisch-komisches Gesicht in den Sinn, wenn sie merkt, dass er weg ist. Langsam mache ich kehrt, hole den Flamingo wieder hervor und stelle ihn zurück an seinen Platz neben dem Fernseher. Ich starre ihn vorwurfsvoll an, dann schleiche ich leise nach oben ins Bett.

Der Kompromiss-Kuss

Als ich jünger war, mochte ich das Wort »Kompromiss« nicht. Meine Eltern benutzten es häufig, und für mich bedeutete es, die zweitbeste Lösung zu akzeptieren. Nicht mutig genug zu sein, für das zu kämpfen, was man wirklich will.
Inzwischen habe ich gelernt, dass Kompromisse Menschen aneinanderbinden. Kompromisse zu schließen ist versöhnlich, es ist nett, freundlich und selbstlos. Mit einem Kompromiss geht man auf einen anderen Menschen zu und begegnet ihm auf der Hälfte zwischen dem, was man selbst will, und den Wünschen und Träumen des anderen.

Vorspulen>> 15.09.2003>

»Das ist also unser neues Zuhause!« Ich gestikuliere wild in unserer neuen Zwei-Zimmer-Wohnung herum, die uns sogar GEHÖRT, und rufe aus dem Fenster: »Hallo, Hackney!«

Ich drehe mich um und grinse Ryan an, der zusammen mit seinem Vater und seinem Bruder die letzten Umzugskartons durch unsere (UNSERE!) Wohnungstür hievt. Jackie ist verschwunden. Zweifellos inspiziert sie die Wohnung. Ich versuche, mich nicht zu verspannen, was mir allerdings nicht gelingt. Das ist unsere Wohnung, und ich will, dass Ryan und ich diesmal die Chance haben, sie auf unsere Weise zu gestalten. Meine Eltern sind ebenfalls hier und fühlen sich wie immer deutlich unwohl. Mum umklammert ihre Handtasche und nestelt an ihrem Seidenschal herum, während sie sich umsieht und ihr Bestes tut, nicht abwertend zu gucken. Dafür bin ich ihr sehr dankbar, am liebsten würde ich sie umarmen, was ich jedoch nicht tue. Dad lächelt ausdruckslos vor sich hin, und mir ist klar, dass er zwar körperlich anwesend, mit den Gedanken jedoch woanders ist. Wahrscheinlich auf irgendeiner Ausstellung in der Tate Britain. Ich beobachte Ryans Familie, die sich mit erstarrtem Lächeln umsieht. Sie sehen aus wie der kindliche Versuch, ein glückliches Gesicht zu zeichnen. Ich dagegen fühle mich wie ein Kind, das zum ersten Mal in Disneyland ist – ich platze vor Aufregung und Glück. *Das* ist genau das, was ich wollte.

»Es ist wirklich …«, hebt Carl an, verstummt dann jedoch.

Dave übernimmt. »Es ist sehr … nun, wirklich …« Offenbar versucht er, etwas Positives zu sagen – und versagt.

Ich höre, wie Jackie die Küche untersucht, dann betritt sie in ihrem rosa Trainingsanzug das Wohnzimmer und mustert mit erhobener Nase den Raum. Sie sieht aus wie ein Pudel, der eine besonders abscheuliche Hundehütte erschnüffelt.

»Hier kann man doch nicht wohnen, ihr Lieben!«, ruft sie aus und nimmt kein Blatt vor den Mund. »Die Wände sind feucht, der Boden ist dreckig, die Zimmer sind winzig, und habt ihr das Bad gesehen? Es gibt keine *Dusche*! In einer solchen Umgebung kann mein Junge nicht wohnen! Ihr müsst wieder nach Hause kommen! Wenn wir euch hierlassen, mache ich kein Auge zu. Findest du nicht auch, Patricia?«

Mum erstarrt, zieht ihren Schal durch die Finger und blickt zu mir. »Ich bin sicher, Molly und Ryan werden es sich gemütlich einrichten, Jackie«, erwidert sie in belehrendem Ton.

Jackie schüttelt besorgt den Kopf und spielt mit ihrem Herzmedaillon, das die Aufmerksamkeit auf ihr gebräuntes Dekolleté lenkt. »Ich verstehe noch immer nicht, warum ihr keine Unterstützung von uns annehmt, damit ihr euch etwas Besseres leisten könnt?« Hilfesuchend blickt sie zu Dave.

»Jackie«, sagt Dave warnend, als er meinen wütenden Ausdruck bemerkt. Ebenso wie Ryan. Ich zaubere rasch ein Lächeln auf mein Gesicht, denn ich will ihn nicht verärgern. Manchmal überschreitet Jackie allerdings eindeutig die Grenze von Interesse zu Invasion. Zum Glück springt Ryan mir zur Seite, eine seltene, aber sehr willkommene Hilfe.

»Weil wir das allein schaffen wollen, Mum«, erklärt Ryan geduldig, stellt einen Karton ab, kommt zu mir und nimmt meine Hand. »Ihr habt uns in den letzten Jahren schon so viel geholfen, indem ihr uns umsonst bei euch habt wohnen lassen. Das ist das Beste, das wir uns leisten können, und es ist nicht für ewig. Wir wollen hier keine Kinder großziehen. Obwohl für die Zeugung könnte es reichen!« Ryan lacht und registriert dann meinen irritierten Ausdruck. »Hör zu, Mum, die Probleme sind nur kosmetischer Natur, und wir haben das Geld, um sie zu lösen. Ehrlich, es ist nicht so schlecht, wie du denkst.«

»Es wird viel besser aussehen, wenn all ihre Sachen hier drinstehen«, pflichtet Dave ihm bei und drückt seiner Frau mitfühlend die Schulter.

»Wenn sie überhaupt hier hereinpassen«, schnieft sie und blickt sich mit abfälligem Blick in der Wohnung um, wobei sie erneut an ihrer Halskette nestelt. Ich bin mir nicht sicher, warum mir das nicht früher aufgefallen ist, aber Jackie kann genauso überheblich sein wie meine eigene Mutter. Und meine Mutter macht wenigstens kein Hehl daraus. Aber Jackie gibt sich als Frau des Volkes – solange das Volk aus der neureichen Mittelschicht besteht.

»Nun, wir müssen uns vielleicht etwas einschränken, Jackie«, sage ich, denke an die schreckliche Flamingo-Lampe und beherrsche mich, nicht triumphierend die Faust in die Luft zu stoßen. »Aber ehrlich, findest du es nicht wunderbar, dass wir diese wirklich tolle Zwei-Zimmer-Wohnung in einer ordentlichen Straße in einem aufstrebenden Londoner Viertel gefunden haben?«

Dave lacht und schlingt die Arme um uns. »Wir sind stolz auf euch. Ehrlich! Wir sind nur traurig, dass ihr uns verlasst.« Er wendet sich an Ryan und sieht ihn mit demselben entwaffnenden Lächeln an, das er seinem jüngsten Sohn vererbt hat. »Ich glaube, deine Mum hat gehofft, du würdest für immer zu Hause wohnen bleiben, Ryan. Und wenn ich ehrlich bin, ich auch.« Ich suche in Ryans Gesicht nach Anzeichen, dass er einknickt. Sosehr er sich bemüht, es zu überspielen, ich weiß, dass er den endgültigen Auszug aus dem Nest der Coopers fürchtet. Man muss ihm jedoch zugutehalten, dass er meinem Wunsch, nach London zu ziehen, zugestimmt hat. Ich erröte immer noch, wenn ich an den Streit denke, den ich vom Zaun gebrochen habe, als ich ihm vorwarf, nicht mit mir nach Australien fahren zu wollen. Ich sagte ihm, ich würde mich langweilen, Leigh und seine Eltern gäben mir das Gefühl zu ersticken, und wenn wir nicht bald etwas Einschneidendes veränderten, würde ich explodieren. Wenn ich jetzt darüber nachdenke, klingt es so harsch, aber ich fühlte mich so von ihm im Stich gelassen. Ich dachte, er wollte, was ich wollte. Aber wenn es nach ihm ginge, würde er für immer zu Hause wohnen, bis zu seinem Tod den Freitagabend im selben Pub mit denselben Freunden verbringen und jeden Samstag zum Fußball gehen. Ich habe ihn vor sich selbst gerettet. Das Leben, das ich für uns geplant habe, passt viel besser zu uns.

»Ich bin sechsundzwanzig, Dad.« Er legt die Arme um mich. »Molly und ich müssen unseren eigenen Weg gehen.« Er blickt mich an und lächelt schwach. Er sieht müde aus, aber das liegt daran, dass wir dieses Jahr keinen Sommerurlaub gemacht haben, weil er eine neue Stelle gesucht hat, wir eine Wohnung gesucht und gekauft haben und dann unsere ganzen Sachen packen mussten. Nachdem ich ihm zugestimmt hatte, dass eine Reise nach Australien nicht die Lösung unserer Probleme wäre, jedoch ein Umzug nach London, war er einverstanden. Obwohl er zwischen Hackney und Leigh hätte pendeln können, hielten wir es für uns als Paar für das Beste, wenn wir in derselben Stadt leben und arbeiten. Und mit seiner Erfahrung an einer Schule wie Thorpe Hall konnte er leicht eine neue Stelle finden. »Ich werde die Kinder vermissen«, hatte er traurig gesagt, »und am Wochenende die Jungs zu sehen, und sonntags zum Mittagessen mit dir …« Aber dann hatte er gegrinst. »Aber insgesamt werde ich mehr Zeit mit dir haben, und das ist es allemal wert.«

»Wir *können* an den Wochenenden zurückkommen!«, hatte ich vorsichtig gesagt, ich wollte ihm ein Stück entgegenkommen, ein bisschen wiedergutmachen, dass ich ihn von Mutters Rockzipfel wegzog. Daraufhin hatte sich seine Miene deutlich aufgehellt. »Wir werden das Beste von beiden Welten haben! Und eine Wohnung in London zu kaufen ist eine zukunftsträchtige Investition! Es wird Zeit, dass wir aufhören, uns in allem auf deine Eltern zu verlassen.«

Er hatte zustimmend genickt und mich geküsst. »Du hast recht. Ich will, dass du glücklich bist, und wenn dazu ein Umzug nach London nötig ist, dann machen wir das. Das ist der perfekte Kompromiss!«

»Ich liebe dich, Ryan«, hatte ich gesagt und ihm meine Lippen zum Kuss dargeboten, worauf er sie nicht lange warten ließ.

Nachdem meine Eltern, Jackie, Dave und Carl das Gebäude verlassen haben, küsst er mich erneut. Die Coopers klingen wie eine Herde schnatternder Gänse, als sie sich zu ihrem weißen Mercedes begeben, der so gar nicht in die heruntergekommene Straße passt.

»Da sind wir nun, meine Süße«, murmelt Ryan. Er löst sich von mir und blickt traurig aus dem Fenster seiner Familie nach, die hupend und mit quietschenden Reifen und lautem Radiogedudel davonbraust.

Ich lächele, schließe die Augen und genieße die Stille. Ich habe das Gefühl, das jahrelang entbehrt zu haben. Ich blicke mich in dem trostlosen Wohnzimmer um, das ich in Gedanken bereits mit einer farbigen Wand, einigen großen Fotos und mit gewagteren Farben als in unserem Anbau gestalten will, mehr wie es mir, wie es *uns* entspricht. Ich schmiege mich an Ryan und lege meine Arme um seinen Hals. Als er meine Taille umfasst, küsse ich ihn voller Verlangen auf den Mund, wobei ein leichtes Lächeln auf meinen Lippen liegt.

»Wir werden hier glücklich sein, Ryan. Das weiß ich«, sage ich, als ich ein Stück von ihm abrücke und ihm in die Augen blicke. Dort sehe ich allerdings Zweifel, ich kenne Ryan. Ich kenne jede Sommersprosse und jedes Muttermal. Ich spüre an seinen Worten, seinem Blinzeln, seinem Atem und seinem Kuss, wie er sich fühlt. Er ist unsicher. Nicht, was mich angeht, sondern unser Leben hier. Er macht sich Sorgen wegen seiner neuen Stelle an der Academy School in East London. Das ist die größte Herausforderung, vor der Ryan je gestanden hat. Aber dieser Umzug ist eine Chance für ihn. Und für uns.

Der erwachsene Kuss

Ich habe kürzlich einen Song von der amerikanischen Band Ataris im Radio gehört. Er handelte davon, dass es besser ist, erwachsen zu werden, als erwachsen zu sein. Und obwohl mein Teenager-Ich wahrscheinlich vehement protestieren würde, wurde mir schlagartig klar, dass ich dieser Ansicht im Augenblick vollkommen zustimme. Es ist schrecklich, erwachsen zu sein.

Vorspulen>> 11.11.2003>

»Hallo, Liebling, ich bin zu Hause«, rufe ich, schlage die Tür hinter mir zu und pelle mich aus Biker-Jacke und Schal. Ich betrete die kleine Küche, in der Ryan unter vollem Einsatz kocht. Ich atme ein. Mmmm, Thai Curry.

Ich versuche, nicht an die Premiere von *Herr der Ringe* und die anschließende Party zu denken, zu der ich heute Abend eingeladen war. Ich habe abgesagt, weil Donnerstagabend »unser Abend« ist. Montag bis Mittwochabend gibt Ryan Trainings in verschiedenen Sportclubs oder muss in der Schule Aufsicht führen. Aber der Donnerstag ist heilig, weil wir freitags nach Leigh fahren, um seine Freunde zu treffen, bevor er am Samstag Fußball spielen geht. Das war eine Bedingung für unseren Umzug. Ich sollte jede Woche mitkommen, und das tue ich auch gelegentlich, hauptsächlich, um Casey zu sehen. Aber offen gestanden, haben wir zwei hier mehr Spaß. Wenn sie nicht im *Players* arbeitet, übernachtet sie deshalb bei mir und geht mit meinen Kollegen und mir aus. Sie finden sie toll. Jeder mag Casey.

»Seit wann bist du so gesellig geworden?«, hat Ryan letzte Woche gespottet, als ich ihm erzählte, ich würde nicht mit ihm nach Leigh fahren, sondern mit den anderen ausgehen.

»Seit ich angefangen habe, mich nach deinen Regeln zu richten«, entgegnete ich. »Erstens: Die Familie geht immer vor.«

»Korrekt«, bestätigte Ryan und lächelte anerkennend.

»Zweitens: Spaß sollte *immer* Priorität vor Finanzen haben. Man wird sich nicht um sein Bankkonto scheren …«

»… wenn man auf dem Totenbett liegt«, beendete Ryan das Zitat.

»Drittens: Nichts geht über die Gesellschaft guter Freunde. Lass dir nie eine Gelegenheit entgehen, sie zu sehen, selbst wenn dir eigentlich nicht danach ist.«

Lachend hatte er hinzugefügt: »Solange du nicht vergisst, dass die Person, mit der du am meisten Zeit verbringen solltest, ich bin!«

Ich hatte gelächelt und wusste, dass das kein Spaß war. Es ist lustig, weil er immer wollte, dass ich geselliger werde, und jetzt, wo ich es *bin*, weiß er nicht so recht, wie er damit umgehen soll. Ich meinte, ihn daran erinnern zu müssen, dass es wichtig ist auszugehen, nicht nur für mich, sondern auch für meine Karriere.

»Viertens: Networking ist die beste Art, im Leben voranzukommen.«

Ryan hatte genickt. »Aber nicht immer die beste Art, glücklich zu werden«, hatte er in ernstem Ton hinzugefügt. »Siehe erstens: Die Familie kommt zuerst.«

Ich hatte genervt die Brauen gerunzelt. Ich *weiß*, dass es ihm lieber wäre, wenn ich mit ihm nach Leigh führe. Aber all *meine* Freunde sind *hier*, und Freitagabend ist die Gelegenheit zu beweisen, dass ich mehr als eine langweilige alte Charlotte bin, die spießige Tante aus *Sex and the City*. Meine Kollegen haben mir diesen Spitznamen verpasst, nachdem ich einmal zu oft abgelehnt hatte, nach der Arbeit noch etwas mit ihnen zu trinken. Egal wie sehr ich ihnen versichere, dass ich eigentlich die *Anti*-Charlotte bin, sie lassen sich nicht mehr davon abbringen. Vielleicht, wenn ich beweise, dass ich mich wirklich amüsieren *und* eine Beziehung führen kann. Und das mache ich jetzt.

Das ist schwierig, denn ich bin die Einzige im Büro, die eine echte Beziehung führt. Seb trifft sich ständig mit neuen Frauen, Freya wechselt die Freunde häufiger als ihre Outfits, und sogar unsere Herausgeberin, Christie, ist Single. Und die ist Mitte dreißig. Für sie bin ich ein exotisches Wesen mit einem seltsamen Lebensstil.

Und um ehrlich zu sein, manchmal kommt es mir selbst auch noch sehr befremdlich vor. Oder zumindest der Fünfzehnjährigen in mir, die noch immer nicht fassen kann, dass das wirklich *mein Leben* ist. Sie meldet sich bei der Arbeit, üblicherweise, wenn ich gerade dabei bin, ein Problem mit dem Budget oder dem Team zu lösen. Dann spüre ich das Bedürfnis, ihr zu erklären, dass die Träume, die man als Teenager hat, nicht unbedingt mit denen eines Erwachsenen identisch sind.

Und als ich mich an den Tresen in der Küche setze und darauf warte, dass das Abendessen fertig ist, taucht sie wieder auf und starrt mich voller Verachtung an.

Was für ein kuscheliges, sicheres und komfortables kleines Leben wir haben. Warum zum Teufel hast du uns nicht zu dieser Premiere gehen lassen? Es wäre genial gewesen! Welcher spießige Depp zieht so was hier vor?

Manchmal meldet sie sich, wenn ich mit Ryan ausgehe, richtet eine Kamera auf uns, hält sie dann zur Seite und betrachtet uns mit ungläubigem Blick, als hielte sie uns für das seltsamste Paar, das sie je gesehen hat. Sie formt ein lautloses: »*Der? Wirklich?*«, verdreht die Augen und deutet auf die Frauen, die sich umdrehen und ihn anstarren, wenn wir vorbeigehen. Dann werde ich von einer neuen Paranoiawelle ergriffen. Das ist nur mein zynisches Teenager-Ich, das nicht glauben wollte, dass ich gut genug für jemanden wie Ryan Cooper sei. Der Ansicht bin ich jetzt nicht mehr. Ich weiß, dass ich das bin, was er will. Und er ist, was ich will.

»Mmm, das riecht köstlich!«, sage ich strahlend, lege die Arme um Ryan, kuschele mich an seinen blauen Kapuzenpulli, atme seinen Geruch ein und versuche, das Gefühl der Illoyalität zu vertreiben, das sich stets einstellt, wenn die Teenager-Molly im Raum ist. Ich spähe über seine Schulter in den Topf, aus dem dieser köstlich würzige Duft strömt.

»Ich fühlte mich etwas angeschlagen, und da dachte ich, ich koche eine große Portion von meinem Thai-Eintopf Spezial«, sagt er und nimmt einen Schluck Bier aus der Flasche.

»Von deinem oder Jamie Olivers?« Ich grinse ihn neckisch an. »Und ist es Grippe oder *Männer*grippe?« Ich weiß aus Erfahrung, wie furchtbar Ryan sich aufführt, wenn er krank ist.

Ryan dreht sich um und stupst mich in den Bauch, dann küsst er mich auf die Stirn. »Na, wo bleibt dein Mitgefühl und deine Dankbarkeit dafür, dass ich hier schufte, um dieses *Pucker Tucker* zu kochen, hä?«

»Es *ist* Jamies Rezept!« Ich lache triumphierend.

»Ja, schon«, gibt er zu. »Aber ich habe ihn um eine Ryan-Cooper-Note ergänzt! Kammmuscheln, Tofu und meine eigene, geheime, cremige Zutat.« Ich hebe eine Braue, und er verdreht die Augen. »Probiere einfach!« Er schöpft etwas mit der Kelle ab und bietet es mir mit erwartungsvollem Lächeln an. Ich bemerke, dass die Haut um seine Augen wie Bastbänder knittert. Wir werden älter.

Ich öffne den Mund und schlürfe, wie ich hoffe, auf erotische Weise. »Mmmm«, stöhne ich und spüre, wie die duftende Brühe durch meinen Hals in meinen Körper fließt und mich von innen wärmt. Plötzlich überkommt mich überwältigende Lust. Es überrascht mich noch immer, dass einem so etwas auch noch passiert, wenn man schon zwei Jahre mit jemandem zusammenlebt. Ich lege die Kelle zurück in den Topf und die Arme um seinen Hals.

»Hast du Lust, meinen Appetit *vor* dem Essen zu stillen?«, raune ich und lege meine Hand bedeutungsvoll auf seinen Schritt, dann küsse ich ihn auf den Mund.

Er reagiert auf meinen Kuss, aber als ich meinen Körper gegen seinen dränge, weicht er zurück. »Los, Molly, lass uns essen«, meint er. »Ich will nicht, dass mein Spezial-Thai-Nudeleintopf, mit dem ich mir so viel Mühe gegeben habe, verkocht!«

»Äh, o-kay, *Mum*«, sage ich scherzhaft und versuche, mich nicht davon runterziehen zu lassen, dass er die Suppe dem Sex mit mir vorzieht. Er dreht sich um und holt eine offene Weinflasche für mich aus dem Edelstahlkühlschrank. Ich nehme ein Weinglas und zwei hübsche Schalen aus dem Eichenbord und Essstäbchen aus der Schublade, dann arrangiere ich alles auf dem Tresen.

»Wollen wir nicht lieber im Wohnzimmer essen?«, fragt er. »Wir können uns auf Kissen auf den Boden an den Couchtisch setzen und so tun, als wären wir in einem japanischen Restaurant.«

»Während wir thailändisches Essen löffeln?« Ich lache. »Bist du sicher, dass du als Lehrer arbeiten solltest, Ryan?«

»Du weißt schon, was ich meine«, brummt er. Er hasst es, wenn ich ihn kritisiere. Er mag total fit sein, aber manchmal könnte er ein dickeres Fell vertragen.

»He, ich habe nur Spaß gemacht«, sage ich lachend.

»Ja. Lass das.«

Überrascht von seinem scharfen Ton, hebe ich beschwichtigend die Hände. »Okay, okay, tut mir leid. Wirklich. Kommt nicht wieder vor.« Er blickt zu mir herüber und lächelt entschuldigend.

»Tut mir leid, Molly, ich bin nur müde. Die neue Arbeit ist ziemlich anstrengend. Die Kinder … nun, sagen wir, es ist keine ganz einfache Bande. Nein, das ist nicht gerecht, auf die meisten trifft das nicht zu. Sie sind einfach nur anders als das, was ich gewohnt bin. Aber das darf ich nicht an dir auslassen.« Er kommt zu mir und küsst mich zärtlich auf die Lippen, dann füllt er das Essen in die Schalen.

Ich lehne am Küchentresen und sehe zu, wie er sich genauso leichtfüßig durch die Küche bewegt, wie er einen Ball übers Fußballfeld kickt. Er ist ein natürlicher Anführer, in jedem Augenblick selbstsicher, und als ich ihn jetzt so betrachte, sage ich mir erneut, wie glücklich ich bin, ihn zu haben. *Das* zu haben. Wir wohnen erst seit drei Monaten hier, aber die Wohnung fühlt sich mehr nach meinem Zuhause an, als der Anbau es je getan hat. Über dem viktorianischen Kamin in unserem Wohnzimmer hängt mein Foto mit den Kieselsteinen. An der gegenüberliegenden Wand über unserem großen Sofa habe ich ein Bild von uns aufgehängt, das ich am windigen Strand von Southend gemacht habe – meine Haare wehen mir ins Gesicht, und wir lachen ausgelassen. Und dort, neben dem Fernseher, steht die Flamingo-Lampe. Ich habe ein paarmal versucht, sie heimlich zu entsorgen, aber irgendwie kommt sie wie ein Bumerang immer wieder zurück.

Abgesehen von diesem rosa Schandfleck, ist die Wohnung hundertprozentig unsere, und deshalb liebe ich sie. Auch Ryan hat in den letzten Monaten einen eigenen Stil entwickelt. Mit sechsundzwanzig kleidete er sich noch immer wie mit siebzehn. Durch das Leben hier ist sein Stil individueller und interessanter, *erwachsener* geworden, wodurch er attraktiver als je zuvor ist. Ich muss allerdings zugeben, dass er auch gestresster wirkt. Seine neue Stelle ist ganz anders als die in Thorpe Hall, und das spürt er.

Das Gesicht dicht über der dampfenden Schale, sitze ich auf dem Kissen, das er für mich auf den Boden gelegt hat.

»Ich habe einen schrecklichen Tag hinter mir«, seufze ich.

»Ich auch«, unterbricht er mich, blickt in seine Schale und rührt langsam und konzentriert in der Brühe. »Ich mache mir wirklich Sorgen um einen meiner Schüler.«

Ich blicke zum Sofa, auf dem stapelweise Bücher und Papiere herumliegen – er war offenbar mitten im Korrigieren, bevor er eine Pause eingelegt hat, um Essen zu kochen. Obwohl ich nicht mehr pendeln muss, ist er trotzdem noch immer lange vor mir zu Hause.

»Willst du darüber reden?«, frage ich vorsichtig und fürchte die Antwort. Mir ist klar, dass mir nun ein Abend mit leidenschaftlichen Lehrergesprächen bevorsteht – anstatt leidenschaftlichem Sex.

Und als Ryan mir von seinem Tag erzählt und ich Wein trinke und ihm zuhöre, überlege ich, dass sich so Eltern fühlen müssen. Ich höre ihm zu, wie er über seine Schüler spricht, als wären es unsere Kinder.

Um zehn Uhr gehen wir müde und etwas bedrückt mit dem Gefühl ins Bett, dass unser gemeinsamer Abend ein Reinfall war. Ich liege in meinem nagelneuen (aufgeknöpften) blau-weiß gestreiften Schlafanzug im Bett und warte hoffnungsvoll darauf, dass Ryan aus dem Bad zurückkommt, damit wir den Abend vielleicht doch noch retten können. Ich hebe den Kopf ein wenig an, als Ryan in seinen weißen Shorts das Zimmer betritt, und spüre ein lustvolles Schaudern. Ich lächele ihm zu, doch er dreht sich um, zieht eine Jogginghose an und nimmt einen Stapel Papiere zur Hand, den er, wie ich jetzt bemerke, auf den Nachttisch gelegt hatte. Er sieht kurz zu mir herüber, grinst, und dann beginnt er zu korrigieren.

Ich blicke auf meinen Schlafanzug, greife nach meiner Zeitschrift und gebe ihm damit einen Klaps, bevor ich meine Knöpfe schließe und mit einem tiefen Seufzer die Seiten durchblättere, ohne zu merken, was ich lese. Mein Körper liegt zwar im Bett, aber mein Gehirn ist mit der einen Hälfte damit beschäftigt, Sex zu haben, und mit der anderen bei meinen Kollegen auf der Premierenfeier. Die amüsieren sich jetzt. Wie es Vierundzwanzigjährige normalerweise tun.

»Gute Nacht, Ryan.« Ich beuge mich zu ihm hinüber, und wir küssen uns flüchtig auf die Lippen, wie ich es gelegentlich bei meinen Eltern sehe. Dann konzentriert er sich wieder auf seine Arbeit.

Ich gebe uns eine 3. Könnte besser sein. Es ist etwas mehr Engagement gefragt.

11:18 Uhr

»Wir fangen jetzt mit dem Gästezimmer an!«

»Danke, Bob!«, rufe ich ihm zu und klebe an der Zeitschrift in meiner Hand. Ich schniefe und wische mir eine Träne weg. Wer hätte gedacht, dass mich ein Karton mit alten Zeitschriften zum Weinen bringt? Es ist eine Ausgabe von *Viva* aus dem Dezember 2004. Ich stelle fest, dass ich hauptsächlich wegen des wunderhübsch lachenden Titelmodels weine, das ein kurzes, enges Paillettenkleid und einen Partyhut trägt. Sie ist so weit von mir und meinem Leben entfernt, dass es genauso gut meine Tochter sein könnte. Wann bin ich alt geworden? Und warum zum Teufel habe ich nicht solche Kleider getragen, als ich den Körper dazu hatte? Noch ärgerlicher ist es, dass Freya mich sogar gezwungen hat, genau dieses Paillettenkleid in der Garderobe anzuprobieren. Ich hatte meine Turnschuhe anbehalten und ihr erklärt, dass ich mir darin lächerlich vorkäme, obwohl ich überrascht war, wie gut es aussah. Gott, ich wünschte, ich hätte ein Beweisfoto. Heute würde ich es nicht einmal mehr über die Knie bekommen.

Ich stopfe mir einen Keks in den Mund (ich bin entschlossen, die Packung aufzuessen) und sehe weiter den Karton durch. Ist es wirklich acht Jahre her, dass ich an dieser Ausgabe gearbeitet habe? Ich blättere die Zeitschrift durch und wundere mich, wie genau ich weiß, welche Artikel, Features oder Modeaufnahmen als Nächstes kommen. Es ist bemerkenswert, wie viel man von seiner Vergangenheit weiß, ohne dass es einem bewusst ist. Ich verstehe, dass man sich an große Ereignisse detailliert erinnert, so wie an Hochzeiten, Verlobungen, Geburtstagsfeiern oder Ferien, aber das war nur ein Monat in meinem Berufsleben. Vor fast einem Jahrzehnt. Aber alle Erinnerungen daran sind noch da. Glasklar. Die Aufnahmen, die Arbeit und die schiere Anstrengung, die mit allem verbunden war. Die Gespräche, die wir über die Auswahl des Covermodels geführt haben. Die Musik, die wir im Büro gehört haben. Wie nah wir als Team zusammengearbeitet haben.

Ich werfe die Zeitschrift auf den Boden, als würde sie brennen, denn plötzlich merke ich, um *welche* Weihnachtsausgabe es sich handelt. Hastig greife ich ein anderes Heft. Das ist viel besser. Oktober 2000. Die allererste Ausgabe, an der ich damals als Praktikantin mitgearbeitet habe. Ich kam direkt von der Uni, war jung, hungrig und entschlossen, die Welt zu erobern.

Der Nie-im-Leben-Kuss

Zeitschriftenredakteure scheinen zu denken, in den Zwanzigern müsse man ständig Dinge tun, die man laut einer Liste erlebt haben sollte, bevor man dreißig wird. Warum gibt es eigentlich keine Liste mit Dingen, die man nicht vor dreißig tun sollte?
Für mich wäre das ganz einfach:
Nicht aufhören, Ryan Cooper zu küssen.
Was seltsam ist, denn als ich zwanzig war, hätte darauf gestanden:
Nie mehr Ryan Cooper küssen.
Und natürlich:
Nimm nie einen Freund wichtiger als deine beste Freundin.

<<*Zurückspulen 10.06.2000*>

»Oh mein Gott! Oh mein Gott, du bist zurück! Ich kann nicht glauben, dass du wirklich hier bist! Wie war die Zugfahrt? Wann bist du angekommen? Was hast du gemacht? Bin ich die Erste, die du siehst? Wo …«

»Wow! Darf ich reinkommen, bevor du mich weiter verhörst?« Ich lache und trete durch Caseys Eingangstür, die mir so vertraut ist wie meine eigene.

»Gibt es neuen Tratsch? Irgendwelche Jungs, von denen ich wissen sollte oder die ich *kennenlernen* sollte? Triffst du dich noch mit *Marcuuus,* oder gibt es jemand anders? Du musst mir alle Schandtaten beichten, *vor allem* die Schandtaten! Lass nichts aus! Abgesehen von den langweiligen Vorlesungen. Von denen habe ich genug bei der Arbeit im Café!«

Ich lache und bin völlig erschlagen. Casey wirft ihre Arme um mich und drückt mich fest an sich. Sie nimmt meinen Koffer und zerrt mich ins Haus. »Ach, und du musst mir natürlich erzählen, wann du eine berühmte Fotografin wirst, wie ich es dir immer vorausgesagt habe. Ich muss meinen Kalender durchsehen, damit ich meine Reisen rund um die Welt mit dir planen kann! Gott, Molly, wir haben uns so viel zu erzählen! Ich habe dich so vermisst, seit ich dich das letzte Mal besucht habe. Es war total lustig, oder? Obwohl diese Mia mich eindeutig nicht besonders mag. Sie ist eifersüchtig, weil wir beste Freundinnen sind!« Bei dieser kindischen Aussage zucke ich etwas zusammen. »Hast du den Jungen noch mal gesehen, mit dem ich geknutscht habe und auf den sie scharf war?« Sie kichert. »Du weißt schon, der hinter der Bar gearbeitet hat, der süße Ire. Wie hieß er noch? Michael? Mickey? Mark? Egal. Er hat irgendetwas Merkwürdiges studiert. Bildende irgendwas. Kunst. Genau. Großer Schwanz. Ha, ha. Aber das ist nicht wichtig, ich will alles von *dir* wissen!« Sie wirft sich auf das fleckige Sofa und schiebt vorher alte Essensteller sowie Sachen von den Jungs, aber auch von einem Mann zur Seite. Toni hat offenbar einen Kerl. Wieder einmal.

Ich sehe mich in Caseys Zuhause um, das sie noch immer mit ihrer Mum und ihren zwei Brüdern teilt, die jetzt elf und dreizehn sein müssen. Außerdem noch mit ihren diversen Nagetieren (Hausratten, Rennmäuse, Hamster – die Wohnung stinkt nach ihnen). Sie bewohnen einen kleinen Bungalow mit vier Zimmern, der aus allen Nähten zu platzen scheint. Überall liegt Zeug herum: Spielkonsolen, DVDs, CDs, Bücher, Klamotten, Spiele. Meine Mum würde in diesem Chaos ausrasten, und ich muss zugeben, dass ich mich ständig beherrsche, nicht aufzuräumen, sauber zu machen oder abzuwaschen. Aber diesen Kampf führe ich ständig. Meine Mum hat mir die ersten zwölf Jahre meines Lebens ihre ordentliche Natur eingeimpft, und die nächsten acht Jahre habe ich versucht, mich davon wieder zu befreien. Ich bin ziemlich sicher, dass ich es bis fünfundzwanzig geschafft habe. Es fing damit an, dass ich mich schließlich weigerte, noch einen Tag diese verdammten Zöpfe zu tragen. Ich erinnere mich ganz deutlich an den Augenblick, in dem ich mir schwor, eine eigenständige Persönlichkeit zu werden. Es war der Morgen, nachdem ich einen Streit meiner Eltern belauscht hatte. Ich war noch spät auf, weil ich für irgendeinen Test büffelte, in dem ich unbedingt gut abschneiden wollte, als ich sie im Wohnzimmer reden hörte. Sie sagten, dass es ein Fehler gewesen sei zusammenzuleben, »bis auf Molly«. Sie redeten darüber, sich zu trennen. Ich erinnere mich genau, wie ich auf der Treppe saß, der schrillen Stimme meiner Mutter lauschte, die durch das Zimmer unten hallte, und die Daumen drückte, dass einer von ihnen uns alle von unserem Elend erlöste und sagte: »Lassen wir uns scheiden.« Nicht gerade eine normale Reaktion für eine Zwölfjährige? Eine Scheidung barg für mich die Chance, mehr wie die anderen Mädchen in der Schule zu sein – und sie eignete sich als Entschuldigung für meine zunehmenden Teenagerkomplexe. Scheidung bringt einem Sympathie, Aufmerksamkeit und Freunde. Ihre Scheidung könnte mir helfen, mich von meiner Außenseiterrolle zu befreien. Ja, ich wäre das Ergebnis einer zerrütteten Ehe. Meine Sichtweise war ziemlich schäbig. Doch dann verstummten sie, und meine Mum sagte so etwas wie: »Ich glaube, wir sollten Molly zuliebe zusammenbleiben.« Dann fügte sie an: »Und was würden der Vikar und der Schulrat denken?« Am nächsten Tag war es, als wäre nichts gewesen.

An dem Punkt erlebte ich einen Augenblick schmerzhafter Klarheit. Ich betrachtete meine Zöpfe, meine schrecklichen Kleider, dachte über meine nicht vorhandenen Freunde nach, das unablässige Hänseln der Heather-Tussis und meine fehlende Freiheit. Und plötzlich kam mir die Erkenntnis, dass meine Eltern, wenn sie für sich so falsche Entscheidungen trafen, sie dies womöglich auch für mich taten. Sie blieben zusammen, weil sie den irrwitzigen Wunsch hatten, eine »perfekte Familie« zu sein. Und ich musste unter ihrem frommen Glauben leiden. Ich hatte keinen Respekt mehr vor ihnen, und ich wollte, dass sie das spürten. Von jetzt an würde ich Ich sein. Ich änderte mein Image, wozu gehörte, dass ich meine Eltern ziemlich häufig anschrie, in der Schule einen kürzeren Rock trug, mich stark schminkte und mich ernst gab. Ein paar unsichere Wochen lang versuchte ich, mich den »Heathers« anzupassen, nachdem sie flüchtiges Interesse für meine Veränderung gezeigt hatten. Doch bald realisierte ich, dass ich für sie nur ein Spielzeug war. Jemand, den sie piesacken und ärgern und für sich einspannen konnten, um beispielsweise Dinge für sie zu stehlen. Ich kam mir so dumm vor, so schwach. Ich fand es schrecklich, dass sie mich in ihre idiotische Clique hineingezogen hatten. Ich wollte eine Freundin, bei der ich einfach »ich« sein konnte. Wenn ich erst einmal herausgefunden hatte, wer »ich« wirklich war.

Dann kam Casey Georgiou.

Sie wehte in die Schule wie eine frische Brise. Die Heathers hänselten sie sofort, weil sie angeblich nicht hübsch aussah. Aber in meinen Augen *war* sie das, weil sie sich nicht um ihre Kurven scherte und anscheinend taub für ihre grausamen, albernen Hänseleien war. Sie wirkte so glücklich mit ihren verrückten Plastikhaarspangen und ihrem rosa Rucksack. Die höhnischen Bemerkungen prallten offenbar einfach an ihr ab. Sie schien so sorglos, so lustig und so völlig anders als die nichtssagenden Puppen, mit denen ich mich so lange hatte abfinden müssen. Und, was noch wichtiger war, sie war so anders als mein introvertiertes, ernstes Ich. Sie faszinierte mich. Ich wollte sie unbedingt kennenlernen, aber sie war nur in zwei von meinen Kursen – Kunst und Textil –, bei den restlichen Kursen gehörte ich zu den Besten. Sie lächelte mir häufig zu – andererseits lächelte sie allen zu. In der ersten Woche suchte ich ihre Gesellschaft und wählte einen Tisch in ihrer Nähe, allerdings nicht direkt neben ihr. Einerseits glaubte ich nicht wirklich, dass ich eine Freundin brauchte, andererseits hatte ich das Gefühl, sie wäre die beste Chance, die ich je hatte. Es gefiel mir, dass sie unablässig im Unterricht kicherte und plapperte und immer mit einem breiten Strahlen in die Klasse kam. Ich war mir sicher, dass sie sich im Gegensatz zu mir vor Freunden kaum retten konnte. Und dann geschah es. Eines Nachmittags lief ich, wie üblich die Kamera vor Augen, am Schulhof vorbei und versuchte, beschäftigt zu wirken, anstatt allein. Da vernahm ich lautes Geschrei. Ich blickte mich um und sah, dass die Heathers um jemanden herumstanden. Ihre Fäuste flogen auf und ab, und ich sah ihre hässlichen Fratzen, wenn sie zum nächsten Schlag ausholten. Ihr Opfer konnte ich nicht sehen, doch plötzlich entdeckte ich eine verlassene Tasche und erkannte sie sofort. Ich flog die Stufen hinunter, die Kamera schlug gegen meine Brust, mein Herz hämmerte wie wild. Dann warf ich mich mit einer Kraft, von der ich bis dahin nichts geahnt hatte, in die Gruppe. Ich werde nie vergessen, wie sie aussah, als ich zu ihr vordrang. Ihre langen schwarzen Haare lagen wie eine Öllache auf dem Asphalt. Ihre Augen konnte ich nicht sehen, weil sie sie mit den Händen bedeckte, aber ihre Lippe war gesprungen und blutete. Ihre Bluse war zerrissen, sodass ihre Haut und ihr BH für die ganze Schule sichtbar waren. Sie hatte die pummeligen Beine hochgezogen und lag dort wie eine arme weggeworfene Garnele. So laut ich konnte, schrie ich: »MÖRDER!« (es war das Erste, was mir in den Sinn kam), um Platz um sie zu schaffen. Es funktionierte. Alle liefen davon, und ich sank auf die Knie und holte Taschentücher und eine Flasche Wasser aus meiner Tasche. Ich tupfte ihre Lippe ab und flüsterte, dass alles wieder gut würde. Langsam löste sie die Hände vom Gesicht, richtete sich auf, blinzelte mich an und verzog die gesprungenen Lippen zu einem schmerzverzerrten Lächeln.

»Du hast mir das Leben gerettet!«, keuchte sie und umarmte mich.

Doch als ich ihr aufhalf und jedem mit den Fäusten drohte, der es wagte, sich uns zu nähern, hatte ich das Gefühl, sie hatte meins gerettet.

Von jenem Augenblick an waren wir unzertrennlich. Wir warteten nach dem Unterricht aufeinander und verbrachten jede Pause zusammen. Ich verschlechterte mich sogar absichtlich in ein paar Fächern, damit wir in einen Kurs kamen. Das hatte ich ohnehin vorgehabt, um Mum zu ärgern – jetzt hatte ich einen noch besseren Grund. Ich half ihr mit den Schulaufgaben, und sie half mir, mich zu entspannen und ich selbst zu sein. Zum ersten Mal mochte mich jemand. *Mich.* Es war eine Offenbarung.

»Molly!«, kreischt Casey jetzt und deutet auf den kleinen Platz neben sich auf dem Sofa. »Du siehst großartig aus!«

Ich blicke auf mein enges schwarzes T-Shirt, den langen Jeansrock und meine – ja, richtig – Chucks. Mein Stil ist im Grunde noch derselbe, überwiegend schwarz, überwiegend lang, aber ich zeige inzwischen ganz gern ein wenig Figur.

»Ach, deine Haare sehen super aus! Sie sind gewachsen! Du hast fast wieder dein natürliches Braun! Wenn du sie stufen und dir Strähnchen machen lassen würdest, hättest du eine Rachel-Frisur!« Ich verziehe das Gesicht. »Oh, wir können jede Menge Folgen *Friends* in den Ferien sehen. Das ist meine absolute Lieblingssendung.« Sie hält inne, aber nur, um Luft zu holen. »Ich will unbedingt *Verrückt nach Mary* sehen! Ich liebe Cameron Diaz. Ich wünschte, ich wäre wie sie, du nicht? Ich überlege sogar, mir ihretwegen die Haare kurz zu schneiden! Und vielleicht blond zu färben?« Sie schüttelt ihre lange dunkle Mähne.

»Du siehst fabelhaft aus, so wie du bist, Case!«

»Ach, du erwartest bloß immer noch, mich mit der alten

Zahnspange, schlechter Frisur und griechisch-italienischem Babyspeck zu sehen!« Sie schnippt mit den Fingern

»Du bist nie dick gewesen, Case«, widerspreche ich. »Nur kurvig.«

»Neulich habe ich eine der Heathers auf der Straße getroffen – Nikki, erinnerst du dich? Sie ist schwanger! Schon wieder! Die ist jetzt nicht mehr so attraktiv. Ha, ha!«

»Den Namen habe ich lange nicht gehört«, sage ich und lasse im Geist die Monate Revue passieren, seit ich Leigh verlassen habe, um nach London an die Uni zu gehen.

»Gott, du hast mir so gefehlt!« Casey beugt sich zu mir herüber und umarmt mich fest. Ihre Haare sind mit vielen kleinen Bulldoggen-Haarspangen in knalligen Farben zurückgehalten, die mir in die Wange piksen. Ich löse mich von ihr.

»Wir haben uns erst vor ein paar Wochen gesehen!«

Casey schmollt. »Ja, schon, aber das ist viel zu lange. Wir haben uns sonst jeden Tag gesehen!«

Ich drücke sie, um ihr zu zeigen, dass ich sie auch vermisst habe. Sie weiß, dass ich nicht der Typ für überschwängliche Gefühlsbekundungen bin.

»Molly!«, ruft Caseys Mum, als sie von der Küche hereinkommt. Sie schiebt eine Hüfte nach vorn und kaut Kaugummi.

»Hallo, Toni.« Ich lächele höflich. Ich weiß, dass Casey sie peinlich findet, weil sie anders als andere Mütter ist.

»Machst du Molly bitte eine Tasse Tee, Mum«, bittet Casey, als ich mich auf ihr Sofa werfe.

»Mach das bitte selbst, Liebes. Ich gehe aus, hab was Scharfes vor.«

»Schon wieder?«, brummt Casey düster.

»Sei nicht beleidigt, nur weil bei deiner Mutter mehr los ist als bei dir! Ich kann nichts dafür, dass die Männer mich unwiderstehlich finden. Ich gehe auf eine *Ann-Summers*-Dessous- und Sextoy-Party in dieses schicke Haus in Marine Estate. Wie heißt die Frau noch? Zu Jackie Cooper.« Bei dem Namen schnürt sich meine Brust zusammen. »Ach, ihr Mann ist ganz attraktiv, den würde ich nicht von der Bettkante stoßen!«

»Würg«, sagt Casey, als ihre Mutter die Tür hinter sich zugeschlagen hat. »Ehrlich, Molly, sei froh, dass deine Eltern so sind, wie sie sind. Kannst du dir vorstellen, wie es ist, eine Mum zu haben, die die ganze Zeit vom Vögeln redet? Das ist so peinlich! Also, wie lange bleibst du?«, fragt sie dann aufgeregt, wirft ihre Beine über meine und streckt sich genüsslich aus.

Sie lächelt mich erwartungsvoll an, und ich habe Angst, ihr zu antworten. »Um ehrlich zu sein, nur ein paar Tage, Case.«

»Ach, du fährst doch nicht etwa, weil du bei Marcuuus sein willst, oder?«, fragt Casey und kräuselt die Lippen. Sie hätte sich nie mit ihm abgegeben.

Ich schüttele den Kopf. »Nein, ich habe Schluss gemacht. Länger als acht Monate habe ich es nicht mit ihm ausgehalten! Ich schätze, das ist meine erste und letzte längere Beziehung gewesen.«

»Dann bist du Single?«, quietscht Casey. Ich nicke. »Und bereit, dich ins Getümmel zu werfen?«

»Ja.«

»JAA! Wir werden so viel Spaß haben! Also, sag schon, warum bleibst du nicht länger, wenn du nicht mehr mit ihm zusammen bist?«

»Ich mache ein sechswöchiges Praktikum bei einer Zeitschrift und fange nächste Woche an. Deshalb wohne ich den Sommer über in meinem Studentenzimmer.«

»Bei einer Zeitschrift?«

»Es ist gut, wenn ich etwas Erfahrung in einer Bildredaktion sammele. Außerdem kann ich da jede Menge Kontakte fürs Fotografieren knüpfen.«

»Ohh, verstehe!«, sagt sie, richtet sich auf die Knie auf und klatscht aufgeregt in die Hände. »Ich könnte mitkommen und auch bei der Zeitschrift arbeiten! Ich könnte eine von denen sein, die dafür bezahlt werden, dass sie einkaufen gehen! Oder noch besser, ihre Partyberichterstatterin.« Sie imitiert einen amerikanischen Akzent und hält sich die Fernbedienung vom Fernseher als Mikrofonersatz vor den Mund. »Hier ist Casey Georgiou live von der Oscar-Verleihung, wo ich gerade mit Brad Pitt knutsche.« Sie presst ein Kissen an ihre Lippen und küsst es leidenschaftlich. Ich lache. »Wo wir gerade von Brad Pitt sprechen«, kichert sie und legt das Kissen zurück an seinen Platz, »ich kenne noch einen Typen, auf den alle Mädchen stehen, der aber mit *dir* knu… – ich meine, sich mit dir treffen will.«

»Wer?« Ich grabe in meinem Gehirn nach irgendjemandem in Leigh, der Lust haben könnte, mit mir auszugehen. Seit ich von zu Hause weggegangen bin, ist mir bewusst geworden, wie groß meine Komplexe waren.

»Ein gewisser lokaler Fußballstar, der ein schickes Auto fährt und *total* heiß …«

»Ach, DER. Wohnt der immer noch hier?« Ich rümpfe die Nase.

»Wow, Molly, du bist vielleicht nachtragend!« Casey hebt ihre perfekt gezeichnete Braue. Wann ist sie so gut im Schminken geworden?

»Ich habe ewig nicht an ihn gedacht«, verteidige ich mich. »Ich hatte einen Freund, wenn du dich erinnerst?« Ich blicke auf meine Fingernägel, damit sie nicht merkt, dass ich lüge. »Außerdem habe ich das Recht, nachtragend zu sein – er hat mich total blamiert.«

»Er hat dich nur geküsst, Molly.«
»Schlecht geküsst.«
»Das ist kein Verbrechen, oder? Wenn es das wäre, müsste jeder Jugendliche eingesperrt werden!«
»Okay, ich formuliere es anders. Er hat mich vor allen anderen für eine Wette geküsst!«
»Ja, ja«, sie macht eine wegwerfende Handbewegung, »du hast seither ÜBERHAUPT nicht an ihn gedacht.«
Ich verziehe das Gesicht zu einer Grimasse. »Das habe ich auch nicht. Abgesehen davon, dass ich mich an die tiefsitzende Demütigung erinnert habe, die sich in mein Herz gebohrt hat. Sonst kann ich mich kaum noch an seinen Namen erinnern.«
»Wow.« Casey pfeift durch die Zähne. »Er hat dich sehr beeindruckt. Nun, ich weiß zufällig, dass er zu haben ist und dass er gerade etwas vom Glück verlassen ist.«
»Ach?«, sage ich plötzlich interessiert.
Sie nickt und trägt etwas Balsam auf ihre Lippen auf. »Er kann kein Fußball mehr spielen, er hat sich bei der Aufnahmeprüfung für Southend verletzt. Er wohnt noch zu Hause und muss jede Menge Physiotherapie und so etwas machen. Die glückliche Physiotherapeutin!«, lacht sie. »He, vielleicht wäre das ein Job für mich?« Sie schüttelt die Hände. »Das wäre eine gute Verwendung für diese Finger! Jedenfalls ist es traurig für ihn, aber gut für dich, oder? Ich meine, ein angekratztes Ego macht sie verletzlich. Das stelle ich jedenfalls fest, wenn ich mich der armen Sitzengelassenen annehme. Sie sind verdammt dankbar.« Ihr Gesicht verdunkelt sich, dann setzt sie ein strahlendes Lächeln auf. »Wenn es ums Aufheitern von Männern geht, bin ich Leigh-on-Seas eigene Version der heiligen Mutter … ach, du weißt schon, wen ich meine. Sie ist alt oder tot und trug immer diese blau-weiße Haube.«

»Mutter Teresa?«, schlage ich vor und bemühe mich Caseys Gedanken zu folgen. Ich bin etwas aus der Übung.

»Genau die! Ja, ich bin wie sie, nur jünger und schärfer und besser geschminkt, und ich habe etwas weniger an! Ja, wenn du ihn nicht willst, lass es mich wissen, denn sonst legt Saint Casey Georgiou ihre heilenden Hände auf ihn.«

»*Casey!*« Ich lache und versuche zu überspielen, dass mich ihre Beharrlichkeit reizt. »Wieso bist du so besessen von Ryan Cooper?«, frage ich, lehne mich auf dem Sofa zurück und schließe die Augen. »Leg eine andere Platte auf.«

»Okay. Wahrscheinlich findet er dich gar nicht mehr interessant mit deiner neuen Frisur und der Karriere bei der Zeitschrift und deiner Londoner Art. Leigh-Männer mögen es gern bodenständig, weißt du? Sie gehen nicht weit weg von Zuhause.« Ich verdrehe die Augen. Was sie sagt, stimmt. »Also, Süße«, fährt sie fort, »was machen wir heute Abend?«

»Wie wäre es mit dem *Sun Rooms* oder *Club Arts* in Southend?«

Casey stöhnt. »Oh Gott, nein, nicht dieser doofe Laden mit der alten alternativen Musik. Da willst du immer hin.«

»Der ist besser als das *Tots*.«

»Wenn du mit *besser* meinst, dass man sich dort nicht amüsiert.«

»Was schlägst du dann vor?«

»Ich habe an eine kleine Reise in die Vergangenheit gedacht.«

»Ich fasse es nicht, dass du mich hergebracht hast!«

Casey und ich stehen im Green-Park von Leigh-on-Sea und blicken auf die Boote, die unten in der Bucht ankern. Überall im Gras sitzen Jugendliche in Gruppen zusammen. Unten am Strand und auf den Booten erkenne ich ebenfalls undeutlich Menschen. Die Junisonne taucht heute Abend alles in ein weiches gelbliches Licht, das mir das Gefühl gibt, in ein Fotoalbum zu blicken. Eines, das ich nicht unbedingt öffnen wollte, weil es viele schreckliche Frisuren, Kleider und schlechte Erinnerungen birgt. Ich nehme meine Canon EOS und halte sie dicht vor mich, damit sie mir Trost und Halt gibt. Diese Rasenfläche ist der Ort so vieler peinlicher Szenen gewesen. Meine Eltern bestanden darauf, hier mit mir zu picknicken – mit Liegestuhl, Picknickdecke und Windjacke –, als alle anderen mit ihren Freunden *Silk-Cut*-Zigaretten rauchten. Ganz zu schweigen von den Zurückweisungen, den Jungen, die über Casey und mich gelacht, und den Mädchen, die uns Spitznamen verpasst haben. Es kommt mir vor, als wäre ich zu früh hierher zurückgekommen, jene Jahre und Erinnerungen sind noch zu frisch. Ich habe die letzten zwei Jahre versucht, sie mit meinem schicken neuen Londoner Leben zu verdrängen.

»Na ja, es ist Sommer, wohin sollten wir sonst gehen, abgesehen vom Oberdeck der *Bembridge*? Wir hatten früher so viel Spaß hier, stimmt's?« Casey grinst.

»So kann man es auch nennen, Case«, entgegne ich trocken.

Sie blickt auf meine Kamera, die ich noch immer umklammere, um sie vor mein Gesicht zu heben und um mich hinter ihr zu verstecken. An diesem Ort fühle ich mich wieder wie der verletzliche Teenager anstatt wie die selbstbewusste Frau, die das Studentenleben aus mir gemacht hat. Casey zupft mich am Arm.

»Mach ein Foto von mir, Molly. Du kannst es an die Fotowand in deinem Zimmer hängen, neben das von dir und Mia! Oder du bringst es aufs Cover von dieser schicken Zeitschrift, bei der du dein Praktikum machst! Wie heißt sie? *Viva For-*

ever.« Sie fängt an das Stück der Spice Girls zu singen und schwingt sich um eine alte viktorianische Straßenlaterne. Wir müssen beide lachen, sie schmollt in die Kamera, und ich mache ein paar Schnappschüsse von ihr mit dem glitzernden Meer im Hintergrund. Schnell wird es ihr zu langweilig, und sie hüpft zu ihrer Tasche. »Ich habe alles dabei, was wir brauchen.« Sie klappt sie auf und bringt eine große Flasche Cider und vierzig Zigaretten zum Vorschein. »Komm schon, Molly, um der alten Zeiten willen?« Sie streckt die Hand aus und bringt mich in Verlegenheit, weil sie anfängt, unseren »Beste-Freundinnen-Song« zu singen. Ich blicke mich um und hoffe, dass niemand nah genug ist, um es zu hören.

»Los, Molly, sing mit!«

Ich murmele leise mit, weil ich ihre Gefühle nicht verletzen will, und hoffe, dass es sie animiert, ebenfalls die Lautstärke zu senken. Sie strahlt und singt lauthals weiter.

Dann fasst sie meine Hand. Erst ziehe ich sie weg und schüttele den Kopf, dann gebe ich nach. Ich werfe meine Kamera auf den Rücken, und wir laufen lachend den Hang hinunter, während sie laut den Refrain singt und die Menschen vor uns aus dem Weg springen.

Wir liegen auf dem Oberdeck des Boots, betrachten die Sterne und spüren das vertraute Gefühl vom Cider – ein bisschen benebelt und selig.

»Kannst du glauben, dass wir zwanzig sind?«, fragt Casey verwundert. »Fast einundzwanzig! Das ist so alt! Richtig erwachsen. Es kommt mir vor, als hätten wir erst gestern hier gelegen und uns gefragt, ob wir je einen Freund finden.«

»Und jetzt liegen wir hier und fragen uns das immer noch!« Ich lache und ziehe an meiner Zigarette. Entgegen meiner anfänglichen Befürchtungen fängt der Abend an, mir zu gefallen.

»Da kannst du nur für dich sprechen!« Casey errötet und schweigt dann, was äußerst ungewöhnlich ist.

Ich starre sie erstaunt an. »Was?«

»Ach, nichts. Ich meine, wir brauchen keine Männer! Wir haben uns! Mehr brauchen wir nicht! Richtig? Beste Freundinnen für immer!«

Ich setze mich auf und schüttele ihren Arm. »Triffst du dich mit jemandem?« Sie sieht schuldbewusst aus. »Warum hast du es mir nicht erzählt? Ist er aus dem Café?« Obwohl ich sie stets dränge, sich eine andere Arbeit zu suchen, arbeitet Casey noch immer bei ihrer Mutter. Ich weiß, dass es mit den ständig wechselnden jungen Küchenkräften zu tun hat, die Toni beschäftigt. Ich bin mir ziemlich sicher, dass Casey deshalb noch dort ist.

»Nein.«

»Wo hast du ihn dann kennengelernt? In einem Club, einer Bar oder wo?«

»Eigentlich kenne ich ihn schon ziemlich lange«, sagt Casey und betrachtet ihre falschen, langen rosa lackierten Fingernägel. Ich blicke auf meinen dunklen abblätternden Lack und setze mich auf meine Hände, um sie zu verstecken.

Ich lache und stupse sie sanft an. »Komm schon, spuck es aus, Schwester, sonst habe ich noch das Gefühl, du willst mir nicht verraten, wer es ist.«

Casey wirkt, als würde sie sich deutlich unwohl fühlen. »Nun, er ist neununddreißig.«

»Ein älterer Mann«, necke ich sie und kann die Missbilligung in meiner Stimme nicht verhehlen, »das ist ja eine Überraschung.« Casey ist absolut berechenbar. Dadurch, dass sie ohne Vater aufgewachsen ist, fühlt sie sich zu älteren Männern hingezogen. »Und was macht er?«

»Er ist Klempner«, erklärt Casey. Sie ist so verschwiegen, das sieht ihr gar nicht ähnlich.

»Und woher kommt er?«, bohre ich weiter.

»Äh, aus der Gegend hier.«

Ich runzele die Stirn. »Aber wir kennen praktisch jeden hier.« Ich sehe sie an. »Kenne ich ihn?«

Casey sagt nichts. Sie wendet den Blick ab und sieht in die andere Richtung.

»Wie heißt er? Casey?« Ich versuche, ihr Gesicht zu mir zu drehen, aber sie blickt stattdessen zum Himmel hinauf.

»Oh, sieh nur, Molly! Die Sterne dort oben! Wow, wie hübsch die funkeln. Wie Diamanten!«

»Casey!«

»Ach, na gut.« Sie seufzt und sieht mich unsicher an. »Es ist Paul Evans.«

Es dauert einen Moment, bis der Name bei mir ankommt. »Was?«, keuche ich. »*Der* Paul Evans? Der *verheiratete* Klempner mit den *zwei Kindern*?«

»Ja«, erwidert sie und fügt dann verteidigend hinzu: »Okay, er ist verheiratet, aber sie sind schon lange nicht mehr glücklich. Seit Jahren schon nicht mehr. Und er sagt, dass er sie verlassen wird.«

Ich verdrehe die Augen und nehme mir eine weitere Zigarette.

»Sieh mich nicht so missbilligend an«, knurrt Casey, »du siehst aus wie deine Mutter. Und urteile nicht, bevor du uns nicht zusammen erlebt hast. Du musst sehen, wie er mich ansieht.«

»Ich kann es mir vorstellen«, entgegne ich trocken. Dann lege ich einen Arm um sie. Meine süße, hübsche, naive, verzweifelt nach Liebe suchende Freundin. »Sei nur vorsichtig, Case. Ich will nicht, dass du wieder verletzt wirst. Du weißt, dass du die Angewohnheit hast, dir die falschen Typen auszusuchen.«

»Ich kann nichts dafür, dass ich auf ältere Männer stehe. Ich mag es lieber, wenn sie reif sind, weißt du? Ich hätte es dir früher gesagt«, plappert sie, nachdem ihr lange gehütetes Geheimnis nun gelüftet ist, »aber ich wusste genau, dass du es nicht gut finden würdest. Du machst inzwischen alles mies, was mit Leigh zu tun hat – sogar noch mehr als früher!«

»Ich habe mich weiterentwickelt.«

»Wegentwickelt von mir«, murmelt sie.

Entsetzt lege ich den Arm um sie und drücke sie fest an mich. »Sei nicht albern, Case!« Ich wünschte, ich wäre besser im Trösten.

»Ich vermisse dich, Molly«, sagt Casey leise.

Ich fasse ihre Hand und habe ein schlechtes Gewissen, dass ich sie in der ganzen letzten Woche nicht angerufen, geschweige denn sie gesehen habe. »Ich dich auch. Und ich freue mich für dich, Case. Wirklich. Aber ich bin deine beste Freundin. Was mich angeht, wird *kein* Mann jemals gut genug für dich sein.«

»Ich habe nicht gesagt, dass er der Richtige ist, aber er ist besser als nichts, okay? Außerdem«, fährt sie fort, »muss ich mich, nachdem du eine langweilige *Studentin* geworden bist und die ganze Zeit mit deinen schlauen neuen Freunden *studierst*, ja mit etwas beschäftigen.« Casey blickt über ihre Schulter zu mir und lächelt, und ich weiß, dass sie nur Spaß macht. Sie kann nie lange sauer sein. Das ist eine der Sachen, die ich an ihr mag, und einer der vielen Punkte, die uns unterscheiden. »Und er ist nicht so, wie du ihn in Erinnerung hast!«, sagt sie. »Ja, er ist erwachsen, aber das bin ich jetzt auch. Wir beide. Ich meine, du bist auch nicht mehr das Mädchen, das aus dem *Grand* geflüchtet ist, nachdem Ryan Cooper sie geküsst hat.«

»Gott sei Dank!« Ich lache.

Aus der Dunkelheit taucht eine Gestalt auf. »Gott sei Dank, was?«

Casey rappelt sich auf die Füße hoch. »Ryan! Ich, ich, äh, ich wusste nicht, dass du heute Abend hier bist!«

Ich blicke kurz zu ihm und wende dann desinteressiert den Blick ab. Sein Auftauchen macht mich nervös, überrascht mich aber nicht. Es erinnert mich erneut daran, weshalb ich hier weggezogen bin. Alles ist beim Alten, ein neues Jahr, aber noch immer dieselben Leute.

»Was für eine Überraschung!«, ruft Casey und bietet ein unschlagbar schlechtes Schauspiel. »Ist Alex auch hier? Und die anderen? Gaz und Carl und Jake? Ach, da sind sie ja!« Sie winkt ihnen zu, dann starrt sie Ryan an. Ich weiß nicht genau, worauf sie wartet. Ryan lächelt zu mir hinunter und blickt dann zurück zu seinen Freunden.

»He, Case.«

»Ja, Ryan?« Sie lächelt einfältig, und ich rolle mit den Augen.

»Ich glaube, Alex möchte unbedingt mit dir reden.« Und bevor ich sie aufhalten kann, ist sie weg.

»Casey!«, rufe ich, aber sie sieht sich nicht um. Ich blicke auf zu Ryan. Ich hatte vergessen, wie groß er ist. Und breit. In den paar Jahren, die ich ihn nicht gesehen habe, ist er kräftiger geworden. Er hat muskulöse Seglerarme, was er durch ein ärmelloses Oberteil zusätzlich betont. Seine Haut ist haselnussbraun, und seine 90er-Jahre-Haarsträhnen sind einer gegelten David-Beckham-Frisur gewichen. Ich kann nicht leugnen, dass er noch immer ziemlich scharf ist. Aber, versichere ich mir mit Nachdruck, ich stehe mehr auf Jungs, deren Gehirn größer ist als ihre Muskeln. Die eher über Kunst und Kultur Bescheid wissen als darüber, wer die Fußballtabelle anführt.

Er grinst etwas dümmlich zu mir hinunter. »So, so, Molly Carter.« Ich wende den Blick ab und hoffe, dadurch mein Desinteresse deutlich zu machen. »Schön, dich zu sehen.« Er beugt sich hinunter und stupst mein Knie an. »Es ist lange her.«

Ich ziehe meine Beine weg und beschäftige mich mit den Einstellungen an meiner Kamera. »Ja, ich komme nicht mehr so oft nach Leigh. Ich wohne jetzt in *London*«, füge ich wichtig hinzu, weil ich auf einmal das Gefühl habe, mich beweisen zu müssen.

Er lächelt. »Das ist cool.«

»Ja«, entgegne ich knapp. »Das ist es.« Ich blicke mich um und suche verzweifelt nach einer Ausrede, weshalb ich gehen muss. Ryan hat eindeutig andere Pläne. Er setzt sich neben mich und lehnt sich auf seine Ellenbogen zurück. Er sieht nicht aus, als wollte er bald gehen.

»Was machst du in London?«, fragt er und nimmt einen Schluck Bier.

»Ich mache meinen Abschluss in Fotografie. Am London College für Druckkunst.« Ich gebe an, aber das ist mir egal.

»Es gibt ein ganzes College nur für *Druckkunst*?« Er lacht, woraufhin ich ihn ernst anstarre. »Ich mache nur Spaß. Das ist toll. Das ist ein ziemlich gutes College, nicht? Und es bedeutet, dass du deinem Traum, Fotografin zu werden, einen Schritt näher gekommen bist. Freut mich für dich!«

»Danke«, sage ich und bin etwas erschrocken, dass er sich an unsere Unterhaltung vor all den Jahren erinnert. Ich sehe mich verzweifelt nach Casey um und bemerke, dass wir von knutschenden Paaren umgeben sind. Das *Bembridge* ist schon immer Leighs Lieblingsplatz für junge, verliebte Teenies gewesen. Was es noch unangenehmer macht, ihm hier zu begegnen. Es weckt schlechte Erinnerungen. »Und was machst du so?«, frage ich höflich, aber gleichgültig, und denke: *Nicht viel, wenn du immer noch hier herumhängst.*

»Ich studiere am College, ich werde Lehrer.« Er grinst.

»Es gibt ein ganzes College nur für Lehrer?«, entgegne ich sarkastisch. Er grinst und hebt ergeben die Hände. Ich sehe ihn spöttisch an. Typen wie Ryan Cooper werden nicht Lehrer. »Warum willst du das machen?« Ich lache, bemerke dann jedoch seine traurige Miene und erinnere mich daran, was Casey mir von seiner Verletzung erzählt hat. »Ich meine, Lehrer – wow! Das ist sehr *edel* von dir.«

»Nun«, beginnt er langsam und sieht mich durchdringend an, »ich glaube, dass Kinder unsere Zukunft sind.« Er hält inne, dann steht er langsam mit funkelnden Augen auf und stimmt lauthals den Song »Children are our future« von Whitney Houston an, womit er die knutschenden Paare um uns herum aufschreckt.

Ich ziehe ihn nach unten, bedeute ihm, ruhig zu sein, und schlage ihm auf den Arm, als er ausgelassen lacht. »Du machst dich über mich lustig«, schmolle ich, lasse mit der einen Hand meinen Cider kreisen und stütze mich mit der anderen aufreizend dicht neben ihm ab. »Was ist aus deinem Traum geworden, Fußballer zu werden?«, frage ich in Erinnerung an unsere lang zurückliegende Unterhaltung, als er mich auf einen Kaffee eingeladen hatte. Das war damals das Größte, was mir je passiert war. Wie erbärmlich.

»Ich habe mich bei meiner Aufnahmeprüfung ziemlich schwer verletzt«, erklärt er sachlich. »Ich habe mir den Knorpel am Knie gerissen und musste operiert werden. Aus der Traum vom Profisport.«

»Ach, das ist ja schrecklich!«, rufe ich aus und wundere mich, dass er nicht bedrückter aussieht. So wie Casey es mir erzählt hat, hörte es sich nach einer wahren Tragödie an.

Er zuckt mit den Schultern und lächelt. »So etwas kommt vor. Es ist nicht das Ende der Welt.« Ganz kurz huscht ein Schatten über sein Gesicht. »Außerdem«, er beugt sich zu mir und flüstert, »bin ich mir nicht sicher, ob ich so gut war, wie alle dachten. Ich glaube, es war mehr eine Sache von Selbstvertrauen als von Talent.«

»Wenn ich an deinen Kuss denke, dann ist das vermutlich richtig.«

Mist. Habe ich das gerade gesagt?

Ryan lacht. »Ach, du spielst auf die Nacht im *Grand* an, das tut mir leid.« Er schweigt und sieht mich mit aufrichtiger Miene an. »Aber es war nicht das, was du dachtest.«

»Was? Erschreckend katastrophal?«, entgegne ich sarkastisch.

Er lächelt etwas traurig. »Ich meinte, eine Wette. Es war keine Wette.«

»Was war es dann? Eine körperliche Herausforderung? Wenn es das war, hast du versagt.« Es macht mir Spaß, diesen Typ zu ärgern. Es ist so einfach.

»Autsch.« Ryan fasst sich an die Brust und scharrt mit den Schuhen über den Boden. »Direkt ins Herz und ins Ego. Ich weiß nicht, was mehr wehtut.« Er blickt auf und grinst frech. »Willst du ausprobieren, ob es diesmal besser ist?«, drängt er.

»Und warum um alles in der Welt sollte ich das tun?«

Er zwinkert. »Weil, wenn der erste so schlecht war, der zweite auf jeden Fall besser ist.«

Ich blicke mich nach Casey um. Wo ist sie? »Und was machst du im Sommer?«, frage ich verunsichert.

»Ich gehe für ein paar Monate nach Australien«, antwortet er aufgeregt. »Ich helfe an Deck eines Bootes, das die Whitsundays umsegelt. In ein paar Wochen geht es los. Das wird großartig!«

»Wow!«, rufe ich ehrlich beeindruckt. »Ich wollte immer nach Australien. Meine Freundin Mia und ich haben uns vorgenommen, eines Tages nach Sydney zu gehen und dort zu leben. Es muss eine faszinierende Stadt sein!«

»Ja«, er grinst, »ich dachte, ich sollte mich auf der anderen Seite der Welt amüsieren, dort kann ich mich gehenlassen! Wenn ich erst offiziell als Mister Cooper in die Welt entlassen werde, muss ich mich benehmen. Na ja, vor den Kindern von Essex jedenfalls!« Er lacht. »Direkt wenn ich aus Australien zurück bin, geht es an der Uni mit den Abschlussprüfungen los. Ich freue mich schon darauf. Unterrichten ist nicht so weit von dem entfernt, was ich machen wollte.« Ich sehe ihn zweifelnd an. »Man weiß ja nie, vielleicht *unterrichte* ich am Ende den nächsten Gary Lineker, anstatt es selbst zu sein.«

Ein nettes Lächeln spielt um seinen sinnlichen Mund. Wir blicken einander an, und eine peinliche Stille senkt sich über uns und wirkt ähnlich ernüchternd wie der Abendwind.

»Komm, gehen wir ein Stück«, sagt Ryan, steht auf und bietet mir eine Hand an.

»Wir sind auf einem Boot.« Ich lache. »Weit können wir hier nicht gehen.«

»Lass uns den Blick aufs Wasser genießen.«

Ich stehe auf, blinzele und bemerke auf einmal, wie sehr der Cider mir zu Kopf gestiegen ist.

»Ui«, sage ich und schwanke etwas.

»He«, Ryan streckt den Arm aus, um mich zu stützen. »Bist du okay?«

»Ja, mir war nur kurz ein bisschen schwindelig.« Ich kichere. »Jetzt geht es wieder.«

Wir gehen weiter, und ich stelle fest, dass er den Arm nicht weggenommen hat. Ich verspanne mich etwas. Ich bin zwar betrunken, aber nicht *so* betrunken. Wenn er meint, er könnte mich ausnutzen, mich vor all diesen Leuten in Verlegenheit bringen, wird er sich noch umsehen.

»Weißt du«, murmelt Ryan, sein warmer Atem streift mein Ohr, »ich habe immer bereut, was in jener Nacht im *Grand* passiert ist.«

»Ich *auch*«, bestätige ich mit Nachdruck. »Ich hatte zwar damit gerechnet, dass es schlimm würde, aber das war der schlechteste erste Kuss aller Zeiten!« Ich kichere wieder. Ich kichere *nie*. Was ist mit mir los?

Ryan starrt mich mit offenem Mund an. »Es war dein *ersten* Kuss überhaupt?«

»Mmmmmmm.« Ich nicke und höre dann abrupt damit auf, als ich merke, dass sich bei jeder Bewegung alles um mich dreht. Ich muss betrunken sein. »Hast du dir das nicht gedacht?« Er schüttelt den Kopf, und ich stoße mit meinem Finger gegen seine Brust. »Nun, Cooper, anders als dem *Rest* der Jungen dieser Stadt muss es deiner Aufmerksamkeit entgangen sein, dass ich als Teenager nicht so ein heißer Feger war, wie ich es jetzt bin.« Ryan schüttet sich aus vor Lachen. »He, das ist nicht lustig! Es stimmt. Ich weiß, dass du mich als Mutprobe geküsst hast. Und ich weiß zufällig auch, dass ich mich seitdem gemacht habe. Oh ja.« Ich werfe meine neuerdings langen dunklen Locken über meine Schultern und stupse ihn erneut in die Brust. »Ich wette, jetzt beißt du dir in den Hintern, was?« Aus Spaß klappere ich mit meinen dicht getuschten Wimpern.

Ryan hält meinen Finger fest und zieht meine Hand an seine Brust. »Ich habe dich nicht geküsst, weil es eine Mutprobe war, Molly Carter«, murmelt er. »Hast du das wirklich geglaubt? Dachtest du wirklich, dass es eine alberne Wette gewesen ist?«

Ich nicke – und breche dann erneut in unkontrollierbares Gekicher aus.

Ryan lacht nicht. »Ich habe dich geküsst, weil ich dich wirklich mochte«, erklärt er ernst. »Ich habe es nur blöd angestellt. Die Jungs lassen mich das nie vergessen. ›Knutsch-Niete‹ nennen sie mich. Sehr originell, was?«

»Hört sich passend an.« Ich lächele und kneife dann sofort die Augen zusammen. »Aber versuch nicht, jetzt deinen Charme spielen zu lassen, Cooper. Ich habe kein Mitleid mit dir.«

Ryan hebt die Hände. »Ich schwöre dir, Molly, ich mag – ich meine«, er hustet, »ich *mochte* dich.«

Ich verschränke die Arme und ich sehe ihn spitz an. »Warum bereust du den Kuss dann?« Triumphierend bohre ich erneut meinen Finger in seine Brust. »Ha! Aus der Nummer kommst du nicht mehr raus!«

Ryan dreht sich um, streicht sanft über meine Wange und gibt mir einen Klaps auf den Hintern. »Ich wollte eigentlich sagen, wenn du mich ausreden lassen würdest, du heißer Feger, dass ich diesen peinlichen Kuss vor sechs Jahren am liebsten ungeschehen machen würde, damit ich dich noch einmal küssen kann. Und«, er beugt sich langsam vor, »ich garantiere dir, dass es besser wird. *Viel* besser.«

Sein schmalziger Satz bringt mich erneut zum Lachen. Entsetzt stelle ich fest, dass ein bisschen von meiner Spucke in seinem Gesicht gelandet ist, was Ryan jedoch nicht zu bemerken scheint.

»Das sanfte Plätschern der Wellen bildet die Hintergrundmusik …«

Mein Lachen verwandelt sich in spöttisches Kichern. »Das ist eine Flussmündung, hier gibt es keine Wellen.«

Er starrt mich einen Augenblick an, dann wendet er den

Blick in die Ferne. »Wir würden auf die strahlenden Lichter von Leigh-on-Sea blicken.«

»Nicht gerade Paris«, entgegne ich und verschränke die Arme. Mein Mund zuckt etwas in dem Bemühen, nicht erneut zu grinsen.

Ryan tritt einen Schritt auf mich zu, löst meine Arme, fasst sanft meine Handgelenke und hebt sie hoch. Ich spüre, wie ein nervöses Lachen in mir aufsteigt. »Ich würde deine Arme in die Luft halten, damit du den Fahrtwind in deinem Gesicht spürst, genau wie Leonardo di Caprio es bei Kate Winslet in *Titanic* getan hat.«

»HHHHHHHHHHHHIII!« Ich kann mich nicht mehr halten vor Lachen, beruhige mich jedoch, als Ryan, der noch immer meine Arme hält, hinter mich gleitet. Ich erschaudere, als er sich sanft an meinen Rücken schmiegt, und der Impuls zu kichern erstirbt. Er riecht so gut. Nach Hugo Boss, glaube ich.

»Die *Bembridge* liegt immer vor Anker«, murmele ich und versuche, nicht zu zeigen, welche Wirkung seine Berührung, sein Geruch und die Wärme seines Atems in meinem Nacken auf mich haben. Ich drehe meinen Kopf und blicke ihm in die Augen. Ich habe das Gefühl, verzaubert zu sein. »Es gibt keinen Fahrtwind.«

Er ignoriert mich. »Und dann«, sagt er, während er mich zu sich herumdreht und den Finger auf meine Lippen legt, »würde ich mich vorbeugen. So. Dein Gesicht in meine Hände nehmen. So. Und mich zu dir …«

»Ryan!« Eine schrille Stimme zerstört den Augenblick. »Ich habe dich *überall* gesucht!« Ich spüre, wie kühle Luft meinen Körper umfängt, als Ryan sich schnell von mir löst. Ein großes blondes Mädchen pirscht sich an ihn heran und legt besitzergreifend die Hand auf seinen Arm. »Du wolltest doch Getränke holen. Wir warten.« Sie streicht aufreizend mit ihrem Finger seinen Arm hinunter, über seine Taille und schiebt ihn in die Gürtelschlaufe seiner Hose. Sie zieht daran, doch er rührt sich nicht.

»Ich komme gleich, Stacey. Ich, äh, habe eine alte Freundin getroffen.« Sie zieht erneut an ihm und sieht ihn bettelnd an. Als er sich umdreht, um mit ihr zu sprechen, nutze ich die Gelegenheit zu verschwinden.

Das war knapp, denke ich, als ich, ohne anzuhalten und ohne Casey Bescheid zu sagen, über die Gypsy Bridge zum Green-Park hinauflaufe. Fast hätte er es wieder getan. Er hat mich mit seinen gut einstudierten Sätzen wie ein Fischer in sein Netz gelockt. Und ich habe hilflos mit den Armen gerudert und staunend zugesehen. Fast hätte ich ihm die ganze Nummer vom verletzten Fußballer, der sich in einen sensiblen Lehrer verwandelt hat, abgenommen. Einen Augenblick dachte ich, dass vielleicht mehr an ihm ist als seine Solariumbräune und seine weißen Turnschuhe. Ich hätte es besser wissen müssen.

Einmal Spieler, immer Spieler.

Ich bin wütend auf mich selbst. *Titanic* nachspielen? Wie lächerlich! Ich hasse diesen Film. Ich meine, wohin hat es Kate Winslet gebracht, dass sie sich mitten im Atlantik an ein Trümmerstück geklammert hat? Und wenn *das* keine passende Metapher für die Liebe ist, dann weiß ich auch nicht.

11:55 Uhr

Ich spüle die Küchenutensilien, die ich bis heute noch nicht eingepackt habe. Einen einsamen Kochtopf, Besteck, Becher und die Weingläser von gestern Abend. Ich trockne sie ab und stelle sie dann vorsichtig auf vorgeschnittene Luftpolsterfolie. Es ist so *seltsam*, alles einzupacken – vor allem diesen Raum, der immer so voll mit allem möglichen Kram war. Seltsam, aber befreiend. Ich trockne die Pastamaschine ab, mit der ich gestern Abend Ravioli gemacht habe, und fische mit einer Hand die letzten Essensreste aus dem Spülbecken. Als ich mich umsehe, bemerke ich ein paar widerspenstige Nudelteigreste an der Maschine, die ich nicht abbekommen habe. Ich kratze mit dem Schwamm daran herum und als ich zufrieden bin, packe ich sie in den Originalkarton. Bei ihrem Anblick steigt plötzlich eine so lebendige Erinnerung in mir auf, dass ich mich augenblicklich an einen anderen Ort und in eine andere Zeit versetzt fühle.

Der Mädchen-wollen-sich-amüsieren-Kuss

Tun Sie mir einen Gefallen? Brechen Sie heute eine Regel, seien Sie verrückt, leben Sie den Augenblick. Öffnen Sie Ihr Herz. Jetzt noch ein bisschen mehr. Lieben Sie, lieben Sie noch stärker. Haben Sie keine Angst, es hinauszuschreien, gehört zu werden. Sagen Sie ICH LIEBE DICH. Geben Sie alles. Geben Sie Liebe. Für mich. Weil ich es nicht getan habe. Und es jetzt nicht mehr tun kann.

Das ist alles.

(Aber das ist nicht annähernd genug.)

Vorspulen>> 30.10.2004>

Es klingelt ausdauernd an der Tür, und ich stelle die Pastamaschine ab, die ich gerade wie wild mit einem Schwamm bearbeite. Ich liebe Ryans selbstgemachte Ravioli, aber ich hasse es, das verdammte Ding zu reinigen. Ich wische mir die Hände an meiner grauen Röhrenjeans ab und öffne die Eingangstür. Zusammen mit dem trüben Oktobertag dringt ein Sonnenstrahl in die Wohnung – Casey. Egal, wie das Wetter ist, auf ihr sonniges Gemüt ist stets Verlass. Das hat sie mit Ryan gemeinsam. Vielleicht fühle ich mich deshalb zu beiden hingezogen? Sie sind sich in vielerlei Hinsicht ähnlich.

Casey strahlt mich an, wirft die Arme hoch und bringt ihre rosa Reisetasche sowie eine Flasche Champagner zum Vorschein. Sie trägt ein kurzes smaragdgrünes Kleid mit einem tiefen Ausschnitt, ihre Beine sind nackt und stecken in Overknee-Stiefeln. Ein bisschen viel für einen winterlichen Freundinnennachmittag, aber das schert sie nicht.

»Lass uns feiern!«, kreischt sie, stampft mit den Füßen auf und schwingt die Flasche durch die Luft.

»Case, es ist noch nicht einmal Mittag!« Lachend küssen wir uns auf die Lippen, und ich nehme ihr die Tasche ab. Als ein vorbeifahrender Wagen hupt, dreht sie sich sofort um und nimmt eine aufreizende Pose ein. Sie räkelt sich im Türrahmen und zieht ein Knie an die Brust. Der Wagen, in dem zwei junge Kerle sitzen, hält mit quietschenden Reifen an, und ich ziehe sie ins Haus, wobei wir wie zwei Teenager kichern.

»Ich bin so aufgeregt, dass du da bist!«, kreische ich und drücke sie an mich.

»Ich weiß!« Sie grinst. Ihre Haare sind sehr lang, ganz glatt und blondiert. Es steht ihr, aber sie sieht nicht mehr aus wie sie. Ich mag ihre natürlichen dunklen Haare lieber, mit ihnen sieht sie ausgefallener aus. »Ich kann nicht glauben, dass ich ein ganzes Wochenende freihabe! Das ist verrückt! He, ist Ryan da?« Sie geht ins Wohnzimmer und blickt sich in dem perfekt aufgeräumten Raum um – ein eindeutiges Zeichen, dass Ryan nicht da ist.

»Er ist übers Wochenende nach Leigh gefahren. Heute spielt der FC Southend, die sind in der zweiten Runde des Coca-Cola-Cups. Seit Tilson letztes Jahr Manager geworden ist, machen sie sich wirklich gut. Ryan meint …« Ich blicke zu Casey, die die Augen verdreht und gähnt.

»Molly, ich bin nicht hergekommen, um über Fußball zu reden. Ich bin hergekommen, um dich zu sehen, mich zu betrinken und einen Mann zu finden. Kannst du mir dabei helfen? Oder bleibt die langweilige Fußballwitwe Molly, die eine Gehirnwäsche hinter sich hat, jetzt für immer?«

»Tut mir leid.« Ich grinse Casey an. »Ich merke das noch nicht einmal mehr.« Ryans Leidenschaft für den Fußballverein seiner Kindheit hat mich per Osmose zur Kennerin gemacht. Ich glaube, ich verstehe sogar die Abseitsregel. Was Casey vermutlich nicht beeindrucken würde. »Okay. Worauf hast du Lust? Ich würde wirklich gern die Edward-Hopper-Ausstellung in der Tate Modern sehen. Seine Art, mit Licht umzugehen, ist sehr inspirierend. Ich meine, er malt beinahe fotografisch.« Ich lache über Caseys gekräuselte Lippen und entsetzte Miene. »Ich mache doch nur *Spaß*, Casey. Da gehe ich allein hin!«

An den Samstagen, an denen Ryan in Leigh ist, wache ich

spät auf, und während der Kaffee durchläuft, studiere ich den Wochenendteil der *Times* und überlege, auf welche kulturelle Unternehmung ich Lust habe. Dann dusche ich und gehe in die Stadt, wo ich immer einen Markt besuche: Broadway, wenn ich Lust auf eine junge, hippe Atmosphäre habe. Spitalfields, wenn mir nach etwas Schickerem ist, oder Borough Market, wenn ich Ryan mit wunderbaren Zutaten für eines seiner unglaublichen Gerichte überraschen will.

Auf diesen Ausflügen ist meine Kamera mein einziger Begleiter. Ich genieße es, allein zu sein, mich in den Wochenendtrubel zu stürzen, mich unsichtbar zu machen und Szenen des lebendigen Londoner Stadtlebens einzufangen. Mittags hole ich mir ein Sandwich, dann besuche ich eine Ausstellung oder eine Galerie, laufe an der Serpentine entlang oder gehe irgendwohin, wo ich Menschen beobachten und am Großstadtgetümmel teilhaben kann: zu den Skatern in Southbank oder den Einkäufern auf der Sloane Street. Dann sitze ich vielleicht ein bisschen in einem Straßencafé, wie etwa der *Bar Italia* in Soho, und trinke einen Espresso, während ich die Fotos durchsehe, die ich an diesem Tag gemacht habe. Dann gehe ich nach Hause. Ich rufe Ryan an und treffe mich anschließend mit meinen Kolleginnen aus dem Büro zum Tapasessen. Wenn Casey da ist, besuchen wir eine Cocktailbar und anschließend einen Club. Ich vermisse Ryan, aber ich genieße die Zeit auch. Es ist der Tag der Woche, an dem ich mich am meisten wie ich fühle.

Manchmal nagt das schlechte Gewissen an mir, weil ich Ryan beim Umzug versprochen habe, jedes Wochenende mit ihm zurückzufahren. Aber ich kann nicht. Ich finde es erdrückend. Und einer von uns muss schließlich das Angebot nutzen, das London uns an den Wochenenden bietet, stimmt's? Ich habe ihm eigentlich nur versprochen, immer mitzukommen, weil ich dachte, dass er sich ändern würde, wenn er erst einmal hier wäre. Aber es ist, als würde ihn ein Gummiband stets zurück nach Leigh-on-Sea ziehen. Wann immer ich mich beschwere, spult er seinen Die-Familie-kommt-zuerst-Spruch ab.

Und außerdem lässt Trennung die Liebe wachsen. Das sagt jeder.

In Wahrheit haben Ryan und ich gemerkt, dass wir gern unterschiedliche Dinge tun. Und das ist okay. Wir haben noch immer alles Mögliche gemeinsam. Wie … zum einen unsere *Geschichte* und zum Beispiel … na ja, eben alles Mögliche.

Ich schüttele den Kopf, ich will mich auf mein Wochenende mit Casey konzentrieren.

»Wir werden uns *amüsieren!*«, quietscht sie.

»Ich weiß!«, rufe ich und klatsche aufgeregt in die Hände. »Warum fahren wir nicht nach Camden, trinken etwas, kommen wieder her und machen uns fertig, um dann loszuziehen! Ich freue mich so, Samstagabend auszugehen! Das habe ich schon viel zu lange nicht mehr getan!«

»Klingt gut«, sagt Casey, die sich träge aufs Sofa legt. »Lass mich nur zuerst meinen Kater auskurieren. Ich war lang mit den Mädels unterwegs und bin direkt hergekommen.«

»Wirklich?«, sage ich und spüre einen unerwarteten Anflug von Eifersucht. Deshalb diese Aufmachung.

Sie beugt sich über den Couchtisch, um ein Glas Wasser zu nehmen, das ich dort habe stehenlassen, und trinkt es in einem Zug aus, wobei sie etwas auf den Boden schüttet. Ich stehe sofort auf, gehe in die Küche, um einen Lappen zu holen, und wische um ihre Füße herum, die sie wie ein Kind anhebt. Plötzlich sehe ich ein Bild von meiner Mutter vor mir, die dasselbe mit mir getan hat, und werfe den Lappen voller Abscheu auf den Boden.

Zwei Stunden später laufen Casey und ich durch Camden.

»Kein Wunder, dass es dir hier gefällt«, grinst Casey und deutet auf einen Stand, an dem Taschen mit Fransen und Silbermünzen verkauft werden.

»He«, sage ich, nehme eine Tasche und hänge sie mir über die Schulter. »Weißt du, dass die total modern sind?! Kate Moss hat auch so eine!«

»Leider zehn Jahre zu spät für dich, Süße.« Casey kichert. »Hattest du nicht so eine, als du vierzehn warst?«

»Ich bin eben stets meiner Zeit voraus«, sage ich gespielt arrogant, und wir brechen in Gelächter aus. Es ist schön, mit Casey unterwegs zu sein. Seit Ryan und ich nach London gezogen sind und wir uns weniger sehen, fühlen wir uns allerdings nur noch wohl, wenn wir über die Vergangenheit sprechen und in Kindheitserinnerungen schwelgen. Damals war unsere Bindung so stark, dass nichts und niemand zwischen uns kommen konnte. Jetzt ist das Leben zwischen uns gekommen. Okay, ich gebe zu, dass meine Beziehung zu Ryan ihren Teil dazu beigetragen hat. Ich muss mir mehr Mühe geben, Zeit mit Casey zu verbringen. Aber es ist seltsam: Manchmal merke ich, dass mich die Aussicht, sie zu sehen, nervös macht. Als könnte ich sie langweilen oder als wüssten wir vielleicht nicht mehr, worüber wir reden sollen. Wir leben so verschieden, dass nur schwer neue Erinnerungen entstehen. Vielleicht denken wir deshalb so viel an die Vergangenheit. Wir füllen damit jene Momente, in denen deutlich wird, dass uns nicht mehr so viel verbindet wie früher. In Wahrheit kann ich nicht mehr mit ihr mithalten. Wenn sie nicht lange arbeitet, geht sie aus und feiert. Die Frau lebt wie ein Vampir und scheint sich nie ausruhen zu müssen. Ich will nicht verhehlen, dass ich mir manchmal Sorgen um sie mache. Ich habe das Gefühl, dass ich mir Sorgen machen *muss*, weil es niemand anders tut.

Ich lege die Tasche zurück, und wir gehen schweigend weiter über den Markt, wobei ich hin und wieder etwas in die Hand nehme – entweder für die Wohnung oder für mich. Ich mag die langen Hippieröcke, aber als ich auf einen deute, tut Casey, als müsse sie sich in ihre Imbissnudeln übergeben. Dann nimmt sie einen Minirock aus Wildleder in die Hand und hält ihn sich selbst vor. Ich beobachte, wie sie sich angeregt mit dem Standbesitzer unterhält und selbstbewusst mit ihm flirtet. Sie weiß, wie man das macht. Jetzt wirft sie den Kopf in den Nacken, streckt die Brust heraus und lacht aus vollem Hals, der junge, attraktive Typ blickt sie voll lustvoller Bewunderung an. Er fasst ihr an den Hintern, woraufhin *sie* nicht zusammenzuckt, aber *ich*. Sie zwinkert nur provozierend und tritt einen Schritt auf ihn zu. Vielleicht bin ich ja nur prüde, aber bei so etwas fühle ich mich unwohl. Ich bin schon so lange mit Ryan zusammen, dass ich mich nicht mehr erinnern kann, wie so etwas ist. Werde ich alt und langweilig?

Was meinst du mit »wirst du«? Es tut mir leid, dir das sagen zu müssen, aber das bist du schon eine ganze Weile.

Ich spüre den kalten Zweifel in meinem Herzen, wende den Blick ab und trinke einen Schluck Kaffee, um einen beschäftigten Eindruck zu machen. Casey dahingegen ist *wirklich* beschäftigt. Ich denke an Ryan und frage mich, was er gerade macht. Mir wird klar, dass ich mich das nicht fragen muss. Ich weiß es. Weil ich immer weiß, was er macht. Ich kenne seine Routine – unsere Routine – auswendig. Jeden einzelnen Tag.

Dann mach etwas anderes! Etwas Verrücktes! Sei ausnahmsweise einmal leichtsinnig, verhalte dich deinem Alter entsprechend und nicht wie deine Schuhgröße!

Auf einmal verspüre ich den Drang, etwas Verrücktes und

Spontanes zu tun. Ich gehe zu Casey und dem zutraulichen Standbesitzer. Ich packe den Rock weg, den Casey noch immer in der Hand hält, und lege besitzergreifend den Arm um sie.

»Würdest du bitte nicht mit meiner Freundin flirten?«, sage ich verführerisch und lege meine Wange an ihre. Casey sieht mich an und grinst.

»Ach, Süße«, haucht sie mit einem Blick auf den Standbesitzer, der uns jetzt beide geifernd ansieht, »ich dachte, ich würde dir darin gefallen. Ich weiß, dass Miniröcke dich scharfmachen!« Um die Wirkung zu steigern, küsst sie mich ausgiebig auf die Lippen.

Dann stolpern wir davon und schaffen es gerade einmal fünf Schritte zu gehen, bevor wir loskichern. Ich halte meine Kamera schräg über unsere Köpfe, und noch immer lachend strecken wir die Zungen heraus und berühren uns mit den Zungenspitzen.

Genau in dem Augenblick beschließe ich, dass es höchste Zeit ist, mich wieder zu amüsieren, wieder zu leben.

Wir verlassen die U-Bahn an der Waterloo-Station. Hier ragt das IMAX-Kino aus einer grauen Betonlandschaft hervor. Es fängt an zu regnen, Casey blickt nach oben, streckt die Arme aus und dreht sich wie ein Kind auf der Stelle, bis ihr schwindelig wird. Ich tue es ihr gleich, und als uns die Passanten amüsiert beobachten, fangen wir an zu lachen. Wir stoppen und halten uns aneinander fest.

»Was machen wir hier?«, fragt Casey und sieht sich mit abfälligem Blick um. Zugegeben, es ist eines der weniger attraktiven Viertel Londons, aber ich komme nur selten her, und deshalb finde ich es schön. Hier habe ich das Gefühl, in einer anderen Stadt zu sein. Zum Beispiel, sagen wir, in New

York vielleicht? Gott, wie gern würde ich dort leben. Aber es ist noch Zeit. Ich bin erst fünfundzwanzig.

Ich fasse Caseys Arm und schlängele mich entschlossen durch die Straßen. Ich bin mir nicht hundertprozentig sicher, wo ich hingehe, aber der Weg ist das Ziel. Ryan hat sich immer wie mein Endziel angefühlt, der Ort, an dem ich bleibe. Er ist der Erste, dem ich begegnet bin, ich bin also nicht weit gereist. Seither rasen wir über das Monopoly-Brett des Lebens, sind über Los gegangen, haben die Aktionskarten verpasst und auf dem ersten Feld, auf dem wir gelandet sind, gleich ein Haus gekauft.

Ich versuche, mein Teenie-Ich zu ignorieren, aber in letzter Zeit wird ihre Stimme lauter und drängender. Sie fragt mich, ob mir das, was ich habe, genügt. Ich sehne mich nicht nach einem Leben in einem Haus auf der Parkstraße, aber ich kann nicht umhin, mich zu fragen, ob ich mich zu früh festgelegt habe. Dass ich die Badstraße genommen habe, wenn ich die Schlossallee hätte haben können. Ich schiebe diesen schrecklich verräterischen Gedanken beiseite. Es ist alles in Ordnung, ich muss mich nur ein bisschen mehr amüsieren.

»Wir sind da!«, rufe ich, als wir eine kleine Tür erreichen.

Casey blickt sich deutlich verwirrt um. »Äh, wo ist ›da‹?«, fragt sie zweifelnd.

»Am Rand der Welt!«, verkünde ich geheimnisvoll und breite dramatisch die Arme aus. »Komm mit«, sage ich und fasse ihre Hand.

»Molly, wovon um alles in der Welt sprichst du?«, murmelt Casey, folgt mir jedoch hinein. »Ich dachte, wir würden shoppen gehen oder etwas trinken.«

»Wir gehen auch etwas *trinken*«, erwidere ich, »und zwar auf der ganzen Welt!« Ich deute hinauf zum Schild und strahle sie an, werde aber plötzlich etwas unsicher. »Willkommen in Vinopolis!«

Weinprobe? Ist das wirklich wild und verrückt und spontan?

Obwohl mich Zweifel beschleichen, gehe ich weiter und bemühe mich zu beweisen, dass meine Idee gut ist. »Man kommt her, kauft eine Fahrkarte, reist um die Welt und probiert überall Wein!«, erkläre ich. Casey schweigt. »Ich … also ich dachte, es wäre eine lustige Art, den Nachmittag zu verbringen! Ich wollte schon immer einmal herkommen, aber Ryan macht sich nichts aus Wein.«

»Und da hast du mich mitgenommen, weil du weißt, dass ich gern trinke?« Casey lacht. »Nicht dass mich jucken würde, wo der Wein herkommt«, fügt sie hinzu, »ich trinke alles, was du mir hinstellst!«

Ich grinse. »Man weiß ja nie, vielleicht verlässt du den Laden als echte Kennerin.«

Ihr hübsches Gesicht wirkt etwas ratlos. »Süße, hast du gesehen, wie ich Wein trinke?« Sie tut, als würde sie ein Glas auf ex leeren, und ich muss lachen.

Wir sind in Frankreich, probieren eine Auswahl Burgunderweine und halten uns nicht an den allgemein bekannten Rat, dass man bei Weinproben ausspucken sollte, was man probiert.

»Mmm«, macht Casey und bewegt einen großen Schluck Wein auf vermeintlich professionelle und vornehme Art prüfend in ihrem Mund. Sie schluckt und blickt auf, als suche sie nach dem perfekten Vergleich. »Es schmeckt wie, ich spüre einen Hauch von, eine deutliche Spur von, ja, warte, ja, jetzt weiß ich es – TRAUBEN!«

Wir durchqueren gerade Spanien, als mir jemand auf die Schulter tippt.

»Schön, dich hier zu treffen, Grünschnabel!«

Ich sehe Casey mit gerunzelter Stirn an, die eine Braue hebt, dann drehe ich mich schnell um. Dort steht Seb mit zwei Freunden und grinst Casey und mich breit an. Alle drei tragen indigoblaue Jeans, Designerturnschuhe und Pullover mit V-Ausschnitt und Monogramm. Mit ihren unordentlich gestylten Haaren und ihren Bartstoppeln sehen sie aus wie Drillinge.

»Hallo, Seb.« Ich lächele und freue mich, einen Bekannten zu treffen. Zumindest sieht Casey auf diese Weise, dass ich noch andere Leute kenne. »Was macht ihr Jungs hier?«

»Ach, weißt du, nur ein bisschen Kultur schnuppern. Am Wochenende machen wir gern etwas Besonderes. Deshalb haben wir einen Samstagmittag-Essensclub gegründet«, erklärt Seb. »Jede Woche überlegt sich einer von uns etwas, das keiner von uns schon einmal getan hat. Dies hier war mein Vorschlag. Ich probiere gern ein bisschen Wein, und du?«

»Ich habe das noch nie gemacht«, erwidere ich gleichermaßen beschämt über mein Geständnis wie beeindruckt von seiner inspirierten Wochenendgruppe. So etwas würden Ryan und seine Freunde nie tun.

Casey räuspert sich neben mir, und als ich zu ihr blicke, erscheinen mir auf einmal ihre Schminke zu künstlich, ihr Kleid zu kurz und ihre Stiefel zu hoch für einen Samstagnachmittag. Es ist mir peinlich.

»Das ist meine b… alte Freundin Casey«, stelle ich sie vor. Das Wort »beste« blieb mir im Hals stecken. Casey merkt es nicht, streckt Seb eine Hand entgegen und lächelt ihn verführerisch an.

»Nett, dich kennenzulernen«, schnurrt sie. »Und wer seid ihr, Jungs?«

»Ach, tut mir leid«, entschuldigt sich Seb und wedelt mit den Händen. »Molly, Casey, das sind Nick und Matt.«

»Hallo«, grüßen sie cool im Chor und lächeln uns freundlich zu.

»Und seid ihr schon in vielen Ländern gewesen?«, erkundigt sich Seb und verschränkt die Arme.

»Nur auf Ibiza«, antwortet Casey, bevor ich etwas sagen kann. »Außerdem bin ich zur Hälfte Italienerin und zur Hälfte Griechin. Ich verrate euch aber nicht, welche Hälfte was ist.« Sie zwinkert. »Wart ihr schon einmal da? Ich meine, nicht auf meinen Hälften, sondern ob ihr schon einmal in Italien oder Griechenland gewesen seid?« Ich sehe sie schockiert an, aber die Jungs lachen über ihren Witz, und so schließe ich mich ihnen an.

»*Aaaaah!*«, kreische ich. Ich sitze hinten auf einer italienischen Vespa, die Hände um Sebs Taille gelegt, während wir durch die Straßen von Rom düsen. Ich bin, wenn nicht betrunken, dann doch sehr, *sehr fröhlich.* Wir sind schon ewig in Italien. Wir haben es nur einmal verlassen, um nach Südafrika und nach Portugal zu gehen, und dann beschlossen zurückzukehren, mehr Chianti zu trinken und noch eine Runde auf dem Roller zu fahren.

»Das ist wie bei *Ein Herz und eine Krone*!«, ruft Seb mir über seine Schulter hinweg zu.

»Ja?«

»Kennst du *Ein Herz und eine Krone*? Mit Gregory Peck und Audrey Hepburn? Den musst du gesehen haben!«

»Nein«, rufe ich zurück. »Den wollte ich aber immer sehen.«

Das stimmt. Er stand auf der Liste der Filme, die ich sehen wollte, bevor ich Ryan begegnet bin. Dann waren wir zusammen, und obwohl ich ihn dazu gebracht habe, ein paar Filme von meiner Liste mit mir zu sehen, weigert er sich standhaft, einen Schwarz-Weiß-Film zu gucken.

Seb dreht sich auf dem Roller um und sieht mir in die Augen. Als mir plötzlich bewusst wird, wie nah wir uns sind, rutsche ich auf dem Sitz zurück und schlucke. Ich sehe mich nach Casey um, doch dann fällt mir ein, dass sie mit den anderen beiden Kerlen nach Griechenland wollte.

»He!« Ich deute auf die Videoleinwand, die immer noch zeigt, wie wir über die Kopfsteinpflasterstraßen von Rom heizen, obwohl Seb, der Fahrer mich ansieht. »He, pass auf, das ist gefährlich!«

»Egal.« Er grinst, verschränkt die Arme und starrt mich intensiv an. »Ich möchte wissen, wie es sein kann, dass ein Mädchen, das bei einer Zeitschrift arbeitet, vielmehr *Bild*redakteurin bei einer Zeitschrift ist, noch nie *Ein Herz und eine Krone* gesehen hat? Das ist ein Klassiker! Ein wunderschön fotografiertes Stück Filmgeschichte!«

Ich zucke mit den Schultern und bin auf einmal unglaublich befangen. »Ich weiß es nicht«, antworte ich und blicke nach unten. »Ich glaube, der ist einfach an mir vorbeigegangen.«

»Du bist aber schon einmal in Rom gewesen, oder?«, will Seb neugierig wissen.

Ich schüttele den Kopf und fühle mich dümmer und kulturell unterbelichteter als je zuvor. Ich möchte nicht über meine Kindheit sprechen, in der wir an der englischen Küste von einem öden Bed and Breakfast zum nächsten gefahren sind. Oder über meine Ferien mit Ryans Familie in Portugal. Auf einmal kommt mir alles so klein vor.

Seb fällt die stoppelige Kinnlade herunter, aus seinen graugrünen Augen spricht deutlich Fassungslosigkeit. »Du liebst doch die Fotografie, oder nicht?«, will er wissen. Ich nicke.

»Dann musst du unbedingt nach Rom, um den Petersplatz zu fotografieren. Die Sixtinische Kapelle. Die extravaganten Italiener, die am Markt ihren Espresso trinken. Die Liebenden, die sich an der Fontana di Trevi küssen.«

Ich starre Seb an, der so voller Leidenschaft von dieser schönen Stadt spricht, und werde von Sehnsucht überwältigt. Nicht nach Seb, ich sehne mich danach, mehr von der Welt zu sehen, mehr vom *Leben.*

Seb bemerkt, dass ich still geworden bin. Er nimmt mir das leere Glas ab, in dem sich ein köstlicher Montepulciano befunden hat, steigt vom Roller und stellt es auf den Tisch in der Mitte des Raums. Dann nimmt er meine Hand, hilft mir von der Vespa und zieht mich mit sich in den nächsten Raum.

»Komm, Grünschnabel«, sagt er und gibt mir einen Kuss auf die Stirn. »Ich zeige dir den Rest der Welt!«

Seb führt mich nach Kalifornien und gibt mir ein Glas Zinfandel. »Du hast keine Ahnung, was du verpasst hast.« Er hebt sein Glas, stößt mit mir an, leert es mit einem Zug, schüttelt den Kopf und lacht auf eine zugleich gefährliche und aufregende Weise.

Da wird mir schlagartig bewusst, dass Seb sich täuscht. Das Problem ist, dass ich *genau* weiß, was ich verpasst habe. Und nachdem ich es jetzt weiß, bin ich mir nicht sicher, ob ich in den alten Zustand zurückkehren und so tun kann, als wüsste ich es nicht.

»Was ist los?«, flüstert Casey mir im *Century* zu, einer privaten Bar auf der Shaftesbury Avenue, in der Seb Mitglied ist. Wir sitzen in einer Ecke mit Nick und Matt und verbringen einen der besten Abende, den ich seit Langem hatte.

»Was meinst du?«, frage ich unschuldig und lächele vom Alkohol benebelt Seb zu, der eine Flasche Champagner bringt und dann zur Bar zurückkehrt.

Sie blickt zu Nick und Matt gegenüber von uns. »Wir gehen einen Augenblick auf den Dachgarten hoch, Jungs!«, zwitschert Casey. »Vermisst uns nicht zu sehr!« Sie fasst meine Hand, zieht mich mit sich in den Aufzug und fährt mit mir nach oben, wo sie mich hinsetzt und mich prüfend ansieht. »Ernsthaft, Süße, was ist los? Du wirkst irgendwie anders. Ist alles okay mit dir?«

»Mmmmmh.« Ich nicke nicht gerade überzeugend und wende den Blick ab.

»Ich meine damit, ob mit dir und Ryan alles okay ist?« Sie tippt mir auf die Schulter, und als ich mich zu ihr umdrehe, weiß ich, dass sie mir sofort ansieht, dass ich an meiner Beziehung zweifele.

»Verflucht!« Casey schüttelt den Kopf. »Ich dachte, ihr zwei wärt das perfekte Paar.«

»Niemand ist perfekt, Case«, erwidere ich traurig.

»Willst du noch mit ihm zusammen sein?«

Ich stelle fest, dass ich diese Frage nicht beantworten kann. Ich denke unablässig darüber nach, was aus dem jungen Paar geworden ist, das bis über beide Ohren verliebt war? Wir sind festgefahren, das ist es. Unsere Arbeit, unsere Pflichten, unsere Verantwortung und unsere Hypothek belasten uns. Dabei sind wir erst Mitte zwanzig, in einem Alter, in dem wir uns eigentlich amüsieren sollten. Wenn ich noch immer auf dem Monopoly-Brett unterwegs bin, sollte ich vielleicht jetzt die Karte spielen, mit der ich aus dem Gefängnis freikomme.

Der Pfeif-auf-die-Würde-Kuss

Warum sollen wir wissen, was wir werden wollen und mit wem wir zusammen sein wollen, bevor wir überhaupt herausgefunden haben, wer wir sind? Ich habe so viele Gelegenheiten, Erfahrungen und Lebenswege ignoriert. Ich habe den Großteil meines Lebens so getan, als wüsste ich, was ich tue. Ich habe versucht, mich »reif« zu verhalten, erwachsen zu sein. Ich wünschte, ich wäre länger frei gewesen, hätte das Abenteuer gesucht und Dinge falsch gemacht. Ich wünschte, ich hätte nicht versucht zu leben, indem ich Dinge von einer Liste abhake, und mich stattdessen nur auf das Hier und Jetzt konzentriert. Vielleicht wäre ich dann besser auf das Erwachsensein vorbereitet gewesen, als es so viel früher als erwartet auf mich zukam. Ich weiß, dass man nichts bereuen sollte, aber das bereue ich.

<<*Zurückspulen 19.07.2001*>

»Ich kann nicht glauben, dass wir wirklich hier sind! Ibizaaaa!«, ruft Casey und spricht das Wort genauso aus wie sie »Tequilaaa« sagt, mit aufgesetztem mexikanischem Akzent. Sie lässt ihren Koffer an der Tür stehen und stürzt sich in dem ansonsten spärlich eingerichteten Hotelzimmer auf eines der beiden großen Betten. Sie rollt sich auf den Rücken und verschränkt die Hände hinter dem Kopf, wie ein Fächer breiten sich ihre dunklen Haare über das weiße Laken, der Ring an ihrem Bauchnabel glitzert auf ihrer bereits gebräunten Haut. In ihrem Bikinioberteil und dem weißen Jeansrock sieht Casey aus, als wollte sie in die Disco gehen, und nicht, als sei sie gerade aus einem Flugzeug gestiegen. Mia zeigt ihre Liz-Hurley-Seite, sie trägt eine teure weiße Bootcut-Jeans mit Korksandalen sowie eine hauchdünne geblümte Chiffonbluse mit einem weißen Mieder darunter. Mit meiner abgeschnittenen Jeansshorts und den Leggings (ich weigere mich, meine käsigen Beine zu zeigen), einem ärmellosen Top und meiner hellgrünen gepunkteten Lieblingssonnenbrille sehe ich von uns dreien am lässigsten aus.

»Das wird ein wunderbarer Urlaub, Mädels!«, schwärmt Casey. »Tagsüber sonnen wir uns, abends machen wir Party, treffen Jungs und trinken Cocktails. Ihr müsst nichts für die Uni tun, und ich muss nicht kellnern. Wir haben nur Spaß, Spaß, Spaß! Ach, ich kann es nicht erwarten, ins *Eden* zu kommen! Ich habe schon so viel darüber gehört. Und dann gibt es noch die Schaumpartys und *El Divino*.«

»Ja, na ja, ich glaube, Molly und ich sind mehr die *Café del Mar/Pacha*-Typen als die für das nackte Ibiza«, bemerkt Mia etwas kühl.

Casey schneidet ihr eine Grimasse, dann lächelt sie mich an. »Komm, Molly!« Casey springt auf und zieht meinen Koffer zum anderen Bett. »Wollt ihr nicht auspacken? Es ist Zeit zum *Paaartymachen*!«

Ich lache und lasse mich, von ihrer Freude angesteckt, aufs Bett ziehen.

Mia steht an der Tür und mustert das kleine, unbequem aussehende Sofa, das neben dem Balkon an der Wand steht.

»Ach, das tut mir ja so leid, Mia«, sagt Casey, die ihrem Blick gefolgt ist, allerdings nicht sonderlich mitfühlend klingt. »Jetzt haben wir die guten Betten belegt. Aber wir können ja unter der Woche tauschen.«

Mia lächelt steif, als wüsste sie, dass es dazu niemals kommt, tritt dann ins Zimmer und macht sich daran, ihre Sachen ordentlich in den Schrank zu packen. Mia hat nicht nur Klasse, ist klug und beherrscht, sie ist auch ein Ordnungsfanatiker. Sie und Casey könnten nicht unterschiedlicher sein. Die Atmosphäre ist angespannt, und ich frage mich unwillkürlich, ob das eine Schnapsidee von mir war. Ich hatte gehofft, dass ein Mädchenurlaub meine beiden besten Freundinnen einander näherbringen würde. Mia und ich haben gerade den Abschluss gemacht. Herrgott, das *muss* einfach lustig werden. Doch das wird es bestimmt nicht, wenn ich die nächste Woche den Prellbock spielen muss. Ich weiß, dass Casey etwas eingeschnappt war, als ich vorgeschlagen habe, Mia mitzunehmen. Ich dachte jedoch, ich hätte sie überzeugt, dass drei junge, alleinstehende Frauen zusammen viel mehr Spaß haben können als zwei.

Ich glaube, weil wir so unterschiedlich sind, können wir uns die eine oder andere Sache über das Single-Sein beibringen. Mia ist Single aus Überzeugung, ich bin Single, weil ich so hohe Erwartungen habe, und Casey hat kein Problem, Kerle kennenzulernen, aber sie zu halten. Mit diesem Urlaub feiern wir nicht nur Mias und meinen Abschluss, sondern auch unsere *Freiheit*. Wir brauchen keine Männer.

Eine sanfte Inselbrise weht die zarten durchsichtigen Vorhänge vor unserem Balkon etwas auseinander. Plötzlich habe ich das Bedürfnis, das Meer und die Schönheit der Insel zu betrachten. Ich trete ans Fenster und öffne den Vorhang. Schockiert starren wir alle drei auf den Anblick, der sich uns bietet.

Dort findet sich kein glitzerndes türkisfarbenes Meer oder ein leuchtender Sonnenuntergang. Es ist ein …

»EIN SCHWANZ!«, kreischt Casey.

»EIN SCHWANZ!«, keucht Mia.

»EIN SCHWANZ!«, schreie ich und deute auf die Wand der gegenüberliegenden Appartementanlage, auf die ein deutlich erkennbarer riesiger, anderthalb Meter langer Penis gemalt ist – noch dazu mit Schamhaaren. Wir brechen hysterisch kichernd auf dem Boden zusammen.

»Kommt, Mädels«, sagt Mia, als wir uns schließlich beruhigt haben. »Betrinken wir uns.« Sie hakt sich bei uns beiden unter, und als wir aus der Hoteltür treten, überkommt mich ein warmer Schauder, der nicht etwa von der drückenden Feuchtigkeit herrührt. Ich habe das Gefühl, dass dieser Urlaub doch noch etwas werden könnte.

In der kleinen stickigen Bar hämmert die Musik. Es ist eine der vielen kleinen stickigen Bars, die sich an der Hauptstraße oder dem »West End« von San Antonio aneinanderreihen.

Wir stehen um einen Tisch mit einer großen Karaffe *Sex on the Beach* zwischen uns, was uns jede Menge Sprüche von Kerlen unterschiedlichen Alters und unterschiedlicher Attraktivität beschert. Begleitet von Mias und Caseys Buhrufen und Sticheleien scheuche ich sie davon. Anscheinend sind die beiden sich in einem Punkt einig: Sie hätten gern etwas von dem, was wir von unserem Hotelzimmer aus gesehen haben. So viel zu unserer Mädchenwoche.

»Komm, Molly«, bettelt Casey, als ich eine weitere Gruppe Kerle verscheuche. »Du kannst nicht von uns erwarten, dass wir überhaupt nicht mit Männern reden. Denk an all die Urlaubsromanzen, die wir haben könnten! Hier gibt es ein paar richtig süße Typen. Sieh dir den da drüben an!«

Sie lächelt und beißt verführerisch auf ihren Strohhalm, woraufhin der alte schmierige Barbesitzer ihr zuzwinkert und sie zu sich heranwinkt. Als sie Anstalten macht, zu ihm zu gehen, fasse ich reflexartig ihren Arm. Ich habe zu viele Abende erlebt, an denen Casey schnurstracks auf die ältesten, schmierigsten Männer im Raum zugesteuert ist. Und nur weil wir jetzt älter sind, höre ich nicht auf, auf sie aufzupassen.

»Nein, Casey! Ernsthaft, du hast keine Ahnung, wo der sich herumgetrieben hat. Und außerdem ist er viel zu alt für dich.«

»Er kann nicht älter als fünfunddreißig sein. Und überleg doch mal, wie viel er von der Welt gesehen hat.« Sie seufzt und winkt ihm auf eine Art zu, die an Marilyn Monroe erinnert.

»Das tue ich«, sage ich und verziehe das Gesicht. Ich nehme ihre Hand hinunter. »Und die Vorstellung ekelt mich an.« Ich wende mich an Mia, die ihn ansieht, als hätte sie einen üblen Geruch in der Nase. »Sag du auch was, Mia. Ich habe doch recht, oder?«

Sie zuckt leidenschaftslos mit den Schultern. »Kommt drauf an. Ich meine, wenn sie ihn nur bumsen will …«

»Mia!«, rufe ich aus.

»Was? Es handelt sich schließlich um zwei erwachsene Menschen.« Gedankenverloren spielt sie mit ihrem Strohhalm. »Sie fühlt sich nur zu ihm hingezogen, weil ihr Vater sie verlassen hat. Das nennt man Vaterkomplex oder Verlustangst oder so etwas. Vielleicht überwindet sie ihr Trauma, wenn Señor Ekelpaket dort drüben es ihr richtig besorgt. Man weiß ja nie, vielleicht erspart es ihr einen Haufen Geld für Therapiestunden, wenn sie dreißig ist.« Mia hält inne, leert einen Großteil ihres Drinks und schenkt sich sogleich nach. »Aber wenn sie irgendwie der lächerlichen Illusion erliegen sollte, dass er sich in sie *verlieb*t und sie für immer glücklich zusammenleben, nun, dann ist sie sogar noch dümmer als sie aus…«

Ich stoße Mia mit dem Ellbogen an, aber es ist zu spät. Casey starrt sie wütend an und wendet dann schmollend den Blick ab. Sie hasst nichts mehr, als wenn man sie als dumm bezeichnet.

»Ich glaube, es ist Zeit zum Anstoßen!«, verkünde ich strahlend. »Auf meine besten Freundinnen!« Um sie zu besänftigen, fange ich an, Caseys und mein Lied zu singen. Ich dachte, das würde die Stimmung heben, aber Casey glotzt erst mich wütend an, dann Mia, die mich wiederum ansieht, als sei ich übergeschnappt. Mitten im Satz verstumme ich und stoße mit ihnen an. »Auf einen tollen Mädchenurlaub. Und denkt daran …«

»… dass wir *heiß* sind?«, fragt Mia und wackelt mit Armen und Beinen, während Casey die Augen verdreht.

»*Natürlich*, das auch, aber ich wollte eigentlich sagen, dass wir keine Männer zwischen uns kommen lassen, okay?«

Casey nickt. Allerdings erst, als ich sie anschubse. Mia ebenfalls, drückt mir dann jedoch einfach ihr Glas in die Hand, als ein junger Typ sich an sie drängt. Ich drehe mich um, um unsere Getränke auf den Tisch zu stellen, und als ich mich wieder zu ihr umwende, knutscht sie ihn ab. Na, toll. Ich suche nach Casey, doch die ist verschwunden. Als auf der Tanzfläche ein Johlen ertönt, entdecke ich sie. Zur Freude aller Männer, die sich um sie herum versammelt haben, tanzt Casey Limbo. Ich seufze, schenke mir aus der Karaffe nach und stürze das Glas in einem Zug hinunter.

»Uff«, stöhne ich. Wir liegen zu dritt in der Mittagshitze am Strand und versuchen, den Alkohol aus unseren Körpern sowie die Erinnerung an die durchzechte Nacht aus unserem Gedächtnis zu brennen. Es funktioniert nicht.

Ich hebe meine Sonnenbrille und drehe mich auf die Seite. »Bitte sagt, dass ich nicht wirklich mit diesem abartig hässlichen Achtzehnjährigen herumgeknutscht habe, der die ganze Nacht um mich herumscharwenzelt ist.«

Mia meldet sich. Sie liegt wie eine Sonnenanbeterin auf ihrem Handtuch. »Nein, Molly, du hast ganz bestimmt nicht mit Gerard, diesem wirklich abartig hässlichen Achtzehnjährigen mit dem Pizzagesicht und dem Transpirationsproblem herumgeknutscht«, erwidert sie ironisch, lässt die Hand in meine Tasche gleiten, die zwischen uns liegt, und kramt ein Stück Papier mit Gerards Namen und Heimatadresse, seiner Telefonnummer und seiner E-Mail-Adresse hervor.

Casey grunzt vor Lachen und richtet sich dann auf, um sich mit beiden Händen den Kopf zu halten. »Au. Ich habe mich zu schnell bewegt.« Sie setzt sich einen Sonnenhut auf und lehnt sich auf die Ellbogen zurück, sodass ihr Bauch unglaublich flach wirkt. »Und du hast auch nicht mit seinem besten Freund geknutscht, was zum Streit geführt hat, woraufhin wir alle aus der Bar geflogen sind.«

Ich halte mir die Hände vors Gesicht. »Oh, *Gott*«, stöhne ich. »Ihr seid schuld. Ihr habt einen schlechten Einfluss auf mich. Auf dieser Reise sollten Männer tabu sein, erinnert ihr euch?«

»Uh.« Mia zuckt zusammen, als sie ein Auge öffnet, und hebt einen Finger. »Erstens, musst du unbedingt so laut sprechen?« Sie tut, als würde sie die Lautstärke leiser drehen, woraufhin ich nach ihr schlage. »Und zweitens. Autsch. Sprechen tut weh.« Sie senkt den Arm. »Um ehrlich zu sein, Molly, mein Ziel ist es, in der nächsten Woche so viel Aktion in der Horizontalen zu erleben wie möglich.«

»Ja, aber ich finde trotzdem, dass ihr mich im Stich gelassen habt«, grummele ich. »Wenn ihr mich nicht mit diesem Riesenkrug Alkohol alleingelassen hättet, wäre ich nie in dieses Chaos geraten.«

»Korrektur«, wendet Mia ein und hebt mahnend den Zeigefinger, »du hast *dich selbst* im Stich gelassen.«

»Und dein Höschen«, fügt Casey fröhlich hinzu. »Dort drüben auf der Sonnenliege, weißt du noch?«

»NEIN«, kreische ich, setze mich auf und fasse nach meinen Bikiniträgern, um meine Sittsamkeit zu wahren. »Das habe ich nicht getan! Daran müsste ich mich doch *erinnern*, oder etwa nicht?« Sie blicken mich beide mit aufgesetzt mitfühlender Miene an.

»Beruhige dich, Süße«, sagt Casey, und sie fangen an zu lachen. »Wir ärgern dich nur. Es wäre mehr als dein Körpergewicht in Alkohol nötig, damit du derart die Kontrolle verlierst.«

»Na ja, das reicht jedenfalls. Ich bändele nicht mehr betrunken mit jemandem an.«

»Was willst du stattdessen machen?«, fragt Mia, lüftet ihre Sonnenbrille und hebt herablassend eine Braue.

»Eine wunderschöne romantische Urlaubsliebe erleben.« Casey kichert, weil sie weiß, dass das überhaupt nicht zu mir passt. »Nein. Natürlich nicht.« Ich deute auf meinen Körper, den ich jetzt mit einem Kaftan bedeckt habe. »Hier ist Zutritt verboten. Vor allem hier.« Ich deute auf mein Herz.

»Meinst du nicht da?« Casey zwinkert mir zu und deutet auf das schwarze Stoffdreieck, das meinen Unterleib bedeckt und durch meine Ganzkörperverhüllung gerade noch zu erkennen ist. Mia lacht, und ich schlage nach beiden.

»Da auch«, sage ich verteidigend. »Wenn ihr nichts dagegen habt, werde ich jetzt lesen.« Ich versuche, mich ganz auf *Abbitte* zu konzentrieren und Caseys Geschnatter von ihrem heißen spanischen Barkeeper zu ignorieren.

Später liege ich mit halbgeschlossenen Augen, den Kopf zur Seite gedreht auf meiner Luftmatratze. Es ist Spätnachmittag, und die Sonne wärmt mir den Rücken. Gedankenverloren betrachte ich die komplizierten Muster, die meine Finger im Wasser hinterlassen, und lausche dem sanften Raunen des Meeres, das von dem sachten Plätschern der Wellen gegen die Luftmatratze begleitet wird. Es ist herrlich, so ganz allein und ungestört hier draußen auf dem weiten Meer zu treiben. Nur ich, meine Gedanken …

»Au!«, schreie ich, als ich gerammt und unsanft von der Matratze geworfen werde. Ich tauche aus dem Wasser auf, klammere mich mit geschlossenen Augen an die Gummiinsel, strampele mit den Beinen und spucke Wasser, während ich mir die Haare aus den Augen streiche. »Was zum …«

»Scheiße! Es tut mir so leid!«, keucht eine männliche Stimme. Ich höre ein Platschen, dann schwimmt jemand auf mich zu und greift nach mir.

»Loslassen!«, kreische ich, blinzele wie wild und reibe mir das Salzwasser aus den Augen. Während ich zurück auf die Matratze krabbele, stoße ich die Hände des unsichtbaren Angreifers zurück, die, um gerecht zu sein, anscheinend nur versuchen, meine Beine wieder auf die Matratze zu hieven. Dabei halte ich gleichzeitig mein Bikinihöschen fest, das in alarmierender Weise nach unten rutscht. »Loslassen!«, stoße ich hervor. Schon schwappt mir eine weitere Ladung Meerwasser in den Mund. »Ich schaffe das allein!«

»Okay, okay! Ich wollte dir ja nur helfen.«

Ich schaffe es zurück auf die Luftmatratze, setze mich rittlings darauf und versuche, etwas Würde zurückzugewinnen, indem ich mein Bikinihöschen über die Pobacken zupfe.

»Du könntest dich wenigstens dafür entschuldigen, dass du meine Matratze gerammt hast«, sagt die Stimme hinter mir.

»Dass ich *dich* gerammt habe?«, stoße ich hervor. »Machst du Witze?« Ich blicke über meine Schulter zurück und starre fassungslos auf den idiotischen Besitzer der anderen Luftmatratze, der neben mir im Wasser strampelt.

»*Ryan*?«

Er blickt auf und fängt an zu lachen.

»*Heilige Scheiße!* Molly Carter!«

Seine breiten gebräunten Schultern ragen aus dem Meer und glitzern in der Sonne. Seine blonden Haare sind kurz geschnitten, was ihn älter aussehen lässt, und nachdem er den letzten Babyspeck verloren hat, wirkt er herber. Seine Haut ist tiefbraun, als würde er viel Zeit in der Sonne verbringen, nur unter seinen goldenen Bartstoppeln blitzt etwas hellere Haut hervor. Seine blonden Wimpern sind nass und kleben aneinander, seine blauen Augen leuchten türkisblau wie das Meer, und drumherum bilden sich erste zarte Lachfältchen.

»Ich hätte mir denken können, dass du das bist, Cooper«, sage ich cool. »So wie du immer mit deinem Golf GTI angegeben hast. Kein Wunder, dass du mit einer Luftmatratze genauso wenig umgehen kannst.«

»He, soweit ich das gesehen habe, hattest du die Augen geschlossen!«, erwidert er. »Ich bin mir ziemlich sicher, dass man damit sofort durch die Führerscheinprüfung für Luftmatratzen fällt. Hast du die Meeresverkehrsordnung nicht studiert, bevor du mit deinem Fahrzeug hier herausgefahren bist? Ich bin wenigstens geprüfter Segler.«

Ich denke an unser Treffen vor einem Jahr, als er kurz darauf nach Sydney segeln wollte. Ich würde gern sagen, dass ich seither nicht an ihn gedacht habe, aber das wäre gelogen. Seltsam. Mein Herz rast unkontrolliert, ich kann nicht glauben, dass wir uns ausgerechnet hier auf Ibiza begegnen. Was hat das zu bedeuten? Ziehen wir einander an wie die romantische Version der tektonischen Platten? Oder hat Casey hier wieder die Finger im Spiel?

Ich blicke hinüber zum Strand und sehe eine Gestalt in einem knallgelben Bikini am Ufer stehen, die wie ein Seemann die Hand schützend über die Augen hält und hinaus aufs Meer sieht.

Hmmm.

Ryan grinst mich an und zieht sich dann mühelos auf seine eigene Luftmatratze hoch. Ich versuche, nicht hinzusehen, bemerke aber dennoch, wie sich dabei seine wohldefinierten Bauchmuskeln zusammenziehen und sich sein Bizeps wölbt. In der Mitte seiner Brust ist ein blasses Muttermal, und ich verspüre den Drang, es zu berühren. Um nicht zu erröten, stecke ich meine Hand ins Meer und spritze mir Wasser ins Gesicht, aber vermutlich ist es zu spät.

»Was zum Teufel machst du hier überhaupt?«, frage ich

und paddele mit den Händen, hauptsächlich, damit sie etwas zu tun haben, aber auch, damit wir näher an die Küste kommen. Wir sind ein ganzes Stück hinausgetrieben.

»Ich bin mit meinen Freunden hier«, antwortet er, fährt sich mit den Händen über den Kopf und hinterlässt glitzernde Wassertropfen in seinen goldenen Haaren. »Wir kommen seit vier oder fünf Jahren her, seit wir achtzehn geworden sind.«

»Ach, natürlich«, entgegne ich spöttisch, blicke nach unten und richte unsicher mein schwarzes Bikinioberteil, um sicherzugehen, dass mein bisschen Busen anständig bedeckt ist.

»Was meinst du damit?« Ryan verschränkt die Arme und sieht mich an.

Ich höre auf zu paddeln, halte mir schützend die Hand über die Augen und blinzele ihn an. »Nichts. Na ja, Jungs auf Ibiza, das ist doch so ein Klischee oder nicht?«

Er schüttelt den Kopf und schnalzt missbilligend mit der Zunge. »Du hast dich nicht verändert, Molly. Du sitzt immer noch auf deinem hohen Ross, auch wenn du rittlings auf einer Luftmatratze hockst, was?« Er spritzt mir Wasser ins Gesicht.

»He!« Ich lache und spritze zurück. »Du regst dich nur auf, weil es stimmt!«

»Wir sind wegen der schönen Strände hier.«

Ich schnaube.

»Na gut, und auch wegen der Frauen«, fügt er hinzu. »Aber was ist falsch daran? Wir sind jung, frei und Single.«

Tick, tick, TICK, denke ich, als mir meine aktualisierte geheime Liste einfällt, auf der ich festgehalten habe, wie mein Freund sein soll. Sie ist so geheim, dass ich sie noch nicht einmal Mia oder Casey gezeigt habe. Ich habe sie in meinem Tagebuch versteckt und feile seit Jahren an ihr herum.

Wie mein Freund sein soll:

- Jung, nicht zu jung, ein paar Jahre älter als ich wäre gut
- Keine Verpflichtungen, er kann tun, was immer er will, und gehen, wohin er will, um die Welt reisen etc.
- Single. Freund ausspannen kommt nicht infrage (siehe Beste-Freundinnen-Liste)
- Scharf. Ich bin eben oberflächlich, Asche auf mein Haupt.
- Eine aufregende Karriere (Was passt gut zu einer Fotografin? Ein Roadie? Nein, die sind immer alt, verschwitzt und übergewichtig. Musikproduzent? Vielleicht. Künstler? Muss nicht sein.)
- Gut verdienen. Ich bin oberflächlich, Asche auf mein Haupt (schon wieder)
- Gebildet. Ich will nicht mit einem Idioten zusammen sein
- Kultiviert
- Er soll kochen können, weil ich es nicht kann. Ich will nicht hungern.
- Eine nette Familie? (Nicht ganz so wichtig. Aber es würde mich nerven, wenn sie genauso langweilig wäre wie meine.)
- So scharf wie Ryan Cooper.

Gott, Ryan Cooper ist scharf.

Hör auf, Molly. Hör auf.

»Und was ist mit dir?«, fragt er. »Mit wem bist du hier?«

»Mit zwei Freundinnen.«

»Ach ja«, neckt er mich. »Die *Mädchen auf Ibiza*, was? Jemand, den ich kenne?«

»Eine Freundin von der Uni und Casey.« Ich bemerke, dass Ryan bei ihrem Namen etwas zuckt.

»Ach, du bist mit Alex hier, oder? Ich habe gehört, dass es zwischen den beiden letztes Jahr nicht so gut ausgegangen ist.«

Er nickt. »Ja, ich glaube, er dachte, sie hätten etwas Unverbindliches miteinander, aber sie meinte es ernst, und das hat ihn wahnsinnig gemacht.«

»Ich war nicht da, als sie Schluss gemacht haben, aber ich weiß, dass Casey deshalb ziemlich aufgelöst war«, bemerke ich paddelnd. »Sie meint, er habe sie grundlos sitzengelassen. Denkst du, wir sollten versuchen, dafür zu sorgen, dass sie nichts von der Anwesenheit des anderen erfahren?«

»Nein«, entgegnet Ryan und fährt sich erneut durch die Haare. Dabei fängt sich das Sonnenlicht in seiner Uhr und lässt sie glitzern. »Wir sind erwachsen. Ich möchte nicht, dass wir aus der Bar flüchten, wenn ihr hereinkommt. Casey und Alex sind sich seitdem schon in Leigh begegnet. Ich bin sicher, dass sie cool bleiben.«

»Ich habe vergessen, wie klein Leigh ist«, bemerke ich ironisch und beuge mich vor, damit ich schneller vorankomme. »Jeder weiß über die Angelegenheiten der anderen Bescheid. Es ist mit ein Grund, weshalb ich weggegangen bin.«

»Und ein Grund, weshalb ich geblieben bin.« Ryan lacht. »Ich mag es, jeden in der Stadt zu kennen. Es gefällt mir, dass sich die Leute um meine Familie kümmern. Oder dass sie mich noch aus der Schule kennen. Ich finde es angenehm, dass meine Freunde alle in der Nähe wohnen.« Er zögert. »Und vor allem gefällt es mir, dass ich meine Wäsche jederzeit zu meiner Mutter bringen kann!«

Ich lache und spritze ihn nass. »Es war sicher hart, als du in Australien deine Unterhosen selbst waschen musstest, was?«

Ryan liegt bäuchlings auf seiner Matratze und grinst anzüglich. »Nein, ich trage keine.«

Ich versuche, nicht rot zu werden. »Es wundert mich, dass du zurückgekommen bist«, sage ich stattdessen. »Das muss schwer gewesen sein.«

»Nicht wirklich.« Er lächelt erneut. »Ich bin gar nicht erst gefahren.«

Ich suche in seinem Gesicht nach irgendwelchen Anzeichen, dass es sich um einen Scherz handelt oder dass er sein Geständnis zumindest peinlich findet. Stattdessen grinst er in die Sonne und saugt ihre Strahlen auf, als sei er ein Superheld, der sie als Energiequelle nutzt. Wie konnte er sich diese Gelegenheit entgehen lassen? Es muss einen gewichtigen Grund gegeben haben.

»Ach, das ist ja schade«, sage ich mitfühlend. »Ist etwas passiert?« Ich warte, dass er mir von einer fantastischen Stelle als Lehrer erzählt, bis mir einfällt, dass es sich auch um etwas Ernstes wie einen Krankheitsfall in der Familie handeln könnte. Einen Herzinfarkt oder Krebs oder so etwas, oder vielleicht wieder eine Fußballverletzung. Armer Kerl.

Ryan sieht mich an und schüttelt den Kopf. »Nein, ich habe mich nur entschieden, nicht hinzufahren. Ich wusste, dass ich meine Familie und meine Freunde zu sehr vermissen würde, also habe ich den Sommer einfach in Leigh verbracht. Es war toll. Ich habe die Segelschüler unterrichtet und trainiere jetzt die U14 im Fußball. Weißt du, dass ich auch eine Stelle als Lehrer in Leigh gefunden habe?«

Ich schüttele den Kopf.

Er hat auf einen Sommer in Australien verzichtet, um in Leigh zu bleiben? Was ist mit dem Typ bloß los?

»Wo?«

Ryan grinst. »Thorpe Hall.«

Mir bleibt der Mund offen stehen. Er tut, als würde er eine Krawatte richten. »Sie konnten nicht widerstehen, einen ehemaligen Musterschüler einzustellen. Ich fange im September an. He, arbeitet deine Mutter noch dort?«

Ich nicke stumm und versuche, die Informationen eine nach der anderen zu verdauen.

Ryan lacht und legt seine Hand auf mein Knie. »Dann wird sie jetzt meine Kollegin. Ziemlich seltsam.«

Allerdings.

»Ja«, fährt er fort. »Ich muss aufpassen, dass ich mittags nicht in den Gemeinschaftsraum der Abschlussklasse anstatt ins Lehrerzimmer gehe. Zum Glück werde ich als Sportlehrer hoffentlich nicht zu viel mit Schulpolitik zu tun haben. Ich will für die Schüler genauso Freund wie Lehrer sein. Ich kann es kaum erwarten.«

Ich nicke mit großen Augen und kann noch immer nicht glauben, dass Ryan Cooper tatsächlich *Lehrer* wird.

»Das ist wirklich komisch«, bemerke ich und wechsele rasch das Thema. »Ich meine, dass wir ausgerechnet hier plötzlich zusammenstoßen!« Auf einmal kommt mir ein Gedanke. »He, meinst du, Casey und Alex haben das eingefädelt? Dass wir beide hier auf Ibiza sind?«

»Warum sollten sie das tun?« Er runzelt die Stirn.

»Na ja, Casey ist aus irgendeinem Grund schon länger von der Idee besessen, dich und mich zu verkuppeln. Ich weiß nicht, warum.« Ich bin sicher, dass ich rot anlaufe. »Ich glaube, als sie und Alex noch ein Paar waren, fand sie das eine schöne Vorstellung.«

»Das ist verrückt«, entgegnet Ryan. »Wir kennen uns kaum.«

Er hat recht. Wir sind uns in den letzten Jahren nur ein paarmal begegnet. Dennoch geschieht immer etwas Unerklärliches mit mir, wenn ich ihn sehe. Es ist nicht nur Lust, es ist irgendwie, als könnte er in mich hineinsehen.

Schon als wir das erste Mal zusammen Kaffee trinken waren, hatte ich das Gefühl, er würde mich besser kennen als irgendjemand anders. Seither sind einige Jahre vergangen, doch wenn er mich so ansieht wie jetzt, fühlt es sich noch immer genauso an. Ich komme mir wieder vor wie mit fünfzehn. Ich fühle mich wie ein Teenager. Ein verliebter Teenager.

Ich wende den Blick ab und versuche verzweifelt, zurück zu den Mädchen zu rudern. Auf einmal fühle ich mich überfordert, aber der goldene sonnige Strand und die Bucht scheinen so unerreichbar wie der Mond.

Ich paddele wild wie ein Hund.

»So kommen wir nirgends hin«, stelle ich fest und blicke auf das weite Meer vor uns.

»Nicht?«, fragt Ryan und gleitet ins Wasser. Er hält inne und hebt eine Braue. »Dann sollten wir vielleicht die Richtung ändern.«

Er schwimmt zu mir und legt eine Hand auf das Kopfkissen meiner Luftmatratze. »Leg dich hin, Molly«, sagt er sanft.

»Ich wette, das sagst du zu allen Mädchen«, scherze ich und wackele ein bisschen.

Er verdreht die Augen, muss jedoch lächeln. »Tu einfach, was ich sage, ja?«

Ich gehorche und merke, dass sein Blick länger als nötig auf meiner blassen Brust verharrt, als ich mich vorbeuge, um mich auf meinen noch blasseren Bauch zu legen. Ich beklage mich nicht. Stattdessen höre ich mich sagen: »Du lässt nicht locker, oder?«

»Nie«, antwortet er. Es folgt eine längere Pause, in der wir uns in die Augen sehen. »Bist du bereit?«, fragt er. Ich nicke. Dann dreht er sich um und zieht mich mit einem starken, schlanken Arm kraulend hinter sich her. Ich treibe nicht länger allein auf dem großen, endlosen Meer.

Der Judas-Kuss

Hatten Sie je das Gefühl, eine Person so unbedingt küssen zu wollen, dass Sie es nicht länger ertragen konnten, nicht zu wissen, wie es sich anfühlt? Haben Sie sich stundenlang den Augenblick vorgestellt … wenn alles um einen herum langsamer wird, sich der Atem beschleunigt und der Abstand zwischen beiden abnimmt? Wenn einem schwindelig ist vor Aufregung und Sauerstoffmangel und Lust und Erwartung? Haben Sie sich vorgestellt, wie sich die Lippen der Person anfühlen, ihre Zunge, ihr Atem, der sich mit Ihrem mischt?

Haben Sie in genau der Situation dann festgestellt, dass die Vorfreude besser war als die Sache an sich? Dass vor allem das Nicht-Küssen berauschend war?

Und sind Sie dann zu dem Schluss gekommen, dass der Wunsch, eine alberne Fantasie Realität werden zu lassen, der größte Fehler Ihres Lebens war?

Vorspulen>> 11.12.2004, 19:07 Uhr>

»Hurra!«

Als Christie aufsteht, den Partyhut etwas windschief auf dem sonst perfekt frisierten Kopf, hallt ein Jubeln durchs Restaurant. Sie grinst breit, wobei ihr Lipgloss glänzt wie eine der schillernden Kugeln, die den Baum des Restaurants schmücken. Die gesamte Redaktion von *Viva* ist im Gaucho Grill versammelt, einem argentinischen Steakhaus, das versteckt im Keller in einer kleinen Seitenstraße von Piccadilly liegt. Es ist unsere Weihnachtsfeier. Das Restaurant ist der schlimmste Albtraum eines Vegetariers, die Stühle sind mit Kuhfell bezogen, und wir haben alle riesige Fleischbrocken verschlungen, dazu cremigen Kartoffelbrei, dicke Pommes frites, große gegrillte Tomaten und Pilze am Spieß. Etliche leere Weinflaschen – ein hervorragender Sauvignon aus Norton, den Christie ausgesucht hat, und ein noch besserer Malbec, den Seb gewählt hat – stehen neben Resten von Crackern und Partyhüten überall auf dem Tisch. Das Dessert haben wir hinter uns. Seb und sein Stellvertreter Dominic paffen Zigarren, während der Rest von uns Caipirinha trinkt. Seb hat Dominic die unterschiedlichen Zigarrenmarken vorgestellt und ihm erklärt, was zu tun ist. Dabei berichtete er leidenschaftlich von seinen Reisen nach Südamerika, dann kappte er professionell das Ende von zwei Cohibas, zündete sie an und reichte eine Dom. Der hatte ein paar Züge lang gehustet und gespuckt, woraufhin er die Zigarre die nächsten zehn Minuten nur in der Hand hielt, um einen einigermaßen coolen Eindruck zu wahren. Seb dahingegen paffte fachkundig, plauderte und scherzte und stieß den Rauch wie ein echter Kenner aus. Nicht dass ich ihn beobachtete oder so … Ach, wem will ich etwas vormachen? Ich habe nicht *aufgehört*, ihn zu beobachten oder an ihn zu denken oder mir vorzustellen, wie es wäre, ihn zu küssen, seit wir uns vor zwei Monaten im *Vinopolis* begegnet sind. Ich habe versucht, mich auf Ryan und unsere Beziehung zu konzentrieren, habe versucht, die losen Enden zu flicken und herauszufinden, ob ich nur eine Art Quarterlife-Krise durchlebe (das ist ein offiziell anerkannter Zustand, wir haben in der letzten Ausgabe einen Beitrag darüber gebracht). Aber ich fühle mich noch immer zu ihm hingezogen.

Nur Casey weiß von meinen Zweifeln. Sie hat mir zugehört und mich beraten, als ich sie mitten in der Nacht im Club angerufen oder sie wegen meines Kummers geweckt habe. Ich fühle mich schrecklich, weil ich überhaupt mit ihr darüber rede. Es ist, als hätte ich Ryan schon allein dadurch betrogen, dass ich meine Zweifel ausgesprochen habe. Ein Teil von mir fragt sich, worauf ich noch warte? Wenn ich so sicher wäre, würde ich doch einfach gehen, oder? Aber er ist der einzige Mensch, den ich je geliebt habe, und er passt perfekt zu mir. Was sich in der Theorie allerdings nicht so ganz nachweisen lässt. Neulich Abend, als er friedlich neben mir schlief und einen Arm besitzergreifend über meinen Körper gelegt hatte, habe ich sogar eine Liste geschrieben.

Gründe, weshalb Ryan und ich nicht zusammenpassen
Er mag Sport, ich mag Kultur
Er bleibt gern zu Hause, ich gehe gern aus
Er kocht gern, ich trinke gern
Ich reise, er bleibt am liebsten zu Hause

Ich hatte die Liste mit dem Gefühl herausgerissen, Ryan hintergangen zu haben. Ich bin aufgestanden und habe sofort Casey angerufen. Ich wusste, dass sie noch auf war, und musste sie fragen, was sie denkt.

»Ich weiß nicht, Molly«, begann sie vorsichtig. »Ich dachte immer, du und Ryan wärt füreinander bestimmt. Aber vielleicht doch nicht für immer?«

Dieser Satz geht mir nicht mehr aus dem Kopf.

Die Kellnerin bringt uns jetzt drei Kübel Eis und verteilt sie auf dem Tisch. Christie grinst uns alle selig an, und ich nippe an meinem Cocktail.

»Als typisches amerikanisches Mauerblümchen bin ich es nicht gewohnt, Reden zu halten«, hebt sie an, und wir lachen. Christie hört sich gern reden, doch sie hat Sinn für Humor. »Aber ich dachte, ich versuche es mal. Jedenfalls wollte ich euch allen für eure unglaubliche Arbeit im letzten Jahr danken. *Vivas* Erfolg ist beispiellos.«

»Hurra!«, jubeln wir alle erneut, als die Kellnerin anfängt, uns Champagner einzuschenken. Christie wartet, bis sie fertig ist, dann sammelt sie sich für den Rest ihrer Ansprache.

»Aber das ist nicht der einzige Grund, weshalb ich heute ein paar Worte sagen wollte.« Sie holt tief Luft. »Wie ihr alle sicher bemerkt habt, gab es in letzter Zeit ein paar Besprechungen hinter verschlossenen Türen.« Murmeln und nervöses Lachen ertönen, wir haben alle geahnt, dass etwas im Gange war. Aber an Christies breitem Lächeln erkennen wir, dass es keine schlechten Neuigkeiten sind. »Die Geschäftsführung von Brook Publishing hat entschieden, dass wir uns weiterentwickeln müssen, um *Vivas* Zukunft zu sichern. Webseiten und Blogs sind künftig ein entscheidender Teil der Branche. Die Verbraucher wollen schnell an Informationen kommen – deshalb ist das Technikteam dabei, eine

Homepage zu erstellen, die zusammen mit einer Wochenausgabe erscheinen wird. Wir haben in den letzten zwei Monaten hart an einer Musterausgabe gearbeitet, und sie ist abgesegnet. Ab Januar wird *Viva* wöchentlich erscheinen.«

Beim Anblick von ungefähr dreißig offen stehenden Mündern muss Christie lachen. Ich blicke hinüber zu Seb, und er zwinkert mir wissend zu. Er war eindeutig eingeweiht. Ich lächele, blicke zurück zu Christie und versuche, meinen beschleunigten Herzschlag zu ignorieren.

Ich versuche, es nicht zu tun, kann aber nicht umhin, beiläufig ein zweites Mal zu ihm zu sehen, und als ich es tue, starrt er mich unverwandt an. Die Schatten, die über sein Gesicht tanzen, lassen sein Gesicht noch interessanter und geheimnisvoller wirken. Er reibt sich das Kinn und lächelt lasziv. Ich lächele zurück.

Christie spricht noch immer, und ich konzentriere mich wieder auf sie, das ist wirklich wichtig für meine Arbeit. Für meine Zukunft.

»Abgesehen von dem neuen Format, tut Brooks alles, um unseren Internetauftritt zu *der* Webseite für junge Frauen in England zu machen.« Sie hält inne und blickt in die Runde. »Ganz offensichtlich bedeutet das mehr Arbeit für euch alle – und zunächst nicht mehr Lohn. Bis wir ein Onlineteam einstellen, kommt der Inhalt von euch. Wer könnte besser als das preisgekrönte *Viva*-Team sein Wissen, seine Kreativität und seine Inspiration für unsere Homepage zur Verfügung stellen!«

Ein deutlich vernehmbares Stöhnen geht um den Tisch, als wir ihre Worte für uns übersetzen: mehr Arbeit, gleiches Geld.

»Es stehen uns aufregende und anstrengende Monate bevor.« Christie strahlt uns unbeirrt an. »Aber bei unserer Weihnachtsfeier will ich nicht von der harten Arbeit sprechen, die vor uns liegt. Heute feiern wir ein brillantes Team, eine unglaubliche Zeitschrift und eine aufregende Zukunft.« Sie hebt ihr Glas. »Auf *Viva* 2005!«

Als wir alle losjubeln und in ihren Toast einstimmen, durchströmt mich ein aufgeregtes Kribbeln. Ich habe das Gefühl, bei etwas Großem dabei zu sein, in dem viel Potenzial und zahlreiche Möglichkeiten stecken. Gerade jetzt liebe ich meine Arbeit, meine Kollegen, meine Chefin, diesen Champagner, Weihnachten. Ich blicke in meine Tasche und ziehe mein Handy hevor. Es ist halb sieben, und ich habe drei SMS von Ryan. In allen dreien fragt er, wo ich bin und wann ich nach Hause komme, da er Abendessen gekocht hat.

Mist. Ich habe vergessen, ihm zu sagen, dass heute unsere Weihnachtsfeier ist. Ich schreibe schnell zurück: »Weihnachtsfeier von der Redaktion. Bin nicht hungrig, iss ohne mich. Kuss, M.«

Ich schicke sie ab und greife gerade nach meinem Champagnerglas, als mein Telefon klingelt.

Ich schwinge mich von der Kuhfellbank, sause die Stufen hinauf und hinaus in die bittere Kälte. Gerade noch rechtzeitig hebe ich ab. Als ich mich melde, bin ich etwas aus der Puste.

»H...hal...«

»Warum hat das so lange gedauert?«

»...lo«, sage ich und bin sprachlos über Ryans rauen Tonfall.

»Und?«, drängt Ryan, und ich schüttele den Kopf und versuche, mich auf das Gespräch zu konzentrieren.

»Ich war im Keller des Restaurants und musste wegen dem Lärm raus ...«

Erneut lässt Ryan mich nicht ausreden. »Es ist fast sieben

Uhr, Molly, ich habe schon gekocht. Warum hast du mir nicht Bescheid gesagt, dass du nicht kommst?«

»Es tut mir leid«, sage ich und ärgere mich sogleich über meine Entschuldigung. Ich fühle mich an die lächerlichen Ausgehverbote meiner Mutter erinnert. »Ich habe nicht daran gedacht, dass heute das Essen ist, und die Zeit vergessen.«

Eine Gruppe von Weihnachtsfeiernden taumelt auf der Straße an mir vorbei: vier Mädchen, die sich beieinander eingehakt haben, extrem knappe Kleider tragen und breit lächeln. Sie sehen jung aus, deutlich jünger als ich – oder vielleicht auch nicht? Ich sehe genauer hin. Nein, sie sind wahrscheinlich auch Mitte zwanzig, sie wirken nur jünger. Sie müssen sich um nichts in der Welt kümmern. Müssen nirgendwo sein, niemand erwartet sie zu Hause zum Abendessen.

Zitternd trete ich zur Seite und stelle mich vor den Notausgang. Ich hätte meinen Mantel mitnehmen sollen. Nicht nur, um mich vor der kalten Abendluft zu schützen, sondern auch vor der Kälte dieses Gesprächs.

»Und?«, mault Ryan. »Kommst du jetzt nach Hause?«

Ich blicke auf meine Armbanduhr und bin plötzlich schockiert, was ich dort sehe. Nicht von der Tageszeit – sieben Uhr abends –, sondern …

Der *Zeit*: dem einundzwanzigsten Jahrhundert.

Der *Zeit*: meiner dreijährigen Beziehung.

Der *Zeit*: Ich bin Mitte zwanzig.

Wir sollten uns amüsieren, Molly. Wieder meldet sich mein Teenager-Ich. *Sag ihm, dass wir noch nicht nach Hause kommen.*

Plötzlich verspüre ich den überwältigenden Drang zu lachen, hysterisch zu lachen. Das muss vom Alkohol kommen, denn das ist nicht wirklich lustig.

Ich hole tief Luft und, getrieben von der Aufregung über Christies Neuigkeiten, der Aussicht auf einen lustigen Abend und vor allem von dem letzten Glas Champagner, sage ich das Wort, das ich viel häufiger zu Ryan sagen sollte.

»Nein«, entgegne ich trotzig. »Ich komme noch nicht nach Hause, Ryan. Ich amüsiere mich mit meinen Kollegen auf unserer Weihnachtsfeier. Es ist noch früh, deshalb gehe ich anschließend noch mit ihnen aus. Das ist etwas, was ich nicht sehr häufig tue.«

»Ha!«, stößt Ryan hervor.

»Was soll das heißen?«, frage ich gefährlich ruhig, auch weil ich zwei meiner Kollegen entdeckt habe, die hier draußen eine heimliche Zigarette rauchen. Plötzlich verspüre ich Lust, mich zu ihnen zu gesellen, obwohl ich nicht geraucht habe, seit Ryan und ich zusammen sind. Ich wende mich ab und verschwinde in der Dunkelheit, weil ich nicht will, dass sie meinen Streit mit Ryan mit anhören.

»Es *heißt*, dass du andauernd ausgehst. Nach den Foto-Shootings ein Drink, Presseveranstaltungen, ›Arbeitsbesprechungen‹. Du bist fast nie hier. Und wenn du hier bist, dann, wenn ich zu Hause in Leigh bin.«

»Es ist nicht *meine* Schuld, dass du an den Wochenenden ständig nach Hause zu Mama und Papa rennst«, schieße ich zurück. »Die meisten siebenundzwanzigjährigen Männer haben sich vom Rockzipfel ihrer Mutter gelöst und wollen am Wochenende etwas mit ihren Freundinnen unternehmen. Nicht mit ihren Eltern.«

Ryan lacht, aber es klingt nicht glücklich. »Verdammte Scheiße, Molly, ich *will* Zeit mit dir verbringen. *Herrgott.* Ich will einfach nur daheim in Leigh mit dir sein, so wie du es versprochen hast. Weißt du noch? Es sollte ein Kompromiss sein.«

Ich verstoße gegen meine Prinzipien und erhebe meine Stimme. »Falls du es noch nicht bemerkt hast, Ryan«, zische ich, »unser *Heim* ist in London, und das seit über einem Jahr. Und ich *habe* ziemlich häufig Kompromisse gemacht.«

»Denkst du das wirklich, Schatz?«, fragt er.

»Nenn mich nicht Schatz«, blaffe ich.

»Wir hatten eine Abmachung. Erinnerst du dich, *Molly*?« Er betont ironisch meinen Namen. »Ich ziehe *deiner* Karriere wegen nach London, nicht meinetwegen. Meinst du nicht, dass ich lieber in meiner Heimatstadt wohnen würde, wo all meine Freunde und meine Familie sind, wo mein Leben war? Dass ich lieber an einer Schule arbeiten würde, wo ich nicht täglich Angst haben muss, dass es Messerstechereien gibt? Aber ich tue es nicht, weil ich weiß, dass es *dich glücklich* macht, wenn ich hier wohne. Du wolltest mir entgegenkommen, indem du die Wochenenden mit mir in Leigh verbringst. Das hast du aber seit Monaten nicht getan. Und dann sagst du mir an einem Abend, den wir miteinander verbringen *könnten*, in letzter Minute, dass du mit deinen Kollegen ausgehst! Herrgott!«

Er klingt wie diese Comicstimmen, die durchs Telefon quaken, oder wie Woodstock von den Peanuts. Wah, wah, wah, wah. Es stimmt ja, dass ich mich hin und wieder nicht an meinen Teil der Abmachung gehalten habe, aber das werde ich nicht zugeben, weil mich sein nörgeliger Ton noch sturer werden lässt als sonst. Außerdem darf ich nicht zugeben, dass ich dem London/Leigh-Vorschlag nur zugestimmt habe, weil ich nicht wirklich damit gerechnet habe, dass Ryan tatsächlich ständig nach Hause fahren würde. Ich dachte, London würde seine Abenteuerlust wecken. Dass er neue Freunde finden würde, so wie ich. Ich dachte, er würde Männer wie Seb und Dom kennenlernen, oder wie Matt und Nick. Männer, die sich für mehr interessieren als nur für die wöchentlichen Spiele ihres örtlichen Fußballvereins und die nicht nur mit ihren Schulfreunden herumhängen. Ich dachte, London würde Ryans Reiselust wecken. Dass er Lust bekäme, den Rest der Welt kennenzulernen und sich noch andere Städte, Länder und Orte anzusehen. Aber das ist nicht so. Ryan hat sich nicht verändert, wenn überhaupt, dann hat London seine Reiselust noch schrumpfen lassen. Alles, was er will, ist seine alte Stelle zurück und sein altes Zuhause.

Plötzlich dämmert mir, dass Ryan sich nie ändern wird. Mir wird auf einmal klar, dass *alles* immer zu weit entfernt von Leigh wäre – einschließlich London. Nein, die Einzige, die sich in dieser Beziehung verändert hat, bin ich. Ich habe mich für Ryan verändert, weil ich unbedingt mit ihm zusammen sein wollte. Ich dachte, wenn ich zurück nach Leigh ziehe, würde ich weniger Bedürfnisse, weniger Sehnsucht nach etwas haben. Aber das stimmte nicht. Jetzt will ich ausgehen. Ich will mich amüsieren, ich will die Stadt erobern, in der ich lebe, und die Gelegenheiten nutzen, die sie mir bietet. Ich will mich weiterentwickeln. Das will ich mehr als alles andere.

Mehr als Ryan?, fragt mein Teenager-Ich leise.

Das Schweigen in der Leitung zwischen uns knistert. Nachdem Ryan mit seinen Vorwürfen fertig ist, höre ich ihn wie verrückt mit Töpfen und Pfannen in der Küche klappern.

»Scheiße!«, stößt er plötzlich hervor.

»Was ist los?«, frage ich von meinen Gefühlen und Gedanken abgelenkt.

»Ich habe mir die verdammte Hand verbrannt, als ich die verdammten Linguine abgegossen habe«, knurrt er gereizt.

Und ich kann nichts dafür, aber ich pruste los vor Lachen. Ich versuche, es zu unterdrücken, aber ausnahmsweise gelingt es mir nicht. Ich kann nicht anders, ich bin fassungslos über seine lächerliche Bemerkung. Wie lächerlich wir uns beide verhalten.

»Ich kann nicht glauben, dass du das lustig findest, Molly«, bemerkt Ryan kühl.

»Und ich kann nicht glauben, dass du das *nicht* lustig findest«, entgegne ich. Dann lege ich auf. Es ist das erste Mal, dass ich ein Gespräch mit ihm einfach beendet habe. Ich fühle mich so rebellisch wie damals, als ich mir die Zöpfe abgeschnitten und die Haare rot gefärbt habe.

Fühlt sich gut an, was?

Ja, denke ich. *Wirklich.*

Und als ich die Treppe hinunter in das schummerig beleuchtete Restaurant zurückgehe, werde ich von meinen Kollegen mitgerissen, die mir auf der Treppe entgegenkommen.

»Mollllllyyyy!«, rufen sie. »Wir gehen ins Soho House! Kommst du mit?«

Ich fange Sebs Blick auf, der mir zuzwinkert und lasziv zulächelt, sich seinen gestreiften Schal um den Hals legt und ihn zubindet. Als ich schließlich nicke, schwöre ich mir, dass ich, Molly Carter, von jetzt an tun werde, was mir gefällt.

Drei Stunden später, nachdem ich weiter getrunken, gelacht, rumgealbert und mit Seb geflirtet habe, der meine Aufmerksamkeit genießt, habe ich das Gefühl, dass ich diesen Spaß nicht nur verdiene, sondern sogar noch mehr *brauche.*

Endlich hörst du auf mich!

Mein fünfzehnjähriges Ich hatte die ganze Zeit recht. Beziehungen stutzen einem die Flügel, engen einen ein und lassen einen frühzeitig altern. Genau wie meine Eltern. Warum nicht ein bisschen leben? Ich bin jung, einigermaßen attraktiv, und ich merke jetzt, dass ich eigentlich gelebt habe wie die Frauen von Stepford.

Dann unternimm etwas dagegen! Niemand wird es dir übelnehmen. Du verdienst es, dich ein bisschen zu amüsieren!

Während der Alkohol dunkle Schatten auf meine Beziehung wirft, lässt er mich in göttlichem Licht erscheinen. Ich fühle mich wie das erotischste, schönste Mädchen der Welt. Und das kommt wirklich nicht oft vor, es sei denn, ich bin mit Ryan zusammen.

Sprich nicht seinen Namen aus, denk noch nicht einmal an ihn! Du bist eine Frau des 21. Jahrhunderts, die tun kann, was sie will, wann sie will, und die sich nur sich selbst gegenüber zu verantworten hat! Das ist Feminismus! Dafür haben Generationen von Frauen gekämpft, oder?

Als ich mit Seb in der Old Compton Street stehe, um etwas frische Luft zu schnappen, gehe ich in Gedanken noch einen Schritt weiter. Ich würde lügen, wenn ich behauptete, nicht neben Ryan im Bett gelegen und mir diesen Augenblick vorgestellt zu haben, aber ich habe nie damit gerechnet, dass es tatsächlich so weit kommt. Doch jetzt kann ich mir nicht vorstellen, mich auch nur eine Sekunde länger zurückzuhalten. Seb und ich unterhalten uns, dann tritt er näher und beugt sich vor. Mir bleibt jetzt noch für den Bruchteil einer Sekunde die Wahl, das Richtige zu tun oder mich zu amüsieren.

Ich blinzele und lächele, dann fasst er mein Gesicht und drückt seine Lippen, die mir seit Wochen nicht aus dem Kopf gegangen sind, auf meine und lässt seine Zunge in meinen Mund gleiten. Ich reagiere mit der ganzen Leidenschaft einer Frau, die seit drei Jahren keine anderen Lippen als die ihres Freundes geküsst hat. Ich schließe die Augen, schalte mein Gehirn aus und bin für einen Augenblick nicht mehr Molly Carter. Ausnahmsweise bin ich rassig, sexy, spontan und wild. Ich bin Molly Ringwald in *Der Frühstücksclub*, ich bin Demi Moore in *Die Leidenschaft brennt tief*. Ich dränge meinen Körper gierig gegen Sebs und will, dass mich dieser

Kuss, dieser Augenblick an einen aufregenden, abenteuerlichen Ort versetzt. An einen Ort, an dem es anders ist als in dem sicheren, beständigen Leben, in dem ich so lange gefangen war. Während ich Seb küsse, fühle ich mich zum ersten Mal seit Jahren wieder jung.

Vorspulen>> 12.12.2004, 03:12 Uhr>

Erst nachdem ich mich betrunken neben Seb in ein Taxi geworfen und meine Beine um seine Taille geschlungen habe, als er mich durch seine Haustür getragen hat. Erst nachdem ich halbnackt mit gespreizten Beinen unter ihm auf dem Sofa liege, sich der Alkoholnebel lichtet und mein Adrenalinpegel sinkt, merke ich, dass sich Sebs Lippen im Gegensatz zu Ryans überhaupt nicht sexy anfühlen. Sie sind so schmal. Auf einmal macht es keinen Spaß mehr, ihn zu küssen. Es fühlt sich nicht mehr wild, sondern peinlich und sogar abstoßend an.

Ich weiche zurück und würge etwas, als ich Sebs bitteren Atem rieche, der nach Alkohol und schalem Zigarrenrauch stinkt. Dann werde ich von einer solchen Reue überwältigt, dass ich Seb von mir stoße.

»Es tut mir leid, Seb, ich will das nicht. Ich dachte, ich würde es wollen. Und ich sehne mich auch nach etwas anderem, aber nicht *so*. Das will ich meinem Freund nicht antun. Das hat er nicht verdient.«

Seb versucht, mich zurück an sich zu ziehen, aber ich schiebe ihn weg und fange an zu weinen. Als heftiges Schluchzen meinen Körper erschüttert, weicht er zurück. Er sieht mich an, als sei ich verrückt, und ich nehme es ihm nicht übel, denn ich höre mich wie eine Irre an, die nicht weiß, was sie will. Die aus dem Auge verloren hat, was ihr wichtig ist. Und das weiß ich auch tatsächlich nicht mehr.

Dann rappele ich mich auf, ziehe meine Schuhe, mein Kleid und meinen Mantel an und stolpere hinaus auf die Straße, die sich in einem mir unbekannten Londoner Stadtteil befindet. Nachdem ich meinen Freund betrogen habe, mache ich mir überhaupt keine Gedanken mehr um meine Sicherheit.

»He, Molly, ich bestelle dir ein Taxi«, ruft Seb vom Eingang aus. Aber genau in dem Augenblick erscheint wie durch eine göttliche Fügung ein gelbes Licht in der Straße. Ich winke den Wagen heran, springe hinein und nenne dem Fahrer meine Adresse. Als er losfährt, blicke ich schuldbewusst zurück und sehe, wie Seb kopfschüttelnd die Haustür zuschlägt. Einen Augenblick lehne ich den Kopf zurück und schließe die Augen, doch da fängt sich alles an zu drehen. Also öffne ich die Augen wieder, wühle in meiner Tasche und suche nach meinem Handy, finde es jedoch nicht. Einen schrecklichen Augenblick lang denke ich, dass ich es verloren oder in der Bar vergessen habe oder dass ich zu Seb zurückfahren muss, und fange an zu schluchzen.

»Verloren«, weine ich und meine nicht nur das Handy.

Ich weine noch immer und wühle in meiner Tasche, bis ich außer mir vor Erleichterung das Handy wiederfinde. Mit vor Kälte steifen Fingern und vor Reue erstarrtem Herzen gehe ich das Adressbuch durch. Dann rufe ich die einzige Person an, die mir helfen kann. Die einzige Person, die mich versteht, die mir zuhören wird, ohne mich zu verurteilen – meine beste Freundin auf der ganzen Welt: Casey.

12:10 Uhr

Ich packe die Nudelmaschine in den Karton mit der Aufschrift »Wohltätigkeitsladen« und blicke mich in der Küche um. Ich bin noch immer keine Meisterköchin, werde es vermutlich auch nie werden, aber mit Hilfe von Ryan und ein paar Freunden bin ich ganz passabel geworden. Ich kann herzhafte Aufläufe und frische Nudelgerichte zubereiten, und das reicht mir. Obwohl sie nie richtig fertig geworden ist, ist die Küche das Herz dieses Hauses. Eine Zeitlang hatte ich keine Fotos hier oben, ich hatte sie alle unter die Treppe gepackt. Zum einen wegen der Renovierung – an der Wand finden sich noch immer diverse Farbproben, zwischen denen ich mich nie entschieden habe –, aber auch, weil ich sie nicht mehr jeden Tag sehen wollte. Dann kehrten sie schleichend zurück, bis erneut eine beeindruckende Sammlung gerahmter Fotografien die Wand schmückte. Diese neue Erinnerungswand unterschied sich allerdings stark von der alten: Sie enthielt nur Erinnerungen der letzten achtzehn Monate. Es war meine Art, in die Zukunft zu blicken. Ein paar Bilder hängen noch, die ich jetzt abnehme und aus den Rahmen löse. Ich habe sie bis zum Schluss dort gelassen, weil ich sie sicherheitshalber in meiner Tasche transportieren will.

Ich blicke auf das Foto in meiner Hand: drei Frauen auf einer Hochzeit, die sich prächtig amüsieren. Eine strahlt ganz besonders und sieht in ihrem weißen Kleid wie eine griechische Göttin aus. Ich denke an Casey und frage mich, was sie jetzt macht. Ich wünschte, sie wäre hier. Aber das darf ich jetzt nicht denken, ich habe beschlossen, das hier allein zu bewerkstelligen.

Ich schiebe das Bild in meine Tasche und nehme eine andere körnige Schwarz-Weiß-Aufnahme in die Hand. Ich blicke sie genau an und versuche, die Person auf dem Bild zu erkennen, dann stecke ich es ebenfalls in meine Tasche.

Ich setze mich an den Fünfzigerjahre-Küchentisch, auf dem sich mein Papierkram stapelt. In diesem Raum habe ich so viel Zeit verbracht. Hier bin ich die Fotos auf meinem Laptop durchgegangen und habe sorgfältig die besten Aufnahmen für die Redaktion oder auch für meine eigene Sammlung herausgesucht. Ich blicke auf die Kreditkartenabrechnung, die vor mir auf einem Plastikordner liegt. Restaurant- und Hotelrechnungen von überall aus dem Land, Besuche von Kunstgalerien, Auslandsreisen. Es ist die Kreditkartenabrechnung einer Frau, die entschlossen ist, alles aus ihrem Leben herauszuholen, solange sie kann. Ich überlege, wie viel ich in so kurzer Zeit geschafft habe.

Erneut klingelt das Festnetztelefon. Eilig stecke ich die Rechnung in den Ordner und packe den Deckel auf den Karton. Warum verhalte ich mich noch immer, als würde ich mein Zimmer aufräumen und jeden Augenblick könnte meine Mutter hereinkommen und mich beim Trödeln ertappen. Ich bin fast dreiunddreißig, Herrgott!

»Hallo?«, melde ich mich.

»Molly.« Als ich seine tiefe, beruhigende Stimme höre, fasse ich automatisch nach meiner Halskette und drehe sie um meinen Finger, als wäre ich ihm dadurch näher. »Ich wollte nur anrufen und hören, wie du zurechtkommst. Ich habe so ein schlechtes Gewissen, dass ich dich alleingelassen habe, aber du weißt ja, wie es ist.«

Natürlich weiß ich das. Es gibt immer jemanden, der ihn mehr braucht als ich. Aber das ist okay für mich.

»Mir geht es gut! Wirklich! Jetzt ist nicht mehr viel zu tun«, sage ich.

»Hör zu, Liebes, ich weiß, wie hart das für dich sein muss.«

»Es ist gut.« Ich lache. »Das bin ich gewohnt.« Ich merke, wie sich das anhört. »Ehrlich«, füge ich freundlich hinzu, »mach dir um mich keine Sorgen. Ich bin ein großes Mädchen.« Ich zögere. »Wie läuft es im Krankenhaus?«

»Wann kommen die Umzugsmänner?« Ich merke, wie geschickt er zum Thema zurückkommt.

»Sie sind schon da, sie machen oben alles fertig«, antworte ich. »Wie gesagt, ich habe alles im Griff.« Ich will ihm sagen, dass er sich keine Sorgen zu machen braucht, dass ich das hier ohnehin allein machen muss. Aber ich schaffe es nicht. »Danke, dass du angerufen hast«, sage ich stattdessen.

»Molly?«, fragt er sanft.

»Ja?«, erwidere ich hoffnungsvoll.

»Bis später. Ich liebe dich, ja?«

Der Single-Kuss

Die nie zufriedene Ilsebill hatte meine Mutter mich immer genannt. Ich wollte erst das eine, und sobald ich es hatte, wollte ich etwas anderes. Mit fünf wollte ich Ballettstunden, mit fünf Jahren und zwei Monaten waren es dann Reitstunden, es folgte Schwimmunterricht, und schließlich war es doch wieder Ballett. Dann kamen die Haustiere. Ich wollte einen Hasen, dann eine Katze, anschließend einen Hund. Ich bekam nichts von alledem, weil meine Eltern zu dem Zeitpunkt schon an mein wankelmütiges Wesen gewöhnt waren. Meine einzigen Konstanten waren meine Kamera und Casey. An beiden habe ich immer gehangen.

Und dann war da Ryan. Mein perfekter Mann, die Liebe meines Lebens. Ich wollte ihn, bekam ihn, wurde seiner überdrüssig und gab alles auf. Ich musste erst auf die andere Seite der Welt reisen, um herauszufinden, dass alles, was ich gewollt hatte, zu Hause auf mich wartete.

Vorspulen>> 24.04.2005>

Unsere Schreie hallen durch den Flughafen von Sydney und übertönen sogar die Lautsprecherdurchsagen. Als Mia und ich aufeinander zuspringen und uns gegenseitig im Kreis herumwirbeln, bedeuten uns die Leute still zu sein, und spitzen die Ohren. Ich weine, Mia nicht. Sie hatte sich emotional schon immer gut im Griff – sogar besser als ich. Das ist das wohlerzogene Mädchen in ihr. Sie hat mir einmal erzählt, dass sie seit ihrer Kindheit nur einmal geweint hat. Und das war, als sie mit elf Jahren aufs Internat gekommen ist. Seither hat sie keine einzige Träne mehr vergossen. Es war eine der vielen Sachen, die mir gleich an ihr gefiel. Sie brauchte keine Menschen, und was noch wichtiger war, sie brauchte mich nicht. Trotzdem wollte sie mich als ihre Freundin haben.

Seit Ryan und ich getrennt sind und ich gesehen habe, wie er im Club dieses andere Mädchen geküsst hat, ist in mir eine emotionale Veränderung vorgegangen. Ich kann zurzeit irgendwie nicht aufhören zu weinen. Schon Kleinigkeiten bringen mich aus der Fassung – eine Fernsehwerbung oder eine kitschige Liebeskomödie. Dann muss ich an Ryan denken, der sich während unserer samstäglichen Filmmarathons die Augen gewischt hat. Jetzt schluchze *ich* jedes Mal, wenn ich verliebte Menschen sehe – ob auf der Straße, im Fernsehen, in einem Film oder in einem Musikvideo. Und ich habe auch geweint, als Brad Pitt und Jennifer Aniston ihre Trennung bekanntgegeben haben. Ich weine, wenn ich an einer glücklichen Familie vorbeikomme, die gemeinsam in einem Restaurant sitzt, und ich weine, egal ob ein Film gut oder schlecht endet. Ich weine über süße Hunde und über weinende Babys. Manchmal frage ich mich, ob Ryan ebenfalls eine emotionale Wandlung durchmacht. Vielleicht ist er zu einem harten, zynischen Mann geworden, der nicht mehr an das ewige Glück glaubt, weil man ohnehin nur betrogen wird. Dieser Gedanke löst zwiespältige Gefühle in mir aus. Auf der einen Seite ertrage ich die Vorstellung nicht, dass ich ihm das angetan habe, auf der anderen Seite hoffe ich insgeheim, dass es der Fall ist. Zumindest hieße es, dass er sich nicht leicht wieder verlieben würde. Sosehr ich mich in den letzten Monaten bemüht habe, mich auf mein Leben zu konzentrieren, so war es doch meine größte Angst zu hören, dass Ryan mit jemand anders zusammen wäre. Nachdem ich *diesen Kuss* gesehen habe, weiß ich, dass es nur eine Frage der Zeit ist.

»Molly Carter, WEINST du?«, fragt Mia erstaunt. Ich kann nicht glauben, wie anders sie aussieht. Noch immer ist sie wunderhübsch zurechtgemacht, aber sie wirkt so viel lässiger und glücklicher.

»Nein, ja, nein. Mist, es war einfach ein langer Flug. Ich bin übermüdet.« Verlegen wische ich mir über die Augen und schiebe die Sonnenbrille runter. Als ich mich im Flughafen umblicke und die ganzen *Tatsächlich … Liebe*-Szenen sehe, all die glücklichen Reisenden, die ihre Freunde und ihre Lieben umarmen, muss ich ein Schluchzen unterdrücken. Als die Tränen erneut zu fließen beginnen, schnaube ich wenig vornehm. Das kommt bei Mia nicht gut an.

»Du bist zu lange mit Casey zusammen gewesen. Sieht aus, als wärst du gerade noch rechtzeitig hergekommen.« Sie nimmt meinen Koffer und führt mich zum Ausgang. Diese Molly kennt sie nicht. Die mir nichts, dir nichts losheult und die ausgerechnet zu Casey nach Southend gezogen ist, weil sie nicht allein sein konnte. Ich sollte eigentlich in unserer Wohnung bleiben, aber schließlich erklärte sich Ryan bereit, weil ich die Vorstellung nicht ertragen konnte, ohne ihn dort zu sein. So nah an unserer Heimatstadt zu sein, an einem Ort, der quasi Ryan IST, war allerdings auch unerträglich hart. Ich weiß, dass er jedes Wochenende dort ist. Und da es eine Kleinstadt ist, gab es verschiedentlich Gerüchte, dass er mit Mädchen ausging oder dass Mädchen mit ihm ausgehen wollten. Bislang nichts Ernstes, aber ich höre das alles. Es ist quälend, doch solange ich noch von ihm höre, ist er ein Teil meines Lebens. Nichts von ihm zu hören wäre auch unerträglich. Ich kann nicht gewinnen. Ich habe sogar eine Liste erstellt, um herauszufinden, was ich tun soll. Alles deutete hierher:

Mein Reiße-dich-zusammen-Plan:

1. Etwas Drastisches tun (Haare abschneiden? Abnehmen? Zunehmen? Die Stelle wechseln? Das Land verlassen? Siehe Lebensliste, z. B. nach New York/Australien fahren)
2. Mich mit guten Freunden umgeben, die nicht zulassen, dass ich mich in Selbstmitleid suhle (Casey? Kolleginnen aus dem Büro? Mia)
3. Mich so weit von Ryan entfernen wie möglich (Australien?)
4. Am liebsten mit Sonne dabei (Australien)

Ich hatte kurz innegehalten, dann hatte ich den letzten Punkt in Großbuchstaben geschrieben und unterstrichen.

5. TICKET NACH AUSTRALIEN KAUFEN

»He!« Mia schüttelt mich unsanft. »Na, komm schon, Molly! Reiß dich zusammen!« Sie klingt wie meine Mutter. Es ist seltsam tröstend. »Du bist jetzt in Australien, hier weint niemand. Hier muss niemand weinen, weil hier immer die Sonne scheint. In den nächsten drei Wochen wirst du dich amüsieren! Kein Gejammer! Keine Sorgen um die Arbeit. In Manly wirst du Männer treffen, am Bondi Beach Bier trinken, und wenn es irgendwie nach mir geht, wirst du in Sydney Sex haben.«

Offenbar sehe ich schockierter aus, als mir bewusst ist, denn Mia schlägt sich die Hand vor den Mund. »Oh nein, das klingt ziemlich komisch, oder? Ich meine natürlich nicht, dass ich damit direkt zu tun habe, nur dass ich dich ermutige. Nicht während du es tust oder so. Nicht wie ein Sex-Cheerleader. Nein.« Ich muss lachen, und Mia lächelt. »Das ist besser, das will ich sehen! Lachen! Glück! Du machst Urlaub in Australien! Endlich! Das kannst du auf deiner Lebensliste abhaken! Juchu!«

Ich stimme in ihr Jubeln ein, allerdings etwas weniger enthusiastisch. Wir treten aus dem Terminal in die strahlende Sonne, die laut Mia für einen Wintertag jedoch nur »durchschnittlich« ist.

»Sieh nur«, schwärmt sie. Die Begeisterung für ihre Wahlheimat ist ihr ebenso anzusehen wie ihr Stolz und ihre Freude, sie mir zu zeigen. »Du bist jetzt in Australien, dem Land der Freiheit! Und du bist frei, Molly, frei und Single! Warte nur, bis du die Männer hier siehst. Sie sind ziemlich knackig.«

»Na ja«, erwidere ich etwas steif. »Ich weiß nicht, ob ich deshalb hier bin. Ich will einfach nur mit dir Zeit verbringen und …«

Mia unterbricht mich mit einem missbilligenden Aufschrei. »Ach, sei doch nicht so verdammt *britisch*, Molly! Du bist Single. Um ehrlich zu sein, glaube ich richtig guter S…« Sie bemerkt meinen Gesichtsausdruck und bringt den Satz etwas harmloser zu Ende. »Spaaaß ist genau das, was du brauchst!«

Sie wirft einen prüfenden Seitenblick auf meine Aufmachung, der verrät, dass sie nicht ihren Vorstellungen entspricht. Ich weiß, dass ich schrecklich aussehe, vor allem nach den vierundzwanzig Stunden im Flugzeug.

Und das neben Mia. Seit sie hier lebt, hat sie sich von einer zugeknöpften, perfekt gekleideten Britin in den Inbegriff einer strahlenden entspannten australischen Schönheit verwandelt. Sie trägt weiße Jeans und ein knalliges Neckholder-Top, dazu Flipflops, anstelle von hohen Absätzen. Ihre Haare sind noch immer lang, perfekt geföhnt und karamellblond. Sie hat makellos gepflegte Nägel an den Händen wie an den Füßen, aber ihr Gesicht ist entspannt, sie wirkt selbstbewusst, strahlend, gelöst und glücklich. Kein Zweifel, das Leben in Australien bekommt ihr.

Mia fasst mich am Arm und sieht mir fest in die Augen, wobei sie in einer Mischung aus Mitgefühl und Verzweiflung eine Braue hebt. »Du, Molly Carter, musst loslassen.«

Ich nicke. Hart, aber gerecht.

»Ich weiß, dass du ein paar schwierige Monate hinter dir hast, aber es wird Zeit, dass du dich zusammenreißt und neu anfängst. Ich will, dass du auf dieser Reise wieder die alte Molly wirst, die das Leben genießt und ihre Chancen nutzt.«

Sie drückt fest meine Hände, und ihre Augen bekommen diesen bestimmten Ausdruck, den sie auch an der Uni hatte, wenn sie mir Mut zugesprochen hat.

»Ich mache es mir zur Aufgabe, dich stärker, glücklicher

und selbstbewusster nach England zurückzuschicken, als du es je gewesen bist«, verkündet sie entschlossen. Dann wird ihr Ausdruck etwas weicher. »Ich ertrage es nicht, dich so zu sehen, Molly. Das bist einfach nicht *du.*«

Meine Unterlippe bebt, und ich lächele und streiche mir mit der Hand über meine langen strähnigen Haare, die ich mir in zwei Zöpfen aus dem Gesicht frisiert habe. Ich sollte ein Foto für meine Mutter machen, das würde ihr gefallen.

»Das ist das Problem, Mia«, antworte ich traurig. »Ich weiß einfach nicht, wer ich ohne ihn bin.«

Mia schürzt die Lippen und verstärkt ihren Griff um meinen Arm. »Du bist eine starke, begabte, leidenschaftliche, schöne, unabhängige Frau, Molly. Du hast so viel zu bieten. Dir liegt die Welt zu Füßen, du hast jede Menge Möglichkeiten. Du bist ungebunden – weißt du eigentlich, wie fantastisch das ist? Fünfundzwanzig zu sein und alles tun zu können, was du willst?! Hör auf, in der Vergangenheit zu schwelgen, und konzentriere dich auf die Zukunft. Denn es *gibt* eine Zukunft ohne Ryan, das verspreche ich dir.« Mia drückt meine Hand, packt den Griff meines Koffers und führt mich hinaus in den strahlenden Sonnenschein, der meine Haut wärmt, wenn nicht gar meine Seele.

Zwei Wochen später bin ich ebenfalls dem Australien-Fanclub beigetreten. Mia hat Spaß daran, mir ihr Leben zu zeigen, und mir macht es Spaß, es kennenzulernen: ihre bezaubernde Wohnung mit dem unglaublichen Meerblick aus ihrem Schlafzimmerfenster, die in Manly liegt, einem weltoffenen kleinen Vorort gegenüber der geschäftigen Stadt. Die nette Bar in ihrem Viertel, in der die besten Cocktails serviert werden, und das Café, in dem sie sich jeden Morgen ihren Frühstücks-Smoothie holt. Dann gibt es noch diesen unglaublich idyllischen Strand, der nur wenige Minuten von ihrer Wohnung entfernt liegt, und die hübsche Strecke, die sie jeden Tag mit dem Boot durch die Sonne zur Arbeit fährt.

»Das ist besser als die U-Bahn, stimmt's?« Sie grinst, während ich mit wehendem Haar übers Wasser auf die atemberaubende Harbour Bridge von Sydney blicke, sowie zum Opernhaus, das mit seinen unverwechselbaren weißen Segeln aussieht, als würde es auf dem dunkelblauen Wasser treiben. Und erst die anderen funkelnden Gebäude, die wie eine Fata Morgana vor uns liegen. Von diesem Anblick habe ich so lange geträumt. Und die entspannten zufrieden lächelnden Gesichter der Pendler zeigen, dass sie dankbar sind, ihn jeden Tag genießen zu dürfen.

»Definitiv«, erwidere ich. Diese Stadt ist genau so, wie ich sie mir erträumt habe. Atemberaubend schön, weltoffen und freundlich. Sie hat mich wie einen alten Freund empfangen, sie hat mir das Gefühl gegeben, ein Teil von ihr zu sein, obwohl ich nur eine entfernte Bekannte bin – und sie hat mich glücklicher gemacht. Ich bin jeden Morgen am Strand gejoggt und habe Tauchunterricht genommen, während Mia bei der Arbeit war. Auf dem Bauernmarkt habe ich frische Lebensmittel aus der Gegend gekauft und so gekocht, wie ich es mir vorher nicht zugetraut hätte. Vielleicht weil Ryan das stets übernommen hat. Ich habe Stunden allein in der Stadt verbracht und Hunderte von Fotos gemacht, die ich Christie und den Mädchen im Büro geschickt habe. Ich habe allein Kunst- und Fotoausstellungen besucht. Anschließend bin ich mit Mia in ihren Lieblingsrestaurants zum Mittagessen gegangen, oder sie hat mir die besten coolen Bars gezeigt. Mia hat sich sogar ein paar Tage freigenommen, sodass wir eine Bootstour um die Whitsunday-Inseln machen konnten. Seit Monaten habe ich mich nicht mehr so unbeschwert gefühlt.

Hier muss ich kein schlechtes Gewissen meiner Familie wegen haben, Casey nörgelt nicht, dass ich mit ihr ausgehen soll, es gibt keine Arbeitskollegen, um die ich mich bemühen muss (oder die ich meide, wie in Sebs Fall). Zum ersten Mal seit Jahren bin ich glücklich. Und mir wird klar, warum. Es ist der erste Ort, an dem ich mich nicht unter Druck fühle, andere Menschen glücklich zu machen.

Hier finde ich auch endlich wieder Zeit zu fotografieren, und ich merke, wie sehr mir das gefehlt hat. Mir ist klar geworden, dass das der nächste Punkt auf meiner Lebensliste ist, um den ich mich kümmern muss. Wenn ich über Ryan hinweg bin.

Durch den Abstand zu meiner Familie habe ich gemerkt, dass sie mir fehlt. Ich rufe meine Eltern sogar gleich nach dem Aufstehen an, um es ihnen zu sagen – was eine Premiere ist.

Meine Mutter kocht gerade das Lieblingsgericht meines Vaters – Hackfleisch mit Kartoffelbrei überbacken. »Ich mache das nur, um ihn aus seinem Arbeitszimmer herauszubekommen«, erklärt sie schroff. »Wenn er könnte, würde er nur noch dort sitzen und in seiner eigenen kleinen Welt, seinen Büchern und seiner Kunst versinken. Aber das ist schon okay«, fügt sie großzügig hinzu. »Wenn es ihn glücklich macht.« Plötzlich wird mir klar, dass Leigh-on-Sea Ryans Lieblingsort ist, der Ort, der ihn glücklich macht und inspiriert. Ich blinzele eine Träne weg. Wenigstens hat meine Mutter meinem Vater seinen Lieblingsort gelassen. Ich habe Ryan aus seinem herausgerissen und ihm ein schlechtes Gewissen gemacht, wann immer er versucht hat, dorthin zurückzukehren.

»Mum, ich möchte dich etwas fragen.« Ich hole tief Luft. »Bist du glücklich mit deinem Leben? Du weißt schon, mit Dad und mit mir?«, stoße ich schnell hervor.

»Natürlich bin ich das.« Sie lacht.

Das ist nicht die Antwort, die ich hören wollte. Ich bohre weiter. »Ich meine, hat es dich wirklich erfüllt?«, frage ich und kenne die Antwort bereits. »Für mich hat es sich nämlich nie so angefühlt.«

Ich höre, wie sie, vermutlich erschrocken über meine Worte, tief einatmet. »Wirklich? Nein, so ist das nicht. Das war nicht meine Absicht.«

»Ich bitte dich, ehrlich zu mir zu sein, Mum. Hör auf, mir etwas vorzumachen. Ich durchschaue dich sowieso.«

Augenblicklich wechselt sie in ihren Lehrerton. »Molly Carter, sei nicht albern!«

»Mum, ich habe gehört, wie du und Dad gesagt habt, dass ihr meinetwegen zusammenbleibt«, bemerke ich ruhig. »Ich war ungefähr elf oder zwölf und saß auf der Treppe, und ihr habt euch gestritten. Du hast ihn angeschrien und gesagt, ihr solltet euch trennen. Wie immer hat er es einfach hingenommen.«

»Ach, das!«, sagt meine Mutter. »Da ging es um irgendeinen Unsinn. In der Nacht haben wir uns wieder aneinandergekuschelt, und ich habe mich entschuldigt. Dein Vater wusste, dass ich es nicht so gemeint habe, und am nächsten Morgen war alles vergessen.«

Ich starre auf das Telefon in meiner Hand und schüttele den Kopf. »Aber ich dachte …«

»Molly, dein Vater und ich würden uns niemals trennen, nicht einmal in den schlimmsten Momenten. Und ja, davon hat es einige gegeben. Vor allem, als wir vergeblich versucht haben, noch ein Kind zu bekommen.«

Ich bin zunächst überrascht, dann traurig über dieses Geständnis. Ich hatte immer angenommen, dass sie nach mir kein Kind mehr hatten haben wollen. Wie konnte ich so egozentrisch sein?

»Dein Vater und ich passen zusammen. Auf unsere eigene, seltsame Art. Wir machen nicht so viel her wie Jackie und Dave oder sind wahrscheinlich nicht gerade die aufregendsten Eltern der Welt. Ich weiß, dass ich ziemlich streng war, und dein Vater zu ruhig, und ja, das hat für Spannungen gesorgt. Ich war angestrengt von der Arbeit und habe das an deinem Vater ausgelassen, weil er nicht begreifen wollte, dass ich genauso hart gearbeitet habe wie er. Und dass ich dazu noch alles tun musste, was Mütter tun: Tee kochen, dir Essen machen, dich zum Ballett und zum Musikunterricht oder zur Reitstunde fahren, je nachdem, auf welches Hobby du gerade Lust hattest. Ich musste dir Kleider kaufen, Namensschilder einnähen, deine Schuluniform waschen und Kostüme für Schulaufführungen schneidern. Er musste nur arbeiten und durfte träumen. Und manchmal hat mich der Traumteil ziemlich gereizt. Deshalb sind wir übereingekommen, dass er das in seinem Arbeitszimmer macht. Dort sehe ich nicht, dass er nur dasitzt und nichts tut, während ich mich eifrig bemühe, alles zu erledigen. Aber, wie er mir deutlich gemacht hat, war es meine Entscheidung, so viel zu tun. Ich hätte weniger machen, nachsichtiger mit mir sein können. Und mit dir. Ich weiß, wie viel ich von allen erwartet habe. Das hat das Leben schwierig gemacht. Ich wollte einfach nur das Beste für dich.«

»Und glaubst du, dass du das Beste für *dich* bekommen hast?«, frage ich ruhig. »Du hast nicht deinen Traumberuf ergriffen, bist nicht mit einem reichen Mann verheiratet oder wohnst in einem Traumhaus. Und du hast keine Traumfamilie«, füge ich hinzu und denke an das Kind, das sie nicht mehr bekommen haben.

»Nein«, gibt sie zu. »Aber ich habe das bekommen, was sich jeder mehr als alles andere wünscht.« Sie hustet. Ich weiß, dass es ihr schwerfällt über solche Dinge zu sprechen.

»Was ist das, Mum?«

»Liebe, Molly.«

Ich presse mir die Hand auf den Mund, um mein Schluchzen zu unterdrücken, als sie weiterspricht. »Jemanden zu lieben heißt, sich darauf einzulassen, dass man nicht immer glücklich sein wird. Dass der andere einen nicht immer glücklich machen kann. Das ist eine völlig unrealistische Erwartung. Und manchmal muss man das in einer Ehe oder in einer langjährigen Beziehung …« Sie hält inne, und ich weiß, dass dieser Teil auf mich abzielt. »Nun, manchmal muss man das erst lernen. Wenn dein Vater genug hat, geht er in sein Arbeitszimmer oder er fährt nach London und besucht eine Ausstellung. Und wenn er zurückkommt, gibt er mir einen Kuss, und alles ist in Ordnung. Er weiß, dass ich launisch bin. Das ist eine meiner Schwächen. Aber er weiß auch, dass ich es meist nicht so meine.«

Ich sage nichts, weil alles auf einmal so logisch erscheint.

»Egal, wie verzweifelt ich manchmal gewesen bin, ich war mir immer sicher, dass ich nichts anderes wollte. Und das hat dein Vater gewusst. Es tut mir leid, dass ich dir das nicht früher erzählt habe.«

»Aber woher wusstest du, dass du nichts anderes willst?«, frage ich und will dieses Geheimnis auf einmal unbedingt ergründen.

Meine Mutter schweigt einen Augenblick. »Weil dein Vater mich immer viel mehr glücklich als unglücklich gemacht hat, Molly. Ich bin keine Mathelehrerin, Liebes, aber ich glaube, das ist die bestmögliche Gleichung, auf die man hoffen kann. Das klingt nicht sehr romantisch, ich weiß, aber es ist die Wahrheit.« Sie schnieft, und ich frage mich, ob sie ebenfalls weint. »Jeder, der so viel Glück gehabt hätte wie ich, wäre zufrieden.«

Ich weine. Ich bin zehntausend Meilen entfernt und wünsche mir plötzlich nichts sehnlicher, als von ihr umarmt zu werden.

»Du vermisst ihn sehr, nicht? Ryan, meine ich«, fragt sie vorsichtig und bewegt sich mit jedem Wort ganz sacht auf mich zu. Wir sind es nicht gewohnt, auf diese Weise miteinander zu sprechen.

Ich schnäuze mich und putze mir die Nase. »Was soll ich tun?« Ich schluchze.

»Sag es ihm, Molly, Liebes. Sag es ihm einfach.«

Und so lege ich an jenem Morgen den Hörer auf, öffne Mias Laptop und mache zum ersten Mal, seit ich keine Zöpfe und kein albernes Matrosenkleid mehr trage, was meine Mutter gesagt hat. Ich ringe mit jedem Wort, jedem Komma und jedem Satz. Ich lösche zwei Absätze und fange noch einmal von vorne an. Ich versuche zu erklären, warum ich getan habe, was ich getan habe. Ich entschuldige mich. Und dann lösche ich das ganze Dokument. Weil ich meine Gefühle nicht in Worte fassen kann. Dann fällt mir plötzlich etwas ein. Ich suche wie verrückt auf Mias Desktop nach den alten Fotos, die wir uns neulich Abend angesehen haben und die sie, ordnungsfanatisch wie sie ist, eingescannt und auf ihrem Computer in Jahres- und Monatsordner sortiert hat. Bilder von der Uni und von Nächten, in denen wir gefeiert haben, und von ihrer Abschiedsparty, als sie nach Australien gegangen ist. Ich öffne den Ordner, auf dem *Juli 2001* steht, und gehe die Bilder von jenem lebensverändernden Urlaub auf Ibiza durch. Ich finde eine Reihe Schnappschüsse, die sie von Ryan und mir am Strand beim Volleyballspiel gemacht hat. Er hat die Arme um mich gelegt, und wir sehen einander an, als befänden wir uns ganz allein auf einer einsamen Insel – jung, sorglos und ganz und gar glücklich. Ich öffne eine E-Mail, gebe

Ryans Adresse ein, wähle als Betreff schlicht das Wort »Liebe« und hänge die Bilder an. Mehr schreibe ich nicht. Ich setze nur meinen Namen und einen einzigen Kuss darunter. Dann klicke ich auf Senden.

12:51 Uhr

Ich öffne die Abstellkammer unter der Treppe und fluche, als mir Schrubber und Eimer entgegenfallen.

»Autsch!«, stöhne ich und reibe mir die Nase. Ich lehne den Schrubber gegen die Tür und blicke auf all das Zeug, das ich vor fünf Jahren hier hineingepackt und völlig vergessen habe. Den Haushalt einzupacken hat sich manchmal ein bisschen angefühlt wie die Russisch-Roulette-Version einer Schatzsuche. Überall verbergen sich schöne und schmerzliche Erinnerungen. Ich werde erleichtert sein, wenn sie endlich alle fort sind.

Ich binde meine Haare zu einem kurzen Pferdeschwanz zurück, hole einen Karton hervor und hocke mich auf meine Fersen, während ich Hunderte von Eintrittskartenschnipseln, Belegen, Programmen, Flyern und Karten beäuge. Ich nehme einen in die Hand. Er ist von *Rossis*. Ich lächele. Das Datum lautet auf den 6. August 2001. Unsere allererste Verabredung. Als Nächstes entdecke ich die Karten von dem *Take-That*-Comeback im Wembley Stadion 2006. Das war ein grandioser Abend. Ich hatte Ryan noch nie so glücklich gesehen. Ich finde auch eine Handvoll alter Kinokarten. Ich ziehe eine heraus und spüre, wie meine Augen brennen. Es ist der letzte Film, den wir zusammen gesehen haben: *Beim ersten Mal*. Der war lustig und traurig und bewegend und ironisch. Alles zugleich. Ich hatte Ryans Hand ergriffen und geweint, wusste jedoch nicht, ob vor Freude oder aus Traurigkeit. Ich lege den

Abschnitt zurück und schließe den Karton. Weitere sehe ich mir nicht an. Stattdessen ziehe ich ihn heraus und schreibe »Lager« darauf. Dann hieve ich ihn in den Flur. Er ist ziemlich schwer, und ich war nie die Stärkste oder Sportlichste – nicht in meiner Jugend, geschweige denn jetzt. So zerre und schleppe ich und keuche vor Anstrengung, wobei meine wertvolle Halskette gegen meine Brust schlägt, als wollte sie mich an ihre Gegenwart erinnern. Lächelnd greife ich nach ihr.

Der Bis-dass-der-Tod-uns-scheidet-Kuss

Ich wollte nie heiraten. Nachdem ich mich jedoch erst einmal mit der Idee angefreundet hatte, fragte ich mich, was mich eigentlich so lange davon abgehalten hatte. Die ganze Zeit hatte ich die Dauer, die Endgültigkeit und das Absolute der Ehe gefürchtet.
Ein Mensch für den Rest meines Lebens.
Jetzt weiß ich, dass das nicht immer möglich ist.

Vorspulen>> 22.04.2006>

Ich erwache von der Morgendämmerung und bin augenblicklich hellwach. Mein Körper spürt instinktiv, was mein Kopf die ganze Nacht nicht vergessen konnte: Heute ist mein Hochzeitstag. Ich setze mich auf, presse die Hände auf meine Brust und versuche, meine kreischende Aufregung unter Kontrolle zu bringen. Ich heirate!

Ich blicke hinab auf meine schlafende Freundin und bin versucht, sie zu wecken. Doch Casey liegt, einen Arm anmutig über den Kopf drapiert, so ruhig und friedlich neben mir, dass ich es lasse. Noch. Stattdessen beuge ich mich zum Nachttisch und nehme den Block, den ich dort gestern Abend abgelegt habe.

<u>Meine Hochzeitstags-(MEINE HOCHZEITSTAGS)-Liste</u>

Fotos vom Sonnenaufgang machen
Maniküre - Pediküre
Heiraten!
Mit Mum, Dad und den anderen frühstücken
Heiraten!
Ein Dankesgeschenk in Mums und Dads Schlafzimmer legen, in Lydias, Jackies usw.
Heiraten!
Carl Ryans Geschenk geben
Heiraten!
Schminken

Blumen für den Brautstrauß und die Anstecknadeln
und Haarbänder der Brautjungfern pflücken
Heiraten!
Daran denken, die Geschenke für die Brautjungfern
mit zum Empfang zu nehmen
Carl eine SMS schicken, dass er an die Ringe denkt
KLEID ANZIEHEN
Heiraten!!!
Heiraten!!!
Heiraten!!!

Ich blicke auf meine Armbanduhr. Es ist noch nicht einmal sechs Uhr morgens, dennoch schlüpfe ich aus dem Bett und trete ans Fenster. Die silberne Spitze der Sonne lugt schüchtern hinter dem Meer hervor und taucht alles andere in Schatten, als würde sich der Rest der Natur ihrer Macht beugen. Ich möchte ihren großen Auftritt unbedingt perfekt in einem Foto festhalten, sodass dieser Tag für immer mir gehört, ich ihn für immer festhalten kann.

Ich streife rasch meine Pyjamashorts ab, lasse mein ärmelloses Spitzenshirt jedoch an, in dem ich geschlafen habe. Dann steige ich in die kurze weiße Jeans im Audrey-Hepburn-Stil, die ich gestern Abend beim Essen mit meinen Eltern und den Brautjungfern getragen habe. Ich binde meine Haare zusammen und schlüpfe in meine Chucks (manche Dinge ändern sich nie). Dann schnappe ich meine Kamera und schleiche aus dem Zimmer. Casey dreht sich im Bett um. Ich halte den Atem an, aber sie öffnet nicht die Augen. So schließe ich leise die Tür und laufe mit wippendem Pferdeschwanz den Flur hinunter, um den Augenblick festzuhalten, bevor er vorüber ist.

Als ich aus dem Hotel trete, an den Strand gehe und meine Kamera vor die Augen hebe, erweist sich mein Kopf als Archiv, aus dem unzählige Erinnerungen aus den letzten Jahren auftauchen. Sie haben Ryan und mich zurück an diesen Ort geführt, an dem wir uns zum ersten Mal *richtig* geküsst haben. Einige Erinnerungen finde ich sofort, andere sind ungeordnet und erfordern eine methodische Suche in meinem Gedächtnis. Wieder andere habe ich ganz bewusst verlegt oder sie in alten staubigen Kartons ganz hinten in meinem Kopf verstaut, weil ich mir diesen perfekten Tag nicht durch schlechte Erinnerungen verderben lassen will.

Als die Sonne aufgeht, den Himmel über Ibiza in prächtige Technicolor-Farben taucht und die fedrigen Wölkchen mit einem goldenen Rand umkränzt, als trügen sie himmlische Hochzeitsbänder, setze ich mich auf eine Sandbank. Ich schlinge die Arme um die Knie und denke lächelnd an das, was vor mir liegt – an mein Leben als Ryans Ehefrau.

Ich blicke über den Strand, entdecke zwei Windsurfer draußen vor der Bucht und weiß sofort, dass es Carl und Ryan sind. Es passt zu Ryan, den Tag so zu beginnen, und ich erkenne ihn an seiner Körperhaltung, als er in die Knie geht und sich ins Segel hängt. Ich habe ihm im Laufe der Jahre so oft zugesehen, in so vielen Urlauben, und es werden noch viele folgen. Lächelnd sehe ich den Brüdern eine Weile zu und finde es aufregend, meinen künftigen Ehemann an unserem Hochzeitstag heimlich zu beobachten. Dann überkommt mich ein Anflug von Aberglauben. Bringt das Unglück? Aber wenn sie mich nicht sehen, zählt das sicher nicht.

Sicherheitshalber wende ich den Kopf ab, denn ich möchte kein Unheil herausfordern. Ich stehe auf, wische mir den Sand von der Jeans und hebe meine Turnschuhe auf, kann mir einen letzten Blick auf die beiden Männer aber nicht verkneifen. Es sieht aus, als folgten sie dem Schweif der Sonne und versuchten, sie zu fangen, während sie aus dem Meer in den Himmel aufsteigt. Es würde mich nicht überraschen, wenn es Ryan gelänge. Ich lache, in meinem Magen kribbelt es, und ich eile zurück zum Hotel. Auf einmal kann ich es kaum erwarten, dass die Hochzeit anfängt.

»Morgen.« Casey gähnt und streckt sich, als ich mit einem Tablett mit Früchten und Kaffee ins Zimmer zurückkehre.

»He, Schlafmütze, Zeit aufzustehen. Heute heirate ich!« Ich stelle das Tablett ab und springe aufs Bett. Casey stöhnt und zieht sich die Decke übers Gesicht.

»Gott«, mault sie, »wenn du um«, sie blickt auf die Uhr, »um 06:22 Uhr schon so aufgeregt bist, wirst du heute Nachmittag absolut unerträglich sein!«

»Ich *darf* unerträglich sein!« Ich lache. »Ich bin die *Braut*. Vergiss das nicht!«

Ich reiche ihr einen Becher Kaffee, und sie richtet sich auf und nippt daran.

Es klopft an der Tür, und Mia und Lydia stürmen kreischend herein. Beide tragen rosa Kapuzenpullover. Ich wünschte, ich hätte meine Kamera zur Hand. Ich hätte nie geglaubt, dass Mia einmal so nach Essex aussehen würde.

»Du heiratest! Du heiratest!«, singen sie.

Jackie, meine Mutter und Oma Door folgen ihnen. Jackie trägt einen rosa Satinkimono, und auf ihrem Kopf sitzt eine Augenmaske. Sie ist bereits geschminkt, oder vielleicht hat sie sich gestern Abend auch nicht abgeschminkt. Sie, Dave, Ryan und Carl sind irgendwo in der Altstadt zum Abendessen aus gewesen. Oma Door ist bereits angezogen, ich hoffe jedoch, dass es sich nicht um ihren Hochzeitsaufzug handelt, denn sie steckt in einem Jogginganzug aus rosa Nicki. Meine Mutter trägt ein Flanellnachthemd, einen rosa Cardigan und ein beschämtes Lächeln auf dem Gesicht. Ich habe den Eindruck, dass Jackie sie aus dem Bett gescheucht hat, denn meine Mutter würde sich nie freiwillig in einem Nachthemd in der Öffentlichkeit zeigen. Ich möchte sie gern umarmen, aber Jackie stürzt sich aufs Bett und fängt eine Kissenschlacht mit mir an. Jedes Mal, wenn ich etwas zu meiner Mutter sagen will, bekomme ich ein Daunenkissen ins Gesicht.

»Jack – Jackie, hör auf, du verschüttest noch meinen Kaff…« Ich gebe auf. Lydia, Mia und Casey machen jetzt ebenfalls mit. Doch in dem Tumult gelingt es mir, aus dem Bett zu schlüpfen und zu meiner Mutter zu gelangen. Ich schenke ihr einen Kaffee ein – schwarz, genau, wie sie ihn mag –, fasse ihren Arm und führe sie hinaus auf die Terrasse.

Sie betrachtet die spektakuläre Aussicht aufs Mittelmeer, und mir fällt auf, dass wir nie einen solchen Urlaub zusammen gemacht haben. Mir ist klar, dass meine Hochzeit auf einer frivolen, sonnenverwöhnten Partyinsel gänzlich außerhalb ihrer Komfortzone liegt. Aber ich bin wirklich gerührt, dass sie nach ihrer ersten offensichtlichen Enttäuschung, dass wir nicht in einer Kirche heiraten, unsere Entscheidung weder kritisiert noch versucht hat, sich in die Planung einzumischen.

»Wie fühlst du dich?«, fragt sie jetzt und verzieht ihre blassen ungeschminkten Lippen zu einem zarten Lächeln.

»Nervös. Aufgeregt. Ich kann es nicht abwarten, mit ihm verheiratet zu sein«, erwidere ich wahrheitsgemäß.

Mum nickt und tippt mit ihren kurzen, sorgfältig geschnittenen Fingernägeln auf die Balkonbrüstung. »Nun, das ist alles, was sich eine Mutter wünschen kann«, sagt sie. Ich nicke und lächele. Sie zieht ihren Cardigan enger um sich, obwohl es nicht kühl ist, und blickt zum Horizont. Ich weiß, dass sie sich unwohl und nackt in ihrem Nachthemd fühlt. »Hör zu,

Molly, du solltest inzwischen wissen, dass mein Blick auf die Liebe immer ziemlich pragmatisch gewesen ist. Was ich im Leben wollte, war …«, sie räuspert sich und spult das Weitere ab wie eine Einkaufliste, »jemanden, der nett und freundlich, loyal und vertrauenswürdig sowie finanziell abgesichert ist, und meine Überzeugungen teilt.« Sie hebt den Blick, ihre grauen Augen schimmern ein wenig feucht. »Das ist dein Vater, und das ist die Liebe für mich. Das ist mehr als genug.« Sie schnieft und tupft sich die Augen. »Das ist die Meeresluft.« Sie blickt wieder zu mir. »Aber manche Menschen wollen Leidenschaft, die *eine* große romantische Liebe.« Sie hebt sanft die Hand und berührt mein Gesicht. »Und manche Menschen verdienen es. Du hast so viel zu geben, und du und Ryan seid so gut füreinander. Du liebst ihn wirklich, nicht wahr, Molly?«

»Ja«, sage ich, übe damit für mein Ehegelübde und versichere mich zugleich meiner eigenen Überzeugungen. Ich wiederhole es noch einmal, weil ich finde, dass es gut klingt. »Ja. Manchmal ängstigt es mich, wie sehr ich ihn liebe, Mum. Ich will ihn nie wieder verlieren.« Erstaunt stelle ich fest, dass ich weine.

»Ach, das ist doch albern«, ermahnt sie mich und wischt über mein Gesicht, um die Tränen zu verscheuchen wie eine Klasse aufmüpfiger Schüler. Doch ihre Geste hat auch etwas Zärtliches. »Ich weiß, dass er ein guter Mann ist, aber Molly, glaub mir, er ist nicht perfekt. Das ist niemand.« Sie zögert. »Das Geheimnis einer guten Ehe, Molly, ist, dass man sich nicht in ihr verlieren darf. Wir kommen allein auf die Welt, und wir gehen allein von ihr fort. Die einzig wahre Konstante bist du selbst.« Ihr Satz verhallt, und ich weiß, dass sie im Geist hinzufügt: »und Gott«, aber sie weiß, dass es mich ärgern würde, wenn sie das laut ausspräche.

»Das ist das Traurigste, das ich je gehört habe, Mum«, sage ich kopfschüttelnd.

»Nein, das ist es nicht, Molly«, widerspricht sie mit einem Lächeln, das ich immer für fromm gehalten habe, das ich aber jetzt als pure Überzeugung erkenne. »Es heißt nur, dass allein du für dein Glück verantwortlich bist. Belaste weder Ryan noch eure Ehe damit. Diesen Fehler machen so viele Menschen.«

Sie beugt sich vor und küsst mich auf die Wange. Es ist ein schneller trockener Kuss, als habe sie vergessen, wie das geht. »Nun«, sie klatscht in die Hände, als würde sie ihre Schüler zusammenrufen. »Wir sollten reingehen, oder? Wir wollen doch, dass du …« Sie hält inne, als würde sie nach dem passenden Wort suchen, das ihre einzige Tochter beschreibt.

»Ich glaube, was du sagen willst, ist, *wunderschön bist*«, helfe ich ihr, hake mich bei ihr unter und wende uns zur Balkontür. Komplimente sind meiner Mutter noch nie leicht über die Lippen gegangen. Ich hätte es schrecklich gefunden, ihre Schülerin zu sein. Wenn es ungefähr so gewesen ist, wie ihre Tochter zu sein, müsste man sich umbringen, um ein »sehr gut« zu bekommen.

Sie streicht zärtlich über meine Hand und sieht mich kopfschüttelnd an. »Du bist bereits wunderschön, Molly. Das warst du immer. Und klug und kreativ und bemerkenswert feinfühlig und weise. Aber heute wirst du *strahlend* schön aussehen.«

Ich wische eine Träne fort und lasse mich von ihr zurück ins Zimmer führen.

Jackie, Oma Door und die Mädchen haben sich verschwörerisch kichernd in einer Ecke versammelt. Als Jackie uns sieht, hellt sich ihr Blick auf, und sie tritt vor und reicht mir ein kleines Päckchen. »Ein vorgezogenes Hochzeitsgeschenk für dich, Liebes! Öffne es, öffne es!«

Meine Mutter stellt sich zu ihnen, während ich das Papier aufreiße und einen wunderschönen weißen Satinkimono herausziehe. Meine Initialen sind mit niedlichen Swarovski-Steinen auf die Brust gestickt. Es gefällt mir, dass die Initialen nach meiner Hochzeit dieselben bleiben. Es ist kein großer Unterschied zwischen Carter und Cooper, deshalb werde ich Ryans Namen annehmen. Ich habe immer behauptet, dass ich das niemals tun würde, und ich weiß nicht, warum ich meine Meinung geändert habe. Vielleicht weil ich weiß, wie wichtig es Ryan ist. Und weil ich gern ein Teil des Cooper-Clans bin.

»Der ist wunderschön!«, stoße ich hervor.

»Dreh ihn um! Dreh ihn um!«, kreischt Jackie. Meine Mutter schürzt die Lippen, aber ich glaube, es sieht nur so aus, weil sie versucht, ein Lächeln zu überspielen. Ich drehe ihn um und sehe, dass dort mit Glitzersteinen *Mrs. Cooper* steht.

Ich lache, ziehe meinen Kimono an und dränge mich in die Mitte. Jackie und meine Mutter legen ihre freien Arme umeinander, und als wir einen Kreis bilden und uns als Gruppe umarmen, kommen mir die Tränen.

»Ich danke euch allen. Das ist toll.«

»Ich bin froh, dass er dir gefällt«, flötet Jackie. »Es stand entweder das oder der diamantenbesetzte Vibrator zur Debatte, nicht wahr, Oma Door?« Erneut fangen alle an zu lachen.

Sogar meine Mutter.

Ich sitze vor dem Spiegel, während Lydia mein Make-up vervollständigt.

Meine Eltern, die Brautjungfern und ich hatten ein wunderbares Frühstück draußen auf der Hotelterrasse, dann sind alle in ihren Zimmern verschwunden, um sich fertig zu machen. Ich habe Mum gebeten, Ryan mein Geschenk zu bringen – eine Uhr, in die hinten unsere Initialen und ein Herz eingraviert sind. Gerade verleiht Lydia meinem Make-up den letzten Schliff. Casey macht sich im Badezimmer fertig. Jeden Augenblick werde ich in mein Kleid schlüpfen. Die Hochzeit ist in weniger als einer Stunde, und die Schmetterlinge stürmen meinen Bauch. Heute Morgen habe ich eine SMS von Ryan erhalten, die nur aus einem Bildschirm voller x-Küsschen bestand.

»Voilà!«, sagt Lydia, während sie noch etwas Schimmer auf meine Wangen, unter meine Brauen und auf meine Lippen gibt. »Die perfekte Strandbraut!« Ich blicke in den Spiegel und staune. Mein müdes, gestresstes Gesicht hat sich durch ihre magischen Fähigkeiten völlig verwandelt. Meine Haut wirkt golden und frisch, meine einst schweren Augen sind groß wie Untertassen, und das Meergrün meiner Iris wird von sandfarbenem glänzendem Lidschatten betont. Meine Wimpern wirken unglaublich lang und dunkel und sind mit etwas Mascara voneinander getrennt, sodass sie aussehen, als wären sie nass vom Meer. Meine Haare fallen in fließenden Wellen von einem Mittelscheitel bis über meine Brust. Die Vorderpartie ist mit zwei kleinen Zöpfen aus dem Gesicht geflochten (ein Detail für meine Mutter), die am Hinterkopf zusammengebunden und mit Blumen aus meinem Brautstrauß geschmückt sind. Von meinem linkischen rothaarigen, schwarzgekleideten Teenager-Ich bis hierher ist es ein langer Weg gewesen. Ich drehe den Kopf und werfe meine Haare über die Schultern nach hinten. Dann stehe ich auf und blicke Lydia an.

»Bist du bereit, es anzuziehen, Süße?«, fragt sie lächelnd. Ich nicke und betrachte mein Kleid, das an der Schranktür hängt. Ich schreite langsam und ehrfurchtsvoll darauf zu, nehme es vorsichtig ab und lege es aufs Bett. Dann schlüpfe ich aus meinem Morgenmantel und rufe nach Casey. Sie ist schon seit Ewigkeiten im Bad.

»Ich ziehe es jetzt an, Case!«, rufe ich aufgeregt.

»Bin gleich da!«, ruft sie zurück. Dann höre ich die Toilettenspülung, aber sie kommt nicht heraus.

»Hilfst du mir?«, bitte ich Lyd, weil ich es nicht mehr abwarten kann, das wunderschöne Kleid anzuziehen.

»Klar. Sollten wir das nicht fotografieren? Soll ich den Fotografen herholen?«

Ich schüttele den Kopf. Ich habe vor dem großen Tag beschlossen, dass ich keine »Vorher-Bilder« haben möchte. Der Tag soll beginnen, wenn ich in meinem Kleid herauskomme, bereit, Ryan zu heiraten.

Lydia hält vorsichtig das weiße Kleid auf, damit ich hineinsteigen kann. Ich blicke erneut zum Bad, aber Casey erscheint noch immer nicht. Ich hoffe, dass bei ihr alles in Ordnung ist und sie der heutige Tage nicht überfordert, nach allem, was sie in letzter Zeit durchgemacht hat.

»Los, rein mit dir«, sagt Lyd.

Ich erschaudere, als der leichte hauchdünne Stoff des elfenbeinfarbenen Kleides im griechischen Stil über meinen Körper gleitet, und schließe die Augen, als Lyd es hinten schließt.

»Oh, Molly«, seufzt sie und tritt zurück. Meine Hände zittern unkontrolliert, und ich atme dreimal tief ein, bevor ich die Augen öffne und mich im Spiegel betrachte. Das Kleid sieht genauso aus, wie ich es mir erträumt habe. Romantisch, lässig, aber auch wunderschön und brautmäßig. Durch den Schnitt fühle ich mich wie eine griechische Göttin. Mir gefallen die gerafften Träger, der fließende feminine Rock und der tiefe V-Ausschnitt. Anstelle einer Schleppe fallen zwei Seidenbänder von meinen Schultern, und auf meinem Rücken findet sich noch ein kleines zusätzliches Detail: ein kleiner Hinweis auf meine Wurzeln.

Ich höre, wie die Badezimmertür aufgeht, und drehe mich um.

»Molly.« Casey schlägt sich die Hände vor den Mund. »Du siehst wunderschön aus!«

Ich lächele und strecke ihr eine Hand entgegen, um ihr zu signalisieren, dass auch sie wunderhübsch aussieht. Mir steigen Tränen in die Augen, als ich daran denke, wie weit unser Weg bis hierher war und wie lange wir gebraucht haben, um uns in unserer Haut wohlzufühlen.

Ich blicke zurück in den Spiegel, und sie tritt neben mich und schiebt ihre Hand in meine. Ich drehe mich zu Casey um, fasse ihre andere Hand und breite ihre Arme aus. Sie blickt verlegen auf ihre Füße. Es ist das erste Mal, dass ich sie in einem Kleid sehe, das ich für sie ausgesucht habe, und ich empfinde eine stille Freude über meine gute Wahl. Ich habe es entdeckt, kurz nachdem ich frisch verlobt aus New York zurückgekehrt war. Bevor ich wusste, ob sie überhaupt bei der Hochzeit dabei sein, geschweige denn meine Erste Brautjungfer sein würde.

»Du siehst unglaublich aus, Case!« Das leuchtende Orange passt perfekt zu ihrer olivefarbenen Haut und ihren gelbbraunen Augen. Ihre dunklen Haare – sie trägt wieder ihren natürlichen Ton – hat sie zu einem losen Knoten zusammengebunden, aus dem sich einige Strähnen herauskringeln. Die korallenfarbene Flut aus Chiffon, die sich von den Spaghettiträgern um ihren Hals bis zu den Schenkeln ergießt, verleiht ihrem Aussehen etwas Sittsames, und zugleich sieht sie auf eine Weise schön aus, die sie nie für möglich gehalten hat. Vor allem nicht nach dem, was in jener Nacht geschehen ist. Ich stelle mir vor, wie sie barfuß über den Strand läuft und wie ein

Monarchfalter eine rote Spur hinter sich herzieht. Sie sieht noch immer aus wie meine Casey. Aber wie eine erwachsene Ausgabe meiner Casey.

Mir wird klar, dass ich ohne sie nicht hätte heiraten können. Es hätte sich nicht richtig angefühlt. All meine Träume, all meine Zukunftserwartungen sind ebenso mit ihr verbunden wie mit Ryan. Sie ist immer da gewesen. Und hat Schreckliches durchgemacht. Noch immer betrachten wir uns im Spiegel, als Lyd zu uns tritt. Sie spürt, dass wir einen Augenblick für uns brauchen.

»Ich gehe und ziehe mir mein Kleid an. Obwohl ich in Orange nie im Leben so gut aussehen werde wie du, Casey!« Sie küsst uns beide, dann schlüpft sie aus dem Zimmer.

Einen Augenblick stehen wir schweigend nebeneinander und betrachten uns im Spiegel. Es kommt mir vor, als würden wir zwei Spiegelbilder sehen. Eines von uns als Teenagern – Casey mit ihren bunten Haarspangen und ihrem rosa Plastikrucksack, und ich, wie ich durch meine schlecht geschnittenen und gefärbten Ponyfransen blicke und mit den Spitzen meiner Chucks mürrisch im Boden scharre. Und dann ist da unser Bild von heute: erwachsen, glücklich, schön. Wir halten uns an den Händen. Beste Freundinnen für immer, genau wie wir es uns versprochen haben.

»Du *heiratest*?«, flüstert Casey, und ich drücke ihre Hand.

»Ja, komisch, nicht?«

»Nicht komisch«, sagt sie und wischt sich eine Träne fort. »Es ist richtig. Das war immer so geplant. Komm schon, wir wussten beide, dass ich nicht als Erste heiraten würde.«

»Du willst wahrscheinlich nur sehen, wie ich es mache, damit du mich übertrumpfen kannst!« Ich stupse sie an und sie nickt.

»Bei mir würde es vor allem *viel* mehr glitzern.« Sie lacht.

»He, ich habe auch Glitzer!«, sage ich lächelnd und drehe mich um, sodass Casey die Rückseite von meinem Kleid sehen kann. Dort läuft ein Band mit glitzernden Swarovski-Steinen in Form einer Wünschelrute von meinen Schultern bis zur Spitze des V an meinem unteren Rücken. Das wird Ryan – und seiner Mutter – gefallen. »Das Mädchen kann Essex verlassen, aber Essex verlässt das Mädchen nicht.« Ich kichere.

»Es ist perfekt, Molly«, sagt Casey, Tränen laufen über ihre Wangen. »Du bist die schönste Braut aller Zeiten.«

Ich beuge mich vor und nehme etwas von der Frisierkommode. Ich lächele, straffe betont die Schultern und hebe das Kinn. Casey tut es mir gleich. Als ich eine Haarsträhne aus ihrem Gesicht streiche und sie mit einer wunderhübschen orangefarbenen Schmetterlingsspange zurückstecke, sodass es aussieht, als würde er in ihrem Haar sitzen, schimmern Tränen in ihren Augen.

»Sprich mir nach«, sage ich leise. »Ich bin schön.«

»Ich bin …« Ihre Stimme erstirbt.

»Schön«, dränge ich unnachgiebig.

»Schön«, flüstert sie.

»Und frei wie ein Schmetterling«, fahre ich fort. Als sie die Worte nachspricht und sich eine Träne aus ihrem Auge löst, spüre ich einen Kloß in meinem Hals. »Frei zu lieben und geliebt zu werden«, beende ich den Satz, streiche ihr übers Haar und nehme ihre Hand. Sie sagt nichts, sie blickt nur nach unten, und ich drücke ihre Hände. »Und du *wirst* geliebt werden, Casey. Das verspreche ich dir. Und nicht nur von Ryan und mir.«

Sie nickt, dann blickt sie mich an, als sähe sie mich zum ersten Mal. »Oh, Moll«, sagt sie, »du heiratest!« Dann brechen wir beide in Tränen aus.

»*Nein!!!*«, ruft Lydia und eilt in ihrem kurzen orangefarbenen Satinkleid ins Zimmer. »Ihr ruiniert das Make-up! Schnell!« Wie wild tupft sie meine Augen trocken, während Casey und ich mit den Händen vor unseren Gesichtern herumwedeln, um die Tränen aufzuhalten. Kichernd laufen wir ins Bad, um uns davon zu überzeugen, dass wir keine Streifen im Gesicht haben.

Während wir noch immer lachend vor dem Spiegel stehen, fallen erneut die Jahre von uns ab, und dort stehen Casey und ich, zwei Teenager, die einander mehr als irgendjemand anders auf der Welt brauchen.

»Können wir?«, fragt Mia und drückt meine Hände, als wir uns fertig machen, um den langen Weg über den Strand in die Bucht zu Ryan und Carl anzutreten. Ich blicke auf die drei Mädchen in ihren wunderschönen Kleidern und lächele aufgeregt.

»Sind Sie bereit, Mr. Carter?«, fragt Casey, woraufhin Dad ein wenig stottert. Er ist es nicht gewohnt, gefragt zu werden oder etwas zu sagen, ohne dass meine Mutter in der Nähe ist.

»Ach ja, bin ich. Klar, obwohl ich mich frage, ob es hier irgendwo eine Toilette gibt?«

»Dad!«, stöhne ich und hake mich bei ihm ein. »Du hättest vorher gehen sollen.«

»Ach ja, das stimmt. Natürlich. Das müssen die Nerven sein. Oder das Alter.«

»Atme einfach tief durch, dann geht es schon«, rate ich.

»Sollte ich nicht derjenige sein, der dir Ratschläge erteilt?«, fragt er. »Ich habe tatsächlich etwas vorbereitet.« Er nestelt in seiner Tasche, nimmt seine halbe Brille ab, wischt sich über die Stirn und setzt sie wieder auf. »Ich weiß, dass du, äh, nicht viel von Traditionen hältst, aber dieser Teil ist Pflicht für den

Brautvater, und deshalb habe ich das Gefühl, dass ich, äh, ein paar Worte sagen muss.« Noch immer nestelt er in seiner Tasche.

»Das musst du nicht, Dad«, sage ich milde.

»Ja, aber ich *will* es. Ich will dir einen Ratschlag für die Ehe geben. Ich habe ihn allerdings von jemandem übernommen, der um einiges eloquenter ist als ich.«

Ich sehe ihn an und empfinde plötzlich tiefe Zuneigung für meinen ernsten, in sich gekehrten, kontaktscheuen Vater, an dem ich jahrelang verzweifelt bin und der mir viel ähnlicher ist, als ich früher zugeben wollte. Nun ermuntere ich ihn und hoffe, dass er die richtigen Worte findet, die Worte, die unserer Beziehung, seiner Ehe, diesem Augenblick einen Sinn geben. Es sind hohe Erwartungen.

»Verdammt«, murmelt mein Vater und zieht diversen Kleinkram aus der Tasche. »Ich habe es verloren. Ach, nun, ich glaube, ich kann mich auch so erinnern. Ja.« Er wendet sich zu mir um und seine Augen strahlen. »Ich habe mir die Freiheit genommen, das Personalpronomen von ›ich‹ in ›dich‹ zu ändern.« Er räuspert sich und beginnt zu rezitieren:

»Lebe dein Leben von Jahr zu Jahr,
Den Blick voraus, das Herz voll Mut;
Überstürze nichts und bleibe nicht stehen;
Klage nicht über das, was vergangen,
und fürchte dich nicht vor dem, was kommt;
Schreite fröhlich voran, mit heiterem Herzen,
das Jugend und Alter gleichermaßen schätzt.
Ob der Weg dich führt bergauf oder bergab,
ob er steinig ist oder eben, geh ihn mit Freude:
Vergiss nicht, wovon du als Jun…«

(Er verhaspelt sich.)

»... äh, ich meine, wovon du als Mädchen träumtest,
neue Freunde, große Abenteuer und eine Krone,
möge dein Herz nie den Mut verlieren, weiter zu suchen und
zu hoffen, dass die letzte Windung des Weges die beste sein möge.«

Ich küsse meinen Vater auf die Wange, umklammere fest seine Hand, und während wir langsam auf meinen Ehemann zugehen, murmele ich den weisen alten Vers vor mich hin. »Ob der Weg steinig ist oder eben, geh ihn mit Freude ...«

Wir kommen an meiner Mutter vorbei, die mir zulächelt. Dann passieren wir eine schluchzende Jackie und einen strahlenden Dave. Da sind Freya und Lisa, Jo, die aus Australien hergeflogen ist, und sogar Christie, die mit ihrem Mann gekommen ist. Es sind eine Handvoll Freunde von der Uni da, und natürlich Jake, Gaz, Alex und einige von Ryans Kollegen aus Thorpe Hall und der Schule in Hackney. Aber ich nehme sie kaum wahr, weil ich nur Augen für Ryan habe. In seinem meerblauen Anzug und dem weißen Hemd mit der leuchtend orangen Blüte am Revers sieht er wie immer überwältigend aus.

Ich trete neben Ryan, und er grinst auf mich hinunter.

»Du hast es also tatsächlich geschafft«, murmelt er.

»Hast du wirklich daran gezweifelt?«, frage ich zurück, und mein Herz schwebt zum Himmel hinauf.

Er hebt eine Braue. »Ich würde lügen, wenn ich Nein sagte, aber das liegt nur daran, dass ich seit unserem ersten Kuss hier gewartet habe.«

»Zweiten«, erinnere ich ihn, verziehe den Mund zu einem

Grinsen und blicke auf die Küste, an der wir unseren zweiten und besten Kuss geteilt haben.

»Seit dem ersten.« Er grinst. »Ich wusste es gleich. Du hast nur ein bisschen länger gebraucht, *Harry.*«

Ich schüttele den Kopf und schiebe meine Hand in seine, dann drehen wir uns um und wenden uns dem Pastor zu.

»Ich bin nicht Harry!«, sage ich. »Es gibt keine Harry mehr. Nur Molly. Molly Cooper. Also, wollen wir?«

Klick!

Wir küssen uns erneut, für eine weitere Kamera, ein weiteres Foto, ein weiteres Video. So viele Fotos, so viele festgehaltene Momente. Der warme Sand zwischen meinen Zehen. Das Kleid, das sich hinter mir bauscht. Ryans Arme um mich. Die Sonne, die auf unsere Rücken scheint, während sie hinter uns versinkt. Ein Glas Champagner, das uns in die Hand geschoben wird. Menschen kommen, um mit uns zu reden, uns zu gratulieren, uns zu küssen und uns zu umarmen.

Dann laufen wir Hand in Hand zum Hotel, wobei ich mich bemühe, keinen Champagner über mein Kleid zu schütten. In den Bäumen des Hotels hängen Lichterketten, und über uns erhebt sich im Glanz der untergehenden Sonne Ibizas ein Sternenzelt. Ein intimes lockeres Tapas-Essen mit vierzig Personen. Unsere Freunde, unsere Familie, wir zwei. Es ist alles, was ich mir gewünscht habe.

»Fühlst du dich anders?«, frage ich, als wir um vier Uhr morgens mit einer Flasche Champagner zwischen uns am Strand sitzen. Wir haben getanzt und uns geküsst und gelacht und uns wieder geküsst und getanzt und uns noch mehr geküsst. Einige unserer Gäste sind schlafen gegangen, andere sind noch in einen Club gewechselt. Wir sind ins Bett gegangen und dann wieder aufgestanden, weil wir nicht wollten, dass dieser Tag endet. Wir haben beschlossen herzukommen, um am ersten Tag unserer Ehe den Sonnenaufgang mitzuerleben. Ich bin betrunken und unglaublich glücklich. Trunken von der Liebe.

»Hörst du mir schon nicht mehr zu?«, bohre ich. »Hat ja nicht lange gedauert, bis du dich ans Eheleben gewöhnt hast!« Ich lache. »Ich habe gefragt, ob du dich anders fühlst?«

»Ja, es ist komisch«, antwortet Ryan und legt nachdenklich den Kopf schief. Ich beobachte, wie sich beim Sprechen langsam seine Lippen bewegen, dann reibt er sich den Knöchel. »Es fühlt sich an, als hätte ich hier ein enorm schweres Gewicht.« Er umfasst stöhnend den Knöchel und tut, als hätte er eine schwere Eisenkugel und eine Kette am Bein.

»He!« Ich gebe ihm einen Klaps auf den Arm, klettere auf ihn und genieße es, den kühlen Sand zwischen meinen Zehen zu spüren und seinen warmen Körper unter mir. »Ich zeige dir, was ein schweres Gewicht ist.« Kichernd setze ich mich rittlings auf seine Brust und drücke seine Arme nach unten.

»Oh ja, bitte, Mrs. Cooper«, stöhnt er, »bitte, bitte mach weiter!«

Und dann zieht er mich in den Sand, bis er auf mir liegt.

Er blickt zu mir hinunter. »Molly Cooper«, sagt er sanft und lächelt, als er die noch ungewohnte Wortkombination ausspricht. »Es fühlt sich anders an, weil es sich anfühlt wie für immer.« Er zögert und wartet auf meine Bestätigung. »Verstehst du?«

»Ja.« Ich lächele und streiche über seine Stirn. »Ich verstehe.«

13:10 Uhr

»He, Miss? Wo soll der hier hin?«

Ich blicke in das gerötete überarbeitete Gesicht von Bob, der vergnügt die Treppe hinunterkommt und offenbar meinen Frisiertisch auf dem Rücken trägt, während sein junger Gehilfe einen einzigen Karton schleppt, als wäre er das Schwerste auf der Welt. Ich höre in der Küche mein Handy klingeln und bin versucht, hinzugehen und abzunehmen, aber wer auch immer es ist, er muss warten.

»Alles okay, Bob?«, frage ich und eile ihm zu Hilfe, doch er bedeutet mir wegzugehen.

»Mir geht's gut, Mädchen. Ich habe schon Schwereres als das hier getragen. Sagen Sie mir nur, wo der hinkommt.«

»Ach ja, tut mir leid, in den Lastwagen. Der kommt ins Lager.«

»Brauchen Sie keinen schicken Frisiertisch mehr, Herzchen?« Er zwinkert mir zu.

»Ich bin eine Frau. Ich brauche immer einen Frisiertisch.« Ich lache. »Dorthin, wo ich hinziehe, kann ich ihn nur nicht mitnehmen!«

Er stolpert aus der Tür und ist Minuten später zurück.

»Gut, das war das letzte Stück von oben. Was als Nächstes?«

Ich blicke auf meine Armbanduhr, dann in sein rotes Gesicht und auf meinen Magen, der vor Hunger knurrt. »Mittagessen!«, erwidere ich, und er strahlt noch mehr.

»Das ist Musik in meinen Ohren, Schätzchen.« Er grinst. »Ich setze mich ein bisschen in den Laster und lese Zeitung.«

»Sie sind herzlich eingeladen, hierzubleiben, wenn Sie mögen. Ich zaubere uns ein Sandwich.«

»Nein, nicht nötig, meine Brotdose ist im Wagen. Meine Frau hat sie für mich gepackt, Gott segne sie. Wenn ich nicht zurückkomme, wissen Sie, dass sie mir Arsen ins Brot getan hat! Ha, ha!«

Ich öffne die Tür, um ihn hinauszulassen, als gerade jemand klopfen will. Ich jauchze vor Begeisterung und küsse meine Schwägerin, dann schiebe ich Bob hinaus in die Einfahrt. Ich drücke Lydia und beuge mich nach unten zu meinem Neffen. »Beau-Beau!« Etwas widerwillig lässt er sich von mir in den Arm nehmen. Mit seinen siebeneinhalb Jahren tut er so lässig und cool, als wäre er doppelt so alt, und meint, er sei *viel* zu groß, um noch von Tante Molly umarmt zu werden. Zum Glück ist meine fünfjährige Nichte Gemma weniger kritisch. Sie stürzt sich vor Freude kreischend auf meine Beine. Ich schließe die Augen, küsse ihre blonden Haare und versuche, mir den Augenblick einzuprägen, damit ich mich künftig daran erinnern kann.

Beau mustert mich mit seinen scharfen blauen Augen, die der seiner Oma Jackie und der seines Onkels so ähnlich sehen, dann verkündet er seine Beobachtungen.

»Du siehst traurig aus«, stellt er ehrlich fest.

»Beau!«, schilt Lydia. »So etwas sagt man nicht!«

»Das ist okay, Lyd«, widerspreche ich lachend und begebe mich in die Hocke auf seine Höhe. »Nun, Beau«, erwidere ich ebenso aufrichtig mit einem leichten Lächeln, »du hast absolut recht. Das kommt daher, dass ich euch alle sehr vermissen werde. Aber ich bin auch aufgeregt, weil ich weiß, dass ich in meiner neuen Heimat sehr glücklich sein werde.«

»Wie Onkel Ryan?«, fragt Beau, ohne zu blinzeln.

Ich blicke hoch zu Lydia, und sie wendet den Blick ab. Ich nicke und schiebe ihn ins Haus. »Na, Beau, hast du Lust auf einen Apfelsaft und einen Keks? Falls ich dir noch einen übriggelassen habe«, füge ich schuldbewusst hinzu, als ich ins Wohnzimmer blicke und die leere Packung bemerke.

»Wir bleiben nicht lange«, sagt Lydia, zieht ihre Lederjacke aus und hängt sie über einen der beiden Fünfzigerjahrestühle, die vor meinem kleinen Küchentresen stehen. Sie kommen in den örtlichen Wohltätigkeitsladen. »Ich bin gerade den Broadway hinuntergegangen und dachte, ich komme schnell vorbei, weil ich mich nicht damit abfinden kann, dass ich dich gestern Abend zum letzten Mal gesehen haben soll. *Und* Beau hat gebettelt, dass er dich noch einmal sehen will. Ob du's glaubst oder nicht«, fügt sie hinzu.

Kichernd blicken wir ins Wohnzimmer. Er könnte nicht weniger interessiert wirken, mich zu sehen. In den fünf Minuten, die wir uns unterhalten haben, hat er die Playstation gefunden, die ich extra für seine Besuche angeschafft habe, und den bereits verschlossenen Karton mit den Spielen. Ach ja, und er hat ihn geöffnet.

»Fühl dich ganz wie zu Hause, Beau-Beau!«, ruft Lyd ironisch und schüttelt entschuldigend den Kopf.

»Keine Sorge, Lyd. Ich wusste schon, dass er mich nur der Technik wegen liebt«, bemerke ich.

In dem Moment kommt Beau in die Küche und ruft: »Tante Molly! Kannst du mir einen Smoothie mit deiner zischenden Spezial-Mischmaschine machen? Oooh, und wollen wir Eiscreme machen, so wie letztes Mal? Das wäre cool. Ha! Echt cool, verstehst du?«

»Sag ich doch.« Lachend nehme ich den Kessel mit dem kochenden Wasser und gieße es in die zwei einzigen Becher, die ich noch nicht eingepackt habe. Auf einem steht »Keep Calm & Carry On« und auf dem anderen »The Only Way is Essex«. Sie sind ein Abschiedsgeschenk von Lydia.

»Beau!«, schimpft Lydia. »Ich habe dir doch erklärt, dass Tante Molly heute sehr beschäftigt ist, weil sie ihre Sachen einpacken muss. Wir sind nur vorbeigekommen, um zu sehen, ob wir irgendetwas tun können, nicht um ihre Sachen wieder auszupacken!« Ich reiche ihr den Teebecher. »Gem, geh ins Zimmer und spiele mit deinem Bruder, ja?« Gemma trottet gehorsam davon, wobei ihr blonder Pferdeschwanz keck auf und ab hüpft. »Kann ich dir etwas helfen, Süße?«, fragt Lydia.

»Nein.« Ich schüttele den Kopf und blicke auf meine Armbanduhr.

»Du siehst gar nicht gestresst aus«, bemerkt Lydia, als ich mich auf einen Küchenstuhl setze und die Beine überkreuze. »Aber wie fühlst du dich wirklich?«

»Ach, weißt du … traurig, seltsam, benommen.«

Ich bin inzwischen ziemlich geübt darin, meine Gefühle zu beschreiben. Ich sehe sie wie Schnappschüsse vor mir, die ich durchblättern kann und die schnell wechseln. Ich habe auf schmerzliche Weise gelernt, dass man Gefühle entsorgen kann wie die alten Einwegkameras von Kodak, mit denen wir früher unsere Urlaubsbilder gemacht haben. Glück ist ebenso vergänglich wie Traurigkeit.

»Das ist völlig verständlich!«, zwitschert Lydia auf ihre typisch fröhliche Art. »Aber ich weiß, dass alles gut wird!«

»Ich auch«, stimme ich ihr etwas abwehrend zu, was mich selbst überrascht. Das Gefühl ist so schnell verschwunden wie es gekommen ist. »Versteh mich nicht falsch, Lyd, ich bin bereit für das hier, aber dennoch …«

»Ich weiß«, sagt Lydia ungewöhnlich leise, beugt sich über den Tisch und streichelt meine Hand.

»Ich habe nur Angst, dass ich mich ziemlich allein fühlen werde, weißt du?«

»Bist du *verrückt*?«, schnaubt Lydia und lacht, als wüsste sie es ganz sicher besser. »Du wirst auf gar keinen Fall allein sein. Glaub mir. Ich weiß, es ist beängstigend, an einen neuen Ort zu gehen, aber du kennst schon Leute dort, und du wirst schnell neue Freunde finden. So ist es immer. *Wir* werden einsam ohne *dich* sein.« Sie blickt auf ihre Hände, und eine Träne tropft auf sie herab. Sie fährt mit einem Finger unter ihren Augen entlang und dreht sie himmelwärts. »Tut mir leid. Ich habe mir geschworen, dass mir das nicht passiert. Ich habe nur das Gefühl, dich auch noch zu verlieren.«

»Nicht, Lyd. Das stimmt nicht.« Ich stehe auf, gehe zur Kommode in der Ecke und öffne die Schublade. »Außerdem habe ich genau das Richtige für uns.« Ich hole meine alte Canon digital SLR heraus. »Ich will, dass du die hier nimmst.«

»Aber, Molly, das kann ich nicht annehmen.«

»Doch, du kannst. Ich habe eine neue. Ich will, dass du Fotos von dir, von Carl und von den Kindern machst. Simple Fotos, von Sachen, die ihr jeden Tag macht. Und ich will, dass du sie hier einmal die Woche hochlädst.« Ich gehe zu meinem Laptop, gebe ein paar Worte ein, und sofort erscheint eine Seite mit der Überschrift »Lydias Blog«. Ich mache rasch ein Bild von ihr, stecke das USB-Kabel von der Kamera in den Laptop und lade das Bild hoch. Sie zieht eine Grimasse, und ihre Wimperntusche ist verlaufen.

»Das ist schrecklich!«, schnaubt sie.

»Mir egal. Ich bin die Einzige, die es sehen und lesen wird. Wenn du willst, kannst du einfach nur Bilder posten. Und wenn du über irgendetwas reden willst, kannst du mir schreiben. Ich verspreche dir, dass ich dir antworte, sobald ich kann, okay? Es ist, als wäre ich noch immer einfach die Straße hinunter.« Ich drücke ihre Hand, und Lyd lächelt mich gerührt an, dann holt sie ihre Puderdose hervor und richtet ihr Make-up.

»Ach, das hätte ich fast vergessen. Hier ist meiner!« Ich öffne eine entsprechende Blog-Seite, drehe die Kamera herum, mache eine Grimasse und lade das Bild hoch. »Ich werde Bilder von allen meinen Unternehmungen posten. Das wird toll!«

»Nun, du bist die Expertin!« Lydias Lippe zittert, dann kommen ihr erneut die Tränen. »Es wird nicht mehr dasselbe sein, Molly, aber gut, es ist besser als nichts. Es ist eine tolle Idee.« Sie küsst mich auf die Wange, dann sitzen wir einen Augenblick beisammen und halten uns an den Händen.

»Da ist noch etwas anderes, das ich dir geben möchte, Lydia. Etwas, auf das du aufpassen sollst. Ich wollte es dir schon lange geben.« Ich nehme die Hand weg, lege sie dann wieder auf den Tisch, drehe sie um und öffne sie, sodass die Handfläche nach oben zeigt. Darin liegt ein glitzernder antiker Diamantring.

»Ach, Molly, dein Verlobungsring, nein!« Lydia weint und schüttelt den Kopf. »Ich kann nicht, ich kann einfach nicht!«

»Hör zu, Lydia«, sage ich fest und drücke ihn ihr in die Hand. »Ich möchte es. Dieser Ring ist ein Familienerbstück der Coopers. Deshalb darf ich ihn nicht behalten.«

»Aber Ryan hat ihn dir geschenkt …«

»Weshalb ich ihn weitergeben muss. Die Dinge haben sich nicht so entwickelt, wie ich es gehofft hatte. Nun, ich will ihn nicht von hier fortbringen, von Oma Door und von Jackie. Stell dir vor, ich verliere ihn auf der Überfahrt? Sie würden mich umbringen! Der Ring ist ein Teil dieser Stadt, genau wie Ryan.« Ich halte inne. »Vielleicht will Beau ihn eines Tages haben, wenn er sich verliebt. Er wird bestimmt ein kleiner Herzensbrecher.«

Lydia nickt und dann müssen wir wirklich weinen.

»Ich kann nicht glauben, dass es das war«, sagt Lydia, als sie auf der Türschwelle steht.

Ich drücke sie fest an mich, vor allem, damit Beau nicht sieht, dass wir weinen, aber er ist ohnehin zu beschäftigt damit, Angry Birds auf Lydias iPhone zu spielen.

»Es ist kein Abschied. Denk an unsere Blogs. Außerdem müsst ihr alle kommen und mich besuchen!«

Sie schnieft, ihre Augen glänzen. »Stimmt.« Sie küsst mich rasch auf die Wange, sieht mich einen Augenblick an, dann lächelt sie und legt den Arm um die Schultern ihres Sohnes.

»Kommt, Beau, Gemma, wir müssen los! Bitte verabschiedet euch von Tante Molly.«

Beau sieht auf und schenkt mir ein typisch freches Cooper-Lächeln, dann wirft er sich in meine Arme. Ich schließe die Augen und denke an all die früheren Umarmungen, als er noch ein Baby, ein Kleinkind und ein kleiner Junge war. Als seine fröhlichen »Knuddeln!«-Rufe mich warnten, dass er sich gleich auf mein Bett stürzen würde, wenn ich bei Lydia und Carl übernachtet hatte.

Sie wenden sich ab, und ich höre Lydia nach ihrem Telefon fragen.

»Ach, Mum, ich dachte, ich darf es behalten, bis wir zu Hause sind!«, nörgelt er.

»Das habe ich nicht gesagt, du frecher Bengel!«, ruft sie, während sie auf ihren hohen Pfennigabsätzen den Gehweg hinunterstakst und den Lärm, das Geplapper, das Leben, aber nicht meine schönen Erinnerungen, mit sich nimmt.

Der gestohlene Kuss

Verblassen Küsse wie Polaroidaufnahmen, wenn man nicht aufpasst? Ich habe so häufig geküsst und bin so häufig geküsst worden, und dennoch hat sich nur eine unbefriedigende Anzahl in mein Gedächtnis gebrannt. Aus meiner Kindheit erinnere ich nur zwei oder drei, aber ich weiß, dass es viel mehr gewesen sein müssen. Die Handvoll, an die ich mich erinnere, bewahre ich wie kostbare Edelsteine. Da ist der stolze Kuss meiner Mutter und meines Vaters, die mich gleichzeitig auf je eine Wange küssten, nachdem ich meine Erstkommunion erhalten hatte. Ich weiß noch, wie ich in weißem Kleid und Schleier dastand und die Zehen in meinen kleinen Satin-Ballerinas vor Nervosität aneinanderrieb, während sie ihre Lippen auf meine strahlenden Wangen drückten. Es fühlt sich an, als wären ihre Küsse getrocknet und hätten für immer dort einen Abdruck hinterlassen, wie die Blumen, die ich zwischen Buchseiten zu trocknen pflegte.
Wenn ich die Augen schließe, kann ich die paar zärtlichen, tröstenden Küsse heraufbeschwören, die meine Mutter mir auf meine fiebrigen Wangen und meine Stirn gegeben hat, als ich Windpocken hatte. Sie fühlten sich an wie Engelsflügel, die meine arme fleckige Haut heilten. Und ich erinnere mich lebhaft an den riesigen Schmatzer, den ich auf ihre Lippen gedrückt habe (sie schmeckten schwach nach Torte), als ich nach meinem allerersten Tag

in der Vorschule zu ihr hinausgelaufen bin. Ich habe sie damit so überrascht, dass sie nach hinten umgekippt ist. Ich hatte meine Mutter noch nie so ungelenk gesehen, sie lag lang ausgestreckt auf dem Boden – und ich war erschrocken. Aber zu meiner Überraschung lachte sie, stand auf und küsste mich auf den Kopf. Meine Mutter überrascht mich dieser Tage häufig. Jedes Mal, wenn ich an sie denke, durchströmt mich ein warmes Gefühl.
Und dann gibt es noch die leidenschaftlichen, romantischen Küsse meines Lebens – die meisten davon habe ich mit Ryan geteilt. An einem besonders schweren Abend habe ich im Bett gelegen und gezählt, wie viele Küsse Ryan und ich im Laufe der Jahre getauscht haben. Die Anzahl ging in die Tausende. Aber wenn ich überlege, an wie viele von ihnen ich mich augenblicklich erinnere? Klar, ich erinnere mich an die wichtigsten: Als wir uns zum ersten Mal begegnet sind, als wir zusammengezogen sind, uns verlobt haben, geheiratet haben, aber an die alltäglichen Küsse? Die, durch die wir uns ohne Worte oder eine schicke Umgebung oder eine Zeremonie einfach gezeigt haben, wie sehr wir uns liebten? Genau wie von den unzähligen Fakten und Zahlen, die ich in der Schule gelernt habe und die seither aus meinem Gehirn gesickert sind, bleiben nur wenige. Daraus kann ich nur den Schluss ziehen, dass ich mich nicht gut genug konzentriert habe.

<<*Zurückspulen 28.02.2006, 07:42 Uhr*>

»Kannst du dir das noch eben ansehen, bevor du gehst?«, rufe ich Ryan zu, der durch die Wohnung wirbelt und seine Bücher, seine Fußballschuhe und seinen Fahrradhelm einsammelt. Er stopft sich eine halbe Scheibe Toast in den Mund, kommt auf mich zu, küsst mich auf die Wange und zieht dabei an seinem Terminkalender, auf dem ich sitze, wie ich jetzt erst bemerke. Ich hebe den Po, damit er besser rankommt und wedele mit der Liste vor seiner Nase herum. Er muss sie sich unbedingt ansehen. Ich will ihm nicht irgendeine alte To-do-Liste zeigen. Es handelt sich um die Hochzeitsliste, oder, wie Ryan sie nennt, die Liste aller Listen. Ich habe sie angefertigt, als ich das Gefühl hatte, in der Hochzeitsorganisation unterzugehen. Die Liste teilt die Aufgaben zwischen Ryan, Carl, Jackie und mir auf und enthält alles, was es zu bedenken gibt. Wenn ich nur Ryan dazu bekäme, sie sich anzusehen.

»*Biiiitte*, Ryan. Wir heiraten in noch nicht einmal acht Wochen, und es ist noch so viel zu tun!«

Ryan macht ein entschuldigendes Gesicht und schiebt sich das letzte Stück Toast in den Mund. »Ich kann nicht«, sagt er kauend und spült den Bissen mit einem Schluck Orangensaft hinunter. »Ich bin schon spät dran. Ich muss vor der Mitarbeiterbesprechung noch ins Fitnessstudio. He, ich dachte, du würdest mitkommen?«

»Ich weiß, aber ich war diese Woche schon zweimal, und ich will mich noch eine Stunde um die Hochzeitsorganisation kümmern, bevor ich zur Arbeit muss. Acht Wochen sind nicht lang, um alles zu regeln!«

»Für mich ist es noch viel zu lang!«, antwortet Ryan und gibt mir einen krümeligen Kuss mit einer Note Erdnussbutter auf die Lippen. »Ich wünschte, wir würden morgen heiraten. Überhaupt, ich dachte es sollte eine kleine, entspannte Hochzeit werden!«

»Das *ist* es!«, entgegne ich und sehe ihn offenbar mit einem so empörten Brautgesicht an, dass er lacht.

Er wischt sich die Krümel aus den Bartstoppeln und blickt auf seine Armbanduhr. »Tut mir leid, ich muss jetzt wirklich los. Ach, und heute Abend wird es auch spät. Ich habe noch ein zusätzliches Fußballtraining.«

»Wirklich?« Ich lege die Liste ab und setze mich auf dem Sofa zurück. »Die Schüler haben so ein Glück mit dir, Ryan.« Ich stehe auf, küsse ihn zärtlich auf die Lippen und kuschele mich an seinen Hals. »Ich will nur, dass du auf dich aufpasst, okay? Du bist nicht unverwüstlich, auch wenn du dich dafür hältst.«

Manchmal, wenn er so wie jetzt in seinem Adidas-Trainingsanzug vor mir steht, sehe ich noch immer den Siebzehnjährigen, in den ich vor all den Jahren verknallt war. Doch dann blinzele ich und merke, wie sehr er sich verändert hat. Momentan sieht er sehr müde aus, hager und irgendwie einfach älter. Er hatte ein paar anstrengende Monate bei der Arbeit, und die Hochzeitsplanung bedeutet zusätzlichen Druck. Aber ich habe versucht, die Planung überwiegend mit Jackie zu machen. Wir sind ein großartiges Team. Ich schreibe Listen, und sie arbeitet sie ab. Dennoch ist es eine Herausforderung, alles in so kurzer Zeit zu organisieren – vor allem, wenn die eine Brautjungfer in Australien lebt und die andere unentschuldigt fehlt.

Ich denke an Caseys Entfremdung, und ein Anflug von Traurigkeit überkommt mich. Es ist passiert, nachdem ich sie aus New York angerufen habe, um ihr von meiner Verlobung zu erzählen. Ich hatte mit erfreutem Kreischen gerechnet, mit Tränen, mit Lachen, mit diesem großen Augenblick in einer Freundschaft, wenn die Kinderfreundin sieht, dass man das große Glück gefunden hat. Aus diesem Grund rief ich sie als Erste an, noch vor meinen Eltern, vor Mia, vor irgendjemand anders.

»Case?«, hatte ich aufgeregt gesagt, als sie sich nach dem dritten Klingeln meldete, und hatte Ryan bedeutet, den Hotelfernseher leiser zu stellen. Wir waren gerade aus dem Central Park zurückgekehrt, und er hockte am Fußende des Bettes und verfolgte hochkonzentriert ein Basketballspiel. Ich war in das winzige fensterlose Bad geschlüpft, hatte das Telefon an mein Ohr gehalten und dabei meine linke Hand mit dem wundervollen antiken Ring betrachtet. Es war Oma Doors Verlobungsring. Sie hatte ihn Ryan gegeben, als wir wieder zusammengekommen waren, und Ryan hatte beschlossen, mir damit einen Antrag zu machen. Nachdem ich angenommen hatte, bot er mir an, mir einen anderen Ring zu kaufen.

Ich hatte in Ryans klare blaue Augen gesehen, die so sehr denen seiner Großmutter glichen, hatte den Kopf geschüttelt und ihm erklärt, dass ich keinen neuen Ring haben wolle. Ich wollte diesen. Er bedeutete für Ryan und seine Familie etwas Besonderes, und aus diesem Grund war er besser als jeder Ring, den wir hätten kaufen können. »Dieser Ring wird mich immer daran erinnern, wie glücklich ich bin, Mrs. Cooper zu sein«, sagte ich, und er hatte mich wieder und wieder geküsst.

Als Casey sich meldete, hatte ich gekreischt: »Case, ich muss dir etwas Unglaubliches erzählen!«

»Du hast die Ugg Boots gekauft, um die ich dich gebeten habe, und sie waren noch billiger, als ich dachte?«, riet sie.

»Neeeein, etwas viel Besseres.«

Sie keuchte. »Du hast mir ein Paar *Manolos* gekauft. Molly, das wäre doch nicht nötig gewesen!«

»Nein!« Ich lachte. »Ryan hat mir einen Antrag gemacht!«

Schweigen.

Ich hatte gewartet und gewartet und gewartet, dass sie vor Freude aufschrie oder lachte. Auf die Szene, die ich unzählige Male in Filmen gesehen habe. Ich sagte mir, dass Casey unter Schock stand. Verständlich. Schließlich war es noch nicht sehr lange her, dass ich mich auf ihrem Sofa in den Schlaf geweint hatte. Ihre Freude würde sich einstellen, wenn sie den ersten Schreck überwunden hätte.

Doch so kam es nicht. Es folgte lediglich ein langes Tuten, weil das Gespräch beendet war.

Ich hatte auf den Hörer in meiner Hand gestarrt und mich gefragt, was zum Teufel gerade passiert war. War das Ferngespräch vielleicht unterbrochen worden? Ich wartete, dass das Telefon erneut klingelte. Das tat es nicht. Dann wählte ich erneut ihre Nummer, aber ihr Handy war offensichtlich ausgeschaltet.

Ich ging zurück ins Zimmer und erzählte Ryan, was passiert war.

Ohne den Blick vom Fernseher zu lösen, hatte er abwesend bemerkt: »Vielleicht ist ihr Akku leer?«

»Vielleicht«, erwiderte ich, sank aufs Bett und spürte die kalte Hand des Zweifels um meinen Hals.

Zwei Tage später rief sie mich zurück, sagte mir, die Verbindung sei schlecht gewesen und als sie versucht habe, mich zurückzurufen, habe sie nicht die richtige Nummer gehabt. Das Hotel habe sie zu einem falschen Zimmer durchgestellt, und sie wusste plötzlich nicht mehr, wie man ein britisches Telefon im Ausland anruft. Das war typisch für Casey, deshalb glaubte ich ihr. Und ich glaubte ihr auch, als sie sagte, dass sie sich für mich freue. So erzählte ich ihr aufgeregt, dass wir vorhätten, im April zu heiraten – fünf Monate nach dem Antrag und fast fünf Jahre nach unserem ersten *richtigen* Kuss. Und an eben jenem Ort – an dem kleinen Strand auf Ibiza, zu dem Ryan mich geführt hatte. Ich fragte sie, ob sie meine Brautjungfer sein würde.

Seither habe ich nichts mehr von ihr gehört.

Ryan sagt mir ständig, dass ich mir deshalb keine Sorgen machen solle, dass sie sich melden werde. Dass es schwer für sie sei, dass ihre beste Freundin heirate, während sie bislang noch nicht einmal einen richtigen Freund gehabt hätte. Aber ich vermisse sie. Ich will, dass sie daran teilhat. Ich kann mir nicht vorstellen, das hier ohne sie zu tun. Gleichzeitig macht mich ihr Verhalten wütend. Ich dachte, dass sie sich von allen am meisten freuen würde, dass Ryan und ich wieder zusammen sind. Sie hat miterlebt, wie schlecht es mir ohne ihn ging. Ich vermisse sie, und zugleich ärgere ich mich über sie.

Es war auch nicht gerade hilfreich, dass zwar alle von unserer Nachricht hin und weg waren, doch nur Jackie und Dave uns in ihrer typisch optimistischen Art unterstützten und daran glaubten, dass wir alles in sechs Monaten organisieren konnten. Gott, ich liebe sie dafür.

»*Natürlich* ist das zu schaffen, Liebes!«, hatte Jackie gejubelt. »Wir müssen nur Termine für die Anprobe des Hochzeitskleids machen und einen Hochzeitsplaner auf Ibiza finden, der die Trauung am Strand organisiert und einen Ort für die Feier mietet – überlass das mir, Liebes! Das Wichtigste ist dein Kleid. Mach ein paar Termine bei Harrods, Browns und Liberty. Bei allen kannst du Designerkleider von der Stange kaufen, die entsprechend geändert werden. Soll ich dir für diesen Samstag Termine machen? Hast du Zeit? Natürlich hast du Zeit, Liebes! Was sollte wichtiger sein als das?! Ach, das wird aufregend! Hast du deine Mutter angerufen? Sie muss uns natürlich begleiten, und Oma Door will sicher auch mitkommen. Was sagst du, Mum? Ach, hier, sie will dich selbst sprechen.«

»Molly, Schätzchen!« Oma Doors kratzige Stimme ertönt am anderen Ende. »Wie macht sich mein Ring an deinem Finger? Mein Arthur wäre sehr froh. Nun, zum Kleid. Vielleicht könntest du so etwas tragen wie diese Jordan bei der Hochzeit mit diesem hinreißenden Peter Andre getragen hat. Ach, ich *liebe* die beiden. Hast du gesehen, wie sie bei *Ich bin ein Star – holt mich hier raus* Känguruhoden gegessen hat? Das war toll!« Ich höre, wie Jackie wieder nach dem Hörer greift.

»Du siehst, Liebes, Oma Door hat schon ganz genaue Vorstellungen! Du kannst dich immer darauf verlassen, dass wir dir ehrlich unsere Meinung sagen. Das braucht man, wenn man ein Hochzeitskleid aussucht! Ruf jetzt deine Mutter an und sag ihr, dass wir uns diesen Samstag an der U-Bahn-Station Oxford Street treffen. Wir gehen zuerst zu Liberty.« Ich höre, wie sie auf dem Computer tippt. »Die haben ein paar sehr schöne *Vera-Wang*-Kleider im Sortiment, die dir *hervorragend* stehen würden, und Geld spielt keine Rolle. Dave und ich übernehmen die Kosten für die Hochzeit. Ich weiß, dass ihr euch das vermutlich nicht leisten könnt.«

An dieser Stelle unterbreche ich sie.

»Nein, Jackie, ehrlich, Ryan und ich haben genug gespart. Wir wollen das selbst machen. Auf unsere Weise«, füge ich nachdrücklich hinzu, aber das scheint sie nicht zu beeindrucken.

»Unsinn«, flötet Jackie, ihr klingelndes Lachen hallt durch die Leitung. »Warum bescheiden, wenn es auch üppig geht?«

Ich hatte Ryan den Hörer hingehalten, der am Küchentresen Abschlussklausuren korrigierte. »Sag du es ihr«, flehte ich. Er hatte gegrinst und mir das Telefon abgenommen.

»Weil wir bescheiden sein *wollen*, Mum«, erklärte Ryan überzeugt. »Nein! Kein Widerspruch. Natürlich darfst du uns helfen. Wir *brauchen* deine Hilfe bei der ganzen Planung. Wir haben sechs Monate und Molly flippt aus. Aber keine Einmischung und kein Geld. Ich meine es ernst, Mum. Molly und ich wollen das auf unsere Weise machen.«

Er reichte mir das Telefon zurück und ich lächelte ihn dankbar an.

»Okay, Liebes«, Jackie seufzte, »sag mir einfach, was du willst. Mein Sohn hat ziemlich deutlich gemacht, was *er* will!« Sie schniefte dramatisch. Ich versuchte, nicht zu lachen.

»Jackie«, sagte ich möglichst neutral, »ich fände es wunderbar, wenn du mir hilfst, das Kleid auszusuchen. Könntest du Termine machen, so wie du es vorgeschlagen hast?«

Sie schnappte vor Freude nach Luft. »Ach, danke, Molly Liebes, das bedeutet mir wirklich sehr viel, vor allem weil ich kein Mädchen habe! Du und Lydia seid die Töchter, die ich nie hatte!« Und mit diesen Worten brach sie in Tränen aus.

Ryan hatte mich zum Dank auf die Stirn geküsst, und ich hatte mich hingesetzt, als Jackie anfing, mich mit Fragen über Weißabstufungen, Längen, Schleier und Diademe zu befeuern, bis mir schwindelig wurde.

Ich muss zugeben, dass wir die Hochzeit nicht ohne sie hätten planen können. Und sie im Ausland zu feiern, an unserem Lieblingsort Ibiza, war eine hervorragende Entscheidung. Es war Ryans Idee gewesen, und kaum dass er es ausgesprochen hatte, konnte ich mir genau vorstellen, wie ich barfuß durch den Sand auf ihn zuging; Mia, Lydia und natürlich Casey in ihren wunderschönen Brautjungfernkleidern hinter mir. Und es bedeutete, dass wir augenblicklich die Gästeliste halbieren konnten. Von der Familie meiner Mutter würde niemand kommen. Mum erzählte mir, dass sie uns für gottlos hielten, weil wir nicht in einer Kirche heirateten.

»Was hast du gesagt?«, fragte ich, als sie mir die Entscheidung ihrer verklemmten Familie mitteilte.

»Dass ich stolz bin, dass mein Mädchen die Dinge immer auf ihre Weise tut und nicht so, wie andere Leute es von ihr erwarten«, erwiderte sie brüsk.

»Einschließlich du?«, fragte ich mit schiefem Lächeln.

»Vor allem ich«, erwiderte sie. »Du hast deinen eigenen Kopf, Molly, und darauf bin ich stolz.« Es war das größte Kompliment, das sie mir je gemacht hatte. Dann fügte sie hinzu: »Was trägt man eigentlich auf einer Strandhochzeit?«

»Mach dir keine Sorgen«, entgegnete ich. »Jackie hilft dir! Wenn sie mit dir fertig ist, steckst du in einem rosa Fummel und glitzerst von Kopf bis Fuß!«

»Meinst du nicht, dass du sie dir zumindest eine Sekunde ansehen könntest?«, frage ich verzweifelt, als Ryan auf dem Weg zur Tür ist. »Es ist wirklich wichtig.«

Er dreht sich um und sieht mich mit leidender Miene an. »Schatz, ich liebe dich, aber wie können Partygeschenke wichtig sein, wenn ich noch nicht einmal weiß, was das ist?«

»Typisch Mann«, murmele ich gereizt. »Nie denken sie an die Details.«

Er seufzt und kommt zurück. »Hör zu, lass uns das alles am Wochenende durchgehen und nicht, wenn ich gerade auf dem Sprung bin, okay?«

Ich nicke und schlucke einen dicken Kloß hinunter. »Ich

will nur nicht das Gefühl haben, dass unsere Hochzeit ganz unten auf deiner Liste steht, weißt du?«

»Molly, du weißt, dass ich noch nicht einmal Listen führe!« Er küsst mich auf die Nasenspitze und grinst. »Dieses Wochenende«, wiederholt er. »Wir sprechen das alles am Wochenende durch.«

»Ich gehe Freitag auf Geschäftsreise, erinnerst du dich?«, antworte ich matt. »L.A., Coveraufnahmen.«

»Die meisten Leute wären froh darüber!« Ryan lacht und kitzelt mich unterm Kinn.

»Nun, die *meisten* Leute heiraten auch nicht in sieben Wochen«, entgegne ich.

Er nimmt mich in die Arme, und wie immer kuschele ich mich hinein. »Molly, es wird alles gut, das verspreche ich dir. Wir brauchen keine Partygeschenke oder all den anderen Kram. Wir brauchen nur, dich, mich und unseren Schwur. Alles andere ist egal.«

Ich muss lächeln, ich kann nicht anders. Ich weiß, dass er recht hat. Ich bin nur empfindlich, weil wir beide so viel zu tun haben. Ryan sagt mir immer wieder, dass ich mir keine Sorgen machen soll. Ich will nicht, dass wir noch einmal dieselben Fehler machen, nicht genug Zeit miteinander verbringen, andere Sachen zwischen uns kommen lassen. Den letzten Teil muss ich laut ausgesprochen haben, denn Ryan kommt zu mir und umarmt mich. Ich schließe die Augen.

»Stell dir vor, in sieben Wochen sind wir verheiratet, dann können wir in die Flitterwochen fahren. Einen Monat Neuseeland. Das musst du dir sagen. Das wird toll. Der Beginn unseres gemeinsamen Lebens. Aber bis dahin *ist* es anstrengend. Und jetzt, tut mir leid, Schatz«, er beugt sich vor und küsst mich auf die Stirn, »muss ich wirklich los …«

Und dann ist er auch schon aus der Tür.

Der Ich-habe-dich-vermisst-Kuss

Haben Sie schon einmal jemanden geküsst und das Gefühl gehabt, dass der andere Ihnen schon währenddessen entgleitet? Haben Sie sich den Tag vorgestellt, an dem er nicht mehr Ihre Lippen küsst? Haben Sie je die Augen geschlossen und verzweifelt versucht, diesen Kuss, diesen Augenblick in Ihrem Gedächtnis festzuhalten und in Ihrem Herzen zu bewahren, sodass Sie sich für immer an ihn erinnern? Vielleicht war es kein Kuss mit Ihrem Partner, sondern mit Ihrem Kind, einem Freund oder den Eltern?
Heute nehme ich meine Mutter fest in die Arme, atme ihren vertrauten Zitronenduft ein, spüre ihre weiche gealterte Haut an meiner und frage mich, ob sie dasselbe tut. Ich denke an eine nicht allzu ferne Zukunft, in der sie nicht mehr in der Lage sein wird, mich zu halten. Vielleicht schließt sie ihre Augen und erinnert sich daran, wie sie mich als Baby geschaukelt hat, oder sie erinnert sich an meine ersten Küsse. Hat sie versucht, jeden von ihnen zu genießen, weil sie wusste, dass eine Zeit kommen würde, in der ich sie vielleicht nicht mehr küssen wollte oder – Gott bewahre – könnte? Hat sie mich so sehr geliebt, dass sie stets Angst hatte, mich zu verlieren? Schien ihr jeder Kuss wie ein weiterer Schritt auf den Abschied zu? Meine Mutter hat immer gesagt, dass Elternsein ein langer Abschiedskuss ist, und manchmal denke ich unwillkürlich, dass das mein Lebensgefühl beschreibt.

Ich behandele jeden Kuss, egal wie belanglos er sein mag – einen flüchtigen Begrüßungskuss, einen Dankeskuss oder einen Bis-Bald-Kuss –, als könnte es der letzte sein. Es ist wie eine Narbe, die nie verheilt.

Vorspulen>> 8.03.2006, 18:25 Uhr>

»Gott, ich habe dich so vermisst«, sage ich und schlinge die Arme um meinen Verlobten.

Er küsst mich ausgiebig auf die Lippen. »Mmmmm, wie war der Rückflug?«

»Ich konnte an nichts anderes denken als daran, dass ich in sechs Wochen Mrs. Cooper bin!« Ich lächele, und er küsst mich erneut so leidenschaftlich, dass meine Lippen brennen, doch wir küssen uns weiter, bis unsere Münder schmerzen. Ich ringe nach Luft und öffne die Augen, um festzustellen, dass wir Publikum haben.

»Aaah!«, kreische ich und schlage Ryan auf den Rücken. Es scheint ihn nicht im Geringsten zu stören, dass wir in aller Öffentlichkeit vor Carl, Lydia, Baby Beau, Gaz, Alex und Jake knutschen. »Ich wusste nicht, dass ihr hier seid!«

»Kümmert euch nicht um uns, ihr zwei.« Carl grinst. »Macht nur weiter! Es ist wunderschön, einfach wunderschön, euch zuzusehen. Ist Liebe nicht etwas Wunderbares, Lyd?« Er biegt sie nach hinten und küsst sie auf den Mund, während Beau im Zimmer umherschwankt und dabei seinen I-Aah umklammert, den Plüschesel, den Ryan und ich ihm zu Weihnachten geschenkt haben.

»Ist das alles, Bruder?« Ryan nimmt mich, wiegt mich in seinen Armen und küsst mich wieder und wieder, während Carl Lydia über seine Schulter wirft.

»Ihr Jungs«, ruft Lydia und versucht, ihren Minirock nach

unten zu ziehen. »Immer müsst ihr euch übertrumpfen. Molly und ich sind keine Fußbälle!«

»Hätte aber hinkommen können!«, sagt Carl und nähert sich mit gespreizten Fingern Lydias Brust.

»Carl! Nicht vor dem Baby!«, schilt sie, als er das Geräusch einer Hupe nachahmt und dann seinen Kopf in ihrem Dekolleté versenkt.

Ich löse mich aus Ryans Armen und jage Beau durchs Zimmer, um ihn mit Küssen zu überhäufen. Er ist wirklich der niedlichste Junge der Welt. Ich kann nicht glauben, dass er schon achtzehn Monate alt ist. Schließlich fange ich ihn und kitzele ihn, bis er vor Lachen kreischt, dann blicke ich auf und lächele in die Runde.

»Wie geht es euch, Jungs? Habt ihr meinem Verlobten Gesellschaft geleistet, damit er sich nicht einsam fühlt?«, frage ich und gehe wieder zu Ryan, um ihn zu umarmen. Nachdem ich gerade erst wiedergekommen bin, halte ich es nicht aus, so lange von ihm getrennt zu sein. Er besteht immer darauf, dass Freunde bei ihm übernachten, wenn ich beruflich unterwegs bin. Mir bereitet die Aussicht, ständig jemanden um mich zu haben, keine Panik mehr, aber Ryan hasst es noch immer, allein zu sein. Das wird sich nie ändern.

»Oh, ja, wir haben in eurem Doppelbett gekuschelt, während er sich in den Schlaf geweint hat.« Carl nickt und ich umarme ihn herzlich.

»Kannst du es ihm verdenken?« Ich löse mich von ihm, seufze und schüttele den Kopf, als könnte ich die Last, so wundervoll zu sein, nur schwer ertragen.

03:45 Uhr

BRIIIIIIING!!

Ich setze mich im Dunkeln auf, blicke völlig orientierungslos auf den Wecker und stöhne. Wegen meines Jetlags bin ich erst vor einer halben Stunde eingeschlafen. Den Rest der Zeit habe ich die Aufnahmen für die Titelseite heruntergeladen, die der Fotograf mir geschickt hat. Ich wollte sie mir ansehen, bevor ich Montag ins Büro gehe. Ryan ist von der Türklingel natürlich *nicht* aufgewacht.

BRIIIIIINGGGGGG! Das nachdrückliche Schrillen spricht dafür, dass es sich nicht um einen betrunkenen Passanten handelt, was häufiger vorkommt, da wir an einer belebten Straße wohnen. Ich schleppe mich aus dem Bett und bin versucht, Ryan zu wecken, doch er sieht so selig aus, dass ich davon absehe, es sei denn, es gibt ein Riesenproblem. Er wird nur in Panik geraten und nach Gegenständen suchen, mit denen er den Eindringling außer Gefecht setzen kann. Beim letzten Mal hat er einen Föhn durch die Luft geschwungen. »Was hattest du damit vor?«, hatte ich ihn anschließend gefragt. »Ihn zu Tode zu stylen?«

Ich gehe zur Gegensprechanlage.

»Wer ist da?«, frage ich scharf.

»Molly? Kannst du runterk…kommen?«

Erschrocken trete ich einen Schritt zurück. Ich erkenne die Stimme sofort, auch wenn ich sie nicht mehr gehört habe, seit Ryan und ich uns verlobt haben. Ich drücke schnell auf den

Türöffner und lasse sie herein, dann stürze ich durchs Wohnzimmer in den kleinen Flur und aus der Wohnung, renne die Treppe hinunter und komme gerade unten an, als Casey durch die Haustür tritt. Sie sieht mich mit trübem Blick an. Ihre Haare sind völlig durcheinander, ihre Augen geschwollen und bläulich unterlaufen vom Weinen und …

»Casey? Was ist los?« Ich ziehe sie durch die Tür und nehme sie in den Arm. Sie fühlt sich so klein und dünn und hilflos an. Ihre Haare riechen nach Rauch und ihr Atem nach Alkohol. Ich löse mich von ihr und halte sie auf Armeslänge vor mich. Sie versucht, sich an meiner Schulter zu verstecken, doch dann sehe ich, dass ihre Augen nicht vom Weinen geschwollen sind. Ich blicke hinunter und bemerke rote Flecken an ihrem Hals und Striemen an ihren Armen.

»Was zum Teufel ist passiert, Casey?«

Sie sinkt wie eine Puppe auf den Boden, ihre Handtasche achtlos neben sich. Sofort denke ich an die Szene aus unserer Kindheit, als sie hilflos auf dem Spielplatz lag. Ich beuge mich hinunter, hebe sie hoch und wiege sie in den Armen. Ich weiß nicht, was passiert ist, aber ich muss sie unbedingt nach oben bringen. Sie öffnet die Augen und lächelt mich schwach an.

»Ich bin so froh, dass du da bist, Molly«, flüstert sie. »Ich hatte solche Angst, dass du nicht da bist. Ich will nicht allein sein.«

»Das bist du nicht, Casey. Ich bin da.« Ich räuspere mich und wische mir über die Augen. »Komm, Süße, gehen wir nach oben.«

Wir gehen langsam die Treppe hinauf und in die Wohnung.

»Ryan?«, rufe ich und habe dabei einen Kloß im Hals. Ich brauche seine Hilfe, ich weiß nicht, wie ich die Situation allein meistern soll.

»Nein!« Casey schüttelt den Kopf und sieht mich mit flehendem Blick an. »Bitte hole ihn nicht. Ich will nicht, dass mich jemand so sieht.«

»Aber er weiß, was zu tun ist, Case«, antworte ich sanft. Ich bringe Casey in unser Wohnzimmer und merke plötzlich, wie warm und einladend es ist, wie sicher und wie weit entfernt von dem, was auch immer Casey widerfahren ist. Mit flackerndem Blick in ihren trüben blau unterlaufenen Augen betrachtet sie die gemütliche Szenerie: Ryans Turnschuhe und meine Chucks kuscheln zusammen auf dem Boden neben dem Sofa, die aufgeschlagene Hochzeitsmappe liegt auf dem Couchtisch – die Reste eines gemütlichen Abends zu zweit. Schlagartig wird mir klar, wie unterschiedlich unser Leben ist.

Langsam führe ich meine beste Freundin, von der ich seit über zwei Monaten nichts mehr gehört habe und die mir einst näherstand als eine Schwester, zum Sofa. Wie ist das passiert? Wer hat ihr das angetan? Sie zuckt vor Schmerzen und hält sich die Rippen.

Ich höre Ryan die Treppe hinunterstolpern. Er hat sich schnell eine Jeans übergezogen und schwingt einen Tennisschläger als Waffe. Als er in das hell erleuchtete Zimmer tritt, reibt er sich die verschlafenen Augen.

»Molly, was ist los?« Als er Casey bemerkt, wirkt er schockiert. Er sieht zu, wie ich sie zum Sofa führe, und als sie ihn ansieht, eilt er zu uns und geht vor dem Sofa auf die Knie. »Was ist passiert, Case?«

Er fasst sanft ihr Kinn, und sie sieht ihn mit leerem Blick aus ihren blauviolett umrandeten Augen an, dann vergräbt sie das Gesicht in einem Kissen.

»He, Case«, sagt er liebevoll. »Wir kümmern uns um dich, aber Süße, wer auch immer dir das angetan hat, sollte nicht einfach so davonkommen.«

Sie hebt und senkt die Schultern, vergräbt jedoch weiter das Gesicht im Kissen. Er streicht ihre Haare zurück, küsst sie auf die Wange und streichelt ihren Kopf.

Ich setze mich auf die Sofaecke und streiche ebenfalls über ihre Haare. Sie sind feucht, aber warm, Schweiß gemischt mit einem nicht endenden Tränenfluss und – ist das Blut? Oh Gott.

»Was ist passiert, Case? Kannst du es mir erzählen?«, frage ich vorsichtig. Meine Stimme bebt.

Sie hebt das Gesicht ein Stück vom Sofakissen und sieht mich an. Ihre Hände zittern unkontrolliert. Unter ihrem rosa Nagellack bemerke ich Schmutz unter ihren Fingernägeln. Ich streiche ihr über den Kopf, und sie senkt ihn erneut. Ryan nimmt eine Decke, die zusammengefaltet auf der Sofalehne liegt, und ich decke sie zärtlich damit zu.

»Ich war auf dem Heimweg von der Arbeit«, sie ringt nach Luft, »es war eine ganze Gruppe. Im Club war ziemlich viel los. Viele Leute waren sauer, weil wir sie an der Tür nicht hereingelassen haben. Ich habe früh Schluss gemacht und noch ein bisschen was getrunken, um nach meiner Schicht abzuschalten. Ich war allein auf dem Weg nach Hause.« Sie verstummt, und ich nicke ihr ermutigend zu, woraufhin sie weiterspricht. »Sie sind aus dem Nichts aufgetaucht. Mädchen. Sie haben mich getreten und geschlagen. Ich konnte nichts tun.« Casey spricht leise, hält inne und redet weiter, stockt bei Einzelheiten, hat Schwierigkeiten, sich an den genauen Ablauf der Ereignisse zu erinnern. Ich blicke geschockt auf Casey und fasse Ryans Hand, während Casey stotternd berichtet, wie sie sich auf dem Heimweg auf sie gestürzt haben. Sie haben sie ins Gesicht geschlagen und getreten, nannten sie eine dumme Schlampe und ließen sie auf dem Bürgersteig vor ihrem Haus liegen. Sie hatte zu große Angst, in ihre

Wohnung zu gehen, falls sie zurückkämen, deshalb ist sie in ihr Auto gekrochen und direkt hergekommen. Sie meint, sie zu kennen. Southend ist eine kleine Stadt.

Ich wiege sie in den Armen, während sie weint, und bin verdammt wütend, nicht nur auf die Mädchen, sondern auf mich. Warum bin ich nicht da gewesen, um sie zu beschützen, so wie sonst? Früher bin ich nicht von ihrer Seite gewichen, und jetzt, als sie mich gebraucht hat, war ich nicht da. Ich hatte ihr versprochen, dass ich immer für sie da sein würde. Warum war ich so mit mir selbst und meinem Leben und dieser Hochzeit beschäftigt, dass ich sie allein gelassen habe? Casey *kann* nicht auf sich selbst aufpassen, das war mir immer klar. Sie ist nicht stark genug, um allein zu leben oder in einem solchen Club zu arbeiten. Das habe ich gewusst, aber ich habe nichts getan, um sie zu beschützen.

Was ist aus den besten Freundinnen für immer geworden?

»Ich wollte nicht, dass das passiert, Molly«, schluchzt sie, »das musst du mir glauben. Ich weiß, dass ich dumm und verantwortungslos bin, aber das habe ich nicht gewollt. Bestimmt nicht.« Sie sieht mich mit flehendem Blick an. »Und ich wollte dich auch nicht nicht anrufen. Es tut mir leid, Molly. Es tut mir so leid.«

»Schhh, du musst dich für nichts entschuldigen, Casey. Es ist meine Schuld. Ich bin diejenige, die sich Vorwürfe machen muss, nicht du. Ich habe dich vernachlässigt. Ich hätte da sein müssen, nicht nur heute Abend.« Sie vergräbt ihr Gesicht an meinem Hals und weint, und dann weine ich mit ihr – ihretwegen und unseretwegen. Um die naiven Kinder, die glaubten, dass das Leben für sie immer nur in eine Richtung ginge.

»Ich habe dich vermisst«, schluchzt sie.

»Schhh«, sage ich wieder, küsse sie auf den Kopf und streiche ihr über die Haare, bis sie einschläft.

Der Ich-wünschte-du-wärst-hier-Kuss

Warum gibt es diese alberne Tradition, dass man vor der Hochzeit ein Wochenende von seinem Zukünftigen getrennt verbringen muss? Schließlich heiratet man, weil man für immer zusammen sein will. Ab sofort.
In meinen dunkelsten Momenten hat mich mein Junggesellinnenabschied regelrecht gequält. Manchmal liege ich im Bett, schließe die Augen und stelle mir vor, dass Ryan und ich jenes Wochenende in Paris oder in Rom oder in einem Bed & Breakfast an der Küste verbracht hätten. Oder dass wir in einer Blockhütte vor einem knisternden Feuer gelegen und uns über unsere aufregende Zukunft unterhalten hätten, während es draußen schneite. Manchmal sehe ich uns sogar in Jackies und Daves Anbau in Leigh-on-Sea. Irgendwo. Nur nicht getrennt voneinander.
Doch dann denke ich an die Worte meiner Mutter von meinem Hochzeitsmorgen. »Du bist ganz allein für dein Glück verantwortlich, Molly«, und ich begreife, dass mir nichts genommen worden ist. Nicht wirklich. Wie kann ich darüber nachdenken, was ich verloren habe, wenn ich so viel gewonnen habe? Anstatt mir zu wünschen, er wäre hier, sollte ich einfach dankbar sein, dass ich hier bin.

Vorspulen>> 15.04.2006>

»Hurra, das macht Spaß!«, kreischt Lydia, nimmt zwei Flaschen und schenkt gigantische Mengen Tequila und Wodka in ihren Cocktailmixer, dann fügt sie einen winzigen Schluck Orangensaft hinzu und lässt eine Cranberry hineinfallen. »Ich nenne diesen Drink ›Lyds loses Mundwerk‹.« Sie hebt eine Braue.

»Du bist einfach toll, Lyd.« Ich kichere, während ich den Himbeer-Martini so mische, wie es mir der Barkeeper gezeigt hat. Ich klimpere mit den Wimpern und zeige ihm den fertigen Drink zur Prüfung.

»Perfekt«, lobt er und lächelt wie ein Filmstar.

»So wie du«, kichert Mia und deutet an, ihm in den Hintern zu kneifen, als er uns den Rücken zuwendet. Sie kippt ihren Martini hinunter und knallt das Glas auf den Tresen.

»He, der gehört mir!«, protestiert Lydia.

»Ich werde mit dir kämpfen.« Sie beißt sich auf die Lippe und blickt zu Casey, und ich drücke schnell ihre Hand. Ihre weniger schweren Verletzungen sind inzwischen verheilt, aber die psychischen Wunden von jener Nacht noch lange nicht. »Tut mir leid«, sagt Mia und streicht über Caseys Arm mit den blauen Flecken. »Ich habe nicht nachgedacht.«

Casey sieht von ihrem antialkoholischen Cocktail auf und lächelt matt.

»Bist du okay, Case?«, murmele ich, was ich ungefähr alle drei Minuten tue, seit mein Junggesellinnenabschied begonnen hat.

Sie nickt und lächelt mir zu, aber das übliche Leuchten in ihren Augen fehlt.

»Gut, Süße, ich bin froh, dass du hier bist.« Ich berühre ihren Arm. »Du weißt, dass du nicht musst.«

»Ich will es nicht verpassen«, sagt sie und reckt entschlossen Kinn und Nase in die Luft.

Ich bin noch immer überrascht, dass sie es geschafft hat. Seit jener Nacht wohnt sie bei Ryan und mir – Gott, ist das schon einen Monat her? Es kommt mir wie gestern vor. Wir sind nur einmal zu ihrer Wohnung gefahren, um das Nötigste für die nächste Zeit einzupacken. Verständlicherweise wollte sie nicht zu ihrer Mutter. Ich bin mir nicht ganz sicher, wie Toni reagiert hätte, sie hat gerade einen neuen Freund. Also haben Ryan und ich Casey sofort unser Sofa angeboten. Wir haben es sogar gegen ein Schlafsofa eingetauscht, damit sie es bequemer hat.

Kreischend stoßen Freya und Lisa am anderen Ende des Tresens mit ihren Cocktailgläsern an. Wir lächeln und tun es ihnen gleich.

»Auf die Freundschaft, deine Zukunft und SPASS!«, sagt Casey mit Nachdruck, und ich bin gerührt, weil sie so tapfer ist. Mia umarmt uns, und ich hake mich bei beiden ein und bin überglücklich, dass sie hier sind. Meine besten Freundinnen.

Ich kann noch immer nicht glauben, dass ich tatsächlich meinen Junggesellinnenabschied feiere und in einer Woche Mrs. Ryan Cooper sein werde. Es scheint mir unmöglich, und gleichzeitig kann es mir nicht schnell genug gehen. Heute Morgen habe ich mich von Ryan verabschiedet. Er und seine Jungs sind früh für seinen Junggesellenabschied nach Ibiza geflogen.

Ich blicke zu meinen zwei besten Freundinnen rechts und

links von mir und zu den anderen Mädels – Lydia und meinen Kolleginnen aus der Redaktion. Ich habe nur eine Handvoll eingeladen, weil ich genug Zeit für jede haben wollte. Und vor allem wollte ich keine Feier, auf der Casey sich unwohl fühlt. Casey ist nicht immer gut mit anderen Freundinnen von mir klargekommen, und obwohl sie und Mia sich seit Jahren gut verstehen, bin ich sicher, dass das nur daran liegt, dass Mia nach Australien gezogen ist. Ich glaube, Casey denkt, solange Mia 10 000 Meilen weit weg wohnt, kann sie sich nicht zwischen uns drängen. Was lustig ist, weil Mia und ich uns in den letzten Jahren in vielerlei Hinsicht nähergekommen sind, obwohl sie auf der anderen Seite der Welt lebt. Vielleicht hat das mit unseren Berufen zu tun, vielleicht verlangen wir nicht so viel voneinander. Vielleicht erspart uns die Entfernung auch die üblichen kleinen Reibereien anderer Freundschaften – Mia ist jedenfalls mein Fels.

»Okay, die Damen«, sagt der supersüße Barkeeper, »seid ihr bereit für den nächsten Cocktail?«

»OH JA!«, rufen wir im Chor.

Als er daraufhin in Tom-Cruise-Manier den Shaker in die Luft wirft, belohnen wir ihn mit Ahs und Ohs, als würden wir ein Feuerwerk bewundern.

»Okaaaay«, verkündet er lässig, »jetzt mache ich euch maßgeschneiderte Cocktails. Einen Moll...fisch? Ist das richtig?«

Ich kreische und lache, Mia winkt mir über den Tresen hinweg zu.

»Und einen Virgin für die hübsche Dame im kleinen Schwarzen.« Er grinst Casey anzüglich zu, die ihrem Entschluss, keinen Alkohol mehr zu trinken, seit der Nacht des Überfalls treu geblieben ist.

Sie hebt ihr Glas und zwinkert ihm mit dem Auge zu, an dem sie nicht genäht worden ist. Ein Absatz hatte sie im Augenwinkel getroffen, und sie hat Glück gehabt, dass sie das Auge nicht verloren hat. Mit ihren langen nicht gestylten Haaren (sie kann noch immer nicht lange die Arme heben) und ihrer fahlen olivfarbenen Haut, die von dem Angriff noch immer blau und grün verfärbt ist, sieht sie gespenstisch, fast überirdisch aus. »Ich bin ganz bestimmt alles andere als eine Jungfrau!«, stößt sie scherzhaft hervor, offenbar verzweifelt bemüht, sich in Partystimmung zu bringen. »Aber die Chancen stehen schlecht, dass ich mit diesem Knautschgesicht einen abbekomme!«

Wir alle sehen uns verunsichert an. Lydia hat Casey versichert, dass man an dem großen Tag alles mit Make-up kaschieren kann. Sie ist entschlossen, die Erste Brautjungfer auf meiner Hochzeit zu sein. Ich drücke erneut Caseys Hand und versuche, ihr zu vermitteln, dass sie das nicht machen muss. Dass wir von ihr nicht erwarten, dass sie derbe Witze reißt, nur weil wir auf einem Junggesellinnenabschied sind.

»Kommt schon«, sagt sie, »ihr müsst zugeben, dass es ein bisschen lustig ist! Lacht!«

Und wir gehorchen. Wenn sie das braucht, um sich wieder wie sie selbst zu fühlen und um ihr Selbstvertrauen zurückzuerlangen, dann lache ich, bis mir der Hals und der Bauch wehtun.

Casey tanzt umher und macht Späße, und ich weiß, dass sie das nur für mich tut. Ich will, dass sie weiß, wie viel sie mir bedeutet und dass ich alles für sie tun würde. Vielleicht habe ich sie in den letzten Jahren etwas vernachlässigt, doch wäre es möglich gewesen, hätte ich diese Tritte und Schläge an ihrer Stelle eingesteckt und sie gerettet. Wie damals, als wir Teenager waren. Ich werde sie von nun an beschützen, wie ich es mir geschworen habe, seit sie in jener Nacht auf meiner Türschwelle gestanden hat.

Völlig entspannt verlassen wir die Bar in Soho. Ich habe keine Ahnung, was für den Tag geplant ist. Mia hat alles organsiert.

»Wohin gehen wir jetzt?«, frage ich und nehme die Übernachtungstasche, die ich mitnehmen sollte.

»Das wirst du schon sehen.« Mia lächelt, tritt selbstbewusst auf die Straße, winkt zwei Taxen heran, schiebt Casey und mich in das eine und den Rest der Mädchen in das andere. Sie steigt nach mir ein und setzt sich hinter den Fahrer.

»Nach Knightsbridge, bitte.«

Casey und ich ahmen Mias affektierten australischen Akzent nach und fangen an zu lachen.

»Was?«, sagt sie unschuldig, holt ein Schminktäschchen heraus und frischt ihr Lipgloss auf.

»Du bist«, ich sehe Casey an, und wir sagen im Chor mit australischem Akzent, »du bist eine richtige Australierin geworden, Mia, eine echte Eingeborene.«

Mia hebt eine Braue. »Sehe ich eingeboren aus?«, fragt sie überheblich, deutet auf ihre Flip-Flops, ihre verwaschene Jeans und ihr ärmelloses Shirt.

»Ja«, bestätige ich fröhlich.

»Na ja, ich bin ja auch im Urlaub.«

»Du gehst auch so zur Arbeit. Ich hab's gesehen«, widerspreche ich.

»Ja, es gefällt mir. Es gefällt mir, dass ich mich nicht dauernd anstrengen muss. Dass ich keine Zeit damit verschwenden muss, meine Haare perfekt zu föhnen oder endlos darüber nachzudenken, welche Handtasche ich tragen soll. Ich mache mich noch immer gern schick, aber ich bin zu sehr damit beschäftigt, mich zu amüsieren, als dass ich Zeit hätte, mir über mein Outfit Gedanken zu machen. Sogar bei der Arbeit. Ach, seht, wir sind da!«

»Oh, mein GOTT, das ist ja FANTASTISCH, Mia!«

»Ja.« Sie grinst. »Und macht euch keine Gedanken. Ich habe es umsonst bekommen, weil ich eine Kritik für die Zeitung geschrieben habe. Du musst allerdings auch eine für *Viva* schreiben. Ich bin mal davon ausgegangen, dass deine Chefin nichts dagegen hat!«

Aufgeregt schnatternd stürmen wir in die schicke Penthouse Suite des Berkeley Hotels, die Mia für eine Nacht für uns organisiert hat. Die zwei Zimmer sind eine luxuriöse Oase der Ruhe. Vor den Fenstern hängen weiße Stoffbahnen, die übrige Einrichtung ist ein Meer aus grau-braunen und beigen Naturtönen – das genaue Gegenteil von dem, was man bei einem Junggesellinnenabschied erwarten würde. Ich finde es großartig.

Nachdem wir uns angezogen und uns auf dem Zimmer haben maniküren lassen, hat Mia uns hinunter zum Kinosaal des Hotels geführt, wo wir *Cocktail* gesehen haben. Dann hat sie uns Nachrichten von Leuten vorgespielt, die nicht da sein können. Eine war von Jo, meiner ersten Bildredakteurin, die jetzt mit Mia in Sydney zusammenarbeitet. Dann sprach meine Mutter ein paar geschraubte, aber süße Worte aus ihrem mit Spitzendeckchen verzierten Sessel in die Kamera. Sie ermahnte mich, brav zu sein und keine Dummheiten zu machen, denn »was sollen die Leute denken«? Alle hatten darüber gelacht, vor allem Case. Jackie trat in ihrem rosa Trainingsanzug auf, strich sich übers Haar und versuchte, ihr Aussehen in der Kameralinse zu überprüfen. »Sehe ich gut aus, Liebes?«, hörte ich sie Lydia fragen, die offenbar hinter der Kamera stand. Am Ende von Jackies herrlich freizügiger Rede, in der sie mir Tipps für die erste Nacht gab und mir eine Kiste mit ihren *Ann-Summers*-Sexspielzeugen anbot, waren wir am Rand der Hysterie. Und als wir uns die letzten Lachtränen weggewischt hatten, stand die liebe Oma Door vor der Kamera. Sie hatte mit ihren blauen Augen, die Erfahrung, Liebe und Weisheit ausdrückten, in die Kamera geblickt, sich die Haare glattgestrichen, dann den Blick einen Moment abgewandt und schließlich etwas gesagt, das mir den Hals zuschnürte und das Herz aufgehen ließ. Ich wünschte mir, Ryan wäre da gewesen und hätte es gesehen.

»Molly Liebes, ich möchte dir nur eine Sache mitgeben. Das, was ich in den fünfunddreißig wunderbaren Jahren mit meinem Arthur gelernt habe – und in den achtzehn Jahren, die ich ohne ihn verbracht habe. Genieße jeden einzelnen Augenblick, jedes Wort und jeden Kuss.«

Dann verschwamm das Bild, und das lächelnde Gesicht meines Verlobten erschien. Ihn hatte offenbar Casey aufgenommen.

»Das hast du gemacht, als du mich neulich Abend aus der Wohnung gejagt hast!«, rief ich aus und umarmte sie. Sie nickte nur.

»Hallo, Harry«, sagte Ryan, und sein Lächeln erhellte den ganzen Monitor. »Nächste Woche um diese Zeit wirst du also Mrs. Molly Cooper sein. Du wirst geschworen haben, mich zu lieben, zu ehren und natürlich, das Wichtigste von allem, mir für immer zu gehorchen!«

»Niemals«, schreie ich, und wir lachen, als Ryan die Augen verdreht.

»Hast du gerade ›niemals‹ gerufen?«, fragte er in die Kamera. »Nun, keine Sorge, ich finde es gut, dass du mir nie gehorchen willst, solange wir leben.« Er hatte gezwinkert und gegrinst. »Ich liebe dich, Molly Carter-fast-Cooper. Viel Spaß bei deinem Junggesellinnenabschied! Las dich von den Mädels nicht auf Abwege führen. Bis nächste Woche an dem Ort, an dem alles angefangen hat. Ich kann es kaum erwarten, mein Schatz!« Dann verabschiedete er sich mit einem Kuss.

Nachdem ich ihn dort auf dem Bildschirm gesehen habe, vermisse ich ihn mehr als je zuvor. Ich will mit ihm sprechen, will aber nicht, dass die anderen Mädchen es wissen. Sie haben mir jeden Kontakt untersagt, aber ich will unbedingt, dass er weiß, wie sehr ich ihn liebe. Und deshalb schalte ich die Kamera an meinem neuen Handy ein, richte sie auf mein Gesicht und sende ihm einen Kuss, den ich an meine Nachricht anhänge:

Ich kann es nicht abwarten, Mrs. Cooper zu werden. In ewiger Liebe.

Dann drücke ich auf Senden.

14:07 Uhr

Der verpasste Anruf stammt von Mia. Sie hat keine Nachricht auf meiner Mailbox hinterlassen, aber sie hat mir eine SMS geschrieben: Du bist HEISS! Mia

Lächelnd tippe ich zurück: Nicht so heiß wie du …

Die Antwort kommt sofort: Aber bald!

Direkt darauf klingelt mein Telefon.

»Mia«, rufe ich, während ich die Treppe hinuntergehe.

»Hallo, Süße. Kannst du glauben, dass heute der große Tag ist?«

»JA!«, jubele ich. Ich sitze auf der untersten Stufe und lächele, als ich die Stimme meiner besten Freundin höre. »Dass du daran denkst!«

»He, ich lebe vielleicht in einer völlig anderen Zeitzone, aber *manchmal* schaffe ich es, mich an die wichtigen Ereignisse im Leben meiner besten Freundin zu erinnern!«, erwidert sie etwas eingeschnappt.

»An meinen Geburtstag?«, necke ich sie.

»Okay, *daran* vielleicht nicht«, gibt sie zu, »aber wenn du mich ausreden lassen würdest, ich wollte eigentlich sagen – vor allem wenn ich von dem wichtigen Ereignis betroffen bin! Und was deinen Geburtstag angeht, Molly, wir sind jetzt praktisch Mitte dreißig. Ich dachte, wir wären stillschweigend übereingekommen, dass dieses besonders deprimierende Ereignis nicht mehr stattfindet.«

»Na gut.« Ich lache.

»Aber das – das ist aufregender als Weihnachten! Es wird so toll, Molly! Du und ich wieder zusammen. Wie früher an der Uni. Weißt du noch, diese abartigen Cocktails, die wir gemixt haben? Wie haben wir sie noch genannt? Die, die unerklärlicherweise nach Fisch schmeckten?«

»Moll-Fisch«, antworte ich, und wir fangen beide an zu lachen.

»Ich kann es kaum erwarten, dich zu sehen«, sagt sie ruhiger. »Ich habe mich so lange so verdammt nutzlos gefühlt.«

»Du hast mehr getan, als dir bewusst ist.« Nicht zum ersten Mal bedanke ich mich bei meinen Freunden. Ich weiß ehrlich nicht, was ich ohne sie getan hätte. Ich wünschte nur, Casey … Ich höre auf, bevor ich wieder emotional werde. *Reiß dich zusammen, Molly*, ermahne ich mich. *Du bist nicht allein.*

Der feierliche Kuss

Wenn man sich überlegt, wie oft wir uns küssen, um etwas Neues zu feiern: eine neue Arbeitsstelle, ein neugeborenes Baby, ein neues Haus, ein frisch verheiratetes Paar. So viele Küsse, so viele »neue« Dinge. Aber sollte nicht jeder Kuss gefeiert werden? Ob alt oder neu, flüchtig oder ausgiebig. Wir sollten für jeden Kuss eine Party schmeißen.

<<*Zurückspulen 14.07.2002*>

Ich blinzele schläfrig, ohne die Augen zu öffnen, als das vanillegelbe Sonnenlicht durch die Vorhänge hereinströmt, sich über das Bett ergießt und uns mit seiner Wärme umfängt.

»Morgen!«, murmelt Ryan. Wie immer ist sein nackter Körper an meinen geschmiegt. Auch nachdem wir fast ein Jahr zusammen sind, schlafen wir noch immer, als verharrten wir in einer postkoitalen Starre. Ich drehe den Kopf, und wir küssen uns, lange und ausgiebig. Schnell entwickelt sich mehr daraus. Ich rolle mich zu ihm hinüber, und ohne ein Wort finden wir ganz selbstverständlich unsere natürlichen Positionen. Ryans Mund schmeckt schal – eine Mischung aus Morgen und Lust. Wie ein glückliches Nilpferd in einen matschigen Sumpf tauche ich in seine Wärme ein und klammere mich an seine Schultern, und wir geben uns unserer Lust hin. Anschließend breiten wir atemlos und erhitzt unsere klebrigen Glieder auf dem gesamten Bett aus, keuchen und lachen selig.

Ryan dreht den Kopf und sieht mich an. »Herzlichen Glückwunsch zum Jahrestag, Schatz.« Er grinst, und ich stütze mich auf einen Ellenbogen hoch, fahre mit meinem Finger über die Muttermale auf seiner Brust und rücke näher zu ihm.

»Aber es ist noch nicht unser Jahrestag.«

»Es ist genau ein Jahr her, dass wir uns zum ersten Mal richtig geküsst haben«, beharrt Ryan, küsst mich auf die Stirn und streicht über meine feuchten Haare. »Ibiza, du erinnerst dich?«

Ich blicke auf das Datum auf dem Wecker und stelle fest, dass er recht hat. Das sollte mich nicht überraschen. Ryan besitzt die unheimliche Fähigkeit, sich an einschneidende Ereignisse im Detail zu erinnern. Er kann noch Wort für Wort das Gespräch wiedergeben, das wir als Teenager im Café geführt haben, oder weiß, was ich getragen habe, als wir uns auf der *Bembridge* begegnet sind. Wenn man ihn jedoch bittet, etwas einzukaufen oder die Gasrechnung zu bezahlen, ist er völlig überfordert.

»Wie wollen wir es feiern?«, frage ich, streiche über seine Brust und vergrabe mein Gesicht an seinem Nacken.

»Haben wir das nicht gerade schon?«, erwidert Ryan, und ich gebe ihm einen spielerischen Klaps. »Okay.« Er richtet sich im Bett auf und zieht mich mit sich hoch. »Wie wäre es, wenn ich dich heute Abend nach der Arbeit zum Essen ausführe? Ich suche etwas aus und lade dich ein.«

»Ich weiß einen Laden, den wir ausprobieren könnten«, sage ich und denke an ein neues Restaurant, über das ich in der *Time Out* gelesen habe, aber er unterbricht mich.

»Überlass das mir, Moll. Ich habe gesagt, ich kümmere mich darum.«

Ich stolpere ins Büro und lasse mich auf meinen Schreibtischstuhl fallen.

Jo grinst mich an. »Bist du nicht ein bisschen spät dran? Nur weil ich gehe, heißt das nicht, dass du dir alle Freiheiten herausnehmen darfst!«

Jo ist wirklich cool, eine direkte Australierin. Ich blicke zu ihr auf. Sie hat die Welt bereist, ist mit ihrer Sandkastenliebe verheiratet und wird Kreativdirektorin bei der *Shine*, der meistverkauften Frauenzeitschrift in Australien. Ich bin enttäuscht, dass sie zurück nach Australien zieht. Was ist das mit mir und diesem Land? Ich wollte immer dorthin, und stattdessen landen irgendwie alle anderen dort.

Mit einem lauten Surren fährt mein Computer hoch. Ich mache eine wegwerfende Handbewegung und grinse. »Schick deine Beschwerde von Australien aus, Jo. Du bist nur noch einen Tag meine Chefin!«

Jo lacht und tippt auf ihre Armbanduhr. »Einen halben Tag, meinst du.«

»Ha, ha.« Erstaunt öffne ich eine E-Mail, die mir meine Chefin vor zehn Minuten geschickt hat.

Molly, kannst du bitte in mein Büro kommen? Ich möchte etwas mit dir besprechen. Christie.

»OH, mein GOTT! Wirklich?«, japse ich. »Du willst mich zur neuen Bildredakteurin machen? Bist du sicher?«

Christie lacht und nickt hinter ihrem Schreibtisch. Ich mag Christie. Sie ist nicht nur erstaunlich begabt – seit sie *Viva* vor zwei Jahren auf den Markt gebracht hat, hat sie jede Menge Preise gewonnen –, sie ist auch noch wirklich nett. Und das ist, wie es heißt, für eine Herausgeberin in dieser Branche ziemlich ungewöhnlich.

»Du hast im letzten Jahr sehr gute Arbeit geleistet, und Jo hat selbst gesagt, dass sie sich niemand Besseres für die Stelle vorstellen kann. Also, was meinst du?«

Ich starre sie an.

Was ist mit der Fotografie? Lass dich nicht von dieser Maschinerie vereinnahmen!

»Ich, ich dachte, du würdest mit einem Haufen wirklich erfahrener Kolleginnen sprechen?«

Wir haben gesagt, dass wir nie in einem Büro arbeiten wollen, das sollte nur vorübergehend sein!

»Das haben wir.« Christie lächelt. »Aber keine der Bewerberinnen war so gut wie du. Du kennst die Zeitschrift in- und auswendig, du warst bei Coveraufnahmen dabei. Jo hat gemeint, dass du hervorragend mit unseren Fotografen zurechtkommst und dass du sogar selbständig einige neue Kontakte geknüpft hast. Du hast einen wunderbaren Blick fürs Kreative, großartige Ideen, und du bist eine tolle Botschafterin für unsere Zeitschrift.«

Ich spüre, wie ich erröte. Ich hatte keine Ahnung, dass Christie eine so hohe Meinung von mir hat. Und ich muss zugeben, dass eine Beförderung – und die damit verbundene Gehaltserhöhung – mir gerade gelegen käme. Dann könnten Ryan und ich für eine eigene Wohnung sparen. Ich liebe unsere kleine Bude bei Jackie und Dave, aber es ist eigentlich nur eine Verlängerung seines Jugendzimmers. Jackie hat einen Schlüssel und bringt uns sogar manchmal das Frühstück ans Bett. Ich konzentriere mich wieder auf Christie.

»*Viva* ist ein junges Magazin, und ich will ein junges, hungriges und leidenschaftliches Team. Und das alles sehen wir bei dir. Also, was sagst du, können wir dich dem Rest der Mannschaft als unsere neue Bildredakteurin vorstellen?«

Sag Nein! Sag Nein! Das ist nicht das, was wir wollen!

»Ja!«, rufe ich.

Nein! Was ist mit unseren Künstlerträumen passiert?

Eine Gehaltserhöhung ist passiert, das ist alles.

Ich warte vor dem Büro auf Ryan. Er hat gesagt, dass wir uns um sieben Uhr am üblichen Ort treffen, aber er ist zu spät. Ich habe mir die fantastische Neuigkeit ganz bewusst aufgehoben, um sie ihm beim Abendessen zu erzählen. Ich kann es kaum abwarten, sein Gesicht zu sehen.

Ich beobachte die unzähligen Menschen, die durch die

sonnengefleckten Straßen von Covent Garden strömen wie bunte Ballons, die man zur Feier dieses wunderschönen Sommerabends hat steigen lassen. Ich liebe London um diese Jahreszeit. Es ist ein stetes Fest aus Farben, das die Sinne berührt. In Gedanken erstelle ich eine Liste mit Argumenten, die für einen Umzug nach London sprechen, und bin bereits bei Nummer acht, als mein Handy klingelt.

Ich lächele, als ich abnehme. »Okay, Cooper, wo bist du? Du solltest mich an unserem Jahrestag lieber nicht versetzen.«

»He, ich bin da, wo bist du?«

»Ich bin auch da!«, rufe ich. Ich stelle mich auf die Zehenspitzen und sehe mich um, dann hebe ich eine Hand in die Luft. »Warte, ich winke, siehst du mich? Ich stehe vor dem Büro. Kommst du gerade aus der U-Bahn?«

»Büro? U-Bahn? Wovon sprichst du? Ich bin in Leigh! Sag nicht, dass du noch bei der Arbeit bist!«

»Was? Aber ich dachte, du wolltest mich zum Essen ausführen? Du hast gesagt, wir würden uns am üblichen Ort treffen.«

»Ich meinte das *Crooked Billet*, Schatz!« Ryan lacht, und meine Träumerei findet ein jähes Ende.

»Oh«, sage ich. »*Der* übliche Ort.«

»Keine Sorge, Schatz, wenn du dich beeilst, bist du um halb neun hier. Ich hole uns ein paar Herzmuscheln an der Muschelbude, trinke ein Glas Wein und warte draußen an unserem üblichen Tisch auf dich. Beeil dich, damit du den nächsten Zug nicht verpasst. Ich liebe dich!«

Wir sitzen an unserem üblichen Tisch vor unserem üblichen Pub, umgeben von den üblichen Leuten, trinken unsere üblichen Getränke und essen Muscheln von den Osborne-Brüdern mit einem kleinen Pikser von einem kleinen Teller. Der

Abend ist warm, vor uns glitzert das Meer, und hinter uns hören wir eine Mischung aus Stimmen, Lachen, Musik und klirrenden Gläsern. Jeder genießt diesen Sommerabend – nur ich nicht.

Ryan legt den Arm um mich, doch ich sitze steif neben ihm und schaffe es trotz der warmen Luft und Ryans Umarmung nicht, das Eis in mir zu schmelzen.

»Kein schickes Londoner Restaurant kommt gegen den frischen Fisch von hier an!«, stellt Ryan mit der Begeisterung eines wahren Feinschmeckers und Lokalpatrioten fest. Er sieht mich von der Seite an, aber ich wende unverwandt den Blick ab. »Ich dachte, wir könnten hinterher zu *Rossis* fahren und ein Eis essen, wie bei unserer ersten Verabredung. Was meinst du?« Er küsst mich erneut auf meine nackte Schulter, und ich muss lächeln. Das ist eine sehr süße Idee. Jetzt fühle ich mich schlecht, weil ich so oberflächlich war. Weil ich so sehr mit Schmollen beschäftigt war, habe ich Ryan noch immer nichts von meiner Beförderung erzählt. Gott, manchmal bin ich wirklich ein Idiot.

»Prost, Schatz«, sagt Ryan und hält seine Bierflasche hoch. »Auf das glücklichste Jahr meines Lebens!«

»Ryan«, ich wische mir mit der Serviette den Mund ab und lächele, »ich habe Neuigkeiten!« Ich mache eine dramatische Pause. »Vor dir sitzt *Vivas* neue Bildredakteurin!«

Ryan hält mit dem Zahnstocher auf halbem Weg zu seinem Mund inne. »Verdammt, das ist ja großartig! Ich bin so stolz auf dich!« Er beugt sich zu mir und küsst mich auf die Lippen. Dann lehnt er sich grinsend auf seinem Stuhl zurück. »Ich bin so froh, dass die auch sehen, dass du etwas ganz Besonderes bist.«

Ich verkneife es mir zu sagen, dass ich mir auch einen »besonderen« Ort für unseren Jahrestag gewünscht hätte. Und dann wird mir klar, dass das hier *besonders ist*. Es ist Ryans besonderer Ort. Wenn er Peter Pan wäre, würde er denken, dass Leigh-on-Sea ihm Flügel verleiht, während ich stets das Gefühl hatte, dass es mir die Flügel stutzt. Ryan gehört genau hierher – in die Sonne, ans Meer. Ich sehe ihn an und bemerke, dass seine Haut wie üblich mühelos eine honigbraune Färbung angenommen hat, seine blonden Haare sind von goldenen Fäden durchzogen. Seine breiten Schultern sind entspannt, und sein Körper sieht im Gegensatz zu vielen anderen Männern in Sommerkleidung wirklich gut aus. Shorts betonen seine kräftigen, muskulösen Beine, und in einem T-Shirt wirkt seine Brust noch breiter. Sein Körper ist dafür gemacht, angesehen zu werden. Was das Geschnatter der Mädchen dort drüben beweist.

Vielleicht könnte ich lernen, den Ort hier so zu lieben wie er. Ich lege dem vorbeikommenden Kellner eine Hand auf den Arm. »Noch ein Glas von dem weißen Hauswein und ein Bier, bitte.«

Und vielleicht ist es manchmal einfach das Beste bei dem zu bleiben, was man kennt.

Der Kuss einer strahlenden Zukunft

Ryan hat einmal gesagt, unser erster Kuss habe sich für ihn angefühlt wie ein Tandemsprung beim Fallschirmspringen. Er fand es ebenso aufregend wie unheimlich. Er riskierte sein Herz, als er mit jemanden, den er kaum kannte, ins Ungewisse stürzte. Ich verstand das Bild genau. Allerdings fühlte sich der erste Kuss mit Ryan für mich an, als stünde ich an einer Steilküste sicher auf der Aussichtsplattform. Es war überhaupt nicht unheimlich, sondern einfach nur unheimlich schön, die Welt unter mir zu sehen und zu wissen, dass ich sie mit Ryan erobern würde. Er gab mir das Gefühl, den Himmel berühren zu können. Und ich wusste auch, dass er mich niemals fallen lassen würde.

Vorspulen>> 31.12.2002, 21:10 Uhr>

Als Dave, Jackie und Oma Door das *Crooked Billet* betreten, ertönt lauter Jubel in unserer Ecke des gemütlichen Pubs. Wir sind alle seit ungefähr einer Stunde hier, unterhalten uns, genießen die Atmosphäre und freuen uns auf das Neue Jahr. Ryan ist in Topform, erzählt Witze, kauft Champagnerflaschen und gibt allen das Gefühl, dass dies der einzige Ort auf der Welt ist, um Silvester zu feiern.

»Hallo, ihr Lieben!« Jackie kommt an unseren Tisch, um Ryan, Carl, Lydia und mich nacheinander zu küssen, dann geht sie zum Rest der Bande. Mit ihren Lederhosen und den Overknee-Stiefeln sieht sie jünger denn je aus.

Casey, Alex, Gaz und Jake sind ebenso da wie einige von Ryans Schulfreunden. Sogar meine Eltern sind gekommen. Ich habe keine Ahnung, wie sie in der Öffentlichkeit mit Jackie und Dave zurechtkommen (da drehen sie noch mehr auf als privat). Die Coopers stehen jetzt an der Bar, kaufen für alle im Pub Champagner und freuen sich offenbar auf einen schönen Abend. Meine Eltern und sie sind sich schon ein paar Mal begegnet. Jackie hat darauf bestanden, sie sonntags zum Mittagessen einzuladen (zum Glück hat Ryan gekocht), aber bislang haben wir es nicht geschafft, mit ihnen gemeinsam auszugehen. Wie immer hat Ryan sie mit Charme und Begeisterung und *diesem strahlenden Lächeln* überredet.
Schmunzelnd beobachte ich, wie mein Dad sich über seine sorgfältig auf eine Seite gekämmten Haare streicht, während

er sich mit Dave unterhält. Mum sitzt steif neben Dad, nippt an einem Bitter Lemon und pflückt hin und wieder unsichtbare Flusen von ihrem Tweedrock. Ich wünschte, sie würde sich einfach entspannen.

Genau in dem Moment gleitet Jackie auf den Platz neben meiner Mutter und reicht ihr ein Glas Champagner. Mum hebt abwehrend die Hand, dann fasst sie nach der Kameebrosche an ihrem beigen Rollkragenpullover. Diese seltsame Begegnung zu beobachten ist ebenso faszinierend wie eine Naturdoku. In Gedanken kommentiere ich das Ganze wie jemand, der zwei Geschöpfe des Tierreiches beschreibt.

»Der wunderschöne seltene Schmetterling flattert hinüber zu der hängenden Larve, als wollte er sie auffordern, ihren Kokon zu verlassen, und ihr zeigen, wie schön es sein könnte …«

»Na, los, Patricia – darf ich Sie Trish nennen?« Ich höre, wie Jackie versucht, meine Mutter zu verführen. »Na, los, Trish, es ist Silvester! Ich bestehe darauf, dass Sie ein kleines Glas Schampus trinken!« Sie macht es sich neben Mum bequem und schlägt ihre Lederhosenbeine übereinander. Sie sieht für ihr Alter fantastisch aus. Es ist schwer zu glauben, dass meine Mutter und sie derselbe Jahrgang sind. Sie könnten auch aus unterschiedlichen Jahrzehnten stammen. Oder sogar Jahrhunderten.

»Habe ich Ihnen schon von meiner neuen Tätigkeit berichtet?«, plappert Jackie weiter. Ich sehe, dass meine Mutter verwirrt den Kopf schüttelt. Während sie Jackie ansieht, fasst sie nach ihren kurzen grauen Haaren – eine Geste, die verrät, dass sie den Unterschied zwischen ihrem praktischen Haarschnitt und Jackies aufwendig geföhntem platinblondem Bob unbewusst wahrnimmt. »Es nennt sich Ann-Summers-Party«, fährt Jackie mit einem breiten Lächeln fort, das ihre stark geschminkten Augen erreicht.

Meine Mutter murmelt etwas und Jackie lacht.

»Ich weiß, meine Liebe! Es *ist* ein bisschen seltsam, weil ich überhaupt nicht Ann heiße, aber ich darf es nicht die Jackie-Cooper-Party nennen!« Sie beugt sich verschwörerisch zu ihr. »Aber natürlich tut das jeder hier. Sie wissen, dass niemand so gute Abende organsiert wie JC! Sie müssen nächste Woche kommen, Ablehnen ist zwecklos!«

Ich weiß aus eigener Erfahrung, dass das stimmt. Am liebsten würde ich Mum sagen, dass sie einfach zusagen und es hinter sich bringen soll. JC redet einen am Ende ohnehin platt.

»Die zwei verstehen sich blendend, nicht? Ich wusste, dass sie dicke Freundinnen werden würden«, raunt Ryan mir ins Ohr.

Ich lache, lehne mich rücklings gegen ihn, und er küsst meinen Hals.

»Sie haben etwas Prächtiges gemeinsam.«

»Und das wäre?«, sage ich und blicke zu den beiden völlig unterschiedlichen Frauen auf der anderen Seite des Tisches.

»Uns!« Ryan grinst und trinkt einen großen Schluck Champagner.

Ich drehe mich um und lächele meinen Freund an, diesen ewigen Optimisten.

Ich stehe an der Bar, warte auf Getränke und mache ein paar Fotos von dem glücklichen Beisammensein. Ich lächele, unterhalte mich mit den Ortsansässigen und fühle mich einerseits wohl in der warmen Partystimmung, irgendwie aber auch ein bisschen verlassen. Wie ein Weihnachtsgeschenk, das ein Kind halb ausgepackt und dann achtlos in die Ecke gelegt hat. Ich lasse das letzte Jahr in Leigh vor meinem inneren Auge Revue passieren und sehe immer wieder Abende wie diesen vor mir. Ich schätze, so ist das, wenn man alles bekommt, was man sich gewünscht hat.

Aber das haben wir uns nicht gewünscht.

Ich schüttele den Kopf. Immer taucht sie auf und macht mir die Dinge madig, wenn ich gerade glücklich bin. Mit Ryan ist alles wunderbar, und bei der Arbeit mache ich auch tolle Sachen. Das Leben ist schön.

Du willst sagen, vorhersehbar, das Leben ist vorhersehbar.

Ja, vorhersehbar, aber schön.

Ich lächele Dave zu, bezahle die Getränke und betrachte Menschen, die nun zu meinem Leben gehören. Ich hebe noch einmal meine neue Kamera – Ryan hat sie mir zu Weihnachten geschenkt – und mache Fotos von allen. Jackie sitzt auf Daves Knie und hat einen Arm um ihn und den anderen um Gaz gelegt, der ihr ein Ständchen zu bringen scheint. Casey kommt die volle Aufmerksamkeit von so gut wie allen Männern zu. Nur Ryan hat den Blick abgewandt. Und das, weil er direkt in meine Linse blickt. Zu mir. Er lächelt und winkt mir zu, aber ich hebe die Kamera hoch und knipse weiter, weil ich das Bild einfangen will, das mein jetziges Leben symbolisiert. Wohlig warm, einladend, leicht.

Vorhersehbar.

Ich erstarre, und mein Finger schwebt über dem Auslöser, als mir dämmert, was das Wort *wirklich* bedeutet.

Ich lasse die Kamera sinken und wende mich erneut zur Bar. Mein Herz klopft wie wild, und meine Brust schnürt sich vor Panik zusammen. Es ist, als erlitte ich einen Anfall. Plötzlich wirken der Lärm, die Wärme, überhaupt alles erdrückend. Was mache ich hier? In dieser Kleinstadt, in die ich nie mehr zurückkehren wollte. Das hatte ich mir geschworen, und nun koche ich Sonntagmittag für seine und meine Familie.

»Meine bessere Hälfte hat mich gerade verlassen, nachdem

sie gesagt hat, ich würde mehr an Fußball als an sie denken. Das hat mich ziemlich getroffen, schließlich sind wir seit fünf Spielzeiten zusammen!«

Der Pub lacht über Ryans Witz. »Alles okay mit dir, Schatz? Du wirkst etwas abwesend.« Ryans legt den Arm um meine Schulter, und ich schmiege mich an ihn.

»Alles okay.« Und genau das ist mein Problem.

»Amüsierst du dich?«, fragt er.

Ich nicke erneut voller Begeisterung. »Alles supi!«, sage ich und Ryan lacht.

Ich glaube, er meint, ich sei betrunken. Aber das bin ich nicht. Ich bin stocknüchtern.

Wir spielen jetzt »Wer bin ich?«, und alle haben Zettel auf der Stirn kleben. Ich habe bereits geraten, dass ich Annie Leibovitz bin. Ryan hatte sich das für mich ausgedacht, doch es hat mir nur bewusst gemacht, dass ich nicht annähernd wie sie bin.

»Bin ich David Beckham?«, rät Ryan nach einer Frage und alle applaudieren.

Wie ein überschäumendes Champagnerglas strömen wir blubbernd und lachend aus dem Pub. Wir drängen uns um einen Picknicktisch, um draußen das Neue Jahr zu begrüßen. Natürlich war das Ryans Idee. Er ergreift jede Gelegenheit, im Freien zu sein. Die kalte Luft brennt auf meinen Wangen, und der Wind dringt durch meine Kleidung. Draußen wartet das schwarze Wasser und sperrt gierig das Maul auf, als wollte es das niedliche Fischerdorf mitsamt seinen Kunsthandwerkerläden, den pittoresken Pubs, mit seinen Fischerbooten und Muschelbuden und mit seiner Geschichte, die bis ins 11. Jahrhundert zurückreicht, verschlingen.

Ryan und ich sitzen nebeneinander, er hat den Arm um

mich gelegt und wärmt mich. Jede Menge Leute kommen vorbei, um mit ihm zu plaudern. Alte Bekannte, Eltern aus der Schule, Freunde aus der Fußballmannschaft, Segelkameraden, Kollegen. Er scheint jeden einzelnen Menschen in dieser Stadt zu kennen. Plötzlich sehne ich mich danach, ausnahmsweise mit ihm allein zu sein. Nur wir zwei.

Genau in dem Augenblick legt sich ein weiterer Arm um meine Schultern, und zwischen uns erscheint ein Kopf, sodass wir wie ein dreiköpfiges Monster aussehen.

»Meine zwei liebsten Menschen auf der ganzen *Welt*!«, ruft Casey nuschelnd. Sie lacht, küsst uns beide auf die Wangen und wirft dann den Kopf nach hinten und drückt uns zusammen. »Ich hab euch so lieb!«

»Wir dich auch, Casey«, krächzt Ryan. Wir witzeln, dass Casey unser Adoptivkind ist. Häufig bricht sie nach einer Schicht im *Players* auf unserem Sofa zusammen und bleibt den ganzen Tag da, während wir bei der Arbeit sind. »Lässt du uns jetzt wieder atmen? Ich möchte das Neue Jahr ganz gern noch erleben!«

Casey hört auf, uns zu drücken, und lachend atmen wir lautstark aus. Sie stützt sich auf unsere Schultern und wischt sich mit der Hand über den Mund. »Wollen wir anschließend noch in einen Club gehen? Ich kann uns alle umsonst ins *Players* bringen. Das wird lustig! Das haben wir ewig nicht gemacht. Wir drei, Alex, Carl und der Rest der Jungs!«

»Klingt gut, Casey!« Ich blicke auf meine Armbanduhr. Es ist zehn Minuten vor zwölf, und ich weiß, dass ich Casey lieber nichts abschlagen sollte, wenn sie so ist. Ich will das Neue Jahr nicht mit einer Szene begrüßen.

»Tja, ich kann nicht die ganze Nacht mit euch Turteltäubchen hier herumstehen! Ich muss mir für zwölf Uhr jemanden zum Knutschen suchen.« Sie stupst Ryan mit dem Finger gegen die Brust und zwinkert ihm zu. »Ich habe noch nicht entschieden, wer von euch Typen der glückliche Auserwählte ist!«

»Gibt es jemand, den du noch nicht ausprobiert hast?« Ryan grinst.

Casey blinzelt mir zu. »Das solltest du lieber hoffen, Cooper, sonst muss ich noch dich nehmen, damit meine Sammlung komplett ist. Wie bei diesen Sparschweinen, die ich als Kind gesammelt habe.« Sie runzelt die Stirn. »Wenn ich es mir recht überlege, hatte ich nur zwei. Ich konnte noch nie gut mit Geld umgehen, und mit Männern genauso wenig.« Und mit dieser weisen Selbsterkenntnis wankt sie davon, um weitere potenzielle Clubgänger zu suchen.

»Willst du wirklich noch in einen Club gehen?«, fragt Ryan lachend und hebt eine Braue.

»Natürlich nicht. Ich wollte es ihr nur nicht sagen.«

»Du bist eine kluge Frau, Molly.« Er lacht und seufzt glücklich. »Ist es nicht toll, hier mit allen zusammen?«

»Mmmmmh«, sage ich und trinke einen Schluck. Mein Handy vibriert, und ich öffne eine SMS. Sie ist von Mia.

> FROHES NEUES JAHR, SÜSSE! Wie wäre es, wenn du 2003 zum Jahr des Kängurus erklärst und mich besuchst? Sydney braucht dich!

Als ich an Mia denke, geht mir erst das Herz auf, dann bin ich bedrückt. Ich kann nicht glauben, dass ich sie seit über einem Jahr nicht gesehen habe. Sie erlebt in Australien die beste Zeit ihres Lebens, sie ist gerade zur stellvertretenden Herausgeberin von *Shine* befördert worden. Plötzlich beneide ich sie um die Freiheit, auf der anderen Seite der Welt zu leben. Sie kann tun, was sie will, ohne dass sie dabei jemand beobachtet. Ich kann kaum ein Kissen ausschütteln, ohne dass Jackie vorbeikommt und eine Bemerkung macht. Wo ich auch hingehe, kennen mich die Leute, wissen über meine Beziehung und meinen Alltag Bescheid. Manchmal komme ich mir vor, als würde ich in einem Zoo leben. Ryan ist der majestätische Löwe, der auf der Spitze eines künstlichen Bergs sitzt und seinen kleinen Dschungel überwacht. Ich bin die umherstreifende Löwin, die vor den gaffenden Zuschauern auf und ab läuft und auf eine Gelegenheit wartet, auszubrechen oder anzugreifen. Keiner weiß, was von beidem, auch ich nicht.

»Können wir einen Moment weggehen, Ryan?«, flüstere ich.

»Aber es ist fast zwölf.«

»Bitte!«, flehe ich und Ryan steht sofort auf. Ich glaube, er hat die Verzweiflung in meinem Gesicht gelesen.

»Was ist los, Schatz? Ist alles in Ordnung?« Wir haben uns ein Stück von der Menge entfernt und sind in Richtung Wasser gegangen. Das Meer lärmt unermüdlich wie ein unruhiges Baby, während die Sterne wie ein beruhigendes Mobile am tiefschwarzen Himmel darüber schweben.

»Ja, nein, nicht so ganz. Ryan, ich muss dir etwas sagen.«

»Was?« Er hört die Dringlichkeit in meiner Stimme und wirkt wie versteinert. Ryan lässt sich sonst nicht so leicht aus der Ruhe bringen, aber er hasst unvorhergesehene Szenen. Er gerät in Panik und stellt sich das Schlimmste vor. Er ist überaus beunruhigt, als rechne er damit, einen Schlag zu erhalten. Und in diesem Fall bin ich diejenige, die die Axt schwingt.

»Es ist nichts Schlimmes, Ryan. Ehrlich, ich, ich …« Gott, ich habe keine Ahnung, wie ich das sagen soll. »Ich brauche einfach eine Pause.«

»Von mir?« Ryans Gesichtszüge lösen sich auf wie schmelzendes Wachs.

Ich fasse sein Gesicht und blicke ihm tief in die Augen. »Oh Gott, nein! Nicht von dir. Ich *liebe* dich! Ich bin unfassbar glücklich mit dir. Ich brauche eine Pause von *hier*. Ich fühle mich wie in einem Aquarium. Ich muss hier weg, die Welt kennenlernen, etwas anderes sehen.«

»Aber wohin?« Er sieht mich ratlos an.

Auf einmal weiß ich ganz genau, wohin wir fahren und was wir tun sollten. »Wir sollten nach Australien fliegen, so wie wir es vorhatten! Ich werde dieses Jahr vierundzwanzig – vierundzwanzig, Ryan! Mein letztes Jahr, bevor ich die gefürchteten fünfundzwanzig erreiche! Ich will, dass wir uns amüsieren und unsere Jugend genießen, solange wir können! Ich könnte diesen Sommer, wenn du Ferien hast, eine sechswöchige Auszeit nehmen. Wir könnten nach Australien und Thailand fahren, einfach herumreisen. Nur du und ich. Ich will immer mit dir zusammen sein, Ryan, aber nicht immer so.« Ich deute mit der Hand auf die Flussmündung, die glitzernden Lichter von Leighs Altstadt hinter uns, die durch den Nebel leuchten, und auf das klirrende Lachen unserer Familie und Freunde.

Ryan fasst meine Hände, als hinter uns der Countdown ertönt.

»10!«

»Ich will nicht, dass du irgendetwas verpasst, Molly, Schatz«, sagt er schließlich.

»9!«

»Ich bin glücklich, so wie wir hier leben, aber …«

»8!«

»… ich will, dass du auch glücklich bist.«

»7!«

»Ich habe dir die Welt versprochen, und ich werde mein Versprechen halten.«

»6!«

»Lass uns hingehen, wo immer du willst.«

»5!«

»Ich mache, was immer du willst, Molly.«

»4! 3!«

»Ein Neues Jahr, ein neues Leben, okay?«

»2! 1!«

»Ab sofort!«

Ich lache durch meine Tränen, als er sich zu mir beugt und mich mit einem Kuss verzaubert, während das Jubeln um uns wie Lava explodiert. Er presst seine Lippen so fest auf meine, als wollte er seine Absicht, unser Leben zu ändern, bekräftigen, unsere Entscheidung wegzugehen, besiegeln. Wir lösen uns voneinander und sehen, wie sich alle um uns herum umarmen und küssen. Casey blickt zu uns herüber und hebt schwankend ihr Glas, nachdem sie von ihrem auserwählten Opfer Abstand genommen hat.

Dann werden wir in die Mitte des Pubs gezogen, wo sich alle an den Händen halten und *Nehmt Abschied, Brüder* singen. Als ich Ryans Hand und die meiner Mutter ergreife und die zusammengewürfelte Menge reizender Menschen betrachte, die meine Familie geworden sind, kämpfe ich mit den Tränen. Und als wir anfangen, uns den Text auszudenken, weil wir uns alle nur noch an den Refrain erinnern, tänzelt meine Mutter leicht beschwipst in ihren weichen braunen Halbschuhen in die Mitte der Gruppe, wobei sie sich weiterhin an meinen Vater klammert.

»Ich kenne den Text!«, platzt sie heraus. Und dann beginnt sie mit ihrem schrillen Mezzosopran zu singen.

Ich drücke Ryans Hand. Meine Mutter singt, über uns explodiert das Feuerwerk, und ich weiß, dass egal, wo ich bin, ich für immer mit ihm zusammen sein will.

14:50 Uhr

Mias Anruf hat mir neuen Auftrieb gegeben. Ich darf nicht länger herumtrödeln. Ich muss nicht nur hier alles fertig machen, ich muss mich auch von ein paar Menschen verabschieden. Erneut klingelt mein Telefon.

»Molly!« Die Stimme meiner Mutter klingt besorgt.

»Alles in Ordnung, Mum?«

»Ja, aber wichtiger ist, wie es dir geht?«

»Mit geht's gut.« Pause. »*Ehrlich*.« Ich bin es gewohnt, Menschen zu versichern, dass ich nicht zusammenbreche. Meine Antwort war offenbar zufriedenstellend.

»Gut. Wie kommst du voran?« Sie zögert. »Du trödelst doch nicht herum?«

»Nein!«, protestiere ich und belüge sie nach Strich und Faden. »Ich bin kein Kind mehr, Mum.«

»Hmm«, sagt sie. Ich höre das Lächeln in ihrer Stimme. »Du bist zwar in den Dreißigern, aber ich kenne dich gut genug, um zu wissen, dass du dich nicht sehr verändert hast. Ich wollte jedenfalls nur Bescheid sagen, dass wir in ungefähr einer halben Stunde zum Putzen vorbeikommen.«

»Großartig!«, erwidere ich, aber sie hat schon aufgelegt. Ich schüttele den Kopf.

Lächelnd höre ich, wie Bob und sein Sohn laut und ungehemmt zu einem Stück von *One Direction* aus dem Radio singen. Es erinnert mich sofort an Ryan. Er und seine Boygroups. Ständig hat er sie gehört und mich damit verrückt gemacht. Und jetzt? Kaum höre ich seine Musik, hebt sich meine Stimmung. Ich lächele und stimme in den Refrain ein, während ich nach oben gehe, um das Schlafzimmer zu überprüfen. Als ich es so leer und verlassen sehe, krampft sich mein Magen zu einem festen Knoten zusammen. Ich schließe die Augen, hole tief Luft und stelle mir vor, dass meine Schultern in einen Zustand absoluter Entspannung massiert werden. Sofort beruhige ich mich. Ich wandere zum Kamin und streiche mit den Fingern über das Sims. Ich habe ihn mühsam freigelegt, nachdem die vorherigen Besitzer ihn aus unerklärlichen Gründen zugebaut hatten. Er ist staubig und nackt, die Lichterketten sind entfernt, und die Holzscheite, um die ich sie drapiert hatte, befinden sich jetzt im Garten. Ich runzele die Stirn. Hinter dem Kamingitter glänzt etwas. Ich beuge mich langsam hinunter, hebe eine Muschel auf, drehe sie in der Hand um und streiche über ihre Ränder und Kerben. Sie ist klein und nicht sonderlich schön, aber sie war einst das kostbarste Stück auf der ganzen Welt für mich. Ich sitze im Schneidersitz auf dem Boden und betrachte sie einen Moment. Sie glänzt blass korallenfarben im Sonnenlicht, das unerwartet durch die Fenster hereinfällt, und liegt in meiner Hand wie auf den Wellen, die sie an die Küste getragen haben. Komisch, ich dachte, ich hätte sie vor Jahren weggetan.

Der erste echte Kuss …

… und der letzte.

<<*Zurückspulen 19.07.2001*>

»Seht mal, wen ich getroffen habe«, sage ich und lasse absichtlich Wasser auf Mia und Casey tropfen, die zu schlafen scheinen.

»Doch nicht etwa das Pizzagesicht von gestern Abend?« Casey öffnet ein Auge und schießt nach oben. »Oh, hal…«

»…lo«, beendet Mia das Wort für sie, späht unter ihrem Sonnenhut hervor und richtet sich langsam auf. »Wer ist denn das?«

»Ryan!«, kreischt Casey, springt auf und umarmt ihn ziemlich überschwänglich, dafür dass sie von der Hüfte aufwärts nackt ist. Wie Angelina Jolie in *Tomb Raider* wirft sie den langen schwarzen Pferdeschwanz auf ihren nackten Rücken. Ich verkneife mir ein Lächeln, als Ryan mich panisch ansieht. Es ist nett zu beobachten, dass Mister Selbstbewusst auf einmal den Mumm verliert.

»Schön, dich hier zu sehen!«, ruft sie, stemmt die Hände in die Hüften und posiert wie ein *Playboy*-Model. »Ist Alex auch hier? Oh, mein GOTT, ich fasse es nicht! Das ist total verrückt! Halb Leigh ist auf Ibiza! Seit wann seid ihr hier? Wie lange bleibt ihr? Wo wohnt ihr?« Sie wirft Ryan die Fragen wie Frisbees um die Ohren, ohne ihm Gelegenheit zu geben, ihr zu antworten.

Ich beäuge sie misstrauisch. Ich bin immer noch nicht überzeugt, dass Casey dieses rein »zufällige Treffen« nicht organisiert hat. Obwohl der Urlaub mein Vorschlag war, aber vielleicht hat sie mich einer Gehirnwäsche unterzogen. Ich lächele bei dem Gedanken. Casey soll eine vorsätzliche Täuschung begangen haben? Niemals.

»Wie geht's dir, Case?« Ryan hustet und wendet den Blick von ihrem Körper ab. »Ich habe dich ewig nicht gesehen, und jetzt sehe ich irgendwie gleich ziemlich viel von dir.«

Ich hebe ihr gelbes Bikinioberteil auf und werfe es ihr zu. Ryan lächelt mich dankbar an.

»Na ja, dein bester Freund hat mich sitzengelassen. Ich hatte nicht gerade große Lust, dich zum Tee zu besuchen«, sagt sie, während ich das Oberteil über ihre Arme schiebe. Dann dreht sie sich um und fordert Ryan keck auf, den Verschluss zuzumachen, was Mia und ich mit fassungsloser Miene beobachten. Ich bin an Caseys fehlenden Anstand gewohnt, aber das ist albern.

»Nein, du warst zu sehr mit deinem *neuen* Freund beschäftigt«, werfe ich ein. Ich will nicht, dass Ryan Alex später erzählt, wie sehr Casey noch in ihn verliebt sei, und dadurch seinem Ego schmeichelt. Ich weiß, wie die Kerle sind.

»Wie geht es dir? Ich habe dich nicht oft in Leigh gesehen.«

Hat sie etwa nach ihm gesucht?

»Ich war mit meinem Studium beschäftigt.« Ryan lächelt.

»Oh, nicht noch einer.« Sie verdreht gutgelaunt die Augen. »Du bist einfach zu schlau. Ist *er* hier?« Ryan und ich tauschen wachsame Blicke. Vermutlich meint sie Alex. »Weiß er, dass ich hier bin?«, fragt Casey und bemüht sich kein bisschen, gleichgültig zu tun.

»Ja, das ist er«, antwortet Ryan unsicher, sein Blick huscht zurück zu mir. »Wir alle. Mein Bruder Carl, Gaz und ein paar andere Freunde«, erwidert Ryan und hält sich schützend die Hand über die Augen, um seine Freunde weiter unten am

Strand zu suchen. »Sie sind irgendwo dort drüben. Wahrscheinlich denken sie, ich hätte sie verlassen.«

»Oder du hättest ein Mädchen getroffen«, biete ich süßlich an. »Das ist doch am wahrscheinlichsten, wenn einer von euch hier verschwindet. Habt ihr nicht so eine Art Code für diese Fälle? Oder ein Zeichen? Nein, warte, ich hab's! Punktekarten. Das haben die meisten Typen auf Ibiza, stimmt's?«

Ryan hebt eine dichte Braue und schüttelt den Kopf. »Du bist viel zu zynisch. HE! LEUTE!« Er formt mit den Händen einen Trichter um seinen Mund und winkt ihnen zu.

Mia, Casey und ich kichern, als wir zusehen, wie seine Kumpel entdecken, dass ihr Freund mit ein paar Mädchen abhängt. Sie rappeln sich ziemlich schnell aus dem Sand auf und bemühen sich dann, so lässig wie möglich zu uns herüber zu schlendern. Da jedoch jeder als Erster bei uns sein will, sehen sie irgendwie ziemlich lächerlich dabei aus.

»Na, Ryan, wen haben wir hier?« Alex' lange Beine und seine Entschiedenheit sorgen dafür, dass er als Erster bei uns ist. Als er die grinsende, spärlich bekleidete Casey entdeckt, die ihn mit ihrem Schmollmund herausfordernd ansieht, erstirbt sein breites Lächeln jedoch abrupt, und er verstummt. Sie blinzelt ihm im Sonnenschein zu, schiebt eine Hüfte vor und legt eine Hand darauf.

»Hallo, Alex, wie schön, dass du hier bist«, sagt sie. Ich bin sicher, dass sie nicht stalkermäßig klingen will, aber irgendwie tut sie das. Ich bemerke, dass Alex Ryan mit alarmiertem Blick ansieht, und Ryan greift schnell ein.

»He, Leute«, er macht eine einladende Geste und bedeutet ihnen, sich zu uns zu gesellen, »ich habe gerade ein paar alte Freunde getroffen. Alex, Casey kennst du offenbar schon, aber erinnerst du dich auch noch an ihre beste Freundin Molly?« Alex grinst mich an und schlägt Ryan dann auf die Schulter.

»Ryan Knutsch-Niete Cooper!«, rufen die Jungs im Chor und fangen an zu lachen.

Ich bemerke, dass Ryans gebräuntes Gesicht eine interessante Hummerfarbe angenommen hat. Und es handelt sich hierbei nicht um einen Sonnenbrand. Ich finde es überraschend süß.

»Ist das Ryans übliche Masche – einen Unfall verursachen und dann Fahrerflucht begehen?«, sage ich fröhlich, und Alex lacht, legt einen Arm um Ryans Hals und reibt mit den Knöcheln über seinen Kopf.

»Sie hat dich durchschaut, Kumpel.« Er lacht und Ryan schließt sich ihm an. Ich blicke zu Alex. Er sieht noch genauso aus, wie ich ihn in Erinnerung habe – teuflisch gut, wenn man auf solche Typen steht, was bei Casey eindeutig der Fall ist. Gaz wendet sich an Mia, die perfekt geschminkt auf ihrem Strandhandtuch sitzt, den Sonnenhut über ein Auge gezogen hat und aussieht, als würde sie für ein hochwertiges Strandmagazin Modell stehen.

»Und wie heißt du?«, fragt Gaz vergnügt und lässt sich auf die Knie fallen, sodass sich seine bunt gemusterten Badeshorts auf Höhe ihrer Augen befinden.

Sie blickt herablassend unter ihrem Hut hervor und wendet dann den Blick ab, als sei es eine Zumutung, eine Antwort von ihr zu verlangen. Ich kann mir überhaupt nicht erklären, weshalb Männer sie als distanziert bezeichnen.

»Das ist Mia«, antworte ich an ihrer Stelle, stupse sie mit dem Fuß an und fordere sie mimisch auf, ein freundliches Gesicht zu machen. Ich kann mir nicht helfen, aber ich mag die Jungs, sie sind süß.

»Mia mit A!«, sagt Gaz und lacht schallend. Mia blickt erst mich, dann ihn an, rollt mit den Augen, wendet sich anmutig auf den Bauch um und legt die Wange auf ihre Hände, sodass sie in die entgegengesetzte Richtung blickt. Gaz geht einfach um sie herum auf die andere Seite und fährt mit seinem Geplapper fort.

Carl tritt als Nächster vor und hebt die Hand zu einer lässigen Begrüßung. »Ich bin Carl, Ryans großer, besser aussehender und erfolgreicherer Bruder.«

Ryan sieht erst zu mir, dann zu Carl. Schließlich stürzt er sich in Rugby-Manier auf ihn, woraufhin Carl, der einen Fuß größer und deutlich schwerer ist als Ryan, ihn über seine Schulter wirft, zum Wasser läuft und ihn ins Meer fallen lässt.

Alle brechen in schallendes Gelächter aus.

»He.« Carl grinst, als er dicht gefolgt von Ryan zurückkehrt. »Wo geht ihr Mädels heute Abend hin? Habt ihr Lust, euch später mit uns in einer Bar zu treffen?«

»Wir wollten eigentlich in Ruhe abendessen gehen«, hebe ich an, werde jedoch sogleich übertönt.

»Sehr gern!« Casey zieht mein Ohr zu ihrem Mund und flüstert: »Wir sind nicht hergekommen, um in Ruhe zu Abend zu essen!«

»Mia?«, frage ich, weil ich will, dass alle einverstanden sind.

Langsam mustert sie einen Jungen nach dem anderen unter dem Rand ihres Sonnenhutes hervor und lässt sich Zeit, sie ausgiebig und schamlos zu begutachten. Dann lässt sie sich langsam auf ihr Handtuch zurücksinken. »Wenn es sein muss.«

»Sieht aus, als wäre ich überstimmt.« Ich lache.

Ryan lächelt mich an, und während die Sonne auf uns niederbrennt, habe ich auf einmal das Gefühl, als würde ich den besten Sommer überhaupt erleben.

Es ist der letzte Abend unseres Urlaubs, und Casey, Mia und ich sitzen im *Café del Mar* und blicken zufrieden über den

Strand zum Horizont. Die Sonne steht als brennender bernsteinfarbener Ball hoch am Himmel. Wir sind früh genug gekommen, um einen Tisch zu ergattern, damit wir an unserem letzten Abend in Ruhe den Sonnenuntergang genießen können. Wir hatten eine tolle Woche. Seit ich auf meiner Luftmatratze mit Ryan zusammengestoßen bin, sind wir nur mit ihm und seinen Freunden unterwegs gewesen. Allabendlich haben wir uns mit ihnen getroffen. Deutlich gelangweilt von den spanischen Männern, hatte Casey ihre Aufmerksamkeit bald auf jemand aus unserer Heimat konzentriert – auf Carl. Er hatte sich eine Weile gewehrt, doch wie die meisten Männer konnte er dem Angebot, eine unverbindliche Nacht mit einem Mädchen wie Casey zu verbringen, am Ende doch nicht widerstehen. Nicht dass sie selbst das ebenso unverbindlich sah. Sie meinte sogar, dass wir am Ende noch Schwägerinnen würden.

»Wäre das nicht toll, Molly?«, hatte sie eines Nachts im Hotelzimmer gekichert, nachdem wir den Abend alle zusammen verbracht hatten. »Stell dir vor, wir wären mit den Cooper-Jungs verheiratet! Dann hätten wir denselben Nachnamen. Casey Cooper klingt gut, findest du nicht?«

Ich wollte sie nicht darauf hinweisen, dass Carl sie den ganzen Tag gemieden und Ryan keinen Vorstoß in meine Richtung getan hatte.

»Ich kann nicht glauben, dass das unser letzter Abend ist«, sagt Mia, führt ihr Margarita-Glas an die Lippen und nimmt einen großen Schluck. Sie sieht wunderschön aus in weißen Jeans und einem knallpinken Neckholdertop mit kleinen Spiegelpailletten, das ihr neues Bauchnabel-Piercing zur Geltung bringt. Casey hat sie dazu überredet. Nach einem etwas schwierigen Anfang hatten Mia und Casey ungefähr am dritten Tag Waffenstillstand geschlossen, schließlich verband sie das Interesse an Männern. Sie waren die wilden Mädchen, und ich die Prüde, die sie einengte, aber das war mir egal. Zumindest kamen sie so miteinander aus.

»Bald geht es zurück in die harte Realität.« Casey seufzt.

»Nicht für Mia«, bemerke ich neidisch. »Sie reist um die Welt.«

Mia lächelt mir zu. »Ich habe dir ja gesagt, dass du jederzeit mitkommen kannst.«

Sehnsüchtig denke ich an unsere großen Pläne aus der Uni-Zeit. An unsere Lebenslisten. An unser Vorhaben, gemeinsam um die Welt zu reisen und in Sydney zu leben, stelle jedoch fest, dass es nur Träumerei war. Wenn es darauf ankommt, bin ich nicht der wagemutige Rebell. Als ich Mia gesagt habe, dass ich nicht mitkomme, war sie enttäuscht. Aber sie hatte sich dadurch nicht von ihrem Plan abbringen lassen, was ich insgeheim gehofft hatte. Ich werde sie unglaublich vermissen. Ich kann mir nicht vorstellen, ohne sie in London zu leben, aber ich weiß, dass sie die richtige Entscheidung getroffen hat. Ich bin mir nur nicht ganz sicher, ob das auch auf mich zutrifft. Aber jetzt ist es ohnehin zu spät.

Ich lächele traurig. »Ich würde gern, aber ich habe den Jackpot für eine Studentin gewonnen, die Schulden abzahlen muss – einen richtigen *Job*! Ich wäre verrückt, das abzulehnen.«

»Von mir aus könnt ihr euer schickes Australien gern behalten«, sagt Casey, als wollte sie mit uns konkurrieren, »Ich glaube nicht, dass es irgendwo besser als in Leigh-on-Sea ist. Ich werde nie dort weggehen.«

Ich weiß, dass das stimmt. Nicht weil sie nicht will, sondern weil sie zu ängstlich ist. Das ist schade. Ich möchte auf keinen Fall, dass mir dasselbe passiert.

Da kommen die Jungs. Casey winkt ihnen aufgeregt zu,

und Mia hebt eine perfekt manikürte Hand. Ich hole tief Luft, als ich sehe, dass Ryan auf mich zukommt. Er trägt ein weißes Hemd und hat die letzten Knöpfe offen gelassen. Der Wind weht die Hemdzipfel leicht auseinander und bringt kurz seinen gebräunten Bauch zum Vorschein. Ich schlucke.

»Hallo, Prinzessin«, sagt Gaz, zwinkert Mia zu, gleitet auf den Platz neben ihr und küsst sie auf den Hals. Mia verdreht die Augen, küsst ihn aber trotzdem zurück. Sie sind gleich am ersten Abend zusammengekommen. Gaz blickt sich am Tisch um. »Ihr seht *blendend* aus.«

»Danke, Gaz.« Ich lächele, blicke zum Rest der Jungs, meide aber den Augenkontakt mit Ryan, weil ich weiß, dass ich erröten werde. Er beugt sich jedoch zu mir herüber, und ich spüre, wie sich die Haare in meinem Nacken aufrichten.

»Er hat recht«, flüstert er.

Ich werde nicht zugeben, dass ich mir extra viel Mühe mit meinem Aussehen gegeben habe. Mein langes gelbes Seidenkleid schmiegt sich perfekt um meinen Körper, die zarten Träger bringen meine gebräunten Schultern zur Geltung, und die Sonne hat meinen Haaren einen goldenen Schimmer verliehen. Ich fühle mich zum ersten Mal schön, und ich weiß, dass das an Ryan liegt. Das Knistern zwischen uns ist die Woche über stetig gewachsen, ohne dass einer von uns einen Schritt auf den anderen zu getan hätte. Es gab bedeutungsvolle Blicke, unsere Hände haben sich beim Gehen berührt. Mehr nicht. Ich weiß nicht, ob uns die Vergangenheit abhält oder das vergangene Erlebnis, aber es ist, als hätten wir Angst davor, was passiert, wenn wir uns wirklich noch einmal küssen. Es könnte fantastisch sein – oder grauenhaft –, und dieses Risiko will offenbar keiner von uns eingehen. Ich weiß nicht, wie Ryan empfindet, aber er hat mich vom ersten Augenblick an auf eine Weise berührt, die ich nicht für möglich gehalten habe. Ihn hier zu sehen und die ganze Woche mit ihm zu verbringen, hat das nur noch verstärkt. Mir ist schlecht vor Aufregung und Unsicherheit. Ein Teil von mir möchte so weit weglaufen wie möglich, weil ich noch nicht bereit für ihn bin. Ich fange gerade erst an, mein Leben zu planen. Aber gleichzeitig bin ich völlig fasziniert von ihm. Wenn ich mit ihm zusammen bin, kann ich mir nicht vorstellen, jemals jemand anders zu wollen als ihn.

Als die Sonne schließlich untergeht und der Himmel sich tiefrot färbt, beugt Ryan sich zu mir herüber.

»Hast du Lust auf einen Spaziergang?«, flüstert er.

Alle anderen beobachten noch immer den Horizont, trinken und plaudern und genießen die Atmosphäre. Ich lächele und nicke, als er unter dem Tisch meine Hand nimmt. Nur Casey dreht sich um und bemerkt uns. Sie hebt eine Braue, und ich lege den Kopf schief, zucke mit den Schultern, beiße mir auf die Lippe und lächele, um zu zeigen, wie locker ich bin. Dann wende ich den anderen den Rücken zu.

»Ich will dir eine kleine Bucht zeigen, die ich entdeckt habe. Einen kleinen Strand, an dem es nicht so voll ist wie hier«, sagt Ryan und hält noch immer meine Hand. »Wir müssen ungefähr fünfzehn Minuten gehen. Ist das okay?«

Ich nicke. Vermutlich wäre ich auch mitgegangen, wenn er mir gesagt hätte, dass es fünfzehn Tage dauert.

»Das war eine ziemlich verrückte Woche, was?« Er lacht, während wir ruhig nebeneinanderher schlendern. Nun, ruhig bis auf das Klingeln in meinen Ohren und das Hämmern meines Herzens sowie meine zitternden Hände und Beine. Abgesehen davon bin ich völlig entspannt in seiner Gegenwart. »Ich kann noch immer nicht glauben, dass ich auf dieser Luftmatratze mit dir zusammengestoßen bin.«

Er wendet mir sein Gesicht zu. Ich weiß nicht, was ich sagen soll, alle Worte scheinen plötzlich aus meinem Kopf verschwunden zu sein. Die milde Inselluft – und vielleicht noch etwas anderes – hüllt uns ein. Schließlich erreichen wir die ruhige kleine Bucht, die zwischen zerklüfteten Felsen liegt und sich kaum mehr von dem geschäftigen Treiben in Calo des Moro unterscheiden könnte.

»Sind wir da?«, frage ich und blicke mich begeistert um.

Ryan nickt. »Sie heißt Cala Gracio«, antwortet er. »Ich habe sie heute mit einer anderen Bucht zusammen beim Windsurfen entdeckt. Die andere ist direkt daneben.«

»Worauf wartest du, lahme Ente!« Ich tauche unter seinen Armen hindurch, laufe über den Strand aufs Meer zu und kreische, als er hinter mir herjagt. Als ich das glitzernde mondbeschienene Wasser erreiche, drehe ich mich um, und er hebt mich hoch und blickt mich unverwandt aus seinen blauen Augen an. Dann lässt er mich wieder zurückgleiten, bis ich festen Boden unter den Füßen habe, dennoch habe ich noch immer das Gefühl zu schweben.

Plötzlich beugt er sich hinunter und hebt etwas auf. Er öffnet meine Hand und legt es hinein.

»Das ist das erste wertvolle Geschenk, das ich dir mache«, verkündet Ryan feierlich. »Und ich verspreche dir, dass es nicht das letzte sein wird.«

Ich betrachte die wunderhübsch zarte glänzende Muschel in meiner Hand und schließe die Finger um sie. Dann umarmt er mich. Er löst sich von mir, und ich öffne die Augen. Er streicht über meine Wange und folgt mit den Fingern zärtlich der Linie meines Kinns, dann führt er mich an der Küste entlang und klettert mit mir die Felsen hinauf. Unsere Abdrücke im Sand funkeln wie Diamanten, dann erreichen wir eine zweite kleinere Bucht. Hier sind wir ganz allein.

»Ich werde dich jetzt küssen, Molly Carter«, sagt er.

Und als seine weichen, warmen Lippen mit meinen verschmelzen und seine Zunge mich liebkost wie die Wellen, die an meinen Füßen lecken, habe ich das Gefühl, die Welt hörte auf, sich zu drehen. Dass *wir* uns stattdessen drehen und eins werden – miteinander und mit dem Meer, das uns umgibt. Ich habe das Gefühl zu ertrinken, aber ich habe keine Angst.

15:09 Uhr

Ich sitze in der Küche und drehe immer wieder die Muschel in meiner Hand. Ich blicke von ihr zum Fernseher, auf dem noch immer das letzte Bild der DVD eingefroren ist. Ich schließe meine Hand um die Muschel, gehe ins Wohnzimmer und hole den Film aus dem Gerät. Ich stöpsele alles ab, damit Bob es in den Karton mit der Aufschrift »Lager« packen kann, dann nehme ich die DVD mit in die Küche, in der mein Laptop steht. Ich schiebe sie ins Laufwerk. Ich weiß, dass ich sie jetzt wegpacken sollte. Ich bin fast so weit, ich brauche nur noch ein kleines bisschen. Als ich sie gerade abspielen will, klingelt es an der Tür, und ich springe schuldbewusst auf. Meine Mutter. Ich blicke mich hektisch um und stelle fest, dass es eigentlich ganz aufgeräumt aussieht. Erleichtert gehe ich zur Tür. Ich bin dreiunddreißig, aber bei dieser Frau fühle ich mich noch immer wie mit dreizehn.

Eine kleine Frau mit leuchtenden Augen strahlt mich an.

»Oma Door!«, rufe ich freudig, nehme sie in den Arm und helfe ihr über die Schwelle. »Was machst du hier? Ich wollte später zur dir kommen und mit dir um der alten Zeiten willen eine Tasse Tee trinken.«

»Nun, ich dachte, *du* könntest zur Abwechslung eine Tasse für uns kochen, Schätzchen!« Oma lächelt vorwitzig und legt ihren Pelzmantel sowie den dazu passenden Hut ab. Ihre blauen Augen strahlen unvermindert, auch wenn ihr Körper langsam schrumpft und ihr Gehör nicht mehr ganz so gut funktioniert wie früher. »Außerdem wollte ich dir etwas bringen.«

Ich sehe sie skeptisch an. »Nicht noch ein Geschenk, Oma, du hast mir schon etwas geschenkt. Ich freue mich schon sehr darauf, im Flugzeug die DVD mit *Das Beste aus Big Brother* zu sehen.«

»Oh, ja, da wirst du dich amüsieren.« Sie schlurft in die Küche. Ich folge ihr und stelle den Wasserkocher an, während sie am Küchentisch Platz nimmt.

»Uff, meine Beine taugen nichts mehr«, stöhnt sie und reibt sich die Wadenmuskeln.

»Na, wenn du auch darauf bestehst, diese Mordsabsätze zu tragen, Oma.« Ich lächele und blicke auf ihre rosa Pumps. »Tamara Mellon ist nichts gegen dich.«

»Tamaras Melonen?«

»Nein, Oma.« Ich lache. »Tamara Mellon ist die Markenbotschafterin für Jimmy Choo.«

»Jimmy Wer?«

»Vergiss es!« Ich kümmere mich um den Tee.

»Jedenfalls wollte ich dir etwas geben, Schätzchen. Lydia hat mir erzählt, was du vorhin getan hast.«

Ich fahre herum und habe plötzlich Angst, sie verärgert oder beleidigt zu haben. »Ach, Oma Door, ich hoffe, es macht dir nichts aus. Du weißt, wie viel mir der Ring bedeutet, aber es fühlte sich irgendwie richtig an, ihn Lydia zu geben.« Ich setze mich neben sie und stelle die zwei Teebecher vor uns. Ich habe den Überblick verloren, der wievielte das heute für mich ist.

Mit leicht feuchten Augen tätschelt sie meine Hand. »Molly, ich verstehe das. Natürlich verstehe ich das. Aber ich weiß auch, wie schwer das für dich gewesen sein muss. Deshalb wollte ich dir stattdessen das hier geben.« Sie holt eine blaue Samtschachtel hervor und schiebt sie zu mir herüber.

»Was ist das?«

»Öffne es und finde es heraus.« Sie lächelt.

Ich öffne vorsichtig die Schachtel. Darin liegt ein heiliger Christophorus aus Silber. Er ist ein bisschen angelaufen, aber sonst in perfektem Zustand. Ich blicke zu ihr auf, und in meinen Augen brennen Tränen.

»Ich habe ihn von meiner Großmutter bekommen, als ich ein kleines Mädchen war«, erzählt Oma. »Der heilige Christophorus ist der Schutzpatron der Reisenden.« Sie zögert und fasst meine Hand. »Ich weiß, dass du schon jemanden hast, der auf dich aufpasst, nun, zwei sogar … glückliches Mädchen.« Ich lächele und wische mir eine Träne fort. »Aber ich wollte, dass du weißt, dass ich immer an dich denke, okay, Liebes?« Ich nicke, ich kann nichts sagen. »Ich bin jetzt ein alter Vogel«, fährt sie fort, »ich muss vernünftig über diese Dinge nachdenken. Vielleicht werde ich dich nicht noch einmal wiedersehen, Molly Liebes. Aber wenn du den hier bei dir trägst, wirst du immer wissen, dass ich auf dich hinunterblicke.«

Unfähig, etwas zu sagen, schlinge ich die Arme um sie und schluchze. Nach allem, was passiert ist, fiel es mir schwer, die Beziehung zu seiner nächsten Familie aufrechtzuerhalten. Es war einfach zu hart. Oma Door nicht mehr zu sehen konnte ich jedoch nicht ertragen. Unsere Beziehung ist jetzt, fünf Jahre später, sogar noch inniger als damals, und dies ist der Abschied, vor dem ich wirklich Angst hatte.

Wir werden von Bob unterbrochen, der den Kopf in die Küche steckt. »Wir müssen hier als Nächstes weitermachen, dann sind wir fertig, in Ordnung?«

Oma Door zieht ein zerfleddertes Taschentuch aus der Tasche, tupft meine Augen und lächelt mir aufmunternd zu.

»Ja, natürlich, Jungs!«, sage ich. »Kümmert euch nicht um uns!«

Ich blicke zu Oma Door, die sich hochrappelt. Ich stehe ebenfalls auf, und als wir zusammen zur Tür gehen, legt sie den Arm um mich und drückt mich. Sie zieht ihren Mantel an und sieht zu mir hoch. »So, Schluss mit den Tränen. Wir hatten mehr als genug davon. Die reichen für ein ganzes Leben.« Sie lächelt strahlend und legt eine Hand auf meine Wange. »Du hast es verdient, für immer glücklich zu sein, liebe Molly.« Und mit diesen Worten schlurft sie aus der Tür.

Der Kuss nach den Flitterwochen

Erst nachdem Ryan fort war, habe ich gemerkt, wie sehr mein Leben unlösbar mit ihm verbunden war. Ich spreche nicht nur von den Bildern und Sachen in unserem Haus, sondern auch von den Orten. Von unserem Pub, dem Crooked Billet, und von unserem Lieblings-Thailänder auf dem Broadway. Überall hingen Schilder, auf denen »wir« stand, wo es doch nur noch »ich« gab. Dann war da noch unsere Bank im Park, wo wir so viele Küsse geteilt hatten, und Rossis in Southend, wo wir uns zum ersten Mal verabredet hatten. Selbst Hadleigh Castle, der Ort, an dem ich als Teenager Trost gefunden hatte, war nicht länger ein Zufluchtsort für mein gebrochenes Herz.

Unsere gemeinsamen Freunde wussten nicht, wie sie nur mit einem von uns befreundet sein sollten. Und dann waren da noch unsere Familien. Eine Zeitlang klammerte ich mich an alles und jeden – egal, wie unangenehm es war. Wenn ich nicht sogar bei ihr zu Hause war, rief ich Ryans Mutter an und jammerte, wie sehr ich ihn noch immer liebte, und beschimpfte sie, weil er mich verlassen hatte.

Ich klammerte mich an alles, weil ich große Angst hatte, was übrigbliebe, wenn ich losließe. Doch mit der Zeit fiel es mir leichter, alles, was mit Ryan zu tun hatte, in Kartons mit der Aufschrift »Vergangenheit« zu packen.

Und am Ende gab es nur noch zwei Sachen, von denen ich mich nicht trennen konnte: Oma Door und »unseren Film«. Ich weiß, dass ich mich eines Tages von beiden verabschieden muss. Aber jetzt noch nicht.

Vorspulen>> 11.10.2006>

»Zeitschrift *Viva*«, melde ich mich mechanisch und schweife ab, als der PR-Mensch am anderen Ende der Leitung zu sprechen beginnt. Zu sagen, dass ich seit der Rückkehr aus unseren unglaublichen Flitterwochen nicht ganz bei der Sache bin, ist noch freundlich ausgedrückt. Ich blicke auf das Foto, das einen Ehrenplatz auf meinem Schreibtisch hat, seit wir vor sechs Monaten zurückgekommen sind. Es zeigt Ryan und mich, wie wir auf dem Franz-Josef-Gletscher in Neuseeland liegen. In unserer Schneekleidung sehen wir aus wie Michelin-Männchen. Wir pressen die rosa Wangen aneinander, und unsere Augen glitzern wie die Eisformation, auf der wir liegen. Gerade haben wir die spektakulären Spitzen und Spalten des gefrorenen Wasserfalls erkundet.

Wir hatten damit gerechnet, dass Ryan mit seiner Klettererfahrung und seiner allgemeinen Sportlichkeit mich sicher vorführen würde, aber dann hatte er die Hälfte der Zeit auf dem Hosenboden verbracht. Er war müde, nachdem er die ganze Zeit in Queenstone Ski gefahren war, während ich im Spa gefaulenzt hatte. Das hielt mich allerdings nicht davon ab, ihn aufzuziehen. »Kann man einen Ehemann eigentlich reklamieren?«, hatte ich gefragt, nachdem er zum siebten Mal an mir vorbeigerutscht war. »Ich dachte, ich würde einen jungen, fitten, sportlichen Mann heiraten und nicht dieses unkoordinierte Etwas, das vor mir herumkriecht!«

»Das kommt daher, dass ich noch immer einen Kater von

der Weinprobe habe, zu der du mich gezwungen hast!«, hatte Ryan erwidert und meine Beine benutzt, um sich auf seinen Schneespikes wieder nach oben zu ziehen. »Das bin ich nicht gewohnt.«

»Nichts als faule Ausreden«, sagte ich und wollte ihm aufhelfen, wurde jedoch stattdessen von ihm nach unten gezogen, und so lagen wir einander in den Armen und lachten, während ich eins von unseren geliebten Selbstporträts schoss.

Unsere Flitterwochen wurden uns beiden in perfekter Weise gerecht. Sie enthielten genug Aufregendes für Ryan. So hatten wir Gletscher erklommen, waren mit einem Hubschrauber geflogen und Kajak gefahren. Wir hatten Wanderungen gemacht und fantastische Seen und Nationalparks gesehen, die unfassbar wundervolle Ausblicke boten. In Wanaka waren wir Fallschirm gesprungen. Das hatte nie auf einer meiner Listen gestanden, aber Ryan erklärte mir, dass es nicht schlimmer sei, als sich zu verlieben. Man müsse sich auch nur überwinden, jemand anderem und den Elementen zu vertrauen. Er hatte recht. Ich bin so froh, dass ich es getan habe. Er bringt mich dazu, Dinge zu tun, auf die ich nicht im Traum gekommen wäre.

Aber wir kamen auch in gemütliche Skihütten, in denen ich dem Spa frönen konnte, machten Weinproben, auf denen Ryan entdeckte, dass er Wein eigentlich doch mag (aber nur weißen), und beobachteten Wale sowie Sterne. Wir waren in diesen glückseligen Wochen mit einem Geländewagen durch den Norden und den Süden der Insel gereist und hatten uns mit dem Fahren ebenso abgewechselt wie mit der Kontrolle über den iPod. Wenn Ryan fuhr, durfte er seine gutgelaunte Lieblingsmusik hören, wenn wir wechselten und ich durch die wunderschöne Landschaft lenkte, hörten wir meine »Depri-Songs«, wie Ryan sie nannte.

Es war wundervoll. Anstrengend, aber wundervoll. Jetzt hat uns der Alltag wieder. Wir müssen beide viel arbeiten, und das fordert seinen Tribut, vor allem von Ryan. Die ersten Monate ist er morgens spät aufgestanden und aus der Tür geschlappt. Er kann sich nicht vorstellen, ins Fitnessstudio zu gehen, und hat am Bauch ein bisschen zugenommen. Wir nennen es scherzhaft sein »Ehepolster«.

»Das kommt daher, dass du so glücklich bist«, habe ich versucht, ihn aufzuheitern, »und ich liebe deinen Bauch – so habe ich mehr zum Anfassen!«

Gestern Abend ist er spät und müde aus der Schule gekommen. Er hat erst seine Sporttasche aufs Sofa geworfen, dann sich selbst. Und als ich ihm sagte, dass ich Nudeln gekocht hätte, hat er noch nicht einmal gelächelt. Ich kann es ihm nicht verdenken. Meine Version von »Kochen« hatte nichts mit dem Teller frischer Ravioli, gefüllt mit Saubohnen, Mozzarella und einem Hauch Zitrone zu tun, die Ryan mit Liebe zubereitet hätte. Nein, hier handelte es sich um verkochte Fusilli mit einer Dose Thunfisch und einem Glas fertiger Tomatensauce. Es war schrecklich, und auch ich hatte es vorgezogen, lieber ein großes Glas Sauvignon zu leeren als meinen Teller. Ryan hatte das meiste liegen gelassen. Er seufzte und stellte sein Tablett mit den Essensresten auf den Boden.

»He, ist der Zimmerservice nicht in Ordnung, Cooper?«, fragte ich scherzhaft. »Oder willst du abnehmen?«

Er blickte mich an und lächelte, aber es war, als hätte jemand die Wattzahl gedimmt. »Nein«, seufzte er. »Es war nur wieder ein harter Tag.«

Ich massierte seine Schultern. »He, du machst dir zu viel Druck, Ryan. Du musst einfach mehr abschalten. Die meisten dieser Kinder brauchen bessere Eltern, keine bessere Fußballtechnik. Du kannst ihnen nur bis zu einem gewissen Grad helfen.«

Er zuckte leicht zusammen, als hätten meine Worte *und* meine Hände eine empfindliche Stelle getroffen. Er ist wirklich verspannt.

»Du weißt, dass ich ihnen nicht einfach nur Fußballspielen beibringe. Ich versuche, sie aufs Leben vorzubereiten, ihnen zu zeigen, dass sie mehr erreichen können, als sie sich zutrauen. Ich kann nicht ausblenden, aus welch schwierigen Verhältnissen sie kommen. Ich muss aufpassen, dass sie nicht in Schwierigkeiten geraten, und sie dazu ermuntern, sich auf ihr Examen genauso zu konzentrieren wie auf den Sport. Und die ganze Zeit muss ich mich mit verdammten Beurteilungen und haufenweise Papierkram herumschlagen, was mich davon abhält, den Teil meiner Arbeit zu tun, der mir wirklich am Herzen liegt.« Er atmete langsam aus und schloss die Augen, während ich ihn weiter massierte.

»Pass auf dich auf, Ryan«, sagte ich und beendete die Massage. »Ich will nicht, dass du krank wirst.«

»He, Schatz«, Ryan lächelte schwach und drückte meine Hand, »ich bin der fitteste Kerl, den du kennst.« Dann hatte er die Fernbedienung genommen und sich wie immer extrem schnell durch die Programme gezappt, während er sich Hausarbeiten auf den Schoß packte.

Ich hatte sanft seinen Arm berührt. »Ryan, bitte. Du bist total kaputt. Bitte hör auf und ruh dich einen Moment aus.« Ich setzte mich neben ihn und strich ihm über die Haare.

Ein Lächeln huschte über sein Gesicht. »Tut mir leid, Moll, du hast recht.« Dann schob er die Papiere auf den Boden, kuschelte sich aufs Sofa und legte den Kopf in meinen Schoß. Fünf Minuten später schnarchte er friedlich und ließ mich allein fernsehen.

Als eine E-Mail von Christie auf meinem Bildschirm erscheint, in der sie mich in ihr Büro bittet, richte ich mich auf. Ich beende unter einem Vorwand das Gespräch mit dem PR-Agenten, und als ich aufstehe, stelle ich fest, dass ich noch nicht einmal über die Überschriften nachgedacht habe. Wahrscheinlich will Christie mit mir vor dem offiziellen Meeting in einer Stunde etwas brainstormen. Es ist der Teil an meiner Position als Mitherausgeberin, den ich am wenigsten mag. Als Bildredakteurin war ich wirklich gut. Jetzt geht es nur um Budgets, Personalprobleme, Werbeetats. Mit der Beförderung habe ich mich einen weiteren Schritt von der Fotografie entfernt. Auf dem Weg zu ihrem Büro gehe ich im Geiste die Reportagen für die Aprilausgabe sowie die Mode- und Kosmetikseiten durch und versuche, mir ein paar originelle Überschriften auszudenken. »Eine Frühlingsaffäre mit der Mode«? Quatsch. Was ist mit der Kosmetik? »Pastell ohne Patina«? Uff.

Niedergeschlagen gehe ich über den Flur und versuche, meine Begeisterung für die Arbeit wiederzufinden.

»Hallo, Molly.« Christie lächelt und legt sogleich ihren Stift weg, als ich das Büro betrete. Das liebe ich an ihr. Immer schenkt sie einem ihre volle Aufmerksamkeit, egal was sie gerade zu tun hat.

»Wie läuft's? Bist du mit allem zufrieden?«, fragt sie.

»Äh … ja?«, lüge ich, weil ich nicht weiß, was ich sonst sagen soll. Ich habe zwar mit Ryan darüber gesprochen, die Arbeit hinzuwerfen, aber ich will nicht rausgeschmissen werden. Langsam ergreift mich Panik. Vielleicht habe ich die Situation falsch eingeschätzt. Meine Begeisterung für die Arbeit hat in letzter Zeit stark nachgelassen, vielleicht hat Christie das bemerkt.

»Hmmm.« Sie tippt mit dem Stift auf ihren Schreibtisch

und nimmt einen Pappbecher mit Kaffee zur Hand. »Ich habe gerade das Gefühl, dass deine neue Position nicht ganz so gut zu dir passt, wie wir gehofft hatten.«

»Nun …« Ich spiele ungelenk mit meinen Fingern und frage mich, wie ich die Situation retten kann. »Ich gebe zu, dass es Teile gibt, die ich als Herausforderung empfinde und …«

»… als langweilig?«, kommt Christie mir zur Hilfe. Sie wirkt nicht verärgert, nur interessiert. Ich beschließe, ehrlich zu sein.

Ich verziehe das Gesicht wie ein Teenager, dem man im Mathematikunterricht eine schwierige Frage stellt. »Nicht langweilig, Christie, nur nichts für mich.«

Sie nickt. »Das habe ich mir gedacht. Deshalb habe ich eine Idee. Ich möchte, dass du einen Blog machst, einen Foto-Blog«, erklärt sie. »Ich weiß, dass du die Fotografie liebst, Molly, und ich habe einige deiner Bilder gesehen. Du bist modisch, kreativ und du kennst *Vivas* Leser besser als die meisten. Ich will, dass die Leute sich deinen Blog ansehen, weil sie dort etwas Interessantes oder Provokantes oder Lustiges sehen können, das du wunderschön eingefangen hast. Es muss keinen Text geben – vielleicht nur eine Überschrift.« Jetzt ist sie in Fahrt und wedelt mit den Händen durch die Luft, wie sie es auch in Besprechungen tut, wenn ihr Ideen kommen. »Oder vielleicht verlangen einige Bilder auch mehr? Das überlasse ich dir. Aber was hältst du davon?«

Ich lächele und spüre Schmetterlinge in meinem Bauch. Ich soll dafür bezahlt werden, interessante Fotos zu machen, die jeden Tag von Hunderten oder sogar Tausenden von Leuten online gesehen werden?

Ich platze vor Aufregung. »Oh mein Gott, Christie, das wäre fantastisch! Und ich habe schon jede Menge Ideen, die wunderbar passen könnten.« Ich sause aus dem Büro und hinüber zu meinem Schreibtisch, wo meine Kamera in der Schublade schmachtet.

Ich stürme zurück in Christies Büro, gehe die Bilder durch und zeige ihr all die kleinen Momente, die ich jeden Tag festhalte. Mein Fokus lag schon immer auf Menschen, entweder allein oder mit ihren Freunden, ihren Familien, Geliebten oder Kindern. Ich mag es, mit meiner Kamera die feinen Unterschiede in Beziehungen aufzuspüren, hinter die Fassade zu blicken und durch den Sucher die wahren Gefühle zu betrachten.

Ich verlasse das Büro und trete mit neuer Energie hinaus in den dunklen Abend. Meine Kamera baumelt um meinen Hals, und ich bin überwältigt von all den Motiven, die mir auf dem Heimweg begegnen könnten. Ich krame in meiner Handtasche nach meinem Mobiltelefon und stelle fest, dass ich einen verpassten Anruf sowie zwei SMS von Ryan habe. In einer teilt er mir mit, dass er wieder spät kommt, in der anderen, dass der Boiler kaputt ist. Noch nicht einmal das kann mir die gute Laune verderben. Ich will ihm schnell antworten, als mir jemand auf die Schulter tippt.

»Casey! Hallo!«, sage ich überrascht und erkenne sie in ihrer schicken Geschäftskleidung kaum wieder. Sie sieht schöner aus als je zuvor. Ihre schwarzen Haare sind über die Schulter gewachsen, sie hat keine Strähnchen und schlechten Haarverlängerungen mehr, und ihre Haare glänzen wie in einer Shampoowerbung. Ihre Haut erstrahlt in natürlichem, griechischem Glanz, sie benutzt keine Bräunungsprodukte mehr. Casey meint, die könne sie sich als Praktikantin nicht mehr leisten, außerdem bevorzuge sie ihr natürliches Aussehen. Sie trägt ein schmales, dezentes bordeauxrotes Wickelkleid, passende Pumps sowie schlichten Goldschmuck. Der einzige Makel in ihrer Erscheinung ist die Narbe unter ihrem Auge. Aber selbst die sieht tragisch schön aus, als fiele eine einzelne Träne von ihren Wimpern, und sie erinnert mich stets an ihre Verletzlichkeit. Ich betrachte sie einen Augenblick, bevor ich sie umarme.

»Du siehst fantastisch aus, Case. Wie ist die Arbeit?«

»Gut – sehr gut, Molly!«, erwidert sie, und ihre Augen strahlen wie seit Monaten nicht mehr. Sie bekommt ihr Leben wieder in den Griff. Seit dem Überfall ist sie kaum zu Hause in Essex gewesen, ganz zu schweigen vom Club. Sie meinte, dass sie das Gefühl hatte, die Stadt habe sich in jener Nacht genauso gegen sie gewendet wie die Mädchen, und dass sie nur noch in London sein möchte. So haben wir uns eines Abends, kurz nach unserer Rückkehr aus den Flitterwochen, zusammengesetzt und überlegt, was sie tun könnte. Ich habe eine Liste ihrer Stärken erstellt – man kann fast alles mit einer Liste lösen –, und dann sind wir online gegangen, und sie hat einen berufsbezogenen Persönlichkeitstest gemacht. Es gab mehrere Optionen für ihren Typ, aber Public Relations waren am stärksten.

Ich hatte mit der Hand auf unseren Couchtisch geschlagen, dass die Duftkerze flackerte und mein Weinglas hüpfte. »Das ist PERFEKT, Case. Ich habe jede Menge Kontakte in der PR-Branche. Da kann ich dich irgendwo unterbringen!«

»Meinst du?«, fragte Casey, ihr altes Lächeln kehrte zurück und erhellte ihr Gesicht. »Wirklich? Das wäre großartig, Molly!« Und dann legte sie die Arme um Ryan und mich und drückte uns so fest, dass wir kaum noch Luft bekamen.

Seltsamerweise hatte sie nicht ganz so enthusiastisch gewirkt, nachdem ich alle Firmen auflistete, an die sie E-Mails schicken sollte, und sie aufforderte, einen Lebenslauf zu erstellen. Am Ende formulierte ich die E-Mail für sie und frisierte ihren Lebenslauf so, dass ihre umfangreichen Fähigkeiten ihre fehlende Erfahrung aufwogen.

Eine Woche später bot man ihr ein zweimonatiges Praktikum in einer bekannten Mode- und Lifestyle-PR-Agentur namens Myriad Communications an.

»Es gefällt mir wirklich. Ich kann mir ernsthaft vorstellen, dass das ein Job für mich sein könnte. Nein, kein Job – ein *Beruf*. Ein richtiger Beruf, Molly! Und ich glaube, ich könnte wirklich gut sein! Ich meine, das heißt natürlich, wenn sie mir eine richtige Stelle anbieten, was sie vielleicht nicht tun, aber, oh mein Gott, stell dir vor, sie tun es! Das wäre absolut fantastisch.«

»Toll, Case, ich freue mich riesig für dich.« Ich hake mich bei ihr ein und wir gehen die Long Acre hinunter.

»Das habe ich nur dir zu verdanken«, meint sie. »Es waren deine Idee und deine Kontakte, die mir die Möglichkeit bei Myriad verschafft haben. Ehrlich, was hätte ich nur ohne dich getan?«, scherzt sie. »Erst lässt du mich bei dir wohnen, dann besorgst du mir auch noch einen neuen Beruf.« Sie lächelt. »Jetzt müssen wir nur noch einen Mann für mich finden. Das ist der letzte Punkt auf der Liste.«

»Wenn du willst, kannst du meinen haben.« Ich lache.

Casey ringt dramatisch nach Luft und hält sich die Hand mit den schicken dunklen Fingernägeln vor die sorgfältig geschminkten Lippen. »Warum? Was hat er *getan*?«

»Ach, nichts, nur den Klempner nicht angerufen, nachdem unser Boiler heute Morgen kaputtgegangen ist! Das Übliche.« Ich lächele, um ihr zu zeigen, dass ich wirklich Spaß mache. »Wenn er sich nur eine Liste machen würde, wie ich es ihm immer sage. Weißt du, was ich meine?«

»Nein«, entgegnet Casey fröhlich. »Du weißt doch, dass ich noch nie länger als ein paar Monate mit einem Typen zusammen war. Ich kann sie kaum dazu bringen, mit mir zu frühstücken, geschweige denn für mich Abendessen zu kochen und nach meinem Boiler zu gucken. Um ehrlich zu sein, ich glaube, du kannst dich glücklich schätzen, Molly. Die meisten Frauen würden alles dafür geben, um einen Mann wie Ryan zu bekommen – einschließlich ich.«

»Du hast recht. Jetzt lass mich schnell einen Notklempner suchen, damit wir heute Nacht nicht frieren.«

Ich rufe schnell einen an, erkläre mich mit der furchtbar hohen Anfahrpauschale und dem Stundensatz einverstanden und schicke Ryan dann eine kurze Nachricht:

Boiler wird repariert.

Es geht immer nur um Teamwork.

Ich hake mich wieder freundschaftlich bei Casey unter, und wir gehen nach Hause.

Der Kuss und die Flucht

Wenn ich wählen könnte, wo ich Ryan jetzt küssen möchte, würde ich mit ihm an den Ort zurückgehen, an dem er immer sein wollte, und nicht an den Ort, nach dem ich mich immer gesehnt habe. Wir würden erst anhalten, wenn wir an dem Ort angelangt sind, an dem er stets glücklich gewesen ist. Der Ort, an dem wir hätten bleiben sollen. Und wenn ich ihn küsste, würde ich nie mehr aufhören. Vielleicht wäre das alles dann nie passiert.

Vorspulen>> 21.01.2007, 9:25 Uhr>

»Ach, Moll, musst du wirklich fahren?« Nur mit einer Jeans bekleidet, lehnt Ryan im Türrahmen unseres Wohnzimmers, hält ein Glas Gojibeerensaft in der Hand (der neueste Gesundheitstrend) und zupft an meinem Ärmel und an meinem Herzen. Er sieht zu, wie ich meine Liste mit Dingen, die ich für den Flughafen brauche, durchgehe, mein Handgepäck leere, um mich zu überzeugen, dass ich alles habe, und dann meine separate Liste für die Geschäftsreise überprüfe. Ich durchwühle meine Koffer, um sicherzugehen, dass alles da ist. Zum siebenundsiebzigsten Mal suche ich im Handgepäck nach meinem Ausweis, und als ich aufblicke, sehe ich, dass Ryan die Lippen vorwurfsvoll zu einem Schmollmund vorgeschoben hat. Sein neuer stacheliger Haarschnitt lässt ihn schmaler wirken, seine Gesichtszüge sind markanter als sonst. Gott, ich wünschte, wir hätten Zeit für einen letzten kleinen Abschied. Drei Wochen ohne ihn sind eine lange Zeit. Vielleicht zeigt sich in seinem Gesicht die Arbeitsbelastung der letzten Wochen, oder es hat damit zu tun, dass er auf seinen dreißigsten Geburtstag zustrebt. Jedenfalls hat Ryan die weichen Züge ums Kinn und die Ausstrahlung ewiger Jugend verloren. Um seine Augen sind dunkle Ringe, wodurch er noch mitgenommener aussieht. Aber auch schärfer als je zuvor.

Es heißt, Männer würden besser altern als Frauen, aber als ich in den Flurspiegel blicke, bin ich mit mir eigentlich auch ganz zufrieden. Meine »Flughafen-Kombination« steht mir ausgesprochen gut: enge dunkelblaue Jeans, schwarze Cowboystiefel, ein weißes Top und ein breiter *Louis-Vuitton*-Schal (ein Pressegeschenk), dazu diese coole Achtzigerjahre-Ray-Ban-Wayfarer, die ich in Camden erstanden habe. Ich habe mein Make-up verfeinert: rosa Rouge, transparentes Lipgloss und ein Hauch Wimperntusche. Für meine Haare habe ich den perfekten Schnitt gefunden, nachdem ich sie mir kurz nach den Flitterwochen zu einem akkuraten Bob mit Pony habe schneiden lassen. Ich hatte genug davon, die langhaarige Braut zu sein. Ich hänge meine Handtasche über die Schulter und meine Kamera um den Hals. Seit ich den Blog auf dem neugestarteten Vivamag.co.uk betreibe, habe ich sie mehr oder weniger ständig griffbereit. Ich kann noch immer nicht fassen, wie erfolgreich das Projekt ist. In einer der Wochenendbeilagen hat man mich als *die* »Bloggerin der Stadt« vorgestellt. Es war überaus seltsam, aber wundervoll. Ryan und ich haben dadurch eine Menge toller Sachen zusammen wie auch getrennt unternommen. PR-Agenten, die wollten, dass ich coole, interessante Bilder mache und dann ihre Hotels oder Ferienzentren anpreise, haben mir in ebendiesen einen Aufenthalt finanziert. Als Teil der Reihe »Marktleben« haben wir in Marrakesch in einem luxuriösen Beduinenzelt gewohnt. Die Bilder, die ich an jenem Wochenende von den fantastischen bunten Märkten gemacht habe, passten hervorragend zu den Aufnahmen aus London. Wie die von den Delikatessständen auf dem Borough Market und von den Blumenverkäufern auf dem geschäftigen Columbia-Road-Blumenmarkt. Wir haben in traumhaften Hotels in Venedig, San Francisco und Prag übernachtet, weil ich die Idee hatte, eine Serie über Paare zu machen, die sich auf berühmten Brücken küssen. Eines meiner Lieblingsprojekte ist ein Blog mit dem Titel »Liebe ganz oben« mit einer Serie von Dachaufnahmen, die mir Gelegenheit gaben, London in all seiner Pracht von zahlreichen fantastischen Aussichtspunkten aus zu fotografieren. Ryan und ich bekamen eine Kabine für uns allein im Riesenrad »London Eye«, was unglaublich war. Ich habe die Kamera auf das Stativ gestellt und uns mit dem Rücken zur Kamera aufgenommen, wie wir hinunter auf das funkelnde, vom Mond beschienene London blicken. Es war absolut magisch.

Jetzt, wo Ryan und ich das Leben führen, das ich mir immer mit ihm gewünscht habe, bin ich die glücklichste Frau der Welt. Natürlich können wir nicht alles zu zweit machen. So breche ich jetzt zu einer dreiwöchigen New-York-Reise auf, weil mich der Herausgeber von *Viva* New York eingeladen hat, eine Reihe von Blogs von dort aus zu gestalten. Sie sollen als Fotostrecke in der Aprilausgabe erscheinen. Christie fand, es sei eine großartige Werbung für den Blog und bringe uns neue Webseitenbesucher – was in der Folge offenbar mehr Leser für die Zeitschrift bedeutet. Es könnte nicht besser laufen. Zwar ist es nicht gerade ideal, Ryan für drei Wochen allein zu lassen, aber er kann nicht so lange in der Schule fehlen.

»Ich verstehe nur nicht, warum du so lange bleiben musst«, sagt er und reibt sich über die Brust.

Ich seufze, stelle meine Tasche ab, lege einen Arm um seine Taille und eine Hand auf die Muttermale auf seiner Brust. Er schmiegt den Kopf in meinen Nacken, und ich küsse seine Haare.

»Ich verspreche dir, die Zeit wird wie im Flug vergehen«, sage ich jetzt leise, ebenso zu mir wie zu ihm.

»Lass mich nicht mit ihr allein«, bettelt er. »Sie macht mich verrückt.«

Casey liegt lang auf dem Sofa, isst Toast und sieht eine Folge *Helden* in unserem Wohnzimmer, das vorübergehend zu ihrem Schlafzimmer geworden ist.

»Du wirst so sehr mit deinen gefälschten Examensarbeiten beschäftigt sein, dass du mich kaum vermissen wirst.«

Ryan lächelt und seine Augen huschen zum Fernseher.

»He, hier spielt die Musik, Cooper!« Ich fasse sein Kinn, sodass er mich aus seinen blauen Augen ansehen muss. Er sieht müde aus. Ich küsse ihn lange und leidenschaftlich auf die Lippen und lasse obendrein meine Zunge zärtlich in seinen Mund gleiten. Als wir draußen das Taxi hören, löst er sich von mir.

»Ich muss los«, sage ich, trete jedoch dichter auf ihn zu, weil ich ihn nicht verlassen will. Er küsst mich erneut, doch diesmal löse ich mich von ihm. »Mach's gut!« Ich werfe ihm noch einen Kuss zu, nehme meine Taschen und laufe aus der Tür. »Ich rufe dich vom JFK aus an!«, rufe ich ihm über meine Schulter zu, bevor ich die Tür hinter mir zuschlage und zum Wagen renne.

»Nach Heathrow bitte!«, sage ich heiter. Sobald der Taxifahrer auf die Kingsland Road fährt, wühle ich in meiner Handtasche und hole mein Buch, Flugticket, Haarbürste, iPod und Mobiltelefon hervor, bis ich meinen Ausweis finde. Erst dann denke ich daran, durch die Heckscheibe zurückzublicken, und als ich in der Ferne den Umriss von Ryans Kopf sehe, der eine Hand erhoben hat, winke ich wie wild. Aber ich weiß nicht, ob er mich noch sieht.

Ich schreibe ihm schnell eine SMS. Da helfen nur Großbuchstaben.

ICH LIEBE DICH SO SEHR. TAUSEND KÜSSE!

Acht Stunden später, nach Flughafenschlangen und Einreisetheater, trete ich aus dem Flughafen JFK und reihe mich in die längste Taxischlange ein, die ich je gesehen habe. Ich hole mein Telefon hervor und rufe Ryan an. Weder am Festnetz noch auf seinem Mobiltelefon hebt jemand ab. Ich bewege die Finger rasch über meinen Blackberry:

Bin gut gelandet. Ruf mich an, wenn du das liest. Kuss, M.

Sobald meine Nachricht gesendet ist, scrolle ich mit dem Daumen durch meine alten Nachrichten und lächele, als ich eine von Casey sehe. Ich lese sie, bevor ich meine Suche nach der Adresse des SoHo-Appartements fortsetze, wo die US-Abteilung von Brooks Publishing mich untergebracht hat.

Amüsier dich!!!!! Und mach dir keine Sorgen um zu Hause!!!!! C.

Mir fällt auf, dass ich diese Nachricht vor ein paar Monaten als bedrohlich empfunden hätte. Die alte Casey war eine tickende Zeitbombe. Wenn ich ein paar Tage nichts von ihr gehört hatte, habe ich sie angerufen. Als wäre ich ihre Mutter. Und selbst wenn ich von ihr gehört habe, bewirkte jede Nachricht, in der stand, ich solle mir keine Sorgen machen, das genaue Gegenteil. Aber Casey ist jetzt eine andere Frau, sie ist stark, kontrolliert und reif. Und sie geht ihren neuen Beruf mit einer Entschlossenheit und einem Selbstvertrauen an, wie ich es bei ihr noch nicht erlebt habe.

Ich arbeite mich langsam in der Taxischlange nach vorn und überlege, dass 2006 das Jahr war, in dem für uns alle alles gut ausging, und dass 2007 noch besser werden wird. Ich beschließe, die Zeit in New York ausgiebig zu genießen. Dieser Blog hat bewirkt, dass ich die Welt mit anderen Augen sehe – auch meine eigene Welt –, und ich merke, dass ich bereit für ein neues Abenteuer bin. Vielleicht das Größte meines Lebens.

Ryan und ich haben alles gemacht, wovon ich je geträumt habe: Wir sind nach London gezogen, haben eine Wohnung gekauft und geheiratet. Wir sind an faszinierende Orte gereist. Ich habe mit meiner besten Freundin zusammengewohnt, ich habe überall auf der Welt gearbeitet, und ich lebe sogar davon, dass ich fotografiere. Ausnahmsweise ist meine Teenager-Molly mucksmäuschenstill.

Tatsächlich ist sie still gewesen, seit Ryan und ich wieder zusammengekommen sind. Vielleicht, weil Ryan nicht mehr der Mann ist, mit dem ich damals zusammen gewesen bin, und weil ich selbst anders bin. Bevor wir geheiratet haben, haben wir lange darüber gesprochen, wie unsere Beziehung funktionieren könnte. Keiner von uns wollte ein zweites Mal Liebeskummer haben, deshalb wollten wir sichergehen, dass wir das Richtige tun. Ich habe sogar eine Liste mit Fragen erstellt, die wir beide beantworten mussten, so wie bei einem Ehetest. Es gab Fragen zur Ehe, zu Kindern, Reisen, Wohnen und Arbeit. Ryan kannte mich gut genug, um zu verstehen, warum ich das machte. Es war nichts anderes als meine Lebensliste, die wir vor all den Jahren gemeinsam durchgegangen waren. Es handelte sich nur um eine aktualisierte Version – eine, durch die wir uns beide sicher sein konnten, dass unsere Köpfe und Herzen sich einig waren.

Und es war eine hervorragende Art, die großen Lebensfragen zu klären. In der Rubrik »Wohnen« mussten wir beide sagen, wo wir gern auf lange Sicht leben würden. Ryan schrieb Leigh, ich London. So sprachen wir darüber, und Ryan sagte, er sei auf unbestimmte Zeit glücklich in London und dass er sich mehr Mühe geben werde, das Leben dort zu genießen (was hieß, nicht jedes Wochenende nach Hause zu fahren). Er sagte jedoch auch, dass er ganz sicher nach Leigh zurückziehen wolle, bevor unser erstes Kind in die Schule käme. Ich musste gar nicht erst darüber nachdenken und war sofort einverstanden. Das gab uns mindestens noch fünf weitere Jahre in London, und bis dahin wäre ich bereit zurückzuziehen.

Seit wir wieder zusammen sind, kommt es mir vor, als hätten wir uns in der Mitte getroffen, als wären wir ein Team geworden, das auf dasselbe Tor zielt. Und jetzt merke ich, dass das nächste Tor eine Familie ist. Ich bin achtundzwanzig Jahre alt, glücklich verheiratet, erfüllt von meinem Beruf – ich bin bereit. Mein Leben entspricht jetzt meinem Alter, und ich kann es kaum erwarten, ihm zu sagen, dass ich so weit bin. Ich bin genau dort, wo er ist. Ich will schwanger werden.

Ich blicke zum Himmel und danke wem auch immer dort oben, der mir so viel gegeben hat. Ich glaube kaum, dass jemand glücklicher sein kann.

Der Was-wäre-wenn-Kuss

Es gibt diesen kurzen Augenblick, bevor man sich einem Kuss hingibt, in dem man sich mehr oder weniger bewusst entscheidet loszulassen. Aber was, wenn man eines Tages genau in dem Augenblick merkt, dass man nicht loslassen kann? Stattdessen klammert man sich an diesen Kuss. So fühle ich mich jetzt. Ich klammere mich an diesen Kuss, als ginge es um mein Leben.

Vorspulen>> 17.02.2007>

»Wie meinst du das, er ist ›seltsam‹, seit du zurück bist?«

Es ist Samstagabend, und ich telefoniere mit Mia. Ryan ist auf einem Geburtstag bei einem Lehrerkollegen.

»Ich weiß nicht, Mia. Er ist unwirsch und nicht gern zu Hause, was ihm überhaupt nicht ähnlich sieht.« Ich klemme das Telefon zwischen Ohr und Schulter und lade neue Fotos hoch, die ich gestern Abend aufgenommen habe. Eine Nahaufnahme in Schwarz-Weiß zeigt die Hand eines Vaters, der nach der seiner Tochter greift. Meine 50-mm-Linse hat jede Linie von seiner und die Zartheit ihrer Hand genau eingefangen. Seine Hand zieht nach vorn, als würde er im Leben vorangehen und ihr den Weg zeigen. Das Bild gehört zu meinem »Alternativen Valentinstag-Blog«, auf dem ich andere Liebesbeziehungen als die zwischen einem Paar zelebriere. Ich habe Bilder von Freundinnen gemacht, die sich lachend und mit strahlenden Gesichtern bei einem Kaffee in Covent Garden unterhalten. Eines meiner Lieblingsbilder zeigt zwei ältere Frauen, die Arm in Arm am Southend Pier entlanghumpeln. Ich habe sie aufgenommen, als eine von ihnen gerade lachend den Kopf zurückwirft.

Ich konzentriere mich wieder auf mein Gespräch mit Mia. »Es ist, als könnte er es nicht ertragen, mit mir allein zu sein.«

»Oder *nicht* mit dir allein«, bemerkt Mia spitz.

»Wie meinst du das?« Ich höre auf, die Bilder durchzugehen.

»Ich meine, *Casey*«, erklärt sie mit Nachdruck. Offenbar ist es ihr ein Bedürfnis, über dieses Thema zu sprechen. »Wie lange wohnt sie jetzt schon bei euch? Neun, zehn Monate? Die beste Freundin als Untermieterin zu haben, ist nicht gerade förderlich für eine junge Ehe, oder? Vor allem, wenn es jemand so Bedürftiges ist wie sie. Vielleicht hat Ryan einfach genug von …«

»Mir?«, frage ich düster.

»Nein, du Känguru. Von Casey!«

Ich lache etwas halbherzig. »Mia, du bist so australisch geworden.«

»Hör zu, ich finde es toll, dass du Casey geholfen hast, wieder auf die Beine zu kommen, aber es wird Zeit, dass du dich wieder auf dich und deinen Mann konzentrierst. Ihr braucht Zeit für euch. Ich nehme wirklich an, dass er deshalb etwas seltsam ist.«

»Ich weiß es nicht«, sage ich leise und denke an die letzten Male, die wir seit meiner Rückkehr aus New York zusammen gewesen sind. Er konnte mir nicht in die Augen sehen. Er war ungewöhnlich still gewesen, und er hatte nach Ausreden gesucht, warum er keine Zeit mit mir allein verbringen konnte, obwohl ich fast einen Monat weg gewesen war. Ich hatte mich so gefreut, nach Hause zu kommen und ihm zu erzählen, dass ich ein Baby mit ihm haben will. Aber ich bin noch nicht dazu gekommen, es ihm zu sagen, geschweige denn es zu TUN. Mia hat recht. Casey ist jeden Abend hier gewesen, sie hat förmlich an mir geklebt. Es kam mir fast so vor, als habe sie mich mehr vermisst als Ryan.

Ich überlege, wie oft Ryan und ich allein gewesen sind, seit ich vor zwei Wochen wiedergekommen bin. Abgesehen von den Bettzeiten stelle ich fest, dass ich sie an einem Finger abzählen kann. Casey ist sogar am Valentinsabend hier gewesen. Ich habe Ryan gefragt, ob wir zum Abendessen ausgehen wollten, aber er meinte, er wolle nicht, dass Casey sich unwohl fühle, und so sind wir alle zusammen ins Kino gegangen. Auch meine Heimkehr war nicht, wie ich sie mir vorgestellt hatte. Er wartete nicht am Flughafen auf mich, wie ich es insgeheim gehofft hatte, und als ich durch die Ankunftshalle ging, dachte ich sehnsüchtig daran, wie er mich überrascht hatte, als ich aus Australien zurückgekehrt war. Es scheint alles so lange her zu sein. Na gut, wir sind jetzt ein altes Ehepaar, also muss er sich keine große Mühe mehr geben. Nein, wir sind noch nicht einmal ein Jahr verheiratet. Ist die ganze Romantik tatsächlich schon vorbei?

»Hmmm«, sagt Mia. »Na ja, Süße, ich kenn mich da nicht aus. Du weißt ja, ich mag meine Männer so wie meinen Kaffee.«

»Warte, sag es nicht!«, unterbreche ich sie. »Es ist das Erste, was morgens weg ist?«

»Genau«, erwidert sie. »Du bist voll auf Zack. New York ist dir offenbar gut bekommen.«

»Ja, nur meiner Ehe nicht.« Ich höre etwas krachen, drehe mich um und winke Casey, die im Pyjama in die Küche schlendert. In *meinem* Pyjama. In meinem blau-weiß gestreiften Lieblingspyjama. Casey und ich haben zwar immer alles geteilt, aber bei meinem Lieblingspyjama ist Schluss. Ist ihr denn nichts heilig? Sie geht zum Kühlschrank, holt den Orangensaft heraus und trinkt direkt aus der Packung. Auf einmal kommt mir alles viel zu großzügig vor. Casey wohnt seit Monaten umsonst bei uns. Sie hat nie angeboten, etwas zu bezahlen, und ich habe sie aufgrund ihrer Arbeitssituation bislang nicht darum gebeten. Doch jetzt hat sie eine Stelle als PR-Assistentin (die sie im Übrigen mir zu verdanken hat), und sie hat uns *immer noch nicht* angeboten, sich in irgendeiner Form an den Kosten zu beteiligen.

Ryan hatte das Thema mir gegenüber früher einmal angeschnitten, aber ich habe Casey immer verteidigt. Jetzt bin ich allerdings genervt, dass sie in meinem Pyjama vor mir steht, der an ihr viel besser aussieht als an mir, und dass sie dreist den Saft trinkt. Nein, dass sie den Saft *austrinkt*, den *Ryan und ich* bezahlt haben. Ich beobachte, wie sie zum Mülleimer geht und die Packung hineinwirft. Sie verfehlt ihn, gibt sich aber nicht die Mühe, die Packung aufzuheben. Dann setzt sie sich an den Tresen, deutet auf das Telefon und formt mit den Lippen die Frage »Wer ist dran?«.

»Es ist Mia«, antworte ich laut.

»Was?«, entgegnet Mia am anderen Ende der Leitung.

»Ach, Casey ist hier«, erkläre ich. »Ich habe ihr nur gerade gesagt, dass du am Telefon bist.«

»He Mi-Mi!«, ruft Casey, schlägt die gebräunten Beine übereinander und winkt zum Telefon, als könne Mia sie sehen. »Wie läuft's in Australien?«, ruft sie. »Und ich meine nicht dein Sexleben!«

Zur Antwort schnalzt Mia missbilligend mit der Zunge. »Sag ihr: *Mia* fragt, warum du noch hier bist.«

»Das kann ich nicht«, erwidere ich.

»Mach schon«, befiehlt sie.

»Mia fragt, warum du noch hier bist«, sage ich zu Casey, und sie lacht – dickhäutig wie immer –, gleitet dann vom Hocker und nimmt das Telefon.

»Weil Molly und Ryan sich ohne mich zu Tode langweilen würden! Ich bin ihre ganz persönliche Ehestütze!« Sie reicht mir das Telefon zurück, küsst mich auf die Wange und verschwindet aus der Küche.

»Ist sie gegangen?«, brummt Mia.

»Ja«, sage ich und spüre, wie meine Wut abebbt. Ich weiß, dass ich mir geschworen habe, immer für sie da zu sein, aber das ist lächerlich. Mia hat recht. Ich muss mich um mein eigenes Leben kümmern und mich auf meinen Mann konzentrieren, der zu hart arbeitet, und auf unsere Zukunft. Ich will nicht, dass sie noch bei uns wohnt, wenn ich versuche, schwanger zu werden. Casey hier zu haben, *ist* wie ein neugeborenes Baby. »Ich glaube, es wird Zeit, dass ich mit Casey spreche«, sage ich laut.

Mia pfeift anerkennend. »Na, dann, viel Glück!«

Ich gehe zurück ins Wohnzimmer, wo Casey lang auf dem Sofa liegt. Ihre Sachen sind überall verteilt, noch schlimmer als bei Ryan – und sie weiß, wie sehr mich das nervt. Auf jedem freien Fleck scheint ein Stück von Casey zu liegen. Als ich hereinkomme, sieht sie zu mir und bemerkt anscheinend meine säuerliche Miene. Sie setzt sich rasch auf und zieht die Decke zur Seite, um auf dem Sofa Platz für mich zu machen. Auf *meinem* Sofa. Sie klopft auf das Polster neben sich.

»Komm, Süße, setz dich her und erzähl mir, was los ist. Ich habe gehört, wie du zu Mia am Telefon gesagt hast, dass Ryan und du Probleme habt. Mir ist aufgefallen, dass es seit einer Weile etwas komisch zwischen euch ist, aber ich wollte nichts sagen.« Sie setzt eine Unschuldsmiene auf. »Es geht mich ja nichts an, aber du kannst mir alles erzählen. Und wahrscheinlich verstehe ich dich besser als jeder andere, vor allem als Mia. Sie kennt Ryan schließlich nicht so gut wie ich, und wenn ich so darüber nachdenke, *dich* eigentlich auch nicht. Wir sind beste Freundinnen, seit wir dreizehn waren! Wir sind Seelenverwandte, stimmt's?«

Als ich Casey so sehe, wie sie sich in die Decke kuschelt, die dunklen Haare mit einem Haarband aus dem Gesicht gebunden hat, mit *meinem* Haarband, und dabei so bedürftig und hilflos wirkt wie immer, bekomme ich schlagartig ein schlechtes Gewissen. Sie kommt gerade erst wieder auf die Beine. Wie kann ich erwarten, dass sie Miete zahlt, wenn sie vermutlich gerade erst ihr erstes Gehalt bekommen hat? Und sie kennt es nicht anders. Es hat ihr niemand etwas anderes beigebracht. Ihre Mutter war zu sehr mit ihren Männern beschäftigt, als dass sie sich um sie kümmern konnte. Ich blicke auf den Boden und entdecke einen Haufen Einkaufstaschen – Topshop und Zara. Erneut werde ich wütend. Wie kann sie sich das leisten und uns keine Miete zahlen? Doch dann fällt mir ein, dass sie meinte, sie bräuchte neue Sachen für ihre neue Stelle. Obwohl sie sich haufenweise welche von mir geliehen hat. Ich werde sie bitten, sie mir zu zeigen – und versuchen, ein paar Werbegeschenke von der Arbeit mitzunehmen, genau wie ich es mit einigen ihrer Kosmetikprodukte gemacht habe. Ich weiß, dass sie dasselbe für mich tun würde, wenn die Situation umgekehrt wäre.

»Also, sag schon«, ermuntert sie mich und schiebt ihre Hand in meine, »was ist los?«

Und plötzlich will ich ihr alles erzählen. So wie früher. Ich will, dass sie sich zur Abwechslung um *mich* kümmert. Dass sie mich daran erinnert, warum Ryan mich liebt, und zwar nur mich. Dass sie mir erzählt, dass sie uns als Paar bewundert und gern ein Teil davon wäre. Dass wir stärker als je zuvor sind. Sie hat recht. Sie kennt uns besser als jeder andere.

»Ich weiß nicht, Case.« Ich seufze und lasse den Kopf gegen das Sofa sinken. »Seit ich aus New York zurück bin, kommt mir Ryan irgendwie distanziert vor. Es ist, als wäre er ein ganz anderer Mensch. Etwas beschäftigt ihn, etwas Schwerwiegendes. Das spüre ich. Ich weiß nur nicht, was.«

»Oh, meinst du, er hat eine Affäre gehabt oder so etwas?«,

fragt sie leichthin, als sprächen wir von jemandem, den wir nicht kennen. Ich habe vergessen, dass sich Caseys Beziehungsbarometer stets auf dem niedrigsten Erwartungsstand bewegt.

»Äh, nein, nein. Warum? Gibt es etwas, das ich wissen sollte?« Ich lache gereizt. Es war ein Scherz. Zumindest dachte ich das. Aber plötzlich hat sie in mir Zweifel gesät.

Könnte er mich betrogen haben? Mir wird klar, dass ich davor insgeheim immer Angst gehabt habe. Dass er eines Tages das tun wird, was ich getan habe. Auge um Auge und all das.

»Gott, NEIN!«, ruft Casey lachend. Ich stimme nicht in ihr Lachen ein. »Doch nicht Ryan, das würde er dir niemals antun, oder? Ich weiß zwar, was *du* getan hast und dass die meisten Männer das Bedürfnis hätten, sich wegen ihres Egos zu rächen, aber Ryan ist anders. Ich meine, er hat doch überhaupt kein Ego!«

Plötzlich ist mein Teenager-Ich zurück und meldet sich lauter denn je.

NATÜRLICH hat er das, und sein Ego hat ihm gesagt, dass es Zeit ist, es uns heimzuzahlen!

Sei still, denke ich, *sei still, sei still!* Immer wenn ich denke, dass ich meine Unsicherheit überwunden hätte, kommt mein Teenager-Ich zurück. So etwas würde Ryan nicht tun. Er ist kein typischer Mann. Er ist mehr, viel mehr.

Ich schlucke, auf einmal schnüren mir Übelkeit und Unsicherheit die Kehle zu. Ich war fast einen ganzen Monat weg. Das ist eine lange Zeit für jede Beziehung, vor allem im ersten Ehejahr.

Casey redet noch immer, und ich höre ihr wieder zu und hoffe, dass sie meine Ängste zerstreuen kann.

»... aber all das ist Schnee von gestern«, sagt sie gerade. »Warum sollte er so etwas *jetzt* tun? Wenn er dich hätte betrügen wollen, hätte er das doch schon vor ewigen Zeiten getan. Obwohl …« Sie beißt sich auf die Lippe, und ihre Augen verdunkeln sich.

»Obwohl was? *Was,* Casey?«, bohre ich. Plötzlich scheint es, als kenne Casey alle Antworten auf unsere Beziehungsprobleme. Sie hat jeden von uns in den letzten Monaten häufiger gesehen als wir uns gegenseitig. Und sie hat gerade einen Monat mit meinem Mann verbracht, während ich auf der anderen Seite des Atlantiks gewesen bin. Vielleicht hat sie ein Zeichen bemerkt, das ich nicht gesehen habe. Am Ende kann ich froh sein, dass sie hier ist.

Sie schüttelt den Kopf. »Ach, wahrscheinlich hat es nichts zu bedeuten. Ja, ich bin mir sicher. Ehrlich, Molly, hör nicht auf mich. Du weißt ja, dass ich nie nachdenke, bevor ich spreche. Ich glaube wirklich nicht, dass da irgendetwas dran ist.«

Ich will es nicht wissen, aber ich muss es hinter mich bringen. Als würde ich ein Pflaster mit einem Ruck abziehen, anstatt es vorsichtig Stück für Stück abzuzupfen. »An was, Casey? An *was*?«, sage ich und drücke ihre Finger so fest, dass ihre Haut weiß wird.

Casey stößt die Luft aus und sieht mich unsicher an. »Es ist nur, na ja, es gab da eine Nacht. Nicht lange, nachdem du weg warst. Ich erinnere mich daran, weil ich den ganzen Abend zu Hause war. Ich hatte eine ziemlich anstrengende Woche hinter mir, und es gab die erste Folge von dieser neuen Serie – es war total lustig, weil es eine Szene gab, in der sie Karaoke gesungen haben und …«

Ausnahmsweise verliere ich die Geduld. Casey redet ununterbrochen, ohne irgendetwas zu sagen. »Es ist mir *egal*, was in irgendeiner Fernsehserie passiert ist, Casey. Bitte, komm zum Punkt und erzähl mir, was Ryan getan hat.«

»Ich weiß es nicht«, murmelt sie, ohne mir in die Augen zu

sehen. »Ich weiß es nicht, weil er nicht nach Hause gekommen ist. Die ganze Nacht nicht.«

Ich schlage mir erschrocken die Hand vor den Mund. Ich merke, wie Tränen in mir aufsteigen, schlucke sie jedoch hinunter, beiße die Zähne zusammen und konzentriere mich darauf, nicht zu weinen. Ich nicke stumm, stehe auf und gehe langsam ins Schlafzimmer.

Er ist nicht nach Hause gekommen.

Hätte ich doch das Pflaster bloß gelassen, wo es war.

Als er hereinkommt, liege ich im Bett und starre an die Decke. Er sieht zerknautscht aus, und ich rolle mich auf meine Seite, blicke zur Tür und seufze, um ihm zu zeigen, dass ich wach bin. Ich hoffe, dass er mit mir spricht, aber er sagt nichts, legt nur seine Sachen auf den Boden, steigt ins Bett, rollt sich zusammen und sieht mich an, anstatt sich wie üblich an mich zu kuscheln. Ich krieche nicht zu ihm hinüber, wie ich es sonst tun würde. Ich kann mich nicht rühren. Mein Wissen paralysiert mich. Es ist, als hätte diese neue Information den Teil in meinem Gehirn blockiert, der für die Bewegung zuständig ist.

Das Schweigen liegt schwer zwischen uns. Wie ein dritter Körper. (Hat ein anderer Körper in diesem Bett gelegen?) Ryan ist momentan so anders als sonst, dass er mir ganz fremd ist.

Er riecht nach Alkohol, seine Gesichtszüge wirken härter, seine Augen liegen in dunklen Höhlen, und seine attraktiven Lachfalten haben sich in Stressfalten verwandelt. Ich möchte ihm über die Haare streichen, ich sehne mich so sehr danach, aber mein Gehirn schafft es nicht, meinen Arm dazu zu bringen. Es hebt lediglich meine Hand und legt sie auf seinen Kopf, als würde ich ihn segnen oder ihm vergeben, wie ein Priester bei der Beichte.

Sprich zehn Ave Marias und zwei Vater Unser, weil du nicht nach Hause gekommen bist, als deine Frau nicht da war.

Meine Ängste nagen an mir. Auf einmal sehe ich unser Baby, das ich mir in den letzten Wochen vorgestellt habe, in einer Rauchwolke aufgehen.

»Molly«, flüstert er, hebt seine Lippen und schiebt seinen Körper näher zu mir. Er fängt an, mich so leidenschaftlich zu küssen, wie ich es mir seit Wochen gewünscht habe, als er immer zu müde oder zu gestresst oder einfach zu desinteressiert war.

Ich bin überrascht, und es stößt mich ab, dass mein Körper automatisch reagiert. Er ist viel zu sehr auf Ryan eingestellt, als dass er anders könnte.

Ryan stöhnt und als er mich küsst und seinen Körper gegen meinen drängt, stoße ich unwillentlich auch ein Stöhnen aus. Wir sehen einander noch immer an, als versuchten wir herauszufinden, was der andere denkt. Wir wussten es einmal. Plötzlich denke ich an das Lied aus Ryans Lieblingsfilm *Top Gun*, in dem es darum geht, wie es ist, wenn man beim Küssen nicht mehr die Augen schließt. Er starrt mich an, und ich schlucke und konzentriere mich ganz darauf, Ryans Kuss so gut ich kann zu erwidern. Den Kuss so sinnlich wie möglich zu gestalten, als sei ich sexy. Ich liebkose ihn mit meiner Zunge und knabbere mit den Zähnen an seiner Lippe, streiche mit meinen Lippen über sein Kinn und atme schwer. Und die ganze Zeit komme ich mir wie eine Betrügerin vor. Tränen brennen in meinen Augen. Scham durchströmt meinen Körper, weil ich mich unweigerlich frage, ob die letzten Lippen, die Ryan mit seinen berührt hat, vielleicht nicht meine waren. Ich weiche ganz leicht zurück. Was, wenn dieser Kuss nicht aus Begehren oder Verlangen erwächst, sondern aus Schuld?

Ich küsse seinen Nacken, seine Brust, alles, nur nicht seine Lippen.

In der Dunkelheit sieht er meine Tränen nicht. Ich kneife die Augen zusammen und konzentriere mich. Vielleicht wird alles besser, wenn wir miteinander schlafen. Als ich mich gerade davon überzeugt habe, dass das sicher hilft, werden Ryans Küsse immer leichter und leichter. Dann streicht er mir sanft über die Wange, rollt sich auf seine Seite und lässt mich wach und einsam zurück. Und ich denke, was wenn … was wenn … was wenn … bis ich das Gefühl habe, verrückt zu werden.

Es ist eindeutig: Er hat seine Liebe für mich verloren. Oder, noch schlimmer, eine neue gefunden.

15:17 Uhr

Ich sitze, einen Donut essend, im Wohnzimmer, den Laptop mit der DVD neben mir. Ich weiß, ich sollte es nicht tun – Mum wird jede Minute hier sein –, aber ich weiß nicht, ob ich mich zurückhalten kann. Ich will gerade die Start-Taste drücken, als ich eine neue E-Mail in meinem Posteingang bemerke und sie öffne.

> Hallo Molly,
> ich hoffe, es geht dir gut. Ich wollte nur bestätigen, dass deine Ausstellung ganz sicher Anfang nächsten Monats von London in eine Galerie in Sydney verlegt wird. Wir haben auch Angebote aus New York und Mailand. Und es liegt eine Anfrage vor, ob du bei einem weiteren Spenden-Dinner Ende der Woche sprechen würdest. Wärst du bereit dazu? Ich weiß, du hast nicht lange Zeit, dich einzurichten. Sagst du mir Bescheid, dann antworte ich denen so schnell wie möglich.
> Viel Glück mit allem.
> Wir hören uns bald.
> Jane

Ohne groß nachzudenken, schicke ich eine schnelle Antwort zurück.

Jane, zum Abendessen: Es ist mir eine Ehre. Und danke für alles. Ich bin überwältigt von der Resonanz. Ich würde gern bald mit dir über künftige Projekte/Spendenaktionen sprechen. Hier ist alles gut. Ich habe wie immer mit allem bis zum letzten Moment gewartet, aber ich bin nicht unter Druck. Es wird alles!
Liebe Grüße, Molly

Ich gehe auf Senden und schließe meinen Account. Der kleine Pfeil schwebt über der Zeile »Herunterfahren«, aber stattdessen stelle ich fest, dass mein Finger die Maus zur Start-Taste des DVD-Players bewegen. Ich drehe die Muschel in meiner Hand.

Nur noch ein Mal, dann packe ich sie weg. Endgültig.

Bob steckt den Kopf ins Wohnzimmer, wo ich noch immer mit meinem Laptop sitze und meinen Kummer mit dem letzten Donut erdrücke. Ich schalte den Ton ab und lächele ihn schwach an. Oma Door noch einmal zu sehen und diesen Film zu gucken hat mich umgehauen. Doch dann denke ich an das, was sie über die Suche nach dem Glück gesagt hat, und meine Schuldgefühle lassen nach.

»Wir sind jetzt mit allem fertig!«, verkündet er. »Es ist nur noch ein Karton fürs Lager übrig. Den nehme ich auf dem Weg nach draußen mit zum Laster.«

»Danke«, antworte ich mit vollem Mund. Er schenkt mir ein fröhliches augenzwinkerndes Lächeln, das mein Herz erwärmt.

Die zusammengerollte Zeitung unter den Arm geklemmt, hebt er eine Hand zum Abschied. »Wann geht Ihr Flug?«

»Heute Abend. Ich muss erst noch ein paar Dinge erledigen.«

»Nun, wir sind jetzt weg.«

Ich blicke auf die DVD, die lautlos auf meinem Laptop läuft. Sie ist fast am Ende, und ich halte sie an. Ich weiß, dass der Zeitpunkt gekommen ist.

»Tut mir leid, Bob, ist der letzte Karton schon verschlossen? Ich will nur noch eine Sache hineinlegen.«

Wir gehen in den Flur, und er reißt das Kreppband ab, mit dem er den Karton bereits sorgfältig verschlossen hatte.

»Das ist etwas, das ich behalten möchte, aber das ich nicht mehr *bei* mir haben muss«, sage ich leise mehr zu mir als zu ihm, während ich die DVD in den Karton gleiten lasse.

Bob nimmt das Kreppband aus der Tasche und wickelt es routiniert um den Karton, dann hebt er ihn vorsichtig auf die Schulter. Wie einen Sarg, denke ich kurz, vertreibe den Gedanken jedoch sogleich.

Der Sag-dass-es-nicht-wahr-ist-Kuss

Haben Sie je versucht, etwas mit einem Kuss ungeschehen zu machen? Ein Erlebnis, einen Fehler, eine Erinnerung, einen Augenblick? Haben Sie je die Augen zusammengekniffen und gehofft, dass Ihre Lippen die Macht hätten, schlechte Nachrichten zu vernichten und die Welt auszusperren, die gerade um Sie herum zusammenbricht? Haben Sie sich je etwas gewünscht, nicht bei einer Sternschnuppe, sondern bei einem Kuss?
Ich, ja. Ich wünschte nur, ich könnte sagen, dass mein Wunsch wahr geworden wäre.

Vorspulen>> 26.02.2007>

> Ich muss etwas mit dir besprechen. Ich bin in Leigh. Bitte komm sofort her. Ich hole dich ab. R.

Als ich diese SMS erhalte, bin ich bei der Arbeit. Ich habe sie mit Angst erwartet und bin nun fast erleichtert. Bald werde ich wissen, warum er seit Tagen das Haus verlässt und nicht zur Schule, sondern in die entgegengesetzte Richtung geht. Wer ruft ständig auf seinem Mobiltelefon an, woraufhin er das Zimmer verlässt, um zu telefonieren? Warum kann er es anscheinend nicht ertragen, im selben Raum mit mir zu sein? Ich weiß, dass es schlechte Nachrichten sind, aber nichts ist schlimmer als die Ungewissheit. Die bringt mich um.

Ich springe in Christies Büro und sage ihr, ich hätte einen Arzttermin und sei den Rest des Nachmittags nicht in der Redaktion, dann eile ich wieder zu meinem Schreibtisch, um den Computer herunterzufahren. Während ich nach meiner Tasche greife, antworte ich kurz und knapp:

> Okay. Ich gehe jetzt los.

Ich sitze im Zug, presse das Gesicht gegen die kühle Scheibe und denke darüber nach, was Ryan mir eröffnen wird. Ich bin auf das Schlimmste vorbereitet. Doch dann überlege ich, dass es noch ein schlimmeres Szenario geben könnte als das, was ich erwarte. Nicht nur ein Kuss oder ein One-Night-Stand, er könnte *verliebt* sein. Er könnte wieder mit einer alten Freundin zusammen sein. Vielleicht ist er deshalb in Leigh. Mit wem war er vor mir zusammen? Mit der, der ich auf der *Bembridge* begegnet bin? Stacey. Oder vielleicht ist es jemand, den ich nur flüchtig kenne, eine von Lydias attraktiven Freundinnen vielleicht? Ich kann mein Gehirn nicht davon abhalten, mit Überschallgeschwindigkeit zu denken, die Gedanken rauschen vorbei wie die Landschaft vor dem Fenster. Sie ist ständig in Bewegung, und doch ist es die ewig gleiche deprimierende Aussicht. Ich werde eine dieser jungen Frauen sein, die mit dreißig bereits eine Hochzeit und eine Scheidung hinter sich hat. Ich werde für immer zum Gespött, ein Beispiel für das Scheitern der modernen Liebe. Vielleicht hatte Mum recht. Ich hätte nie die leidenschaftliche, unsterbliche Liebe der rationalen vorziehen sollen.

Ich schüttele den Kopf und rüge mich, weil ich in Bezug auf Männer genauso naiv geworden bin, wie ich es Casey immer vorgeworfen habe. Es ist Ironie des Schicksals, dass ich, da meine Ehe kurz vor dem Scheitern steht, überall an meinen großen Tag erinnert werde. Das Mädchen dort drüben ist in ein Brautmodenmagazin vertieft und trägt einen funkelnden Diamant am Finger. Ihr Gesicht strahlt Liebe und Zuversicht aus, ihr Ring glänzt verheißungsvoll und ist noch nicht von den Mühen des Alltags blind geworden. Ich blicke auf meine linke Hand, auf den Ring von Oma Door mit den hübschen Diamanten auf dem schlichten Platinstreifen. Bis jetzt fand ich es schön, dass er nicht makellos ist. Dass er das Leben kennt und eine so lange Ehe mit allen Höhen und Tiefen überstanden hat. Genau wie Ryan und ich hat er einiges durchgemacht. Wir waren seit langer Zeit zusammen, zusammengewachsen, zusammen *auf*gewachsen, und dieser

Ring symbolisierte das auf vollkommene Art. Ich erinnere mich, wie ich ihn schüchtern Oma Door gezeigt habe, nachdem Ryan und ich aus New York zurück waren. Sie hatte sanft meine Hand gehalten, die Augen geschlossen und mit ihren arthritischen Fingern über die Diamanten gestrichen, als erzählten die kostbaren Steine die Liebesgeschichte ihres Lebens. Dann hatte sie die Augen wieder geöffnet und mich an sich gezogen. Oma Door ist nicht dafür bekannt, dass sie leise spricht, doch diesmal musste ich mich zu ihr beugen, um sie zu verstehen.

»Alle Cooper-Männer waren ziemliche Frauenschwärme, Liebes, aber sie haben ihre Frauen immer sorgsam ausgewählt.« Sie sah mich wissend aus ihren blauen Augen an, die wie Rittersporn leuchteten und hin und wieder etwas abwesend wirkten, als würden ihre Gedanken in die Vergangenheit gleiten. »Als Arthur und ich miteinander ausgingen, hatte ich das Gefühl, ich wäre nicht gut genug für ihn. Er war unglaublich attraktiv, genau wie Ryan. Doch sobald dieser Ring auf meinem Finger saß, wusste ich, dass es keine Rolle spielte, wie ich aussah, was ich fühlte oder was die Leute dachten. Ich war mehr als genug für ihn.« Sie hatte sanft meine Hand getätschelt. »Dieser Ring wird dir sehr viel Glück bringen, und du verdienst es. Ich weiß, wie sehr mein Junge dich liebt, Molly, und er hat eine gute Wahl getroffen. Du bist eine starke, schöne, einfühlsame Frau. Eine echte Cooper. Jetzt musst du es nur noch glauben.«

Ich hatte sie weinend umarmt und das Gefühl gehabt, dass sie in mich hineingesehen hatte. Genau wie Ryan bei unserem ersten Treffen als Teenager vor so vielen Jahren.

Aber jetzt drehe ich den Ring zwischen meinen Fingern und mache mir Sorgen, dass das Schmuckstück, das ich so sehr geliebt habe, nicht perfekt ist. Der Ring zeigt Kratzer, die Spuren einer vorigen Ehe. Nein, eines Lebens, das zu früh zu Ende ging. Vielleicht hat er nie so hell gefunkelt wie der des Mädchens dort drüben, und ich frage mich, ob unsere Ehe schon »stumpf« war, bevor sie überhaupt begonnen hat.

Ich kann es nicht länger ertragen, nicht zu wissen, was los ist. Ich will damit nicht allein zurechtkommen. Aber das muss ich. Niemand anders wird es verstehen. Ich halte inne. Doch, da ist jemand, der mich immer verstanden hat, vielleicht sogar mehr als Ryan.

Ich hole mein Telefon aus der Tasche und schreibe schnell an Casey:

> Ryan will mit mir sprechen. Bin auf dem Weg nach Leigh. Fühle mich elend.

Ich will, dass sie mir sagt, ich solle mir keine Sorgen machen, alles werde gut. Ich erhalte jedoch umgehend die folgende Antwort:

> Oh, Molly, das tut mir leid.

Mein Herz sinkt wie ein Stein, den man über eine Felskante in die Tiefe schiebt. Auch Casey weiß, dass das Ende bevorsteht. Sie sieht es genauso klar wie ich. Erneut piept mein Telefon. Eine weitere Nachricht von ihr:

> Bitte vergib mir.

Ich runzele die Stirn und blicke aus dem Fenster auf die öden Häuser, an denen wir jetzt vorbeifahren. *Ihr vergeben?* Dass sie es mir erzählt hat? Oder etwas anderes? Warum meint sie, sie sei schuld, wenn sie nichts damit zu tun hat? Typisch Casey. Es sei denn, sie weiß mehr.

Mit zitternden Händen scrolle ich durch mein Adressbuch und rufe sie an. Sie nimmt sofort ab und fängt an zu weinen.

»Casey«, ich klinge hart, kühl, »was hat deine Nachricht zu bedeuten?«

Casey schluchzt. Ich sage nichts. Ich warte, bis sie sich gefasst hat und einen Satz zustande bringt.

»Ach, Molly, es tut mir leid. Ich habe deine Nachricht gesehen, und ich weiß, dass Ryan es dir erzählen wird, aber du musst wissen, wie es dazu gekommen ist. Es war nicht meine Schuld. Ehrlich.«

»Dass was passiert ist?«, unterbreche ich. Ich brauche schnelle Antworten, ich muss wissen, was zum Teufel los ist. »Willst du sagen, du weißt, dass etwas passiert ist?«

»Ja, ja«, schluchzt sie.

Ich zögere, als mir zum ersten Mal ein schrecklicher Gedanke kommt. Schlimmer als das schrecklichste Szenario, das ich mir bislang ausgemalt habe. »Zwischen *euch*?«

»Es war nicht meine Schuld, Molly!«, stößt sie hervor. »Ehrlich nicht! Du musst mir glauben!«

Ich presse die Lippen zu einer harten Linie zusammen und starre aus dem Fenster. Der Zug verlässt Benfleet, in wenigen Minuten bin ich am Ziel. Ich will diese Unterhaltung, diese Freundschaft sofort beenden.

»Ich weiß nicht mehr, was ich glauben soll, Casey.« Mit diesen Worten lege ich auf.

Ryan erwartet mich im Wagen seines Vaters am Bahnhof. Ich betrachte ihn einen Augenblick. Er sitzt hinter dem Steuer, hat den Arm über den Beifahrersitz gelegt, den Kopf abgewandt und blickt aus dem Fenster. Ich sehe sein Gesicht im

Rückspiegel. Sein Profil erinnert mich daran, wie wir früher bei unseren Verabredungen nach Hadleigh Castle hinaufgefahren sind. Wir haben einfach nebeneinandergesessen, uns unterhalten und uns geküsst. Aber er sieht traurig aus, ängstlich – schuldbewusst?

Von einem Energieschub und dem Wunsch getrieben, ihn genauso zu schockieren, wie ich eben schockiert worden bin, laufe ich zum Wagen, reiße die Tür auf und beginne, ihn mit den Fäusten zu traktieren.

»Du Mistkerl, du gemeiner Mistkerl! Wie konntest du nur? Wie konntest du das tun? Wie KONNTEST du?«

Er steigt aus dem Wagen und fängt mich auf, als ich auf die Knie sinke und vor Schmerz stöhnend an meine Brust fasse, als sei ich ins Herz geschossen worden.

»Molly? Was zum ... Molly!« Er fasst mich unter den Armen, hält mich wie eine Stoffpuppe vor sich und sieht mich an. Seine blauen Augen funkeln wie der Sonnenschein, der sich in einer Welle fängt. Mir fällt ein, dass ich immer an einen Sommertag denken musste, wenn ich ihn angesehen habe. Allerdings nicht jetzt. Jetzt befinde ich mich inmitten eines Sturms.

»Molly? Was ist los?«

»Sag du es mir, du verdammter Betrüger!« Ich dresche wie wild mit den Fäusten auf ihn ein und weine heftiger mit jedem Schlag.

Ryan hält mich an den Handgelenken fest. »He, Molly, was ist mit dir? Ehrlich, ich weiß nicht, wovon du sprichst!«

»Casey!«, weine ich. »Ich rede von dir und Casey!« Ich lese in seinen Augen, dass er weiß, was ich meine, doch aus ihnen spricht keine Schuld, nur Erleichterung.

»Ach, *das*.« Er seufzt erschöpft und lässt meine Hände sinken. Er setzt sich wieder in den Wagen und lehnt den Kopf gegen die Stütze, als könne er ihn allein kaum aufrecht halten. Ich weiß, wie er sich fühlt. Ich stütze mich am Wagen ab, weil meine Beine nachgeben.

»Da war nichts, Molly, ehrlich«, sagt er ausdruckslos. »Jedenfalls nichts, womit ich nicht gerechnet habe. Ich habe ihr gesagt, dass sie durcheinander ist. Fertig.«

»Du meinst, sie …? Nicht du …? Und du hast nicht …?« Bei allen drei unbeendeten Sätzen nickt er. Den nächsten bringe ich zu Ende: »Warum sollte ich dir glauben, Ryan?«, murmele ich.

Er sieht mich mit tränenfeuchten Augen an. »Weil du weißt, dass es die Wahrheit ist.«

Und das stimmt. Ich denke an meine Schwüre. Ich weiß, dass er die Wahrheit sagt. Sie hat mit jedem seiner Freunde geflirtet und mit den Freunden meiner Freundinnen. Sie hat mit Männern geschlafen, die Freundinnen, sogar Ehefrauen hatten. Bei ihren Entscheidungen ist sie stets völlig wahllos gewesen. Und tief im Innern habe ich wohl immer gewusst, dass Casey in Ryan verliebt ist. Ich wusste es seit dem Urlaub auf Ibiza. Vielleicht sogar davor. Ich habe bemerkt, wie sie ihn angesehen hat. Aber ich hätte nie gedacht, dass sie mir das jemals antun würde.

Ich lehne mich mit dem ganzen Körper gegen die Wagentür und halte mich an ihr fest. »Und du hast dich wirklich nicht auf sie eingelassen?«, frage ich leise und weiß, als ich die Worte ausspreche, dass er das nie tun würde.

»Nein! Natürlich nicht! Ich würde nie …« Er nimmt meine Hand und lächelt mich schwach an, während er mit dem Daumen über meinen Verlobungs- und Ehering reibt. »Du bist die einzige Frau für mich, Molly. Das bist du immer gewesen und du wirst es immer bleiben.« Er wendet den Kopf ab, reibt sich die Stirn, und ich bemerke, dass seine Schultern beben. Er weint.

Ich komme mir so dumm vor. Und bin verwirrt. Ich weiß, dass da noch etwas anderes ist. Ich laufe zum Beifahrersitz und steige in den Wagen. »Was ist los? Erzähl es mir.« Ich weine jetzt. »Ich will dich nicht verlieren, Ryan. Ich werde alles tun. Als ich in New York gewesen bin, habe ich gemerkt, dass ich will, was *du* willst. Ich bin so weit. Ich will herziehen, ein Haus kaufen und Kinder haben. Ich habe alles getan, wovon ich je geträumt habe, und jetzt will ich nichts mehr tun, was mich von dir trennt. Mit dir zusammen zu sein ist mir wichtiger als alles andere. Ich liebe dich so sehr, Ryan. Bitte, wir kriegen das schon hin, egal, was passiert ist, egal, was du getan hast. Ich weiß, dass wir das schaffen. Ich liebe dich so sehr.«

Ich schluchze jetzt, weil ich irgendwie das Gefühl habe, ihn erneut zu verlieren, und weil ich die Vorstellung nicht ertrage.

Ryan fasst mein Kinn und lächelt. »Ich weiß, dass du mich liebst, Molly, du dumme Kuh.« Ich lege meine Hand auf seine und streichele sie. Wir sitzen einen Augenblick da und sehen einander in die Augen. Etwas an ihm ist anders, aber ich weiß nicht, was.

»Was ist es dann?«, dränge ich leise. »Was ist los? Warum bist du so distanziert, seit ich zurück bin? Warum hast du mich herbestellt? Ich hatte solche Angst. Es bringt mich um, nicht zu wissen, was los ist. Bitte sag es mir. Wir schaffen das schon. Egal, was es ist.«

Ich drücke seine Hände. Er blickt auf sie hinunter, sie sind so fest miteinander verschlungen, dass man nicht weiß, wem welche gehört. Dann sieht er auf, plötzlich sind die Jahre von ihm abgefallen, und er sieht wieder aus wie der Junge, in den ich mich verliebt habe. Er atmet tief ein und spricht ruhig und deutlich, kann mich dabei jedoch nicht ansehen. Er hält den Blick auf seine Hände, auf seinen Ehering gerichtet, der uns heller anstrahlt als die Sonne.

»Hör zu, Moll, als du weg warst, bin ich eine Nacht bei meinen Eltern gewesen, und da hat meine Mutter einen Leberfleck entdeckt. Auf meinem Rücken. Er sah ein bisschen komisch aus, und sie hat mich zum Arzt geschickt. Ich habe ihm erzählt, dass ich dauernd müde bin und glaube, ich hätte eine Grippe, weil meine Drüsen geschwollen sind.« Er sieht mich an, und ich blicke schweigend zurück. »Ich habe es dir nicht erzählt, weil ich dir nicht die Reise verderben und dich nicht mit etwas beunruhigen wollte, was wahrscheinlich gar nichts ist.« Er spricht weiter, aber diesmal ist seine Stimme leise und sie bricht. »Ich dachte, ich lasse einfach den Leberfleck entfernen, und das war's. Jede Menge Menschen haben bösartige Leberflecken, oder?« Er drückt meine Hände und dann lächelt er strahlend. »Sie haben ihn entfernt und irgendetwas von geschwollenen Lymphknoten erzählt, die eventuell operiert werden müssten. Die nachfolgenden Tests haben dann ergeben, dass es sich um das dritte Stadium handelt. Aber dann meinten sie, ich solle heute ein CT machen. Und ich bin mir ganz sicher, es wird sich herausstellen, dass alles in Ordnung ist.«

Ich blinzele ihn an. »Was erzählst du da, Ryan?«, flüstere ich.

»Ich bin sicher, dass sie alles entfernt haben, der Krebs war nur in dem Leberfleck. Aber ich habe heute einen Termin, bei dem ich die Ergebnisse der Computertomographie bekomme und erfahre, was mit den Lymphknoten ist. Ich habe keine Angst oder so.« Er hebt die Schultern und lässt sie dann sinken, als habe er nicht die Kraft, mir etwas vorzuspielen.

Krebs.

Ich will etwas sagen, aber ich kann nicht. Ich kann nicht sprechen, weil ich keine Luft bekomme. Ich schüttele den Kopf und versuche, das Wort herauszubekommen.

Krebs. Krebs. Krebs.

Ich lege die Hände auf die Ohren, um das Wort zu ersticken. Es schreit seinen Namen in meinen Kopf wie der Grüffelo im Lieblingsbuch unseres Neffen Beau.

Ich blicke ihn flehend an, dann ungläubig, dann trotzig.

»Nein«, sage ich ruhig, dann lauter. »Das glaube ich nicht. NEIN!« Ich fasse erneut seine Hände, verschränke meine Finger mit seinen, schließe die Augen, führe die Hände an meine Lippen und küsse sie, küsse jeden Finger und jeden Knöchel. Ich öffne die Augen und lehne meine Wange an unsere kalten Hände. Ryan küsst mich auf den Kopf.

»Schatz«, sagt er, »alles wird gut. Das verspreche ich dir. Ich komme wieder in Ordnung.«

Und ich nicke, um ihm zu zeigen, dass ich ihm glaube. Ich bin jetzt eine Cooper, das heißt Optimist. Wir sind Optimisten. Die Maus kann den Grüffelo besiegen.

Der erste letzte Kuss

Warum hat mir niemand gesagt, dass jeder Kuss ein Countdown zum Abschied ist? Erst jetzt, nachdem ich Küsse wie das Kostbarste auf der Erde behandele, merke ich, dass sie wie Sandkörner durch meine Finger rinnen. Ich kann nichts tun, um sie zu halten, egal, wie sehr ich mich bemühe. Wie halte ich die Sanduhr auf?
Wie schaffe ich es, dass ein Kuss für immer bleibt?

Start> 26.02.2007

Eine halbe Stunde später stehen wir schweigend vor der Klinik und klammern uns an den starken Tee in unseren Pappbechern und die Haferkekse, die Ryan auf dem Weg hierher gekauft hat. Wir sind früh dran und warten bis zur letzten Minute, bis wir hineingehen, um die Ergebnisse des CTs zu erfahren. Keiner von uns möchte im Wartezimmer sitzen, und so informieren wir die Empfangsschwester, dass wir da sind, und gehen wieder nach draußen an die frische Luft.

Ich kann noch nicht reden. Die Worte »Hautkrebs« und »Malignes Melanom« und »Stadium drei« hämmern auf meinen Kopf ein wie Füße, die unablässig durch eine Tretmühle rennen. Ich klammere mich mit meiner freien Hand an Ryan, als hinge mein Leben davon ab.

Auf dem Weg vom Bahnhof hierher haben wir über alles gesprochen, und ich habe die Informationen, die er mir gegeben hat, gehortet wie ein Eichhörnchen Nüsse für den Winter. Je mehr ich weiß, desto weniger funktioniert meine Vorstellungskraft.

Ich hadere damit, dass Ryan und seine Eltern seit Wochen Bescheid wissen. Ich bin seine Frau, er hätte es mir erzählen müssen. Aber ich war in New York und habe selbstsüchtig meine Träume ausgelebt, während mein Mann einen Albtraum durchgemacht hat. Ich schließe die Augen und versuche, mich an das Treffen zu erinnern, in dem Christie mich gefragt hat, ob ich für einen Monat nach New York gehen wollte.

Nein, will ich nicht zum ersten Mal heute schreien.

NEIN.

Ich trinke einen Schluck Tee und versuche, den Haferkeks zu essen, den Ryan für mich besorgt hat. Aber er bleibt mir im Hals stecken. Ich habe keine Spucke, in meinem Körper ist keine Feuchtigkeit mehr. Ich bin sicher, dass ich alles herausgeweint habe. Was gut ist, weil ich vorhabe, nicht noch mehr zu weinen. Ich werde optimistisch sein. Ich werfe den Haferkeks in den Mülleimer neben uns.

»He! Das ist Verschwendung«, rügt mich Ryan. »Ich hätte ihn gegessen.« Immer denkt er an seinen Bauch.

»Ich will keinen fetten Mann«, sage ich schrill mit einer Stimme, die überhaupt nicht nach mir klingt.

»Hast du vorher bemerkt, dass sich der Leberfleck verändert hat?«, frage ich ruhiger.

Er nickt. »Vor einem Jahr oder so, glaube ich. Ich weiß es nicht mehr. Ich habe nicht gedacht, dass etwas nicht in Ordnung ist. Er sah nur ein bisschen unförmig aus. Größer vielleicht, aber ich habe mir nichts dabei gedacht.«

»Warum hast du es mir nicht erzählt?«, frage ich. »*Ich* hätte dir gesagt, dass du ihn untersuchen lassen sollst.«

Die Worte kommen als Quieken heraus, als Jammern, ein *selbstbesessenes* Jammern. Ryan lacht (Wie kann er lachen? Wie kann er überhaupt je wieder lachen?). Er stellt seinen Tee ab, wuschelt mir liebevoll durch die Haare und nimmt mich in die Arme.

»Ich habe einfach nicht gedacht, dass es etwas zu bedeuten hat«, sagt er sanft. »Und als ich dann dachte, dass er vielleicht gewachsen wäre, waren wir immer so beschäftigt. Mit der Arbeit und hierhin zu gehen und dorthin, und ich hatte einfach keine Zeit, ihn untersuchen zu lassen.« Er schließt die Hand zur Faust, drückt sie gegen seine Stirn und schließt die Augen. Dann öffnet er sie wieder und lächelt mich an. »Aber es ist gut. Alles wird gut! Die Ärzte haben ihn entfernt.«

»Aber warum hast du es mir nicht erzählt, nachdem deine Mutter ihn bemerkt hat?«

»Weil ich dich nicht wegen nichts beunruhigen wollte, Molly. Du warst in New York, und ich hatte das maligne Melanom …« Ryan stockt. Die Worte kommen zögerlich aus seinem Mund. »… fast sofort entfernen lassen. Innerhalb einer Woche! Und ja, mein Bluttest zeigt, dass die Zahl meiner roten Blutkörperchen erhöht ist, aber ich fühle mich gut! Fitter denn je!«

Er sieht mich dabei nicht an, und ich weiß, dass es nicht stimmt. Er fühlt sich seit Monaten nicht wie er selbst. Er ist müde und lustlos gewesen, erschöpft, wenn er nur die Stufen zu unserer Wohnung hinaufgegangen ist. Aber er dachte, die Arbeit würde ihren Tribut fordern. Oder sein Alter. Er ist fast dreißig.

Noch nicht einmal dreißig.

Das durfte nicht passieren. Nicht ihm! Er ist Sportlehrer! Er trainiert jeden Tag! Er ist Marathons gelaufen! Er ist Felsen hinaufgeklettert! Er ist aus Flugzeugen gesprungen!

Er hat sich jahrelang gesonnt.

Ihre Stimme ist leise, taktvoll, ehrfürchtig, aber genauso wenig willkommen wie sonst.

Geh aus meinem Kopf! Ich hasse deine zynischen, negativen Gedanken. Sie sind genauso zersetzend wie der Krebs.

Ich klammere mich an seine Hand, und er lächelt mich strahlend an. »Ich bin sicher, das CT zeigt, dass sie alles entfernt haben. Deshalb habe ich dir nichts erzählt«, fügt er hinzu. »Weil es nichts hätte sein können. Es könnte noch immer nichts sein.«

»Krebs im dritten Stadium ist nicht nichts«, erwidere ich.

Das Wort »Krebs« fühlt sich unangenehm in meinem Mund an.

»Das wird er aber sein, wenn ich mit ihm fertig bin.« Ryan tut, als würde er einen Ball in die Ferne schießen, legt eine Hand an sein Ohr, als warte er darauf, dass er die Landung hört, dann reibt er die Hände aneinander und fasst mein Gesicht. »Sieh mich an, ich bin total fit! Auf keinen Fall kann so ein dummer kleiner Leberfleck noch irgendeinen Einfluss auf diese Maschine haben!« Er springt zurück, deutet mit der Hand auf seinen Körper, spannt die Muskeln an und nimmt eine Bodybuilder-Pose ein. Dann grinst er und läuft auf der Stelle. »Du wirst dich damit abfinden müssen, dass du noch viele Jahre mit mir verheiratet sein wirst, Molly. Glaub also ja nicht, dass du irgendwie davonkommst.«

»Hör auf, Witze darüber zu machen, Ryan, bitte, ich kann nicht …«

Ich weine und hasse mich selbst dafür. Ich kann erst darüber scherzen, wenn die Ärzte uns sagen, dass er es überstanden hat.

Nein, dass *wir* es überstanden haben.

»He.« Er wischt mit dem Daumen meine Tränen weg. »Hör auf, Molly.« Er fasst sanft meine Handgelenke und zwingt mich, ihn anzusehen. »He, hör mir zu. *Ich weiß*, dass diese Ergebnisse zeigen werden, dass alles in Ordnung ist. Schlimmstenfalls brauche ich ein paarmal Chemo, etwas Bestrahlung vielleicht, um sicherzugehen, und dann bin ich wieder auf dem Damm!«

Ich sehe meinen Mann an, der so positiv und beschwingt ist, so stark und süß und mich so lange wie möglich schützen wollte, damit ich mir keine Sorgen mache. Ich weiß nicht viel über Krebs, und das Wenige, das ich weiß, habe ich in den Reportagen in unserer Zeitschrift gelesen. Ich weiß allerdings, dass das vierte Stadium ziemlich schlimm ist, also muss es bei drei noch eine Chance geben, oder? Wenn der Krebs auf den Leberfleck beschränkt war, kann man ihn vielleicht noch besiegen? Tatsächlich fällt mir jetzt ein, dass wir einmal über ein Mädchen berichtet haben, das Hautkrebs hatte. Der Leberfleck wurde entfernt, sie bekam Chemo und war noch fünf Jahre danach krebsfrei. War das Stadium drei gewesen? Wahrscheinlich! Das zeigt eindeutig, dass es heilbar ist! So gut wie sicher! Krebs ist heute kein Todesurteil mehr. Man kann so viel tun. Echt, wir sollten uns keine Sorgen machen. Ich werde mich mit alternativer Medizin beschäftigen sowie mit der Behandlung, die die Ärzte empfehlen. Ich werde eine Liste schreiben. Ich habe von Fällen gehört, in denen Menschen den Krebs nur mit einer Diät besiegt haben. Ich muss auf jeden Fall kochen lernen. Und ich könnte Reflexzonenmassage studieren. Einen Kurs belegen oder so etwas. Oder zu Holland & Barrett gehen und jede Menge ätherische Öle kaufen. Sobald wir zu Hause sind, werde ich im Internet einige Bücher bestellen. Vielleicht werde *ich* seinen Krebs heilen, nicht die Ärzte. Wahrscheinlich braucht er noch nicht einmal eine Therapie. Ich bin alles, was er jetzt braucht. Und vielleicht noch eine andere Person.

»Gut.« Ich lächele und nehme seine Hand. »Wir haben nämlich keine Zeit für Krebs, wenn wir versuchen wollen, ein Baby zu bekommen.«

Auf seinem Gesicht erscheint das glücklichste Lachen, das ich je bei ihm gesehen habe. Wie Pfeile, die von einem Bogen abgeschossen werden, ziehen sich die Falten um seine Augen bis zu den Schläfen.

Er nimmt meine Hände und zieht mich in seine Arme. »Bist du so weit? Wirklich?«, flüstert er mir ins Ohr. »Das sagst du doch nicht etwa nur wegen des Krebses?«

Ich weiche zurück und starre ihn durchdringend an. Er muss unbedingt wissen, dass das keine spontane Reaktion ist. »Ryan, ich versuche, dir das schon zu sagen, seit ich aus New York zurück bin. Als ich dort war, habe ich gemerkt, dass ich für die nächste Phase in unserem Leben bereit bin. Mehr als bereit! Ich wünsche mir mehr als alles andere, Mutter zu werden.«

Er grinst, und ich empfinde Hoffnung. Eines Tages werden wir zurückblicken und begreifen, dass wir knapp davongekommen sind, dass es eine zweite Chance war. Nein, eine dritte. Wir haben schon andere Schwierigkeiten gemeistert, wir werden es auch diesmal schaffen.

»Lass uns jetzt hineingehen und ihnen Gelegenheit geben, uns die guten Neuigkeiten mitzuteilen, okay?«

Ryan antwortet nicht. Er nickt nur und schluckt, sodass der Adamsapfel in seinem Hals wie eine Boje auf und ab hüpft. Ich strecke ihm die Hand entgegen und lächele breiter und strahlender als je zuvor. Ich spüre die positive Energie durch meinen Körper strömen wie das Sonnenlicht, das jetzt durch die Wolken dringt. Alles wird gut. Ich weiß es. Ich weiß es einfach.

Schweigend sitzen wir vor dem Büro des Arztes und starren auf die Uhr. Die Zeiger bewegen sich kaum. Wir sind erst seit fünf Minuten hier, aber es kommt mir vor wie fünf Stunden. Die Zeit steht beinahe still. Ich hoffe, das ist ein Zeichen, dass wir Zeit haben. Viel Zeit. Denn plötzlich kommt es mir vor, als hätte ich sehr viel Zeit vergeudet.

Ich blicke auf, in Zeitlupe geht die Tür auf, und da ist er. Ich bin sicher, es gibt einen Kopf, der auf einem Körper sitzt, und irgendwelche Kleidung. Vielleicht ein weißer Kittel. Das alles nehme ich jedoch nicht wahr. Alles, was ich sehe, ist sein Lächeln. Ein mildes, warmes, aufmunterndes Lächeln.

Das ist ein sehr gutes Zeichen. Da bin ich mir sicher. Sein Lächeln erinnert mich an die Grinsekatze, und ich beobachte fasziniert, wie es sich beim Sprechen in ein »Oooh« verwandelt.

»Mr. Cooooooper«, sagt er und reißt den Mund auf, als würde er gähnen.

Warum ist alles so seltsam? Ich fühle mich, als hätte ich halluzinogene Drogen oder so etwas genommen.

»Molly?« Ich blicke zu Ryan, aber auch er gähnt, sein Gesicht nimmt Edvard-Munch-ähnliche Züge an. Er dreht und wendet sich, und dann wird alles schwarz.

Wir sitzen im Büro des Arztes und trinken noch mehr starken süßen Tee. Ryan hält mich. Ich bin offenbar ohnmächtig geworden. Wie peinlich. Eine Schwester lächelt mir freundlich zu, der Arzt sitzt hinter seinem Schreibtisch.

»Es tut mir sehr leid«, murmele ich zu niemandem im Speziellen.

»Machen Sie sich keine Sorgen«, erwidert der Arzt. »Sie haben sich den besten Ort ausgesucht, um ohnmächtig zu werden. Hier sind jede Menge Leute, um Ihnen zu helfen!«

Die Schwester lächelt freundlich über den kleinen Scherz. Der Arzt – Dr. George Harper, wie sein Schild verrät – lächelt nicht mehr. Sein Gesicht ist ernst, freundlich, aufmerksam. *Gütig*, denke ich. Dann schelte ich mich im Stillen. Warum taucht dieses Wort in meinem Kopf auf, um mich zu quälen?

»Also, Mr. und Mrs. Cooper«, sagt Dr. Harper.

Ein Kichern entfährt meinem Mund, und er blickt mich an, als könnte ich gleich erneut auf den Boden sinken.

»Sie lacht immer, wenn sie nervös ist«, erklärt Ryan lächelnd, und der Arzt nickt geduldig.

»Also«, sagt er, »wir haben die Ergebnisse Ihres CTs und …«

Im Raum ist es totenstill – kein Atmen, kein Flüstern der Bäume draußen vor dem Fenster, nur das Ticken der Wanduhr.

»Ich fürchte, ich habe keine guten Nachrichten.«

Tick.

Ich ringe um Luft.

»Was meinen Sie genau?«, fragt Ryan flüsternd. Er drückt meine Hand.

Tick.

Er klammert sich verzweifelt an mich.

Tick.

»Es handelt sich nicht um Stadium drei, wie wir vermutet haben. Die Computertomographie zeigt, dass es sich um Stadium vier handelt. Es sind nicht nur Melanome in Ihren Lymphknoten, es gibt auch Metastasen. Der Krebs hat gestreut«, sagt der Arzt ernst. Er faltet die Hände auf seinem Schreibtisch. Ich blicke auf das Bild, das dort steht. Eine Frau, zwei Kinder. Junge und Mädchen. »Und die Melanom-Krebszellen haben einen metastatischen Tumor gebildet, der eine Intravasion bewirkt hat ... Damit meine ich, dass der Krebs in Ihre Lungen und in Ihre Leber eingedrungen ist.«

Ich denke daran, dass Ryan schon nach einem kurzen Lauf keuchen muss, an seinen geschwollenen Bauch, den keine Sit-Ups in Form bringen konnten. Er dachte, es hätte mit seinem Alter zu tun. Mit der gefürchteten Dreißig. Wir hatten uns darüber lustig gemacht.

Jetzt klammert Ryan sich an mich und zieht mich dichter zu sich. Wir krallen uns aneinander, während der Arzt weiterspricht. Die Worte und Sätze, die aus seinem Mund kommen, klingen für uns wie eine Fremdsprache. Dann nickt er der Schwester zu, die nun die Führung übernimmt. Sie spricht in einfacheren Worten, die wir verstehen. Wir können es mit

Chemo versuchen, sie können uns schmerzlindernde Mittel geben.

Lindernd, nicht heilend, registriere ich. Sie wird den Kontakt zu einer örtlichen Krebskrankenschwester herstellen … Therapieplan … Operation, um die Lymphknoten zu entfernen. Chemo, wenn wir diesen Weg gehen wollen … Zeit gewinnen … dafür sorgen, dass wir jede Menge Unterstützung erhalten.

»Wie viel Zeit?«, fragt Ryan, seine Stimme klingt wie eine alte Schallplatte, die in der falschen Geschwindigkeit abgespielt wird.

Die Schwester antwortet freundlich, dass man das nur schwer schätzen kann, es könnten noch Monate sein, ein Jahr. Der Arzt sagt, dass er versteht, dass das schwer zu begreifen ist. Dann folgt eine Entschuldigung.

»Es tut mir sehr leid.«

Sie wollen uns ein paar Minuten allein lassen, damit wir es verarbeiten können, aber ich höre nicht mehr zu. Ich blicke nur zu meinem Mann. Ich denke nur an meinen Mann, meinen unglaublich attraktiven, fitten, jungen Mann.

Meinen sterbenden Mann.

Als die Tür ins Schloss fällt, treffen Ryans Lippen meine in einer Abfolge ungelenker Bewegungen, die mich an unseren ersten Kuss erinnern. Ich fühle mich zurückversetzt in jenen Augenblick im *Grand.* Jetzt machen wir dasselbe. Wir klammern uns aneinander, ringen zwischen den Tränen nach Luft und küssen uns, als würden wir ertrinken. Dann wird mir klar, dass zwischen diesem Kuss und unserem ersten Kuss Welten liegen.

Mit diesem Kuss beginnt der Countdown zu unserem letzten Kuss. Es ist unser erster letzter Kuss. Und als mir dieser Gedanke kommt, küsse ich Ryan mit aller Liebe, die ich in mir habe, einer Liebe, die zeitweilig so groß war, dass ich ihr nicht gewachsen war. Einer Liebe, die mir voraus war. Als sein Körper zu zittern beginnt und die Tränen aus ihm hervorbrechen, wiege ich seinen Kopf in meinem Schoß und streichele seine goldenen Haare. Ich flüstere ihm zu, dass ich dafür sorgen werde, dass jeder Kuss, jede Berührung und jeder Moment ein Leben lang dauert. Von jetzt an werde ich jeden einzelnen Kuss genießen. Nicht bis zum Ende. Nein, bis in alle Ewigkeit.

15:27 Uhr

Gerade als der Umzugswagen abfährt, kommen meine Eltern. Ich bin froh, dass sie bei mir sind. Während wir zusehen, wie der Lastwagen aus der Einfahrt rollt und die Straße hinunterfährt, stehen sie rechts und links dicht neben mir.

»Geht es?«, fragt Mum, eine Hand auf meiner Schulter, die andere auf meinem Arm. »Es muss schwer für dich sein.«

Ich nicke. »Ja, Mum, das ist es, aber dieser Lastwagen ist voll mit sentimentalem Kram, den ich nicht mehr brauche, weil die Erinnerungen alle hier sind, nicht?« Ich tippe mir an den Kopf. Ich blicke sie beide an, und sie lächeln und nicken.

Ich weiß, dass es sich anhört, als würde ich das nur so sagen, aber wenn ich etwas aus Ryans Krebserkrankung gelernt habe, dann, dass die Erinnerungen für immer bleiben und nicht die Sachen, mit denen sie verbunden sind. Früher dachte ich, dass ich die Dinge klarer sehen könnte, wenn ich sie fotografiere, den Augenblick für immer festhalte. Aber mir ist klar geworden, dass das nur geht, indem ich den Augenblick *lebe* und mich nicht hinter meiner Linse verstecke. Wir *brauchen* keine Bilder oder Videos oder Andenken oder Verlobungsringe, um uns an besondere Momente zu erinnern. Sie sind immer da, auch wenn sie mit der Zeit etwas verblassen. Eines Tages scheint die Sonne auf eine ganz spezielle Weise vom Himmel herab, oder wir entdecken ein lang verloren geglaubtes Stück, eine Muschel vielleicht, oder wir erhalten eine Postkarte – und auf einmal kommt alles zurück. Und die

Erinnerungen sind schön, und wir sind glücklich, sie zu haben. Und dann sind wir glücklich, dass es uns vergönnt ist, weitere zu sammeln.

»Ich kümmere mich am besten jetzt um das Haus«, sagt Mum und wirft Dad einen Blick zu, der sagt: »Lassen wir sie einen Augenblick allein.«

Dad nickt und will ihr hineinfolgen, doch dann dreht er sich um, legt die Arme um mich und küsst mich auf den Kopf, als würde er mich segnen. »Du sammelst hier oben weiter Fotos für dein Album, nicht, Molly? Ich weiß, dass du noch ganz wundervolle machen wirst.«

Ich nicke und will ihm all die Dinge sagen, die ich ihm schon so lange sagen will. Schließlich entscheide ich mich für vier Worte.

»Ich hab dich lieb«, und er lächelt und geht ins Haus.

Ich hole mein Mobiltelefon hervor, denn plötzlich verspüre ich den Drang, ihn anzurufen. Ich bete, dass er abnimmt.

»He«, sage ich leise, als er nach dem ersten Klingeln ans Telefon geht. »Ich bin hier fertig. Bist du bereit? Ich komme um …«

»Ich liebe es, wenn du so geschäftig bist.« Er lacht.

»Daran solltest du dich lieber gewöhnen.« Ich lache, klemme das Telefon zwischen Ohr und Schulter, ziehe meinen Mantel an und hänge die Tasche über meine Schulter. »Ich werde mich nicht ändern.« Ich kippe die zwei Koffer neben mir, sodass ich sie rollen kann. »Ich bin in einer halben Stunde im Krankenhaus, okay?«

Der Nimm-getrost-Abschied-Kuss

Meiner Erfahrung nach gibt es Freundschaften, die in schwierigen Situationen wachsen, und andere, die unter der Last einknicken wie ein Baum im Sturm. Die in die Erde eingegrabenen Wurzeln erinnern noch an den prächtigen Baum, der einst hier gestanden hat, doch er selbst ist nicht mehr zu sehen. In gewisser Weise ist das traurig, weil der Baum einen nicht mehr täglich mit seiner Stärke, seiner Beständigkeit und seiner Schönheit erfreut. Andererseits wirft er auch keinen Schatten mehr.

Vorspulen>> 27.02.2007>

Ich kann nicht beschreiben, wie hart es ist, wenn die Person, die man liebt, einem sagt, dass man gehen soll. Ich *wollte* Ryan nicht verlassen, nicht eine Sekunde lang. Nachdem wir das Krankenhaus verlassen hatten, machten wir einen Spaziergang zum Pier hinunter. Ryan sagte, er wolle ein Eis bei *Rossis* essen, also taten wir das. Wir bestellten einen bunten Berg von unseren beiden Lieblingssorten. Ich hatte einmal festgestellt, dass meine Lieblingssorte zu herb und Ryans zu süß ist, zusammen waren sie jedoch perfekt. Ein bittersüßer Gedanke. Wir sehen zu, wie das Eis schmilzt, dann blicken wir wieder einander in die Augen. Wir weinen nicht, wir reden nicht, wir halten uns nur an den Händen und beobachten, wie alles dahinschmilzt.

Wir mussten noch nicht einmal darüber reden, was wir als Nächstes tun würden. Beide bereiteten wir uns innerlich darauf vor, hinauf zum Haus von Jackie und Dave zu gehen. Dort beschlossen wir, dass ich am nächsten Morgen nach Hause fahren würde, damit sie etwas Zeit allein mit ihrem Sohn hätten, und um ein paar Sachen zu packen, sodass wir die nächsten Tage bei ihnen bleiben konnten. Jackie wollte Ryan nicht gehen lassen. Ich musste allein fahren, auch wenn mir das nicht richtig erschien.

Ich schließe unsere Haustür auf, und als ich eintrete, habe ich das Gefühl, es wären Jahre vergangen, seit ich das letzte Mal hier war. Hatte ich wirklich erst gestern Morgen beobachtet, wie Ryan in die falsche Richtung zur Arbeit ging? Ich sinke gegen die Tür und habe das Gefühl, von einer Sturmflut aus Kummer mitgerissen zu werden. Ich stolpere in die Wohnung. Alles ist noch genau so, wie wir es hinterlassen haben. Die Reste eines gemeinsamen Lebens. Ryans Kleidung liegt überall verstreut, Frühstücksteller und ein leeres Glas mit einem selbst gemachten Smoothie stehen auf dem Couchtisch, der dicke beerenrote Rest klebt noch darin. Wir hatten schnell die Nachrichten gesehen, bevor wir zur Arbeit aufbrachen. Nur dass er nicht zur Arbeit gegangen ist. Und dort drüben auf dem Fensterbrett habe ich meinen halb vollen Teebecher stehen lassen, weil ich zu sehr damit beschäftigt war, ihm hinterherzuspionieren und mich zu fragen: was wenn …

Ich höre ein Geräusch aus dem Schlafzimmer und dann ein klagendes Rufen: »Molly, bist du das?«

Natürlich, Casey. Die hatte ich ganz vergessen. Ich hatte sie wie ein wenig schmeichelhaftes Digitalfoto aus meinem Kopf gelöscht. Ich antworte nicht, ich ziehe einfach unsere Reisetasche aus dem Flurschrank und fange an, Ryans verstreute und schmutzige Sachen hineinzuwerfen. Es ist mir egal, was ich einpacke. Ich will nur ein paar Klamotten holen und dann hier weg.

Ich spüre, dass sie hinter mir steht und darauf wartet, dass ich etwas sage. Aber das tue ich nicht. Ich kann nicht. Ich kann ihr nichts sagen, weil Ryan nicht will, dass es jemand erfährt. Noch nicht.

»Du sprichst wohl nicht mit mir, was?«, stellt sie schließlich gereizt fest. »Nun, das ist etwas *unreif*. Ich dachte, du würdest mir zumindest Gelegenheit geben zu *erklären* …« Sie fängt an zu weinen, es ist ein selbstmitleidiges Wimmern, das mich sofort auf die Palme bringt. Ich drehe mich um und antworte ihr knapp. Ich habe keine Zeit für ein Drama. Nicht jetzt. Nicht mehr.

»Was mich betrifft, gibt es nichts zu erklären«, antworte ich ruhig. »Ryan hat mir erzählt, was passiert ist. Ich verstehe es. Ende der Geschichte.«

Sie soll akzeptieren, dass ich nicht weiter darüber sprechen will. Sie wird damit fertigwerden, und ich auch. Aber nicht jetzt.

»Ach, und meine Erklärung willst du nicht hören, ja? Ich wette, Ryan hast du nicht das Wort abgeschnitten.«

»Nicht, Casey«, sage ich gefährlich ruhig, drehe mich um und sehe sie an.

Sie hat die Hände in die Taille gestemmt und die Hüfte vorgeschoben. »Ach, weil *du* nicht in der Stimmung bist, ja? Denn es geht ja nur um *dich*, nicht wahr, Molly?«

»Nein, Casey, es geht *nicht* um mich«, herrsche ich sie an. Ich schlucke, schließe die Augen und hole tief Luft. Dann öffne ich sie wieder. »Du verstehst nichts, also lass mich in Ruhe, okay?« Ich wende ihr erneut den Rücken zu. »Ich will jetzt nicht darüber reden, ich kann nicht.«

»Aber ich, okay, Molly? Und ich will, dass du mir ausnahmsweise einmal zuhörst!« Sie zieht mich am Arm, und ich schwinge herum und sehe, dass ihre braunen Augen wütend funkeln.

»Ja, ich bin zu Ryan gegangen, und es tut mir leid. Und ja, er hat mich zurückgewiesen, okay? Es war einfach ein schwacher Moment, aber, ach, das hatte ich ja ganz *vergessen* – die tolle Molly hat ja nie schwache Momente!« Sie schweigt, aber nur, um Luft zu holen. »Es tut mir LEID, OKAY?«, schreit sie, was eine seltsame Methode ist, wenn man will, dass einem jemand vergibt. Aber ich lasse sie. Dann bricht sie schlagartig in Tränen aus. Sie erinnert mich an ein Kleinkind, das einen Wutanfall hat. Sie schnieft dramatisch. »Es tut mir leid, dass ich zu viel Angst hatte, dir die Wahrheit zu sagen, Molly, weil ich *wusste*, dass du es nicht verstehen würdest. Du hast *nie* verstanden, wie ich mich fühle. Ich wollte nur ein bisschen von dem, was du hast. Ich weiß, ich bin dumm, aber so bin ich nun einmal, nicht, Molly? Ich bin immer deine dumme Freundin gewesen, für die du dich entschuldigen musst. Es war falsch. Das weiß ich jetzt.« Sie schluchzt.

»Casey, ich habe jetzt keine Zeit dafür.« Ich schiebe mich sanft an ihr vorbei ins Schlafzimmer. Ich fange an, seine und meine Kleidung durcheinander in die Tasche zu werfen. Sie folgt mir und schlägt die Tür hinter sich zu.

»Du hast keine *Zeit*, Molly?«, schreit sie auf dem Höhepunkt ihres Wutanfalls. »Du hast keine *Zeit*, weil du so sehr damit beschäftigt bist, dein perfektes Leben zu leben, dass du gar nicht mehr siehst, wie perfekt es eigentlich ist.« Der nächste Teil folgt als hohes Quieken. »Die *meisten* Frauen wären glücklich, wenn sie jemanden wie Ryan hätten. Ich *wäre* glücklich, wenn ich jemanden wie Ryan hätte. Ich hätte eine solche Beziehung nicht aufs Spiel gesetzt! Ich wäre in Leigh geblieben und hätte ihn glücklich gemacht. Ich hätte nicht immer mehr und mehr und mehr erwartet! Aber du wolltest immer mehr, oder etwa nicht, Molly? Du meintest immer, du verdienst etwas Besseres, obwohl du immer ALLES hattest. Du hast auf deine Eltern gepfiffen, dabei hätte ich alles dafür gegeben, wenn meine noch zusammen gewesen wären. Du hast auf deine schicke Stelle gepfiffen und dann, *dann* hast du auf Ryan gepfiffen!«

Ich sacke einen Augenblick über der Tasche zusammen, ihre Worte lähmen mich, denn sie hat recht. Sie schüttelt den Kopf, und ihre dunklen Haare fliegen aus dem Gesicht, als sie erneut anfängt zu weinen. »Aber Ryan wollte mich nicht.« Sie lässt sich auf den Boden fallen. »Es ging immer nur um dich. Vom ersten Moment an. Schon als ich zum ersten Mal versucht habe, mit allen Mitteln Ryans Aufmerksamkeit auf mich zu ziehen, hat er nur dich gesehen. Und dann wieder auf Ibiza. Ich dachte, er wäre *meinetwegen* gekommen. Ich habe monatelang, Molly, *monate*lang, während du dich an deiner verdammt schicken Uni herumgetrieben hast, versucht, ihn auf mich aufmerksam zu machen. Ich habe ihm sogar erzählt, dass ich nach Ibiza fahre, in der vergeblichen Hoffnung, dass er vielleicht kommt. Nicht deinetwegen, sondern *meinetwegen*. Aber sobald er dich gesehen hat, war es vorbei. Das Spiel war aus. Da habe ich beschlossen, es mit seinem Bruder zu versuchen. Aber auch *der* wollte mich nicht.«

Ich hänge die Tasche über meine Schulter, öffne die Schlafzimmertür und gehe hinaus. Ich höre kaum mehr, was sie sagt, obwohl sie noch immer weiterredet.

»Weißt du, ich bin euch an jenem letzten Abend gefolgt. Ich habe gesehen, wie ihr euch geküsst habt. Ich hätte alles dafür getan, damals an deiner Stelle zu sein, und ich würde alles dafür tun, um heute an deiner Stelle zu sein.«

Ich drehe mich um und sehe sie an, eine Hand am Griff der Wohnungstür, die andere um die Tasche geklammert. Ich blicke meine beste Freundin an, die plötzlich nichts mehr von mir weiß. Sie ist meilenweit von mir entfernt.

»Nein, das willst du nicht, Casey. Ganz bestimmt nicht.« Ich öffne die Tür. »Ich muss jetzt gehen, und ich fürchte, du kannst nicht bleiben. Wenn wir zurückkommen, möchte ich, dass du weg bist.«

»Was sagst du da, Molly?« Es ist eine Mischung aus Kreischen und Weinen. »Sagst du gerade, das war's? Fünfzehn Jahre Freundschaft aus und vorbei, nur wegen eines dummen Fehlers? Ich habe gesagt, es tut mir leid. Es TUT MIR LEID!«

Ich schließe die Tür.

Der Kuss in aller Öffentlichkeit

Wenn man an die romantischsten Momente der Filmgeschichte denkt, fallen einem wahrscheinlich die klassischen Küsse ein: Der Kuss zwischen James Stewart und Katherine Hepburn vor der Haustür in *Die Nacht vor der Hochzeit;* Ingrids und Humphreys »Küss mich, als wäre es das letzte Mal« in *Casablanca;* der berühmte Kuss am Meeresufer zwischen Burt Lancaster und Deborah Kerr in *Verdammt in alle Ewigkeit;* Clark Gables und Vivien Leighs ausgiebiger Kuss vor dem orangefarbenen Himmel in *Vom Winde verweht;* der Kuss im Regen zwischen Audrey und George in *Frühstück bei Tiffany;* und nicht zu vergessen Ally MacGraws Kuss, mit dem sie sich vor Ryan O'Neal in *Love Story* zu ihrer Liebe bekennt. Alle wunderschön, berührend, romantisch, innig, leidenschaftlich – und nirgends ist eine Zunge zu sehen.
Die wussten ganz bestimmt auch, wie man richtig küsst, oder?
Bei meiner Arbeit habe ich Tausende von Paparazzi-Bildern von Bildagenturen gesehen. Immer ist ein Stapel berühmter Menschen darunter, die sich in einem Club oder in der Öffentlichkeit einen Zungenkuss geben. Ich habe Bilder von Paris Hilton gesehen, die Lippen (und Beine) um diverse Männer (und Frauen) geschlungen hatte; von Pink und Carey, die Gesichter ableckten; von Britney, die irgendetwas mit irgendwem tat. Kein Wunder, dass ich so

lange eine Abneigung gegen Küsse in der Öffentlichkeit hatte.
Doch jüngste Ereignisse haben mich zu der Erkenntnis gebracht, dass ich die Liebe in all ihrem Glanz feiern will.
Küsse in der Öffentlichkeit müssen nicht vulgär und peinlich sein. Bestenfalls sind diese intimen Liebesbekundungen wunderschön. Eine Momentaufnahme von der Liebe eines anderen Menschen lässt die Welt irgendwie heller und besser erscheinen. So geht es mir jedenfalls.
Ich hoffe, Ihnen auch.

Vorspulen>> 19.04.2007>

Zu erledigen!!!

1. ~~Tickets für ein Cup-Finale besorgen? (UEFA-Cup Virtelfinale in Glasgow – erledigt!!!!)~~
2. VIP-Tickets für einen TAKE-THAT-Auftritt (mit ihrem PR-Manager gesprochen, meinte, es sei bestimmt möglich. Dazu noch Backstage-Ausweis!!!)
3. Die Surf-Meisterschaften ansehen (Newquay? Oder vielleicht im Ausland???!! Mit Susie, Reiseredakteurin, reden)
4. Maßgefertigten Anzug bestellen? Savile Row? Er wollte immer einen haben – könnte ihn zu seinem 30. Geburtstag tragen??
5. David Beckham treffen?!?! (mit seiner Fußball-Academy besprechen, was Ryan für die Kinder in Hackney getan hat?«)
6. Etwas mit Jamie Oliver? (vielleicht einfach in sein Restaurant zum Essen gehen?)
7. Eine eigene Eis-Sorte kreieren?
8. Zu einer Filmpremiere gehen – eine Liebeskomödie vielleicht?
9. Noch einmal nach New Yor–

Die U-Bahn hält abrupt an, und mein Stift hinterlässt einen dicken wütenden Strich auf dem Papier. Ich schnalze mit der

Zunge und versuche, meine Liste zu vollenden. *Noch einmal nach New York.*

Überall um mich herum sind die Leute wie auf dem Höhepunkt einer ausschweifenden Orgie aneinandergedrückt worden und drängeln nun zum Ausgang. Ich sehe zu, wie sich der Wagen erneut füllt und wende mich wieder meiner Liste zu. Es ist die wichtigste Liste, die ich je geschrieben habe.

Es ist die Liste mit Dingen, die Ryan vor seinem Tod noch tun will. Nein, es ist seine »*Scheiß-drauf*-Liste«.

Scheiß auf den Krebs! Der Krebs wird ihn nicht mitnehmen, ehe diese Liste abgearbeitet ist! Und vielleicht hat er ihn bis dahin vergessen und nimmt ihn gar nicht mit.

Ich tippe mit dem Stift gegen meine Zähne. Ich brauche noch mehr Punkte auf der Liste.

Mehr Punkte, mehr Punkte, mehr Punkte.

Mehr Punkte bedeuten mehr Zeit.

Füll die Seite, Molly. Wie wäre es mit dem Besuch eines Grand Prix? Oder mal in Silverstone fahren? Das fände Ryan GROSSARTIG! Ich schreibe es aufgeregt auf. Was noch, was noch? Was kann mein Mann noch tun, bevor er stirbt?

Ich blicke auf und verspüre den überwältigenden Drang, jedem um mich herum zu erzählen, dass mein Mann stirbt. Er stirbt. Er hat Krebs. Hautkrebs. Er ist neunundzwanzig.

Es würde als Stille Post im Wagen die Runde machen, genauso wie sich die Krankheit ausgebreitet hat. Sie würde alle anderen Leben infizieren, nicht nur meins. Nein, nicht infizieren, das ist nicht nett. Ich meine *beeinflussen*. Ich will, dass es alle etwas angeht. Dass es sie bewegt und aufrüttelt, so wie die U-Bahn sie gerade aufgerüttelt hat.

Ich will, dass ihr Leben aus den Fugen gerät, genau wie meins.

Und Ryans, *natürlich* Ryans. Ich weiß, dass es hier nicht

um mich geht, aber manchmal fühlt es sich so an. Ist es falsch, dass ich das sage? Ich weiß, dass sich das schrecklich anhört, aber ich kann nichts dagegen tun, dass ich ihn in gewisser Weise manchmal beneide. Ryans Schmerz wird irgendwann ein Ende haben. Meiner nicht.

Die zwei Leute, die vor mir stehen, driften einen Augenblick auseinander, und ich sehe einen Mann im Anzug, der mir gegenüber gedankenverloren in der Zeitung blättert. Plötzlich hasse ich ihn. Ich finde es schrecklich, dass er gesund und nicht mein Mann ist. Dass er locker eine Zeitung liest, während ich mich nur auf diese Liste konzentrieren kann. Ich habe seit Wochen weder ein Buch noch eine Zeitung oder eine Illustrierte gelesen. Ich kann nicht. Noch nicht einmal die Artikel in unserer Zeitschrift. Ich tue so, aber ich kann mich auf nichts konzentrieren. Es ist, als wäre mein Kopf mit Informationen überfüllt. Seit Ryan die Diagnose erhalten hat, habe ich das Gefühl, an alles denken zu müssen. Nicht nur, was ihn angeht, uns, den Alltag, sondern die ganzen sechs Jahre unserer Beziehung.

Ich bin ständig damit beschäftigt, jeden neuen Augenblick, jeden Blick, jedes Wort, jeden Scherz, jede Träne und jeden Kuss in meinem Gedächtnis zu speichern – ebenso wie alle davor. Ich sammele sie in meinem Kopf in einem Ordner mit der Aufschrift »Danach«. Und dann sind da noch all die Dinge, die ich täglich zu erledigen habe – für mich, für ihn, für die Arbeit, aber vor allem für ihn. Zum Glück bin ich immer gut im Listenschreiben gewesen. Ich brauche sie jetzt mehr als je zuvor.

Nicht dass Ryan besonders glücklich über sie ist. Er schüttelt den Kopf, wenn ich wieder ein neues Papier mit meiner ordentlichen Handschrift hervorziehe und es in der Wohnung aufhänge.

»Wird mein Leben darauf reduziert?«, sagte er ärgerlich und riss die Liste mit den Medikationsanweisungen herunter, die ich ein paar Tage nach seiner Diagnose aufgehängt hatte. »Eine Reihe verdammter Listen? Warum schreiben die Ärzte nicht Listen, mit denen es mir besser *geht*, anstelle von Listen, mit denen ich mich nur besser *fühle*. Die halten mich nicht vom Sterben ab, oder? Oder?«

Die Ärzte und Schwestern hatten uns darauf vorbereitet, dass solche Reaktionen zu erwarten seien. Dennoch war es hart, Ryan in dieser für ihn völlig ungewohnten Verfassung zu sehen – zwischen Wut in der einen Minute und völliger Depression in der nächsten. Es dauerte allerdings nicht lange, höchstens eine Woche, dann schien er langsam wieder zu sich zu kommen. Es war fast, als hätte er sich durch eine gründliche emotionale Reinigung davon befreit. Die Listen mag er trotzdem nicht. Aber *ich* brauche sie. Manchmal habe ich das Gefühl, dass es mir nur durch sie gelingt, überhaupt alles zusammenzuhalten. Es gibt eine Liste, wann er was einzunehmen hat, zum Beispiel die Medikamente gegen die Übelkeit nach der Chemo. Ryan hat sich entschieden, sie im Krankenhaus hier in London zu machen, und das Angebot seiner Eltern abgelehnt, nach Leigh zurückzuziehen und eine private Pflege zu erhalten. Er meinte, dass er zu Hause bei mir in London bleiben wolle. Dann ist da eine Liste mit all seinen Terminen für die Chemo. Er wollte die Chemo unbedingt machen. Er sagte dem Arzt, er wolle auf das Wunder setzen. Er wolle der eine in der Statistik sein, der es entgegen aller Wahrscheinlichkeit schafft. Der leere Ausdruck im Gesicht des Arztes war unerträglich.

Dann gibt es noch Ryans Schulstundenplan. Er ist entschlossen, so lange und so viel wie möglich zu arbeiten. So weiß ich immer genau, wo er gerade ist, nur für den Fall.

Und ich habe eine Liste mit Notfallnummern, die ich anrufen kann, wenn ich Hilfe brauche – von seinem Hausarzt, vom Seelsorgedienst, den Charlie mir empfohlen hat, weil ich keine Familie direkt vor Ort habe. Charlie ist unser Pfleger von der Macmillan-Krebshilfe, und er ist wunderbar, eine wirklich große Hilfe. Ich weiß nicht, was wir ohne ihn getan hätten. Und zum Glück kann ich mit ihm reden. Niemand anders scheint dieser Tage mit mir zurechtzukommen, abgesehen von meinen Eltern. Aber Charlie ist der perfekte Vertraute. Er hört mir zu und gibt mir Ratschläge und organsiert und unterstützt. Er agiert als Vermittler zwischen Ryan und mir, er bringt uns zum Lachen und entspannt uns. Er gibt Ryan das Gefühl, ein junger Mann zu sein, kein krebskranker junger Mann. Er spricht mit ihm über Fußball und Bands, die Nachrichten, seinen Unterricht, das Leben. Aber ich weiß, dass Ryan ihn auch Dinge fragt, über die er noch nicht einmal mit mir spricht. Wie zum Beispiel, wie viel Zeit er noch hat. Und ich? Ich rede mit Charlie, um herauszufinden, wie zum Teufel ich mit Ryans Krankheit umgehen soll – und wie ich meinen Mann pflegen soll. Das ist eine Rolle, auf die ich nicht vorbereitet bin. Ich weiß nicht, was ich tun muss, oder, wenn ich etwas tue, ob es richtig ist. Und ich weiß nicht, was als Nächstes kommt. Das macht mir eigentlich am meisten Angst. Was kommt als Nächstes? Charlie hilft mir, mich darauf vorzubereiten. Auf den Tag in der nicht allzu fernen Zukunft, an dem ich eine Anordnung zum Verzicht auf Wiederbelebung unterschreiben muss. Er klärt mich darüber auf, was passieren kann, bietet mir Optionen und sagt mir, worüber ich nachdenken soll. Er ist mitfühlend, aber er spricht aus, wie es ist. Etwas, was nicht mehr viele Menschen tun, die ich kenne.

Dann ist da noch die Liste der Leute, die wir anrufen sollten, um ihnen mitzuteilen, dass Ryan Krebs hat. Ryan will sie nicht schreiben, und als ich Jackie darum bat, weigerte sie sich ebenfalls.

»Warum sie wegen nichts beunruhigen?«, hatte sie fröhlich geträllert, während im Hintergrund Musik lief. Sie sagte, sie trainiere gerade mit einer Aerobic-DVD. »Ich versuche, fit zu bleiben, Molly, Süße!«, als könne sie für sie beide fit bleiben. Ich verstehe das. Das ist ihre Liste. »Wir laden sie einfach zur Party ein, wenn er wieder gesund ist!«

Dann gibt es noch meine täglichen Listen mit dem ganz normalen Haushaltskram: Rechnungen bezahlen, Essen einkaufen, Dinge, die in der Wohnung zu erledigen sind. Ich habe eine Liste mit Nummern von Gelegenheitsjobbern, die mir helfen können, wenn Ryan nicht kann. Es gibt auch eine Liste mit Adressen von Maklerfirmen, weil ich mich darum kümmern muss, ein Gutachten für die Wohnung zu besorgen. Wir haben nicht wirklich über die nächste Phase gesprochen, weil Ryan entschieden hat, so lange wie möglich in unserer Wohnung zu bleiben. Es ist so schwer für mich, weil ich weiß, dass das nicht geht. Ich war so verzweifelt, dass ich Charlie gebeten habe, mit mir etwas trinken zu gehen, um über alles zu sprechen. Ich hatte das Bedürfnis, ihm wie einem Freund all meine Sorgen anzuvertrauen. Es ist schwierig, dass Ryan nicht über die Zukunft sprechen will. Es macht mir Angst, weil ich das Gefühl habe, mit allem bis zum Ende allein zu sein. Und dann komme ich mir wieder schrecklich selbstsüchtig vor. Ich meine, natürlich werde ich mich um meinen Mann kümmern, ich will es überhaupt nicht anders. Aber Ryan denkt nicht daran, wie schlimm es noch werden wird. So bin ich mit Charlie in unsere Bar um die Ecke gegangen und habe mit ihm darüber gesprochen, dass Ryan sich strikt weigert, über unsere Zukunft zu sprechen. Er hat mir wie immer zugehört und hat mir einen großartigen Ratschlag gegeben. Woraufhin ich ihn peinlicherweise und in aller Öffentlichkeit auf die Wange geküsst habe. Die Leute haben wahrscheinlich gedacht, wir hätten ein Rendezvous oder so etwas, aber ich wollte mich nur für seine tolle Unterstützung bedanken. Charlie hat es nichts ausgemacht, er ist auf seine übliche charmante Art mit dieser ängstlichen, dankbaren Frau umgegangen. Jedenfalls hat Charlie bei seinem nächsten Besuch vorsichtig versucht, Ryan klarzumachen, dass eine Wohnung im zweiten Stock sich in der nahen Zukunft als »schwierig« erweisen könnte, und ihm Alternativen vorgeschlagen. Das wollte Ryan aber nicht hören.

Ich weiß, dass ein Umzug zurück nach Leigh ansteht. Idealerweise würde ich gern dorthin ziehen, bevor es zu spät ist. Irgendwohin, von wo aus er das Meer sehen kann und wo er in der Nähe seiner Familie und seiner Freunde ist. Ich wünschte, wir könnten jetzt umziehen. Ich wünschte, ich könnte aufhören zu arbeiten und *mein* Leben dem Rest von *seinem* widmen. Aber das kommt für Ryan noch nicht in Frage. Er will so normal wie möglich weiterleben und dass ich auch so normal wie möglich weiterlebe. Ihm scheint nicht klar zu sein, wie schwer das ist. Mein Leben ist bereits aus den Fugen. Ich absolviere vielleicht noch die normalen Tätigkeiten, aber in Wahrheit steht mein Leben still, und ich bereite mich im Inneren darauf vor, dass ich die nächsten Monate meinen kranken Mann pflegen werde.

Ich kann mich auf nichts anderes konzentrieren, ich kann nicht ausgehen und mich amüsieren, mich betrinken, mich in der Arbeit verlieren oder ein Musikstück hören, ohne mir die Augen aus dem Kopf zu heulen. Ich kann nicht im Zug sitzen, ohne alle anderen dafür zu hassen, dass sie nicht Ryans Krebs haben. Ich kann nicht aufhören, mich selbst dafür zu hassen, dass ich seinen Leberfleck nicht früher bemerkt habe.

Und ich kann auch nicht aufhören, über all die Dinge nachzudenken, die ich im Laufe unserer Beziehung falsch gemacht habe.

Das ist die längste und die deprimierendste Liste von allen, und die, die ständig in meinem Kopf präsent ist. Die Liste mit meinen Fehlern. Es ist die Liste, die mich dafür schilt, dass ich in jener Nacht im *Grand* und auf der *Bembridge* vor Ryan weggelaufen bin. Die mich rügt, weil ich an unserer Beziehung gezweifelt habe. Sie wirft mir jeden einzelnen Seufzer und jede Meckerei vor. Dass ich ihn nicht davon abgehalten habe, in dieses verdammte Solarium zu gehen. Dass ich zugelassen habe, dass er sich im Urlaub mit Babyöl anstatt mit Lichtschutzfaktor 30 eincremt. Sie schilt mich für jeden Streit, den wir hatten, jeden Entschuldigungskuss, den ich stur abgewiesen habe, und jede Berührung seiner Lippen, die ich als selbstverständlich hingenommen habe.

Und dann ist da noch dieser eine Kuss. Der, der uns vorübergehend auseinandergebracht hat. Der nagt an mir und verdirbt all die anderen. Das ist furchtbar, denn es schwächt mich. Es bringt mich dazu, nachts zu schluchzen, weil Ryan stirbt und nur den Bruchteil einer Sekunde daran gezweifelt hat, wie sehr ich ihn liebe. Dann hasse ich mich, weil ich weine, und muss ins Wohnzimmer gehen, damit er mich nicht hört. Aber er hört mich trotzdem, denn am nächsten Morgen sagt er, dass alles okay ist und dass er so froh sei, mich zu haben und dass das nie anders war.

Aber egal, was Ryan oder irgendjemand anders denkt, ich kann es nicht vergessen. Dennoch fragt er mich jeden Abend, ob ich nicht in eine Bar oder zu einer Presseveranstaltung gehen wolle und ein Glas Champagner trinken. Als ob ich dann für einen Moment alles vergessen könnte.

Er hat mich auch gefragt, ob ich mit Casey gesprochen

habe, und ich habe Ja gesagt, aber ich weiß, dass er mir nicht glaubt.

»Wirf deshalb nicht fünfzehn Jahre Freundschaft über Bord, Molly. Das ist es nicht wert«, meinte er eines Abends, als wir zusammengerollt auf dem Sofa lagen, DVDs guckten und ein paar Happen aßen, nachdem er von seiner dritten – und wie sich herausstellte – letzten Chemobehandlung zurückgekommen war. Der Arzt erklärte uns, es habe keinen Sinn weiterzumachen. Jetzt hat es auch seinen Darm erreicht. Ich wusste, dass Ryan noch »Das Leben ist zu kurz« hinzufügen wollte, und ich bin dankbar, dass er es nicht tat. Stattdessen sagte er: »Casey hat einfach nur einen dummen Fehler gemacht.«

Ich hatte genickt, ihn jedoch einfach ignoriert. Ich wollte nicht mehr über sie reden, und vor allem nicht jetzt. Seltsamerweise ist diese Zeit nach der Chemo etwas geworden, auf das wir uns freuen. An diesen Tagen gehe ich nicht zur Arbeit, und keiner stört uns. Wenn er den Tag im Krankenhaus ist und nach der Chemo-Injektion am Tropf hängt, sitzen wir herum, unterhalten uns stundenlang, lesen Zeitschriften und bringen uns gegenseitig zum Lachen. Anschließend gehen wir nach Hause, machen uns viele kleine Leckereien (Ryan hat nicht genug Appetit und nascht nur Kleinigkeiten) und sehen uns noch einmal unsere Lieblingsfilme an, wie wir es bei unseren ersten Verabredungen getan haben.

Das Leben fühlt sich für eine Weile normal an.

Aber der Krebs ist zu einem stillen Partner in unserer Beziehung geworden, er liegt zwischen uns auf dem Sofa, genau wie einst Casey. In vielerlei Hinsicht haben wir eine tödliche Krankheit durch eine andere ersetzt. Denn so, wie ich es sehe, hat Casey versucht, unsere Beziehung zu zerstören, und deshalb kann ich ihr nicht verzeihen. Oder mir verzeihen, dass ich zugelassen habe, dass sie sich zwischen uns drängt. Dass ich sie ignoriert habe wie Ryan seinen Leberfleck.

Jetzt will ich mich nur noch um meinen Mann kümmern und den Rest der Welt ausschließen. Obwohl ich laut Ryan nicht die *Erlaubnis* habe, mich um ihn zu kümmern. Deshalb wohnen wir noch immer in unserer Londoner Wohnung, anstatt nach Hause zu ziehen, wie Jackie und Dave es wollen. Deshalb unterrichtet er noch, jedenfalls zeitweilig. Ich will, dass er aufhört, aber er sagt, er fühle sich besser, wenn er mit den Kindern zusammen ist. Und er kann sie noch immer herumscheuchen und sie trainieren, auch wenn er selbst nicht mehr rennen kann. Er kommt sich ein bisschen wie Tom Cruise in *Geboren am 4. Juli* vor, aber ohne den Rollstuhl und mit weniger Haaren.

So sind die Listen, aber vor allem diese *eine* Liste – Ryans Scheiß-drauf-Liste – zu meinem Leben geworden. Sie scheint die einzig positive Liste zu sein, die ich habe. Und sie gibt mir einen Grund, zur Arbeit zu gehen. Ich könnte nicht einen Bruchteil all dieser Dinge ohne meine Kollegen organisieren. Ryan weiß nichts davon, aber es ist meine Art, das Bestmögliche aus den letzten Monaten, aus seinem letzten Somm…, aus seinem *Leben* herauszuholen wie möglich. Ich will, dass er das Gefühl hat, alles erreicht zu haben, was er wollte. Ich will ihm das Gefühl geben, dass er nichts verpasst hat.

»He, Molly! Ich hab was für dich!« Cara tritt mit einem strahlenden Lächeln an meinen Schreibtisch. Ich blicke von Ryans Liste auf und betrachte ihr Gesicht. Der verzogene Mund und die zusammengekniffenen Augen wirken wie eine erstarrte Fratze.

Seit ich ihnen erzählt habe, dass mein Mann sterben wird,

scheinen alle so zu lächeln. Die Reaktionen der Leute sind extrem – entweder sind sie todtraurig in Schwarz-Weiß oder fröhlich in Technicolor. Lassen sich Leben und Tod tatsächlich auf diese zwei theatralischen Masken reduzieren?

Es ist, als hätten sie Sorge, ich würde zusammenbrechen, wenn sie nicht beschwingt sind. Und wenn sie meinen, ich würde gleich zusammenbrechen, wollen sie darauf vorbereitet sein, mir in meinem Unglück nahe zu sein. Die meisten meiner Freunde wissen nicht, wie sie mit mir reden sollen. Einige von ihnen reden nicht mehr mit mir. Okay ich meine, ich rede nicht mit *ihnen*.

Mia hat mich sofort angerufen. Sie hat einfach geweint. Ich habe sie noch nie weinen hören. Es war extrem seltsam.

Meine Eltern haben gesagt, sie würden für ihn beten. Daran hatte ich nicht gedacht, deshalb bin ich froh, dass sie das übernehmen. Es ist irgendwie tröstlich.

Jackie, nun, Jackie glaubt nicht, dass es passieren wird. Die Fachleute sagen, sie will es nicht wahrhaben, ich sage, sie ist verstört. Sie spricht das Wort »Krebs« noch nicht einmal aus und redet von der Chemo als von »der Rettung«. Sie scheint nicht zu begreifen, dass die Chemo nicht heilt, sondern nur sein Leben so weit wie möglich verlängert.

Dave ist stets ruhig und nüchtern. Beide Begriffe habe ich noch nie zuvor im Zusammenhang mit ihm benutzt.

Carl spricht nicht darüber, und Lydia redet nur von Ferien – wohin wir als Nächstes fahren und wo wir schon waren. Es ist, als habe sie in den extremen Friseurmodus geschaltet. Es ist ihre Art, nicht zu sprechen.

Niemand scheint mit dieser Krankheit auf eine hilfreiche Weise umzugehen, aber zumindest heißt das, dass ich mich ganz auf Ryan konzentrieren kann. Ich fühle mich allerdings ziemlich allein. Jetzt schon.

Dann gibt es noch Leute, die ich nicht kenne. Auch ihnen erzähle ich es. Komischerweise wissen auch sie nicht, was sie sagen sollen. Wie der Kerl von diesem Callcenter, der mir eine Lebensversicherung verkaufen wollte und verständlicherweise ziemlich aus der Fassung war, als ich in Tränen ausbrach und ihm erzählte, dass mein Mann an Krebs erkrankt sei. Ach, und der Mann vom Zeitungsladen in der U-Bahn-Station, der gefragt hat, ob ich einen kostenlosen Schokoriegel zu meiner Zeitschrift wolle, und ich sagte: »Nein, ich hätte nur gern, dass mein Mann keinen unheilbaren Krebs hätte.« Ich will es ihnen eigentlich nicht erzählen, es kommt einfach so heraus. Es ist, als sei es ständig da – auf meiner Zungenspitze, in meinem Mund, in meinem Hals, hinter meinen Augen, unter meiner Nase, unter meinen Fingernägeln, auf meiner Haut, zwischen meinen Zehen, unter meiner Kopfhaut.

Ich lebe und atme den Krebs, und Ryan stirbt an ihm.

»Hallo, Cara!« Ich lächele und lehne mich auf meinem Stuhl zurück. Ihr Lächeln ist noch immer eingefroren, ihr Blick huscht von einer Seite zur anderen, als suche sie nach einem Fluchtweg. »Was kann ich für dich tun?« Gott, ich klinge wie mein Dad.

Cara schluckt und blickt sich um, dann kehrt ihr Comic-Lächeln zurück. »Ich wollte dir nur sagen, dass ich für euch Karten für morgen habe! Könnt ihr hingehen?«

»JA!« Ich boxe in die Luft, dann greife ich nach meinem Stift und streiche »Zu einer Filmpremiere gehen« durch. »Danke, Cara! Das ist toll!« Ich stehe auf, um sie zu umarmen, und dann blicke ich hinunter auf meinen Computerbildschirm. Dort ist meine Blog-Seite aufgerufen, auf die ich gerade ein Foto hochgeladen habe. Es zeigt Ryan und mich, wie wir uns auf dem Franz-Josef-Gletscher in Neuseeland küssen.

Hinter uns geht die Sonne auf, und ihr Licht verleiht uns etwas Überirdisches. Seit Ryans Diagnose stelle ich Bilder von uns ins Netz. Vor allem, weil ich momentan keine große Lust habe, welche zu machen. Ich versehe alle mit einer kleinen Überschrift. Dieses heißt »Der Kuss auf dem Dach der Welt«. Manchmal schreibe ich auch mehr, eine Erinnerung oder einen Gedanken über die Liebe, den ich teilen möchte. Ich will, dass meine Gedanken dort draußen sind, damit ich, wenn Ryan gegangen ist, nicht allein mit ihnen bin. Sie fühlen sich an wie meine ganz eigene kleine Flaschenpost. Ich weiß nicht, wer sie erhält oder was die Empfänger darüber denken, aber es hilft mir irgendwie.

»Ich glaube, dass ich noch mehr für dich tun kann!«, verkündet Cara strahlend. »Ich habe mit Susie gesprochen, und sie ist zuversichtlich, dass sie das mit der Surfmeisterschaft hinbekommt, und das mit den Presseausweisen für das Take-That-Konzert ist sicher!«

Mein Herz hüpft vor Freude und … ist das Panik? So viele Dinge, die ich von der Liste streichen kann! Das heißt, ich muss mir neue ausdenken.

»Danke, Cara«, sage ich. »Ryan wird sich riesig freuen! Am Wochenende sind wir beim Viertelfinale des UEFA-Cups gewesen!«

»Wow!«, ruft Cara übertrieben. »Ich wette, es hat ihm richtig gut gefallen!«

Meine Gedanken wandern zu jenem Nachmittag. Wir hatten in einer Firmenloge gesessen, ein Champagnerglas in den Händen, eine Decke über den Knien, und Sevilla gegen Tottenham Hotspur gesehen. Ich hatte Ryan aufgeregt angesehen und seine Hand gedrückt, und er hatte sich umgedreht und mich angelächelt. Doch dann beobachtete ich, wie er den Blick abwandte, nach unten in die Menge schaute und sein Lächeln verschwand, als habe sich eine dicke Wolke vor die Sonne geschoben.

»Gefällt es dir?«, hatte ich aufgeregt gefragt.

»Oh, ja, Molly«, erwiderte er höflich. »Es ist toll! Ein Traum wird wahr! Ich kann nicht glauben, dass du all das organisiert hast!« Aber etwas in seiner Stimme sagte mir, dass das nur die halbe Wahrheit war.

»Na ja, du kennst mich ja, Freunde in guten Positionen und so!« Jeder weiß von der Liste – nur Ryan nicht. Es ist überwältigend, wie sehr meine Kolleginnen mir helfen wollen und wie sie sich für mich einsetzen. Christie hätte mich nicht mehr unterstützen können.

»Wenn du willst, kann ich dich freistellen, Molly«, hatte sie sanft gesagt, »bei vollem Gehalt. Wann immer du willst, so lange du willst, lass es mich einfach wissen.«

Ich hatte vehement den Kopf geschüttelt. »Nein, danke, Christie, ich muss herkommen. Ich habe so viel zu tun! Eine so lange Liste! Und Ryan will, dass alles so normal wie möglich ist. Er ist meist in der Schule. Ich brauche nur freie Tage, wenn er die Chemo bekommt, wenn das okay ist?«

»Natürlich, was immer du brauchst.« Sie zögerte. »Das Foto von dir und Ryan ist wunderschön.« Ich sah auf und bemerkte, dass sie auf ihrem Computer meinen Blog aufgerufen hatte. Es war das Foto, auf dem Ryan und ich uns in einem Fotoautomaten in Lakeside küssten.

»Das war kurz nachdem er mich gefragt hat, ob ich mit ihm zusammenziehen würde«, antwortete ich, und in meinen Augen brannten Tränen. »Gott, wir sehen so jung aus! Was haben wir da bloß an?« Ich lachte und schnaubte, sodass eine Blase aus meiner Nase kam, ich wischte sie schnell weg, weil es mir vor Christie peinlich war. Dann machte sie den Blog schnell wieder zu.

Wir stehen am überfüllten Leicester Square, auf den sich die Menge ergießt wie Teig auf ein Kuchenblech. Stück für Stück versuchen die Menschen, so nah wie möglich an den Rand des roten Teppichs vorzudringen. Ich umklammere unsere Karten. In meinem Metallic-Kleid, den riesigen Ohrgehängen und den silbernen High Heels komme ich mir völlig overdressed vor. Ryan sieht aus, als wäre er jetzt lieber zu Hause auf dem Sofa. Wir hatten das Gefühl, wir müssten uns in Schale werfen, aber keine andere Nicht-Berühmtheit hat so viel Aufwand betrieben wie wir. Wir sehen aus, als hielten wir uns für die Stars des Films. Es ist unglaublich peinlich.

»Bringen wir es hinter uns?«, fragt Ryan, seine Stimme ist schrill vor Anstrengung. Wir starren auf den roten Teppich vor uns, der uns in unserer Vorstellung so aufregend erschienen war, jetzt aber einschüchternd wirkt.

»Nein«, sage ich entschieden mit einem breiten Lächeln. »Warten wir einfach noch ein bisschen.« Ich zeige ihm nicht, dass ich Angst habe. Wir müssen so viel wie möglich aus diesem Abend herausholen, und das heißt warten, damit wir neben irgendeinem Superstar stehen.

»Mollyyy, komm schon«, sagt Ryan mit zusammengebissenen Zähnen. »Ich mache mir in die Hose.«

»Typisch Essex-Jungs«, rüge ich, »große Klappe, aber nichts dahinter.« Ich nehme seine Hand. »Komm schon, du brauchst keine Angst zu haben!«

»Gerade erscheint mir der Krebs weniger furchteinflößend als dieser rote Teppich«, entgegnet Ryan ungewöhnlich ruhig. So gedämpft habe ich ihn noch nie gesehen, aber ich weiß, wie er sich fühlt.

»Hör zu«, flüstere ich, »wir machen das hier nur einmal, und wir machen es richtig, okay? Jetzt tu einfach, was ich dir sage.«

»Okay, Boss«, sagt Ryan. Ich sehe ihn an und zwinkere ihm zu. Ich versuche, mir nicht anmerken zu lassen, wie aufgeregt ich bin. Ich blicke mich rasch um und sehe eine elegante schwarze Limousine vorfahren. Dann erscheint ein kurzes Bein in einer Anzughose, dem ein Körper mit einem Lächeln folgt. Noch ein Grinsekatzelächeln. Aber seins ist noch größer als das von Dr. Harper. Es ist eines der bekanntesten Lächeln der Welt.

»Er ist es«, zische ich. »Tom Cruise.« Ryan reckt den Hals und versucht, einen Blick auf sein Idol zu erhaschen.

»Sieh jetzt nicht hin!«, tuschele ich. »Gib dich cool. Tu, was ich mache, okay? Warte, warte. Jetzt!«

Langsam und entschieden schreite ich über den roten Teppich, winke der Menge zu und klammere mich an Ryans Hand. Er drückt sie und sieht mich ungläubig an. Ihm fallen fast die Augen aus dem Kopf, als wollte er sagen: »Was zum Teufel tust du da?« Aber das hat auch damit zu tun, dass sein Gesicht so eingefallen ist. Seit der letzten Chemo hat er ziemlich abgenommen – und dass er die Haare verloren hat, verstärkt diesen Eindruck noch. Doch natürlich ist er noch immer unglaublich attraktiv. Ich finde ihn noch immer hinreißend, auf eine eher ätherische Art. Doch andere erschreckt sein Aussehen. Seine Haut ist aschfahl wie der gelblich graue Schein einer Straßenlaterne im Nebel. Sein Schädel ist kahl, und er hat Läsionen auf der Kopfhaut. Seine Kleider, die ihm vor einer Woche noch passten, schlackern um seinen Körper, sogar seine Zähne wirken irgendwie größer.

»Geh langsam«, zische ich. »Wiiiirklich langsaaam.«

»Warum?«, zischt Ryan zurück. »Alle sehen uns an.«

»Darum geht es, Ryan«, erwidere ich. »Wir, mein Freund, werden neben Tom Cruise gehen!«

»Bist du *verrückt*?« Er zieht an meinem Arm, um mich aufzuhalten. »Jeder sieht, dass wir Nobodys sind. Und hast du seine Leibwächter gesehen?«

Ich bleibe mitten auf dem roten Teppich stehen, drehe mich um und fasse seine Arme. Ich spüre seine Knochen. »Du, Ryan Cooper, bist kein *Nobody*, du bist nie ein *Nobody* gewesen und du wirst nie ein *Nobody* sein, *hast du mich verstanden*?«

Die Leute sehen uns an. Ein paar Fotografen lassen die Kamera sinken und beobachten uns spöttisch. »Du bist *kein* Nobody. Okay, Cooper?«, wiederhole ich fest und gebe mir alle Mühe, nicht zu weinen.

Ryan blickt zurück zur Menge hinter uns und auf die Fotografen, die uns jetzt ignorieren, weil echte Stars an ihnen vorbeilaufen (»Kelly! Kelly Brook! Hier! Hübsches Kleid, Schätzchen! Oh, und Fearne!!! Fearne Cotton! Können wir ein Bild bekommen? Schenk uns ein Lächeln!«) Ich wische mir mit der Hand die Nase und klemme meine Tasche unter den Arm, dann dreht Ryan sich zu mir um und grinst mich an, seine Augen strahlen. Er packt mich, zieht mich an sich, biegt mich nach hinten und küsst mich, bis ich keine Luft mehr bekomme. Blitzlichter flammen auf, und ich schließe die Augen. Nicht nur, um den Kuss zu genießen, wie ich es mir geschworen habe, sondern weil ich von den Blitzen geblendet bin. (»Wer sind die beiden? Waren die bei *Big Brother*? Ach ja, ich wusste, dass ich sie kenne! Wie heißen sie noch?! Noch ein Kuss, ja?«)

Ryan löst sich von meinen Lippen und sieht mich an. Seine Augen funkeln zart wie Sterne, die schon am Himmel stehen, wenn die Sonne noch nicht untergegangen ist.

»Das hat funktioniert, was Moll?«, sagt er, und ich lache. Dann zieht er mich wieder hoch, und wir küssen und umarmen uns. Doch plötzlich erstarrt Ryan und wendet langsam den Kopf, weil ihm jemand auf die Schulter tippt.

»He, beeindruckender Kuss, Kumpel! Fast so gut wie meiner!« Toms grinsendes Gesicht schwebt über uns, bis er von seinen Aufpassern weitergezogen wird und nur die Erinnerung an seine Worte und sein Lächeln zurücklässt. Ryan und ich blicken uns an, jetzt fallen uns beiden fast die Augen aus dem Kopf, und wir fangen an zu lachen.

Im Kino nehmen wir unsere Plätze ein. Ich schiebe meine Hand, die noch immer von der Begegnung mit Tom Cruise zittert, in Ryans und lehne mich zurück, um den Film zu genießen. Aber nach fünf Minuten beugt sich Ryan zu mir herüber und flüstert: »Können wir nach Hause gehen, Molly? Ich fühle mich nicht so gut.«

In jener Nacht bringe ich Ryan ins Bett und liege neben ihm, bis er tief und gleichmäßig atmet. Ich halte ihn so lange es geht in den Armen und will, dass der Schlaf auch zu mir kommt. Aber er kommt nicht. Ich schlüpfe aus dem Bett, gehe ins Wohnzimmer und weine umso heftiger, je weiter ich mich von Ryan entferne. Ich weine, weil mir klar ist, dass ich mit dem, was ich tue, nichts aufhalten kann. Wir machen all diese fantastischen Dinge, von denen wir immer geträumt haben. Doch das reicht nicht. Ich sitze auf dem Sofa, und erst da bemerke ich ein Stück Papier, das neben dem Flamingo auf dem Couchtisch liegt. Dieser verdammte Flamingo. Ryan hat also meine Liste entdeckt. Die Scheißdrauf-Liste. Er muss sie gesehen haben, bevor wir heute Abend ausgegangen sind.

Ich nehme meine Liste, um zu sehen, ob er etwas hinzugefügt hat. Verwirrt und ungläubig blicke ich auf die Seite. Die Überschrift sowie jeder einzelne Punkt sind durchgestrichen.

Darunter hat er eine neue Liste erstellt:

Ryan-will-Liste
Ich will mit dir zusammen sein.
Ich will mit meiner Familie und meinen Freunden zusammen sein.
Ich will nicht von Molly verhätschelt werden!!!!!
Ich will mein Leben mit dir so normal wie möglich leben.
Ich will nicht, dass du dir ständig Vorwürfe wegen Sachen machst, die du nicht ändern kannst und die ich auch gar nicht ändern wollte.
Ich will mir die Zeit nehmen, auf mein Leben zurückzublicken, und nicht mehr versuchen, es mit allen möglichen Dingen vollzustopfen.
Ich will, dass du siehst, was ich empfinde: dass ich ein Mann bin, der vollkommen erfüllt ist. Ich habe alles, was ich immer wollte, Molly, und ich bedaure nichts. Kein bisschen.

Und dann:

Ich will nichts mehr TUN, Molly, ich will einfach nur SEIN.

Während ich seine Liste lese, beiße ich mir auf die Lippe. Als ich begreife, was er mir zu sagen versucht, nicke ich und beginne zu schluchzen. Ich war blind und habe nur versucht, Dinge zu tun, die *mir* die Tatsache erleichtern, dass er stirbt. Nicht ihm. Weil ich nicht will, dass er stirbt. Ich weiß nicht, wie ich ohne ihn leben soll.

Seine Handschrift verschwimmt vor meinen Augen, und ich sehe doppelt, dann bemerke ich, dass von der anderen Seite des dünnen Notizpapiers ebenfalls Schrift durchscheint. Ich kann mich nicht erinnern, etwas auf die Rückseite geschrieben zu haben, und drehe das Blatt um. Dann fange ich wirklich an zu heulen, weil Ryan dort eine andere Liste aufgestellt hat. Eine nur für mich. Ich lese sorgsam jede Zeile, versuche, mir jede genau zu merken, und streiche mit den Fingern über seine krakelige Handschrift.

Für-Molly-Liste
Ich will, dass du glücklich bist!
Ich will, dass du zuversichtlich bist!
Ich will, dass du ohne Bedauern zurückblickst!
Ich will, dass du die Vergangenheit loslässt und den Moment lebst!
Ich will, dass du Fotografin bist. Du bist hervorragend. Warum hast du aufgehört, Fotos zu machen? Ich habe zwar Krebs, aber du hast noch deine Augen und deine Hände und vor allem deinen Blick.
Ich will, dass du geliebt wirst. Wer auch immer dich als Nächstes liebt, wird dich für immer lieben. Weil alles andere unmöglich ist. Glaub mir, ich weiß es. Und wenn ich noch da wäre, würde ich ihm die Hand schütteln, weil ich weiß, wie glücklich er ist.
Ich will, dass du Mutter wirst. Du wirst eine großartige Mutter sein. Und nein, Molly, ich bedaure nicht, dass wir keine Kinder haben. Es würde mich umbringen (ha, ha!), sie zurücklassen zu müssen. Ich bin froh, dass es nur dich und mich gibt, Molly, hörst du? Ich meine es ernst.
Ich will, dass du stolz auf dich bist und weißt, wie stolz ich war, von dir geliebt zu werden. Du hast mein Leben vollständig gemacht, deshalb ist es mir egal, dass ich nicht alt werde. Wir hatten alles in so jungen Jahren, oder? Ich hatte alles in so jungen Jahren. Was kann man mehr wollen?

Endlich habe ich eine Liste mit Sachen, die wirklich wichtig sind. Die einzige Liste, die ab jetzt überhaupt für mich zählt. Ich küsse das Papier, streiche mit den Lippen über seine Schrift und versuche, seine Worte und seine Gefühle in mich aufzunehmen, die Liebe, mit der er diese Liste geschrieben hat. Das hier ist Ryan, ein Mann, der nie mehr wollte als das, was er hatte. Der ein erfülltes Leben geführt hat, indem er ein einfaches Leben geführt hat. Er hat immer die richtigen Prioritäten gesetzt, nicht erst jetzt, wo er den Tod vor Augen hat, sondern sein ganzes Leben lang. Er ist nie lächerlichen Träumen hinterhergejagt, er wollte nie etwas anderes sein als ein guter Freund, Sohn, Bruder, Geliebter, Lehrer und Ehemann. Ich habe schon so viel von ihm gelernt, aber er bringt mir noch immer etwas bei. Und er wird mir noch einiges beibringen.

Ich lege das Papier auf den Couchtisch, gehe in die Küche und stelle den Wasserkocher an. Mir ist klar, dass ich heute Nacht kein Auge zumachen werde. Als ich an der Wand lehne und mich in unserer Wohnung umblicke, unserem Zuhause, fange ich im Kopf an, Worte zu bilden, dann Sätze, schließlich einen Absatz.

Ich trage den Tee hinaus ins Wohnzimmer, nehme meinen Laptop und öffne meinen Blog. Meine Finger schweben über den Tasten, während ich auf den leeren Bildschirm starre. Ich bin es nicht gewohnt, meine Gefühle in etwas anderem als einem Foto auszudrücken. Dann öffne ich auf dem Computer den Ordner mit dem Namen »Hochzeit« und gehe alle Fotos durch, bis ich das finde, was ich gesucht habe. Es zeigt Ryan und mich unter dem Baldachin aus orangefarbenen und gelben Wildblumen, die ich ausgesucht hatte. Gleich wird die Sonne hinter uns im Meer versinken, und wir stehen da – ich in Weiß, er in Hellblau –, als wären wir das

Auge des Feuers. Wir neigen die Köpfe einander zu, pressen die lächelnden Lippen aufeinander, haben die Hände auf die Wangen des anderen gelegt und teilen unseren ersten Kuss als Mann und Frau.

Ich starre einen Moment auf das Bild, dann schreibe ich.

Der Bis-dass-der-Tod-uns-scheidet-Kuss

Ich wollte nie heiraten. Nachdem ich mich jedoch erst einmal mit der Idee angefreundet hatte, fragte ich mich, was mich eigentlich so lange davon abgehalten hatte. Die ganze Zeit hatte ich die Dauer, die Endgültigkeit und das Absolute der Ehe gefürchtet.

Ein Mensch für den Rest meines Lebens.

Jetzt weiß ich, dass das nicht immer möglich ist.

Ich blicke erneut auf das Hochzeitsfoto, trinke einen Schluck von meinem Tee und tippe weiter, die Worte fließen aus meinen Fingern.

Nachdem ich endlich mein ewiges Glück gefunden hatte, habe ich kürzlich erfahren, dass mein hinreißender, sportlicher, lustiger, netter, fürsorglicher, fitness- und fußballverrückter Ehemann unheilbar an Krebs erkrankt ist. Er ist bald 30, ich bin 28.

Wir kennen uns, seit wir Teenager waren. Wir haben uns zum ersten Mal geküsst, als er 17 und ich 15 war. Es ereignete sich in einer Bar, die Grand heißt (es war fürchterlich). Unseren zweiten (diesmal fantastischen) Kuss haben wir geteilt, als wir uns zufällig im Urlaub auf Ibiza begegnet sind. (Ich glaube, er ist mir hinterhergereist, was er noch

immer abstreitet!). Wir sind zusammengezogen, als all unsere Freunde One-Night-Stands hatten, haben uns dann aber vorübergehend getrennt, nur um festzustellen, dass wir zusammengehören. Wir haben uns am 23. November 2005 (meinem 26. Geburtstag) in New York im Central Park verlobt, bei dem Imagine-Denkmal in Strawberry Fields. Es war ein absolut magischer Moment. Dann haben wir am 22. April 2006 auf Ibiza geheiratet, und es war himmlisch. Ich habe das Gefühl, ihn schon immer geliebt zu haben, und deshalb glaubte ich, naiv wie ich war, es würde auch für immer andauern.
Seit seiner Diagnose war ich besessen von dem Bedürfnis, jeden einzelnen Augenblick mit Bedeutung zu füllen. Ich wollte das, was von Ryans Leben noch übrig ist, wertvoll gestalten. Ich habe sogar eine Liste geschrieben, was wir noch unternehmen müssen, um sicherzugehen, dass Ryan alles getan hat, wovon er immer geträumt hat. Meine Kollegen haben mir netterweise geholfen, ein paar unglaubliche Erlebnisse für Ryan zu organisieren, die wir langsam abgearbeitet haben. Doch jetzt habe ich gerade eine Liste gefunden, die er für mich geschrieben hat. Er erklärt darin, dass er nichts anders machen würde. Dass sein Leben erfüllt war, weil er unglaubliche Freunde hat, eine fantastische Familie, der er immer beneidenswert nah gestanden hat, und seinen geliebten Lehrerberuf. Seine Schüler sind für ihn wie seine eigenen Kinder. Er hat sich nie mehr gewünscht als das, was er hat. Er ist immer glücklich gewesen, manchmal war es sogar nervig (versuchen Sie einmal, sich mit jemandem zu streiten, der immerzu lächelt!). Und dass er von nun an nur noch mit denen zusammen sein will, die er liebt. Dass er nur noch sein, nichts mehr tun will.

Seine Mutter Jackie scherzt immer, dass er schon lächelnd auf die Welt gekommen sei. Jetzt scherzt er, dass er auch mit einem Lächeln sterben wird. Lachen ist vermutlich sehr hilfreich. Und wir lachen auch, aber manchmal finde ich das ziemlich hart.

Ich habe Stunden damit verbracht, nach einem Weg zu suchen, wie ich Ryan für immer festhalten kann. Jetzt habe ich gerade das Gefühl, dass dieser Blog eine Möglichkeit ist. In den letzten Monaten haben die Leser dieses Blogs meinen Blick auf das Leben und die Liebe durch das Objektiv meiner Kamera mit mir geteilt – auf meiner Reise nach New York, meinen Wegen zur Arbeit, all den Orten, an denen Ryan und ich gewesen sind. Seit seiner Diagnose habe ich ein paar Bilder von Ryan und mir hochgeladen.

Ich glaube, ich habe das deshalb getan, weil ich will, dass andere Menschen meine große Liebe mit mir teilen. Ich wünschte, ich hätte jeden einzelnen Kuss eingefangen, den Ryan und ich geteilt haben, und könnte ihn hier posten. Damit alle sehen, was ich mit Ryan hatte und was ich durch ihn geworden bin. Ich wünsche mir, dass alle, die das hier lesen, jetzt zu ihren Liebsten gehen, sie küssen und es genießen – und jeden Kuss genießen, der noch folgt. Denn wenn man weiß, dass Küsse endlich sind, dass jeder Kuss einem den Abschied näher bringt, fragt man sich, weshalb man so viele verschwendet hat. Also bitte, tun Sie es für mich, beherzigen Sie Ryans Rat: Hören Sie auf zu machen und fangen Sie an zu sein. Seien Sie nett zueinander. Seien Sie dankbar, dass Sie einander haben. Seien Sie ehrlich zueinander. Vergeuden Sie Ihre Küsse nicht, nicht einen einzigen. Die Zukunft ist keinem von uns versprochen, also küssen Sie, bis Sie nicht mehr küssen können! Küssen Sie, als wäre jeder Kuss der letzte. Und dann bewahren Sie sie für immer in Ihrem Gedächtnis. Genau wie ich es tue.

Kuss, Molly

Der unstillbare Kuss

Haben Sie sich je einem Kuss völlig ausgeliefert? Hatten Sie das Gefühl, ein Stück von sich zu geben und es durch einen Teil des anderen zu ersetzen? Das ist mir passiert, nachdem ich aus Ibiza zurück war. Mit jenem Kuss hat Ryan meine Verwandlung in einen Schmetterling bewirkt. Körperlich und seelisch. Er hat mir neues Leben eingehaucht und mit seinen Lippen meine Seele gestreichelt. Danach konnte ich nicht mehr zurück in meinen Kokon. Nicht jetzt, nicht mit ihm, nie mehr.

<<*Zurückspulen 30.07.2001, 18:00 Uhr*>

»Gott, das kam mir vor wie der längste Montag überhaupt«, seufzt Jo, als eine Gruppe von uns sich kurz nach sechs im Aufzug zusammendrängt. »Ich hasse die Druckwoche. Egal, wie organisiert wir sind, am Ende wird es doch immer stressig. Ich brauche etwas zu trinken. Hat jemand Lust mitzukommen?«

Ich blicke auf meine Armbanduhr. Ich will mich eigentlich unbedingt in meiner neuen Wohnung einrichten, mir ein Glas Wein einschenken und einige Kartons auspacken.

»Ach, komm schon«, drängt Jo, als die Fahrstuhltüren sich zum weiten Foyer von Brooks Inc. öffnen, dem Herausgeber von *Viva*. »Ich möchte mehr von dieser Urlaubsromanze hören.«

Ich ignoriere sie. Ich möchte wirklich nicht mehr über Ryan sprechen. Ich bin mir ziemlich sicher, dass ich nichts mehr von ihm hören werde. Einmal ein Spieler …

Die Drehtür befördert uns eine nach der anderen auf die Long Acre, die Hauptstraße von Covent Garden, die an diesem lauen Juliabend ziemlich belebt ist. Wir stehen ein paar Minuten plaudernd zusammen und versuchen, uns auf eine Bar zu einigen. Schließlich entscheiden wir uns für das *Langley* direkt um die Ecke.

»MOLLY!«, höre ich jemand in der Ferne rufen und drehe mich um. Ich bin unsicher, woher der Ruf kommt und ob ich gemeint bin. Die frühe Abendsonne spiegelt sich in den Schaufenstern und blendet mich, dann werden wir plötzlich von den Menschenmassen mitgerissen, die aus der U-Bahn-Station drängen. Ich sehe lediglich einen Haufen Köpfe.

»Hast du das eben auch gehört, oder werde ich jetzt verrückt?«, frage ich Jo.

»Ich habe es auch gehört«, bestätigt sie.

»MOLLY!« Ich drehe mich erneut um und sehe diesmal einen riesigen Blumenstrauß die Straße überqueren. Die Menge teilt sich, und die Wagen halten wie durch ein Wunder mit quietschenden Reifen an. Sogar die schwarzen Taxis. Die Person, die anstelle eines Kopfes einen Blumenstrauß zu besitzen scheint, springt über die Straße und schreit, als ginge es um Leben und Tod.

»Tut mir leid, entschuldigen Sie. Ich muss zu … MOLLY!«

Ich höre, wie die Mädchen nach Luft schnappen, und mir bleibt der Mund offen stehen, als Ryan keuchend hinter dem Strauß auftaucht und mich breit angrinst. Auf seiner gebräunten Stirn haben sich Schweißperlen gesammelt. Er trägt ein kurzärmeliges blaues T-Shirt unter einer roten Daunenweste, und an seinen nackten Armen treten deutlich die Muskeln hervor. Seine blauen Augen funkeln wie das Meer, in dem wir zusammen auf Ibiza geschwommen sind.

»Ryan? Was um alles in der Welt machst du hier? Du solltest doch noch auf Ibiza sein!« Ich halte schützend eine Hand über meine Augen, da ich noch immer von der Sonne geblendet werde. Ich kann nicht glauben, dass er hier vor mir steht. In dem weichen Abendlicht wirkt er unwirklich, es verleiht ihm eine engelsgleiche Aura.

Er blickt zu meinen Kolleginnen, die ihn bewundernd anstarren, und hält mir die Blumen hin.

»Ich konnte es keinen Tag länger ohne dich aushalten«,

erklärt er. »Ich habe meinen Urlaub abgebrochen und den nächsten Flug nach Hause genommen. Kurz nach dir.«

Ich starre ihn schockiert an und suche in seinem Gesicht nach einem Hinweis, dass es sich um einen Scherz handelt. Ich blicke mich um, ob ich Alex oder Carl oder einen seiner anderen Freunde entdecke.

Dann verschränke ich die Arme – hauptsächlich, weil sich mein Herz anfühlt, als würde es gleich aus meiner Brust springen. »Meinst du das ernst, Cooper?« Ich hebe skeptisch eine Braue, so wie Casey es mir beigebracht hat.

»Ich meine es todernst.« Sein wunderschöner Mund bildet eine entschlossene Linie.

Ich sehe ihn einen Augenblick an, dann richte ich den Blick zu Boden. Ich verstehe das nicht. Ich sehe seine Hand nach meiner greifen und lasse es geschehen. Ich spüre, wie eine magnetische Kraft uns zueinander hin zieht. Langsam kommt mir der Gedanke, dass das bereits seit Jahren so ist.

»Ich bin in dich verliebt, seit ich dich zum ersten Mal gesehen habe, Molly Carter«, sagt Ryan. »Können wir jetzt endlich aufhören so zu tun, als wäre dem nicht so?«

Er tritt auf mich zu, und trotz all der Leute, obwohl ich mit meinen neuen Kolleginnen vor meinem neuen Arbeitsplatz stehe, und obwohl ich keine Freundin öffentlicher Liebesbekundungen bin, werfe ich mich in seine Arme. Ich kann ihm keinen Moment länger widerstehen. Während sich unsere Lippen treffen, blicke ich ihm tief in die Augen und sehe darin Offenheit, Liebe und Verletzlichkeit anstelle von gespieltem Machogehabe. Und damit schwindet mein letzter Zweifel. Ryan Cooper ist mein Schicksal. Das weiß ich sicherer als irgendetwas anderes in meinem Leben. Als wir die Arme umeinanderschlingen und uns weiter küssen, höre ich meine Kolleginnen jubeln und löse mich von ihm. Plötzlich ist es mir peinlich. Doch Ryan zieht mich erneut an sich, und dann fangen wir an zu lachen und lehnen schüchtern die Stirnen aneinander, als wir bemerken, dass Jo uns fotografiert hat.

Sie zuckt mit den Schultern und hebt ihre Kamera. »Tut mir leid, es fühlte sich wie ein klassischer Kodak-Moment an!«

»Noch einen fürs Glück?« Ryan beugt sich lächelnd zu mir.

Und zum ersten Mal in meinem Leben fühle ich mich wie das glücklichste Mädchen der Welt.

Der ferne Kuss

Es war Blanche DuBois (nun ja, eigentlich Tennessee Williams), der gesagt hat: »Ich habe mich immer auf die Freundlichkeit von Fremden verlassen.« Ich bemerke jetzt, dass ich mich immer nur von Ryan abhängig gemacht habe, nicht von anderen. Aber das muss ich jetzt. Ich brauche meine Freunde und meine Familie, aber ich brauche auch das hier. Sie. Sie alle. Jeden Tag schöpfe ich Kraft durch die Nachrichten, die ich auf diesem Blog empfange. Sie haben mich überwältigt. Und Sie sollen wissen, dass, egal welche Entfernung diese Wünsche und Gebete zurückgelegt haben, sie alle mit unermesslicher Dankbarkeit aufgenommen werden. Sie bedeuten mir mehr, als Sie sich vorstellen können.

Vorspulen>> 5.05.2007>

Mein Bürotelefon klingelt. Es ist ein anhaltendes, durchdringendes Geräusch, das den letzten kreativen Gedanken aus meinem Gehirn löscht. Ich kann beim besten Willen nicht klar denken und schon gar nicht, wenn ich alle fünf Minuten unterbrochen werde und von *Mikas* Album »Life in Cartoon Motion« beschallt werde, das in starkem Gegensatz zu meinem düsteren inneren Monolog steht.

Wie geht es Ryan? Soll ich ihn anrufen? Hat er seine Medizin genommen? Was soll ich ihm heute Abend zu essen kochen? Ich versuche gerade, mir schnell einen Slogan für die nächste Ausgabe auszudenken, ein Teil meiner Arbeit, den ich hasse. So könnte dieser Anruf eine willkommene Ablenkung sein. Er hält mich jedoch auch davon ab, praktische Dinge zu tun, wie eine Bleibe für Ryan und mich in Leigh-on-Sea zu suchen.

Denn es ist bald so weit.

»Ja?«, belle ich in den Hörer und melde mich auf eine bei *Viva* nicht erwünschte Art, was mir völlig egal ist. Ich bin dieser Tage immun gegen Regeln oder Kritik. Es ist wirklich seltsam. Anscheinend kann ich nichts falsch machen, egal wie sehr ich es versuche.

»Mollyyyy?«, flötet Jackie durchs Telefon. »Wie geht es meiner bezaubernden Schwiegertochter?«

Ich denke an meinen tapferen, süßen, geduldigen Ehemann und daran, wie sehr er seine Mutter liebt. Anstatt einfach »Bin beschäftigt« zu sagen und wieder aufzulegen, bemühe ich mich, etwas von seiner Kraft und Güte aufzubringen.

Sei nett, sei nett, wiederhole ich immer wieder in Gedanken. Und dann: *Für sie ist es genau so hart wie für dich. Denk daran.*

»Mir geht es gut, wirklich gut. Danke!«, zwitschere ich mit einer seltsam hohen Stimme, die ich zurzeit immer annehme, wenn ich mit ihr spreche. Ich kann ihr nicht sagen, was ich wirklich empfinde. Dass ich Angst habe, schreckliche Angst, vor jedem einzelnen Tag und was er für Ryan bringen wird. Dass ich darauf warte, dass der Tod mit seiner Sense zuschlägt, und ständig nach Zeichen und neuen Symptomen suche. Ich wünschte, ich besäße ihre Fähigkeit zu leugnen, aber sie leugnet für zwei.

»Also, Molly, Liebes, ich rufe an, weil ich gerade in der Zeitung gelesen habe, dass Rotwein offenbar gegen Krebs hilft! Kannst du dir das vorstellen? Das ist ein guter Anreiz für Ryan, sich mal einen zu genehmigen, nicht? Hi, hi, hiii!«

»Hahaa!«, quietsche ich automatisch.

Jackies Stimme drängt sich erneut in meine Gedanken. »Ich dachte, du solltest vielleicht auf dem Heimweg Halt machen und einen für Ryan besorgen, Liebes! Es ist wahrscheinlich die köstlichste Medizin, die er je bekommen hat! Dave meint, *er* wusste die ganze Zeit, dass es das Heilmittel überhaupt sei, deshalb trinkt er so viel. Hi, hiii!«

Wenn der Krebs ihn nicht umbringt, wird er also vermutlich an Leberversagen sterben.

Sei nett, Molly.

Also erwähne ich auch nicht, dass die Antioxidantien in Rotwein Krebs angeblich verhindern, aber nicht heilen können. Oder erinnere sie nicht daran, dass Ryan Rotwein hasst und schon immer gehasst hat. Oder dass er mit seinen ganzen Medikamenten nicht viel trinken kann. All das würde ich gern sagen, tue es aber nicht. Ich will, dass sie mit allem umgehen muss, womit ich mich täglich auseinandersetzen muss. Ryan soll seiner Mutter erklären, dass sie der Tatsache ins Gesicht sehen muss, dass er stirbt. Er soll sehen, dass ich Hilfe brauche. Ich will nicht so tun, als wäre alles in Ordnung. Ich will nach Hause. Ich will meine Mutter und meinen Vater. Oder Ryans. Sie sollen Verantwortung übernehmen und aufhören la, la, la zu singen und sich die Ohren zuzuhalten.

»Molly? Bist du noch dran, Liebes?«

»Ja, Jackie. Ich bin noch da.«

Ich weise sie nicht ab, weil ich weiß, dass sie das braucht. Sie muss denken, dass es noch eine Chance gibt. Und ich beneide sie um ihren Optimismus. Wirklich. Aber sie musste nicht zuhören, wie Charlie über »die Zukunft« sprach. Sie ist nicht bei Ryan gewesen, als er versucht hat, im Geschäft einen Liter Milch zu kaufen, und wir im Krankenwagen zurückfahren mussten, weil er einen Anfall hatte. Ich bin Cooper genug, um zu wissen, dass diese Mutter es verdient, sich an jegliche Hoffnung zu klammern. Ich bin Cooper genug, ihr zuzuhören und alles Mögliche zu tun, um es ihr leichter zu machen – auch wenn es die Sache für mich schwieriger macht. Ich habe so viel von Ryan und von seiner Familie gelernt.

Seit seiner Diagnose habe ich in Jackies Auftrag Ryan folgende Sachen im Überfluss serviert:

1. *Curry (Jackie: »Es steigert die Wirkung der Chemo, Molly Liebes! Und offenbar tötet es auch die Krebszellen ab!«)*
2. *Knoblauch (»Es heißt, dass er das Immunsystem stärkt, Molly! Das muss doch gut sein, nicht wahr, Liebes?«)*
3. *Blattgemüse (»Das enthält Antioxidantien!«)*
4. *Sprossen (»Dito, Liebes!«)*

5. *Und Körner (»Die bewirken irgendetwas im Zusammenhang mit dem Glucose- und Insulinhaushalt!«)*

Ich habe alles getan, weil ich irgendwie hoffe, dass sie recht hat.

Deshalb quieke ich: »Danke, Jackie, das werde ich versuchen! Vielleicht essen wir heute Abend Curry und Sprossen und trinken dazu Rotwein!«

»Warum kommt ihr nicht zu einem chinesischen Essen vorbei, Molly – du und Ryan? Wir hätten so viel Spaß, Liebes!«, quietscht Jackie. »Es ist immer so lustig, wenn alle Coopers zusammen sind. Die ganze Familie. Komm schon, Molly! Warum springt ihr zwei nicht in den Zug und kommt rüber!«

Ich will sagen, dass Ryan nicht in der Lage ist, irgendwohin zu springen. Er kann nur gehen. Charlie besorgt uns einen Rollstuhl für die Tage, an denen Ryan zu erschöpft ist, um zu gehen – was immer häufiger vorkommt. Aber damit ist noch nicht das Problem mit der Treppe gelöst. Ich habe Charlie gebeten, darüber noch einmal mit Ryan zu sprechen, weil er auf mich nicht hört. Er scheint zu glauben, dass es ihm morgen wieder besser gehen wird. Wohingegen ich vor morgen Angst habe. Seine Gebrechlichkeit ist das, woran ich mich am schwersten von allem gewöhne. Der Haarausfall war leicht – obwohl ich nicht damit gerechnet hatte, dass er seine Wimpern, seine Brauen und die Haare »dort unten« auch verlieren würde. Er bezeichnet sich selbst jetzt als Gollum. »Und was bin ich dann?«, hatte ich lachend gefragt, als er es das erste Mal gesagt hatte. »Ein Hobbit?« Jedenfalls hat er sie ein paar Wochen nach Beginn der Chemo verloren, am Morgen erschienen kleine kahle Stellen, eine Haarschicht lag auf seinem Kopfkissen. Ryan bat mich, ihm den Kopf zu rasieren. Ich beschloss, etwas Spaß zu haben, schnappte mir meine Kamera und machte ihm diverse verrückte Frisuren. Erst Streifen überall auf dem Kopf, dann ein Gitter, einen Irokesenschnitt, schließlich eine Leiter. Jedes Mal machte ich ein Foto für die Nachwelt – und zu unserem Vergnügen –, bis keine Strähne mehr übrig war.

»Genau wie David Beckham ungefähr 2001«, stellte ich fest, nachdem ich ihn einen Augenblick betrachtet hatte.

»Hier, ich gebe dem Ganzen noch einen letzten Schliff.« Ich rasierte eine kleine diagonale Linie über eine seiner Brauen und hielt Ryan mit einem Tusch einen Handspiegel vor. Er schien wirklich zufrieden zu sein. Dann sagte er nachdenklich: »Was glaubst du, Molly, wie viele Stunden meines Lebens habe ich damit vergeudet, mir die Haare zu machen?«

Er schwieg eine Ewigkeit, und ich dachte schon, er würde die Stunden zusammenzählen, so wie ich versucht habe, unsere Küsse zu zählen. Nachdem er diverse Minuten die (rasierte) Braue gerunzelt hatte, schüttelte er traurig den Kopf. »Ich hätte sie mir schon vor Jahren abrasieren sollen.« Ein paar Tage später tauchten die Läsionen auf dem Kopf auf.

»Hast du gehört, was ich gesagt habe, Molly?«, dringt Jackies schrille Stimme in meine Gedanken. »Warum kommt ihr nicht rüber?«

»Wir kommen doch am Wochenende, Jackie«, zirpe ich fröhlich. »Und weißt du was?! Ich suche jetzt nach etwas, das wir mieten können, sodass wir vielleicht schon früher wieder da sind, als du denkst!« Fälschlicherweise meine ich, das würde sie freuen.

»*Mieten*?«, schnauft sie. »Willst du mich beleidigen, Molly Liebes?«

»Was? Nein, ich wollte …«

»Warum wollt ihr etwas *mieten*? Warum wohnt ihr nicht bei uns, in eurem alten Zuhause? Es ist sein ZUHAUSE.«

»Das würden wir, aber Ryan will nicht …« Ich wollte sagen, dass Ryan nicht in ihrem Zuhause sterben will, aber a) lässt sie mich den Satz nicht zu Ende bringen, und b) merke ich beim Sprechen, dass dies kein Jackie-freundlicher Satz wäre.

Ihre Stimme schießt mehrere Oktaven in die Höhe. Sie versucht, fröhlich zu klingen, doch sie klingt gefährlich labil. »Wenn du mir sagen willst, dass mein Sohn nicht nach Hause kommen will, *Liebes*, dann werde ich auflegen. Mein Sohn gehört hierher. Nach Hause. Zu seiner Familie.«

Ich bin seine Familie.

Sie schluchzt. Es ist das erste Mal, dass ich sie weinen höre. Dann merke ich, dass der Hörer weitergereicht wird, und auf einmal ist Dave in der Leitung. Ich erkenne seine Stimme kaum wieder, es scheint so lange her zu sein, dass ich mit ihm gesprochen habe.

»Molly«, es ist ein leises Knurren, es klingt wie ein fernes Donnern. »Es tut mir leid, Jackie ist etwas aufgebracht. Nimm es ihr nicht übel, sie findet das einfach ein bisschen hart. Wir sind alle …«

»Ich weiß, und ich will, dass wir nach Leigh zurückziehen, Dave. Wirklich. Ich brauche Hilfe, aber Ryan ist stur.« Jetzt weine ich. »Ich brauche Hilfe.« Ich lege auf und merke erst da, dass er bereits vor mir aufgelegt hatte.

Ich blicke auf, aber alle sind eifrig mit ihrer Arbeit beschäftigt und sehen überallhin, nur nicht zu mir.

Manchmal denke ich, dass die Leute Angst haben, mein Schicksal könnte ansteckend sein. Dass, wenn sie zu viel hören oder zu viel mit mir reden, ihren Liebsten ebenfalls etwas Schreckliches zustoßen könnte. Und ein bisschen frage ich mich, ob sie recht haben.

»Molly? Könntest du bitte einen Augenblick in mein Büro

kommen?« Christie hat den Kopf aus der Tür gesteckt und bedeutet mir, zu ihr zu kommen.

»Hallo«, sage ich, und Christie deutet auf den Stuhl ihr gegenüber.

»Wie geht es Ryan?«, fragt sie. Es ist stets die erste Frage, die mir alle dieser Tage stellen. Ich schätze ihre Anteilnahme, aber ich weiß nie, was ich antworten soll.

»Ach«, ich lächele Christie an und beschließe, ihr meine vorbereitete, scherzhafte, schwungvolle Version der Wahrheit zu präsentieren, »er ist noch immer ziemlich stur, unglaublich eitel und schrecklich fußballbesessen, aber alles in allem geht es ihm ziemlich gut. Die Ärzte sind zufrieden.«

Abgesehen von der Übelkeit und der Atemlosigkeit und den Kopfschmerzen und der Inkontinenz und den Albträumen und den Schmerzen. Das lasse ich weg. Ich habe auf schmerzhafte Weise gelernt, dass die Leute die Wahrheit nicht wirklich hören wollen, sondern nur eine mit Zuckerguss überzogene Version von ihr. Einige (Jackie) wollen noch nicht einmal das.

»Ach, das ist GUT!« Christie strahlt, als hätte ich ihr gesagt, er sei geheilt. »Hör zu, Molly, ich habe dich hergebeten, weil ich mit dir über deinen Blog sprechen will. Mir ist da eine Meldung aufgefallen.«

Meine Gedanken fliegen zu dem letzten Bild von Ryan und mir, das derzeit oben auf der Seite von meinem Blog steht. Es trägt den Titel »Der Kuss in aller Öffentlichkeit«, und darunter ist ein Foto von uns, wie wir uns vor den Augen von Tom Cruise auf dem roten Teppich küssen. Dazu hatte ich geschrieben: »Nächstes Ziel … Oprahs Couch!« Ich hatte es Ryan gezeigt, und er fand es lustig.

»Fünfzehn Minuten Ruhm können wir also abhaken«, hatte er gescherzt. »Damit *und* mit dem Take-That-Konzert kann ich als glücklicher Mann sterben!«

Ich gewöhne mich an seine Scherze.

»Ich wollte mit dir über die Reaktionen auf deinen Blog sprechen«, fährt Christie fort. »Nicht nur auf deine neuesten Meldungen, sondern auf alle. Ich bin mir nicht sicher, ob du bemerkt hast, wie viele Kommentare du erhältst, seit du angefangen hast Kussbilder von dir und Ryan zu posten?«

Ich zucke bescheiden mit den Schultern. Ich habe es bemerkt und fand es unglaublich bewegend. Ich habe so viele überwältigend nette und aufbauende Worte von Menschen erhalten, denen ich noch nie begegnet bin. Nachrichten von Leuten, die ihre eigene Krebsgeschichte teilen wollen. Ratschläge von Frauen – und Männern –, die in meiner Situation waren oder sind, und von Leuten, die mir sagen, wie sehr ihnen meine Bilder gefallen und sie unsere Liebesgeschichte rührt.

Ryan weiß, was ich getan habe, aber ich glaube nicht, dass er sich den Blog angesehen hat. Seine einzige Sorge ist, wie er auf den Bildern aussieht.

»Stell keine Bilder von mir in peinlichen Klamotten ins Netz, Molly. Ich will als Stilikone in Erinnerung bleiben, nicht als Modeopfer«, hatte er gestern Abend gesagt.

»Aber du BIST ein Modeopfer und bist es immer gewesen!«, hatte ich lachend erwidert und die Decke hochgezogen. Und als ihm langsam die Augen zufielen, flüsterte ich: »Denk an die Latzhosen.« Er schläft zunehmend mehr. Das kommt von dem Morphium, das er jetzt nimmt. Unser Schlafzimmer ist zugleich sein Büro, sein Sofa, sein Kino und seine Bibliothek geworden. An manchen Tagen besitzt er nicht genügend Kraft, um aus dem Bett aufzustehen. Für nichts. Es ist seltsam, wie sich ein Zimmer, in dem man Sex hatte und schlief, in so etwas Klinisches verwandeln kann. Neben unserem Bett stehen ein Eimer und ein Stapel Handtücher, auf seinem Nachttisch befindet sich ein Krug mit Wasser und sein Medikamentendosierer. Von so etwas hatte ich noch nie gehört, aber Charlie sagte mir, ich solle einen kaufen, um all seine Tabletten dort einzusortieren. Er hilft uns, uns zu erinnern, was Ryan wann nehmen muss. Es beruhigt mich, wenn ich sehe, dass er die Tabletten genommen hat, wenn ich nicht da war. Ich habe Inkontinenzlaken für die kleinen Unfälle gekauft, die immer häufiger vorkommen. Und aus demselben Grund haben wir jetzt eine Bettpfanne, wenn er zu starke Schmerzen hat, um mitten in der Nacht aufzustehen.

»Ohhaaaarr.« Er hatte gegähnt, die Augen geschlossen und mich ignoriert. »Ich bin so müde, dieser Krebs ist ziemlich anstrengend, weißt du …« Und dann hatte er mich schwach zu sich hinuntergezogen und so getan, als würde er mit mir in den Armen einschlafen, sodass ich nicht wegkonnte. Nicht dass er stark genug wäre, mich festzuhalten. Seine Arme haben all ihre Muskelkraft verloren. Ich kann ihn kaum berühren, ohne dass er zusammenzuckt, und ich verbringe viel Zeit damit, ihn mit beruhigenden Cremes und Bio-Öl einzureiben, um es ihm angenehmer zu machen.

Der Blog ist meine Therapie geworden, eine Medizin, die ich mir selbst verschrieben habe, und eine Art, unsere Liebe zu feiern. Ich will nicht, dass Ryan irgendwie auch nur ein bisschen daran zweifelt, wie sehr ich ihn geliebt habe. Ihn liebe. Gegenwart. Nicht Vergangenheit. Noch nicht. Niemals.

Christie fasst über den Schreibtisch nach meiner Hand, und ich merke, dass ich weine. Schon wieder.

»Molly, ich habe wirklich noch nie so überschwängliche und gefühlvolle Reaktionen auf einen Blog erlebt. Ich habe E-Mails von Lesern erhalten, die mehr von dir hören wollen, die dir einen Rat erteilen wollen oder die sich wünschen, dass du mit ihnen sprichst. Sie haben uns Nachrichten und Bilder geschickt, auf denen sie ihre Partner küssen, einige von Frauen, die in derselben Situation sind wie du. Andere sagen, wie sehr sie das, was du in deinem Blog schreibst, berührt. Hör zu …« Christie öffnet einen Ordner, der voller E-Mails ist – alle mit dem Betreff »Molly und Ryan« oder manche auch mit »Jeder Kuss zählt«.

Ich sitze da und presse mir die Hand auf den Mund, um weitere Schluchzer zu unterdrücken. Meine Schultern beben, es sind Hunderte – und es kommen immer noch mehr. Ich blicke auf und sehe eine weitere E-Mail in Fett. Ich erkenne den Namen. Es ist die Herausgeberin von unserem Schwesterblatt in New York. Der Betreff lautet »Ein Central-Park-Kuss« mit dem Datum vom 23.11.2005.

»Kannst du die bitte öffnen, Christie?«, frage ich leise. Christie blickt mich an, dann wieder auf die E-Mail. Sie klickt auf den Anhang, und plötzlich erscheint ein Bild von zwei Menschen, die sich mitten im Central Park auf dem *Imagine*-Mosaik küssen.

»Oh, mein Gott – das sind Ryan und ich, als er mir den Antrag gemacht hat!«, keuche ich. »Aber wie … wer …?«

»*Viva* in New York hat deinen Blog mit ihrer Seite verlinkt, als du bei ihnen drüben warst, und wie es aussieht, haben sie den Link nicht entfernt.« Sie liest die E-Mail von Anna, der Herausgeberin. »Sie sagt, dass sie eine enorme Reaktion auf ihre Webseite erhalten haben. Alle sind hingerissen von dir und Ryan, von deinem wundervollen Blog und von euren Bildern.« Christie überlegt einen Moment.

»Vielleicht könntest du das Foto auf deinen Blog hochladen und einen Aufruf starten, wer noch Bilder von dir und Ryan hat? Ich meine, es könnten sich auch Freunde oder Familie melden, Leute, die du kennst. Sie haben vielleicht alte Bilder, die ihr beide noch nie gesehen habt.«

Völlig gebannt von dem Bild, das Ryan und mich in einem unserer glücklichsten Momente zeigt, starre ich noch immer auf den Bildschirm. Ich beuge mich über Christies Schreibtisch und lese die Nachricht darunter. Dort steht:

> Vor ein paar Jahren habe ich im Central Park Strawberry Fields besichtigt und einen der süßesten, lustigsten, schönsten und gefühlvollsten Heiratsanträge miterlebt. Ich habe ein Foto gemacht, und als mir klar wurde, dass es sich um das Paar aus diesem Blog handelt, musste ich Ihnen dieses Bild schicken. Ich hoffe, dass Molly es zu ihrer Sammlung von Küssen nimmt und sich für immer daran erfreuen kann.
>
> Ich wünsche den beiden alles Liebe,
> Sandra

Ich lasse mich zurück auf den Stuhl sinken. Erst langsam begreife ich es. *Das* ist der Weg, wie ich ihn für immer bei mir behalten kann. Indem ich diese Bilder sammele und sie in meinen Blog stelle. Ryan und ich könnten für immer weiterleben – in der Kunst und in der Liebe, genau wie mein Vater es mir gesagt hat, nachdem er von Ryans Krankheit erfahren hatte.

Der Ich-kann-und-ich-werde-mich-nicht-beklagen-Kuss

Vergessen Sie diesen berühmten Filmsatz. Sie wissen schon: »Liebe bedeutet, nicht um Verzeihung bitten zu müssen.« (Love Story, falls Sie es nicht wissen.) Nun, in meiner Liebesgeschichte bedeutet Krebs, nie sagen zu können, dass man gereizt ist.

Vorspulen>> 26.05.2007>

Ich gehe ins Wohnzimmer, steige über Ryans Schuhe, die wie vorwitzige Haustiere im Flur liegen, hebe seine Socken auf, die er neben den Couchtisch geworfen hat, und nehme seine Sporttasche, deren Inhalt – einschließlich seiner Medikamente – auf dem Sofa verteilt ist. Ich lege seine nächste Pillenration auf den Couchtisch, hole ein Glas Wasser, schiebe Bücher und Papiere zu einem ordentlichen Stapel zusammen, stecke sie in seine Tasche und hänge sie an einen der Garderobenhaken neben dem Eingang. Die habe ich kurz nach unserem Einzug dort angebracht, weil ich nicht mit Ryans diversen Mänteln zurechtkam, die am Eingang, auf dem Sofa, auf dem Bett und im Bad lagen. Auf einmal denke ich daran, dass ich all das bald werde einpacken müssen. Wir haben unsere Wohnung vermietet und werden in wenigen Wochen unser Zuhause aufgeben. Die Traurigkeit schnürt mir die Luft ab, aber das darf ich nicht zulassen. Ich habe zu viel zu tun. Ich muss unbedingt alles aufschreiben, damit ich bei dem ganzen Stress nicht verrückt werde. Doch Ryan hat sich durchgesetzt, und ich lerne, den Augenblick zu leben, und lasse die Dinge eher auf mich zukommen, anstatt alles routinemäßig zu planen und als endlose Liste zu begreifen, die es abzuarbeiten gilt.

Ich blicke mich in unserer Wohnung um, die bis zum Bersten mit unserem Leben gefüllt ist. Die Sammlung von Papierkram, den Ryan nicht wegwerfen will. Jede Menge Spielpläne, Kinotickets, Konzertkarten, stapelweise alte Restaurant- oder

Barquittungen. Darunter ist sogar die von unserer ersten Verabredung, als wir als Jugendliche zusammen Kaffee getrunken haben. Seit ich das festgestellt habe, habe ich komischerweise aufgehört, mich über die Quittungen zu beschweren. Die Regale sind voll mit Ryans alten CDs, die sich neben meiner Musiksammlung nicht wohl fühlen. Ich schüttele den Kopf, als ich an Jeff Buckley denke, der eingequetscht zwischen Boyzone und den Backstreet Boys steht, und plötzlich kann ich ihn mir nicht mehr ohne sie vorstellen.

Doch wir ziehen nirgendwohin, wo wir genügend Platz für all unsere Sachen hätten. Mir ist klar, dass es mit unserem kleinen Haus am Meer nun nichts mehr wird. Ryans schlechte Tage werden schlimmer. Wenn er keine körperlichen Schmerzen hat, ringt er psychisch mit sich. Er versucht noch immer, tapfer zu sein, aber wenn er nicht aus dem Bett kommt oder ihm schlecht ist oder er Fieber hat (laut seinem Hausarzt von einer Lungenentzündung), kann er nicht mehr leugnen, wie hart es ist. Wir finden quasi jeden Tag neue Läsionen an seinem Körper, und er hat so stark abgenommen, dass er scherzhaft meinte, er sehe eher aus wie ein Torpfosten als wie ein Sportlehrer. Jackie will unbedingt, dass wir zurückziehen, und sosehr Ryan sich auch wehrt, ich weiß, dass er meinetwegen in London geblieben ist, nicht seinetwegen. Er will, dass mein Leben weitergeht, damit der Schock nicht so groß ist, wenn er fort ist, aber ich kann mir nicht vorstellen, hierher zurückzukommen.

Als ich zurück ins Wohnzimmer gehe, schlurft Ryan gerade aus der Küche herüber. Er ist im Jogginganzug, der um seinen kaum wiederzuerkennenden Körper schlackert. Für mich ist er dennoch schön. Er lächelt und konzentriert sich darauf, in der einen Hand einen Teebecher und in der anderen einen Teller mit einer Kinderportion Kartoffelpüree mit

Würstchen zu halten. Er sieht zu, wie ich das Durcheinander um mich herum betrachte, und lächelt wie ein aufmüpfiges Kind. Ich sage kein Wort. Ich gehe zu ihm und küsse ihn.

»Guter Tag?«, frage ich auf dem Weg in die Küche, um mir ebenfalls einen Teller zu holen.

»Ja«, ruft Ryan. »Hervorragend! Den halben Tag habe ich geschafft«, verkündet er stolz. »Und dann habe ich beim Basketballspiel der Siebten zugesehen!«

»War es dir nicht zu viel?«, frage ich besorgt, als ich mit dem Abendessen, das Ryan gekocht hat, aus der Küche zurückkomme. Er versucht noch immer, jeden Tag zu kochen – auch wenn ihm nicht nach Essen ist. Er meint, es hätte eine therapeutische Wirkung auf ihn. Und er habe einen guten Ansporn, denn die Alternative sei, *meine* Gerichte zu essen.

»Nein, Schatz.« Ryan verdreht heftig die Augen und setzt sich aufs Sofa. Er stellt den Tee auf den Couchtisch und den Teller auf seinen Schoß, schaltet den Fernseher ein und schiebt die Wurst und das Kartoffelpüree auf seinem Teller hin und her. Er hat jetzt keinen Appetit. Es kommt häufig vor, dass er Lust auf etwas hat, sich die Mühe macht, es zu kochen, dann aber nichts essen kann. »Du weißt, dass ich es dir sagen würde, wenn es so wäre«, sagt er, schiebt seinen Teller fort und legt sich aufs Sofa.

Nein, das würdest du ganz bestimmt nicht tun, denke ich, sage es jedoch nicht. Stattdessen nehme ich einen Untersetzer und lege ihn unter seinen Teebecher, dann setze ich mich neben ihn. Ich streichele seinen Kopf. Ryan schaltet zu einem anderen Sender. Es läuft eine Serie, die mich an Casey erinnert. Wir sehen sie ungefähr fünf Sekunden, dann schaltet er erneut um. Ich beiße mir auf die Lippe und dann in ein Stück Wurst. Er bittet mich um seinen Teebecher. Ich helfe ihm, sich aufzusetzen, und er trinkt einen Schluck, doch als ich den

Becher zurückstellen will, lässt er mich nicht. Er verzieht das Gesicht, beugt sich schnaufend nach vorn und stellt ihn zurück auf den Tisch, jedoch nicht auf den Untersetzer. Mein Blick zuckt zu dem Ring, den ich bereits auf dem Tisch sehe, und dann zurück zu meinem Teller, einem See aus Püree und Bohnen und Wurst, bei dem mir plötzlich übel wird. Ryan schaltet zu *Friends,* lacht und schaltet erneut um. Ich nehme noch eine Gabel von dem Essen, bekomme es aber kaum hinunter. Also stehe ich auf, befördere mein Abendessen in den Küchenmülleimer und fange an, das schmutzige Geschirr, das dort seit dem Morgen steht, in die Spülmaschine zu räumen. Ich hole tief Luft und schließe die Augen. Wenn es erst sauber ist, wird es mir besser gehen. Ryan wird nicht einmal merken, wie gereizt ich bin. Dafür werde ich sorgen.

Niemand bereitet einen darauf vor, dass man nie mehr schreien, den Partner kritisieren oder an ihm herummeckern will, wenn man erfährt, dass er an Krebs sterben wird. Seit der Diagnose habe ich nicht mehr genervt die Stimme erhoben. Nach außen hin bin ich eine wahre Heilige. Manchmal habe ich allerdings das Gefühl, innerlich zu explodieren. Ich tue mein Bestes, aber wenn Ryan Dinge tut, von denen er weiß, dass sie mich auf die Palme bringen, wie beispielsweise den Klodeckel oben zu lassen oder die Wäsche fünf Zentimeter neben den Wäschekorb zu werfen, würde ich gern zu meinem Gemecker zurückkehren (»Wirf deine Socken in den Korb, Ryan! Das ist doch nicht so schwer!«). Das hört sich schrecklich an, nicht wahr, aber es geht mir eigentlich nicht darum, dass er es tatsächlich tut. Ich vermisse es, ihn anzuschreien. Diese harmonische Beziehung, die wir jetzt führen, ist nicht natürlich. Wir mussten uns zu schnell in die neuen Rollen einfinden, wir gehen auf eine ganz ungewohnte Art miteinander um, und es kommt mir irgendwie künstlich vor. Ich bin keine Krankenschwester, und Ryan ist auch nicht besser als Patient. Er ist vor allem ein Mann, und er ist ein sportlicher, athletischer Mann, der keinen Tag in seinem Leben krank war. Er hasst es, Tabletten zu nehmen, ein Sklave der Medizin und des Morphiums zu sein. Die Anfälle, die aus heiterem Himmel kommen und bedeuten, dass er nirgends mehr allein hingehen kann. Keine Schule mehr (Charlie hat ihm die Freude gemacht, mit ihm heute zum Basketballspiel der siebten Klasse zu gehen, weil ich arbeiten musste). Er hasst all die Termine, und die einzige Person, mit der er wirklich ganz offen spricht, ist Charlie. Manchmal denke ich, dass er der einzige Mensch ist, der wirklich weiß, was Ryan fühlt. Sogar mehr als ich. Und wieder einmal haben wir noch jemanden in unserer Beziehung. Doch Charlie ist willkommen. Ich brauche ihn genauso, wie Ryan ihn braucht.

Neulich kam er vorbei, als Ryan geschlafen hat, und wir haben einfach zusammengesessen und uns ewig unterhalten. Über alles. Wie es mir geht, wie es Ryan geht. Und da habe ich ihn gefragt, was ich ihn schon ewig fragen wollte, mich bislang aber nicht getraut habe.

»Charlie«, sagte ich und reichte ihm einen Becher Tee über den Frühstückstresen. Er blickte auf und legte den Kopf schief in diese Ich-höre-zu-Position. »Ich weiß, dass du das wahrscheinlich dauernd gefragt wirst, und ich weiß, dass ich es nicht tun sollte, und ich will nicht, dass du denkst, ich wollte es nicht wahrhaben oder so, aber …«

»Du willst wissen, wie lange noch«, hatte Charlie mich unterbrochen und einen Schluck Tee getrunken. Er stellte den Becher auf den Tresen und verschränkte die Finger. Plötzlich schoss mir ein Kinderreim durch den Kopf:

Dort ist die Kirche, hör das Geläut, öffne die Tür und sieh all die Leut.

Dann blitzte das Bild einer Beerdigung in meinem Kopf auf, und ich begann zu weinen.

»He, hör zu Molly.« Er fasste meine Hand.

»Ich kann nicht in die Zukunft sehen. Und ich will dir weder eine zu schlechte Prognose geben noch dir falsche Hoffnungen machen, aber ich sage dir, dass du dir sehr bald über die nächste Phase Gedanken machen musst. Das Leben in dieser Wohnung überfordert ihn, und allein für ihn zu sorgen überfordert dich.«

Ryan kommt in die Küche, stellt seinen unberührten Teller auf den Frühstückstresen und geht zurück ins Wohnzimmer. Ich hole tief Luft. Ich höre, wie er über irgendetwas lacht, und möchte am liebsten schreien. *Wie kannst du lachen? Wie kannst du über irgendetwas lachen?* Aber ich tue es nicht. Ich rolle ein paarmal die Schultern nach hinten, massiere meinen Nacken und schenke mir ein großes Glas Wein ein. Dann gehe ich zurück zu ihm ins Wohnzimmer, setze mich und kuschele mich neben ihn. Ryan schaltet *Das Sportquiz* ein. Er weiß genau, dass ich das hasse. Ich sage jedoch nichts. Ich sage doch einem sterbenden Mann nicht, dass er nicht seine Lieblingssendung gucken darf, oder? Vielmehr stelle ich all die Male in Frage, die ich mich überhaupt darüber beschwert habe. Was bin ich nur für eine schreckliche Ehefrau gewesen? Die gestöhnt und gemeckert hat und …

Ich wische mir eine Träne weg und trinke einen Schluck Wein, aber Ryan stupst mich genau in dem Augenblick an und lacht, und etwas tropft auf meine Seidenbluse.

»Mist!«, rufe ich, stelle mein Glas ab (auf einen Untersetzer) und gehe in die Küche, um etwas Küchenpapier zu holen. Ich muss sie in die Reinigung bringen. Ich habe absurd viel Geld dafür ausgegeben. Einen Betrag, der mir jetzt schrecklich übertrieben erscheint. Ich sollte, wenn ich zu Hause bin und mich um Ryan kümmere, Schlabberkleidung tragen oder eine Schwesterntracht, um ihn zum Lachen zu bringen. Nicht diese alberne Büroaufmachung. Ich höre auf zu tupfen. Ist es nicht völlig egal, ob sie ruiniert ist? Ist überhaupt noch irgendetwas wichtig? Ich klammere mich an den Küchentresen und lasse meine Tränen in den Wein fallen. Ich höre, dass Ryan in die Küche kommt.

»Mollyyy«, sagt er sanft. Ich hebe den Kopf und lächele durch meine Tränen, ohne mich umzudrehen.

»Es ist okay!«, sage ich und fange erneut an, wie wild auf der Bluse herumzutupfen. »Das geht wieder raus. Und es ist auch sowieso nicht wichtig! Ich mochte diese dumme Bluse noch nie besonders!«

»Mollyyy«, sagt er noch einmal. Ich drehe mich um und strahle ihn an. »Warum meckerst du mich nicht an?«, fragt er traurig.

»Weil ich nicht will!«, erkläre ich fröhlich und sehe davon ab, das Wort »Liebes« hinzuzufügen. Ich bin nicht seine Mutter.

Ich werde nie eine Mutter sein.

Ich werde nie Kinder haben.

»Aber ich bin nervig, Molly.«

»Nein, das bist du nicht!«

»Doch, das bin ich. Ich weiß, dass du am liebsten eine Liste schreiben würdest. Hier, lass mich das für dich tun.« Ich sehe schweigend zu, wie er durch die Küche zur Schublade geht und einen Notizblock herausholt.

Eine Liste nerviger Dinge, die Ryan tut

schreibt er oben auf die Seite und unterstreicht es.

Dann tippt er sich mit dem Stift gegen den armen kahlen Schädel und liest laut vor, was er schreibt. Seine Stimme klingt mit jedem Wort angestrengter. Er ist angespannt, wütend und verzweifelt. Ich bin mir nicht sicher, ob meinetwegen oder wegen der Situation. Egal weshalb, ich mag es nicht, ihn so zu sehen.

»Nerviges Verhalten Nummer eins: Er benutzt keinen Untersetzer für heiße Getränke. Oder für kalte. Obwohl sie auf dem Couchtisch direkt vor ihm liegen!« Er blickt auf. »Da steht ein Becher mit heißem Tee auf dem Couchtisch dort draußen. Das ist eine Tatsache. Du hast nichts gesagt. Eine weitere Tatsache.«

Er sieht wieder auf das Blatt.

»Nerviges Verhalten Nummer zwei: Ständiges Umschalten.«

Er blickt auf. »Erst die eine Serie, dann *Friends*.« Er hält inne. »*Das Sportquiz*. Du hasst diese Sendung. Du hast nichts gesagt.«

»Nummer drei.« Er deutet auf den Boden. »Schuhe und Socken überall auf dem …«

»Hör auf, Ryan«, sage ich. »Das ist doch egal.«

Ryan wirft den Stift auf den Tresen und sieht mich an. »Nein, das ist nicht egal! Weil du nicht normal bist. Aber du musst normal sein, Molly. Bitte, ich brauche das. Schimpfe mit mir und schrei mich an, wenn es nötig ist. Sei eine Zicke, nur für mich, bitte!« Er kommt zu mir und will mich in den Arm nehmen, aber ich stoße ihn wütend zurück.

»Aber ich will nicht, dass du mich als Zicke in Erinnerung behältst, Ryan. Verstehst du das nicht? Ich finde es schrecklich, dass ich über all diese albernen Sachen gemeckert habe, obwohl nichts von alledem wichtig ist. Sie sind verdammt noch mal nicht wichtig, okay?«, schreie ich, Rotz läuft mir aus der Nase, Spucke fliegt aus meinem Mund. Ich gestikuliere wild mit den Armen. »Es ist mir egal, ob du für den Rest deines Lebens Fußball guckst, Ryan. Ich wünschte, du würdest es tun! Ich will, dass du tust, was immer dich glücklich macht. Ich will nicht schreien oder meckern. Ich will, dass du mich als reizende, liebende Frau in Erinnerung behältst.« Ich sinke schluchzend auf den Boden. »Ich will keine keifende Zicke sein, Ryan. Es tut mir leid, wenn ich eine gewesen bin. Es tut mir so leid.«

Ryan kniet sich auf den Boden, nimmt meine Hände, umfasst meinen Nacken und zieht mich zu sich, sodass sich unsere Stirnen berühren. »Aber verstehst du denn nicht? Ich will einfach nur das Mädchen, das ich geheiratet habe. Das Mädchen, das keine Angst hatte, ihre Meinung zu sagen. Die immer wusste, wie sie mich bei der Stange hält und mich in meine Schranken weist. Ich fand es herrlich, dass du mich davon abgebracht hast, nur um mich zu kreisen. Vom ersten Augenblick an hast du mir gezeigt, dass ich nicht perfekt bin. Dass ich mehr tun kann, mehr sein kann, mehr ausprobieren kann. Mein Leben ist durch dich so viel besser gewesen! Du hast mein Leben perfekt gemacht, indem du mir gezeigt hast, dass ich es nicht bin. Das hatte noch niemand vor dir getan. Es ist einer der vielen Gründe, warum ich mich in dich verliebt habe, Molly. Also, hör jetzt nicht auf. Du musst weiter mit mir kämpfen, damit ich Kraft habe weiterzukämpfen. Verstehst du, Molly? Durch dich kämpfe ich weiter.« Und er fängt an zu weinen.

Wir sitzen zusammengesunken auf dem Küchenboden und heulen, während im Hintergrund *Das Sportquiz* dröhnt, bis ich sage: »Kannst du diesen Mist jetzt ausschalten?«, und Ryan lacht und küsst mich auf den Kopf.

Der Geist-vergangener-Küsse-Kuss

»Wir können unsere Vergangenheit nicht ändern. Wir können nichts daran ändern, dass Menschen auf eine bestimmte Weise reagieren. Wir können nicht das Unvermeidliche ändern. Wir können nur an unserer Haltung arbeiten. Ich bin überzeugt davon, dass das Leben zu 10% aus dem besteht, was mir passiert, und zu 90% daraus, wie ich darauf reagiere.«

Das hat ein Autor namens Charles R. Swindoll geschrieben. Es gefällt mir. Genau darüber habe ich in letzter Zeit nachgedacht. Ich kann Ryans Diagnose zwar nicht ändern, aber ich kann meinen Umgang damit ändern. Also, von jetzt an werde ich positiv, positiv, positiv sein!

Vorspulen>> 19.05.2007>

Es ist Samstagnachmittag, und ich hantiere in der Küche und koche einen schönen, gesunden Eintopf für Ryans Abendessen und bereite seine Medikamente vor.

»He, Doc«, ruft Ryan schläfrig vom Sofa, wo er sich ausgestreckt hat und die Fußballergebnisse sieht. Er nennt mich Doc, weil ich, seit ich mich von meinen Listen getrennt habe, jede einzelne Medikation genau im Kopf habe. Ich bin ein wandelnder Rezeptblock. »Kannst du bitte mal kommen?«, krächzt er.

Ich widerstehe dem Drang, gleich zu ihm zu laufen, weil ich weiß, dass Ryan das nervt. Er meint, dann käme er sich vor, als würde er gleich den letzten Atem aushauchen, wenn er doch eigentlich nur pinkeln muss. Ich hebe den Topfdeckel und nehme einen großen Löffel vom Haken hinter dem Herd. Ich rühre um, probiere, verziehe das Gesicht und werfe noch mehr Gewürze hinein. Nicht dass ich glaube, es würde helfen. Egal, wie sehr Ryan versucht, mir das Kochen beizubringen (er meint, es sei seine Mission, damit ich nicht verhungere, wenn er nicht mehr da ist), ich werde nie auch nur annähernd so gut sein wie er.

Als ich mich in der Küche umsehe, fühle ich mich plötzlich an den Tag unseres Einzugs erinnert. Überall liegen Geräte und Dinge, die Ryan im Laufe der Jahre angeschafft hat: eine Nudelmaschine, ein Mixer, eine Eiscrememaschine, ein Fondue-Set, sogar eine Küchenmaschine und ein Entsafter. Das Ding hat sich nicht wirklich bewährt. Es ist viel zu viel

Zeug für den wenigen Platz. Sogar die Sachen, die in Schubladen passen würden, wie das Messer-Set, das ich Ryan irgendwann zu Weihnachten geschenkt habe, hängen an einer Metallleiste an der Wand. Und Ryan hatte darauf bestanden, die Töpfe und Pfannen über dem Frühstückstresen aufzuhängen, obwohl ich widersprochen habe, weil ich fürchtete, mir ständig den Kopf an ihnen zu stoßen.

»Wenn es nach dir ginge, hättest du eine Mikrowelle und zwei Gabeln. Das wäre alles«, hatte Ryan gegrinst. »Und vermutlich würdest du im Ofen deine Schuhe aufbewahren und im Kühlschrank dein Make-up.«

Plötzlich sehe ich mich in der Zukunft. Das Bild trifft mich wie ein Schlag in die Magengrube. Ich lehne den Kopf gegen die kühlen Kacheln und atme tief ein. Ich glaube nicht, dass ich je in der Lage sein werde, noch einmal diese Küche zu betreten, wenn Ryan nicht mehr da ist. In diesem Raum steckt einfach zu viel von ihm. Es heißt, die Küche sei das Herz einer Wohnung, nun, dazu muss es allerdings jemanden geben, der das Herz zum Schlagen bringt.

Ich schlendere ins Wohnzimmer und zum Sofa.

»Ich schätze, ich werde ungefähr vierzig Nickerchen machen.« Ryan seufzt, sieht lächelnd zu mir hoch und schließt dann die Augen. »Wie wäre es, wenn du eine deiner Kolleginnen anrufst, ob sie Lust hat, heute Abend auszugehen? Mir geht es hier gut.«

»Nein, danke«, murmele ich und versuche, nicht verärgert zu sein über seinen erneuten Versuch, mir ein Sozialleben zu verschaffen. »Es kommt was Gutes im Fernsehen, und ich will ein bisschen arbeiten.«

Ryan öffnet flackernd die Augen und versucht sich aufzurichten. »Ich glaube wirklich, dass du ausgehen solltest. Es ist ewig her, dass du dich amüsiert hast.«

»Ich amüsiere mich mit dir«, erkläre ich fest.

Ryan hebt eine Braue und sieht mich seltsam an. »Oh ja, weil so ein Krebspatient ein echter Spaßvogel ist. Es scheint dir ja wirklich Freude zu bereiten, mir an einem Samstagabend den Arsch abzuwischen und die Laken zu wechseln, weil ich mich wieder einmal vollgekackt habe.« Auch wenn er versucht es herunterzuspielen, weiß ich, dass es Ryan fertigmacht, wenn er es nicht rechtzeitig zur Toilette schafft. Und das passiert immer häufiger. »Komm schon, Molly«, sagt er und schenkt mir ein strahlendes Lächeln, »du brauchst hin und wieder eine Pause. Das ist wichtig für später, weißt du?«

Ich stehe hastig auf und wende mich von ihm ab, damit er meine Tränen nicht sieht, aber mir ist klar, dass er sie meiner Stimme anhört. Ich will nicht an später denken. Ich will einfach nur genießen, dass er *jetzt* da ist.

»Und genau deshalb brauche ich keine Pause«, stoße ich hervor. Ich wende mich wieder zu ihm um. »Ich bin hier, weil es der einzige Ort ist, an dem ich sein möchte, Ryan. Du kannst mir immer wieder sagen, ich solle ausgehen und mich amüsieren. Wenn dich das glücklicher macht, tue ich es sogar, aber du musst wissen, dass ich dabei unglücklich bin. Ich werde es furchtbar finden, nicht bei dir zu sein. Ich werde es schrecklich finden, in irgendeiner Bar oder einem Club oder einem Kino zu hocken, wenn ich eigentlich nur bei dir sein will.« Ich wende mich erneut ab und halte mir den Mund zu, um das sich ankündigende Schluchzen zu unterdrücken. Ich atme dreimal tief durch, drehe mich wieder zu ihm um und bitte ihn um Verständnis. »Ich weiß, was du tust, Ryan. Ich weiß es, aber ich kann nicht von dir getrennt sein. Bitte zwing mich nicht.«

»Okay, okay, schhh«, meint Ryan und bedeutet mir, zu ihm zu kommen, als ich nun tatsächlich weine. Als ich mich neben ihn setze und meinen Kopf an seine Brust lehne, streicht er sanft über meine Haare. »Du kannst bleiben, natürlich kannst du hierbleiben.« Pause. »Aber kannst du mir bitte einen Riesengefallen tun?«

Ich schließe die Augen und genieße seine Berührung. »Natürlich. Jeden!«

»Bestellst du mir eine Pizza?« Ich hebe den Kopf, und er grinst. Für einen flüchtigen Moment wirkt er wie früher. »Tut mir leid, Molly, aber um ehrlich zu sein, ich kann mir nicht vorstellen, noch einen von deinen ›Eintöpfen‹ zu essen. Ich habe das dringende Bedürfnis, mir eine Pizza zu gönnen. Hätte ich dich davon überzeugen können auszugehen, hätte ich ja heimlich eine bestellt, aber so viel Glück hatte ich nicht.«

Ich lache, und er wischt mir die Tränen fort.

»Ich habe dich noch nie dazu bringen können, etwas zu tun, das ich sage, Molly. Ich weiß nicht, warum ich gedacht habe, dass du jetzt damit anfangen würdest.«

»Richtig, Cooper!« Ich küsse ihn auf die Lippen und kneife die Augen zusammen, als würde ich über seine Bitte nachdenken. »Okay, in Anbetracht der Tatsache, dass du Krebs hast, sollst du deine Pizza bekommen!«

Ryan hebt die Hände zum Himmel. »Danke Gott, ich wusste, dass diese Krankheit zu etwas gut ist!«

Ich lache, aber nur, um den Kloß zu überspielen, der mir noch immer in der Kehle sitzt.

Fünf Minuten später habe ich die Pizza bestellt und komme mit einem Glas Wein für mich und einem Bier für Ryan zurück ins Zimmer. Er darf nicht viel trinken, aber ein Bier nimmt er hin und wieder gern, weil er sich dann normaler fühlt.

Ryan ist eingeschlafen, er ist noch immer erschöpft von der Behandlung. Ich stehe da und beobachte ihn einen Augenblick, ich zähle seine Atemzüge, während sich seine Brust hebt und senkt, hebt und senkt. Hypnotisch. Ich zähle sie, weil ich Angst habe, dass sie aufhören. Solange Ryan schläft, hat er keine Schmerzen, aber jedes Mal habe ich Angst, dass er nicht mehr aufwacht. Gleichzeitig genieße ich es, etwas Zeit für mich zu haben. Ich bin bei ihm, aber wenn er schläft, kann ich einfach nur seine Frau sein, nicht seine Krankenschwester.

Ich trinke einen Schluck Wein. Ein Sauvignon aus Neuseeland. Jedes Mal, wenn ich ihn trinke, fühle ich mich in unsere Flitterwochen zurückversetzt. Ich rede mir ein, dass ich deshalb abends mindestens zwei Gläser davon trinke. Jeden Abend – eins für mich und eins für Ryan. Es ist ein Trost, keine Stütze. Wie mein Blog. Ich stelle fest, dass ich damit ziemlich viel Zeit verbringe. Ich kann nicht anders. Die ganzen Kommentare bauen mich auf, sie helfen mir mehr, als mit meinen Freunden oder mit meiner Familie zu sprechen.

Ich öffne meinen Laptop und blicke auf den Posteingang meines E-Mail-Accounts, der voll mit neuen Nachrichten von Menschen ist, die ich nicht kenne, die diese Reise jedoch mit mir teilen. Fremde, die mir so vertraut erscheinen wie meine eigenen Freunde, weil sie mich unterstützen und mir offen von ihren eigenen Erfahrungen mit Liebe und Verlust berichten.

Ich öffne eine E-Mail mit dem Titel »Weißt du noch?« und lächele, als ich merke, dass sie von Jo stammt, meiner alten Bildredakteurin, die seltsamerweise jetzt mit Mia zusammenarbeitet. Wir haben den Kontakt über die Jahre gehalten, und als ich Mia besucht habe, habe ich sie gesehen.

Liebe Molly,

wie geht es dir? Und wie geht es Ryan? Dumme Frage, ich weiß, aber es ist schwer, nicht so anzufangen. Ich hoffe, es geht ihm okay und dass du reichlich Unterstützung bekommst. Ich kann mir nicht vorstellen, was du durchmachst. Ich wünschte, ich könnte dir irgendwie helfen. Ich bin mir sicher, dass du das häufig hörst.
Hier ist das Leben jedenfalls gut. Mia spricht die ganze Zeit von dir. Ich weiß, dass sie gern näher bei dir wäre, um dir besser helfen zu können.
Ich wollte dir nur sagen, dass ich deinen Blog verfolgt habe und dass mir aufgefallen ist, dass ich noch Bilder von dir und Ryan habe. Erinnerst du dich? Als du offiziell bei Viva angefangen hast und er mit diesem Blumenstrauß vor dem Büro auftauchte? Das war so romantisch, ihr konntet einfach nicht die Hände voneinander lassen! Jedenfalls dachte ich, dass sie vielleicht eine nette Ergänzung für deinen Blog wären. Noch ein Kuss für deine Sammlung.

Pass auf dich auf, Molly, ich denke unendlich viel an dich.
Kuss, Jo

Ich will unbedingt die neuen Bilder sehen, die meinen Mann und mich in glücklicheren Zeiten zeigen, und öffne die Dateien, die Jo mitgeschickt hat. Es sind vier Fotos, zwischen denen jeweils nur Sekunden liegen. Ich quietsche vor Vergnügen, als die Aufnahmen auf meinem Bildschirm erscheinen. Ryan trägt diese alberne rote Daunenweste, in der er damals quasi lebte – sogar wenn es warm war –, und man sieht mir an, dass er mich mit seinem Kuss mitten in Covent Garden vollkommen überrumpelt hat. Auf dem ersten Bild wirke ich schockiert und etwas verängstigt, als sich seine Lippen meinen nähern, dann ungläubig, dann kommt das Nachgeben, dann der reine, unverfälschte Genuss. Ich erinnere mich, dass Jo es damals »ein waschechtes Geknutsche« genannt hatte, und jetzt sehe ich, was sie meinte. Ich speichere das Bild auf meinem Desktop und öffne meinen Blog.

Ich schreibe »Der hingebungsvolle Kuss« und füge alle vier Bilder hinzu. Meine Finger schweben über der Tastatur, dann bewegen sie sich plötzlich wie von allein.

Der hingebungsvolle Kuss

Sie werden es nicht glauben (und offen gestanden, Tom Cruise auch nicht), aber bevor ich mit Ryan zusammengekommen bin, war ich ein Mädchen, das Küsse in der Öffentlichkeit verabscheute, oder eigentlich die Zurschaustellung von Gefühlen jeglicher Art.
Sogar als Kind wollte ich nie mit meiner besten Freundin Händchen halten oder eingehakt mit ihr über den Schulhof schlendern. Ich bin meiner Mutter nie spontan um den Hals gefallen und habe geflüstert: »Ich hab dich lieb«, bevor ich ins Bett gegangen bin. Ein steifer Kuss und ein »ich dich auch« war alles, was ich bereit war zu geben – jedem. Und dann kam Ryan mit seiner ehrlichen, schamlosen, schwärmerischen Zuneigung. Es war ihm nicht peinlich, seinen besten Freund auf die Wange zu küssen oder seinen Vater mitten auf der Straße zu umarmen oder seiner Mutter vor seinen Kumpels zu sagen, dass er sie liebt, oder mich vor meinen Kolleginnen – und ganz Covent Garden – zu küssen.
Wie Sie vermutlich bezeugen können, habe ich in letzter Zeit viel zurückgeschaut. Das macht der Krebs. Während der geliebte Partner seinen Körper scannen lässt, unterzieht man selbst seine Gefühle einem CT-Scan. Jedenfalls weiß ich jetzt, wovor ich solche Angst hatte. Ich wollte nicht, dass jemand meine Gefühle sieht. Je weniger die Menschen sahen, desto weniger konnten sie mich ver-

letzen. Aber das bedeutete auch, dass ich nie wirklich jemanden an mich heranließ. Ich hielt jeden – sogar meine beste Freundin – auf Armeslänge von mir. Wenn es um echte Gefühle ging, behielt ich meine Gedanken stets für mich. Ich offenbarte sie nur meinem Teenager-Tagebuch. Das hat Ryan verändert. Und ich bin froh, dass er mich verändert hat. Als ich ihn an mich herangelassen habe, habe ich gemerkt, dass er derjenige war, nach dem ich die ganze Zeit gesucht hatte. Er war das Zuhause, nach dem ich mich gesehnt hatte. Jemand, der mich umarmte, ohne etwas von mir zu erwarten. Er öffnete mir sein Herz und öffnete dadurch die Tür zu meinem Herzen.
Seinetwegen habe ich seine wundervolle Familie in mein Herz gelassen, und meine eigene Familie, die ich vor langer Zeit ausgeschlossen hatte. Ich kam meinen Freunden näher, und ich habe das zu schätzen gelernt. Und jetzt bin ich froh, weil ich jedem mitteilen kann, wie ich mich fühle. Ich habe Angst, nein, ich bin starr vor Angst, welche Schrecken mich an jedem neuen Tag erwarten. Außerdem bin ich unglaublich traurig (aber versuche mit allen Mitteln, es nicht zu sein!), und ich bin schrecklich einsam. Ryan ist noch bei mir, aber eigentlich bin ich mit dieser Sache allein. Er ist nur noch kurze Zeit da, und ich muss wissen, wie ich weiterlebe, wenn er nicht mehr da ist. Und ehrlich gesagt, bin ich mir nicht sicher, ob ich das kann. So muss ich jetzt vor meinen besten Freunden weinen, mich von meiner Mutter mit warmen Worten trösten und mich von ihr umarmen lassen. Ich muss mit meinen Kolleginnen sprechen, wenn ich mich schlecht fühle, wenn ich aufgelöst bin, weil mein Mann an Krebs stirbt. Ja, stirbt. Ich muss das sagen. Immer und immer wieder, damit es sich real anfühlt. Ich muss unkontrolliert wei-

nen und hysterisch lachen, wann immer ich will. Und ich bin darauf angewiesen, dass die Menschen mich verstehen und mich nicht dafür verurteilen, dass ich meine Gefühle zeige, egal, wie schrecklich sie sein mögen. Denn mit jemandem mit unheilbarem Krebs zu leben ist einfach schrecklich. Das kann man nicht mit Zuckerguss und Streuseln zudecken. Man kann es nicht mit einem Lächeln kaschieren. Man muss weinen und getröstet werden. Man braucht Menschen, die keine Angst haben. Man braucht das Gefühl, keine Maske tragen zu müssen, um alle zu schützen – einschließlich den Krebs selbst. Man muss es öffentlich machen.

Aber die Ironie ist, dass jetzt, wo ich diese öffentlichen Liebesbekundungen brauche, niemand in der Lage zu sein scheint, sie mir zu geben. Ich komme mir vor, als würde ich für meine Vor-Ryan-Haltung bestraft. Denn alle um mich herum sind so gottverdammt kontrolliert. Darf ich hier fluchen? Tut mir leid, wenn nicht. Es scheint mir nur passend zu sein. Es kommt mir angemessen vor, mich unangemessen zu verhalten. Denn jedes Wort, das man mir sagt, jeder Gesichtsausdruck meiner Freunde und meiner Familie, jedes Gespräch, von dem sie wissen, dass ich es höre, ist streng reguliert. Es ist, als ginge ich Fotos von einem Shooting durch, um nur das beste Bild zu zeigen. Die Einzigen, die das nicht tun, sind Ryans Ärzte und Ryan selbst. Doch wenn ich genauer darüber nachdenke, wahrscheinlich noch nicht einmal er.

Weil ich keine Ahnung habe, wie kontrolliert Ryan bei alldem ist. Ich bin mir sicher, dass er mir das Schlimmste verheimlicht, obwohl wir uns am Tag der Diagnose geschworen haben, dass wir ehrlich miteinander sein wollen. Aber in Wahrheit lieben wir einander viel zu sehr, um vollkom-

men ehrlich zu sein. So lachen und scherzen wir und tun so, als sei alles in Ordnung, um es dem anderen leichter zu machen. Aber wir wissen, dass wir letztlich dem anderen nicht den Schmerz nehmen können, weil wir in verschiedene Richtungen reisen. Er muss damit leben, dass er keine Zukunft hat, und ich muss damit leben, dass ich künftig ohne ihn leben muss.
Was wäre Ihnen lieber?
Schwierige Entscheidung, was? Nein, legen Sie nicht Ihre Maske an, weil ich Ihnen eine schwierige Frage gestellt habe. Das tun meine Freunde und meine Kollegen und meine Familie. Sie bemühen sich, ihren Schmerz zu kontrollieren, weil ich genug mit meinem eigenen zu tun habe. Und ich weiß, dass sie auch versuchen, sich selbst zu schützen, indem sie nicht zu viel von meinem Schmerz sehen wollen. Sie haben ihre Masken aufgesetzt – und ich auch.
Aber wissen Sie, was ich mir wünsche? Ich wünsche mir, dass wir irgendwann loslassen können, einfach alles loslassen – schreien, kreischen, weinen, lachen, fluchen, heulen und unkontrolliert voreinander klagen, wie wir es eigentlich alle gern tun würden. Wie lautet das berühmte Zitat? »Kummer ist der Preis, den wir für die Liebe zahlen«? Nun dann – lieben wir unbeherrscht, und trauern wir unbeherrscht. Ich glaube, dass ich nichts anderes tun kann.

Kuss, Molly

Der Ich-glaube-ich-liebe-dich-Kuss

Etwas, über das ich in diesen vom Krebs bestimmten Tagen unweigerlich nachdenke, ist die Frage, wovor ich eigentlich solche Angst hatte? Warum habe ich mir Sorgen gemacht, dass ich Ryan zu jung begegnet bin? Wenn ich jetzt zurückblicke, ist mir klar, dass ich mich lange vor unserem ersten Kuss in Ryan verliebt hatte, lange bevor ich es gesagt oder vielleicht sogar gedacht habe. Ich habe das Gefühl, ich wäre schon verliebt in ihn auf die Welt gekommen, was bedeutet, dass ich ihm gar nicht früh genug begegnen konnte.

<<*Zurückspulen 11.10.2001*>

Ich liege mit Ryan auf dem Second-Hand-Sofa in meiner zugigen Wohnung auf der Holloway Road. Seit ich vor zwei Wochen seine Eltern kennengelernt habe, ist Ryan jeden Abend nach dem Unterricht in den Zug gestiegen und hat mich von der Arbeit abgeholt. Wir gehen zusammen etwas trinken oder essen, und manchmal sind wir einfach nur zusammen bei mir.

Von dem Augenblick an, in dem wir uns geküsst haben, hatte ich das schreckliche, wundervolle, beängstigende, befreiende Gefühl, dass ich mich in Ryan verlieben könnte.

Ich lächele selig und schließe die Augen, atme seinen angenehmen Geruch ein und frag mich, wie ich ihm so lange habe widerstehen können. Er ist eine Anhäufung von Widersprüchen: Er ist sexy, strahlt aber Geborgenheit aus. Er riecht nach Zuhause, aber auch nach Abenteuer und Sport. Nach Sonne und Regen. Nach Vergangenheit und Gegenwart. Er ist absolut berauschend.

Wenn wir nicht zusammen sind, schreiben wir uns SMS bei der Arbeit. In der Mittagspause ruft er mich an, um mir zu sagen, was er erlebt hat, und wenn er auf dem Weg nach London ist, um mich zu treffen, erhalte ich aktuelle Meldungen über seinen Aufenthaltsort. Er erzählt mir, was er liest, sieht, tut, beobachtet. Und ich will alles wissen. Zum ersten Mal in meinem Leben will ich wirklich alles von jemandem wissen, und – das ist etwas beängstigend für mich – ich will, dass er alles über mich weiß.

Neulich Abend lagen Ryan und ich ineinander verschlungen auf dem Sofa. »Wie die Tentakel von einem riesigen Liebesmonster«, hatte Ryan bemerkt und mit dem Finger über meinen Arm gestrichen. Es sträubten sich mir die Haare, als er das L-Wort benutzte – allerdings vor Aufregung. Wir trafen uns nun seit drei Wochen, und ich wusste, dass wir kurz davor waren, *Es* zu sagen.

Ich drehte mein Gesicht, das auf seiner Brust ruhte, knöpfte sein Hemd auf und schob meine Hand darunter, um seine Haut zu entblößen. Einen Moment betrachtete ich genüsslich seinen Körper und versuchte, mir jedes Stück einzuprägen, jede Sommersprosse und jedes Muttermal. Ich hatte das Gefühl, jede einzelne Neigung und Wölbung seines Körpers kennenlernen zu wollen.

Ich hatte mit dem Finger über drei Muttermale auf seiner Brust gestrichen. »Sie sehen aus wie Schokopralinen«, hatte ich verträumt bemerkt, und Ryan hatte den Kopf von der Couch gehoben und gelacht.

»Molly Carter, wie schaffst du es, ständig Dinge zu sehen, die niemand anders sehen würde?«

Ich hatte gegrinst und mit der Fingerkuppe drübergestrichen. »Das ist einer mit Nuss.« Dann war ich zu einem kleinen Leberfleck direkt darunter geglitten. »Der hier ist mit Trüffelfüllung, und hier«, ich deutete auf einen kleinen hellbraunen, der etwas weiter unten auf seiner Brust saß, »ist ein kleines Sahnebonbon.«

Ryan nahm meine Hand und führte sie hinunter, bis sie über seinen Lenden schwebte. »Und nun stelle ich dir den König der Pralinen vor«, hatte er mit heiserer Stimme gesagt, nicht im Spaß, sondern voller Verlangen.

Ich konnte nicht anders, ich schüttete mich aus vor Lachen, rutschte vom Sofa auf den Boden und hielt mir den

Bauch, während Ryan mich mit Kissen bewarf. Dann kitzelte er mich, und wir rollten zusammen über den Boden, bis er mich festhielt und zärtlich küsste, so leidenschaftlich und überwältigend, dass ich es kaum aushielt.

Wir warteten, bis unsere Küsse so drängend wurden, bis unsere Haut sich dermaßen nach Berührung verzehrte, dass wir einander wie Orangen aus unseren Kleidern pellten. Schicht um Schicht. Keuchend und gierig umschlangen wir einander, bis wir nackt auf dem Sofa lagen. Ich wollte ihn so sehr. Ich küsste ihn leidenschaftlich, meine Zunge erforschte die Tiefen seines warmen, schönen Mundes. Ich umfasste seine Pobacken und flehte ihn an, in mich einzudringen. Doch er lag nur sanft auf mir und umfing mich mit seiner Wärme, die kräftigen Unterarme rechts und links von meinem Gesicht hielten sein Gewicht, während seine Finger zärtlich durch mein Haar strichen. Er blickte mich eine gefühlte Ewigkeit so an, seine Augen waren ein spiegelndes blaues Prisma. Um seine Lippen spielte ein verführerisches Lächeln, das Lust und Erfahrung und Selbstvertrauen und Geduld und … und … noch etwas anderes ausdrückte, das ich nicht deuten konnte. Liebe? Ich war mir nicht sicher, weil ich es noch nie zuvor gesehen hatte. Ich wollte es nicht denken, aber ich fühlte es. Ich sah es in seinem Blick und in der Art, wie er sich auf die Seite rollte, ohne mich aus den Augen zu lassen, während er den Kopf auf dem Arm abstützte und seine Finger von meinem Kopf über den Hals zu den Schultern gleiten ließ und den Linien meines Körpers folgte. Aufreizend langsam, als wollte er sich alles einprägen, bis ich vor Verzweiflung und Verlangen stöhnte.

»Was machst du?«, murmelte ich und wollte ihn auf mir, in mir fühlen.

»Ich schreibe meinen Namen auf deinen Körper, damit du

dich immer daran erinnerst«, murmelte er, dann hatte er meine Schulter und meinen Nacken mit flatternden Küssen bedeckt, während er woanders seine Finger tanzen ließ.

»Bitte, ich halte es nicht mehr aus.« Ich hatte mein Gesicht an seinem Hals vergraben. »Ich will dich«, hatte ich gestöhnt.

»Du hast mich«, hatte er leise erwidert, »du hast mich schon längst, Molly Carter.«

Und als er in mich eindrang, tat ich etwas, das man nicht tun sollte. Was jedes moderne Mädchen heutzutage lernt, sobald es aufgeklärt wird. Doch die Worte stiegen unkontrolliert in meinen Mund und ich sagte es. *Es*!

»Ich glaube, ich liebe dich, Ryan.«

Er hatte nicht innegehalten, den Rhythmus nicht unterbrochen, sondern nur gelächelt und seine Stirn an meine gelegt, während er mich mit seinem Körper überall berührte.

»Nun, das ist gut, denn ich *weiß*, dass ich dich liebe, Molly Carter.«

Und er küsste mich erneut mit so überwältigender Zärtlichkeit, dass ich mich ihm in jenem Moment und in jedem weiteren Moment seither hingegeben habe – ihm, der Liebe und dem Schicksal.

Der SOS-Kuss

Es gibt dieses Lied auf Ryans aktuellem Lieblingsalbum von Take That (natürlich!) mit dem Titel »Reach Out«. Es ist in letzter Zeit ziemlich häufig im Radio gelaufen, eigentlich sogar jedes Mal, wenn ich es angeschaltet habe. Manchmal habe ich das Gefühl, dass mir jemand etwas zu sagen versucht. Ich war noch nie gut darin, jemanden um Hilfe zu bitten. Das ist nicht meine Stärke, ich bin zu stolz. Aber wenn ich den Text höre, in dem es darum geht, dass wir alle auf unterschiedliche Weise leiden und dass uns allein die Liebe darüber hinweghilft, reißt mich das aus meiner isolierten Welt, in die ich mich mit Ryan zurückgezogen habe. Abgesehen vom »Arbeiten« (um ehrlich zu sein, gehe ich momentan nur dorthin, um mein Gesicht zu zeigen, und komme dann direkt wieder nach Hause), bin ich seine Vollzeitpflegerin. Ich mache es ihm angenehm, gebe ihm seine Tabletten, wechsele seine Laken, fahre ihn im Rollstuhl spazieren. Wenn ich diesen Song höre, erinnert er mich daran, dass es nicht nur um ihn und um mich geht. Dass ich nicht der einzige Mensch bin, der leidet. Und dass ich vielleicht sogar anderen Menschen helfe, wenn ich sie um Hilfe bitte – nicht nur Ryan. Denn er und ich sind nicht die einzigen Menschen, die gerade Unterstützung brauchen. Nun, dies ist mein SOS. Nicht nur ein Hilferuf, sondern ein Ruf zu helfen.

Vorspulen>> 20.06.2007, 11:48 Uhr>

»Hallo, Molly«, grüßen die Jungs im Chor. Ihre Stimmen sind gedämpft, sie wirken blass und verängstigt. Wenn es in der Grafschaft Essex Vampire gäbe, sähen sie ziemlich sicher so aus. Ich merke sofort, dass sie nicht gut damit klarkommen, dass sich Ryans Zustand so schnell verschlechtert.

»Was ist los? Ihr seht aus, als hättet ihr den Tod gesehen«, witzele ich, und ihre schockierten Blicke verraten, dass sie für derlei Scherze noch nicht bereit sind. Ich sollte sie besser vorbereiten. Ryan wird vermutlich keine Rücksicht auf ihre Gefühle nehmen. »Tut mir leid. Das machen wir, weil es uns hilft, damit besser klarzukommen. Witze reißen, meine ich. Ryan mag das. Er ist noch immer derselbe alte Ryan, wisst ihr, trotz allem.«

»Trotz allem« heißt, obwohl der letzte Bluttest ergeben hat, dass sich der Krebs weiter ausgebreitet hat. Ryan hatte unter zunehmend starken Kopfschmerzen gelitten, manchmal waren sie so heftig, dass er sich übergeben musste. Dann war er aufgewacht und konnte auf einem Auge nur noch verschwommen sehen. Wir wussten beide, was das bedeutete. Als der Onkologe bestätigte, was wir schon ahnten, meinte Ryan nur, dass er jetzt ein Fünferteam zusammen hätte: Haut, Wirbelsäule, Darm, Lunge und Gehirn.

Carl starrt mich an und wendet dann den Blick ab. Ich möchte ihn umarmen, aber ich habe Angst, dass er dann zusammenbricht. Schließlich umarme ich ihn trotzdem. Ich habe es satt, nicht zu tun, was mein Gefühl mir sagt. Deshalb habe ich gestern das Haven's-Hospiz in Leigh angerufen. Ich will mir sicher sein, dass sie bereit sind, ihn aufzunehmen, wenn Ryan mir das vereinbarte Zeichen gibt. Ich weiß, dass das nicht mehr lange dauert. Ich sehe es an der Art, wie Ryan die Wohnung betrachtet. Und mich. Als würde er versuchen, sich alles einzuprägen. Sich alles zu merken. Carl klammert sich an mich wie ein Kleinkind an seine Mutter. Ich drücke ihn und klopfe ihm aufmunternd auf den Rücken. Er sieht mich traurig an, dann lässt er den Kopf sinken, als wäre er einfach zu schwer. Ich nehme seine Hand, schiebe den Rest der Jungs hinein und plappere so viel ich kann, um es ihnen leichter zu machen. Insgeheim denke ich, dass es kein Wunder ist, dass Ryan und ich gern allein sind. Das hier ist wirklich *harte* Arbeit.

»Kommt rein, Jungs! Ryan wird sich so freuen, dass ihr da seid! Ach, ihr habt Bier mitgebracht? Danke!« Ich rede mit Ausrufezeichen, und ich weiß nicht, wie ich damit aufhören kann. »Ja, geht nur durch, er wartet drin auf euch! Ach, es geht ihm gut, danke! Er guckt Fußball! Wie immer! Ich weiß genau, wann Samstag ist, denn dann werde ich zur Fußballwitwe.« Ich realisiere meinen Fehler, kaum dass die Worte meinen Mund verlassen haben. Carls Hand erschlafft in meiner.

Der Rest der Jungs, die gerade dabei waren, ihre Jacken auszuziehen, erstarrt. Mit dieser seltsam gedämpften Stimmung wird Ryan nicht gut umgehen können. Ich werde ihn warnen müssen. Oder ich muss sie irgendwie zur Vernunft bringen, bevor sie zu ihm gehen.

»Es tut mir leid, Jungs, aber ihr müsst versuchen, etwas lockerer zu sein. Ich weiß, dass das schwer ist, aber Ryan mag es nicht, wenn ihr ausseht wie Trauerklöße. Erzählt ihm einfach alle Neuigkeiten. Behandelt ihn, wie ihr es sonst auch tun würdet, und erschreckt euch nicht, wenn er schlechte Witze macht. Das ist seine Art, damit umzugehen.«

Einen Augenblick sagt niemand etwas. Keiner von ihnen scheint in der Lage zu sein, mir in die Augen zu sehen. Dann blickt Carl auf.

»Das ist es nicht«, bemerkt er langsam. »Er kann nur einfach keine guten Witze erzählen. Das konnte er noch nie.« Ein Anflug von einem Lächeln huscht über sein müdes, eingefallenes Gesicht. Ich berühre seinen Arm. Er wirkt so viel kleiner als sonst, wie eine Kinderversion seiner selbst. Nicht mehr wie Carl, der Bodybuilder. Jetzt ist er Carl, das Kind im Neoprenanzug, der neben seinem kleinen Bruder grinst, aber mit dem Wissen, dass er eines Tages allein an den Strand gehen muss.

»Genau so, Carl.« Ich lächele. »Ich wusste, dass du es kannst. Jetzt, hinein mit euch.« Sie blicken einander an, holen tief Luft und gehen laut vor sich hin plappernd ins Wohnzimmer. Ich nicke und lehne mich einen Augenblick an die Wand, um Kraft zu sammeln, dann folge ich ihnen.

Ich bin in der Küche, hole Bier, fülle Tortilla-Chips in Schalen und schneide Limonen in Scheiben. Ich genieße es, ihre Witze und ihr Lachen zu hören, während sie alle zusammen Fußball gucken.

Als ich mich mit den Schüsseln mit Tortilla-Chips und Dip umdrehe, sehe ich, dass Carl in der Küche steht. Er weint lautlos. Dicke Tränen kullern über seine Wangen und fallen auf sein T-Shirt. Ich stelle eilig die Schalen ab und nehme ihn in die Arme. »Mein Bruder«, schluchzt er immer wieder an meiner Schulter, »mein kleiner Bruder.« Dann schnieft er, wischt sich die Augen und zieht einen Umschlag aus seiner Gesäßtasche.

»Ich wollte mich nur bei dir bedanken, Molly, dafür, was

du für ihn tust. Du bist seine Welt, und wir alle wissen, wie hart …«, er zögert, weil seine Stimme bricht, »… wie hart das für dich ist.« Er reicht mir den Umschlag. »Die Jungs und ich und Mum und Dad sind all unsere Fotos durchgegangen und wollten, dass du die hier bekommst. Für deinen Blog. Wir lesen ihn alle. Vor allem Mum. Das ist eine wunderbare Sache, Molly, wirklich.«

»Danke«, flüstere ich, wische mir die Hände am Geschirrtuch ab und öffne den Umschlag. Darin befinden sich Dutzende Fotos, auf denen Ryan und ich uns küssen – im Portugalurlaub mit den Coopers, beim Ausgehen in Southend, auf Carls und Lydias Hochzeit, auf unserer Hochzeit, an diversen Geburtstagen, an Silvester und Weihnachten. Es ist alles da. Praktisch unsere gesamte Beziehung in Fotos. Einige von ihnen habe ich noch nie gesehen.

Ich nehme Carl in die Arme und lasse ihn um seinen kleinen Bruder weinen, für sich, für seine Mum und seinen Dad und seinen Sohn, und für mich. Ich löse mich von ihm, um seine Tränen wegzuwischen, und dabei fällt ein Foto zwischen uns auf den Boden.

»Woher hast du das?«, keuche ich, während ich mich auf den Küchenboden knie und es aufhebe. Es zeigt Ryan und mich als Teenager im *Grand*. Er hat einen Schmollmund und lange Haare, er sieht aus wie ein junger River Phoenix, und ich … sehe ziemlich hübsch aus. Diese Kombination aus langem Rock und T-Shirt war wirklich süß, und meine schrecklichen selbstgeschnittenen Haare hatte ich zu einem Knoten hochgesteckt. Komisch, dass ich mir immer so hässlich vorgekommen bin. Jetzt verstehe ich ein bisschen, was Ryan an mir fand. Lächelnd deutet Carl auf das Bild.

»Wir wollten seinen großen Moment mit der Kamera festhalten. Leider lief es nicht ganz nach Plan, und es war ihm ziemlich peinlich, als er seine fürchterliche Knutschtechnik auf dem Bild gesehen hat.« Carl kichert und schnieft gleichzeitig und wischt sich rasch mit der Hand über seine Augen.

Ich nicke, ebenfalls mit Tränen in den Augen, und blicke auf das Foto. Wie verschreckt ich aussehe, als Ryan begeistert seinen Mund über meinen stülpt und versucht, mein Gesicht abzuschlecken.

»Ich glaube, er hat monatelang an seinem Arm geübt, bevor er das noch einmal bei jemandem probiert hat. Ich weiß noch, dass er meinte, er würde das auf jeden Fall eines Tages bei dir wiedergutmachen. Dir einen Kuss geben, den du nicht vergessen wirst.«

»Nun, das ist ihm eindeutig gelungen«, sage ich leise.

»Molly!« Ryans Stimme ist heiser, und ich springe mit klopfendem Herzen auf. Jedes Mal ergreift mich Panik, wenn er nach mir ruft. Oder nicht ruft. Carl legt den Arm um mich, und ich nehme die Chips und Dips und gehe zurück ins Wohnzimmer, wo Ryan von seinen Kumpels und leeren Bierflaschen umgeben ist, während aus dem Fernseher sein Lieblingssport dröhnt.

»Bist du okay?« Ich lächele.

»Ja, wenn du herkommst«, antwortet er.

Ich setze mich auf den Boden vor ihn, und er streichelt meine Haare. Ich lege den Kopf in den Nacken und lächele. »Glücklich?«, murmele ich.

Er nickt, und ich mache im Geiste ein Foto von seinem Gesicht, von seinen strahlenden Augen und seinem zufriedenen Lächeln. Ich nehme einen Tortilla-Chip, schiebe ihn ihm in den Mund und drehe mich um, als ein Stürmer versucht, ein Tor zu schießen.

»ABSEITS, Schiri! Komm schon, bist du BLIND?!«, brülle ich den Fernseher an, und der gesamte Raum erstarrt in

Ehrfurcht. »Was?« Ich blicke in die Runde zu den anderen, die aussehen, als hätte jemand die Pause-Taste gedrückt. Zwei halten die Bierflasche in der Luft, die sie gerade zu ihrem Mund führen wollten, Ryan hat seinen Tortilla-Chip durchgebissen und kaut nicht weiter. »Glaubt ihr, nach sechs Jahren mit einem fußballfanatischen Sportlehrer wüsste ich noch immer nicht, was Abseits ist?«

Ryan ist im Bett, und ich räume auf. Der Nachmittagsbesuch der Jungs ging in einen Filmabend mit Curry vom Lieferservice über. Ich habe gespürt, dass sie gern hier gewesen sind, nachdem sie sich einmal entspannt hatten. Und Ryan fand es großartig.

Ich stelle die letzten Teller weg und schalte das Licht aus. Als ich dann zum Schlafzimmer gehe, höre ich Ryan auf einmal weinen. Ich schlüpfe ins Zimmer, krabbele ins Bett und nehme ihn in die Arme. Ich streiche mit den Händen sanft und gleichmäßig über seinen armen, gequälten Körper, bis sich sein Atem beruhigt, dann lege ich mich neben ihn und schmiege ganz zart meinen Körper an seinen. Wir liegen einfach da, weinen und liebkosen uns, bis Ryan flüstert, dass er mit mir schlafen will. Ich nicke, ich habe schrecklich Angst, ihm wehzutun, sehne mich jedoch unendlich danach, ihn noch einmal in mir zu fühlen. Vielleicht zum letzten Mal.

Es war der schrecklichste und der schönste Augenblick seit seiner Diagnose. Ich fand es furchtbar, ihn so verängstigt zu sehen, und zuerst benahmen wir uns wie unerfahrene Teenager und fragten uns dauernd »Geht das?«, »Tut das weh?« und streichelten uns vorsichtig. Ich ließ meine Hände über seinen Körper gleiten und berührte ihn sanft überall. Meine Finger strichen über seine Narben, wo man ihm die Leberflecken entfernt hatte, und über das Sahnebonbon-Muttermal auf seiner Brust. Es war, als würde ich ihn in Blindenschrift lesen, eine zerbrechliche Version von ihm. Als wir uns zu einer Art Höhepunkt weinten, lagen wir einander in den Armen, unser Atem verband sich, unsere Körper hoben und senkten sich gemeinsam, wir hielten uns fest an den Händen und schlangen die Füße umeinander. Es dauerte vielleicht eine Stunde, bis wir sprachen. Und als wir es taten, sprachen wir über *alles*.

»Molly«, murmelt er schließlich und schließt die Augen. »Ich glaube, es ist Zeit, nach Hause zu gehen. Ich will jetzt nach Hause.«

»Was immer du willst«, flüstere ich und drücke sanft seine Hand.

Nachdem er eingeschlafen ist, schlüpfe ich aus dem Bett und gehe ins Wohnzimmer. Obwohl es eine warme Nacht ist, zittere ich in meinem gestreiften Pyjama. Ich schicke meine E-Mail, die ich schon vor Wochen vorbereitet habe, an Christie. Ich schreibe ihr, dass ich für absehbare Zeit nicht ins Büro kommen werde und dass ich ab jetzt Urlaub nehme.

Nachdem ich sie abgeschickt habe, bemerke ich eine neue E-Mail in meinem Posteingang.

Sie ist von Casey. Ich betrachte sie einen Moment und bin mir nicht sicher, ob ich mich mit dem, was mich darin erwartet, auseinandersetzen möchte.

Mit gerunzelter Stirn lese ich den Betreff, der da lautet: »Der erste richtige Kuss«, und ich sehe, dass sie eine Datei angehängt hat.

Liebe Molly,

ich weiß, dass du nichts von mir hören willst, aber ich musste mit dir Kontakt aufnehmen, um dir dieses Foto

zu schicken. Ich habe es am letzten Abend auf Ibiza gemacht. Ich bin dir und Ryan gefolgt, als ihr zu eurem Mondscheinspaziergang aufgebrochen seid. Ich habe es dir nie gezeigt, weil ich mich so geschämt habe. Ich habe mir eingeredet, ich hätte dir nicht hinterherspioniert, sondern nur »auf dich aufgepasst«. Ich hatte jedenfalls meine Kamera dabei, weil ich an unserem letzten Abend Bilder machen wollte. Ich war so eifersüchtig, Molly. Aber ich will nicht, dass es in dieser E-Mail um mich und um das geht, was ich vermasselt habe. Ich will nur, dass du das Bild für deinen Blog hast. Es ist der Kuss, den du nie vergessen solltest, dein erster echter Kuss. Er sah für mich so perfekt aus. Ich glaube, das war das Problem.
Es tut mir leid, Molly, nicht nur das, was ich getan habe, sondern auch, was du jetzt durchmachen musst. Ich finde es schrecklich, dich nicht zu sehen, und ich werde immer für dich da sein. Ich bin hier für dich, wann immer du mich brauchst.

Alles Liebe, Casey

Ich lese die E-Mail, ohne zu blinzeln, speichere das Foto auf meinem Desktop, gehe auf meinen Blog und fange an zu tippen.

Der erste echte Kuss ... und der letzte

Ich wollte heute kein Bild posten. Nicht weil mir die Küsse ausgegangen wären – ganz und gar nicht. Aber ich habe das Gefühl, dass es an der Zeit ist, mit diesen aufdringlichen Liebesdarstellungen aufzuhören. Ich bin mir sicher, dass Sie nur eine begrenzte Zahl an Fotos ertragen, auf denen Ryan und ich uns abschlecken!
Doch heute habe ich ganz wundervolle Fotos von geliebten Menschen erhalten. Das hier ist besonders wertvoll, weil es unseren ersten richtigen Kuss zeigt. Ich dachte, wir wären allein gewesen, aber es hat sich herausgestellt, dass uns jemand beobachtet hat. Diese Person hat den Augenblick miterlebt, der mein Leben für immer verändert hat – und sie wollte unbedingt, dass sich ihres ebenfalls ändert. Und das nehme ich ihr nicht übel. Das Leben ist zu kurz, stimmt's?
Dieser Blog ist mir in der schwersten Phase meines Lebens eine unglaubliche Hilfe gewesen. Sie sind alle meine Freunde geworden, und Ihre lieben Kommentare und Ratschläge haben mich derart gestärkt, dass ich jeden Tag nehmen konnte, wie er war. Doch jetzt habe ich das Gefühl, dass Ryan und mir nur noch das Heute bleibt. Es ist keine Zeit mehr zurückzublicken. Ich will all meine Energie auf das Hier und Jetzt konzentrieren. Ich hoffe, Sie verstehen das.

Kuss, Molly

Ich schließe den Computer, dann nehme ich das Telefon, um Ryans Eltern anzurufen und ihnen zu sagen, dass Ryan nach Hause kommt. Dass wir nach Hause kommen.

Der Mach-weiter-Kuss

Ich habe Ryan versprochen, keine Listen mehr zu erstellen, und mir selbst, keinen Blog mehr zu schreiben (mir fehlt die Kraft dazu). Charlie meinte jedoch, wenn es mir helfen würde, Dinge aufzuschreiben, sollte ich es für mich selbst weiterhin tun. Und ich merke, dass ich diese Momente mit Ryan irgendwie festhalten muss. So ist meine Kamera noch immer mein ständiger Begleiter, und nun auch mein Laptop.

Vorspulen>> 27.06.2007>

Als die Jungs das nächste Mal kommen, sind sie vorbereitet. Ich öffne die Tür, und im Eingang stehen nur grinsende junge Männer. Sie sehen absolut lächerlich aus, aber immerhin grinsen sie breit.

»Was meinst du, Molly?« Carl lächelt und deutet auf sich und die Jungs. Sie tragen alle Latzhosen, sind darunter nackt und lassen in echter *Take-That*-Manier einen Träger herunterhängen. Gaz trägt noch immer seinen Hut, doch der Rest von ihnen hat umgedrehte Baseballkappen auf dem Kopf.

»Wie seht ihr denn aus?« Ich kichere.

»Wie der Essex-Boygroup-Umzugsservice!«

Ich forme mit den Händen einen Trichter um meinen Mund und rufe: »Ryan, warte, bis du das siehst!«

Sie schieben sich durch die Tür und springen die Treppe hoch zu Ryan. Lachend folge ich ihnen und sehe, wie sie einen einstudierten Tanz für ihn aufführen, an dessen Ende sie ihn zur Krönung samt Sofa hochheben.

Er lacht, und ich bin erneut dankbar für unsere großartigen Freunde. Ich weiß, dass er sich auf diesen Tag gefreut hat und ihn zugleich fürchtet. Er ist bereit umzuziehen – das sind wir beide. Seit Tagen haben wir die Wohnung nicht verlassen, und ich weiß, dass Ryan davon träumt, in einem Garten zu liegen oder das Meer zu sehen und bei seiner Familie zu sein. Aber er fürchtet sich auch, nicht nur, weil wir uns von unserer Wohnung verabschieden, sondern weil er nicht in der Lage ist, irgendwie zu helfen. Rückblickend hätten wir den Umzug vor Wochen machen sollen, die Fahrt wird hart für ihn. Mittlerweile ist es ihm unmöglich, längere Zeit auf zu sein, aber wenigstens freut er sich darauf, nach Hause zu kommen. Jackie und Dave sind ganz aus dem Häuschen. Sie haben einen Superrollstuhl gekauft und einen Treppenlift und alles Mögliche, um es ihm so angenehm wie möglich zu machen. So schwer es für mich gewesen ist, mich allein um ihn zu kümmern, ich glaube, für sie ist es noch schwerer gewesen, ihm nicht zu helfen.

Ich blicke mich in unserer Wohnung um, die noch immer mit unserem Leben angefüllt ist, obwohl ich gefühlte hundert Kartons gepackt habe.

»Also, wo sollen wir anfangen, Boss?«, fragt Alex, nachdem sie Ryan wieder abgestellt haben.

Ich öffne den Mund, um zu antworten, doch Ryan unterbricht mich.

»He, woher willst du wissen, dass sie nicht mich meinen?«, protestiert er schmollend. »Ich könnte schließlich auch der Boss sein.«

Alle fangen an zu lachen. »Ja, klar, Ryan, du hattest schließlich immer das Sagen bei euch!« Carl stupst Ryan an.

»Ich habe Krebs«, mault Ryan. »Ihr müsst alle ständig mein Ego streicheln und mir sagen, dass ich großartig bin.«

Ich lehne mich zu ihm hinunter. »Du bist attraktiv und großartig, und du hattest bei uns immer die Hosen an«, bestätige ich.

»Ach, ehrlich, Molly?«, sagt er mit dramatischem Überschwang.

»Nein.« Ich zwinkere, küsse seine Hände, klatsche dann in meine und drehe mich um. »Na, Jungs, wollt ihr euch nicht an die Arbeit machen? Wir haben hier schließlich einen Umzug zu stemmen. Könnt ihr bitte mit den Kartons im Schlafzimmer anfangen? Die mit der Aufschrift ›L‹ sind fürs Lager und die mit ›J&D‹ kommen zu Jackie und Dave. Sie gehören in den kleinen Laster zu Ryan und mir. Es sind nicht viele, aber könnt ihr bitte darauf achten, dass das Bettzeug ganz obenauf liegt? Ich will gleich Ryans Bett machen, wenn wir dort sind. Und sorgt bitte dafür, dass die Kiste im Bad, auf der ›Medikamente‹ steht, ebenfalls mit zu uns kommt. Es steht auch ›J&D‹ drauf, aber sie muss als Letztes in den Wagen, damit ich weiß, wo sie ist. Könnt ihr dann … äh …«

Meine Stimme verstummt, als ich merke, dass mein Kopf leer ist. Ich versuche, mich an die Liste zu erinnern, die ich mir im Geiste gemacht hatte. Mist, mein Gehirn darf jetzt nicht versagen. Das ist der falsche Zeitpunkt. Was wollte ich als Nächstes sagen? Mist, Mist, Mist. Ich reibe mir die Stirn und unterdrücke den Drang zu schreien. Dann spüre ich, wie Ryan meine Hand drückt. Ich drehe mich um, und er reicht mir ein Stück Papier.

Ich blicke ihn fragend an. »Was ist das?«

Ryan wedelt kurz mit dem Papier, als wollte er sagen »nimm es«.

Ich blicke auf die Überschrift, die mit zittriger Hand geschrieben und unterstrichen worden ist, und auf die sorgfältig durchdachten Unterpunkte und Notizen. Das hat ihn große Mühe gekostet. Das hat er getan, weil er nicht nutzlos sein wollte, weil er nicht wollte, dass der ganze Umzug allein auf meinen Schultern lastet. Deshalb kämpfe ich mit den Tränen, bevor ich überhaupt lese, was er geschrieben hat.

Ryans erste To-do-Liste überhaupt, die Molly davon abhalten wird, am Umzugstag einen Nervenzusammenbruch zu erleiden

Ich drehe mich zu ihm um, und er lächelt schüchtern und zuckt mit den Schultern. »Weißt du, Molly, manchmal hilft einfach nur eine Liste. Du solltest es gelegentlich probieren.« Er zwinkert mir frech zu. Ich beuge mich zu ihm hinunter und küsse ihn auf die Lippen, dann gebe ich ihm die Liste zurück.

»Ich glaube, es ist Zeit, dass du den Boss machst, Herr Lehrer. Lies einfach vor, was ich zuerst tun soll.«

Und während ich auf seine Anweisung warte und mich zum ersten Mal seit Monaten ganz auf meinen Mann verlasse, begreife ich, dass wir beide unsere Beziehung erst neu kennenlernen mussten, seit der Krebs mit uns lebt.

Plötzlich sehe ich, dass Ryan nach der Flamingo-Lampe greift, die ich meinte in einen Karton mit der Aufschrift »Lager« gepackt zu haben, insgeheim im Kopf aber mit »Müll« beschriftet hatte.

»Ryan«, sage ich warnend. Er blickt sich im Zimmer um und pfeift unschuldig. Nur, dass er nicht pfeifen kann. Er gibt lediglich ein hohles, quietschendes Geräusch von sich.

»Was machst du damit? Bring nicht mein System durcheinander.«

»Ich will ihn mitnehmen«, erklärt Ryan, als würde das als Antwort genügen.

»Ach, komm schon, Ryan, du weißt, dass wir keinen Platz für solchen Plunder haben.« Ich will ihn ihm wegnehmen, aber er steckt ihn unter sein Sweatshirt.

»Das ist kein Plunder«, verteidigt Ryan sich voller Leidenschaft.

Ich lache. »Es ist ein Stück rosa Plastik! Ein scheußliches Stück rosa Plastik.«

Er schüttelt den Kopf. »Nein, Molly, das stimmt nicht.« Er hält inne, holt tief Luft und blickt zu mir hoch. Er blinzelt, und ich sehe, wie eine einzelne Träne aus seinem rechten Auge über seine Wange läuft.

»Dieser Flamingo ist alles, was ich an unserer Beziehung mag.«

Ich will zunächst empört protestieren, halte dann jedoch inne. Das ist nicht die Zeit für Scherze. Jetzt nicht mehr. »Dieser Flamingo ist wie du, meine widerborstige Molly. Du bist ständig damit beschäftigt, dich von allen anderen abzuheben. Du bist oft hin- und hergerissen zwischen dem, was du glaubst tun zu müssen, und dem, was du eigentlich willst. Die ganze Zeit stehst du auf einem verdammten Bein!« Er lacht, und ich lächele, seine Beobachtung stimmt. Er hält die Lampe vor sein Gesicht, sodass der Flamingo und er sich anstarren. »Und er ist wie ich, ein sozialer Vogel, der im Schwarm lebt und andere zum Überleben braucht! Stimmt's, Kumpel?« Ryan lässt den Flamingo nicken, und ich muss kichern. Ryan dreht sich mit einem breiten Grinsen zu mir um. »Ach, und he, sie essen Shrimps, Molly, deshalb sind sie rosa! Wusstest du das? Shrimps, Molly! Wie die Shrimpers, meine Mannschaft!« Seine Augen funkeln. Wenn irgendjemand ihn jetzt so hörte, hielte er ihn für verrückt. Aber ich verstehe. Endlich verstehe ich. Er hält mir den Flamingo hin, und ich nehme ihn ihm vorsichtig ab. »Und sie brüten auf Ibiza«, sagt er leise. »In der Nacht, in der ich dich geküsst habe, habe ich einige wegfliegen sehen. Dieser Flamingo ist das Einzige, das ich behalten will, weil es mich an uns erinnert.«

»Na, dann«, sage ich und schlucke meine Tränen hinunter, »bleibt der verdammte Flamingo eben.« Ich stopfe ihn in meine übergroße Umhängetasche, sodass der alberne Kopf herausguckt. Dann sehe ich wieder zu Ryan, meiner Jugendliebe, meinem Mann. Wir sind einen so weiten Weg zusammen gegangen. Und das macht mir Angst, denn es heißt, dass keine weite Strecke mehr vor uns liegt.

Zwei Stunden später haben wir alles eingepackt. Ryan sitzt im Sessel, aus dem iPod dröhnt »Shine« von *Take That*, und während die Jungs Ryan hochheben und ihn die Treppen hinuntertragen, singen sie lauthals und falsch mit.

Am Abend schläft Ryan wohlig im zum Schlafzimmer umgewandelten Wohnzimmer im Erdgeschoss, nachdem Jackie zuvor einen riesigen Wirbel veranstaltet hat. Ich sitze auf dem Sofa in ihrem Haus und fühle mich seltsam entrückt. Als sei ich nur körperlich anwesend. Ich sinke in das Sofa, schließe die Augen und lasse die Wellen der Erschöpfung meinen Körper umspülen. Ich merke, dass ich den ganzen Tag noch nichts gegessen habe. Die Jungs haben auf dem Heimweg bei McDonald's haltgemacht, aber ich wollte Ryan schnell herbringen. Zurück in sein Zuhause.

Als ich jemanden neben mir spüre, öffne ich die Augen und sehe, dass Dave vor mir steht. Er stellt einen Teller mit Käsetoast und einen dampfenden Becher Tee vor mir auf den Tisch. Dann breitet er eine weiche Schaffelldecke über meine Beine, küsst mich auf den Kopf, stellt den Fernseher an und setzt sich mit seinem eigenen Teebecher in den Ledersessel in der Ecke. Es läuft eine Sitcom, und er kichert leise vor sich hin.

Und ich denke, ich bin zu Hause.

15:48 Uhr

Ich trete hinaus in meinen kleinen verwilderten Garten, der so dringend etwas liebevolle Pflege nötig hätte. Ich will mich anständig von ihm verabschieden. Ich habe noch nie einen grünen Daumen besessen. Die meisten Dinge scheinen unter meiner Obhut einzugehen, aber eine Sache erblüht Jahr für Jahr in aller Pracht. Rosa ragt er aus den überwucherten Blumenbeeten hervor und neigt sich mir in der Brise zu, als wollte er mich daran erinnern, ihn nicht zurückzulassen.

»Jetzt hätte ich fast den verdammten Flamingo vergessen! Unfassbar!« Ich verdrehe die Augen, schüttele den Kopf und muss lachen. Ich beuge mich hinunter und stöhne ein bisschen ob der Anstrengung. Er blickt mich mit wissendem Blick an. Es ist beunruhigend, und einen Augenblick sehe ich Ryan vor mir.

»Ja, ich *weiß*, ich muss fitter werden!«, sage ich zu ihm. »Aber ich habe eine Entschuldigung. Ehrlich!« Ich denke an meine Kekssucht. Okay, das taugt nicht wirklich als Ausrede.

Na, toll. Wenn ich eine Liste der Zeichen erstellen würde (was ich nicht tue), die für meinen einsetzenden Wahnsinn sprechen, könnte ich »Gespräche mit einem rosa Plastik-Flamingo« hinzufügen.

Wer hätte gedacht, dass ausgerechnet diese rosafarbene Grusel-Lampe das Einzige sein würde, das von meinen weltlichen Besitztümern übrigbleibt und jedes andere Erinnerungsstück aus den letzten zwanzig Jahren meines Lebens überdauert. Ich lächele, weil es sich wie ein schlechter Scherz anhört. Was es vermutlich ist.

»Komm schon«, sage ich und klemme ihn mir unter den Arm. »Ich habe genau das richtige Heim für dich.«

Meine Eltern helfen mir, das Gepäck einzuladen, die ziemlich verstimmten Katzen Harry und Sally in ihre Kiste zu verfrachten und den Flamingo ins Auto. Unser Abschied ist kurz, nicht emotionslos, aber wir reißen uns in echter Carter-Manier zusammen. Vor allem, weil wir wissen, dass wir uns bald wiedersehen.

Zehn Minuten später parke ich vor der Tür. Genau wie vor all den Jahren, als ich diesen Weg zum ersten Mal hinaufging, bin ich auch diesmal nervös. Ich klopfe und warte. Ich sehe ihre Silhouette hinter der Glastür und atme scharf ein, bevor sie öffnet. Plötzlich fällt mir auf, dass ich in ihrer Gegenwart in den letzten fünf Jahren nicht mehr richtig ausatmen konnte.

»Molly«, sagt sie leise, und dann starrt sie mich an, ohne noch etwas zu sagen. Ich stehe einen Augenblick ungelenk auf der Schwelle und umklammere den Flamingo. Sie sieht so alt aus. So ganz anders als die Frau, der ich vor all den Jahren begegnet bin. Sie ist nicht mehr perfekt zurechtgemacht, wie sie es früher immer war. Die grellen rosa Lippen und Nägel sind noch da, ebenso die toupierten Haare und die auffällige, moderne Kleidung, aber über allem liegt ein Mantel aus Trauer. Er ist deutlich zu sehen, egal was sie sonst trägt. Er zeigt sich in den tiefen Furchen in ihrem Gesicht, in ihren wässerigen blauen Augen, in ihrem blassen Lächeln und ihren ängstlich ringenden Händen. Der überbordende Schmuck ist einem schlichten Goldmedaillon gewichen, das, wie ich weiß, ein Bild von ihren beiden Söhnen enthält.

Im Gegensatz zu mir ist sie dünn – zu dünn. Sie ist geschrumpft – ihre Größe und ihr Selbstvertrauen. Ihre Stimme ist leiser und ihre Gesten zurückhaltender. Ihre blonden Haare haben jetzt das schwere Grau eines Januartags. Es passt zu den Wolken in ihren Augen.

Sie betrachtet mich einen Augenblick auf ihre intensive Art, wie sie es immer getan hat. Mit durchdringendem Blick mustert sie mich von oben bis unten und verharrt bewusst an meinem gewölbten Bauch, bevor sie mir wieder in die Augen sieht. Auf einmal fühle ich mich befangen, als würde mein schwangerer Bauch die Tatsache verraten, dass ich – trotz allem – irgendwie weitergelebt habe. Ich unterdrücke den Impuls, den Blick abzuwenden. Manchmal sehe ich ihn so deutlich in ihrem Gesicht, dass ich es kaum ertragen kann. Wie hart muss es für sie sein, in den Spiegel zu blicken? Vielleicht tut sie es nicht. Ich habe es lange Zeit nicht getan.

»Ich war mir nicht sicher, ob du kommen würdest«, sagt sie schließlich.

»Ich auch nicht«, erwidere ich ehrlich. Das ist seltsam, wenn ich mir überlege, dass ich dieses Haus wochenlang nicht verlassen habe. Ich kam kaum aus dem Bett. Irgendwie war ich zum Patienten geworden, den Jackie pflegen und umsorgen konnte, und ich genoss es. Ich glaube, wir haben es beide genossen. Doch dann, langsam, wirklich ganz langsam, sehnte ich mich nach Raum, und ich zog zurück nach Hause, in *mein* Zuhause, zu meinen Eltern. Zwei Jahre nach Ryans Tod zog ich schließlich in mein kleines Haus.

»Ich konnte nicht gehen, ohne mich zu verabschieden«, erkläre ich schlicht.

Sie nickt energisch und wendet mir den Rücken zu. »Komm herein«, fordert sie mich auf. Ich folge ihr, ganz die gehorsame Schwiegertochter. »Einen Tee?«, fragt sie über ihre Schulter zu mir zurückblickend.

»Gerne«, antworte ich automatisch und erinnere mich, dass das schnell das Einzige wurde, was wir gut zusammen tun konnten. In jenen ersten Wochen müssen wir Gallonen an Tee zusammen getrunken haben. Das Zubereiten und Trinken half uns, in unsere neuen Rollen hineinzufinden – die der trauernden Mutter und Witwe.

Wir versuchten, uns zusammenzutun, wir versuchten es wirklich. Für Jackie und mich ergab es keinen Sinn, sich voneinander abzuwenden, wenn wir einander doch am meisten brauchten. Sie war meine Ersatzmutter, eine warme und liebevolle Frau, die sich nicht von meiner Sperrigkeit irritieren ließ, sodass ich nach unserer ersten Begegnung scherzhaft zu Ryan gesagt hatte, ich hätte mich in sie verliebt. Als Frau wollte ich die wichtigste Frau in Ryans Leben sein. Aber verständlicherweise wollte Jackie das als Mutter auch. Es wurde ein stillschweigender Kampf zwischen uns – zu subtil und fein, als dass Ryan überhaupt bemerkt hätte, was vor sich ging. Und wir auch nicht. Als er die Krebs-Diagnose erhielt, begruben wir die Schwerter und pflegten ihn gemeinsam. Wir dachten, wir wären in der Lage, unseren Schmerz zu teilen, einander zu helfen, aber irgendwann schienen wir es uns gegenseitig nur noch schwerer zu machen. Jackie nahm mir übel, dass ich ihr Ryan weggenommen hatte. Ich verübelte ihr, dass sie ihn nie wirklich losgelassen hatte. Wir beide wollten ihn, doch anschließend hatten wir nur noch einander. Und das genügte nicht.

Jetzt blicke ich beschämt diese Frau an, diese *Mutter*. Sie hat meinen Mann auf die Welt gebracht, sie hat ihn in sich getragen, und sie wird für den Rest ihres Lebens um ihn trauern. Ich möchte sie umarmen, ihr sagen, dass es mir leidtut und dass ich sie vermisse. Aber ich weiß, dass sie das nicht trösten wird. Ich bin nicht diejenige, nach der sie sich sehnt. Sie würde unzählige Umarmungen von mir gegen eine einzige von ihrem Sohn tauschen.

Auf dem Weg durch den Flur in die Küche zwinge ich mich, das zu sehen, was ich so lange nicht wahrhaben wollte. Dass er hier fortlebt. Dass er immer hier gewesen ist. Ich weiß noch, dass ich nach seinem Tod in unsere Londoner Wohnung gegangen bin, um unsere restlichen Sachen zu packen, und mich gefragt habe, warum ich ihn dort nicht fühle. Ich wollte von Erinnerungen an unser gemeinsames Leben überflutet werden. Ich lag im Bett und bat ihn, mir das Gefühl zu geben, dass er noch bei mir sei. Doch er kam nicht. Auch als ich das kleine Haus gekauft und es mit unseren Sachen eingerichtet habe, war er nicht da. Aber es fühlte sich richtig an, in Leigh, am Meer zu sein. Dort hatten wir uns ineinander verliebt – und es war der Ort, den er *immer* geliebt hatte. Ich begriff, dass seine Liebe genauso dieser Stadt gegolten hatte wie mir.

Und hier, in diesem prächtigen Haus mit Meerblick, in einer teuren Straße in einem begehrten Badeort, in dem Haus, das sein Vater gebaut hat, an dem Ort, an dem er aufgewachsen ist – hier sehe ich ihn, meinen Ryan. Er lächelt mir von jeder Wand und jedem Kaminsims entgegen, dem Küchentresen, dem Tisch, an dem er stundenlang Arbeiten korrigiert hat, auf den Jahrgangsfotos aus der Schule im Treppenhaus. Ich sehe ihn dort auf dem Sofa im Wohnzimmer, auf dem wir als Frischverheiratete gelegen haben, und auf dem er die wenigen Wochen verbracht hat, bevor Charlie uns riet, ins Hospiz zu gehen. Ich sehe ihn im Garten, wo er mit seinem Bruder Fußball gespielt hat, bevor der Krebs zuschlug – und wo er danach saß, wenn er die frische Seeluft atmen wollte, die er so liebte. Er nannte es seine Spezialmedizin. »Besser als jede Chemo, Molly.« Er hatte gelächelt und fest meine Hand gehalten, den Kopf in den Nacken gelegt, die Augen geschlossen und ein- und ausgeatmet, ein und aus. Und ich tat, was ich immer tat – ich zählte jeden Atemzug. Ich habe mir gewünscht, ewig weiterzählen zu können, aber ich wusste, dass die uns noch verbleibenden Küsse weniger wurden, je mehr sich sein Atem beschleunigte.

Noch immer den Flamingo im Arm gehe ich in die Küche. Jackie steht mit dem Rücken zu mir und füllt unsere Becher mit kochendem Wasser. Ich weiß, dass sie weint, denn ich sehe, wie ihre Schultern beben. Ich gehe zu ihr und lege den Arm um sie. Ihr Körper ist angespannt.

»Es tut mir leid, Jackie«, sage ich.

»Er fehlt mir noch immer so sehr, Molly.« Sie wirft sich in meine Arme und schluchzt wie ein Baby.

»Ich weiß, ich weiß«, flüstere ich. »Ich wünschte, ich könnte es besser machen, und ich fühle mich so schuldig, Jackie. Weil ich dir kein Trost bin. Dass ich noch immer hier bin und dich erinnere.«

»Nein!« Sie fasst so fest meinen Arm, dass es wehtut. »Das darfst du nie denken, Liebes! Wenn Ryan das gehört hätte, wäre er verdammt wütend. Und was das angeht«, sie legt sanft ihre Hand auf meinen Bauch, »*freue* ich mich für dich, Liebes. Du wirst eine wundervolle Mutter sein. Es ist das Beste auf der Welt.« Sie hält inne und sieht mich an. »Hast du ein Bild?«, fragt sie leise. Ich nicke, hole unsicher mein Portemonnaie aus der Tasche und ziehe vorsichtig das körnige Ultraschallbild von meinem Baby heraus, das ich erst vorhin von der Wand genommen habe.

Sie nimmt es, und es verletzt mich, dass sie erneut schluchzt.

»Er wäre ein wunderbarer Vater gewesen«, weint sie, und ich fasse ihre Hände.

»Nicht, Jackie. Ich will nicht, dass dir das noch mehr Kummer bereitet.« Ich nehme das Bild und umarme sie. Es vergeht eine Weile. Wir halten einander, lassen jedoch im selben Augenblick los. »Jackie«, sage ich schließlich, »ich möchte dir etwas geben.«

Als ich ihr den Flamingo reiche, zieht sie die Brauen zusammen. Sie hält ihn hoch, blickt mich an und lächelt, wirkt jedoch verwirrt und verletzt.

»Aber den habe ich euch geschenkt, Liebes, das ist deiner. Deiner und Ryans.«

Bevor sie ihn mir zurückgeben kann, lege ich meine Hand auf ihre. Gemeinsam halten wir die hässliche rosa Plastiklampe, und ohne ihre Hand loszulassen, beginne ich zu sprechen.

»Ich möchte, dass du ihn bekommst, Jackie, weil Ryan mir einmal erzählt hat, dass er das Wichtigste ist, das er besitzt. Er wollte ihn am Ende bei sich haben. Und Ryan ist hier. Hier, bei dir. Du siehst also, der Flamingo muss bleiben. Ich dachte, du könntest ihn vielleicht in den Garten stellen, wo wir seine Asche begraben haben, dort gehört er hin.«

Jackie nickt, und einen Augenblick sehe ich einen Funken von der Frau aufblitzen, der ich vor einem Jahrzehnt begegnet bin. Als ich sie ein letztes Mal umarme, spüre ich nicht nur ihre Arme um mich – sondern auch seine. Er hält mich und sagt mir, dass es okay ist. Es ist okay, dass ich gehe.

Der ewige Kuss

Es heißt, man könne Menschen nicht verändern. Da bin ich anderer Ansicht. Ich bin nicht dieselbe Person, die ich war, als ich Ryan begegnet bin (zum Glück!), und seit er gestorben ist, bin ich auch nicht mehr dieselbe. Ich bin besser. Ich bin besser, weil ich ihn geliebt habe und von ihm geliebt worden bin. Er hat mir beigebracht, das Beste aus mir herauszuholen.

Ryan hat eine Spur bei mir hinterlassen, die nichts und niemand mehr löschen kann, egal, wer oder was danach kommt. Ich stelle mir diese Spur wie einen Abdruck seiner Lippen auf meinen vor, wie das Flüstern einer verlorenen Liebe, das mich daran erinnert, dass ich geliebt wurde und immer geliebt werde. Egal, was kommt.

In diesem Sinne hat Ryan wieder einmal mühelos das geschafft, was ich die Monate seiner Krankheit über verzweifelt versucht habe. Er hat mir einen Kuss gegeben, der ewig hält.

Vorspulen>> 14.07.2007>

Heiter bauscht sich das Zelt im Green-Park – ein großer weißer Fleck vor dem strahlend blauen Himmel und dem Meer.

»Es ist perfekt«, sagt Ryan in seinem Rollstuhl. Ich beuge mich zu ihm hinunter, küsse ihn sanft auf den kahlen Schädel und stecke die Decke um seine Anzughosen fest, die um seine Beine schlackern wie bei einem Stelzenläufer. Es stand auf der Kippe, ob er heute hier sein könnte. Neulich, als wir alle um sein Bett herumgestanden haben, meinte er, wenn er es nicht schafft, hätten wir das Zelt zumindest nicht umsonst besorgt – anstelle der Party zu seinem dreißigsten Geburtstag könnten wir dann den Leichenschmaus hier abhalten. Keiner von uns hatte gelacht – auch er nicht. Ich glaube, er hat endlich bemerkt, dass der Witz sich abgenutzt hat.

Die Mitarbeiter im Haven's-Hospiz, wohin Ryan vor drei Wochen gezogen ist, meinten, wir sollten uns darauf einstellen, dass er die Woche nicht überleben würde. Das hatte Charlie die Woche davor allerdings auch schon gesagt – und den Monat zuvor, als wir in London waren und Ryan mich bitten musste, für ihn die Patientenverfügung zu unterschreiben. Seit wir hierhergezogen sind, ist Charlie nicht mehr offiziell unser Pfleger, aber wir sind in Kontakt geblieben. Gestern hat er Ryan sogar besucht, was wirklich nett von ihm war. Und ich weiß, wie sehr Ryan sich gefreut hat. Ich konnte genau sehen, wie er mit den Tränen kämpfte, seine Augen wirkten strahlender, und sein Gesicht nahm diesen entschiedenen Ausdruck an, den ich von ihm vom Fußballplatz kenne. Die Ärzte waren alle überrascht, aber ich glaube, sie haben gelernt, dass man Ryan Cooper nie unterschätzen sollte.

Die Mitarbeiter im Hospiz sind absolut reizend, und Ryan ist viel glücklicher, seit er dorthin gezogen ist. Wir sind nur zwei Wochen bei Jackie und Dave geblieben, nicht dass sie nicht großartige Arbeit geleistet hätten. Ganz im Gegenteil. Aber Ryan baute schnell ab, und es war alles ein bisschen zu viel. Jackie und ich wetteiferten um den Platz der besten Krankenschwester. Ich hätte mehr Größe besitzen und seiner Mutter die Pflege überlassen müssen, aber diese Aufgabe ist ein Teil von mir und von unserer Beziehung geworden. Ich konnte nur schwer loslassen, egal wie sehr ich es auch wollte. So gab es ein paar unangenehme Auseinandersetzungen wegen gekochtem Gemüse (das er sich ohnehin weigerte zu essen und stattdessen seinen Vater zu McDonald's schickte) und Wettrennen, wer als Erste seine Medikamente aus dem Bad holt. Als wir vor dem Waschbecken um sie kämpften, merkten wir, wie lächerlich wir uns benahmen. Wir blickten beide gleichzeitig in den Spiegel, in unsere gehetzten Gesichter, die sich zu komisch entschlossenen Fratzen verzogen, und wir brachen gleichzeitig in Gelächter aus – dann weinten wir und umarmten uns fest. Ab da kümmerten wir uns abwechselnd um die Tabletten.

Vor drei Wochen beschloss Ryan dann, ins Hospiz zu ziehen. Er hatte sich lange gegen diesen Schritt gesperrt, doch nachdem wir wussten, dass der Krebs sich in seinem Gehirn ausgebreitet hatte, bekam er Angst. Er meinte, er wolle in der besten Position für das, wie er es nannte, »Elfmeterschießen« sein. Das ist seine Art, über das Ende zu sprechen. Jeder Morgen ist eine neue Chance, im Spiel zu bleiben. Der Umzug ins

Hospiz hat ihm seinen Raum und seine Würde zurückgegeben – und seinen Appetit.

»Nichts für ungut, Molly«, sagte er. »Aber verglichen mit dem Essen von dir und Mum schmeckt es hier wie im Hotel!« Ich erklärte ihm nicht, dass das zum Teil auch mit den Dexamethason-Steroiden zu tun hatte, die er bekam (sie machen Appetit auf Süßes). Und ich unterschätze keineswegs diesen bemerkenswerten Ort und die wunderbare Pflege, die er hier erhält. Das Personal ist fantastisch, es ist ein unglaublicher Platz mit einem überwältigenden Blick aufs Meer. Dass er hier ist, heißt, dass ich einfach nur seine Frau sein kann und nicht seine Krankenschwester sein muss. Seit er hier ist, wirkt sogar Jackie entspannter, leiser und zurückgenommener. Ich glaube, sie hat endlich akzeptiert, was passiert. Und wir sind jetzt ein Team: sie, Dave, Oma Door, Carl, Lydia und ich. Kein Team aus Pflegern, sondern ein Familienteam: »Cooper United« nennt Ryan uns. Wir lachen zusammen mit Ryan, wenn wir Brettspiele oder Videospiele in seinem Zimmer spielen oder Filme sehen. Und wenn wir uns Kaffee holen oder nach Hause gehen, um uns eine Stunde auszuruhen, weinen wir zusammen. Nicht dass ich Ryan oft allein lasse. Ich schlafe hier bei ihm. Man hat neben ihm ein Bett für mich aufgestellt. Jede Nacht halten wir uns beim Einschlafen an den Händen, genau wie wir es immer getan haben.

Und was die Geburtstagsfeier angeht – ich wusste immer, dass er es schaffen würde. Ryan hat in seinem Leben noch keine Party verpasst, und er fängt jetzt nicht damit an. Da setzt er sich gegen den Krebs durch. Er hat entschieden, hier, im Park über dem Meer zu feiern. Er liebt die Aussicht, und er will, dass jeder, den er kennt, vorbeikommen kann. Der Großteil der Stadt wird heute Nachmittag zu diesem Ereignis auftauchen (abends ist Ryan zu müde). Sie kommen nicht nur, weil man umsonst trinken kann – wie Ryan vorhin gewitzelt hat –, sondern weil sie ihn alle angemessen feiern wollen. Jedes Mal, wenn ich in ein Geschäft gehe, um eine Zeitung zu kaufen oder mir einen Kaffee zu holen oder für Ryan seinen Lieblingskarottenkuchen, erkundigt man sich nach ihm. Ich kriege mit, wie ehemalige Schüler im Café von Mr. Cooper reden und tuscheln, wenn ich hereinkomme. Ich habe das Gefühl, die ganze Stadt hält den Atem an, und ich hoffe nur, dass wir es alle zumindest für ein paar Stunden vergessen können, um ihm die Party seines Lebens zu bereiten. Wortwörtlich.

»Bist du bereit?«, frage ich, und er blickt auf, nickt und nimmt einen tiefen Zug von seinem Sauerstoffgerät – das braucht er jetzt rund um die Uhr. Seinen Augen ist die Aufregung deutlich anzusehen. Charlie und Carl haben seinen Rollstuhl mit gelben *Southend-United*-Wimpeln und -Ballons geschmückt. Es ist die perfekte Farbe für Ryan, hell und sonnig. Er meinte, es passe zu seiner neuen gelblichen Hautfarbe und seinem runden Kopf. Die Steroide haben etwas ausgelöst, das man als »Cushing-Syndrom« bezeichnet. Damit ist eine veränderte rundere Gesichtsform gemeint. Ich habe immer zu ihm gesagt, dass ich bei seinem Anblick das Gefühl habe, die Sonne gehe auf. Er findet, dass er jetzt tatsächlich so aussieht.

»Gehen wir«, sage ich und schiebe ihn auf den Zelteingang zu, was in den rosa High Heels und meinem glänzenden Kleid von der Filmpremiere leichter gesagt als getan ist. Ryan hat darauf bestanden, dass der Dresscode »Essex Exzessiv« lautet, und nach der Ansammlung von Leopardenmustern, von knalligem Pink, von Federn und Weiß zu urteilen, haben die Leute das Thema richtig verstanden – sie tragen einfach, was sie immer tragen.

Als wir uns dem Eingang nähern, blickt Ryan schelmisch zu mir hoch. »Du musstest mich noch nie *auf* eine Party rollen, was Molly?«, bemerkt er.

Ich lege ihm eine Hand auf die Schulter. »Nach der Menge an Champagner, die ich trinken werde, erwarte ich, dass *du* mich nachher *hinaus*rollst«, erwidere ich. »Pass also auf, dass du in dem Rollstuhl noch ein bisschen Platz für mich lässt.« Und ich küsse ihn erneut auf den Kopf.

Ich will ihn hineinschieben, doch Ryan legt seine Hände auf die Räder, hält an und blickt zu mir hoch. »Danke für das alles, mein Schatz.«

»Das meiste hat deine Mutter gemacht, Ryan«, antworte ich bescheiden, »Du weißt, wie gern sie bei so etwas die Regie übernimmt. Diese Geburtstagsparty ist größer und aufwendiger als unsere Hochzeit!«

»Ich meinte nicht die Party«, sagt er leise. Und dann lächelt er mich an, und ich spüre die überwältigende Liebe für meinen tapferen Ehemann. »Na, komm, worauf warten wir noch?«, fragt er. Ich schlucke, lächele und schiebe ihn hinein.

Als wir im Eingang erscheinen, verstummt die Menge. Wie erwartet, haben sich die Stadt, seine Mutter, sein Vater und sein Bruder für Ryan herausgeputzt. Wie exotische Schmetterlinge drängen sich ungefähr dreihundert Menschen in dem hübsch hergerichteten Zelt aneinander. Ryan legt eine Hand auf seine Schulter, und ich drücke sie, während er die andere hebt und winkt.

»Komm weiter, Bruder«, zieht ihn Carl auf, »du bist nicht die Queen!«

Die Menge empfängt ihn mit drei dicken »Hipp-hipp-Hurras!«, denen man die großen Emotionen anhört und die meinen Mann wie auf einer Welle in seine Feier hineintragen.

Ich lächele, als Jackie zu uns kommt, und überlasse ihr den

Rollstuhl, damit sie Ryan zeigen kann, was sie gemacht hat. Er blickt sich um und lächelt mir zu. Ich soll wissen, dass er noch bei mir ist. Das Zelt ist mit wunderschönen blassrosa Blumen geschmückt (für Jackie gibt es keine andere Farbe). Sie haben Abzüge von den großen Familienfotos aus ihrem Haus gemacht und sie überall aufgehängt. Über den Tischen am Rand der Tanzfläche findet sich ein Bild von Ryan aus jedem Lebensjahr – von seiner Geburt bis heute. Unzählige Heliumballons in Form einer Dreißig fliegen durchs Zelt. Kinder tollen herum, Caterer richten ein Buffet mit königlichen Speisen her, und an der Bar versuchen die Kellner, schneller Champagner auszuschenken, als die Leute trinken können – und stellen fest, dass das schlichtweg unmöglich ist. Schließlich sind wir hier in Essex.

Ich nicke selig, während ich alles in Ruhe auf mich wirken lasse. Jackie hat Unglaubliches geleistet. Ich habe mir gesagt, dass das ihr Tag ist. Heute feiert sie ihren Sohn, und das soll sie unbedingt auskosten, also halte ich mich zurück.

Ich lächele, als meine Eltern zu mir kommen, mich in die Mitte nehmen, sich an ihre Champagnergläser klammern und dem Partytreiben zusehen. Ich finde es wundervoll, dass sie sich bemüht haben, Ryans Kleiderwunsch zu erfüllen. Mum trägt ihren rosa Cardigan von der Hochzeit über einem (für ihre Verhältnisse gewagten) fuchsiafarbenen knielangen Kleid. Sie trägt sogar weiße Schuhe mit kleinem Absatz. Dad steckt in einem Anorak mit Reißverschluss sowie in Jeans (ich habe ihn noch nie in Jeans gesehen. Noch nie!) und weißen Turnschuhen, wie sie hier viele tragen. Er hat sogar seine Haare nicht quer über den Kopf, sondern nach vorn gekämmt, sodass seine Stirn bedeckt ist. Dennoch sieht er noch immer eher wie einer aus, der Eisenbahnen sammelt als wie ein Junge aus Essex.

»Mum, Dad, ihr seht toll aus. Richtig nach Essex!«, lobe ich lächelnd.

»Ach was, Molly«, erwidert Mum. »Wir sehen aus wie die Queen und Prinz Philip, die auf eine Mottoparty von Prinz Harry eingeladen worden sind!«

Ich lache, und sie legen die Arme um mich. Ich habe das Gefühl, sie flankieren mich, um mir Kraft zu geben. Meine Mutter küsst meine Schulter, es ist nur ein zartes Küsschen, aber es reicht. Mein Vater wippt ein wenig auf den Fersen und betrachtet die geschmückte Decke, als sei sie ein Stück bewundernswerter Architektur. Meine kleine Familie fühlt sich gut an. Ich stelle fest, dass wir drei zusammenpassen. Trotz meiner Versuche, anders zu sein, mehr zu sehen, mehr zu tun, bin ich jetzt mehr ihre Tochter als je zuvor. Und ich bin stolz darauf.

In behaglichem Schweigen stehen wir am Rand und beobachten die Feier, so wie wir Carters es eben tun. Ryan blickt sich weiter nach mir um und stellt Kontakt zu mir her, indem er mir zuzwinkert oder winkt oder lächelt, und ich weiß stets ganz genau, wo er ist, mit wem er spricht und was er tut. Als ich an die erste Zeit unserer Beziehung denke, huscht ein Lächeln über mein Gesicht. Ich war sehr unsicher und hatte Angst, dass irgendwelche scharfen Mädchen hinter meinem Freund her wären. Deshalb habe ich ihn damals immer mit meinen Blicken verfolgt. Jetzt sehne ich mich nach jenen Tagen zurück. Ich würde mich eher damit abfinden, dass er mit Angelina Jolie flirtet als mit dem, womit wir nun zurechtkommen müssen.

Lydia schlendert mit Beau zu uns herüber, der einen weißen Anzug und eine Sonnenbrille sowie einen Igelhaarschnitt trägt. Er sieht wie eine Miniaturausgabe von Carl an seinem Hochzeitstag aus. Sehr niedlich. Sie küsst Mum und Dad, die sie fest drücken, und dann zur Bar entschwinden, um sich ein Getränk zu holen und sich einen Sitzplatz zu suchen. Lydia legt eine Hand auf ihren schwangeren Bauch und stößt die Luft aus. »Verdammt, meine Füße bringen mich um«, stöhnt sie.

Dann schlägt sie sich erschrocken die rosa manikürte Hand vor den Mund. »Oh, Molly, es tut mir leid, ich habe nicht nachgedacht.« Als ihr Tränen in die Augen steigen, fährt sie sich mit der Hand durchs Gesicht, während Beau im Kreis um mich herumrennt. »Es tut mir leid«, wiederholt sie, und die Tränen laufen über ihr Gesicht, »das sind die verdammten Hormone.«

»Schon okay, Lydia.« Ich blicke zu Ryan, der in der Mitte der Tanzfläche Hof hält. »Wirklich, das ist völlig okay.«

»Du bist unglaublich, Molly«, sagt sie tränenüberströmt. »Ich wünschte, ich wäre nur halb so stark wie du. Ich weiß nicht, wie ich mit dem fertigwerden würde, was du …« Ich bemerke, dass sie zu Carl hinübersieht, der den Arm um seinen Bruder gelegt hat und mit ihm wie immer Witze zum Besten gibt. Ich weiß, dass sie sich vorstellt, Carl säße an Ryans Stelle im Rollstuhl. So wie es alle Ehefrauen und Freundinnen hier tun. »Ich glaube nicht, dass ich damit zurechtkäme.«

»Doch, das würdest du, Lydia«, erwidere ich lächelnd. »Wir Coopers sind schließlich hart im Nehmen, oder?«

Sie blickt zu mir hoch, nickt und lächelt durch ihren Tränenschleier. »Carl und ich sind immer für dich da, weißt du? Wann immer du uns brauchst, wir werden immer da sein, okay?« Sie drückt meine Hand. »Du bist wie eine Schwester für mich, Molly.«

Ich schaffe es nicht, ihr zu sagen, dass ich mir immer eine Schwester gewünscht habe, und so nicke ich nur.

Sie schiebt Beau sanft davon, sodass er in eine andere

Richtung davondüst, und wir stehen stillschweigend nebeneinander und betrachten unsere Ehemänner. Ich weiß noch, wie ich als Teenager und sogar noch als seine Freundin große Ehrfurcht vor Ryans Selbstvertrauen hatte, und vor seiner Fähigkeit, sich mit jedermann unterhalten zu können. Anscheinend mühelos und ohne sich anzustrengen fliegt ihm die Aufmerksamkeit zu. Jetzt gleitet er in seinem Rollstuhl durch das Zelt, nimmt sich die Zeit, mit jedem zu sprechen, und gibt jedem Einzelnen das Gefühl, dass er nur mit ihm zusammen sein möchte. Ich weiß, dass er entschlossen ist, mit jedem zu reden, und es schmerzt zu wissen, warum. Ich habe das Gefühl, ihn bereits verloren zu haben. Ich habe mich so daran gewöhnt, mit ihm allein zu sein.

»Molly«, flüstert Lydia und deutet mit dem Kopf zum Zelteingang. »Ich glaube, da ist jemand für dich, Süße.«

Ich blicke hinüber und sehe eine orangefarbene Erscheinung verlegen am Eingang stehen. Sie sieht aus wie das unsichere junge Mädchen, das ich vor all den Jahren besser zu kennen schien als mich selbst. Ihr Blick huscht durch den Raum, zu den Leuten, die jetzt tanzen, zu Ryans Eltern, die an der Bar eine wundervolle »Cooper Show« liefern, und dann zu Lydia und mir.

Einen Augenblick stehen wir nur da und starren einander an. Es kommt mir vor, als läge eine große Distanz zwischen uns. Nein, keine Distanz, Zeit. Wir denken zurück an unsere Schulzeit, an das erste Mal, als sie auf den Platz neben mich glitt und wir beste Freundinnen wurden. An jene Jahre, in denen wir nachts nebeneinander wach im Bett lagen und von der Zukunft träumten. Dann blicke ich mich im Zelt um und sehe, dass Ryan zu mir herüberblickt. Er nickt, und mir ist klar, dass er sie gebeten hat, heute zu kommen. Ich weiß, dass er es für mich getan hat.

Daraufhin gehe ich langsam und entschlossen auf sie zu, und als ich näher komme, sehe ich, dass sie weint.

Ich stehe vor ihr und frage mich, was zum Teufel ich sagen soll. Ich kann sie nicht umarmen oder etwas sagen, damit es ihr besser geht. Mir fehlen die Worte, und ich bin mir auch nicht sicher, ob es überhaupt etwas zu sagen gibt. Ich sehe Ryan drüben beim DJ, und auf einmal weiß ich genau, was zu tun ist. Ich höre den Anfang des Songs und kicke meine Schuhe von den Füßen, dann hake ich mich bei Casey ein. Gemeinsam gehen wir zur Tanzfläche, wobei Casey auf einem Bein hüpft, weil sie sich unterwegs erst den einen, dann den anderen Schuh auszieht. Wir treten in die Mitte der Tanzfläche und beginnen zu »Electric Dreams« auf und ab zu springen und die Arme in die Luft zu werfen. Während wir unseren eigenen Text singen, den wir uns vor Ewigkeiten dazu ausgedacht haben, lassen wir uns gegenseitig nicht aus den Augen.

Und das ist der Augenblick, in dem die Party erst richtig losgeht.

Ich stehe mit meinem Champagnerglas vor dem Zelt, betrachte den Sonnenuntergang über dem Wasser und genieße es, den Geräuschen der Party zu lauschen. In dem Augenblick eilt Carl auf mich zu.

»Da bist du ja, Molly, du wirst drin gebraucht!«

»Was?«, stoße ich hervor, werfe mein Glas ins Gras und will ins Zelt rennen, doch Carl fasst meinen Arm.

»Keine Sorge! Tut mir leid, Ryan geht's gut. Du musst nur reinkommen. Bring dein Glas mit.«

Wir gehen zurück ins Zelt. Dort sitzt Ryan im Rollstuhl mit einem Laptop vor einer Leinwand und hält ein Mikrofon in der Hand. Ich blicke zu Carl, er nickt und schiebt mich zu Ryan nach vorn, als dieser zu sprechen beginnt.

»Ich wollte mich bei euch allen dafür bedanken, dass ihr heute zu dieser Party gekommen seid. Es war fantastisch. Und ich möchte mich bei meiner wundervollen Mutter bedanken, der unaufhaltsamen Jackie Cooper, dass sie diese tolle Party organisiert hat. Sie ist einzigartig und die beste Mum der Welt.« Alle klatschen zustimmend, und Jackie kreischt und bedeckt ihr Gesicht mit den Händen, während Dave sie in die Arme nimmt.

»Ganz offensichtlich hat es mir gefallen, dass es bei dieser Party um mich ging. Ich bin ein Junge aus Essex, und im Mittelpunkt zu stehen war noch nie ein Problem für mich.« Es folgt Gelächter, und Ryan holt tief Luft. »Aber ich kann euch nicht betrunken nach Hause torkeln lassen« – erneutes Lachen –, »ohne eure Aufmerksamkeit auf meine wunderschöne Frau zu lenken.«

Ich neige den Kopf, als alle mich ansehen. Mich seit langer Zeit wirklich ansehen. »Ihr wisst vermutlich, dass Molly und ich zusammen sind, seit wir Teenager waren. Und wenn es nach mir gegangen wäre …«

»Wenn du besser geküsst hättest«, stichelt Carl.

»Ja, vielen Dank, lieber Bruder«, ruft Ryan zurück. »Jedenfalls, was ich sagen wollte, wenn es nach *mir* gegangen wäre, wäre sie schon meine Freundin gewesen, als das gesetzlich noch gar nicht erlaubt war.« Erneut erfüllt Lachen den Raum. »Tut mir leid, wenn ich so offen spreche, John, Pat!« Dad nickt und hebt die Hand, als wollte er sagen: »Ist schon okay, Sohn«, und Mum hebt warnend den Finger, während ihr die Schamesröte den Nacken hinaufkriecht. »Aber ich möchte, dass alle wissen, dass dieses Mädchen, diese wunderbare Frau, mit dem ersten Kuss mein Herz und meine Seele erobert hat. Sie hat mir so viel über die Liebe, über das Leben und über die Kultur beigebracht – obwohl sie mich noch immer nicht davon überzeugt hat, dass die *Beatles* besser als *Take That* sind, John!« Mein Dad lacht und hebt erneut die Hand, während Ryan meine nimmt. »Sie hat mir beigebracht, die Welt mit anderen Augen zu sehen, und mir gezeigt, wie wunderschön es hier ist. Ich kann nicht von hier gehen …« Er zögert und blickt mich an. Mir ist klar, dass er nicht diese Party meint. »Ich kann nicht gehen, ohne ihr zu zeigen, wie wundervoll es für mich war, diesen Weg mit ihr gemeinsam zu gehen.«

Er nickt Carl zu, der die Start-Taste drückt. Daraufhin erscheint auf der Leinwand ein Bild der berühmten Skulptur *Der Kuss*. Darunter steht: »Was steckt in einem Kuss?«

Dann tönt *Take That's* »Greatest Day« aus den Lautsprechern, und ein Foto von Ryans und meinem ersten Kuss im *Grand* füllt die Leinwand. Das nächste Bild zeigt ein Gemälde von Gustav Klimt, dann folgt die Szene aus *Susi und Strolch*, bei der sich die Hundeschnauzen über einem Teller Spaghetti berühren. Es folgt ein Schnitt zu einem Foto von Ryan und mir in einem Restaurant auf dem Broadway, auf dem wir die Szene nachstellen.

Ich lache unter Tränen und wundere mich, dass Ryan von dem, was ich mit meinem Blog angefangen habe, aber nicht zu Ende führen konnte, eine vollständige, wundervolle Version für die Leinwand geschaffen hat. Er hat jedes einzelne Foto einbezogen, das ich gesammelt habe, und unsere Küsse mit anderen berühmteren gemischt. So tauchen wir auf einem Bild neben Audrey Hepburn und George Peppard in *Frühstück bei Tiffany* auf, und im nächsten sieht man uns, wie wir uns neben einem Bild von Tom Cruise und Katie Holmes auf dem Roten Teppich küssen.

Während das Video diese wundervolle, liebevoll zusammengestellte Darstellung unserer gesamten Beziehung zeigt, hebt Ryan seine Lippen zu mir und wir küssen uns ganz zart.

Es fühlt sich an, als tauschten wir ein Stück unserer Seelen. Er löst seine Lippen von mir und deutet mit dem Kopf zur Leinwand. Ich blicke auf und sehe die letzte Aufnahme: Es ist ein eingefrorenes Bild von Ryan Cooper. Von meinem Ryan am Strand in den Flitterwochen. Er blickt direkt in die Kamera und wirft mir einen Kuss zu.

Ich höre Schluchzen hinter mir, leise, beherrschte Tränen von unseren Freunden und unserer Familie, die die letzten fünf Monate mitgelitten haben und die wissen, dass diese Party Ryans Art ist, sich zu verabschieden.

»Das ist für dich«, murmelt Ryan mir zu, und ich wende der Menge den Rücken zu und blicke ihn an, meinen wunderbaren Mann, die Liebe meines Lebens. Dann sehe ich zu den anderen, den Menschen, der Stadt, unserer Vergangenheit. Alles verschmilzt. Ich sinke auf seinen Schoß und liege in seinen Armen, als würde er mich über die Schwelle tragen. Ich wünschte, er könnte mich über die Schwelle dorthin tragen, wohin er geht. Ich weine, schlinge meine Arme um seinen Hals und klammere mich verzweifelt an ihn.

»Ich weiß, dass du die alle für mich gesammelt hast, Molly, und dafür liebe ich dich noch mehr. Aber weißt du, ich hatte sie bereits alle. Jeden einzelnen Kuss. Hier oben.« Er tippt sich an den Kopf. »Ich habe sie alle hier gespeichert.« Er zieht mich enger an sich. »Und du musst wissen, dass ich nicht eine Sache an unserem Leben ändern würde. Jedes Hoch, jedes Tief haben uns zu dem gemacht, was wir sind.« Er nimmt die DVD aus dem Laptop und reicht sie mir, aber ich kann die Hände nicht von seinem Nacken lösen, so legt er sie in meinen Schoß.

»Sieh es dir an, wenn ich weg bin, nicht nur, um dich an mich zu erinnern, sondern damit du immer weißt, wie unerwartet, wie magisch, wie lebensverändernd die Liebe ist.

Versprichst du mir das?« Er sieht mich durchdringend an, und ich nicke. Er wischt mit dem Daumen meine Tränen fort. Dann streicht er über meine Lippen, und ich schließe die Augen und küsse ihn. »Und wenn die Liebe erneut zu dir kommt«, sagt er, »wovon ich absolut überzeugt bin, will ich nicht, dass du dir das noch weiter ansiehst, okay? Ich will, dass du bereit bist, eine ganz neue Sammlung von Küssen anzufangen.« Ich lege den Kopf in seine Halsbeuge, und erneut strömen die Tränen wie ein Wasserfall über meine Wangen.

Aus dem Nichts ist auf einmal Carl da und schiebt uns in die Mitte der Tanzfläche. Er dreht uns langsam im Kreis, sodass es sich anfühlt, als würden wir Walzer tanzen. Ich hebe den Kopf, blicke meinem Mann tief in die meerblauen Augen, meinem Ryan, und verschmelze mit ihm. »Durch deine Liebe bin ich glücklicher gewesen, als ich es je für möglich gehalten habe, Molly.« Er lächelt.

Und genau hier, vor all unseren Freunden und unserer Familie und der gesamten Stadt küssen wir uns zum letzten Mal in aller Öffentlichkeit. Ich weiß, es ist ein Kuss, den niemand je vergessen wird – vor allem ich nicht.

16:35 Uhr

Ich fahre aus Leigh-on-Sea heraus und erwarte, dass ich weinen werde. Als ich nach Ryans Tod vor fünf Jahren wieder hierhergezogen bin, wollte ich dort sein, wo Ryans Geist ist – in der Nähe seiner Familie, seiner Freunde, seiner, nein, *unserer* geliebten Heimatstadt. Ich kaufte das kleine heruntergekommene Haus, das genauso aussah wie das, in dem wir mit unserer Familie hatten leben wollen. So habe ich ihm ebenso viel Liebe und Fürsorge geschenkt, wie ich sie sonst meinen Kindern gegeben hätte. Die ersten Monate habe ich es vorsichtig wieder zum Leben erweckt. Die Katzen waren meine einzige Gesellschaft – aber ich war sehr froh über sie. Ryan hatte sie mir geschenkt, als er ins Hospiz ging.

»Willst du eine verrückte Katzenmutter aus mir machen?«, hatte ich gescherzt, als die kleinen Fellknäuel aus dem Karton auf meinen Schoß gepurzelt waren.

»Nein, Molly«, hatte er lächelnd geantwortet und meine Hand genommen. Ich hatte seine Finger gestreichelt und mich bemüht, keinen der Schläuche zu berühren. »Harry und Sally werden dafür sorgen, dass du nie vergisst, dass man die Liebe häufig dort trifft, wo man nicht unbedingt damit rechnet.«

Wie immer hatte er recht.

Ryan mag nie in dem kleinen Haus gewohnt haben, das ich zurücklasse, aber in den ersten Jahren fühlte es sich an, als wäre es genauso seins wie meins. Ich konnte nichts von seinen

Sachen wegpacken (nicht einmal den verdammten Flamingo). So richtete ich mein neues Heim genauso ein, wie er es getan hätte, mit unzähligen Erinnerungen. Ich brauchte sie, weil er nicht da sein konnte.

Und wenn ich durch die Haustür trat, spürte ich ihn noch immer um mich, weil ich an dem Ort war, an dem wir aufgewachsen waren und uns ineinander verliebt hatten. Es gefiel mir, dass praktisch jeder, dem ich begegnete, Ryan gekannt hatte oder zumindest von ihm wusste. Sie lächelten mir zu, und manchmal hielten sie an und sprachen einen Augenblick mit mir. Ich hatte das Gefühl gehabt, dass er noch da war, dass ich sein Leben durch mein Hierbleiben ein bisschen verlängerte. In vielerlei Hinsicht hat diese kleine Stadt allerdings auch *mich* am Leben erhalten.

Während des ersten Jahres hatte ich das Haus stets in der Abenddämmerung verlassen – egal bei welchem Wetter – und war zu seiner Lieblingsbank gegangen, die sich unterhalb des Parks befindet, in dem er eine Woche vor seinem Tod seinen dreißigsten Geburtstag gefeiert hatte. Ich hatte zugesehen, wie die violetten Wolken zusammen mit den Booten vorbeizogen, und dem Kreischen der Möwen über meinem Kopf gelauscht. Dann unterhielten wir uns. Ich erzählte Ryan von meinem Tag, was ich im Haus getan hatte. Dass ich den Fußboden abgeschliffen, poliert und lackiert hatte, von den Farben, die ich für die Wände ausgewählt hatte, und von dem Fünfzigerjahre-Küchentisch, den ich auf einer Auktion erstanden hatte. Ich erzählte ihm von meinen Gesprächen mit Oma Door, wie es seiner Mutter ging, und ich fragte ihn um Rat, wie ich besser mit ihr zurechtkommen könnte. Ich erzählte ihm von der Trauergruppe, die ich besuchte, und von Caseys neuesten Eskapaden. Ich erzählte ihm von Beau und Gemma, und wie es Carl ging. Ich berichtete ihm von den letzten Fußballergebnissen der Shrimpers, wo sie in der Liga standen und gegen wen sie als Nächstes spielten. Ich sagte ihm, dass er mir fehlte, und dass ich, obwohl ich nicht glaubte, ohne ihn leben zu können, mein Bestes gab.

Doch obwohl es der Ort war, an dem ich am meisten mit ihm sprach, war Ryan in Wahrheit nicht dort. Nein, er war überall um mich herum. Ich empfand es als tröstend, dass sich seine Fußabdrücke unauslöschlich auf dem Kiesstrand und auf dem Broadway, eigentlich an jeder Ecke, wiederfanden. Ich sah ihn in den Gesichtern der Schüler, die auf dem Heimweg an mir vorbeikamen, und die den coolen Mr. Cooper nie vergessen würden. Es tröstete mich, dass Ryans Vermächtnis in all jenen weiterlebte, die er unterrichtet hatte, hier und in Hackney. Wer weiß, was sie seinetwegen im Leben erreichen würden? In den Pubs fanden sich seine Fingerabdrücke auf den Biergläsern. Seine fußballerischen Taten hatten deutliche Spuren auf dem örtlichen Fußballplatz hinterlassen. Die Meeresluft trug seinen Geist. Und, natürlich, bewahrte das Anwesen seiner Eltern seine Asche. Er hatte es so gewollt, und ich verstand es. Er wollte nicht, dass ich mich an einen Ort gebunden fühlte, nur weil *er* dort war. Er wollte, dass ich frei war, um die Welt zu bereisen, wenn ich wollte. Und er wusste, dass seine Eltern für immer in ihrem Haus leben würden.

Es war allerdings auch schwer, hier zu leben. Es kam mir vor, als stellten alle hohe Erwartungen an mich. Witwen müssen alt sein, Schwarz tragen, in gewissen Momenten gefasst sein und in anderen schluchzen, wie beispielsweise bei der Beerdigung. Aber das Einzige, das ich von Ryans Einäscherung erinnere, ist, dass ich nicht geweint habe. Nicht ein bisschen. Ich habe nur auf den Sarg geblickt und Ryan die Schuld daran gegeben, dass ich nicht weinen konnte.

»*He, Cooper*«, hatte ich im Geist gesagt: »*Siehst du? Keine Tränen. Genau wie ich es dir versprechen musste – jetzt sieht mich jeder an, als sei ich ein gefühlloses Miststück. Bist du jetzt zufrieden?*«

»*Ach, aber Molly, du bist doch* mein *gefühlloses Miststück*«, hörte ich ihn sagen, worüber ich lachen musste. Was auf einer Beerdigung ebenso unangemessen war.

Abgesehen von dem Tag der Beerdigung weinte ich in jenem ersten Jahr allerdings an jedem anderen Tag. Und ich sah mir jeden Tag seinen Film an. Häufig sogar mehr als einmal. Und ebenso im zweiten Jahr.

An jedem dieser 730 Tage stieß ich auf Erinnerungen, die mich Ryans Verlust schmerzhaft spüren ließen und mich zum Weinen brachten. Und nicht nur an »schwierigen« Tagen wie Geburtstagen, Jahrestagen oder Sonntagen. Jeden Tag und zu jeder Zeit. Auf der Toilette, im Zug, in meinem Bett, im Supermarkt, in meiner Müslischale, in einer Bar. Es passierte ohne Vorwarnung. Es passierte einfach.

Aber an dem Tag, als wir ihn eingeäschert haben, hatte ich ihm versprochen, dass ich die fröhlichste Farbe tragen würde, die sich in meinem Kleiderschrank fand (mein altes gelbes Strandkleid, das ich in der Nacht getragen habe, als er mich auf Ibiza geküsst hat – nicht nur, weil es sein Lieblingskleid war, sondern weil es die Farbe der Shrimpers ist), sowie ein Lächeln. Ich legte knallroten Lippenstift auf, weil ich wusste, dass es Ryan gefallen hätte (auch wenn es meiner Mutter weniger gefiel). Und auch, weil ich so keine entfernten Verwandten küssen musste (oder auch nahe). Ich brauchte nur mein Gesicht in ihre Richtung zu halten, ohne wirklich in Kontakt zu treten. Denn ich wollte nicht mehr küssen. Ryans Lippen waren die letzten, die meine berührt hatten. Wenn ich die Augen schloss, konnte ich noch immer seinen Mund auf meinem spüren, wie er mich an jenem letzten Tag berührt hatte, als er schließlich gegangen war, und ich wollte, dass es für immer so blieb.

So stand ich an jenem strahlenden Tag im September 2007 in meinem zitronengelben Strandkleid da, straffte die Schultern, hob den Kopf und lächelte. Ich lächelte, während ich auf das bunte Glasfenster direkt über seinem Sarg starrte und mir vorstellte, wie ich es fotografieren würde. Das hereinfallende Sonnenlicht ließ die Farben wie Edelsteine funkeln und tanzte über den Sarg. Ich lächelte während meiner Abschiedsrede und als sein Bruder und die Jungs Ryans Sarg zu *Take That's* »Rule the World« hereintrugen – genau wie Ryan es sich gewünscht hatte. Noch nicht einmal mein Kinn bebte. Ich umklammerte lediglich meine Hände und lächelte. Ich war so etwas wie eine Lächelmaschine. Dann lächelte ich, als ich den unzähligen Trauernden gegenüberstand. Ich lächelte, obwohl mein Gesicht und mein Herz schmerzten. Und dann lächelte ich noch ein bisschen länger. Ich begrüßte jeden, verabschiedete mich jedoch insgeheim die ganze Zeit.

Ja, vor fünf Jahren durchlebte ich meinen härtesten Abschied. Doch heute, heute sage ich »Hallo«.

Genau wie versprochen erreiche ich um 16:45 Uhr das Southend-Krankenhaus. Und genau wie er es versprochen hat, wartet er dort auf mich und sieht mehr denn je aus wie George Clooney. Ich parke vor dem Eingang, und auf seinem ernsten, von der Nachtschicht müden Gesicht erscheint ein Lächeln.

Ich lächele zurück, öffne die Beifahrertür, und er stützt sich mit dem Arm auf der Tür ab und beugt sich zu mir herein.

»Guten Tag, Sheila«, sagt er gedehnt mit übertrieben australischem Akzent.

»Taxi nach Stansted für Doktor Prince?«, antworte ich mit

breitem Essex-Dialekt und tue, als würde ich auf einem Kaugummi kauen. Dann setzt er sich in den Wagen und küsst mich.

»Wie geht es dir?«, fragt er sanft und streicht über meine Wange. »Du hast doch nicht etwa zu viel gemacht, oder?« Chris blickt mich besorgt an, und seine Hände gleiten um meine Taille nach vorn. Plötzlich beugt er das Gesicht zu meinem Sechsmonatsbauch. Lächelnd streiche ich mit den Händen über die prächtige Wölbung und die festen Ausbuchtungen der kleinen Füße, Ellbogen und Knie, die ständig in Bewegung sind und mich nie vergessen lassen, was ich in mir trage.

»Was sagst du, Minnie?«, fragt er. So nennen wir sie, weil Chris meint, dass sie eine Miniaturausgabe von mir wird. Er hält ein Ohr an meinen Bauch, lauscht und nickt aufmerksam. »Ich soll auf deine Mum aufpassen? Oh, mach dir keine Sorgen, das habe ich vor. Für den Rest ihres Lebens.« Ich denke an den Heiligen Christophorus, den mir Oma Door geschenkt hat und der sicher in meiner Handtasche steckt, und lächele. Chris küsst meinen Bauch und dann den Ehering, der an einer Kette um meinen Hals hängt, weil er nicht länger auf meine geschwollenen Schwangerenfinger passt, dann meine Lippen.

Und ich lächele, weil ich weiß, dass er auf mich aufpassen wird. Aber dass er auch, obwohl wir heute nach Sydney fliegen, um dort unser neues gemeinsames Leben zu beginnen, spontan eine Schicht übernommen hat, als man ihn gestern Abend anrief. Denn er ist an erster Stelle Chirurg und erst an zweiter Stelle mein Ehemann. Und das ist völlig okay für mich.

Während ich über den Krankenhausparkplatz kurve, blicke ich zu Chris. Dem liebenswerten, ruhigen, geduldigen, starken, leidenschaftlichen Chris. Dem »Prinzen«, der drei Jahre nachdem ich Ryan verloren hatte, in mein Leben getreten ist. Der alles gefestigt hat, was ich von Ryan gelernt habe, und durch den ich begriffen habe, dass es eine Liebe nach dem Tod gibt. Häufig werde ich gefragt, ob es eine psychologische Entscheidung war, nach dem Verlust von Ryan einen Arzt zu heiraten. Schließlich ist es sein Beruf, Leben zu retten, und Ärzte werden nie selbst krank, oder? Aber an dem Tag, an dem ich ihm begegnet bin, habe ich nur eine psychologische Entscheidung getroffen: auszugehen und mich in einer Bar zu betrinken. Ich war nicht auf der Suche nach Liebe, ich glaube, sie hat mich gesucht. Entweder das, oder sie wurde mir geschickt.

Es ist achtzehn Monate her. Ich hatte gerade erfahren, dass meine Fotoreihe mit dem Titel »Der Ewige Kuss« eine Ausstellung in der Gallery@Oxo bekommen sollte. Es waren Fotos von jungen Paaren, die über meinen Blog Kontakt zu mir aufgenommen hatten. Sie hatten eine Krebsdiagnose erhalten und wollten jeden Kuss schätzen. Nachdem ich meine letzte Nachricht und das Foto von Ryan und mir gepostet hatte, war ich von E-Mails überschwemmt worden. Daraufhin hatte ich Christie gefragt, ob mein Blog von Lesern weitergeführt werden könnte, die dabei waren, einen Partner an Krebs zu verlieren oder bereits verloren hatten. Sie hatte völlig verstanden, dass ich nach Ryans Tod meine Arbeit nicht wieder aufnehmen wollte. Ich konnte es nicht. Und außerdem hatte ich schnell beschlossen, das zu tun, was ich Ryan versprochen hatte.

Ich wollte glücklich, erfüllt und optimistisch sein. Ich konnte mir nicht vorstellen, mich wieder zu verlieben, und ich konnte mir auch nicht vorstellen, wieder zur Arbeit zu gehen. So fing ich damit an, wieder meine Kamera zur Hand zu nehmen und Fotos zu machen. Die Idee kam mir am ersten Jahrestag von Ryans Tod. Ich wollte der Macmillan-Krebshilfe und dem Haven's-Hospiz in Leigh-on-Sea für alles danken, was sie für uns getan hatten. Ich begann Porträts von jedem zu machen, der mich kontaktierte – entweder über den Blog oder über das Hospiz. Ich machte das weder für Geld noch für meine Karriere. Ich tat es, weil ich ihnen ein bisschen von dem geben wollte, was Ryan mir gegeben hatte: einen Kuss, der für immer blieb.

Die Fotos waren schlicht. Es gab keine schicken Sets, keine schönen Hintergründe, nur diese unheilbar an Krebs erkrankten Menschen, die küssten und geküsst wurden, nur sie und ihre Liebe drangen durch meine Linse. Mir wurde klar, dass ich genau das immer an der Fotografie geliebt hatte: Sie hält fest, was wir mit Worten nicht ausdrücken können. Alles, was wir fühlen.

Die Ausstellung wurde in Zusammenarbeit mit der Macmillian-Krebshilfe und dem Haven's-Hospiz gezeigt. Sie hat ziemlich viel Aufmerksamkeit erregt und Geld eingebracht. Nach London ist sie im Land umhergereist. Ich kann noch immer nicht glauben, wie erfolgreich sie gewesen ist – es gab Interesse von der nationalen und internationalen Presse und jetzt auch von internationalen Galerien. Es ist ein herrliches Gefühl, endlich etwas Gutes zu tun, etwas Sinnvolles zu machen, nicht nur mit meinem Leben, sondern auch mit Ryans. Ich glaube ganz ehrlich, dass es mir geholfen hat, mein Herz zu heilen, und mir Mut gemacht hat, das zu tun, wovon ich immer geträumt habe. Und dann habe ich Chris getroffen.

Als mein Telefon in der Tasche zu seinen Füßen klingelt, fahre ich auf dem Parkplatz an den Rand. Er wühlt zwischen Ausweisen, Tickets und den in Alufolie verpackten Ingwerkeksen, die ich stets bei mir trage. Minnie mag sie.

»Es ist deine beste Freundin«, sagt Chris schließlich und reicht mir das Telefon.

»He, Case«, melde ich mich. »Wie geht es dir?«

»Ich bin immer noch verkatert von der Abschiedsparty gestern Abend und versuche, so zu tun, als würdest du nicht fahren. Gleichzeitig versuche ich herauszufinden, wie lange wir bei seinem miesen Pfleger- und meinem PR-Gehalt brauchen, um genügend Geld für einen Flug nach Australien zu sparen.« Ich höre sie schniefen. »Ich bin mir nicht sicher, wer mehr weint, weil ihr beide nach Australien geht – ich oder Rob.« Ich höre, wie sie den Hörer weiterreicht und eine vertraute Stimme ertönt. Ich drücke die Lautsprechertaste, damit Chis das Telefonat mit unseren Freunden mitverfolgen kann.

»Ich weine nicht! Nicht dass Chris denkt, ich würde weinen«, brummt Rob. Rob und Chris haben sich im Southend-Krankenhaus kennengelernt. Als Chris und ich ein paar Monate zusammen waren, haben wir dann ein Treffen mit Casey und Rob organisiert, indem wir sie zu einem Wohltätigkeitsball eingeladen haben. Genau wie wir es vorhergesagt hatten, hat es zwischen den beiden gefunkt, und sie heirateten einen Monat nach uns. Mia und ich waren Brautjungfern. Ich denke an das Foto von ihrem glücklichen Tag, das ich in meiner Brieftasche trage, und lächele. Rob ist ein wirklich liebenswerter Kerl, ein Krankenpfleger und etwas jünger als wir, nun, acht Jahre jünger – aber sie sind sehr glücklich. Ich meine, wer sagt, dass man sich nicht mit Anfang zwanzig verlieben kann? Ich bestimmt nicht.

»Er weint sehr wohl«, murmelt Casey. »Hör zu, Molly«, sagt sie mit tränenerstickter Stimme, »ich wollte dir nur sagen, dass ich dich liebe. Ich vermisse dich schon jetzt, und ich bin ziemlich eifersüchtig, dass Mia dich mir weggeschnappt hat. Und wenn du nicht zurückkommst, wenn dieser kleine Wurm geboren ist, damit ich ihm jede Menge Glitzerbabysachen à la Essex kaufen kann, werde ich zu drastischen Maßnahmen greifen müssen und ein eigenes Baby bekommen!« Ich lache, als ihre Stimme gedämpft wird. »*Natürlich* scherze ich nur! Ich habe ja bereits ein Baby, um das ich mich kümmern muss.«

»Ups.« Sie lacht, als sie wieder in der Leitung ist, und ich kichere los, als ich höre, wie Rob ruft: »Können wir gleich damit anfangen, Casey?«

Ach, junge Liebe, denke ich zärtlich. Über diesen ersten Punkt sorgenloser Leidenschaft sind Chris und ich ein bisschen hinaus. Wir sind ernster, irgendwie erwachsener. Und das gefällt mir. Nein, ich finde es wundervoll.

»Case, natürlich kommen wir bald zurück. *Und* wir können die ganze Zeit skypen.«

»Okay, aber das mit dem Skypen verstehe ich nicht ganz. Rob muss es mir installieren.« Sie seufzt. Ich kichere. So viel zum Thema Emanzipation. »Jetzt fahr, Molly, ja? Aber sag nicht Auf Wiedersehen, sonst weine ich, okay? Sag … ich weiß nicht, sag … bis morgen … Zu spät, ich weine. Oh, nein, ich werde schrecklich aussehen.«

»Bis morgen, Casey«, sage ich, aber da hat sie bereits aufgelegt.

Als ich auf die Autobahn fahre, geht langsam die Sonne unter und überzieht die Wolken mit einem blassrosa Schimmer. Es ist genau die Farbe, die die bezaubernden Babysachen haben, die wir gestern auf unserer Abschiedsparty geschenkt bekommen haben. Erwartungsgemäß schenkten meine Eltern uns Bücher. »Für die bevorstehende Reise«, hatte Mum gesagt, als sie mir lächelnd das Geschenk überreichte.

Ich hatte die Stirn gerunzelt. »Aber wir haben schon jede Menge Reiseführer, und Chris ist in Sydney geboren und aufgewachsen. Wir brauchen also …«

»Diese Bücher handeln nicht von *dieser* Reise, Liebes«, hatte sie gelacht, als ich das Päckchen aufgerissen hatte. In dem sorgsam verpackten Geschenk befand sich ein Kindle, auf den sie jeden nur erdenklichen Erziehungsratgeber heruntergeladen hatte. »Das ist leichter für die Reise«, hatte sie stolz erklärt.

»*Endlich* eine Technik, die du akzeptierst«, hatte ich lachend geantwortet und sie und Dad umarmt.

»Nun, die kannst du lesen, bis dein Vater und ich nach Sydney kommen.«

Sie hatte sich mit flatternder Hand an den Hals gefasst und dann mit einem Taschentuch vorsichtig ihre Augen betupft. »Sobald die Kleine da ist, steigen wir ins Flugzeug, und wir bleiben, solange du uns brauchst, nicht wahr John?«

Mum und Dad haben vor ein paar Jahren einen entscheidenden Schritt getan und sich pensionieren lassen.

Dad hatte genickt. »Aber natürlich! Oder zumindest so lange, bis wir beschließen, unsere eigene Reise fortzusetzen!« Er hatte den Arm um Mum gelegt. »Patricia und ich wollen nach unseren ausgedehnten Ferien bei euch eine Reise nach Neuseeland machen. Und dann fahren wir nach Amerika. Erst nach New York, und dann hat deine Mutter eingewilligt, mit mir nach Connecticut zu fahren und Constables Originalgemälde von Hadleigh Castle anzusehen, das im Yale Center of British Art ausgestellt wird!«

»Das ist seine Art, sein Zuhause mit auf unsere Reisen zu nehmen«, hatte Mum gesagt und Dad liebevoll das Handgelenk getätschelt, doch dann hatte sie ihn stattdessen sanft auf die Lippen geküsst.

Ich schalte das Radio ein, trete lächelnd das Gaspedal durch und sause über die Autobahn zum Flughafen Stansted. Vor mir erstreckt sich der Himmel, und durch die Windschutzscheibe beobachte ich zwei Flugzeuge, die in die Luft steigen. Chris ist neben mir eingeschlafen, und ich spüre ein Kribbeln mein Rückgrat hinaufkriechen, als mein aktuelles Lieblingsstück »Paradise« von *Coldplay* im Radio läuft. Als ich es anfangs gehört habe, hatte ich das Gefühl, es sei für mich geschrieben worden, für das Mädchen, das ich einst gewesen bin. Ich *hatte* Erwartungen an die Welt, ich *träumte* vom Paradies, und das Leben *wurde* schwer. Ich höre der Musik zu und schlucke die Tränen hinunter, als Chris Martins Stimme aus den Lautsprechern schallt. Und in Gedanken meldet sich noch jemand anders.

Wir haben es geschafft, sagt sie. *Wir haben endlich das Glück gefunden.* Gegen alle Erwartungen.

Das haben wir, erwidere ich im Geist, blicke zu Chris und dann wieder nach vorn.

Von jetzt an blicke ich nur noch nach vorn, genau wie die beiden Männer in meinem Leben es mir beigebracht haben: Ryan ist die Liebe, mit der ich aufgewachsen bin, und Chris ist die Liebe, mir der ich alt werde.

Als mir dieser Gedanke kommt, blicke ich zum Himmel und betrachte erneut die zwei Flugzeuge, deren Wege sich kreuzen; das eine steigt gen Himmel, das andere fliegt geradeaus; und beide hinterlassen dabei weiße Streifen, die sich kreuzen. Wie ein Kuss am Himmel.

DAS ENDE. UND EIN NEUER ANFANG.